DISPAROS EN LA OSCURIDAD

LA NOVELA DE DÍAZ ORDAZ

FABRIZIO MEJÍA MADRID

SUMA
de letras

Disparos en la oscuridad

D. R. © 2011, Fabrizio Mejía Madrid

D. R. © De esta edición:
Santillana Ediciones Generales, S. A. de C.V.
Av. Río Mixcoac 274, Col. Acacias
CP 03240, Teléfono 5420 7530
www.sumadeletras.com.mx

Fotografía de cubierta ©: Archivo Proceso Foto
Diseño de cubierta: Víctor Ortiz Pelayo
Lectura de pruebas: Xitlalli Rodríguez y Aidée Orozco
Cuidado de la edición: Jorge Solís Arenazas

Primera edición: mayo de 2011

ISBN: 978-607-11-1129-6

Impreso en México

El poder tiene la facultad de atemorizar a quienes se apo-
deran de él por métodos espurios, antes incluso de aterrorizar a
quienes en principio debieran estar destinados a sufrirlo.
Guglielmo Ferrero.
Los genios invisibles de la ciudad, 1942.

Madrid, 21 de julio, 1977

Durante los primeros veinte días de julio de 1977 las cortinas de la habitación 137 del Hotel Ritz de Madrid permanecieron cerradas. Adentro, en la oscuridad, el ex presidente de México, Gustavo Díaz Ordaz, ahoga sus gritos contra una almohada. La luz le duele, se queja. Como lo había hecho el 15 de abril de 1969: tras la matanza del 2 de octubre en la Plaza de las Tres Culturas, le operan el ojo derecho por desprendimiento de retina. Es un presidente que se queda ciego tras la matanza de estudiantes que ordenó. No puede ver y cuando lo logra, las imágenes lo confunden.

Hace una semana, temprano por la mañana, se asomó por última vez a la ventana del Hotel Ritz para mirar a un grupo de gente que lo saludaba desde la explanada, alrededor de la fuente. Sonrió con todos los dientes, con esa cara cerrada a todo lo que da para abarcar la boca, las encías, el gesto de una puerta que nunca se abrió. Traía los lentes en la mano, un ojo vendado. Mientras se calzaba los anteojos, subió el brazo para saludar a los entusiastas, sólo para descubrir que llevaban una manta con la palabra: "asesino".

Detiene la mano en el aire y le pide un revólver a su guardaespaldas, el mayor Luis Bellato.

—Cierra esas cortinas. Me duele la luz —le ordena. Camina encorvado, como en medio de un tiroteo imaginario, y se resguarda recargando la espalda en el colchón, como si se tratara de una trinchera. Sentado en la alfombra de espaldas a la ventana, suda a mares. Con la pistola entre las piernas, se quita los lentes, se talla con cuidado el ojo detrás de la gasa, y asegura:

—Quieren entrar al hotel para matarme, Luis. Tienes que evitarlo. Necesitamos traer acá un batallón del rey, le tengo que decir que no podemos estar expuestos de esa manera a los asesinos.

El mayor Bellato, como siempre, asiente.

Gustavo Díaz Ordaz también mandó correr las cortinas tres meses antes cuando volvió a la Plaza de las Tres Culturas, en Tlatelolco. Era un martes 12 de abril de 1977 y llegó vestido de gris rata, el cabello cano, al Salón Magno de la Secretaría de Relaciones Exteriores. La ventana daba a la misma plaza en la que, por sus órdenes, habían muerto tres centenares de estudiantes, obreros, niños, edecanes de la Olimpiada que se inauguraba sólo diez dias después: "Todo es posible en la paz". Él no quiso mirar la plaza de nuevo y ordenó cerrar las persianas. Santiago Roel, el secretario, lo presentó ante la prensa que encendió sus luces en la penumbra, como "nuestro dilecto nuevo embajador en España". Díaz Ordaz era ese nuevo embajador de México tras la muerte de Francisco Franco y el inicio de la democracia. Durante esos cuarenta años sin relaciones —los españoles que viajaban a México debían mostrar su boleto de avión de ida y vuelta y depositar una fianza de mil quinientos pesos—, México, incluida la presidencia de Díaz Ordaz, sólo había mantenido relaciones con "la República Española", un país sin territorio, una idea congelada en 1936, una "Madre Patria" fantasmagórica, apenas visible, igual que sombras en una casa bombardeada durante la Guerra Civil. La derrota de los republicanos españoles es mantenida por México como mantiene la memoria de todos los derrotados de su propia Revolución: Madero, Pancho Villa y Zapata. Una "República" con la que México disuelve relaciones en la habitación 261 del Hotel Jorge V de París, para reanudar conversaciones con otra Nueva España, la del Caudillo Muerto. Al preguntársele al secretario de Relaciones Exteriores a quién tiene en mente como embajador de la nueva era de contactos recíprocos, Santiago Roel responde: "Será una persona muy representativa de nuestro país, que haya tenido un gran significado para México". Marcelino Oreja, el ministro español del Exterior, sonríe, confiado. Piensa que será un escritor como Agustín Yáñez. Carlos Fuentes es el embajador en Francia. También se lo han preguntado al nuevo presidente mexicano, López Portillo: "Son tantos los que quieren ser que, si hacemos una rifa con todos ellos, pagamos la deuda externa". Y todos reciben la noticia como agua fría: Díaz Ordaz, el ex presidente, vuelve a la escena pública tras años de encierro. La prensa a ambos lados del Atlántico especula por qué es él: si pertenece a los Caballeros de Colón, si es el único presidente mexicano que mandó, sin éxito, a su propio secretario de Relaciones Exteriores, Carrillo Flores, a negociar en Filipinas con el de España, López Bravo, la reanudación de enjuagues con la dictadura de Franco; si es para calmar a los franquistas con un personaje que sigue pensando que el Partido Comunista debería ser ilegal; si es para calmar al propio ex presidente mexicano, Echeverría, que viaja por el mundo queriendo encabezar al Tercer Mundo.

Gustavo Díaz Ordaz sale de inmediato rumbo a Madrid para que el rey Juan Carlos de España le otorgue su beneplácito el 4 de abril de 1977. Acaba de cumplir sesenta y seis años. Lo celebró en su casa que da al lago de Chapala, en Ajijic, Jalisco, y vomitó los tacos de nenepil. Los reporteros le preguntan en el aeropuerto Benito Juárez, a punto de salir hacia el de Barajas:

—¿Qué mensaje le lleva al rey de parte del presidente?

—Si le digo lo que voy a decir allá, entonces para qué voy. Mejor compramos el periódico de mañana y se lo mando al rey.

—Carlos Fuentes renunció el 6 de abril a la embajada de México en Francia porque dice que no se va a sentar nunca en la misma mesa con usted. Octavio Paz también renunció a la embajada en la India después del 2 de octubre, cuando usted era presidente.

—No he leído a esos escritores.

—El diario *El País* lo calificó como "el presidente más represivo en la historia de México, salvo, quizá por Calles". Lo hacen responsable del aplastamiento del movimiento ferrocarrilero en 1959 y del de los estudiantes en 68.

—*El País* es de comunistas.

Pero las críticas lo hicieron volver a la Plaza de Tlatelolco, nueve años después. Todo lo que había hecho o dejado de hacer como presidente fue borrado por la matanza entre esas piedras. Díaz Ordaz era el asesino de multitudes y nada más: ninguna acción de gobierno puede contrapesar la muerte de ciudadanos desarmados, de estudiantes, de mujeres, de niños.

Ahí llegó sonriente, a dar explicaciones. Todas las que no había dado desde su salida de la presidencia. Pero pidió que cerraran las cortinas del edificio de Relaciones Exteriores para no ver aquellas piedras, aquellas ruinas prehispánicas, aquel convento, esa unidad habitacional.

Durante la conferencia de prensa que duró hora y media, con treinta y un preguntas, miró varias veces hacia el techo: desde ese edificio se habían apostado, también, los francotiradores que le dispararon a los estudiantes desarmados. El recuerdo de la matanza flotaba como la niebla de los cigarros de los reporteros, pero se comenzó con la embajada en España, tras cuarenta años de celibato:

—No sé que habrá animado al Señor Presidente López Portillo a nombrarme embajador. Yo creo que cometió un error. Desde el primero de diciembre de 1970, cuando dejé la presidencia de México, dejé de leer periódicos, de ver noticieros en la televisión, de oírlos por radio. Estoy, como ustedes dicen, muy *out*. No estoy enterado de muchos detalles de los acontecimientos políticos en el mundo, en particular en España, ni siquiera de los de México. Ésa es una de las grandes fallas que tengo como embajador en este momento. Se lo hice saber al Señor Presidente. No me hizo caso.

—Se dice que usted fue nombrado porque tiene muchas propiedades en España.

—Ésa es una versión fraguada malévolamente en una importante oficina gubernamental desde hace algunos años. No tengo absolutamente nada, ni un centavo, ni un negocio, ni una propiedad en España. Si tuviera esos castillos, villas, el Hotel Magna de Madrid, la cadena de supermercados, media costa de Marbella, lo donaría a la Cruz Roja. Y yo pago las escrituras, el notario, y los impuestos.

—Carlos Fuentes renunció a la embajada en Francia, licenciado…

—Fuentes se erige en juez de acontecimientos que no presenció. Yo no sabía que él estaba aquí en México en esos días. Si hubiera estado, quizás hubiera ido a la cárcel, y no fue. Y no fueron centenares de muertos. Hubo algunos, no centenares. Tengo entendido que no pasaron de treinta y no llegaron a cuarenta, entre soldados, alborotadores y curiosos.

Díaz Ordaz hizo ese 12 de abril de 1977 una pausa. Entre los muertos no dice jamás "estudiantes" o "jóvenes". Se concentra en la cifra de los cadáveres, algo que jamás tuvo el cuidado de reportar. En la intimidación, lo que cuenta es la inexactitud:

—Sabrá que es muy fácil ocultar y disminuir —dice Díaz Ordaz—. Que se hicieron desaparecer cadáveres, que se sepultaron clandestinamente, se incineraron. Eso es fácil. No es fácil hacerlo impunemente, pero es fácil hacerlo. Pero los nombres no se pueden desaparecer. Si hay un nombre, que lo pongan en una lista. Ese nombre corresponde a un hombre, a un ser humano que dejó un hueco en una familia. Hay una novia sin un novio, una madre sin su hijo, un hermano sin hermanos, un padre sin un hijo. Hay un banco en la escuela que quedó vacío, hay un taller en la fábrica, en el campo, que quedó vacío. Si hacen la lista de los muertos, no voy a admitir nombres inventados, que cojan dos o tres páginas del directorio telefónico. Vamos a comprobar dónde está el hueco porque el hueco no se puede destruir. Cuando se trata de destruir un hueco de esos, se agranda. Porque, para que no se quede un hueco en una familia, habría que acabar con la familia entera.

—Pero el 2 de octubre ensombreció a México…

—No a México. Ensombreció a unos cuantos hogares mexicanos. Y no vine a dar una clase de historia. Mire, muchachito —Díaz Ordaz se le queda viendo fijamente al reportero José Reveles de la revista *Proceso*; para él es un universitario imberbe con un cuadrado que debe ser una grabadora—, estoy muy orgulloso de haber podido ser Presidente y haber podido así servir a México. Pero de lo que estoy más orgulloso de esos seis años es del año de 1968 porque me permitió servir y salvar al país, le guste o no le guste —reacciona al gesto de desprecio del reportero— con algo más que horas de trabajo burocrático, poniéndolo todo: vida, integridad física, horas, peligros, la vida de mi familia, mi honor, y el paso de mi nombre en la historia. Todo eso se puso en la balanza. Afortunadamente salimos adelante. Y, si no ha sido por eso, usted no tendría la oportunidad, muchachito, de estar aquí preguntando.

—Usted salvó a México, ¿de qué? —pregunta el muchachito.

—Del desorden, del caos, de que terminaran las libertades de las que disfrutamos. Quizás usted estaba muy chavito y por eso no se dio cuenta.

—Pero hay un país antes y después de 1968...

—Para mí, México es México, antes y después de Tlatelolco, esta plaza cercana —dice Díaz Ordaz, viendo las persianas del Salón Magno en Relaciones Exteriores moviéndose con los ventiladores—. Es un incidente penoso, pero México ya existía —y mira a los periodistas como una sombra compacta—. Yo les puedo decir a ustedes que a España va un mexicano limpio que no tiene las manos manchadas de sangre.

Hubiera querido borrarlos a todos: a los reporteros, a los estudiantes, a sus familias. Limpiar, arrasar con todo. Quedarse solo en su ceguera, después de mirar que los españoles que creyó que lo festejarían como primer embajador de México, en realidad, le decían "asesino".

Gustavo Díaz Ordaz se levanta, exasperado, todavía con la pistola en la mano. Suda, siente la camisa pegada al cuerpo. Piensa en tacos de nopales y chilaquiles, platillos que no existen en ninguna parte de Madrid. Habla con el mayor Bellato:

—¿Siguen ahí?

—¿Quiénes? —le pregunta el militar, asomándose a la ventana—. No hay más que árboles.

—Cierra, cierra, me duele la luz.

Veinte minutos después, piensa en los oculistas catalanes que le han revisado los ojos, día tras día, todos le han dicho: "No tiene nada malo en la vista, embajador. El dolor está en su mente y nada más".

—El poder te exprime como a una naranja —dice Díaz Ordaz al aire.

Se levanta de la alfombra. Toma por primera vez en todo el día el teléfono y marca a México. El secretario de Relaciones Exteriores, Santiago Roel, no está —es la medianoche allá en Tlatelolco—, le contesta un encargado del despacho:

—Habla Gustavo Díaz Ordaz desde España. Necesito dos boletos de avión para México.

—¿El secretario Roel le ha mandado llamar, embajador?

—A mí no me ha llamado nadie. Me voy. Y no vuelvo.

—No, señor embajador, usted no puede irse así nomás. Fue recibido por su Majestad Juan Carlos. Por lo menos tiene que hacer una visita protocolaria para despedirse.

—No me despido de una chingada, ni del rey, ni de nadie. Usted no discuta. Haga lo que le digo y basta.

Colgó. Se arrancó el parche del ojo. La luz le entró como un tornillo hasta la nuca. Se lo tapó con la mano. Y de esa gasa fue de lo único que se despidió.

Ciudad de México, 22 de julio, 1977

La casa de Risco 133 fue construida para estar aislada: termina en un callejón sin salida. Como todas las mansiones de Jardines del Pedregal fue alzada para que ahí los ricos y poderosos de los años cincuenta se apartaran del ruido y los pobres de la ciudad. La levantaron los albañiles traídos de Hidalgo, Puebla y el Estado de México, a quienes se les alojó en un terreno de piedra volcánica —en lo que después fue la Villa Olímpica de México 68—, mientras trabajaban las rocas del pedregal para hacerlas casas modernas. Para hacer la Villa Olímpica tuvieron que traer nuevos albañiles y desalojar por la fuerza a los antiguos constructores. Arrasaron con sus casas de cartón y lámina, le prendieron fuego a los colchones en los pisos de tierra, les robaron las gallinas y los puercos. Así que muy probablemente quienes levantaron el portón de madera de la casa de Díaz Ordaz, quienes cavaron la piedra volcánica para hacer la alberca, quienes volaron las terrazas hacia los árboles de pirul, quienes colaron el granito de los pisos y le pusieron tablones de madera a las paredes, los albañiles de 1952, año en que se levantó la casa, terminaron sin techo propio, golpeados por la policía y los granaderos cuando se supo que México debería organizar una Olimpiada en 1968.

Pero Díaz Ordaz no pensó en eso mientras recorría el largo camino desde el portón hasta la entrada de la casa y veía por primera vez en sus veinte días como embajador en España los dos objetos que definían el lugar: un candelabro de cristal cortado en forma de tres cruces y el incinerador blanco. Uno simbolizaba su fe católica, su pertenencia a los Caballeros de Colón, su educación salesiana, la devoción a la virgen. El otro, el incinerador, los miles de papeles que él había quemado en su propia casa, los secretos, los cuchicheos con su esposa Lupita que le decía:

—Quema eso o nos vamos a quemar en el infierno.

Ahora le faltaban ambas, su madre y su esposa. Habían muerto con año y medio de distancia, una justo el 2 de octubre de 1972, la otra el 19 de julio de 1974. En cuanto entró a la casa le pasó la brisa de la soledad fría, la de no encontrar ni tan sólo un ruido humano, el aire viciado de una casa que ya no la vivía más que él. El mayor Bellato dejó las valijas en la estancia que adornaba un paisaje de Eugenio Landesio de las grutas de Cacahuamilpa, y se despidió. Díaz Ordaz quiso decirle que se quedara a cenar con él, pero no lo hizo. Estaba cansado del vuelo en Aeroméxico en el que, todo el tiempo, pensó que la aeromoza le espiaba. Durante el viaje, miró un momento el reloj de ella y la tomó de la muñeca:

—Eso que usted lleva es un transmisor.

—No, señor, es un reloj.

—Quíteselo y déjeme verlo.

Díaz Ordaz se lo pasó al mayor Bellato, quien le comprobó que era un reloj como cualquier otro. Se lo regresaron a la aeromoza, pero ella ya le tenía miedo, justo el sentimiento que Díaz Ordaz prefería en los subordinados. Ella dejó de mirarlo a los ojos, balbuceó las órdenes de la comida, no se preguntaba por qué el ex presidente se dolía del estómago e iba tres o cuatro veces por hora al baño. Y fue justo a donde se metió, al baño, mientras oía cómo el mayor Bellato deslizaba la puerta de cristal para irse. Cuando terminó de evacuar miró su propia mierda en el agua, manchada de sangre negruzca. Primero no lo entendió. Se preguntó si habría comido de los pimientos rojos de los gachupines. Luego pulsó la manija del escusado y, mientras se abrochaba el cinturón, pensó en sus eternos problemas digestivos, en cómo ya no aguantaba la comida grasosa, y ahora, la sangre. Necesitaba ver a un médico, pero sólo recordaba a los oftalmólogos de sus operaciones del ojo derecho, a los psiquiatras de Lupita, que jamás pudieron ayudarla. Y pensó en los doctores de su madre. Luego, en los médicos militares. Eran temibles. Se sentó a tratar de descifrar los números en su agenda, pero veía sólo hormigas que corrían de un lado hacia otro. Estaba solo en la enorme casona de Risco. Se quedó sentado en la sala, al lado del teléfono, mientras caía la noche sobre él. No estaba abatido, ni asustado. Sólo convencido de que la muerte tampoco le importaba.

***

Contaba su madre que, al nacer, la noche del 12 de marzo de 1911, Gustavo no lloró. Y que, entonces, la partera lo tomó de cabeza y le azotó la espalda. Entre las sombras que dejaba ver el fogón, su hermano Ramón, de cinco años, y su hermana María, de tres, sólo escucharon el sonido de un petardo breve, en medio del repentino silencio de su madre. Pero el bebé no lloró. La partera sentenció: "Éste será imbécil o muy macho". No se le ocurrió "asmático".

Ramón, su padre, fumaba cigarros de hoja de elote en los peldaños de la casa pensando en qué podrían hacer ahora que tenía tres hijos —llegarían a ser cinco. Le dio un trago al mezcal, al que se había ido aficionando tratando de habituarse a su exilio en Oaxaca. Hasta ahí lo había empujado la Revolución cuando entró con sus caballos a la jefatura política de Chalchicomula, Puebla. Los Díaz Ordaz habían tenido que salir huyendo para evitar que los revolucionarios los ajusticiaran, como a todos los regidores y contadores de los porfiristas. El líder de los revolucionarios, Cándido Aguilar, paró su regimiento en Chalchicomula. Uno de sus lugartenientes frenó el caballo ante el escritorio roído del "jefe rural y político". Ramón Díaz Ordaz estaba ahí, solo, arrastrando el lápiz en alguna cuenta que perjudicaba a los peones y enriquecía al gobierno y a los hacendados, ¿cómo hacerlos más ricos todavía?

Cándido Aguilar le apuntó con una carabina. Ramón, quien tenía un retrato de Porfirio Díaz y otro del gobernador Mucio Martínez, cerró los ojos y creyó que había llegado su final. Esperó el balazo, pero, lentamente, abrió los ojos. Tenía la cara empapada en sudor y lágrimas. Entre la humedad logró ver que el revolucionario se había bajado del caballo y acariciaba a la perra Didi.

—¿Es suya?

Ramón Díaz Ordaz asintió con la camisa pegada al cuerpo.

—Pues ya no —dijo el caudillo, desde el portón de la jefatura—. Ahora es de la Revolución.

Ramón logró salir con vida gracias a que la perra Didi se dejaba tocar por todo el mundo. Cándido Aguilar se entretuvo acariciándola y se echó la carabina a la espalda. Ramón Díaz Ordaz se escurrió detrás de su escritorio y buscó la puerta. Entendió esa tarde lo que había sucedido: nada sería ya de quien era; ahora todo iba a cambiar de manos y de nombres. La perra dejaría de ser Didi para llamarse Solovina o Petra o algo por el estilo. No estaba claro si Porfirio Díaz había perdido contra la revolución de Madero, pero al menos sí el primer combate.

Tembloroso, Ramón salió a la plaza de Chalchicomula, donde los alzados de Cándido Aguilar, Rafael Tapia y Antonio Portas, preparaban un campamento para trescientos sombrerudos, peones que se habían rebelado contra sus haciendas. Ramón Díaz Ordaz pasó entre ellos y Tapia le gritó:

—¿Ya estuvo? ¿Se arregló con el General?

—Sí, mi patrón —caminó Ramón agachando el cuello. Al doblar la esquina se echó a correr. Alcanzó a oír una voz que le gritó: "Sargento, cabrón, soy sargento".

Ramón consiguió una carreta que iba rumbo a Oaxaca a dejar zacate y se escondió entre las pacas con los dos niños. Sabina, su mujer, iba sentada porque tenía casi seis meses de embarazo. Sin hacer ruido salieron al amanecer. Lo último que vieron fue el Pico de Orizaba nevado y la Parroquia de Las Tres Caídas. Oyeron el crepitar de las ruedas al pasar el río entre las dos cañadas del acueducto. Del chofer, Ramón escuchó una sola frase: "Se nos vienen tiempos de disimulo".

Habían llegado hasta Oaxaca, al pueblo quieto de Tlacolula, a quienes los indios zapotecos llamaban Guillbaan. Y ahora que su tercer hijo nacía, Ramón siguió tomando mezcal y fumando; esperó el llanto de su nuevo hijo. Nunca lo escuchó. Así se lo contaba su madre a Gustavito, una y otra vez:

—Tu padre creyó que habías nacido muerto, porque nomás no lloraste. Al fin y al cabo, en zapoteco, Guillbaan, esas tres calles que eran polvo, esas tumbas, quiere decir "pueblo de sepulcros". Por eso eres tan distinto a tus hermanos, porque te me saliste en Oaxaca, en esa tierra de muertos.

Fue hasta que la partera salió a tirar el agua ensangrentada a la calle justo donde fumaba que Ramón se atrevió a preguntar qué había pasado ahí dentro, en la recámara de su mujer parturienta.

—Sí, ya nació, patrón —dijo la partera en un español muy aproximado—, pero es como si no le hubiera importado.

Y, así, recordando esa frase, Díaz Ordaz se quedó sentado en la oscuridad de su mansión de la calle de Risco. No le decía nada la sangre en el baño, limpiada como un cubetazo en el polvo seco. Los sepulcros habían sido su origen.

Ciudad de México, 23 de julio, 1977

No tenía amigos médicos porque los había encarcelado. Ni amigos ferrocarrileros, porque los había mandado golpear y arrestar. Ni maestros, ni telegrafistas, ni universitarios. No le tenía confianza a ningún gremio: todos habían atentado contra la paz y la estabilidad de su gobierno. Los primeros en hacerlo fueron los médicos. Habían estallado una serie de paros en los hospitales públicos del país a sólo cuatro días de su toma de posesión como Presidente de la República.

Por eso cuando entró al Hospital Francés ese sábado pensó que, en realidad, no respetaba a los médicos, ni sus procedimientos. Desnudo debajo de una bata ridícula, con zapatos de tela azules, Díaz Ordaz tiritaba en espera de que llegara el doctor Dutilleaux, director del hospital, quien le preguntaría por su dieta, sus "evacuaciones", su digestión. Había escogido a un doctor francés sobre cualquier médico militar porque pensaba que cualquier mexicano lo mataría por lo que había pasado en el primer año de su presidencia.

Cuatro días antes de tomar posesión, él no planeaba recibir a nadie en sus oficinas de Palacio Nacional. Pero tuvo que doblarse. Le tenían detenidos los hospitales públicos por todo el país sólo porque querían un aumento de salario. ¿Cómo el Presidente iba a recibir a unos médicos hambreados? Pero lo hizo. Los anunció su secretario privado, Joaquín Cisneros, una mañana del 8 de diciembre de 1964. Los podía escuchar en el Zócalo haciendo filas en batas blancas, con zapatos blancos, con cofias, con estetoscopios al cuello. Igual que el doctor Dutilleaux que ahora le estaba enterrando una jeringa para sacarle sangre. Sintió el borbotón arrancarse de su vena.

—Esta profesión es bastante sangrienta, ¿no doctor?

—¿Y la suya no, licenciado?

—No, ¿cómo cree? —se pone en actitud seria el ex presidente—. Donde usted aplica el bisturí, yo sólo apliqué la ley.

Recuerda con exactitud que ante los médicos de diciembre de 1964 se sentía vulnerable —porque había llegado a la presidencia designado por su antecesor enfermo del cerebro— pero no quiso aceptarlo, todo lo contrario:

—Esta audiencia se les concede en forma excepcional. Debo respetar mi calidad como Presidente electo y hacerla respetar cuidando sólo los asuntos más graves y no todos los del país. De ninguna manera esta audiencia sienta un precedente. No se estará repitiendo para todos los que tengan problemas. Ahora: me parece extraño que un problema de esta naturaleza se inicie cuando los altos funcionarios de mi gobierno apenas están tomando posesión de sus puestos. Cuando algo se mueve, líderes tiene. Paso al asunto que nos reúne. Les voy a dar mi diagnóstico —juego de palabras para sacar sonrisas—: su demanda es justa, e igualmente justo sería aumentarle los salarios a todos los mexicanos.

Se fueron muy contentos los médicos con una negativa que no lo parecía. Así se las gastaba el Presidente de la República. Una semana después, su secretario de Salud decía con sorna:

—La solución para el problema del dinero en los hogares de los médicos es que sus esposas se pongan a trabajar en los mismos hospitales. Tal vez podrían entrar como elevadoristas.

Un mes después se les levantan "actas de abandono de empleo" a todos los médicos en paro. Los voceros de los médicos miembros del Partido comienzan a descalificar a los huelguistas porque saben que quieren formar asociaciones civiles fuera de los sindicatos controlados. "Casi la totalidad de los jóvenes involucrados en este problema están contra su voluntad. Hay cabezas ocultas que pretenden lesionar el derecho a la salud." La Alianza Médica, los médicos de planta de los hospitales públicos, vuelve a reunirse con Díaz Ordaz el 22 de enero de 1965. Él les dice:

—La separación de los médicos de los sindicatos tiende a formar un organismo aristocratizante.

—¿A qué se refiere? —le pregunta el doctor Norberto Treviño Zapata.

—Lo que está fuera del Estado es aristocracia. Ustedes son servidores del Estado.

—No —Faustino Pérez Tinajero—, somos profesionistas. No hacemos política, por lo tanto, no tenemos por qué pertenecer al sindicato del Partido.

—En sus sueños.

—No en sueños —interviene el doctor José Castro Villagrana—, sino fuera del Partido y sus sindicatos que no buscan aumentos salariales más que los que usted les dice que busquen.

—Usted no puede hablarle así al Presidente, doctor —interviene Cisneros, el secretario. Se hace un silencio.

—Yo no les digo nada a los sindicatos —explica Díaz Ordaz—. Eso lo deciden otras autoridades. Yo estoy aquí platicando con ustedes para cuidar la calidad de Presidente electo. Pero sí les digo algo, doctores: fuera del Partido no hay sino la muerte.

La entrevista fue por lo menos tensa. Al cerrar la puerta los médicos, Díaz Ordaz llama al procurador de justicia:

—Acuse a los médicos de homicidio.

Empiezan los despidos, pero los médicos se adelantan: renuncian a sus puestos en los hospitales y ofrecen consultas gratuitas en sus consultorios particulares. Es una idea de Ismael Cosío Villegas que apoyará el rector de la Universidad Nacional, el cardiólogo Ignacio Chávez. Cosío será despedido de su plaza de profesor universitario después de treinta y ocho años de tenerla. A Chávez se le hará renunciar a la rectoría de la Universidad Nacional un año después de que apoyara a los médicos. La noticia la dará su jefa de prensa, la escritora Rosario Castellanos.

Ahora el doctor francés le está tomando placas radiográficas para saber por qué le sale sangre del intestino. Díaz Ordaz mira el techo iluminado, blanco: es un lugar donde se espera la salvación inmediata. Los médicos tienen esa aura de santos que nos curan, esa mano salvadora. Y cuando no pueden, te exigen resignación. El ex presidente no cree ninguna de sus explicaciones.

—No quiero adelantar sin antes hacer más pruebas —le dice Dutilleaux—, pero usted podría tener cáncer de colon.

Díaz Ordaz no se inmuta. Se muere de miedo, pero hace como que le da igual, porque su primera reacción ante lo nuevo siempre es mostrarse impasible. Con un hilillo de voz alcanza a preguntar:

—¿Y a qué se deberá, doctor?

—A la dieta, a la tensión, propensión hereditaria. Eso es lo que pienso, aunque ya sabe que los psicólogos le adjudican a los sentimientos reprimidos, a las emociones no expresadas; ahora, como antes, la culpa lo es todo.

Díaz Ordaz sonríe. El 29 de abril de 1965 su secretario de Gobernación, Luis Echeverría, redactó un desplegado contra los médicos en huelga y lo hizo pasar como de la autoría de un grupo fantasma, "Por la Dignificación de la Clase Médica":

1.- Los médicos han roto lanzas contra el sindicalismo mexicano.

2.- Los médicos no son revolucionarios porque no buscan el progreso para México.

3.- Pretenden beneficios que les conviertan en una casta privilegiada.

4.- Los enfermos se mueren por su falta de atención.

5.- La cordial comprensión del Señor Presidente dejó satisfechas sus demandas.

6.- De un movimiento con bases justas derivó en una algarada fascistoide que oculta oscuros móviles políticos.

Sentimientos violentos reprimidos... El examen consiste en meterle un tubo por el recto... Tras meses en huelga, el presidente Díaz les dice a los médicos: "Como es imposible ponerlos a trabajar bajo la bayoneta de los soldados, si ustedes no quieren levantar el paro y esto trae una catástrofe para el país, pasaremos a la historia, no yo sólo, sino con ustedes". Al día siguiente, la policía desaloja por la fuerza el Hospital 20 de Noviembre. El propio director, junto con el líder sindical de los burócratas del Partido, dirige a cien granaderos y a cincuenta agentes vestidos de civil de la Dirección Federal de Seguridad, la policía política. Los soldados y policías entran al resto de los hospitales por todo el país. En su primer informe de gobierno, Díaz Ordaz dice:

> Ya se practican las diligencias en relación a diversos delitos que posiblemente se están cometiendo y que pueden ir desde lesiones hasta homicidio, asociación delictuosa, coalición de funcionarios, abandono de empleo, resistencia de particulares, falta de prestación de servicios, responsabilidad profesional e incitación al delito.

La huelga de los hospitales públicos se levanta por la fuerza el 5 de septiembre de 1965. Los médicos que regresan son cesados. Los que no, son llevados a la cárcel acusados de homicidio. Los dirigentes de la Asociación, Norberto Treviño Zapata, José Castro Villagrana y Faustino Pérez Tinajero, abandonan el país antes de que los aprehendan.

—¿Así que cáncer? —Díaz Ordaz mira directo hacia los ojos azules y la nariz prominente de Dutilleaux—. ¿Usted estuvo en el movimiento ilegal de los médicos en 1965?

—Soy ciudadano francés, no puedo hacer política en México —le responde acaso exagerando su acento.

El ex presidente ha visto el miedo en el fondo azul de los ojos de Dutilleaux y ahora, el paciente se siente más tranquilo. Quiere preguntarle al doctor si cree que los demás puedan leerle el pensamiento. Por ejemplo, desde esa ventana en la que está parado un hombre, una mujer, un mueble, un agente secreto o una sombra, ¿sabrán lo que estoy pensando? Si lo saben, ¿para qué preguntarlo?

***

La idea de que los demás podían leer sus pensamientos le rondó la cabeza desde los trece años. En 1924, su familia en Oaxaca es desalojada de su casa por no pagar el alquiler. Él lo siente como una humillación: los muebles en la calle, su madre empujada por un policía rural, su padre, en fin, su padre, sin atinar a defenderlos, dando traspiés por el mezcal. Siente que nada es estable, que todo se le puede derrumbar de un momento al otro, que no merece lo que le está ocurriendo, que alguien busca hacerle daño, que todo lo que le pasa es deliberado y tiene un autor. Gustavo Díaz Ordaz lo ha oído varias veces de su madre, doña Sabina: la Revolución les ha quitado todo. Es en ese año que su padrino, Alfredo Sodi, pide la desaparición de poderes en Oaxaca porque le han expropiado una finca para repartirla entre los campesinos zapatistas. Indignado, le dicta a su empleado, Ramón Díaz Ordaz, la carta dirigida a Emilio Portes Gil, presidente del Congreso. Ramón sabe que, cuando esa carta esté terminada, se quedará sin trabajo porque él es quien lleva los asuntos diarios de la finca que acaba de evaporarse en cientos de pequeñas parcelas para los indios. No lejos de esa fecha, un sábado, la familia Díaz Ordaz, es desalojada de su propia casa en Tlacolula por no pagar el alquiler durante seis meses. Mientras empacan su ropa y suben los muebles a una nueva carreta que los llevará a la ciudad de Oaxaca, a casa de su tío, Demetrio Bolaños Cacho, Gustavo ve a su padre disminuido, abatido por no poder cumplir con la promesa de todo hombre de familia: asegurarles un techo. Avergonzado, su padre jamás volverá a ser el mismo.

El primogénito —Ramoncito, de diecinueve años— trabajará cargando canastas en el mercado de Oaxaca para ayudar con el dinero de la casa. Ramón, el viejo, sin trabajo, se depositará lentamente en el silencio tumefacto del mezcal que le hará pensar una y otra vez que, apostando lo que manda su primogénito, podrá algún día reunir la fortuna que la Revolución no le permitió amasar. "Estaba todo puesto", se repite, "si tan sólo la suerte…". Es un mundo frágil en el que todo puede cambiar de un instante a otro, en el que un día volteas a ver a tu padre y está, simplemente ahí, amontonado.

Antes de subirse a la carreta que los llevará en burros a arrimarse a la casa de su tío Demetrio Bolaños Cacho, Gustavo Díaz Ordaz, adolescente, le toma la mano a su padre, Ramón, para besársela. Pero su padre la retira siseando en el inicio de la borrachera:

—Tú no das besos, das mordiscos.

Gustavo se sube ruborizado a la carreta tratando de esconder sus dientes dentro de la boca y, como no lo logra, se pasea la lengua por ellos, para disimularlos. A partir de entonces no le gustarán los espejos. Más tarde dirá: "Prefiero los cuadros a los espejos, pero sin rostros que me miren. Prefiero los paisajes". Del viaje de Tlacolula a la ciudad de Oaxaca, Gustavo siempre recordaría lo que contaba su madre, Sabina, a partir de que se quedaron sin casa:

—Nosotros no somos como todos los pobres —se le electrizaba el cabello hirsuto—. Mi tío Miguel es poeta y fue gobernador de Oaxaca durante dos años. Pero Fidencio Hernández y Guillermo Meixueiro se rebelaron contra la nueva Constitución y quisieron independizar al estado. Par de serranos. Los Bolaños Cacho no somos como esa chusma de la Revolución. Lo que se necesita es orden, no revoluciones. Si don Porfirio hubiera sido más firme… Pero lo agarraron cansado y viejo.

—Mi padre —agregó Ramón Díaz Ordaz— fue un liberal poblano muy, muy, muy... —pero el hipo no lo dejó continuar y se le borró la frase.

Los Díaz Ordaz llegaron a casa del tío Demetrio Bolaños Cacho. Eran la parte "arrimada" de la familia: comían en la cocina lo que dejaban los de la mesa grande, la del comedor, y hablaban con la servidumbre. Dormían compartiendo camas: María con Guadalupe, Ernesto con Gustavo y los dos chicos en una misma cuna, doblando las piernas. Se daban de patadas dormidos. Tenían que esperar a que los Bolaños Cacho se ducharan para usar una cubeta de agua en el patio. Ahí, Gustavo vio por primera vez a una mujer desnuda, su hermana Guadalupe, Lupita, con los pezones como higos, los ojos cerrados, el cabello escurriéndose sobre sus mejillas, con un brazo ceñido a la cadera, las ancas como bultos a cada lado de una burra, gimiendo por el choque del agua fría. Se miró a sí mismo desnudo, enjuto, siempre enfermo del asma, su piel tiritando, huesuda y morena, envuelta en una toalla. No se parecían él y su hermana. Pero, sin ropa, no era su hermana, sino una mujer, ésa que en el Colegio Salesiano le decían los curas que era la tentadora, la de la fruta prohibida, la de la serpiente, la que los santos habían rechazado con elocuencia. A Gustavo le dieron ganas con su hermana menor pero fueron acalladas por el asombro de una honda diferencia. Era una diferencia que quería, más que poseer, eliminar. ¿Por qué tenían que existir los dos, tan distintos, tan extraños uno para otro? No era un deseo de acariciarla, sino de exterminarla. Ella era más blanca, él demasiado moreno. Sus hermanos, todos, eran mestizos, pero él siempre se avergonzó de parecer un mulato, por la boca, el cabello rizado, la nariz ancha, una sangre negra que aparecía en él, de pronto, como si no perteneciera a su propia familia. Para colmo, sus primos, los Bolaños Cacho, los amos de la casa, eran rubios.

Por la noche, en la cena, en la cocina, donde no podían, a petición del tío Demetrio, ni reír ni subir la voz, Gustavo disfrutaba de las historias queditas de su madre —su padre dormitaba o intervenía con una frase incoherente como "mi madre también lo pensaba y pobre vieja"— sobre el salvaje caudillo Manuel García Vigil que le había quitado su finca al padrino, Alfredo Sodi.

—Vigil repartió las tierras entre gentes que vivían en Oaxaca pero no eran oaxaqueños. Eran, son y serán indios zapotecos. Gente sin patria. Sólo tienen tribu. Se sentía el gobernador del pueblo, el Vigil, pero se equivocó: en lugar de darle orden a la Revolución, desconoció al gobernador legal y quiso independizar a Oaxaca de la república. Decía que la Constitución no había sido hecha por oaxaqueños. Y le mandaron a la tropa de Juan Andrew Almazán que fácil tomó Oaxaca, la ciudad, y lo metió a un tren. Vigil creyó que lo llevaban a la Ciudad de México para un juicio militar y allá por Santa Lucrecia, el general Almazán le dice al prisionero Vigil:

—Aquí cambiamos de tren.

—¿Pues a dónde me llevas? —le preguntó Vigil, amarrado de las muñecas, en calzones, ensangrentado de la boca.

—Yo a ningún lado —le dijo Almazán—. Es más, el cambio de tren ni lo vas a sentir. Y le disparó en la cara —se reía la señora Sabina Bolaños Cacho y Gustavo la admiraba con las manos en la quijada, acodado en la mesa de la cocina. Su madre acababa el relato:

—El tren al que subieron a Vigil transportaba un ataúd a su medida.

Gustavo sentía con esa historia el mismo deseo que con su hermana mojada. Pero esperaba, con las mejillas acaloradas por las velas y el fogón de la cocina, la moraleja de su madre:

—Por eso, no hay que confiar en nadie. El que te lleva en un tren, bien puede matarte en el camino. No lo sabes, nunca se saben las intenciones de los otros, hasta que aprendamos a leerle la mente a los demás.

Los niños se despedían de su madre para irse a dormir, pero no con besos "porque los gérmenes son el desorden", sino con un rezo pidiendo para que la Revolución se extinguiera, de una buena vez, que todo regresara a como era antes, los pobres en el campo y callados, y los ricos en las ciudades bulliciosas. Para que los Bolaños Cacho, los Díaz Ordaz, esos antepasados míticos tocados con los apellidos dobles retornaran al lugar que se les había quitado por la fuerza, injustamente, obra deliberada de la gente a la que no podemos leerle el pensamiento. Amén.

Ciudad de México, domingo 24 de julio, 1977

Díaz Ordaz le llamó al recién promovido arzobispo de México, Ernesto Corripio Ahumada, y fue a verlo a su casa en Tepepan. Lo conocía desde los días en que no se le despegaba al arzobispo de Puebla de los Ángeles, Octaviano Márquez y Toriz.

Cuando llegó a la casa que tenía trepada en la punta una capilla privada, Díaz Ordaz notó que Corripio estaba de buen humor comiendo langostinos de río, recién pescados en los canales de Xochimilco. El papa Paulo VI lo acababa de promover para que fuera el arzobispo primado de México.

—Ahora sí, carajo, algo que celebrar —le dijo al ex presidente empujándole una copa de champaña en la mano.

Díaz Ordaz apenas rozó los labios sobre el cristal cortado. Pensó, por milésima vez en el día, que tenía cáncer. Y apenas eran las dos de la tarde. Hablaron de lo que había ocurrido en España.

—Yo no sé qué es más difícil —le confesó Díaz Ordaz—: dejar de ser presidente o dejar de ser provinciano.

—¿Por qué lo dices?

—Estuve meditando antes de decidirme a dejar la embajada. Me irrita que ahora se hable de mí como si fuera la criada corrida de la casa. Eso me irrita más que la comida grasosa de los gachupines.

—¿Acociles? —invitó el arzobispo pasándole por la nariz un plato de langostinos de río que volvió a poner sólo a su propio alcance—. Camarón que se duerme, se lo lleva la corriente.

—Traté de defenderme, me viste, en Tlatelolco, en la conferencia de prensa. ¿Me viste?

—Sí, me informaron. Estaba yo en el Vaticano y me enteré de lo del escritor.

—Fuentes. Eso fue una maniobra: ya se iba de todos modos. Estaba tan ocupado en sus novelas que desatendió la embajada en París, pero aprovechó para golpearme con su salida, pactada semanas antes. Al menos eso dice Santiago Roel. Pero, ¿a quién creerle, Corripio?

—Tú no le creas a nadie, como siempre —dijo el sacerdote con la boca llena de crustáceos rojos.

—López Portillo me apoyó, pero no quiso o no supo hacer nada para detener los ataques contra mi persona, contra la investidura presidencial que no se acaba cuando uno deja el puesto. El hábito no muere con el monje.

—Pero el monje López Portillo anda de luna de miel con su secretaria de la presidencia. ¿Sabías que era la misma que le empujaba la silla de ruedas a Perelló en 1968?

—¿Quién es Perelló?

—Uno de los agitadores del episodio aquel. Estaba en silla de ruedas y la que se la empujaba es la actual subsecretaria de la presidencia, la novia del presidente López Portillo.

—Ésa fue esposa del hijo de Echeverría, Luis Vicente. Hasta tienen un hijo.

—Pues el Presidente se la bajó al hijo del ex presidente. ¿Qué tal? Cómo se las pasan de mano en mano ustedes los laicos.

—¿Y ustedes no?

—Una mano lava a la otra.

—Pero no vine a hablar de viejas, Corripio, por Dios. El Presidente me sacó al ruedo y me dejó solo, a defenderme. Y me hicieron volver a la Plaza de Tlatelolco a dar las explicaciones de todo aquello. Roel se fue. Me presentó como "dilecto" embajador y me abandonó ante la prensa. Así que a la hora de llegar a España, yo sabía que no tenía los apoyos. Y que hasta mi vida podía estar en peligro.

—Tu vida no es importante más que para ti. La Creación es lo único que cuenta. Como dices: es duro ser ex presidente. ¿Sabes lo que se rumora?

—¿Qué?

—Que el presidente López Portillo andaba muy ocupado llevando y trayendo el avión presidencial a París con el piano de su esposa y, luego, lo voló de regreso a México sólo porque se les había olvidado el perro y le querían medir un collar de diamantes en Chanel. Cerraron la tienda para la comitiva presidencial. ¿Cómo iba a tener cabeza para pensar en su embajador en Madrid?

—Exacto y el otro ex presidente.

—Tu amigo Echeverría.

—No es mi amigo. Ese hijo de la chingada no es mi amigo: yo acepté la responsabilidad por Tlatelolco, pero nunca la culpa. La culpa fue de todos, hasta de Agustín Yáñez, que tenía que haber hecho algo desde la Secretaría de Educación. Y luego Echeverría se lava las manos y hace un minuto de silencio "por los caídos".

—Bueno, esa agua ya pasó bajo el puente, Gustavo. Es divertido ver cómo los ex presidentes siguen haciéndose guerritas porque extrañan el poder absoluto. Por eso siempre será mejor tener un Papa hasta que se muere. No hay ex papas. Son muertos. La única forma de no extrañar el poder es morirte con él. Pero en México, al poder absoluto le sigue el vacío absoluto. En la campaña eres el más listo, simpático y hasta guapo.

—Bueno, yo ni en la campaña fui guapo...

—Al salir de la presidencia eres el culpable, el imbécil, el ratero.

—Ahora soy el asesino, Ernesto. Antes había salvado a México. Don Octaviano, que en paz descanse, lo dijo. Lo dijeron los empresarios de Monterrey, de Puebla, de Jalisco. Hay municipios con mi nombre, calles, escuelas, un aeropuerto. Un día te leo las cartas que llegaron a Palacio felicitándome por "poner orden". Todas después del 2 de octubre de 1968. Pero a la larga al único al que le tocó fastidiarse fue a mí y para qué. Para que López Portillo ahora ayude a los comunistas de Nicaragua, al mismo tiempo que quiere meter un tubo de gas por todo el país hasta Estados Unidos. Es como un examen de cáncer de colon.

—Así funciona el Sistema. Cada sexenio es una nueva ocurrencia. Es el Sistema. Erige estatuas y luego las tira. Y nos cuadramos cada seis años. Por cierto, ¿no te querían tirar la estatua que te hicieron en Puebla?

—Que la tiren, pero que vayan a la cárcel por ello: daño al patrimonio del Estado.

—Pero la quisieron dinamitar como le hacían a la de Miguel Alemán en Ciudad Universitaria, ¿o me informaron mal?

—No les salió. Sólo le hicieron un agujero, un túnel. Los niños juegan ahí adentro.

—Ah, qué hermosa imagen, Gustavo —se limpia la boca el arzobispo, apura la copa—. Ahora sí, vamos a que te confieses.

—Antes, Ernesto, quiero preguntarte algo y quiero que me respondas como amigo.

—Depende de qué me vayas a preguntar.

—¿Tú crees en Dios?

—Por supuesto.

—¿En la inmortalidad del alma?

—Claro. ¿Qué mosca te picó?

—Ninguna o todas. ¿No crees que quien está más cerca de Dios alcanza a ver que su fe es un absurdo? El Papa, por ejemplo. Tiene que saber que Dios no habla a través de él.

—Los sacerdotes tenemos que creer en Dios como ustedes los políticos creen en sí mismos, en que están haciendo el bien, en que el sacrificio es necesario. Si tú no hubieras creído que estabas salvando al país del caos, ¿hubieras podido seguir siendo Presidente?

—Es el tema, Ernesto. Todos lo creían, todos en torno a mí: los sacerdotes, los empresarios, los gringos, los diputados, los senadores, los gobernadores. El 23 de octubre de 1968 Echeverría me enseñó el telegrama que firmaban desde Buenos Aires Jorge Luis Borges, Adolfo Bioy Casares y Manuel Peyrou: "Rogamos hacer llegar nuestra adhesión al gobierno de México". Los argentinos, Ernesto, los escritores. Pero ahora parece que yo soy el único que lo cree. Los que aplaudieron en el sexto informe de mi gobierno, siete años después, se arrepienten, y se unen al abucheo.

—No, ahora le aplauden a la "administración de la abundancia", al petróleo, a los yacimientos de López Portillo.

—¿Tú nunca dejas de aplaudirle a Dios?

—Le rezo, no le aplaudo. Pos si no somos negros presbiterianos —se limpia las manos en un servilleta que queda roja con crustáceos. Un criado con guantes blancos retira el plato desbordado de cáscaras vacías.

—¿Y Dios? ¿Te aplaude, Ernesto?

—Dios no puede aplaudir.

—¿Por qué?

—Porque nada de lo que hagamos puede sorprenderle.

***

En Oaxaca, a los quince años, Gustavo reza, en el colegio, ante la imagen de Francisco de Sales; en la recámara de sus padres, ante Santa Rosa. Se santigua cuando pasa por una iglesia, un cementerio, una imagen de la Virgen de Guadalupe o de Jesús. Pide por el bien de su familia, arrodillado frente a su madre, entre velas, arrimado en casa de su tío Demetrio, y a solas para que le vaya bien en los exámenes, cuyas respuestas deja en blanco porque se la pasa meditando en quién es el que le ha hecho tan miserable la vida a su familia.

Pero hasta ahí, hasta el rezo, llegará de nuevo el enemigo, la Revolución: en agosto de 1926 la policía vigila la escuela para impedir que salgan los curas en sotanas para llevar a los alumnos a comulgar a la Catedral de Oaxaca. Los sacerdotes, desesperados por el ambiente anticatólico desatado por el enfrentamiento entre la iglesia y el presidente Plutarco Elías Calles, obligan a los estudiantes —de los que Gustavo es uno de los mayores, casi debería estar en la preparatoria pero apenas cursa el sexto año— a sacar piedras y polvo del suelo para construir un túnel que conecte el Colegio Salesiano con la Catedral. Para Gustavo la idea del túnel es toda una revelación: hay formas de hacer cosas sin ser visto, la ley humana puede doblarse, todo es cuestión de saber hacer el túnel, hay una ley por encima de las leyes, una voluntad por encima de las voluntades, un poder sobre los demás. Durante semanas, los alumnos del Salesiano son obligados a ser mineros. A Gustavo no le importa, de hecho es uno de los más entusiastas: le satisface demostrar que se ha esforzado para luego, humildemente, recibir la aprobación del padre Fulgencio Ramos, el director del colegio. Sus compañeros no le satisfacen: unos le dicen cosas como "ey, Gustavo, ya termínate el pozole", o, "Gustavo, bájate del caballo", en referencia a su hocico animal lleno de dientes como granos de mazorca, y los otros, los tímidos, los pobres, los indios, no le importan. Gustavo quiere pertenecer a los que son sus iguales por derecho familiar: los herederos de un gobernador de Oaxaca o de un político poblano prominente. Político porfirista. Gobernador durante veinte meses, pero Señor Gobernador, impuesto desde el centro, desde la capital, y sólo destituido por una revuelta. Él lo imagina saliendo del Palacio de Gobierno hacia la plaza de Oaxaca en medio de las tropas alzadas de García Vigil, el Matagallinas, como le decían —porque acababa con las provisiones del pueblo por el que pasara, así de antigua era su hambre— y, su tío abuelo, don Miguel Bolaños Cacho, de levita y reloj de cadena, pausadamente dejándole a la chusma el control del gobierno. "A ver cómo detienen este caos", decía su abuelo en los sueños despierto, mientras él, Gustavo, sacaba piedras del socavón del Colegio Salesiano. Y su Gobernador se iba transformando con la falta de oxígeno, en medio del polvo, con las manos llagadas por la piedra caliza, en Don Bosco, en Jesucristo insultando a los mercaderes, en el director del colegio imponiendo su convicción a pesar de la policía del presidente Calles y de la Revolución. Eso eran los Díaz Ordaz, los Bolaños Cacho: familias en medio de la chusma, obligadas a convivir con ella pero jamás a ser una de sus partes. No eran iguales, a pesar de que él era más moreno que los demás parientes, con una boca más allá de la ortodoncia, los ojos negros, pasmados, de la indiada, de la negritud. Su madre, doña Sabina, a la que no se besaba porque los gérmenes eran lo contrario de la autoridad, le decía:

—No traigas a tus compañeros de la escuela porque van a ver cómo vivimos. Qué les importa. Nunca les digas nuestros secretos. Cuando salgamos de esta miseria y tengamos una casa propia, los invitas a todos a la alberca que vamos a tener.

En sus sueños despierto dentro del túnel del colegio, recibía los elogios de todos por su esfuerzo, por su sacrificio, y sacaba más piedras que los demás. El Jesucristo que se le aparecía en el túnel no era el sufriente de la crucifixión, sino el emperador recompensado de los días, después del final de los tiempos, con una corona de oro que era como un haz de luz que emergía de su mano y le daba a Gustavo directo en los ojos, iluminándolo, reconociéndolo, dándole la vida eterna. En efecto, al salir del túnel, una tarde, se encontró con los zapatos del director y, viendo las cortadas en las manos de Gustavo, le dijo: "Buen trabajo, muchacho". A Gustavo le enojó el mote. Para el director era sólo un chico sin nombre, indistinguible de la indiada, de los "oaxacos" de ojos rasgados, mirada impenetrable y piel oscura, recogidos por caridad para recibir una educación religiosa, evidencia de una obra hecha de lástimas. Y Gustavo, de quince años, se irritó y le cayó justo en el estómago toda la rabia, la frustración, las ganas de salir corriendo, con su familia volando, tomados de la mano, hacia un mejor lugar. El director del colegio, el padre Ramos, era parte de la conspiración que no apreciaba lo que los Díaz Ordaz, los Bolaños Cacho eran realmente: ángeles viviendo por un giro de la suerte en la miseria. Y él, que había visto lo que Gustavo hizo para demostrarle que la sustancia de la que estaba hecho era mucho más valiosa que la de sus compañeros, no la reconocía. Para él, Gustavo, no era ni un nombre ni un apellido, sino sólo un alumno minero, un servidor, un empleado, obedeciendo, impuesto a hacer lo que, en realidad, era su obligación. Ningún incentivo para el esfuerzo, para la fe, para la creencia en estar participando de algo superior. Sólo la fría mirada a lo que se avanzaba en el túnel, sin consideración, sin siquiera aprenderse su nombre.

Salió de la escuela directo a buscar a un policía revolucionario, a un empleado del presidente Plutarco Elías Calles, que comprendiera su situación.

—Oficial, quiero que vea estas cortadas —le enseñó las palmas de las manos—. El director del Colegio Salesiano nos obliga a hacer un túnel que llegue a la Catedral. Es para desobedecer la orden de que los curas no pueden salir vestidos de sotana a las calles de México.

El policía sacó una libreta y le preguntó su nombre.

—Gustavo Díaz Ordaz Bolaños Cacho —respondió sacando pecho.

De regreso a su casa, fantaseó con la entrada de la policía al colegio, la aprehensión del director, su fusilamiento murmurando el nombre de su anónimo alumno: "Esto es culpa de Gustavo Díaz Ordaz Bolaños Cacho". A la mañana siguiente Gustavo esperaba ver al ejército irrumpiendo en el colegio y al director amarrado a un cable de acero, por el cuello, bridado, como un caballo. Pero no sucedió nada. El policía seguía en la acera con la mirada en el vacío, los alumnos adentro tomaban clases de "Piedad", repitiendo hasta la náusea las enseñanzas de Don Bosco —"denme las almas, niños, y quédense con el resto"— y el director del colegio paseándose con las manos en la espalda, parsimonioso, delicado en la lengua que se agitaba dentro de unos labios apretados. Gustavo aprendió que no era sólo construir un túnel, sino también considerar que todos los demás estaban cavando sus propios laberintos.

Puebla, 25 de julio, 1977

Rumbo a su rancho en Tlacotepec de Juárez, Puebla, Díaz Ordaz oyó por el radio del chofer la noticia de la reforma política mexicana, simulación, en todos los sentidos, de la transición española a la democracia. Era lunes y escuchó la misma frase del mismo personaje: "En política, lo que resiste, apoya". La había dicho en 1964 para justificar la existencia de los diputados de oposición. Ahora lo repetía ese personaje, Jesús Reyes Heroles, ya como secretario de Gobernación que buscaba legalizar al Partido Comunista: "la intolerancia sería el camino seguro para volver al México bronco... ni autoridad sin derecho, ni derecho sin autoridad... blabla-bla... lo que resiste, apoya". Cada vez que tienen un micrófono delante, los políticos creen estar haciendo el discurso de Abraham Lincoln en Gettysburg. Gustavo odiaba a Jesús Reyes Heroles porque les había avisado a los estudiantes lo que iba a suceder en Tlatelolco. Afortunadamente no le hicieron caso.

Díaz Ordaz suspiró viendo la carretera y pensó en el guano. En la mierda productiva. Antes de ir al rancho iría a visitar a su hija, Guadalupe, a su casa de la ciudad de Puebla. Ahí vivía con quien había sido su secretario en la campaña presidencial, Salim Nasta Hai, uno de esos amigos a los que se refería el presidente López Mateos en 1960: "el que no tenga un amigo libanés, que se consiga uno". En el caso de López Mateos era Kawage, quien le había conseguido el crédito para comprar de las compañías gringas la industria eléctrica y simular una nacionalización. En el caso de Díaz Ordaz era Salim, el abogado de la policía del Distrito Federal durante la regencia de Uruchurtu, y a quien él había nombrado director de guanos, un año antes de que se casara con su hija. Había sido casi una broma, pero Salim había hecho una fortuna de los guanos, de la mierda de los murciélagos, de la mierda de las gaviotas, de la mierda a secas.

—Sólo así se hace dinero, suegro —le había dicho Salim en una ocasión—: metiendo la nariz hasta el fundillo del mundo. Luego se respira profundo, profundo, hasta llenarse los pulmones, y así, con el tiempo, ya cuando ni arrugas la nariz, se llenan las cuentas de banco.

Díaz Ordaz iba llegando a Puebla, cuando se movió en el asiento con un dolor en el abdomen. Se quitó los lentes. Pensó "me estoy muriendo". Se le fue calmando, mientras se salía del auto y caminaba para tocar el timbre de su hija. En la puerta, se mareó y perdió el equilibrio.

—¿Está temblando? —le preguntó al Grande, su chofer. El empleado vio en torno suyo y negó con la cabeza.

—Últimamente me suceden cosas que no puedo resolver con una pistola.

—¿Cómo qué, padre? —le dijo su hija sentada en el jardín.

—Como que todo tiembla.

Se hizo un silencio. Era un mediodía de verano apacible. Díaz Ordaz pensó que lo arruinaría si le avisaba a su hija que tenía cáncer.

***

El 14 de enero de 1931, la ciudad de Oaxaca se vino abajo. En el Museo de Arte Moderno de Nueva York se guardan los once minutos que filmó Serguei Eisenstein de la devastación. En el cortometraje que se llama *El desastre de Oaxaca*, 1931, el cineasta retrata a las niñas de rebozo, a los indios de sombrero, las fachadas caídas —incluido el logotipo del Partido Único—, las iglesias sin techos, los santos afuera de las parroquias, como parte de un estudio de campo para hacer *Que viva México*. Son dos imágenes las que llaman todavía la atención en el corto de Einsenstein: el río Atoyac queda, de pronto, seco, y la gente va a ver el hueco que ha dejado su recorrido; la otra imagen que cautiva es la de los esqueletos expuestos en el cementerio. Con el sismo, las cubiertas de los nichos se botaron, dejando al descubierto las calaveras de los muertos. Es como si los esqueletos cobraran una nueva vida, salieran de sus tumbas, revueltos los huesos, de conocidos y ajenos. Nuevos muertos o ciento catorce, según los datos enrevesados del general encargado de los rescates, Pérez. Nunca se sabe el número exacto.

El terremoto de Oaxaca dejó sin lugar a los Díaz Ordaz: la casa de los Bolaños Cacho se había cuarteado. Quedaron expuestas las entrañas de la ciudad colonial, indígena, y del disimulo. La gente durmió a la intemperie durante meses, hasta el verano. La torre de una iglesia quedó en pie, casi como un milagro de equilibrio, de suerte, de coincidencia. Un ángel está suspendido de lo que quedó del techo de una parroquia. Es el Ángel de la Muerte, según el letrero que le puso Einsenstein durante la edición del cortometraje.

A Gustavo, el terremoto de 1931 le tomó por sorpresa en el Colegio de Ciencias y Artes de Oaxaca, junto a Julio Glockner, su "pivote" en el equipo de basquetbol; Cronos le nombraron porque funcionaba como un reloj. Tenía veinte años y corrió entre los derrumbes a ver a su familia. No pudo cambiarse y llegó con el uniforme de basquetbolista, los calzoncitos, las zapatillas, la camiseta entallada, sin anteojos. Su padre estaba cubierto de polvo blanco. Su hermana tiritaba de terror. Su madre se santiguaba. Y se les viene la réplica, a la una con cuarenta minutos. Los Díaz Ordaz Bolaños-Cacho tendrán que empacar de nuevo. No saben si Oaxaca será su sepultura, pero no quieren quedarse a averiguarlo. Es por eso que regresan a Puebla. A Puebla de los Ángeles o a Puebla de Zaragoza, según la historia que se prefiera. De los Ángeles quiere decir que es una ciudad vista en un rapto místico por un colonizador español, Julián Garcés, que en 1531, ve en un sueño la traza de una nueva ciudad sólo para los españoles, sin indios, sin México, la ciudad ideal que los ángeles desean para sí. De Zaragoza es la del general, Ignacio, trescientos años después, derrotando, durante el 5 de mayo de 1862, la invasión francesa a México. La ciudad de Puebla, la ideal, la de los puros ángeles, siempre quiso estar en un lugar distinto al resto de México: a favor del emperador Maximiliano y del ejército francés. Zaragoza, el general que ayudó a derrotar franceses, le recomendó a Benito Juárez quemar la ciudad, acabar con ella, borrarla de los mapas y volver a empezarla, no soñada por un místico, sino proyectada como liberal: "Puebla es una vergüenza. Celebraron nuestras derrotas y cada victoria de los franceses. Hay que quemarla". Pero Juárez no hizo tal cosa. Simplemente le infligió el apellido de su libertador.

Con las caras de muertos es como los Díaz Ordaz vuelven a esa ciudad. De regreso de donde la Revolución los había expulsado, Gustavo retorna disfrazado de jugador de basquetbol a una de las ciudades que se negó a ser parte de la Independencia o de la Reforma o de la Revolución, que siempre quiso ser otra, divina, celestial; que siempre estuvo a favor del regreso de México a ser colonia europea, a que el Estado fuera una diócesis de la iglesia católica, a que Porfirio Díaz y su hijo Félix fincaran una dictadura de mil años.

Su madre le dice sin la menor duda, al llegar a un apartamento en la Puebla de los Ángeles de Los Últimos Días o, como ella misma decía imperceptiblemente, de Los Últimos Díaz:

—Todo es frágil. A ver cuándo nos sacan de aquí. Las revoluciones de los hombres o las de Dios.

Pero ya nada moverá a Gustavo de Puebla. Ahí conocerá a quien le enseñó a ver a la política como un juego de vencidas.

***

En esos años, si eras poblano tenías que conocer al Jefe de Jefes, al ranchero Maximino Ávila Camacho, quien llegó a la Escuela de Derecho vestido de rejoneador, con los pantalones acampanados, el saco ajustado, corto, hasta el final del costillar, abotonado, el sombrero calañés, de lado. Sus pasos resonaron en los pasillos de la vieja escuela, donde los estudiantes se escondían tras las puertas. Era Maximino, el que había armado una revolución antizapatista que no creía en los campesinos ni en el reparto de la tierra, sino en las guardias armadas, "blancas" —por oposición a "rojas"—, que protegían a los latifundistas, los Jenkins, los Wenner-Gren, a Rosendo Cortés, a Miguel Barbosa; una revolución que no creía en los obreros a los que se les prohibía el derecho a la huelga —"quiten esos trapos inmundos", gritaba Maximino ante las banderas rojinegras, "aquí no hay más bandera que la tricolor"—; una revolución que había pactado con sus enemigos —los curas y los terratenientes—, mientras se hacía de ranchos, ganado, caballos, plazas de toros, casinos, burdeles. La Justicia de la Revolución no existía en abstracto: era hacerte justicia en tu propia cuenta bancaria.

En esos años, nada se movía sin que Maximino lo quisiera: "Esta tierra era un nido de alacranes y yo lo apacigüé", decía, llevándose la mano a la pistola. Con esa fama llegó a reclutar estudiantes de Derecho, como se hacía en la Escuela Militar, de la que el propio Maximino había desertado para unirse al golpe contra Madero para luego revivir, Gran Gesticulador, como partidario de la revolución maderista. Iba vestido de torero, acompañado de Gonzalo Bautista, un abogado de traje y corbata. Eran la imagen de la otra revolución, la que no era, aunque decía serlo. De hecho, Gonzalo Bautista, el líder del Bloque Cardenista, ex alcalde de la ciudad de Puebla de Los Ángeles, alertaba desde la tribuna del congreso local: "una alianza obrero-campesina dentro del Partido nos llevará al comunismo, concepto ajeno a la Revolución". Maximino y Bautista llegaron porque necesitaban abogados para "planchar" —como decían los políticos— la nueva forma de elección interna del Partido que el presidente Lázaro Cárdenas había ideado para que los grupos no se dieran de balazos: un plebiscito. Maximino era el precandidato a gobernador y Gonzalo Bautista a senador. Tenían en frente a su oposición, llena de "zapatistas con ideas extranjerizantes del tipo Soviet", Gilberto Bosques y Leónides Andrew Almazán. En realidad, no eran comunistas, sino sólo vagamente agraristas, representantes del Frente Revolucionario de Obreros y Campesinos (FROC). Maximino y Bautista habían creado un pánico con las banderas rojas de las huelgas obreras y se presentaban como "verdaderos representantes del progreso y la tranquilidad", es decir, de "el que se mueva, se me va al cementerio".

Las espuelas de Maximino resonaron en los pasillos de la escuela de Derecho, en medio del silencio de estudiantes y profesores. Gustavo Díaz Ordaz, entonces todavía alumno con dificultades para pasar sus materias —a sus veinticuatro años— miraba todo al lado de su amigo Julio Glockner, pasante de médico. Maximino y Bautista eran como una aparición. Gustavo preguntó:

—¿Y esos quiénes son?

—¿No sabes? —murmuró Julio Glockner—. Maximino, el ranchero, el que mandó ametrallar la manifestación del FROC hace unos meses. Es el Jefe de Jefes aquí en Puebla. Es hermano de Manuel, el de la Secretaría de Guerra del presidente Lázaro Cárdenas. Y el otro es Gonzalo Bautista, un viejo líder de los cristeros que se puso de acuerdo con Maximino para reabrir las iglesias.

—A ver, muchachos —gritó en medio del pasillo el licenciado Bautista—. Aquí don Maximino les tiene una pregunta.

Maximino no era un orador y menos en medio de gente tan "estudiada". Volvió a sentir el lodo bajo sus pies cuando trataba de ir a la escuela en medio de las lluvias del pueblo de Teziutlán, mientras el ahora baluarte del FROC, el héroe de los obreros, Lombardo Toledano, tenía hasta tres pares de zapatos. Maximino nunca le perdonó a Lombardo su riqueza, y lo combatió del brazo de los ricos. Lombardo defendió obreros y campesinos desde un Cadillac rojo. Pobres que protegen a los ricos; ricos que se preocupan por los pobres. Ambos eran esa misma revolución fracturada por el rencor y la culpa.

Maximino no se dejó intimidar por los "leguleyos" —porque "un hombre de calidad es el que se sobrepone a su origen"— y preguntó alzando un fuete:

—¿Quién puede decirme qué es el poder?

Los estudiantes se voltearon a ver entre sí. Hubo respuestas tímidas de Eusebio Ríos —"el poder emana del pueblo"—, Gerardo Mariscal —"es hacer cosas por el bien de todos"—, pero Gustavo Díaz Ordaz sacó el pecho, como en esa foto en la que luce su camisetita ajustada de basquetbolista, y dijo con esa voz de locutor que emergía de su dientona cabeza:

—Enseñar a obedecer.

—Ahhh —respondió Maximino Ávila Camacho—. Ahí hay un hombre de calidad. ¿Cómo te llamas, mijo?

Esa mañana Gustavo Díaz Ordaz fue uno de los reclutados para "planchar" el plebiscito del Partido. Lo que esa actividad doméstica ocultaba era que la elección de presidentes municipales —mismos que controlarían el plebiscito— quedara en manos, no de los obreros ni campesinos del FROC, sino de las guardias armadas de Maximino. La sustitución no era política, sino física: los asesinaban y luego, hacían pasar los homicidios como "enfrentamientos entre ellos". En los últimos días de 1935, Gustavo le dio la mano a Erasto Montes, el encargado de repartir carabinas en Huauchinango, para escenificar supuestos "enfrentamientos" entre agraristas. El día que se conocieron, Montes le dijo:

—Mire, mi licenciado, cuando no se quieren poner de acuerdo, no hay manera de convencerlos más que con la lluvia.

—¿Con la lluvia?

—De plomo —rió para dentro Erasto Montes. Era una risa demente, jamás para fuera; de gente que ha escondido secretos durante años.

Fueron asesinados Isaac Vite y Mauricio Quiroga, regidores del FROC; de su muerte se culpó a otro "froquista", al diputado Juan Cardona. Gustavo Díaz Ordaz fue parte del equipo de cuasiabogados que integró el expediente con el que el diputado Cardona fue hallado culpable. Cuando Gustavo se enteró que Cardona había sido encarcelado, sintió aquel ardor agradable del poder que le subía del estómago a los pómulos. Y ahí entendió esa adicción que comenzaba con firmas, sellos, hojas y hojas a máquina y terminaba con vidas. Se sintió a sus anchas en el comité de campaña del ranchero y el licenciado, Maximino y Bautista. En marzo de 1936, se reparten carabinas para fingir otro enfrentamiento, ahora en la neblinosa Cuetzálan:

—Diputado Ernesto —le dijo Gustavo al artífice, Díaz Camaño—, ¿y qué les dice cuando les reparte las armas? No puede decirles que le disparen a los del FROC. ¿O sí?

—No, mijo —contesta distraído el diputado—. Les digo que procedan con energía.

El joven Gustavo se fue colmando de los eufemismos del poder revolucionario, toda una manta tejida de retazos de lenguajes domésticos, de las peleas de gallos, de los abogados, del deporte. Todos querían decir matanza. Aprendió que el poder es literal pero habla en metáforas.

La oficina de campaña se fue llenando de expedientes barrocos que lograban el encarcelamiento de líderes del FROC. Díaz Ordaz, pasados los veinticinco años, veía desfilar por esa oficina a los comandos que robaban los sellos de los comisarios ejidales para autentificar actas electorales llenadas de antemano a favor de Maximino y Bautista, a huestes mugrosas de campesinos traídos de Oaxaca y Veracruz que, de pronto, se encontraban en la fría Sierra Norte poblana para poner una huella digital. La última jugada se le quedaría grabada a Gustavo: la mañana del 5 de abril de 1936, aún cuando no se instalaban las casillas del plebiscito interno del Partido, Maximino hizo circular el rumor de que no valía la pena salir a votar porque él ya había ganado la candidatura para gobernador de Puebla. Se estrenaba una de las fórmulas del Partido: triunfarán los que ya vencieron. Las elecciones son un trámite porque la política se gana en el terreno, es decir, en el miedo y la obediencia. Por supuesto, los froquistas se defendieron del fraude electoral con inútiles cartas al presidente Lázaro Cárdenas y al ex presidente Emilio Portes Gil, líder ahora del Partido, pero el triunfo de Maximino y Bautista fue oficializado el 30 de abril de 1936. El FROC, alentado por Gilberto Bosques y Lombardo Toledano, marchó con treinta mil obreros hacia la Ciudad de México para exigir que la elección se limpiara. Se les llamó "a la disciplina", a no "ser egoístas y antipatrióticos". Díaz Ordaz tuvo en sus manos una demanda contra los treinta mil obreros inconformes: el Centro Patronal de Puebla exigía el despido de todos los trabajadores porque se habían ido a la Ciudad de México a marchar sin "pedir permiso". La demanda por "abandono de empleo" convirtió, de golpe, a los opositores en simples acusados: ya no eran obreros, ni ciudadanos, ni nada. Eran acusados. Eran culpables. Una de las lecciones imborrables en la mente de Gustavo Díaz Ordaz: las demandas que se pierden en la barandilla del juzgado no pueden ganarse en las calles.

Esa noche Maximino organizó una comida en su rancho La Soledad, donde él fue el principal bebedor, el único apostador y el torero. Gustavo fingió beber, simuló saber de toros, aparentó que le interesaban los gallos. Así se pertenecía. Pertenecer al poder era un enredijo de pantomimas. Él, que era hijo mulato de un contador de una hacienda porfirista, no tenía idea ni de alcohol, ni de toros, ni de mujeres. En resumidas cuentas, no sabía de política mexicana. Pero conocía el gusto por el poder: someter a los demás. Al final de la velada, con la mitad del comité de campaña y casi todos los diputados locales, regidores y presidentes municipales tirados en el pasto, Gustavo comenzó a buscar un lugar para echarse a dormir. Maximino se le acercó con una palmada:

—Muchas gracias, licenciado Gustavito —le balbuceó—. Ahora a lo que sigue —sacó el fuete—: Lo nombro Presidente de la Junta de Conciliación y Arbitraje de mi nuevo gobierno.

El fuete sobre el hombro como la espada del rey sobre el caballero.

—No, cómo cree —empezó a decir Gustavito—. Yo no tengo la experiencia suficiente. Ni siquiera he terminado la carrera de Derecho.

Los ojos de Maximino relumbraron de cólera. Lo último de esa noche para Gustavo Díaz Ordaz fue aguantar el cuerpo de Maximino montándolo como a un poni, clavándole las espuelas en las costillas, sintiendo su sexo en la espalda, oliendo su sudor etílico. Era lo que realmente excitaba al Jefe: montar a sus subalternos. Cada vez que Díaz Ordaz se tiraba de panza al suelo o quería rodarse, recibía un fuetazo, contundente, en la grupa. Era ya un caballo de esa otra revolución.

***

Frente a su hija Guadalupe, en Puebla, el lunes se iba oscureciendo. Le preguntó si iba a exponer sus fotos algún día y si a su esposo, Salim, todavía le olía el cabello a guano (había renunciado a la industria cinco años antes, ya con el presidente Echeverría). Ninguna pregunta fue respondida. A él no le importó. Se ruborizaba recordando la sensación de que te monte otro hombre, que te entierre las espuelas, que te latigue. Era una sensación de ira contenida mezclada con un culto infundido por tu agresor. Llegó la noche y su nieto, Mauricio, quiso que se quedara para que vieran las estrellas por el telescopio que acababa de instalar en casa.

—Me voy al rancho —le respondió Díaz Ordaz viendo a los ojos, no a su nieto, sino a su hija.

En el silencio de la parte trasera del automóvil habían quedado todos los temas: por qué su yerno había colaborado con Echeverría en lo del guano, la legalización del Partido Comunista Mexicano, el escándalo de su renuncia a la embajada española, el cáncer en el colon, los ojos que se le nublaban por nada. Todo cambiaba y él parecía quedarse fuera del mundo. Miró a su hija. No la reconocía. Era su Guadalupe, quien lo acompañó a todos los actos presidenciales, después del 2 de octubre de 1968, después de que su esposa Lupita, se negara a asistir. Después de que se rehusara a salir de la casa presidencial, a salir de las recámaras presidenciales que cambiaban todas las noches de cuarto, a comer sin antes verificar que el plato, la copa, la cuchara no estuvieran envenenados. De cerciorarse de que nadie le había echado un alacrán en las sábanas o una serpiente de cascabel en la tina.

Su hija le recordaba ahora al fantasma en el que se convirtió su esposa.

***

Llegó a su rancho cerca de Tlacotepec por la noche. Una parte de la casa había sido uno de los cuarteles de Emiliano Zapata. Los agraristas habían pretendido que se les repartiera esa tierra, pero Maximino Ávila Camacho no se los permitió, y después se la regaló a Díaz Ordaz "para que críes tus toros de lidia". A esas alturas Maximino todavía pensaba que Gustavo sabía algo de toros y que le entusiasmaban de verdad.

Lo recibió el caporal, don Felixazo, como le decía Díaz Ordaz. Felixazo era el único que le seguía diciendo "Presidente". El chofer se excusó y se fue a la casa de huéspedes. El "Presidente" entró a la casa. La llave ya no encajaba en el candado y había que moverla para que cediera. Felixazo se acercó a ayudarlo. Él lo rechazó. Lo único que necesitaba era abrir y meterse a un baño. La taza era de mármol y también las paredes, con esas formas de la piedra traída de Italia. Díaz Ordaz había mandado quitar todos los espejos porque él no los necesitaba y a Lupita la ponían nerviosa; de pronto se miraba en ellos y preguntaba: "¿Quién me está mirando?". Gustavo nunca le explicó que era ella misma, que, a veces, nos ocurre que no sabemos quién es el del espejo, sino que lo resolvió como todo lo que le molestaba: los mandó desalojar.

Miró dentro de la taza. La sangre negruzca sobre el blanco del mármol. Y jaló. El agua salió lodosa por la falta de uso. Pensó en regañar a Felixazo cuya obligación era desaguar los baños de vez en cuando, pero no lo hizo. Salió a la terraza y se sentó en una mecedora que daba al pozo de agua, un lujo en esa zona de Puebla. Se quitó los lentes y se quedó dormido con ellos en la mano.

***

—Para ser miembro del grupo de Maximino Ávila Camacho —le dijo en 1937 el recién "electo" senador Gonzalo Bautista— necesitas cuatro cosas: ser abogado, estar casado, que te gusten los toros y ser poblano.

Gustavo no tenía ninguna de las cuatro cosas pero aprendería a fingirlas. Asintió caminando al lado de Gonzalo Bautista que recibía saludos a su paso por las calles de Puebla de los Ángeles. La ciudad había dejado de ser de Zaragoza, ahora que había un nuevo gobernador y la junta de trabajadores del FROC que la manejó durante un año se había disuelto para huir a las zonas obreras. Ahora era divina, fuera del mundo. Los comerciantes poblanos le estaban agradecidos de antemano a quien pondría, por fin, un alto a los motines del FROC: Maximino Ávila Camacho.

—Nosotros lo sabemos todo, muchacho —siguió advirtiéndole Bautista a Gustavo—. Creímos que eras poblano, tu padre era contador acá en Chalchicomula, pero resulta que naciste en Oaxaca. Y hasta pareces como un indio, como un mulato, como un cambujo —siguió tomándolo por la solapa de un saco tan gastado que hasta brillaba en el sol de marzo.

Jalado de la brida de los licenciados —la solapa— por el senador Bautista, Gustavo sintió que todo se venía abajo. Desde las elecciones, cada vez que se quedaba dormido se veía a sí mismo dirigiendo un discurso ante algún Presidente, lleno de gloria, con confeti en la cabeza —el signo de la gloria—, aplaudido por su elocuencia, dando órdenes, impasible, impermeable al elogio y al reconocimiento, pero adentro, en el estómago, satisfecho, emocionado de ser alguien que había salido del montón para emerger como disponible, en cada hora, en cada estación, como el hombre con el que siempre se puede contar. Ahora, el senador Gonzalo Bautista le borraba de un tachón toda la maldita plana mecanografiada a renglón seguido:

—Estamos preparando un pacto para mantenernos unidos en el gobierno de Puebla y para la elección presidencial dentro de tres años, muchacho. Nos costó tanto ganarle esta elección a los froquistas que tenemos que tomar medidas en previsión. Y el Jefe cree que los que no hayan nacido en Puebla no pueden hacer política aquí.

Gustavo no dijo nada tratando de encontrar una fórmula para salir casado, abogado, torero y poblano de una sola tajada. Sus ojos se movían pero no iban viendo la banqueta sino una solución que se le adelantaba, tres o cuatro pasos, como los jefes a los subalternos. El senador Bautista había hablado y ya sólo dirigía murmullos a los transeúntes que lo felicitaban por su reciente "triunfo" al senado, a la capital, donde se hacía política de a de veras. Díaz Ordaz pensaba, esto con esto y esto con aquello, como un abogado.

Punto uno: Casarse. De mujeres Gustavo no sabía mucho. Estaba la hermana de Memo Borja, su compañero en la universidad, a quien visitaba en la Quinta Calle de Oriente, para pedirle libros que él no podía pagarse. Se llamaba Lupita, como su hermana, y varias veces, mientras él se sumergía en los libreros de don Ángel Borja, el padre abogado, la había visto mirándolo con curiosidad. Acaso le llamaba la atención su cráneo de embudo, nomás. Lupita era una muchacha recatada, casi siempre con rebozo en la cabeza, cuyos ojos verdes lo miraban un segundo y no al siguiente. Jamás una mirada fija. Tampoco una risita. Nada. Pero era una posibilidad de mujer, de esposa, ahora que los tiempos se lo exigían. Una mujer no mestiza, de ojos verdes, una que pudiera blanquearlo, hacer hijos atractivos, decentes, distinguidos. El sexo con alguna de sus Lupitas le había cruzado la mente, siempre empañado por su discurso en una alta tribuna, aplaudido por un Presidente. El que fuera, pero Presidente.

Punto dos: Recibirse. En cuanto a la tesis de abogado, tenía unas cuantas ideas sobre el derecho que tienen los habitantes de una casa a no ser lanzados por el propietario, pero no era un buen estudiante. Había perdido años de escuela, entre los lodos de Oaxaca, los desalojos, los arrimones con parientes desdeñosos, en medio de esas lluvias torrenciales en las que habían encallado los barcos hechos de papeles de sus cuadernos. Quizás podría matar dos pájaros de un tiro: pedirle a don Ángel, el padre de Memo Borja, que le ayudara con su tesis y, de paso, pedirle la mano de su hija Lupita. Eso se le ocurrió. Lo de no ser poblano le pesó como un yunque en el estómago y sintió dolor.

A seis pasos de él, Gonzalo Bautista sonreía.

—Para un hombre de calidad no hay obstáculo que valga. Cumpla con los requisitos y le damos la presidencia de Conciliación y Arbitraje —le dijo y se perdió dentro del Cadillac con chofer.

Puebla, 26 de julio, 1977

Gustavo Díaz Ordaz se revolvió en la mecedora en su rancho de Tlacotepec. Quizás estaba teniendo un mal sueño esa madrugada o una alucinación. Pensó que tenía los ojos abiertos y, aún así, lo que veía no era la alberca, ni las palomillas revoloteando alrededor de la luz, sino a su esposa, vestida de novia, viniendo hacia él. No pudo decir si soñaba que estaba despierto o si había vuelto al día de su boda, sin que nada pasara todavía, ni las matanzas, ni las trampas, ni las humillaciones, ni el 68, ni la fallida embajada en España. Se pasmó ahí ante la imagen.

***

Era, otra vez, el 12 de septiembre de 1937. Gustavo miró a Lupita Borja vestida de novia con su velo blanco, perlas artificiales bordadas en las mangas, guantes negros y un ramo de rosas blancas en la mano izquierda. Era zurda. Gustavo solía pensar que era la única zurda que conocía. Era un chiste: desde que Maximino había tomado el control del gobierno de Puebla, la lucha contra los comunistas —cualquiera que reclamara sus derechos— se había vuelto intensa. Seis meses antes, el rector de la universidad, Manuel L. Márquez, compadre de Gonzalo Bautista y de Maximino, le había dicho:

—Acepto que se reciba con una tesis sobre "el derecho de queja", pero no es la queja lo importante, sino el derecho. La Revolución se hizo para que la queja se ajuste a lo que hay. Y lo que hay es, casi siempre, nada.

Tiempo después, Díaz Ordaz adaptaría esa idea a una frase propia: "Los principios no existen, sólo los pactos, en el caso extraordinario en que uno se viera obligado a pactar".

El rector Márquez, impuesto por Maximino mediante una reforma a las leyes de la universidad que le dejaba al gobernador las decisiones hasta sobre quienes dirigían las escuelas, era un distinguido Camisa Dorada, de esos que afirmaban que la amenaza comunista provenía de los judíos, que había que mantener unidos a los "auténticos mexicanos" para sortear un mundo riesgoso repleto de soviets, sinagogas y masones. Los Camisas Doradas creían que Hitler dejaría vivos a los mexicanos porque tenían un origen puro, al igual que los arios. Si tan sólo se exterminara a los judíos, chinos y protestantes, el país sería, de pronto, un contingente militar bien ordenado, próspero y limpio. Creían que la conjura contra México la habían encendido los obreros sindicalizados, los zapatistas descontentos, los cardenistas y su "educación socialista". Todos conspiraban contra la Unidad desde las fábricas, escuelas, ejidos y, con el general Cárdenas, desde el mismísimo Palacio Nacional. Para evitar esos peligros estaban ellos, los Camisas Doradas, que traducían a términos universitarios el desalojo violento de los judíos de La Merced en 1931, y la resistencia a la llegada masiva de españoles "rojos" que traían en sus baúles la desestabilización para un México en paz: "el catolicismo hace de México una isla en medio del caos", decía el rector Márquez desde su silla labrada. Traducción en la cabeza de aquel mediocre estudiante de Derecho: los que no sean católicos no son mexicanos. El rector Márquez haría cabalgar hacia atrás los temarios de la universidad poblana introduciendo, de nuevo, materias como "Piedad" y "Vida de los Santos". Al menos en el año en que resistió como rector, antes de que los estudiantes se rebelaran.

A Gustavo lo recibió, como una deferencia, en marzo de 1937, en su oficina del edificio Carolino:

—Me viene usted altamente recomendado por mis compadres Maximino y Gonzalo Bautista —le dijo, solemne, la papada que se agitaba con cada frase—. ¿Qué piensa hacer ahora que sea abogado?

—Casarme y trabajar para el bien común, como todo buen católico —respondió Gustavo. Ya dominaba el arte de decir lo que los superiores quieren escuchar.

—Pues apúrese, porque usted ya es abogado.

Exculpado de sostener su tesis frente a un jurado, Gustavo entró pasante y salió licenciado.

Pero, antes, se le exigió hacer un favor. En política no hay regalos, sólo intercambios.

Con un poncho a cuadros y un sombrero con un plástico arriba, Gustavo llegó como ministerio público a Tlatlauquitepec en medio de una lluvia imperceptible, agua de la que está hecha el aire en esa sierra. La neblina bajaba sobre la iglesia en cuya explanada había un poste de voladores de Papantla, esa costumbre india de arriesgar la vida colgados de cabeza en el aire y dando vueltas en imitación de los astros en el cosmos. Los indios, descalzos y con calzón de manta en medio del agua helada de la sierra. Gustavo tiritó dentro de su poncho. Lo estaban esperando; los funcionarios del Partido habían avisado su visita con días de antelación, antes de que le dieran su "título" de abogado.

—Ya llegó el juez —gritó alguien en medio de la neblina que empapaba con sólo atravesarla.

Gustavo iba pensando, mientras se bajaba del caballo: "¿cómo me metí en esto, yo que estudié para abogado, que pensé que jamás metería otra vez los pies en el lodo?". Molesto, entró a una palapa que funcionaba como escuela. Azotó los códigos en un banco escolar de madera pelada que se tambaleó. El vocero de los campesinos se quitó el sombrero y lo sostuvo entre sus manos mientras explicaba:

—Un alud de lodo sepultó a las familias de Las Tablas, patrón.

—¿Y qué quieren que yo haga? —refunfuñó el juez Díaz Ordaz.

—Queremos ver si el gobierno nos puede ayudar a enterrar a los muertos.

—Pero si ya están enterrados: en lodo —rió para sí.

—No, patrón, que se nos brinde un apoyo para reconstruir Las Tablas, para que las viudas y los huérfanos ténganos algo para llevarnos a la boca.

—Lleven el Jesús en la boca. Es lo único que puedo decirles.

Los indios murmuraron, tocaron los mangos de sus machetes. Gustavo, el juez, siguió:

—¿O es acaso el gobierno responsable del alud?

—No, patrón.

—Son ustedes los culpables por construir en las pendientes de la sierra. El gobierno no tiene responsabilidad.

—Vivimos en la sierra porque los caciques nos quitaron las tierras planas.

—¿Y por qué no se arreglan con el cacique? Estamos todos bajo la ley del presidente Cárdenas. Son tiempos de cooperativas.

—¿Sí, patrón?

—Claro. ¿Quién es el dueño de las tierras planas?

—Don Maximino Ávila Camacho. Tiene ahí su ganado.

—¿Y del otro lado?

—Don Maximino. Tiene sus potreros.

—Hablen con él. Es una gente, según me dicen, de razón —carraspeó Gustavo—. Como Ministerio Público no puedo hacer nada. La ley me lo impide.

—Le traemos, patrón, una petición para que le sean restituidas las tierras al ejido.

—Pero ahora son propiedad privada, del tal Maximino —fingió independencia del poder judicial.

—Sabemos del reparto agrario, patrón —por primera vez los ojos del campesino y los del abogado se cruzaron.

—Mire, mi amigo —respondió Gustavo acomodándose sus nuevos anteojos—, este papel se entrega en Asuntos Agrarios, no en el Ministerio Público. Aquí no hay delito que perseguir.

—Aunque el delito de quedarse con nuestras tierras, las de nuestros abuelos, haya terminado con un alud que sepultó a un pueblo entero.

—Según la ley mexicana no hay delito. Si quiere probar, a lo mejor en Rusia es un delito.

El campesino se quedó pensando un rato con los ojos perdidos en la neblina que ya había entrado en la iglesia junto con el frío. ¿Dónde estaría el pueblo de Rusia? ¿En Oaxaca? ¿En Veracruz? ¿En la Ciudad de México?

Gustavo juntó sus códigos, se acomodó el sombrero y el poncho de cuadros y se despidió:

—Entreguen eso donde corresponde y esperen una respuesta. Pero se los advierto, hay se los haya: puede tardar años en llegar una respuesta porque estas tierras son legalmente de la persona que usted mencionó. Una generación solicita las tierras y las reciben sus nietos. Los tiempos de la Revolución son otros a los suyos. Revisen el correo seguido —sonrió con malicia sabiendo que en esos pueblos no había servicios postales. Extendió la mano para despedirse y pudo sentir el lodo fresco en las manos del campesino. Llevaban días sacando cadáveres del alud.

Unas guardias blancas lo llevaron a pasar la noche en uno de los ranchos de otro cacique, Rosendo Cortés, que controlaba Chalchicomula, de donde habían huido, en 1910, los Díaz Ordaz-Bolaños Cacho, encogidos en una carreta, los hombros protegiendo los oídos del ruido de la Revolución. El patrón, Rosendo Cortés, no estaba, pero al "enviado del Gobernador Maximino" lo recibieron dos caballerangos y las cocineras. Una de ellas, Aurora, era una niña de quince años, morena pero con los ojos verdes, más intensos que los de Lupita, su novia, su hermana, la Virgen. Gustavo podía verle la junta ensombrecida de las piernas moverse adentro de la falda rala por obra de la luz del fogón. La contempló como una sombra china sin ropa interior, mientras ella le preparaba tortillas, café, nopales con huevo, para cenar. Gustavo comió con dolor pero con pasión. A cada mordida pensaba en un mordisco a los muslos intocados de Aurora, aunque el estómago se le rebelaba. Cuando le prepararon la cama, calentada con un fierro salido de la chimenea, Gustavo decidió tomar a Aurora por la muñeca. Era una india casi niña. Estaba a su entera disposición. Sus ojos verdes le miraron con expectación. Él la tomó de la cintura para hacerla embonar con su entrepierna.

—Usted no nos va a ayudar —le dijo Aurora sin resistirse.

—A usted, mi reina, le doy lo que quiera.

—Así me dijo el patrón Rosendo y ya ve me dejó aquí con tres chamacos. ¿Usted me los va a mantener?

Gustavo la soltó. Musitó algo incoherente sobre el concubinato y el matrimonio civil, se quitó los lentes, se metió a la cama y esperó a que Aurora apagara el quinqué. En la oscuridad, Gustavo sintió la vergüenza subirle a los carrillos, a los dientes apretados, a la coronilla. La fiebre de la impotencia no lo dejó durante un rato. Cada vez que se acordaba, le volvía la humillación. Incluso encontró, noche tras noche, un pretexto para su irritabilidad: "Sirviendo al Jefe Maximino, contraje la escarlatina". Así maquilló la fiebre de la afrenta con Aurora con un furor por servir a los indígenas mexicanos.

Por la mañana el gerente del rancho de Rosendo Cortés lo alcanzó mientras preparaban los caballos para ir de regreso a Teziutlán y, luego, a Puebla de los Ángeles, a informar "que la posible toma de tierras del Gobernador había tomado un cauce legal". El gerente de la hacienda de Cortés le extendió una hoja doblada en cuatro.

—Se la manda el patrón.

Gustavo la abrió. Era un acta de nacimiento suya donde se decía que había nacido "vivo" en Chalchicomula, no en Oaxaca, no en el pueblo de los sepulcros, sino en el de los ángeles. Se sonrió, mirando a una Aurora ocupada en trapear el frente de la casa. Ahora era poblano. Era como si los Díaz Ordaz regresaran al sitio donde la Revolución los avasalló, los pulverizó y los hizo huir. Al que ahora Gustavo regresaba para cobrar su venganza.

***

Díaz Ordaz abrió los ojos, sintiendo una brisa afuera de su rancho de Tlacotepec. Miró su reloj de pulsera: una cuarenta y cinco. Los lentes se le habían resbalado de la mano. Se levantó, los recogió y entró a la casa grande. Apagó las luces y subió cansinamente la escalera a oscuras. La idea del cáncer volvió a su anestesiada cabeza un momento. Algo dentro de él crece sin método. No, lo sabe, no es sólo el cáncer. Odió la idea de estar perdiendo, poco a poco, el control sobre su cuerpo, sobre su mente. Ya no sabía nada sobre él mismo. En un tiempo se había identificado con la idea de ser un reloj: estricto, eficaz y tosco. Pero, sobre todo, inexorable. Ahora era un roer vacío.

Jaló las cobijas de la cama principal y se metió, apretado. Del lado donde dormía su esposa Lupita sólo recibió un abrazo frío y polvoriento. Estaba como siempre quiso estar: solo. Pero, a la vez, estaba rodeado de cadáveres. Y ahora, cierra los ojos: va entrando a la iglesia de San Cristóbal, Lupita del brazo de don Ángel y él del de su madre, Sabina, que había posado, veinte años antes, frente a un espejo con su traje de novia, como casada consigo misma. Don Ramón, el padre de Gustavo, que no aparece en esa foto, descree de la dicha de ver a su hijo abogado, casado ahora con la hija de un abogado. Y le da un trago a su anforita de alcohol destilado, directo del regalo de bodas de Maximino Ávila Camacho, que es el Gobernador, que es hermano del que será Presidente. Necesita un trago de abogado, quizá coñac, quizás whisky. ¿Qué bebían los abogados?

Gustavo mira de reojo a su padre y pasa las pupilas por el resto. Ahí estaban sus hermanos, Ramón, Ernesto,

Guadalupe y María. Se quedó esperando a su padrino, Alfredo Sodi, que lo sostuvo cuando lo bautizaron en Oaxaca, hacía veintiséis años. Ahora, en problemas por las expropiaciones de sus fincas, no llegó.

Entre los rizos de piedra, los ángeles desnudos con estrellas en las manos, las palomas volando suspendidas arriba de la corona de la virgen, Gustavo se sonrió para sí al recordar el día en que, finalmente, Lupita le había dicho que hablaran con su padre para casarse. Que sí. Fue después de una serenata en la que Gustavo usó lo único de atractivo que tenía: le hizo creer a Lupita que el destino le ordenaba que se casara con él. Luego le pidió a Erasto Montes, el diputado, el pistolero de Maximino, el que estaba dispuesto a asesinar por él o porque sí, que le hiciera la valona con su próximo suegro. Erasto Montes llegó vestido de charro a la serenata para Lupita y echó tiros al aire. Borracho, Erasto insistió en pasar a la casa del licenciado Borja Soriana y, cuando lo tuvo delante, le tomó de la nuca, su manaza cubriendo ambos lados del cuello y se agachó a decirle al oído:

—Tu chamaca es rara. Tú y yo sabemos que si no es con Gustavito, nomás no sale. ¿Qué prefieres? ¿Qué se case con uno de los próximos dueños del país o que te llore en tu funeral?

Mientras, el trío y el propio Gustavo a la guitarra cantaron "Adiós, Mariquita linda". Al día siguiente, don Ángel Borja dio el consentimiento para que su hija se casara con Gustavo Díaz Ordaz.

—Mi padre dice que usted forma parte de los nuevos dueños del país —le comentó Lupita a su prometido frente a un café en los portales.

—Hágamela buena, Lupita —se chiveó el recién egresado de la escuela de Derecho—. Nomás un humilde Siervo de la Nación y de usted.

Se besaron. Un beso extraño dada la anatomía convexa de Gustavo, de su trompa llena de dientes salidos que interrumpieron el trabajo que debe ser sólo de los labios y las lenguas. Chocaban más que besarse. Y así lo hicieron cuando fueron declarados marido y mujer y se metieron a un coche alquilado que los llevó a un departamento pequeño, no lejos de la casa paterna de los Borja, ni de la iglesia de San Cristóbal, en la Quinta Oriente de la ciudad, con el regalo de su madre, doña Sabina, en el bolsillo del saco. Era el reloj que había pertenecido a los Bolaños Cacho, reloj de gobernadores, reloj de progreso: tic-tac.

Al día siguiente, los recién casados se fueron en el auto alquilado a las playas de Acapulco donde se fotografiaron al lado de peces espada muertos, de pico hacia abajo, rodeados de niños, bajo el letrero "Lanchas Orizaba". Lupita y Gustavo fingieron muchas cosas. Entre ellas una luna de miel en Acapulco. Se hospedaron en una posada entre palmeras y lodo, muy lejos de la playa. Acapulco era una selva, llena de niños descalzos y con la esperanza de convertirse en una ciudad turística. Ellos disfrutaban del calor y cuando se trasladaban a la playa en dos mulas, podían ver en lo alto de una colina el Hotel Flamingo.

—Un día —prometió Gustavo— tendremos una casa aquí, para venir cuando queramos descansar —Lupita se le recargó en el hombro.

Punto resolutivo. La luna de miel no podía durar más que unos días. A Gustavo le iban a dar un puesto en Conciliación y Arbitraje. Pero antes debía demostrar que era un soldado del Grupo Maximinista, que estaba dispuesto —como decía el punto tres del Pacto— a "sacrificarse en lo individual para salvaguardar al grupo en el poder". Tendría que regresar pronto a Puebla y servir como el abogado que Maximino, Gonzalo Bautista y demás poderosos esperaban que fuera.

Por eso el sexo abierto de Lupita lo tomó por sorpresa. No sus pechos terminados en punta, no su pancita de cuadro de Velázquez —¿o sería Rubens? De pintura no sabía mucho—, ni el encontronazo de los huesos, de unas pieles que sudaban más por la humedad de Acapulco que de deseo, de los ángeles y los demonios, de las casas de focos rojos, de las calaveras en el túnel de los salesianos, de los arcos llenos de piruetas de piedra, de las enseñanzas de los cuerpos malignos y los olores impuros, de las salivas necias, de tocar sin dejar de pensar lo que se estaba tocando, de lo abrupto que resultaba todo adentro, de lo ajeno que era estar dentro, del abismo que los separaba y él pensando todo el tiempo, no en el sexo de su esposa, sino en qué códigos debía empacar para regresar a servirle a la Revolución de Maximino.

***

Díaz Ordaz se despierta con un nuevo dolor en el estómago. Recorre el largo pasillo y se sienta en la taza del baño, pero no hace. No hay sangre nueva, sólo el dolor, ese suceso que lo doblega con los pantalones bajados. Trata de pensar, no en el cáncer, sino en el sueño que tuvo: no lo recuerda. Algo sobre Lupita. Sin lentes, camina en la oscuridad, de regreso al cuarto. Se tropieza en el trayecto y se da un golpe en la rodilla contra un mueble. Ese mueble que conservó de la hacienda porfirista, antes de que los zapatistas existieran, de que su madre embarazada de él tuviera que huir a Oaxaca, de que Maximino se lo regalara con todo y los impactos de las balas agraristas en la muralla blanca. Díaz Ordaz siente el dolor en la rodilla y la toca para saber, a ciegas, si tiene sangre. No, no tiene, y vuelve a las cobijas apretadas de su enorme cama. No siente los huesos ásperos, la cabellera de zacate, el cráneo sin ojos de su esposa Lupita al lado. Los busca entre las sábanas sin encontrarlos. Luego, se abraza a sí mismo.

***

Después de su corta luna de miel en Acapulco, Gustavo regresó a Puebla para encontrarse con el doble de la Revolución. Todos la aceptan desfilando, las manos prestas al saludo, acordando con el Jefe Maximino una forma de no repartir las tierras, ni aceptar el derecho de huelga, ni considerar a los estudiantes como algo más que alumnos, ni a los profesionistas más que "servidores del Estado", y de permitir que los curas empinaran las arcas y los votos a su favor. Gustavo meditó muchas veces en esto, frente al plato vacío, en espera de que Lupita le sirviera el almuerzo —un ritual, más que una comida, pues ya desde entonces Gustavo padecía gastritis, dispepsia, dolores intestinales— y llegó a la idea de que era parte de una revolución que terminaría sólo cuando los obreros, campesinos y estudiantes entendieran que sus beneficios llegarían en cuatro, cinco, diez generaciones más. No se podía apurar al progreso. El desenlace de una historia no tiene atajos. La ley no se rebasa a sí misma. Y mientras llegaba el Paraíso: a aguantar y a aplicar las leyes vigentes. Entre la violencia latente de los pobres y la ostentación de los ricos, sólo estaban ellos, el Grupo. Había que apoyar a los ricos para que generaran empresas, haciendas, escuelas católicas, y aguantar a los necesitados, decirles que no dejarían de serlo pronto y que más les valía trabajar duro y resignarse. En medio, el Partido se convertiría en una nueva clase rica, sin olvidar sus orígenes humildes. Eso es un país reconciliado.

Gustavo se santiguaba frente a un plato que, de sólo humear, le daba náuseas. Le sonreía a su esposa, Lupita. Luego cerraba los ojos, insertaba la comida y tragaba, tragaba, tragaba.

Pero esa madrugada del martes 26 de julio de 1977, Díaz Ordaz no pudo conciliar el sueño. Bajó a la cocina. Abrió las gavetas, todas, hasta que encontró un bourbon abierto en cuyo fondo flotaba algo ajeno. A pico de botella lo bebió completo y cerró los ojos esperando que el alcohol hiciera su truco.

***

Al gringo William Oscar Jenkins le llamaban El Cónsul. Para cuando Gustavo lo conoció ya tenía treinta años en México y 123 mil hectáreas de caña de azúcar. Había aguantado la revolución de Zapata armando su propio ejército. Era un viejo callado que llenaba camiones de melaza para producir el alcohol que Francesco Lanza vendía ilegalmente en San Francisco y que La Comisión de Lucky Luciano vendía en la costa este de Estados Unidos. El Cónsul era parte de la mafia. Sus bigotes blancos casi no se movían cuando pronunciaba ese castellano de Tennessee que sólo entendía su socio, Manuel Espinosa Yglesias. Para El Cónsul trabajaba Gustavo a su regreso de la luna de miel en Acapulco. Las miles de hectáreas de azúcar del gringo estaban amenazadas por los zapatistas que exigían un reparto agrario. El Cónsul era dueño único del ingenio azucarero de Atencingo, un pueblo polvoriento, con una iglesia de mampostería y, a lo lejos, entre los plantíos, decenas de chimeneas echando humo día y noche, produciendo la esencia para las borracheras en los Universal Studios, en la RKO, en Wall Street, en los casinos subterráneos de Chicago. Las instrucciones para Gustavo eran evitar la huelga de los obreros azucareros, neutralizar a los campesinos que querían tierras, y consultar para todo con El Cónsul. Gustavo pensó que la reunión en el café sería con Jenkins y no con el administrador del ingenio, Manuel Pérez. Más le sorprendió ver a los líderes obreros del FROC —sus enemigos jurados—, Blas Chumacero y Francisco Márquez, a la sazón diputados. Cuando Blas Chumacero le extendió la mano a Gustavo que llevaba su traje raído y sus códigos bajo el brazo, el líder obrero sintió la necesidad de explicar su presencia en una reunión para apoyar un latifundio, a todas luces ilegal:

—Si hay huelga, cinco mil trabajadores se irán a la calle. Usted sabe. Estamos para equilibrar los factores de la producción. Y sin capital, no hay trabajo. Además, los obreros están agremiados con nosotros y quiero que estén conmigo, con el Partido, no con Lombardo.

Se refería al ala radical de Lombardo Toledano en la misma FROC. A diferencia de Chumacero, Lombardo no quería el liderazgo de los sindicatos para enriquecerse. Ya era rico. Por eso resultaba una amenaza para Fidel Velázquez y Blas Chumacero. La ideología del Partido no era más que una suma de ambiciones.

La propuesta que llevaba el administrador del Cónsul, sonó en acento español:

—Ya le hemos informado al General Látharo Cárdenas y él nos ha dado la rathón: que los campesinos formen una cooperativa para administrar las tierras y nosotros nos quedamos con el ingenio.

—Pues el ingenio siempre lo han tenido de su parte —respondió, solícito, Blas Chumacero—. Con puro ingenio se hicieron de Lagunillas, Jaltepec, Nicolás, Roboso. Y la cantera. Y las tierras de riego. ¿Todo eso va a tener cooperativa?

—No, hombre, ¿cómo crees? Nada más la parte que ustedes tienen agremiada. A los zapatistas, que les den por culo.

Esa tarde, Gustavo levantó un acta no oficial de los acuerdos: la CTM y su filial en Puebla, el FROC, organizarían a los obreros azucareros en un sindicato que jamás irá a la huelga. Los jornaleros tendrían parcelas sin riego, empinadas, las del cerro, la peor parte, las piezas sin chiste de un rompecabezas, las áreas grises del Cónsul. Lo demás para ti y todos tan amigos. Amigous, pensó Gustavo que diría Jenkins, pero todavía no lo conocía. El Cónsul era un fantasma, a pesar de que tenía oficinas en Puebla de los Ángeles. Jenkins era alguien cuyo sólo nombre inspiraba pesadumbre, reverencia o miedo. Los únicos gestos que desatan la percepción de que alguien tiene el poder.

Ya de vuelta en su apartamento de ochenta metros cuadrados, Gustavo hacía la lista de los requisitos para legalizar un nuevo sindicato en Atencingo, el de Jenkins, y ahora del FROC de Blas Chumacero. Cómo habían cambiado los tiempos. Latifundistas y sindicalistas aliados ahora. Pero no era fácil ese malabarismo: una semana después, el 7 de octubre de 1937, obreros y campesinos tomaron las tierras del Cónsul.

—Puro ingenio —rió Blas Chumacero ya dentro de las camionetas de la policía que los llevarían a "atender" el problema.

Gustavo vio a su alrededor: armas, sombrerudos con cicatrices en los rostros, algunos tuertos, sin dedos en la mano izquierda. Esos seguían siendo los saldos de la Revolución.

—¿Y éstos? —preguntó Gustavo.

—Son los Visitadores Administrativos de don Maximino —dijo Erasto Montes acariciándose el bigote derecho—. Y aquí lo que se impone es una visita de cortesía.

Y, entre el polvo, arrancaron rumbo al infierno.

***

La hoguera eterna para el joven Díaz Ordaz fue la noche del 7 de octubre de 1937. La llegada a Atencingo, al que también se le conocía como el Xanadú del Cónsul, fue entrar en el túnel de las luces que las camionetas de la policía proyectaban sobre la carretera. Los perros, con los ojos encendidos, les ladraban, trataban de morder las llantas de los autos, los pobladores se escondían tras las murallas balaceadas de la Revolución de Emiliano Zapata. Una fila sinuosa de antorchas sobresalía de entre las cañas altas, casi dobladas por su propio peso, listas para la zafra. La camioneta hizo un alto antes de bifurcar hacia el ingenio con sus chimeneas apagadas, en huelga. Se bajó Blas Chumacero como siempre, obligado a explicarse:

—No me vayan a ver los obreros con ustedes. El quemón que me pongo.

Gustavo se reacomodó en la parte trasera de la camioneta oyendo cómo un Visitador Administrativo revisaba el tambor repleto de balas de un revólver en medio de la negrura. El clic y el clac, de abrirlo y cerrarlo, el tiempo de la muerte. Distinto al tic y el tac de la política. De pronto, sintió la culata en el brazo:

—Tómela —sonó una voz tensa—. Esto no va a ser con palabras.

La camioneta fue bajando el ritmo hasta quedar quieta, en medio de un silencio rasgado apenas por algunas órdenes al aire y el crepitar de las antorchas. Gustavo se acomodó los lentes. Debía levantar un acta de lo sucedido: alborotadores toman por la fuerza propiedad privada y son desalojados. No había visto de nuevo un desalojo desde aquel en Oaxaca, en el que su familia fue lanzada, muebles, ollas, ropa y hasta los retratos, a la calle. Ahora estaba del lado contrario. Del de los desalojadores. Un reflector de cine se encendió en medio de la nada. Debajo, entre las sombras, el jefe de la policía con un megáfono alistaba a que los oficiales hicieran una valla para entrar al edificio del ingenio. Junto a él, Gustavo pudo ver a un anciano, de bigotes blancos, fumando un puro. Era El Cónsul. Entre sombras los obreros comenzaron a gritar: "La tierra es para quien la trabaja". "Repaaaaaarto, repaaaaaarto".

—Repaaaaaaartida la que les vamos a dar —oyó a un Visitador que se bajó abruptamente de la camioneta.

Fue como un aviso. Gustavo se quedó dentro, solo, sin atreverse a salir. Le temblaba la mandíbula, le sudaban las manos en el revólver —el metal comenzaba a despedir un olorcillo que se mezclaba con la madera quemada de las antorchas—, los lentes se le resbalaban del puente de la nariz. Los obreros se reagrupaban en la entrada del edificio cuyas chimeneas se alzaban al aire como mogotes de luz negra. Lo que Gustavo presenciaba era una huelga "inexistente" de un sindicato "inexistente", reclamando una tierra que no era más que del Cónsul. Para la ley eso era lo que ocurría esa noche, aunque se oyeran los gritos de los obreros dispuestos a todo, aunque Jenkins fumara su puro debajo de un reflector para cine, aunque tuviera atrás de él a unos sujetos de traje y sombreros armados con Thompsons, aunque los policías, confundidos con guardias blancas, Visitadores Administrativos y empistolados, avanzaran de dos en fondo por la tierra, entre el cañaveral. Un tiempo que no sonaba tic-tac, sino clic-clac, con botas sobre la grava, la antorcha quemando, el silencio repentino de los obreros amotinados y, finalmente, el ruido del reflector apagándose y el inicio de las detonaciones, los balazos de carabinas, los tableteos de las Thompsons, los gritos, los suspiros de la agonía, las órdenes cruzadas. El cañaveral se iluminó de pronto. Los obreros le habían prendido fuego a las plantas preñadas. Se quemaban miles de botellas de alcohol, ahí se hacían humo cientos de borracheras en Hollywood, Manhattan, Chicago, Detroit, millones de dólares en efectivo, de billetes arrugados antes de llegar a las manos de los Al Capones, los Lucky Lucianos, los Meyer Lanskies. Y sonaba a un fusilamiento al azar, en medio de la negrura, sólo iluminada por el azúcar quemándose antes de salir de los tallos. Los balazos duraron una hora, unos minutos, una noche completa. Y Gustavo, pecho tierra dentro de la camioneta de la policía, pensaba "a esto suena la justicia, a esto huele la ley, así se oye el Estado de Derecho". A pólvora, a disparos, a incendios.

Luego, la paz: el silencio de la noche, un chorro de agua apagando el fuego del cañaveral, los susurros de los obreros heridos subidos a golpes a las camionetas, los gritos ya innecesarios de los Visitadores que preguntaban nombres y apellidos para que Gustavo y los otros licenciados levantaran actas, iniciaran procesos, citaran artículos de los códigos, aportaran elementos a los jueces: "los obreros comenzaron las detonaciones desde el edificio del ingenio. La policía repelió el ataque". Lo llamaron varias veces hasta que logró salir de la camioneta, empapado en sudor y adrenalina, se guardó el revólver tembloroso en el saco y sintió su cuaderno de notario, ya mojado. Se buscaba la pluma en los bolsillos. No la encontraba, no la encontraba. Una mano le pasó un lápiz. Sintió el mango terregoso. "Siendo las…" Sacó su reloj del bolsillo, el mismo que le había regalado su madre, doña Sabina, en la boda con Lupita. Lo dirigió hacia el reflector que se había encendido de nuevo.

—¿Qué pasa, licenciado? —alguien le preguntó.

—Nada. Que este reloj dejó de dar la hora en algún momento.

Algo distrajo a Gustavo de su labor testificante: en pilotes, los mafiosos del Cónsul colgaban de cabeza a seis, siete cadáveres. Como a los peces espada en Acapulco. Igual que su luna de miel. Recobró la distancia, una distancia que siempre tendría con cualquier suceso en el que la ley olía a pólvora: "Todo esto pasará", se dijo, "todo esto se irá entre los bagazos de la caña, se molerá en los engranes del ingenio. Nada quedará cuando se haga la quema para la nueva cosecha". Un rostro iluminado con una antorcha lo sacó de su distancia. Le sonrió. Era Blas Chumacero, el líder de los obreros en huelga:

—¿Qué tal, mi Lic?

Tenía media cara salpicada de sangre.

Deseó que el líder sindical se bañara, que su reloj volviera a andar, regresar a su casa con Lupita. Ella le preguntaría con la comida humeante —un rib eye al que le salía sangre— que le daba náuseas. Él, serio, sólo le diría:

—Nada. Ahí no pasó nada.

Lupita se le acercaría a darle un beso. Gustavo, enervado, diría su eterno argumento para negarle la boca:

—Hazte para allá. Todavía tengo la escarlatina.

Cuernavaca, 1 de agosto, 1977

Cree que la mejor forma de combatir el cáncer es negar su existencia. Que la mejor manera de no seguir dando explicaciones infinitas sobre su conducta es no contestar el teléfono. No quiere pensar en eso, se aguanta los dolores, los sangrados, como se ha aguantado toda humillación, o que ahora le digan asesino. Una sola vez levanta el teléfono en su casa de Cuernavaca. Piensa que puede ser alguno de sus hijos, Gustavo, Alfredazo, Guadalupe o alguno de sus hermanos. Pero no, es un reportero. La pregunta es sobre el 68. Es la gente de Echeverría o alguno de los estudiantes o sus familiares, alguien en el hueco.

—No busco el aplauso del pueblo, de la chusma, ni figurar en los archivos de ninguna parte. Al carajo con el pueblo y con la historia —se exaspera y deja descolgada la bocina.

Mira la alberca de Cuernavaca llena de hojas secas y de escarabajos negros que se retuercen tratando de nadar. La servidumbre no ha cumplido con su trabajo. Llama a la encargada, la Chayito, y aparece con un bebé de brazos. La regaña.

—Es que estaba yo en el hospital, licenciado. Esta nació hace tres semanas —dice la sirvienta destapando la

93

cobija de fieltro estampada con dibujos animados entre los que se asoma la cara de su bebé. Es más feo que Lincoln sin barba.

Despide a la criada. Ha dejado de cumplir. Todos tenemos hijos y no por eso descuidamos las obligaciones. Chayito llora empacando sus cosas. Díaz Ordaz no siente nada por ella ni por su bebé. Probablemente ella también cree que trabaja para un asesino. Su bebé crecerá para creer que hubo un sólo Presidente asesino. Pues, que se vayan al carajo. Las dos. Chayito se va con un azotón de la puerta principal sobre la que cae una enredadera que da flores turquesas. A Díaz Ordaz le han dicho que son las flores del amor loco, el toloache y, cuando pasa debajo de ellas, desde que le regalaron esta casa, se aguanta la respiración. Luego vuelve a mirar la alberca sucia. De todos modos no se iba a meter: no sabe nadar.

Tengo muchas cosas más en qué pensar, se dice. Para convencerse, saca, de un fólder de su portafolios, unas treinta cuartillas que serán su testimonio de lo que ocurrió en 1968. Las cosas que se asientan por escrito son más reales que los acontecimientos, recuerda sus enseñanzas en la Puebla de Maximino Ávila Camacho. Una cosa asentada en actas es la realidad de lo que ocurrió. Es el truco de la memoria, es decir, de la inexistencia.

***

En 1938, la oficina de Conciliación y Arbitraje de Puebla tenía la dimensión de la carencia: dos escritorios y una ventanilla. Las instrucciones del Gobernador Maximino no admitían la interpretación: "Aquí hay huelga de huelgas". La oficina que debía lidiar "conciliando" a obreros con sus patrones, se movía en el lindero de un hueco llamado "la inexistencia": sindicatos, obreros, huelgas, industrias completas podían ser declaradas no-existentes. En eso consistía el trabajo de Gustavo Díaz Ordaz, una vez nombrado Presidente de la Junta. Ponía una firma y un sello en un papel que eliminaba para siempre todo, a todos, transfigurando lo existente en inexistente, lo real, en ficción, la masacre en algo que jamás sucedió. Desde su escritorio, el abogado le concedía el registro como sindicato a cualquier agrupación que se adhiriera a Maximino Ávila Camacho en contra de los "comunistas" del FROC, o lo que quedaba de él, después de tantos muertos "en enfrentamientos".

El colmo fue un sindicato de paleteros que eran padre, hija y sobrino: los Martínez Chouza. Los tres conformaron un sindicato que se afilió al Partido y se le compraron paletas de hielo para los mítines a favor de Maximino y, más tarde, de todos los demás Ávila Camacho. Los Martínez Chouza fueron registrados como sindicato obrero —por la fabricación de paletas de hielo— y como campesinos —porque recogían la nieve del Popocatépetl, del Pico de Orizaba. Y fueron al Congreso de Unidad Campesina que, desde la oficina de Díaz Ordaz fue declarado "existente", mientras que el sindicato de maestros rurales, los "socialistas" de Cárdenas, no. Díaz Ordaz puso uno de los sellos que se requerían para suspender las elecciones en las ciudades obreras que controlaba el FROC de Lombardo Toledano el 7 de septiembre de 1938. El otro FROC, el de Blas Chumacero negoció que ese sello se borrara y hubiera elecciones.

—La condición para que esas elecciones se realicen es que los obreros apoyen como candidato único a la alcaldía de Puebla de los Ángeles a Rafael Ávila Camacho, mi hermanito —sonrió Maximino acomodándose el cinturón piteado.

Blas Chumacero le dio la mano.

—A eso debemos aspirar, Gustavito —le dijo Maximino a Díaz Ordaz un día de visita en la oficina de Conciliación—. Los electos se eligen, antes de la elección, por mí. Es una feliz conciliación: los votan todos, pero los elijo yo.

Un año después, Gustavo recibe a los obreros que quedan en el FROC de Lombardo Toledano. Vienen golpeados, algunos con el ojo cerrado, las mangas de las camisas arrancadas, a protestar porque los del FROC de Blas Chumacero les han tomado por la fuerza el edificio sindical del FROC Independiente, en la ciudad de Puebla.

—Permítanme —les responde Gustavo acomodándose teatralmente los lentes—. Hay un pequeño problema para recibir su queja.

—¿Cuál? —dice alguno de los dirigentes obreros.

—Que ustedes no existen —responde Gustavo con satisfacción.

Cuando Gustavo se lo cuenta a Maximino éste se pega manazos en las rodillas, incapaz de reírse a carcajadas. La euforia ya no le sale, ni siquiera con el litro y medio de coñac que se toma antes del mediodía. Y es que el desquite contra "los comunistas" del FROC de Vicente Lombardo Toledano, el héroe rico de los obreros, es porque Maximino trabajó para la empresa de ellos, de los italianos de la mina. Toda la venganza es porque uno iba sin zapatos en los deslaves del aguacero y el otro nunca se mojaba, abrigado, acompañado por la servidumbre. Ahora, el pobre se ha hecho de ranchos ganaderos, empacadoras de carne y caballos que corren en el Hipódromo de Tijuana. El otro es un teórico del marxismo a la mexicana, que defiende obreros, en la abstracción de la plusvalía que se les quita, del trabajo abstracto y el concreto. Uno está contra las banderas rojinegras, el otro a favor de las banderas rojas, pero que no se dice "comunista", sino "popular". Y Maximino ha terminado con él, con esa humillación de la niñez, ese 13 de septiembre de 1939, con la declaración de su Junta de Conciliación, firmada por Gustavo Díaz Ordaz, de que el FROC no existe. Y se divierte, incapaz de la carcajada, pegándose en las rodillas. Su manaza le toma un lado de la cabeza a Gustavo y lo inclina para darle un beso. Gustavo se resiste:

—Han dicho que irán a los periódicos, Señor.

—Los periódicos son míos —sonríe Maximino, cuyo yerno es Rómulo O'Farril.

Maximino ha tejido una red de intereses por parentesco, como en una tribu, con la prensa: Gonzalo Bautista está casado, con la hija del mismo O'Farrill, quien controla el papel en el que se hacen los periódicos. Además son compadres de Pepe García Valseca, que controlará un emporio de diarios al servicio de los caciques locales y más tarde, de cualquier presidente en turno.

Gustavo, sintiendo cómo se le seca la baba del Jefe Maximino en la mejilla, tiene la imagen del cadáver de José Trinidad Mata, director del Semanario Avante, con el tiro de gracia. INEXISTENTE. Y tendrá la de Telésforo Salas, líder de los campesinos azucareros, ahorcado el 6 de noviembre de 1939. INEXISTENTE. Y las de Genaro Sánchez y el general Rufino Macías. INEXISTENTES. Maximino atribuirá todas estas muertes a sus enemigos, los Lombardos, los "comunistas" que apoyan al único candidato fuera del Partido, Almazán, hermano de quien gobernó Puebla, hermano de quien liberó a Oaxaca cuando los Díaz Ordaz-Bolaños Cacho llegaron exiliados ahí.

—Esos ochocientos muertos que me atribuyen —declara Maximino en un diario el 3 de diciembre de 1939— son pura propaganda almazanista.

Al siguiente año, 1940, su candidato a la gubernatura, su compadre Gonzalo Bautista, gana por 230 mil 235 votos contra cero de su contrincante fuera del Partido, el general Rubén García.

—¿Cero? —le dirá Gustavo en la fiesta de la victoria—. O sea que, ¿ni el general García votó por sí mismo?

—Así de grande es mi poder de convencimiento —responderá Maximino, eufórico, pero sin poder carcajearse.

Ese mismo día, su hermano, Manuel Ávila Camacho, ha ganado la Presidencia de la República. Si bien a Gustavo le consta que Maximino nunca estuvo de acuerdo con que su hermano fuera candidato del Partido al puesto más alto del país —"pero si no ha sido ni regidor de Teziutlán. Esa candidatura debería ser para mí" o "mi hermano no puede ser Presidente de la República: es un bistec con ojos"—, sabe también que el Jefe de Jefes en Puebla hizo todo lo posible por sumar diputados, caciques, industriales, hacendados y organizaciones, como la de los paleteros, en apoyo a su hermano. A los que no quisieron cooperar, los asesinó. A los que sí, les impuso El Pacto, firmado el 3 de enero de 1939 —todavía ciegos de coñac por el fin de año— con los "allegados", como Gustavo Díaz Ordaz y los diputados de la XXXII Legislatura de Puebla:

Uno. La única orientación que se reciba en materia política y social será del Jefe Nato del Avilacamachismo, Maximino.

Dos. Los firmantes se comprometen a responderle en la forma en que las circunstancias lo requieran, con lealtad, cooperación y disciplina.

Tres. Formarán un grupo cerrado que excluirá de los asuntos políticos a los no nacidos en Puebla.

Gustavo lo firmó con su acta de nacimiento falsificada. La inexistencia era una mera cuestión de papelería.

Cuernavaca, 6 de agosto, 1977

El verano transcurrió para Díaz Ordaz en silencio. Estaba solo, el teléfono descolgado y dormitaba sobre sus hojas mecanografiadas con su "testimonio" del 68. La cocinera, Refugio, que había visto desde lejos cómo corrían a la Chayito y a su bebé de la casa, preparaba comidas que no eran probadas, limpiaba sin ser vista, evitaba hacer ruidos y se sobresaltaba si estornudaba. El Señor se sentaba a mirar el vacío o un cuadro. El Señor prefería mirar sus paisajes de José María Velasco. Regalos. Pero su preferido era el cuadro de Eugenio Landesio, quien había venido a México en 1855 desde el Vaticano para pintar paisajes y servirle de maestro a José María Velasco. En las grutas de Cacahuamilpa, Landesio había visto las firmas —"graffiti", le llamaríamos ahora— grabadas en las cuevas, de puño y letra de Maximiliano de Habsburgo, emperador austriaco y francés en México, y su esposa, Carlota. La idea de un emperador fallido, derrotado y de su esposa loca, le conmovía al Señor Díaz Ordaz. Refugio no lo sabía, pero era por eso que el Señor miraba el cuadro del Valle de México visto desde el cerro del Tenayo, en vez de sus hojas con sus "testimonios". Se quedaba dormido viéndolo, el Señor. Vaya usted a saber con qué soñaba.

***

Una mañana de agosto de 1940 el sueño recurrente de Díaz Ordaz ocurrió: habló ante el presidente Lázaro Cárdenas, delante del presidente electo, Manuel Ávila Camacho, el gobernador saliente, Maximino Ávila Camacho, y del nuevo, Gonzalo Bautista. Mareado por la falta de aire cuando se ponía nervioso —el asma—, se dirigió a los poderosos:

—En Puebla, Señor Presidente, ni guardias blancas, ni grupos armados de los caciques perturban la tranquilidad. Por obra del Señor Gobernador se ha reengendrado la confianza en la autoridad pública y el mandato augusto de la ley.

Todos sabían que durante la campaña electoral habían muerto asesinados ochocientos opositores al Partido, doce de ellos en la misma plaza donde Díaz Ordaz dirigía su discurso, el mismo día de las elecciones, el 7 de julio. Gonzalo Bautista levantándole la mano al cacique Rosendo Cortés le había mandado este mensaje a los almazanistas y a los comunistas de lo que quedaba de la CTM de Lombardo Toledano:

—Empuñaremos las armas hasta aniquilarlos, si recurren a la violencia para tratar de imponerse.

Pero, ahora, para Díaz Ordaz, nada había sucedido. Todo era inexistente. El poder es puro presente: obedecer hoy, sin discutir, porque sí. En política no hay historias, sólo apuestas y sucesos. El poder no se pregunta por cómo llegó ahí —es más, borra su pasado, lo limpia, lo altera, lo purifica—, sino por cómo se ejerce aquí y ahora. Un año después, el primero de febrero de 1941, las cárceles están tan llenas de sindicalistas, agraristas, comuneros y opositores al Partido que se decreta una amnistía "por los sucesos de la contienda pasada y por así convenir a los espacios carcelarios". Pero para el Díaz Ordaz sofocado que habla con voz de locutor ante el Presidente —que ahora son dos, Cárdenas y Ávila Camacho—, la paz ha necesitado de una matanza para aparecer en un discurso.

***

Gustavo Díaz Ordaz confundía las borracheras en las que Maximino se tiraba al ruedo a mal torear a un astado, al que tenía que matar, de último minuto, el enorme diestro Rodolfo Gaona, retirado una década antes. Maximino era tan mal torero que no cortaba oreja, ni rabo, sino copete. También se le mezclaban las apariciones del Jefe con actrices desacreditadas o falsas condesas europeas. Sólo dos imágenes se le grabaron definitivamente. Una fue el 12 de enero de 1941 en que Maximino decidió tomar posesión de la Secretaría de Comunicaciones y Obras Públicas en la capital de México porque sí, porque su hermano era el presidente, porque él debía sucederlo, naturalmente, como en una dinastía de la Casa Real del Avilacamachismo.

—Para ser el próximo Presidente de México, necesito una secretaría de Estado —dijo y enfiló una caravana de autos desde Puebla hacia la Ciudad de México.

Sin nombramiento de su hermano, el presidente Manuel Ávila Camacho, Maximino llegó con doscientos automóviles y motocicletas, armado con una metralleta Thompson. Iba disfrazado con zapatos de charol y sombrero de fieltro andaluz. Como si fuera a una de sus tientas de vaquillas, rodeó el edificio con pistoleros y entró. Detrás de él, los "tinterillos", abogados, como Gustavo, que tenían instrucciones de "recibir" del secretario, Jesús de la Garza, la oficina. La secretaria, Trinidad, Pascualón, el chofer y El Chorreado, su guardaespaldas, entraron detrás de ellos. Gustavo escuchó a Maximino decir:

—Mientras le aviso a mi hermano de mi nombramiento, quiero que este cuarto tenga una cama rodeada de espejos.

—¿No te nombró el Presidente? —preguntó Díaz Ordaz, todavía genuinamente asombrado. Era joven.

—No, pero ahorita se entera —le respondió Maximino dando órdenes con un puro desde su nueva silla labrada de ministro.

Maximino quería ser Presidente de México. Se quedó durante cuatro años en la secretaría que tomó por la fuerza. En febrero de 1945, Gustavo lo encontró en su alcoba rodeada de espejos, solo, con las mejillas coloreadas, la boca con lápiz labial, vestido de mujer y con zapatos de charol de tacón alto. Se miraba en sus reflejos. Estaba tan ictérico que había tratado de disimular su palidez con maquillaje, pero se había seguido y, entre tragos, terminó por vestirse de mujer. Gustavo oyó al ex gobernador de San Luis Potosí, ex senador, ex diputado, Gonzalo N. Santos decirle:

—Vámonos de aquí, compadre. Sólo le hace daño estarse mirando, desde todos los ángulos, en los espejos. Vamos a libar, a uno de sus ranchos o a unos de los míos.

Unas horas más tarde, el sábado 17 de febrero de 1945, cinco mil personas llegaron al rancho La Soledad, en Veracruz. Gustavo vio cómo Maximino, con el colorete de las mejillas diluido en sudor, lívido, el delineador deslavado, la boca despintada hacia un lado, se declaraba candidato a la Presidencia de México. Con el fuete en una mano y en la otra un revólver, borracho, más allá de borracho, ido, los nombró a todos "jefes de mi campaña presidencial", zangoloteó los brazos de sus apoyantes, hizo la lista de su gabinete, se cayó de rodillas moviendo la cabeza con los ojos abiertos, pero ciegos de alcohol. Gustavo miró su propio plato vacío. No tenía hambre.

De pronto, Maximino, se desplomó sobre la mesa. Las botellas saltaron al piso. Sólo algunos gritaron. Los demás estaban demasiado ebrios. Al cuerpo lánguido de Maximino se lo acostó su guardaespaldas, El Chorreado, en el regazo. Tiró espuma por la boca, estertoreó un poco y tendió los dedos de ambas manos hacia adelante, al vacío. Gustavo lo miró de reojo. Ahí estaba el hombre que se creyó invencible, que hizo a todo un Estado venerarlo o temerlo, que acumuló cientos de miles de cabezas de vacas, ranchos, mujeres, hijos, muertos, que siempre creyó que sucedería a su hermano Manuel en la Presidencia de la República, que gustaba de patear a sus subalternos y maquillarse. Gustavo lo miró unos segundos: éste es el hijo de puta que te cabalgó, te ensartó las espuelas y tuviste hasta que darle las gracias. Ni dos minutos tardó en estar muerto.

***

Ahora, tantos años después, en el verano de 1977, Díaz Ordaz sueña con Maximino, vestido de mujer y viéndose en los espejos. Gustavo es, qué duda cabe, resultado del político ranchero. Lo había cabalgado, lo había humillado, lo había utilizado. Pero, sin él, Gustavo jamás se hubiera recibido de abogado. Sin él, no sería poblano. Sin él, no se hubiera casado. Sin él, no hubiera entrado a la política. Eran, ambos, parte de la misma revolución, de la idea de que hacerla es aniquilarla.

✳✳✳

Se despierta delante de las hojas mecanografiadas. La tar- de ya oscureció el cuadro de José María Velasco en el comedor. El de Landesio desde el Tenayo desapareció en la noche. Y puede distinguir una sombra sentada en una silla junto a la puerta. Díaz Ordaz saca la pistola y la encañona. Suena la voz de Refugio:

—No, licenciado, me esperé aquí para preguntarle algo.

—¿Qué?

—Si ya no se le ofrece nada, ¿me puedo retirar?

—Váyase, como todos.

—En la mañana le preparo sus chilaquiles con cecina, licenciado. Pero se los come. Últimamente me anda dejando mucha comida. Hasta mañana, licenciado.

Todos se iban. Era natural. A la pérdida de poder le sigue un curso natural de obsolescencia, cuando ya no importan tus opiniones, ni tus deseos. Ni las amistades, ni los amores, ni los buenos tiempos. A esta edad ya sólo quedan al frente los malos tiempos. Díaz Ordaz se levantó de la mesa del comedor, y ahí, sobre la mesa, dejó el revólver. Estaba cansado después de horas de no hacer nada. Los amigos, ¿dónde estaban ahora? Unos muertos. Otros, jamás querrían que sus nombres fueran asociados con el de él. Así había sido siempre. Él mismo lo había hecho.

Por ejemplo, qué había quedado del Pacto de Maximino de 1938: nada. Ni Gustavo ni Gonzalo Bautista lo habían apoyado para ser presidente. Ellos apoyaban al que les pusiera el Partido. Los pactos no eran para siempre, las lealtades se quebraban, todo mundo andaba a las vivas para saber adónde y con quién moverse, aunque en el camino te llevaras entre las patas a tus antiguos caballerangos. No por nada a ese apoyo irrestricto al candidato del Partido se le llamaba, en términos equinos, de manada, de tropel: "la cargada". Y así había ocurrido, muy poco tiempo después de la muerte de Maximino, entre Díaz Ordaz y Gonzalo Bautista. El último había querido restaurar El Pacto, por otras vías, cuando Díaz Ordaz daba una clase en la Universidad de Puebla. Que se "cargara" con él, como un plomo en un balancín.

**

A Gustavo le disgustaban las universidades y sus estudiantes porque le recordaban sus años lodosos en la Escuela de Ciencias y Artes de Oaxaca. Caminaba a dar su clase, Derecho del Trabajo, sin mirar a nadie, hosco. A sus treinta y pocos, había visto lo que era una huelga "inexistente", un sindicato "inexistente", una matanza "inexistente", un candidato "inexistente". Y, aún así, tenía el estómago —si acaso descompuesto— para pedirle a los alumnos que memorizaran los artículos de la Ley Federal del Trabajo y el Artículo 123 de la Constitución revolucionaria. Ya desde entonces, Gustavo había desarrollado una segunda piel para las contradicciones de la realidad mexicana: impartir Derecho para un alumnado que muy probablemente acabaría torciendo la ley para avanzar por la senda del éxito económico. En medio, quedaba la gente. Al carajo con la gente.

—Si ustedes quieren torcer la ley —solía decirle a sus alumnos—, más les vale que la ley no se entere.

Se reía solo, de su ingenio.

El rector de la Universidad de Puebla en esos primeros años de los años cuarenta era el médico Alfonso G. Alarcón, cuya especialidad, había oído Gustavo, era la dispepsia. Así que un día lo fue a ver para hacerle una consulta gratis. Fue difícil encontrarlo porque, al mismo tiempo que rector, era jefe de higiene de la Escuela Nacional de Medicina en la Ciudad de México.

—Me han dicho, doctor, que usted es experto en digestiones.

—Sé de dispepsia en lactantes, licenciado.

—¿Y no sabe de la de los hombres? —lo retó Gustavo alzando la barbilla.

—Sólo de los más mamones.

Esa frase fue todo lo que Gustavo necesitaba para meterse a la universidad a destruir al rector que se la pasaba en congresos en Francia y Estados Unidos, encargado de asesorías en el Departamento de Salubridad en la Ciudad de México. Un universitario como todos esos a los que Gustavo odiaba porque habían tenido el tiempo y la cabeza para estudiar, porque se habían recibido a los veinte años, y no seis años después, a cambio de un favor político. Habló con el nuevo gobernador, Gonzalo Bautista, que también era médico, de la posibilidad de tomar la rectoría para El Grupo, es decir, los poblanos que se habían forjado en la campaña para elegir a Maximino Ávila Camacho en Puebla y a su hermano menor en la Presidencia de la República. Bautista, detrás de unos lentes oscuros —"nunca dejes que los demás te miren a los ojos. Adivinarán que no les tienes compasión"— le tomó la mano y le miró la palma como si fuera a dictarle la suerte:

—Hay otro grupo más importante. Creo que es tiempo de que los conozcas.

Unas semanas después, Gustavo bajó los escalones de un sótano de la universidad que no conocía, al que no estaba permitido entrar y que, normalmente, tenía una cadena con candado. Esa noche estaba abierto. Bajó de la mano del gobernador Bautista una escalera de caracol que llevaba a una pequeña sala donde se reunían los miembros universitarios de la Vanguardia Integradora de la Mexicanidad. Nunca supo que ahí estaban Agustín Navarro Vázquez, de la Unión de Padres de Familia, o el entonces arzobispo auxiliar de Puebla, Octaviano Márquez y Toríz, porque todos tenían la cara cubierta con capuchas que sólo les dejaba ver los ojos. Capuces que no tenían agujero para la boca porque, salvo el líder de la Unión de Padres de Familia, nadie iba a hablar.

—Gustavo Díaz Ordaz —dijo la voz de Navarro entre las sombras de las veladoras—. Sabemos que no tiene antecedentes judíos, que es un auténtico mexicano y que rechaza la masonería en sus todas sus formas antiguas y sovietizantes. ¿Ha sido informado de nuestra misión?

—Sí —respondió Díaz Ordaz tragando saliva. La oscuridad, las veladoras y la mesa donde se exhibía una calavera, un cuchillo y un crucifijo se le impusieron.

Pasaron, entonces, al juramento: lealtad a la Vanguardia que significaba no pronunciar nunca su nombre, lealtad a sus integrantes que envolvía no decir jamás sus nombres verdaderos, sino sus alias —Gustavo Díaz Ordaz sería Hierón— y obedecer a las instrucciones de los jefes, siempre ocultos, que dictarían en mensajes nunca escritos. La Vanguardia veía a México como una isla protegida por Cristo del comunismo, la masonería y los judíos. No hacían elogios de Hitler, pero sí de Mussolini por su forma de organización y su colaboración con la Iglesia Vaticana. La Vanguardia tomaba a las universidades como semilleros de soldados de Dios, donde se libraría, tarde o temprano, una guerra contra la conspiración judeo-masónica-comunista. Era el siguiente enfrentamiento, vaticinado en el Libro del Apocalipsis, un periodo en que el Demonio tomaría el poder para, finalmente, rendirse ante los ejércitos de Dios y abrir una nueva era del dominio divino. Pero La Vanguardia no creía que esto fuera en un sentido metafórico, sino en el literal, por lo que había que formar un ejército, células de cinco en cinco que pudieran hacerle frente a las amenazas del exterior.

Si bien Gustavo había oído al gobernador Bautista referirse a la masonería de Lázaro Cárdenas o al comunismo de su secretario de Comunicaciones y Obras, Francisco Mújica, para La Vanguardia los enemigos de México vendrían del extranjero en forma de caos, desmembramiento de las familias, penetración de costumbres "modernas" en el islote de la mexicanidad. La guerra vendría, como había llegado a Europa y a Japón: las sociedades tradicionales contra los engendros de la modernidad, Los Nibelungos contra el cubismo. En México, el talante criollo contra los refugiados españoles, los "rojos" de la República, los judíos que huían de los *pogroms*, y los masones que venían de los Estados Unidos, era la fuerza natal de la Vanguardia. Atrapados entre tantos frentes, sólo el orden de un ejército piadoso podría resistir a la cruzada del Maligno. La Vanguardia Integradora de la Mexicanidad era el núcleo de los que opondrían resistencia. Sólo los que, siendo puros de sangre criolla, habían demostrado ser leales podían pertenecer a ella. Quizá fue esa leve sensación de pertenencia lo que sintió Gustavo Díaz Ordaz cuando sobó la calavera, besó el crucifijo y se abrió una pequeña cortada con el cuchillo, para quedar "juramentado". Unas gotas de sangre chorrearon sobre el juramento que, luego, fue quemado con una vela.

Al salir del sótano del edificio Carolino de la Universidad de Puebla, Gonzalo Bautista sólo le dijo a Gustavo Díaz Ordaz:

—Ahora tienes en tus manos a la universidad. El rector Alarcón se fue a México y le dije que ya no regresara. He puesto en su lugar a Raymundo Rosete Ruiz —dijo al revés los apellidos—, que comparte con nosotros todo esto.

Una tarde de 1941, el profesor Díaz Ordaz se sentó en el presídium del paraninfo. Atrás de él colgaba una manta con el nuevo lema de la universidad: "Ayudamos a quien quiera estudiar". Desde la rectoría se pensaba que existían alumnos que asistían a las escuelas para no estudiar, es decir, para hacer política. El gobernador Bautista no lo iba a permitir y le contrapuso la idea de una universidad para la guerra: "El sometimiento de la juventud a las normas estrictas de una disciplina severa, además de significar un mejoramiento de su actitud para asimilar las enseñanzas impartidas, constituye también una ayuda valiosa para facilitar la asimilación al servicio militar". Sentado junto al rector, Díaz Ordaz pronunció un discurso que sintetizaba, para alumnos y profesores, la nueva idea de universidad:

—Aquí se permite todo, menos relajitos.

Pero la militarización de la universidad no funcionó. Menos de dos años después, una huelga estudiantil terminó con el rectorado de Ruiz Rosete y con la tan comentada en los pasillos vicerectoría de Gustavo Díaz Ordaz. El gobernador Bautista mandó a la policía a tomar la universidad, pero salvó a Gustavo llevándoselo como su secretario de gobierno. Con su sonrisa llena de dientes, obedeció todas sus ocurrencias, asistió a sus reuniones de La Vanguardia, rezó, al lado de Lupita, su esposa, hermana, y virgen, en la Catedral fingió que se interesaba en el arte sacro y la historia de la guerra cristera, de la que Bautista era veterano. Pero, siempre con su distancia. Gustavo no era un cruzado. Sabía que lo suyo no era la redención, sino el poder, la obediencia. Gonzalo Bautista, su Señor Gobernador, de quien Díaz Ordaz alguna vez dijo que su único "maestro" era un médico, es decir, un ungido de la salvación. Díaz Ordaz fue su esquivo secretario de Gobierno en Puebla, mientras negociaba una diputación con los antiguos enemigos del Jefe Maximino, los líderes sindicales como Blas Chumacero y Fidel Velázquez, y su Confederación de Trabajadores de México, la CTM, ya disuelto el FROC. Gustavo había entendido que el poder lo era sólo cuando se traicionaba, cuando se movía. Necesitaba irse de Puebla y llegar a la Ciudad de México. Fingió ser secretario de gobierno de Puebla, mientras se fantaseaba diputado en la capital.

Él seguía soñando que dirigía un discurso, con su voz de tenor, al Presidente que ya no tenía el rostro de Ávila Camacho. Hablarle, no a unos estudiantes, no a un Gobernador, sino a la Nación, es decir, al resto que te admira y te reconoce, a la Historia, que te trasciende, que hace que todas las humillaciones hayan valido la pena de sufrirse en silencio. Y durante unos meses respondió que sí a todo lo que le dijo Gonzalo Bautista, empeñado en crear el Ejército de Dios.

Un día de 1951, Gustavo vio a Gonzalo Bautista salirse del Partido para apoyar a un candidato fuera del Sistema, fuera del reloj, fuera del método: Miguel Henríquez Guzmán. Hubiera querido decirle que los henriquistas eran una bola de comunistas, de masones, de judíos, y que Gonzalo Bautista estaba obligado a respetar a La Vanguardia, pero no lo hizo. Díaz Ordaz ya trabajaba en la campaña del ungido candidato del Partido, Ruiz Cortines, seguro ganador de la contienda para Presidente de México. El Partido lo respaldaba y fuera del Partido no había sino la muerte.

—Vente con Henríquez Guzmán, Gustavito. Para nosotros ya no hay nada dentro del Partido —le dijo Gonzalo Bautista, hablándole como si todavía fuera un estudiante.

—Déjame pensarlo, maestro —le respondió Díaz Ordaz a sabiendas de que a él lo iban a hacer diputado federal, que saldría, por fin, de Puebla, hacia la capital, donde se hacía la política a lo grande.

"Pensarlo", quería decir sólo mantenerte alejado de lo inevitable para todo candidato fuera del Partido: la llegada de los soldados y los policías a los mítines de Henríquez Guzmán, las golpizas, las balaceras, los detenidos. Y la matanza de la Alameda que el guerrerense Caballero Aburto comandaría contra los opositores el 6 de julio de 1952 en la Ciudad de México. Gustavo, fiel alumno, se puso los lentes oscuros y jamás volvió a tomarle el teléfono a su "maestro". Gonzalo Bautista, después de todo, había encontrado su guerra, pero la había perdido. Tres meses después, el maestro había muerto.

**

Así es la política. Los que lo apoyaron en 1968, ahora lo combaten. Todo dependía de los favores, los cálculos, las promesas. Todo estribaba en si le creías a alguien lo suficiente como para obedecerlo. Ahora le había tocado a él la contraparte, el oscuro doble de la política: que nadie le creyera. ¿Quién lo obedecía todavía? Pensó en hablarle al general Gutiérrez Oropeza o a Alfonso Corona del Rosal, para que lo ayudaran a respaldar su visión del 68 y de Tlatelolco. Pero miró la bocina descolgada y entró en un estado de cansancio que le impidió subir la escalera hacia la recámara. Se durmió en la sala, tapado con almohadas.

Cuernavaca, 3 de agosto, 1977

Esa mañana le estaba costando especial dificultad leer sus propias hojas mecanografiadas que serían, una vez publicadas, su versión definitiva de los hechos de 1968, la verdad asentada en actas. Tendía a mirarlas y después de unos segundos de no entenderlas, irse a donde estaban los dos rompecabezas que trataba de armar en su estancia en Cuernavaca: unos lirios de Monet y unos girasoles de Van Gogh. Formarlos era su pasatiempo preferido desde que ya no tenía que fingir más que le interesaban el box o los toros.

No podías explicar a un rompecabezas: las piezas iban a donde debían ir, sin opciones y, una vez unidas y en su sitio, te regalaban una imagen completa. En un rompecabezas no había interpretaciones, ni elecciones. Como en un reloj, las partes sólo tenían un lugar y sólo un lugar desde donde mirarlas. La imagen era resultado de un conjunto de partes, ninguna de las cuales era algo por sí misma. Sólo en función de que cada una tuviera su lugar, el todo podía existir. Era una idea del poder presidencial que Gustavo había concluido muchos años antes armando rompecabezas.

Hubo un tiempo en que algunos de sus compañeros diputados pensaban que sus monólogos sobre "el eje absoluto de poder" —al que todos obedecían para formar una imagen válida: el Presidente— provenían de la ardua lectura de los filósofos, de Hobbes, de Platón, de Maquiavelo. Pero no; eran de la experiencia de un licenciado contruyendo un rompecabezas. Un buen discurso político debía ser siempre un elogio del orden. Y si uno pensaba en otra cosa distinta al poder para describirlo —un jardín, la pintura de un paisaje, un rompecabezas— todo mundo creía que uno estaba filosofando dentro los pasillos de la Cámara de Diputados.

Pero Gustavo Díaz Ordaz jamás hizo esos discursos en la tribuna, sólo en privado. Su llegada a la Ciudad de México le impedía pensar en sus labores de orador: los coches, los cláxones sobre avenida Reforma, los hombres de traje, corbata y sombreros apurados sobre Donceles, las mujeres de abrigos largos y estolas rumbo a los teatros y el cabaret en San Juan de Letrán, donde, en las madrugadas convivían actrices, carteristas, putas, escritores, periodistas y políticos. Hasta que sonaban las sirenas de un simulacro de ataque aéreo.

Él sabía que sus años como diputado no fueron brillantes. Se había mudado a la capital con Lupita y sus tres hijos, a una casa alquilada de la porfirista colonia Juárez. Ahí era el rey que monologaba en la sobremesa hasta que sus hijos pedían "excusarse". Pero dentro de la Cámara de Diputados, él no fue nunca la figura central. Lo eran, en cambio, Manuel Moreno Sánchez y Carlos Madrazo. Gustavo resentía justo en el estómago cada palabra precisa de ellos, cada gesto carismático, su elegancia para decir y vestir. Es en esa época, que Díaz Ordaz mandará a hacerse sus primeros trajes a medida, con sus iniciales bordadas en la bolsa del saco: "GDO".

—No es el traje, Gustavito —le dirá un día el diputado Carlos Madrazo—. Es la percha y la suya es como de un mosquito.

Quiere parecerse a Madrazo, pero no lo logra. Quiere hablar como Manuel Moreno Sánchez, pero no se atreve. En tres años, Díaz Ordaz sólo propone una reforma legislativa, al cuarto artículo de la Ley de Instituciones de Seguros. Nunca sube a tribuna para explicar su obsesión con ese cambio mediocre a una ley que nadie conoce. Un año después, pide la palabra por primera vez y es para decir que la Secretaría de Hacienda no ha hecho caso de su reforma a un artículo. Recibe aplausos en burla. En esa misma tribuna Madrazo y Moreno Sánchez han hablado de la posición de México en la guerra contra el fascismo, del mercado negro de materias primas, del clero metido a hacer política, del delito de disolución social, aprobado para castigar a quienes hicieran propaganda nazi en México. Es un país en guerra, pero sin muertos: apoya con petróleo a los Aliados y se enciende en discursos que exaltan al Mundo Democrático desde el País del Partido Único.

En esa XXXIX Legislatura, la de la guerra mundial, se han ido despidiendo los revolucionarios, lazados y enredados por los licenciados. El general Cándido Aguilar, cuya entrada en Puebla había obligado a la familia Díaz Ordaz a huir rumbo a Oaxaca, habla en la tribuna de un caso triste: del ocaso de un revolucionario, Cesáreo Castro. A pesar de haber combatido durante una década, el general Castro no obtuvo pensión y su familia estaba en la miseria. Había ayudado con balazos, cargas y trincheras a que los licenciados llegaran al poder, pero éstos no le habían respondido ni con cargos, sablazos o trinquetes. Así que decidió ser diputado, pero no supo cómo hacer una campaña electoral. El día de la elección, un 4 de julio de 1943, se presentó con un coronel retirado y tomaron una casilla en Monclova, en pleno desierto de Coahuila. El general Cesáreo Castro ganó en esa casilla, pero perdió en las otras cinco. Desolado, le llamó a Miguel Alemán, el nuevo secretario de Gobernación, para saber si podían hacer algo para que tuviera un escaño o una pensión. Y Alemán mandó a Cándido Aguilar que se refirió a Madrazo y a la mayoría del Partido en la Cámara: "supongo que ustedes también serán revolucionarios, al menos en las ideas". Lo escucharon, pero la votación estaba decidida de antemano. La Cámara, que autocalificaba su elección, dictaminó que el ganador para esa diputación era otro, un tal Raúl López Sánchez. Todo lo que recibió el general Cesáreo Castro fue un aplauso de la Cámara de Diputados, en reconocimiento efímero a su lucha en la Revolución. Escaños para los amigos; a los reconocidos, un sentido aplauso. Así se iban los revolucionarios y llegaban los licenciados. Otros, como Antonio Ulíbarri, que fue declarado —con el voto de Gustavo Díaz Ordaz— diputado por el distrito décimo en la Ciudad de México, sólo porque era dueño de una cantina, La Cabaña, en el poblado de la Magdalena Contreras. Y en esa cantina bebía, apostaba y gozaba el presidente Manuel Ávila Camacho. En 1943 se iban los méritos de batallas ganadas y entraban los contubernios. Era un momento para subir a la tribuna a decir lo primero que se te viniera a la cabeza; el poder estaba tan seguro de sí mismo que se permitía cantinflear.

Pero en ningún momento Díaz Ordaz sintió la necesidad de subir a hablar en la tribuna del edificio de Donceles más que para reformar el artículo cuarto de una ley de seguros que a nadie le importaba. Por lo demás, perteneció a las comisiones que impedían el reparto agrario y la afectación a los latifundios: Tierras Nacionales y Bienes y Recursos Naturales. Y a la de la biblioteca. Le gustaban los libros que nunca pudo comprar. De la reforma de los seguros nada se supo, pero hacia el final de su cargo como diputado, Díaz Ordaz decidió hablar de dos temas: uno, los obreros ferrocarrileros y, el otro, el final de la "educación socialista" del presidente Lázaro Cárdenas. En ambas ocasiones lo hizo para elogiar al Señor Presidente, como siempre lo soñaba, desde sus días en la escuela de Derecho. Se refirió así al exhorto que le hacía la Cámara de los Diputados a los ferrocarrileros en huelga por aumentos salariales:

—Nadie tiene derecho a dudar de la bondad de un hombre que fue capaz de proclamar desde la iniciación de su gobierno, uno de los más nobles postulados que se haya engendrado en la política mexicana: "Gobernar para todos", dijo, y lo que es más difícil, lo cumplió. Formuló la teoría de la Unidad Nacional que tan maravillosos frutos dio durante los años de la guerra mundial. Mientras en el mundo entero se laceraba la inteligencia, señalándole como tarea la de crear nuevos medios de destrucción, en México, el señor presidente Ávila Camacho le señaló la noble emisión de enseñar. Mientras en el mundo se predicaba con las armas en la mano la destrucción y la segregación de pequeños grupos raciales, pedantemente considerados como inferiores, en México, bajo la bandera de Ávila Camacho, los mexicanos nos dedicamos a incorporar en la misma nacionalidad a todos esos grupos que no tienen más inferioridad que la de su ignorancia y de la cual, al fin y al cabo, somos todos en parte responsables.

Toma del vaso de agua.

—Ante la bondad de un hombre que no se puede poner en duda, no deben existir problemas creados dentro de un gremio que tantos servicios ha prestado a la nación y a su economía. Por eso me sumo con entusiasmo, con cariño, a la iniciativa del compañero para exhortar desde esta tribuna a quienes tienen desviado en este momento su pensamiento, para que vuelvan al sendero de la cordura, para que tengan en cuenta las necesidades vitales de la nación, el hambre de nuestro pueblo, que se agrava con sus trastornos, sin comunicaciones, y respaldando al régimen del que tantos beneficios han recibido y que, de acuerdo con el pensamiento revolucionario, vuelvan al seno de sus organizaciones y reanuden su trabajo, los que no lo han hecho, y puedan seguir, juntamente con todos los demás mexicanos, laborando por un futuro mejor para México.

La otra vez que en tres años subió a la tribuna de la Cámara Baja fue para apoyar la reforma de la Constitución en el tema de la educación pública: ya no sería, como para Lázaro Cárdenas, una educación "socialista". Tampoco sería pública, pues se permitía a las escuelas particulares, las de los curas católicos, como los salesianos, impartir clases.

Díaz Ordaz minimizó el asunto a que las escuelas privadas se ajustaran a los programas establecidos por el Estado, definidos como "científicos" y no como religiosos:

—Yo pregunto a la nación entera de México, donde tantos analfabetas existen, donde tantos hombres tienen sed de cultura y carencia de medios para lograr satisfacerla, si van a prescindir de una labor de educación porque le faltan algunas probetas a algún laboratorio; si es posible que no prefiramos honrada, sinceramente, la educación, aunque sea imperfecta por la falta de elementos materiales, a una falta absoluta de educación.

Defendía el diputado Díaz Ordaz su propia educación en Oaxaca, sin probetas pero sí con profetas. Pero también aprovechó, otra vez, para elogiar al presidente Ávila Camacho, dotándolo de una visión más alta que los diputados, sólo por ser el Presidente de la República:

—No creo yo que los compañeros del sector obrero tengan la pretensión de haber superado en precisión, en claridad, en gramática, en belleza literaria, el proyecto del Ejecutivo Federal con el proyecto que ellos presentan. No hay mayor precisión. Quizás a ellos les parezca, porque son sus propias palabras; quizás a ellos les parezca más claro su proyecto, porque usaron sus propios conceptos; pero no tiene una mayor precisión científica ni gramatical. En este sentido, el Ejecutivo, además, se pone en postura de armonizar los distintos pensamientos y los distintos intereses de la Nación. Sería muy fácil que cada uno de nosotros expusiera sus puntos de vista y formulara un proyecto; pero es claro que el proyecto formulado por mí no satisfaría a todos; cuando más, me satisfaría a mí y a unos cuantos íntimos amigos míos. Y si es leal y sincero el propósito de los estimados compañeros del sector obrero, de que la redacción del nuevo artículo tercero constitucional no haga renacer la disputa a que dio origen la interpretación del artículo tercero constitucional vigente, entonces que acepten que el Ejecutivo de la Nación tiene mayor autoridad moral que ellos para proponer a la Nación entera una redacción; que acepten que él tiene mayor confianza entre los hombres de México; que él polariza mejor el cariño, y no solamente el cariño, sino el respeto de los mexicanos.

Obtuvo —reales y no de burla— aplausos el diputado Díaz Ordaz en esa sesión del 26 de diciembre de 1945. Había inventado a un Presidente que veía, como Dios o Santaclós, a todos, desde las alturas. Los representantes del pueblo no eran iguales para él. Un ciudadano era menos que un diputado obrero, INEXISTENTE o no, y más que un indio, inferior, ignorante y minoritario. Un Presidente valía mucho más que todos, como un rey, como un fantasma. Era como si se imaginara una montaña, el Pico de Orizaba, que se veía desde su supuesto pueblo natal, Chalchicomula, y los ciudadanos estuvieran en las faldas y el presidente en la cúspide. Unos veían el bosque; el otro, el único, el solitario, las nubes, las estrellas, las tormentas que se avecinaban y el futuro promisorio para ese país que era El Presidente. Los inciertos eran los muchos. La seguridad venía del Único. Como el rompecabezas y cada una de sus piezas separadas.

Con el voto de Díaz Ordaz, ese diciembre de 1945, la educación pública dejó de ser tanto "socialista" como exclusivamente pública. Y Gustavo elevó la figura del Señor Presidente a la estratósfera de la claridad. Algunos diputados, Octavio Reyes Espíndola, Juan Esponda, lo felicitaron con palmadas en el hombro. Ya no recibiría fuetazos en la grupa. Estaba dejando de ser caballo justo cuando lo era más.

Cuernavaca, 4 de agosto, 1977

Iba a ser como habían sido los años del final de la presidencia de Miguel Alemán y el inicio de la del viejito Ruiz Cortines: había que tomar las desdichas como una preparación para la felicidad venidera. Aguantar las humillaciones pensando siempre que, al final, alguien te hará justicia, las tribulaciones serán recompensadas, que las cosas son por algo, que caen por su propio peso. Dejó la tercera mesa de rompecabezas —un paisaje de cipreses de Van Gogh— y tomó el teléfono. Pulsó el botón varias veces y esperó la voz de la secretaria, pero, claro, ya no tenía. La había despedido por no limpiar la alberca.

Tomó su agenda luida, un regalo de Luis Echeverría de 1964, y le marcó al general José Luis Gutiérrez Oropeza, su Estado Mayor de 1964 a 1970. Él seguía siendo leal. Él debería escribir otro testimonio de lo que había sucedido en 1968, de la conjura comunista y de todos, de la CIA, de los árabes que habían aprovechado las Olimpiadas para su propaganda, de los negros, de todos los que se habían introducido a la isla mexicana de la concordia para hacerla zozobrar. Marcó el teléfono. Alguien contestó, una mujer. Pidió con el General. "Ya no vive aquí", dijo la voz femenina. ¿O era un niño? ¿Qué estaba ocurriendo?

Seguro eran los telefonistas. Lo odiaban porque los encarceló. Estaban pidiendo salarios demasiado elevados. Una barbaridad. De hecho, cuando Adolfo López Mateos lo nombró a él secretario de Gobernación, el primer día de trabajo, no había teléfonos por culpa de los malditos trabajadores. Creían que dejando sin líneas a México podían presionar al Estado. Estaban equivocados: irían a la cárcel por delincuentes. Se hubiera desatado una insurgencia sindical si se les otorgaban esos aumentos de salarios.

¿O era una conjura de las amas de llaves? ¿Quién era la que contestaba en casa del general Oropeza? ¿Un niño? ¿O era él mismo imitando la voz de un niño? ¿Ya hasta Oropeza se escondía de él? ¿Y cómo supo que era él? Los telefonistas deben tener forma de saber de qué teléfono hablas. Y te graban. Han estado grabando desde que existen grabadoras. Cuando era secretario de Gobernación, a él le llegaban los reportes telefónicos en las tarjetas azules de Gutiérrez Barrios en la Federal de Seguridad. Los había leído, subrayado, tomado decisiones y quemado. —Quémalos todos o nos quemaremos en el infierno—. Y ahora sabían que era él tratando de hablar con el general Oropeza y fingieron la voz de un niño. Y quizá su teléfono estaba intervenido. Quizá podían incluso escucharlo por toda la casa, sin necesidad de que él levantara la bocina. La tecnología de los telefonistas era muy avanzada y no necesariamente del conocimiento público. Eran ellos. Lo podían escuchar durmiendo, hablando solo, descomiendo en el baño, quejándose de sus dolores. Lo sabían todo. Y, claro, a un ex presidente agónico no se le contesta el teléfono. ¿Para qué? Ya no tiene favores ni castigos qué repartir.

Arrancó el teléfono con todo y el cable. Y el aparato regordete, beige, de vinil, con el auricular flotando por

lo aires, voló por la ventana de la casa de Cuernavaca y cayó y cayó y cayó hasta que se acomodó en el suelo de la alberca.

—Saldremos adelante, saldremos adelante —se gritó, sofocado —como siempre, como nunca—. Sudaba como un gordo, empapaba la piyama.

***

Lo que serían los peores años de Díaz Ordaz en la política de escalar puestos hasta llegar al de más arriba lo recordaba como una conversación entre él, que guardaba fólders en su portafolios, y el senador Adolfo López Mateos que fumaba sus Delicados sin cesar, dando vueltas en la oficina contigua de Donceles. Era un 17 de agosto de 1946.

—No se preocupe, senador —le dijo Gustavo a Adolfo López Mateos—. Nadie nació donde se supone, ni estudió lo que dice que estudió. Todos son puros papeles que se expiden, se pierden, se queman, se vuelven a hacer.

El caso que le preocupaba al senador por el Estado de México era que su contrincante, fuera del Partido, Adolfo Manero, había presentado ese día ante la Comisión Revisora del Congreso, un acta de nacimiento donde se decía que Adolfo López Mateos era guatemalteco. Y, por lo tanto, no podía ser elegido como senador de la República. Además, no se había encontrado por ningún lado la constancia de estudios de López Mateos en la secundaria y se decía, sin aportar datos, que se había hecho abogado en tan sólo año y medio. Su tesis, *Delitos contra la Economía Política*, no existía. "Está agotado el tiraje", dijo en su defensa López Mateos.

—No se preocupe, mi amigo —le había dicho el senador por Puebla, Gustavo Díaz Ordaz—. Esas cosas se arreglan. Siempre hay modo.

En efecto, los senadores acabaron por descartar las acusaciones y le dieron a Adolfo López Mateos su escaño por el Estado de México. "El modo": por órdenes del diplomático Isidro Fabela. La carta la llevó su secretario, Carlos Hank González.

Ése fue el encuentro entre los dos personajes: Gustavo era el tinterillo que conocía los artificios de la barandilla, la falsificación, el camino corto. Adolfo era el político que saludaba a todos, que corría Ferraris en las carreteras, que siempre tenía invitadas en sus leoneras de San Jerónimo: esposa, amante, novias, affaires y "amigas". Gustavo era el senador que cargaba un portafolios con papeles en fólders. Adolfo, el que improvisaba su día sólo guiado por sus antojos: beber, correr y coger. Y fumar mucho, todo el tiempo. Delicados. Cuando Gustavo se dio cuenta de que el senador por el Estado de México padecía de migrañas, metió en su portafolios un frasco de aspirinas. Se hizo una costumbre que, al extender la mano, un senador le vaciaba al otro en la mano un puñado de pastillas para el dolor. A cambio de las labores de enfermería, Adolfo le presentó a Gustavo a un verdadero "cachorro" de la Revolución: a Fernando Casas Alemán. Como no podían presumir de "revolucionarios", ahora la generación de los abogados en el poder se ostentaban como "cachorros", como los "alemanes", Miguel y Casas.

Todos los senadores —incluyendo al lechero líder de los obreros de la CTM, Fidel Velázquez, y al militar Alfonso Corona del Rosal— iban a los casinos de los Alemán. Gustavo recordaba especialmente el de San Ángel al que, ya siendo regente de la Ciudad de México, Casas

Alemán le construyó una carretera para llegar en los autos deportivos de Adolfo López Mateos. Ahí, Gustavo supo lo que era entrar a un lugar donde todo era comprado y vendido, hasta las mujeres. Por propinas, las señoritas de los concursos de belleza te servían tragos sonrientes. Si les conseguías la corona, se servían ellas mismas, en una bandeja con manzana en la boca. Ahí conoció a la rubia Virginia Hill y a su hermano, Chuck, que apostaban a lo grande y bebían champaña y bailaban sobre las mesas. Eran socios en casinos, en yates de Acapulco y amigos del Cónsul Jenkins. El negocio ya no era el alcohol, sino las apuestas y, en alguna medida, el opio y la heroína.

—El Flamingo de Las Vegas, el casino —le dijo una noche Adolfo López Mateos a Gustavo— es en honor de esta señorita Hill.

—¿No es por el hotel de Acapulco? —preguntó Gustavo, un provinciano en todo.

—No —dijo Adolfo—. Es por ella, por sus piernas.

—Pues no parecen las de un Flamingo —argumentó Gustavo relamiéndose en los intersticios de las medias de rejilla negras.

—¿Has visto a un flamingo tomar agua? Es por cómo practica el sexo oral.

A Gustavo le parecía un ensueño aquella rubia platina y bélica que hablaba en un español borracho sobre Hollywood, sobre el seguro candidato a la presidencia, Miguel Alemán, en la misma frase que de Lupe Vélez, Dolores del Río, Mario Moreno "Cantinflas". En las madrugadas hacía su acto de circo: se empinaba hasta el suelo para tomar una copa de champaña sin meter las manos. Los políticos, los actores de cine, los cantantes de la radio aplaudían, silbaban, aullaban. No todos sabían que Virginia Hill era la amante de Benjamin "Bugsy" Siegel, el creador de Las Vegas, cobradora de Meyer Lansky en los casinos de La Habana y Acapulco. Años después, la mafia de la familia Genovese le administró una inyección letal de heroína mientras esquiaba, sola, en las nieves de Austria.

Gustavo, nunca un gran bebedor, regresaba a su casa en la colonia Juárez de la Ciudad de México, un edificio porfiriano, como correspondía a los "cachorros" de la Revolución, dejaba su portafolios en el estudio, subía las escaleras y se sentaba a mirar cómo dormía su Lupita, llena de tics en las piernas y voces en sueños. Una por una, abría las recámaras de sus tres hijos, Gustavo, Guadalupe, Alfredo, y se percataba del humo en su traje de una noche de perfumes, billetes y puros cubanos. Adentro de las recámaras olía a niños, a saliva, a comida con azúcar. A veces, la criada se despertaba para saber si el señor apetecía algo de cenar. Casi todas las veces, Gustavo quería que la sirvienta se empinara como lo hacía Virginia Hill, pero nunca se lo pidió.

Pero en esos días de 1946 al senador Díaz Ordaz no le preocupaban ni las mujeres, ni sus compromisos con sacerdotes, hacendados, empresarios, la mafia italiana, ni el Presidente, sino su propia vida. Salía armado a la calle. Creía que estaban tratando de matarlo. Podían ser sus antiguos maestros por haberle dejado aventado el cargo de secretario del gobierno poblano a Gonzalo Bautista, sólo para irse a una diputación en la Ciudad de México; por haber apoyado a Alemán y no a Maximino; o cualquier otro líder sindical enfurecido por su papel en Conciliación y Arbitraje; o un ex compañero diputado encelado porque no había recibido las palmadas de sus pares. O podía ser el nuevo gobernador de Puebla, Carlos Betancourt, que le había colado en la fórmula senatorial a Alfonso Moreyra, quien lo vigilaba. Al menos eso fue lo que Gustavo sintió cuando su compañero senador le preguntó por su rancho en Tlacotepec de Juárez. Quién se lo había regalado era la pregunta que no le hizo, pero Díaz Ordaz sabía que eso insinuaba. No le contestó. Y, a veces, entraba a la oficina y Moreyra ocultaba algo: un fólder, un papel, bajo otros. Él era su asesino. Así que Díaz Ordaz andaba armado en el senado, primero y, luego, en todo momento, con la pistola debajo de la cama para reaccionar rápido.

Un día decidió llevar a Lupita al cine a ver *Qué bello es vivir* de Frank Capra. Al salir, se dio cuenta de que Moreyra estaba en la sala. Lo tomó del cuello por atrás y lo tiró por las escaleras. Luego sacó la pistola y le apuntó, en medio de una multitud que gritaba, corría para alejarse o se quedaba a ver el pleito:

—Dígale a sus jefes que no me voy sin llevármelos por delante —le gritó Díaz Ordaz a un Moreyra que ya no lo parecía tanto. Quizás era otro. O estaba disfrazado.

Vio venir a un policía desenfundando, y entonces el senador Díaz Ordaz gritó:

—Senador de la República. Tengo fuero para matar a cualquier hijo de la chingada.

Guardó la pistola en la bolsa del saco y salió con Lupita a la calle. Ella iba preguntando quién era aquél en el suelo, desde cuándo lo perseguían, quiénes lo querían matar, si estaban en riesgo ella y los niños. Díaz Ordaz sólo le respondió:

—En política nunca se sabe. No me chilles en la calle o no te vuelvo a sacar.

Pero el gobernador Betancourt no lo mató con un disparo, sino con un "destape": propuso al hermano menor del Presidente de México para sucederlo en el cargo, una ambición de Díaz Ordaz: la Gubernatura de Puebla de los Ángeles. No había forma en que un Díaz Ordaz le ganara al interior del Partido la candidatura a un Rafael Ávila Camacho. La noticia le dolió en el estómago, sacó su reloj, le dio cuerda, lo guardó de nuevo en el bolsillo, se quitó los lentes y los limpió con su pañuelo. Le rechinaron los dientes y, en un instante, los cristales de sus anteojos estaban hechos añicos.

∗∗

Habían sido años difíciles esos del final de la presidencia de Miguel Alemán, recordaba ahora Díaz Ordaz en su casa de Cuernavaca. No, no pensaba quitarse ahora los lentes y hacerlos añicos de puro coraje, de nulo reconocimiento, de conjuras, de amenazas, de intimidaciones, de envidias. Se columpió en la mecedora de Cuernavaca con las piernas apoyadas en el barandal de su terraza con zanates brincando en busca de alguna migaja. Se había dejado los calcetines. Sus pies le parecían peor que su cara. Ahora, con la cruz del 68 a cuestas, pensó en las dificultades del fin del sexenio de Miguel Alemán. Debía actuar como aquella vez, cuando supo que el futuro no llegaba solo.

En 1952, la única forma de que Díaz Ordaz tuviera futuro en la política mexicana era haciendo campaña por el nuevo candidato a la presidencia del Partido, el viejito Adolfo Ruiz Cortines. Gustavo había estado en el Senado los seis años de la presidencia del veracruzano Miguel Alemán. Había dicho en la tribuna su versión "darwiniana" de las revoluciones:

Afirmo bajo mi propia responsabilidad que el Partido Comunista no representa una de las especies revolucionarias del país mexicano. Al lado de un grupo de ideas, al lado de un grupo de hombres, pueden caminar otros de distintas tendencias, de distintas ideas, pero no se identifican en este caso; y no se identifican porque el pueblo mexicano tiene otro concepto de la libertad, distinto del que preconiza el pueblo mexicano (sic).

O, esta otra joya, en la que calificaba el sindicalismo que quería aumentos salariales:

> Lo que sucede es que, en teoría, sólo hay dos posibles caminos para resolver éste y otros problemas: anarquía o totalitarismo. Anarquía si se deja que cada quien haga lo que le venga en gana; anarquía que no es libertad sino libertinaje. Es posible disentir, pero siempre dentro de un orden que sólo el Sistema deberá establecer.

Del totalitarismo no dijo nada, así que debemos suponer que era el "mejor" camino para "este y otros problemas". En 1952, ya era el hombre de la inmovilidad, el senador del alemanismo: que nadie haga olas mientras nosotros mandamos. La reforma para ampliar los alcances del delito de disolución social fueron idea de Miguel Alemán: "Incurre en disolución social el extranjero o nacional mexicano que realice propaganda política, defendiendo ideas, programas o normas de acción de cualquier gobierno extranjero que perturben el orden público". Era un nuevo delito, aplicable a todos los mexicanos que trataran de leer el libro *Cómo hicimos la revolución de octubre*, de León Trotsky, en una plaza.

El grupo político de Díaz Ordaz en la Cámara Alta era una combinación de militares, Carlos I. Serrano y Alfonso Corona del Rosal, y abogados del alemanismo, Donato Miranda Fonseca y Adolfo López Mateos. Cuando esas dos espaldas se juntaron —generales y licenciados—, la locura produjo un superávit. Gustavo Díaz Ordaz era una combinación de los dos: había querido estudiar en el Colegio Militar "pero no tuve para pagar la fianza" y había terminado de abogado; usaba las leyes como armas. Pero nadie parecía reconocerle ese mérito y no tenía ofrecimientos para cuando dejara la legislatura.

Fuera del senado, con Miguel Alemán ya casi ex presidente, su futuro político era la nada, era como sus peores años en los lodos de Oaxaca, el terremoto de 1931, su calidad de refugiado en casa de su tío Demetrio. Ahora, en vez de soñar con dirigirle un discurso al Señor Presidente, Gustavo se quedaba insomne, con gases que le oprimían el corazón, pensando en cómo había visto volar a su madre, jalada del cabello, cuando la policía llegó a desalojarlos de su casa por no pagar la renta en Oaxaca. Ahora, que ya no era senador, se pensaba sufriendo la misma suerte, si no se avivaba. Y hacerlo, según su amigo, Adolfo López Mateos, era juntarse a la campaña de Ruiz Cortines. Nadie lo había invitado, pero él tomó su Talbot Lago nuevecito, color "ostión" para alcanzar al candidato presidencial en su gira por Puebla, su estado falsificado. Que lo vieran con el candidato todos los que lo querían matar políticamente y demostrarles, sin decir nada, aquí estoy, no me he muerto. Pero, subiendo por la carretera boscosa de Río Frío, se le ocurrió una idea mejor. Hizo que su secretaria, Fanny, hablara al Comité de Campaña de Ruiz Cortines:

—El senador Díaz Ordaz se accidentó en su coche haciendo campaña por el Candidato. Se rompió una pierna.

Regresó a su casa y se hizo enyesar por el doctor Gregorio González Mariscal, que se quedó a ver cómo, seis horas después, llegaba hasta la casa de Díaz Ordaz, nada menos que el candidato a la Presidencia, Ruiz Cortines, un anciano de anteojos y enconchado en un esqueleto que apenas lo sostenía. Gustavo recordó el chiste que se hacía sobre el candidato: era parte de Las Tres "Pes" de México: La Vida Inútil de Pito Pérez, La Puta Vida de Pita Amor y el Pito Inútil de Ruiz Cortines. El Candidato a la Presidencia no tuvo sino palabras amables, de recuperación para el ex senador por Puebla esa noche de 1952. Díaz Ordaz trató de decirle algo que los amistara:

—Mi padre es contador, como usted, Candidato.

—No, mi amigo —le respondió Ruiz Cortines—, yo fui tesorero de los revolucionarios, no de los porfiristas.

Y ganó el viejito de sesenta y dos años, como siempre, con el setenta y cinco por ciento de los votos, contra el quince por ciento de Henríquez Guzmán, a quien había apoyado Gonzalo Bautista, antes de que la policía cargara contra sus mítines a balazo limpio.

Cuando Ruiz Cortines formó su gabinete no incluyó a Díaz Ordaz en nada, y meses más tarde, por intercesión de Adolfo López Mateos, lo hizo "director de asuntos jurídicos de la Secretaría de Gobernación".

—Es un miserable —Gustavo le dijo desde Oaxaca, donde se había ido a refugiar de la humillación, a su amigo Adolfo López Mateos, nombrado nuevo secretario del Trabajo—. No acepto una chingada.

—Gustavito —le dijo López Mateos al teléfono—, al presidente no se le manda a la chingada y menos por teléfono. En este instante el nuevo secretario de Comunicaciones, mi amigo Carlos Lazo, ya le estará dando la grabación de nuestra conversación a tu nuevo jefe en Gobernación, el apreciable licenciado Ángel Carvajal. Si le dices que no al presidente te voy a colgar.

—Tuve una pierna colgada por él. ¿Ya no se acuerda que fui "una baja" de su campaña?

—En política, la dignidad es como una pierna rota: nomás estorba.

Y Gustavo aceptó el puestecillo en ese 1952.

***

Pero, la obediencia trae consigo una torta bajo el brazo, pensó ahora Díaz Ordaz bajando los pies del barandal de su terraza en Cuernavaca, bajo el volcán, pensó en el título de la novela, pero nunca la había leído. No era un lector más que de sus amigos, los escritores que lo habían apoyado en 1968: Salvador Novo, Martín Luis Guzmán y Elena Garro, la esposa de aquel Octavio Paz que le había renunciado a la embajada en la India por los sucesos lamentables de Tlatelolco. De Martín Luis Guzmán no había recibido cartas o telefonazos desde entonces. Salvador Novo le había contado por teléfono un sueño hacía no mucho:

—Entraba usted a mi casa, don Gustavo, y yo, en piyama con glifos teotihuacanos, buscaba qué darle de comer y no encontraba más que un paquete de galletas saladas. Y corría yo, don Gustavo, en bata y piyama teotihuacana, abriendo gavetas, refrigeradores, cajones vacíos. Cuando encontraba, finalmente, un pollo rostizado con papas, en una salsa bechamel, usted ya se había ido.

Ahora que lo recordaba, quizá Novo, con toda su fama de agudeza, había querido decirle algo con todo eso: cómo los escritores no atinaron a apoyarlo después del 2 de octubre de 1968. Sólo Novo, sin encontrar nada en sus gavetas, dejó irlo sin darle siquiera un bocado. Quizás. Díaz Ordaz frunció el ceño. La única escritora que lo secundó, por malicia, pánico o locura había sido Elena Garro. Mientras su ex marido, Octavio Paz, renunciaba a la embajada en la India en protesta por Tlatelolco, Elena Garro corrió a decirle a Fernando Gutiérrez Barrios en la Federal de Seguridad y a Winston Scott en la CIA de la Embajada Norteamericana en México que los "conspiradores" de Tlatelolco eran todos los escritores, dramaturgos, pintores y cineastas del país. Estaba tan asustada por la renuncia de su marido que quiso esparcir el daño. Antes, cuando el crimen de John F. Kennedy en Dallas, había ido a confesarles que había visto al asesino, a Lee Harvey Oswald, yéndose con su prima Silvia Durán a la cama, en la Ciudad de México. Ahora ella estaba, hasta donde sabía Díaz Ordaz, en Cuernavaca. Vivía rodeada de gatos y zapatos, con su hija. Se decía que la casa olía a baño público, a pastillas, a ropa húmeda. Un infierno sin ratas, seguro. No, no pensaba pegarle una visita. No le serviría un nuevo testimonio de ella. Lo haría solo, con su manuscrito.

"Volveremos y saldremos delante de este trago amargo", se dice Díaz Ordaz en su terraza de Cuernavaca.

Como aquella vez al final de la presidencia de Miguel Alemán.

***

En ese sistema de inicios de los años cincuenta, el misterio de la obediencia era la premisa oscura del juego político, de la guerra de posiciones. Pero con frecuencia esa sumisión tuvo resultados azarosos. El 5 de febrero de 1953 la suerte hará que Díaz Ordaz suba de puesto. Del cargo de tinterillo que le ofrecía Ruiz Cortines a cambio de su pierna rota, a una zona de piernas que pisan fuerte y aplastan: el verdadero poder.

El azar fue éste. El Oficial Mayor de la Secretaría de Gobernación, había sido durante década y media juez de la Suprema Corte de Justicia. Pero quiso ser el presidente de los jueces. Acaso porque estaba cansado, demasiado viejo, o simplemente porque decidió concentrarse en un solo encargo político, Ortiz Tirado dejó su puesto a las espaldas de Ángel Carvajal, el Señor Secretario de Gobernación y del Señor Presidente, el viejito Ruiz Cortines, para dedicarse a espulgar expedientes judiciales. La historia del poder rara vez considera la suerte y toma todo resultado como una decisión. La intención del Presidente Ruiz Cortines al poner a Díaz Ordaz en la Oficialía Mayor fue para contar con alguien que lo ayudara a ajustar cuentas con sus enemigos. Ni él mismo lo sabía. El hecho es que así resultó.

En 1953, Díaz Ordaz se concentró en los dos enemigos del Señor Presidente Ruiz Cortines: dos gobernadores que no lo habían apoyado en la campaña presidencial. Uno, Alejandro Gómez Maganda, de Guerrero, había apoyado a Fernando Casas Alemán, entonces regente de la Ciudad de México. El otro, Manuel Bartlett, de Tabasco había llegado al poder apoyado por Miguel Alemán, casi como el último acto de su presidencia. Era, como se decía en la época, un "asunto de alemanes y no de cortinas". Ruiz Cortines mandó al Oficial Mayor, Gustavo Díaz Ordaz, un destacado ex senador "alemanista" (pero, claro, antes juez avilacamachista, universitario gonzalista, ahora funcionario ruizcortinista) a hacerse cargo de la explicación en el Congreso de por qué iban a dejar a Guerrero sin autoridades. Pero, primero, urdieron una pequeña negociación:

—El presidente Ruiz Cortines —le dijo por teléfono nuestro flamante y azaroso Oficial Mayor, Díaz Ordaz, al gobernador de Guerrero— se suavizaría contigo si tan sólo nos dieras entrada a tus negocios de casinos y hoteles en Acapulco.

Gómez Maganda, con sus lentes oscuros de todo político mexicano, se acomodó el corbatín con el puro entre los labios y no dijo nada: desde finales de 1952, se le había negado cualquier crédito o presupuesto para seguir expandiendo a Acapulco. Los yates de la mafia de Meyer Lansky en la bahía daban comisiones a sus socios mexicanos, pero como habían oído del pleito entre el gobernador y el Presidente, habían dejado de pagar.

—Frank Sinatra —siguió Díaz Ordaz— es tu amigo. ¿Por qué no lo consigues gratis para que cante en la apertura de los desayunos escolares de la esposa del Presidente?

—¿La vieja esposa o la nueva esposa del Presidente? —preguntó el gobernador de Guerrero.

—No te hagas el payasito, que no te queda —respondió tajante el nuevo Oficial Mayor de Gobernación.

—Eso es algo que tendría que discutir con él directamente —evadió Gómez Maganda.

—¿Con Sinatra?

—No, con Ruiz Cortines.

—Te estará esperando mañana.

Díaz Ordaz colgó el teléfono. Le marcó por la red al Presidente Ruiz Cortines: "Señor Presidente. Me voy a Guerrero". Fue todo. El poder se deleita en lo absoluto cuando escatima palabras y abunda en acontecimientos en los que se demuestra. El poder no está hecho de palabras, sino de silencios.

Al día siguiente, 21 de marzo de 1954, un día no laborable porque se trata del nacimiento de Benito Juárez,

Díaz Ordaz entró en el recinto legislativo rodeado de policías. Uno de ellos disparó al techo. Los diputados de Guerrero se agacharon para cubrirse con sus escritorios. Díaz Ordaz tomó la tribuna del Congreso y les avisó:

—El Presidente ha decidido desaparecer los poderes en el estado de Guerrero. Les recuerdo que, a partir de este instante, ustedes ya no son diputados. El Congreso ya no existe a partir de ahora —miró su reloj—, nueve de la mañana.

Tres horas después, el Congreso de la Unión escuchaba la "propuesta" de la desaparición de poderes en el estado de Guerrero, el asiento de Acapulco:

Se han presentado innumerables quejas en contra del funcionamiento de los Poderes locales de esa entidad. Y de las averiguaciones realizadas se llega al conocimiento del casi total abandono de la función pública por parte del titular del Poder Ejecutivo; de sus frecuentes e innecesarias ausencias de la Capital y del territorio mismo del Estado —¿dónde está hoy, por ejemplo? No en Guerrero—; de su incapacidad para corregir situaciones de hecho, de desorden y aún delictuosas; de su marcada preferencia, que el pueblo censura, en favor de los miembros de unas cuantas familias y en perjuicio general; de su despreocupación por los ingentes problemas de la población del campo y de la urbana; y, de que con su conducta ocasiona grave desasosiego e inquietud a los habitantes de la entidad. En cuanto al Poder Legislativo, se ha encontrado que desarrolla sus actividades en forma congruente con las del Ejecutivo, llegando a sancionar medidas como la creación injustificada de nuevos municipios, que han causado tal disgusto en los núcleos de población afectados, que ha llegado a darse el caso de que se piense en pedir su incorporación a otra entidad limítrofe. Por lo que hacc al Poder Judicial, es notorio que su impotencia para cumplir su alta misión, lo ha llevado hasta el olvido y desacato de las leyes vigentes. En resumen, en el Estado de Guerrero, han desaparecido propiamente los poderes constitucionales locales, originando una grave situación que no puede prolongarse sin serios daños a la tranquilidad y seguridad públicas. Por las consideraciones anteriores y con fundamento en lo dispuesto en los artículos 76, fracción V de la Constitución Política de los Estados Unidos Mexicanos y 65 de la particular del Estado, a esa H. Comisión Permanente del Congreso de la Unión, solicito:

Primero. Declarar que han desaparecido los Poderes Constitucionales locales del Estado de Guerrero y que se está en el caso de nombrar un Gobernador Substituto. *Segundo*. De aprobarse el punto anterior, designar Gobernador Substituto, de entre los ciudadanos que integran la terna que por separado envió a esa Hache Comisión Permanente. Hago presentes a ustedes las seguridades de mi atenta consideración. Sufragio Efectivo. No Reelección. México, D. F., a 21 de mayo de 1954, bla, bla, bla.

Justo cuando Díaz Ordaz desaloja con policías el Congreso de Guerrero, el gobernador Gómez Maganda se sienta con la pierna cruzada en la sala de espera de la oficina del Palacio Nacional. Espera, ingenuamente, su reunión "de acuerdo" con el Señor Presidente. Sin que él lo sepa, tres horas antes, el jefe de la Zona Militar en su estado ha sido cambiado, la policía desarmada y el ejército comienza a patrullar las calles aledañas al Congreso de Guerrero en el que Díaz Ordaz les avisa a los diputados y a los jueces que ya no lo son. El Gobernador que no sabe que ya no lo es, ve pasar al secretario particular del Presidente, Rodríguez Cano, y éste lo deja con la mano extendida. Mientras el Congreso de la Unión aprueba la petición de desaparecer gobernador, legisladores, jueces en Guerrero, y el ejército toma las oficinas de todas las autoridades, se escucha el mínimo debate de los diputados federales del Partido. La tribuna es de los representantes sindicales de la CTM: "la actitud del señor Presidente, al haber llegado a este extremo de solicitar la desaparición de los Poderes del Estado de Guerrero, ha sido después de haber agotado, seguramente, todas las medidas persuasivas: todas las actitudes prudentes para convencer a las personas que se han descarriado, para que encauzaran sus pasos dentro del plano que él mismo fijara al inicio de su Gobierno". Si el Presidente, cuyo papel es cuidar que el rebaño no se descarríe, cree que no hay poderes en Guerrero, debe ser por algo. "Por algo", se levantan las manos para votar y los diputados se van de día de asueto.

—La existencia de la inexistencia y la inexistencia de la existencia. Las dos formas de lo público —murmura para sí Díaz Ordaz, y la serpiente del regocijo callado le contonea por dentro.

***

Recordando, en su casa de Cuernavaca, Díaz Ordaz se anima. Baja a la alberca sucia y pasea en torno a ella, con las manos en la espalda. Para 1955, un año después, los mecanismos del Presidente Ruiz Cortines se han expandido. Para deshacerse de su otro gobernador incómodo, Bartlett, manda a Díaz Ordaz urdir un plan que involucra tácticas de desestabilización. El 14 de marzo, desde la Oficialía Mayor de Gustavo Díaz Ordaz se lanza el rumor de que los transportes de Villahermosa subirán de precio. Tabasco no es un estado rico, es un puerto, produce plátanos, el petróleo apenas se acaba de "descubrir" y un aumento de precios resultaba fatal.

—Que se diga sobre un aumento de precios en las estaciones de radio —ordena Díaz Ordaz, que traza esos planes con el Presidente, ya sin considerar a su secretario de Gobernación, Ángel Carvajal.

—Sólo hay una estación y casi nadie tiene radio—le responden.

Ese mismo día, los estudiantes del Instituto Juárez, más proclives a su ex compañero diputado, Carlos Madrazo, incendian la cooperativa de los camioneros y comienza así una semana negra para el gobernador Bartlett. Al día siguiente, en una manifestación en el Parque Juárez, el ejército dispara contra la multitud y matan a un muchacho. Las siguientes horas son de saqueos, robos al banco de Tabasco, incendios, y atacan los automóviles de la comitiva del Gobernador. Ahí, Bartlett se da cuenta de que no tiene más opción que renunciar: trata de hablar con el presidente Ruiz Cortines, pero la llamada se corta. El 19 de marzo de 1955, un capitán, Ignacio de la Cruz, incendia el puerto de Frontera. La prensa local hace añicos al Gobernador por inútil y éste viaja a la Ciudad de México el 22 de marzo. El secretario del Presidente lo hace pasar con Gustavo Díaz Ordaz:

—Más vale que digan "aquí renunció" que "aquí murió" —le dice con sorna.

Es un gobernador caído pero al Oficial Mayor no le da pena patear a la gente en el suelo: son los deseos del Señor Presidente. Es lo divertido del poder: ver, sentir, oler, tocar su existencia: los demás agachando la cabeza ante ti, en su inexistencia, dejándose patear, ya fantasmas.

Como Maganda, Bartlett, tuvo que hacer una antesala de horas para entregar su renuncia. Ambos, se desesperaron, se sintieron humillados, con funcionarios, soldados, secretarias, que pasaban sin voltearlos a ver, pues ya no existían. El misterio del poder es el de la obediencia. Los dos aceptaron la espera, aunque ya no valía nada.

Cuernavaca, 13 de julio, 1977

A pesar de los dolores de estómago y del asma, Díaz Ordaz va por un puro de tabaco cubano a su estudio. Lo afloja con los dedos. Las hojas mecanografiadas de su "testimonio" del 68 lo miran desde el escritorio, apagadas. Después de todo, no pasa de la página treinta y dos. Las hojas lo miran y lo acusan: no puede escribir a estas alturas sin parecer un loco que creía que los estudiantes mexicanos eran agentes del comunismo, o de Palestina, o de la CIA o de Israel. Todo mundo alrededor suyo lo pensaba: el empresario Juan Sánchez Navarro publicó en todos los periódicos tan pronto como 1960 que hasta Adolfo López Mateos era socialista: "¿Hacia dónde, señor Presidente?", se llamaba el desplegado pagado por el flamante Consejo Mexicano de Hombres de Negocios. Para ellos, el comunismo era que existieran el derecho de huelga de los obreros y la intervención del Estado en la economía. Si no se terminaban esas dos situaciones, sacarían su dinero del país. Era un chantaje.

Todo mundo veía comunistas en todo en esos años en que se levantó el Muro de Berlín, pero ahora ya no lo confesaban. Y las hojas lo miraron desde el escritorio.

Un colibrí acarició la ventana del estudio y se fue. Díaz Ordaz encendió su puro en el estudio, caminó a la terraza, se sentó en la mecedora. Recordó uno de los mejores momentos en su vida pública: cuando nombraron a su amigo del senado, a su amigo de la Secretaría del Trabajo, Adolfo López Mateos, como candidato a la Presidencia. Y él esperaba algún puesto, pero no el que le tocó. Y cómo terminó con las huelgas. Cómo encarcelaron entre los dos a todos los líderes. Y esa vez los empresarios, los sacerdotes, los gringos aplaudieron. Fumó y dio una amplia bocanada que se expandió como una galaxia por el aire de Cuernavaca. El poder. El poder era lo único que se sentía correcto.

El Presidente viejito, Adolfo Ruiz Cortines, tenía que escoger a alguien para sucederlo —nadie lo sabe— se fue por la juventud. Su dedo cayó sobre su secretario del Trabajo, Adolfo López Mateos, que no llegaba a los cincuenta años. Pero nunca se supo por qué lo eligió a él, a quien se le acusaba de no cumplir con los requisitos de haber nacido en México, de haber acabado la secundaria, de ser licenciado.

El método de designación es lo que se conoce como El Dedazo, el dedo del único elector del país, El Señor Presidente, cayendo sobre alguno de sus subalternos. Como no se conocía el nombre del sucesor hasta noviembre de cada seis años, los "posibles" eran "tapados", un término que viene de las peleas de gallos: los tapan con toallas para que las apuestas sean a ciegas, sin valorar el peso, las garras, el pico. En un Partido encabezado por el Presidente, su elección, era, en realidad, un nombramiento hereditario que, para cubrir apariencias, medir el nivel de lealtades dentro del Partido, pulsar descontentos y oposiciones soterradas, pasaba por unas elecciones generales en las que se convocaba a la ciudadanía a votar por el Candidato del Presidente y del Partido. Todos trataban de estar con "el bueno" antes de que se hiciera público el nombramiento presidencial. Por lo tanto, si no apostabas por el que ganaría, estabas frito durante seis años. En México, adivinar la voluntad del Presidente se convirtió en la principal lotería. Y se vivía como un juego de una Presidencia Barroca, de un Partido de Masas que dirigía una Corte del siglo XVIII, una monarquía sin descendientes biológicos y sí con ungidos revolucionarios.

Había que reconocer cada gesto, cada detalle, cada alegoría del discurso para saber con quién irse, a quién apoyar. Los que adivinaban antes de que se diera a conocer el nombre del siguiente Presidente por boca del Presidente que salía, estaban salvados: eran los leales. Los que no, no importaba que, después, a toro pasado, dieran su apoyo incondicional y hasta su "afecto eterno"; estaban fuera. Eran considerados menos avezados en el arte de leer los gestos, de no saber ver los signos en algo que se decidía a ciegas.

Ése fue justo el caso de la designación de Adolfo López Mateos por boca del Presidente saliente, Ruiz Cortines: no se sabían las razones que el Presidente había tenido para elegirlo. Ni siquiera el mismo López Mateos —el agraciado— lo sabía. Un ministro, como miembro del gabinete, hacía apoyos desde el primer día, buscaba simpatías y, con frecuencia, pasaba desapercibido para no despertar las envidias de los demás, de los otros secretarios, metidos a la carrera para llegar a la Presidencia. Pero el resultado se mantenía oculto en una charada política. Era la Corte Barroca en torno a un Presidente con un Partido de Masas atrás, con sindicatos, organizaciones, que se inclinaban ante el Rey Sol de cada seis años. Con Cárdenas el Barroco se hizo Frente Nacional y se congeló en el Partido. Ese juego duraba seis años, es decir, que cada Presidente, desde el primer día perdía poder frente a los que deseaban sucederlo. Y los que querían sucederlo debían cuidarse del poder absoluto del Presidente que podía sacarlos o alentarlos —dependiendo de qué tan absoluto siguiera siendo su poder— en esa contienda por la sucesión. Después, los ciudadanos, partícipes y ajenos a ese juego de la Corte Barroca, salían a votar como si tuvieran los ojos vendados y debieran, por fuerza, que atinar a la piñata: a refrendar las reglas y al ganador. Igual que en la cúspide de la pirámide del poder, se votaba por quien iba a ganar. Como en una lotería. Este juego barroco que el país jugó siete décadas no era, por supuesto, una democracia, sino una charada en la que todo mundo creía algo sobre México. Los profesionales de la política sostenían que México era esas reglas del juego, su estabilidad, la resolución jocosa a la que habían llegado distintas facciones en diez años de Revolución. Los votantes creían que salir a votar era cumplir una obligación: refrendar la ocurrencia sucesoria del Presidente saliente. No había explicación posible, más que la fe en que con este nuevo gobernante sí nos irá bien. Todos sabían lo que Díaz Ordaz sabía: fuera del Partido no hay más que la muerte. Dentro, hay que jugar el juego de la obediencia y el disimulo.

Ése era, como siempre, el caso, cada vez que un Presidente que salía nombraba a su sucesor. Nadie, ni él, sabía por qué. Nunca se habló de las razones, sólo se daba a conocer y, entonces, empezaban los elogios, los aplausos, los apoyos al nuevo ungido.

En la cena del 3 de noviembre de 1957, ya muy tomado, se los confesó Adolfo López Mateos a varios, entre ellos a Díaz Ordaz:

—No sé por qué yo. El Viejito Ruiz Cortines nunca me trató especialmente bien. Pero brindemos por mí y por ustedes. Ya nos tocó, señores. Ahora sí es la nuestra. Ganamos en la tómbola. Ahora a fastidiarnos.

—Le pedí al Presidente dar yo el aviso mañana mismo —dijo, detrás de sus lentes oscuros, Fidel Velázquez, el líder sindical de la CTM, con el puro entre los labios.

—La razón es simple, Adolfo —empezó Díaz Ordaz entre el humo de los cigarros Delicados de López Mateos y los puros cubanos de Fidel Velázquez y él tosiendo por el asma—: el problema que vas a enfrentar es con los obreros. Los que ya no quieren estar en la Central, con el Sector, aquí, de don Fidel. Los independientes del Partido. Ésa es la solución y el problema. La solución del presidente Lázaro Cárdenas había sido meter a los sindicatos en el Partido. El problema es que, ahora, cada vez que los trabajadores solicitan un aumento de salarios, el asunto se transforma en problema político: se quieren salir del Partido. Lo que en otros países es un problema de salarios, en México es un dilema que abarca estar contra el Partido, el Sistema, el Presidente de la República, poner en duda nuestra existencia como país. Ése es el asunto por el que Ruiz Cortines te eligió.

—¿Tú crees? —entrecerró los ojos López Mateos y el copete se le soltó hacia las cejas.

—Si no, ¿por qué tú, el secretario del Trabajo?

—Ven, Gustavito —le dijo López Mateos levantándose de la mesa con dificultades y botellas vacías que se caían en los restos de la cena.

Los dos se internaron en lo que parecía una enorme biblioteca en San Jerónimo 217. Díaz Ordaz jamás había pasado del comedor de la casa del ahora virtual Presidente de México. Ahí dentro, López Mateos le enseñó que los libreros eran, en realidad, dos puertas de salida.

—Ésta me lleva a mi recámara de día, con Eva. Esta otra, a mi casa de noche, la de Angelina. Una es la esposa principal, la otra es mi ángel.

—Estás a las puertas del Paraíso —bromeó Díaz Ordaz.

—Escucha, Gustavito, esto es la política: uno tiene que tener dos salidas a la vez. Por eso, quiero que seas una de mis salidas.

Vio a Adolfo jalar con fuerza un ala del librero y meterse por la puerta de su amante al mismo tiempo en que le preguntaba:

—Adolfo, ¿qué le digo a los invitados? ¿Qué te fuiste a acostar?

—O a parar. No sé, resuélvelo. Para eso eres mi nuevo secretario de Gobernación.

Así se enteró de que, en la siguiente presidencia, él, el exiliado de Puebla, el estudiante pobre de Oaxaca, el desalojado con su familia de una casa y alojado con su tío al que no le gustaba que se rieran, él, el que se había recibido de abogado a cambio de favores políticos, él, que se había humillado ante gobernadores y secretarios de Gobernación, diputados y senadores, él, Gustavo Díaz Ordaz, sería la segunda autoridad en el país, en México, en ese juego de la Corte Barroca con Sindicatos y un Partido. Él: Gustavo Díaz Ordaz Bolaños Cacho. La herencia familiar ya no parecía excederlo.

Salió de la biblioteca y miró a todos borrachos alrededor de la mesa del fugado López Mateos, mientras el trío cantaba bolero tras bolero. Vio a los Alfonsos, Corona del Rosal y Martínez Domínguez, a Julio Santos Coy, a Luis M. Farías, a Fidel Velázquez, a los empresarios Alejo Peralta, a Emilio Azcárraga, a Juan Sánchez Navarro. Atrás, a la Reina de Belleza de Jalisco y a la del Estado de México, ya un poco despeinadas y con los vestidos alzados, enseñando que no usaban calzones. Nadie sabía lo que había ocurrido en segundos en la biblioteca de pantalla, de disimulo. Sólo él. Hasta encendió uno de los cigarros Delicados regados en el mantel blanco —había que adaptarse a los gustos del nuevo Presidente—, pero le volvió la asfixia de su niñez, y lo apagó. Alguien preguntó por el Candidato López Mateos. Él sólo entrecerró el ojo derecho y lo calmó con una mano en el aire. Ahora Díaz Ordaz sería el hombre del control. Era lo que se esperaba en cualquier carrera, política o no: hay un tiempo para obedecer y otro para mandar. El primer tiempo seguiría desde otro nivel de responsabilidad, pero el segundo no tardaría en caerle en las rodillas. No se estremeció, como había pensado que le ocurriría cuando ese tiempo le llegara. Sintió sólo el vértigo de las tareas por venir.

Viéndolos bailar, fumar, beber, tocar, besar: serían los demás los que estaban a punto de estremecerse.

***

Díaz Ordaz le da otra calada a su puro. No sabe fumárselo bien: insiste en apagarse. De eso se burlaba Maximino. De que se le apagara el puro en la plaza de toros. Le decía que eso era un signo de que tus mujeres te engañaban, de que eras cornudo, como un toro al que le darán, un día, la noticia de que lo dejan por otro, la estocada final. Díaz Ordaz se reía: "No tengo cuernos, general, sólo dientes". Y Maximino lo tomaba por el cuello hasta impedirle que la sangre le llegara a la cabeza, lo soltaba y volvía a poner atención al ruedo para gritar: "olé, la grathia".

Pero ahora el Maximino está bien muerto. Le da otra calada. Había cierto gusto en sobrevivir a los demás. Ésa era la historia de la política. Es un cuento de sepultureros. No de héroes, sino de personas que fueron todos los días a una oficina y tomaron decisiones. Que vieron cómo fueron cayendo, a su paso, los demás, los amigos y los enemigos, quienes después, serán parte de la Historia, la que cuenta las hazañas de los que ya no pudieron oírlas porque estaban bien muertos. La narración de la política era justo lo contrario: sobrevivir sin leyenda, por el gusto de ver a los demás caer de bruces en la polvareda. Los caídos, a veces, se convertían en ficciones. Los políticos sólo sonríen cuando se habla de héroes.

Justo en ese año que Díaz Ordaz se sentía acabado en la Oficialía Mayor de Gobernación, zas, le dan la candidatura a su amigo López Mateos. No se había equivocado Ruiz Cortines al designarlo. Él sí, cuando nombró a Luis Echeverría para que fuera su sucesor. Él sí dijo sus razones: "Es Echeverría por sus méritos, por trabajador y, por qué no decirlo, por sus pantalones". Y lo primero que hizo Echeverría fue traicionarlo: hacer una guardia de "honor" a los estudiantes muertos en Tlatelolco. Ahora Díaz Ordaz pensaba de él mismo: "Fui un buen presidente, pero pésimo elector de mi sucesor". Queriendo ser héroes, ambos, Echeverría y él, eran ahora sólo políticos, supervivientes.

***

Díaz Ordaz y Echeverría se conocieron en las oficinas de la campaña a la presidencia de Adolfo López Mateos, en Reforma 95. Echeverría era el Oficial Mayor del presidente del Partido, Agustín Olachea. Y Gustavo seguía siendo Oficial Mayor de Gobernación en el último año de Ruiz Cortines. Echeverría tenía tres atributos que Díaz Ordaz no: era diez años menor, chilango y abogado por la Universidad Nacional. Pero ambos se reconocieron cargando portafolios, dando a conocer sus opiniones después de que las autoridades mayores hablaban, apoyando, asintiendo, obedeciendo. A veces se engolosinaban uno con el otro: "Dice Echeverría que hay que atacar lo que se apoya y apoyar lo que se ataca", sonreía Díaz Ordaz. "Dice Gustavito que para que México funcione necesita una sola autoridad absoluta, porque aquí todo mundo quiere ampliar su universo de poder al máximo", Echeverría reflexionaba en el restorán El Quid.

Pero en 1958, los dos coincidían en que el problema de la sucesión entre el viejito Ruiz Cortines y el seductor Adolfo López Mateos eran los obreros que, con la devaluación del peso frente al dólar —"Mejor lo devalúo de una vez a 12.50 porque no me quiero pasar las semanas devaluando de a poquito", dijo el presidente Ruiz Cortines—, emplazaban a huelgas, amenazaban con paros, se querían salir de la Central Sindical del Partido, la CTM de Fidel Velázquez. Ellos, Echeverría y Díaz Ordaz, eran de los que imaginaban soluciones drásticas: desaparecer sindicatos, encarcelar líderes, matarlos, decretar la suspensión de garantías. Con todos los obreros en la cárcel, entonces apoyarse en los cuadros del ejército que sabían manejar ferrocarriles, dar clases, encender un telégrafo, operar una perforadora de petróleo. Pero los demás se les quedaban viendo un segundo y volvían a discutir algo que no fuera tan violento. Y, entonces, Echeverría y Díaz Ordaz se miraban a los ojos, frustrados.

—Hay una sola regla de la sucesión presidencial en México: un Presidente no le deja un problema al que sigue —le dijo una tarde de marzo de 1958 Ruiz Cortines a Díaz Ordaz—. Si esto lo resolvemos en lo económico, lo político se arregla solo.

A lo que se refería era a que varias secciones sindicales oficiales estaban pidiendo aumentos salariales y, como sus líderes no los respaldaban, ahora querían salirse del Partido y formar sindicatos independientes. La teoría de Ruiz Cortines era que si se les aumentaban los sueldos, la idea de la independencia perdería energía.

—¿Y si quieren hacer, entre maestros, ferrocarrileros, petroleros, telegrafistas, una nueva Central, distinta a la de Fidel Velázquez? —se atrevió a opinar Díaz Ordaz.

—Para eso, atendemos cada problema por separado. A cada sapo su pedrada. A usted le gustan mucho los maestros, ¿no? —se rió—. Pues hágase cargo. Usted será ante ellos la cara de mi gobierno.

—Pues tremenda cara les mandó, Señor Presidente.

Luego, lo consultó con el otro Presidente, con el Candidato, con López Mateos:

—Sí, Gustavito, límpiame el ruedo. Que cuando salga a torear no haya sangre. La que hagamos correr después, será en nuestra propia corrida.

A Gustavo no le gustaba cuando los demás se burlaban de su fealdad y no le pareció la idea de limpiar la arena de una plaza de toros: los que barren se llaman "monosabios".

Díaz Ordaz fue el encargado de negociar con los maestros en huelga en la Ciudad de México en 1958. Lo tomó como una prueba para su próximo puesto en la Secretaría de Gobernación: a pesar de que quería arrasar a los maestros de primaria con un batallón de infantería, tendría que obedecer las indicaciones de resolver el conflicto por la paz antes de julio, para no estorbar la elección del nuevo Presidente. Lo primero fue subirse a un automóvil encubierto de la policía secreta para ir a ver lo que sucedía con los maestros que tenían tomado, desde el primero de mayo, el edificio de la Secretaría de Educación Pública.

Era una vergüenza para las buenas conciencias: los maestros tenían montado un templete y un micrófono y, alrededor, mesas de madera sin lijar como un enorme comedor donde los desdentados, los tullidos, los mal vestidos, los mal alimentados, los mugrosos, los limosneros, los desempleados, los maestros, comían gratis. Ahí, en la Secretaría de Educación Pública, donde antes sólo se entraba de traje y corbata, el líder de los maestros, Othón Salazar, se paseaba dando palmadas a señoras inmundas, vestidas con retazos de ropa, con niños de brazos envueltos en rebozos, a los indígenas percudidos sin zapatos, a los obreros de El Ánfora, a los albañiles, a los plomeros sin trabajo. Abrían ahí, en la Secretaría de Educación, sus bocas apestosas para recibir consultas médicas gratuitas, de los maestros de primaria que tenían conocimientos de higiene, de médicos al servicio del Estado, de estudiantes de medicina de la Universidad Nacional. Atrás, de fondo, los indios zapatistas de Diego Rivera cultivaban maíz en los muros, empuñaban armas con sus camisas inmaculadamente blancas y sus sombreros ocres, se enseñaban a leer, pulcros, en medio de un campo vigilado por un revolucionario impecable con sus cananas.

—Es el espectáculo de los pobres, algo indecoroso para la imagen de México y sus maestros —relataba Díaz Ordaz en su monólogo de la sobremesa con funcionarios y miembros de la campaña de López Mateos, en El Quid. Echeverría asentía a lo lejos—. Ahí se está gestando otra revolución. Othón Salazar atrae a toda esa gente para que le den contribuciones en la calle. Eso puede financiar un levantamiento armado.

Los demás lo miraban sin demasiada extrañeza, a pesar de que Othón Salazar sólo buscaba que se le reconociera como líder electo por los maestros en su sección nueve, la de la capital del país. A todos les preocupaba que los levantamientos obreros de 1958 terminaran por conformar sindicatos, en perjuicio de un Partido que se sostenía en el apoyo tácito de trabajadores que aguantaban salarios bajos, devaluaciones y dirigentes millonarios, como el líder oficial de los maestros, el siniestro Enrique W. Sánchez.

—Escuché a un maestro decir que el Señor Secretario de Educación es un burgués. Eso es disolución social, es un delito, es intolerable —seguía Díaz Ordaz apurando un jaibol, mientras su estómago se revelaba—. Incurre en él el maestro, pero también los que lo escuchan y hasta el que conectó el micrófono.

—Cálmate, vaquero —le respondía Benito Coquet, secretario particular del Presidente—. Aquí nadie se va a morir: negocias, el Presidente los recibe, levantan la huelga, y ya tú sabrás si cuando seas secretario de Gobernación vas y matas a todos.

—Yo no voy a ser secretario de Gobernación —mintió Díaz Ordaz. Era parte del juego de la sucesión presidencial: nadie sabe nada, se apuesta sin ver al gallo, el gabinete no se anuncia hasta que lo anuncia el Presidente electo, si no, ¿para qué somos una democracia? Si no se respetan los simulacros, podríamos destaparnos como una monarquía del Partido, con una corte burocrática, masiva, que hizo del poder una forma del barroco.

—¿No serás el próximo en Gobernación? —respondió sorprendido el secretario del Presidente—. Deberías serlo. Te convendría verte ahorita en un espejo. Tienes la cara perfecta para serlo, cabrón: no das confianza, das miedo.

Sin que nadie supiera por qué, Echeverría aplaudió.

***

Díaz Ordaz apaga el puro contra el brazo de la mecedora. Va a llamarle a su chofer para regresar a la Ciudad de México, pero ya no tiene teléfono, está en el fondo de la alberca. Decide tomar el tren. Quiere ir al Panteón Jardín a visitar a su esposa Lupita que cumple tres años de muerta. Ya, al final, en un viaje por Europa que la calmara de los nervios, tenía tanto miedo que salió corriendo. Tanto pavor que le dio un infarto. Su esposa murió como un canario. Ahí también están enterrados su madre y su padre. Los irá a visitar, pero no se atreve a manejar su auto, con los dolores en el estómago, con el asma, con eso de que, a veces, se le nubla la vista, se le quiere volver a desprender la retina.

Así que decide tomar el tren. No sabe si en la estación los ferrocarrileros lo reconocen o no. Se sube y se sienta con los músculos tensos, la quijada apretada. No, tampoco los ferrocarrileros son sus amigos. Quizá traten de asesinarlo adentro del vagón. Díaz Ordaz se palpa la pistola entre el cinturón y la camisa. Ahí está y viene cargada, para cualquier eventualidad. Salimos adelante. Lo de los ferrocarrileros ya está olvidado, se trata de tranquilizar. Son otros trabajadores. Pero seguro conocen la historia. Ahí está la pistola por si la conocen.

***

La primera noticia que el gobierno ya casi exangüe de Ruiz Cortines tuvo de Demetrio Vallejo venía en una tarjeta azul de la oficina del coronel Fernando Gutiérrez Barrios, la cabeza —y el copete churumbel— de la policía política: "En la reunión celebrada el 20 de mayo de 1958, un delegado de Oaxaca, de apellido Vallejo, a pesar de que no le dieron la palabra, gritó que lo acordado no era la opinión de todos los ferrocarrileros". No lo supieron entonces, pero esa frase —que quería decir, "los líderes sindicales no escuchan a sus agremiados"— desataría una cascada de asambleas en las que los ferrocarrileros desconocerían a sus dirigencias, votarían a otros y comenzarían una serie de paros en todas las estaciones del país. Vallejo, en ese entonces encargado de trasbordos en Coatzacoalcos, pasó, en un mes, de no tener nombre a ser considerado "un agitador profesional". Los nuevos líderes y Vallejo plantearon que el aumento de doscientos pesos propuesto por el gobierno era inaceptable y exigieron uno de trescientos cincuenta. Ruiz Cortines mandó con Benito Coquet, su secretario, una contraoferta: doscientos quince. Los trabajadores no lo aceptaron. Las elecciones de López Mateos se acercaban y a Demetrio Vallejo no parecía importarle. Eso indignaba a todos en el gobierno:

—¿Cómo ese "oaxaco" chaparro se atreve a desdeñar la mano tendida del Presidente? —se preguntaba Fidel Velázquez, siempre retórico.

—Están llamando a los ferrocarrileros a no votar por el Partido porque su líder, Enrique W. Sánchez, es candidato al senado. Es una táctica agitadora de Vallejo —asentía Julio Santos Coy, a quien le decían "El Tío".

Así que las elecciones del primero de julio de 1958, en las que por supuesto ganó el Partido con el cien por ciento de los votos, se hizo con los trenes detenidos. Los maestros siguieron un camino distinto. Díaz Ordaz consideraba el negociar y ceder como "unas mariconadas". A lo que llamaba "pantalones", era precisamente a lo contrario: no dialogar, no recibir, aplastar. Creía que el aumento salarial que pedía Othón Salazar "buscaba privilegios incluso en contra de otros maestros en la provincia, que no tienen el lujo de vivir en la capital del país". Ahí estaba, de nuevo, el Díaz Ordaz que se sentía disminuido por no haber estudiado en la Ciudad de México, en la Universidad Nacional. El secretario de Educación, José Ceniceros, iba más allá de la vergüenza de tener profesores pobres: "Los maestros, por decoro, no debieran exhibir sus deficiencias como argumento valedero para mejorar sus condiciones económicas". Díaz Ordaz observaba las fotos y las fichas de la policía secreta tomadas en el Patio de Honor de la Secretaría de Educación Pública, ocupado por las huestes de Othón Salazar, con tendederos, ollas de frijoles en anafres, niños dormidos en las escaleras, y las arrojaba contra la pared de su oficina en Bucareli. Habló una vez más con un Othón Salazar que llegó entrapajado en un sarape y, debajo, el traje y la corbata.

—Quítese eso —lo regañó Díaz Ordaz con la nariz arrugada—, parece usted un indio ladino de Oaxaca. Huele usted a leña verde. Podría quemarlo en este momento.

—¿Tendremos la entrevista con el Presidente? —dijo Othón Salazar, resoplando. Los maestros mal comían y no dormían en las guardias esperando un ataque policiaco.

—Sí, claro —le respondió Díaz Ordaz—. Sólo hay una condición: levanten la vergüenza del edificio de la Secretaría de Educación. El Presidente sólo se deja ver si ustedes le ofrendan una certeza de que van a deponer sus actitudes hostiles. No es la presión la que les puede dar la razón, es sólo el derecho.

—No es hostilidad, licenciado, estamos ejerciendo un derecho.

—Entonces no le tienen una ofrenda al Señor Presidente. Prepárense para el sacrificio.

Por sus reacciones aztecas, Díaz Ordaz fue removido de su tarea negociadora. En su lugar, Benito Coquet, el secretario del Presidente, se hizo cargo. Recibió a Othón Salazar. Le dio largas. Luego, recibió al líder "oficial" de los maestros, el siniestro Enrique W. Sánchez, quien le dijo:

—Ese movimiento no es ni sindical ni educativo, es político, licenciado Coquet, y es de origen internacional.

Ruiz Cortines presidió el Día del Maestro, como todos los años, el 15 de mayo. El secretario de Educación no estuvo invitado. Después de regañar a los maestros disidentes, el Presidente prometió que el aumento de salarios se daría el primero de julio, es decir, el día de las elecciones presidenciales.

Othón Salazar rechazó la fecha, evidentemente política, y la toma del edificio de Educación se mantuvo. Desde lejos, desde la gira con López Mateos, Díaz Ordaz veía el desastre sindical y le daba cuerda a su reloj: era hora de aplastarlos a todos. Y la represión comenzó poco a poco: el maestro Fernando Martínez Marín, obedeciendo un acuerdo de la asamblea de profesores fue detenido mientras le ponía candado a la puerta de la escuela para que los niños se regresaran a sus casas. La policía presentó los candados ante el juez de Coyoacán como "prueba de disolución social" el 28 de mayo de 1958.

Pero el presidente Ruiz Cortines, sabiendo que los ferrocarrileros seguirían en sus paros, decidió que los maestros debían regresar a clases antes de la elección. Sorpresivamente, el 3 de junio anunció los aumentos para todos los maestros del país. Un radio en los patios de la Secretaría de Educación interrumpió su música de boleros para dar "un flash informativo". Los maestros y los pobres de la Ciudad de México oyeron la declaración presidencial y, de inmediato, Othón Salazar tomó el micrófono:

—Compañeros: hemos obtenido una victoria. Sabemos que es insuficiente, pero nuestro triunfo es más que materialismo monetario. Hemos dado el tiro de gracia a Enrique W. Sánchez y demás dirigentes del sindicato, que nos tildaron de locos, anarquistas, agitadores, cuando iniciamos este justo movimiento. Somos un ejemplo para todos los mexicanos que se sienten traicionados y vendidos por sus líderes venales.

La huelga iniciada el 15 de abril terminaba en victoria el 5 de junio: se levantaron los catres, los colchones, los anafres, se descolgó la ropa, se apagaron las fogatas. El día 6, más de cincuenta mil personas marcharon para celebrar el triunfo de los maestros, mientras el Presidente recibía, por primera y última vez, a su líder, Othón Salazar. El día de la elección de Adolfo López Mateos, también fue elegido como senador el "líder venal" de los maestros, Enrique W. Sánchez. Poco había cambiado, salvo los patios de la SEP que ahora eran lavados de la tierra y de sus olores. Los murales de Diego Rivera, remozados.

✳✳✳

Un ferrocarrilero le pidió el boleto del viaje para perforarlo. Díaz Ordaz se sintió amenazado y, al sacar el papel, se le cayó la pistola al pasillo, a los pies del verificador.

—¿Usted no es Díaz Ordaz, el que fue presidente? —le preguntó el ferrocarrilero con su perforadora en la mano.

—Para usted, sólo soy un pasajero armado o desarmado, como usted escoja —le contestó Díaz Ordaz.

El corazón le latía con fuerza. En cualquier momento, el ferrocarrilero podía agacharse, tocar la pistola y él tendría que aventarse a disputarla para que no lo asesinara, doblegarlo —se saldría un disparo al techo del vagón—, la gente gritando, aullando: "Es Díaz Ordaz, el asesino con su pistola". El ferrocarrilero pateó la pistola de sus pies a los suyos y le entregó el boleto perforado.

—Cuídese, licenciado —se despidió para seguir agujerando boletos. Díaz Ordaz tomó la pistola y se la volvió a enfundar en el cinturón.

"Cuídese." Eso era una amenaza flagrante. ¿Cómo se atrevía a amenazarlo un pinche empleado de tren? Claro, era uno de esos ferrocarrileros de Vallejo. Estaban de vuelta. Había que haberlos exterminado, borrar el hueco que habían dejado cuando él y López Mateos los metieron a la cárcel de Lecumberri. Con ellos habría que haber hecho lo de Tlatelolco. Leña verde.

Díaz Ordaz no logra concentrarse en el paisaje. Está pendiente, alerta, de cada movimiento en su entorno: el pasillo, la señora de adelante con un niño que salta sobre su asiento, el hombre que pasa al baño. Tiene miedo, otra vez. Se palpa el corazón. No quiere morirse de pavor, como su esposa Lupita.

***

El 12 de julio de 1958 fue elegido Demetrio Vallejo como nuevo líder de los ferrocarrileros. Su primera medida fue bajarle el sueldo a todos los dirigentes sindicales. El gobierno, con un presidente saliente y otro electo, declaró inexistente al nuevo comité de Demetrio Vallejo. Y el

31 de julio, los trenes se detuvieron de nuevo. Pero, con las elecciones ya resueltas a favor del Partido, los nuevos secretarios —Díaz Ordaz en Gobernación y Salomón González Blanco en Trabajo— fueron invitados a una reunión de López Mateos con los empresarios. Juan Sánchez Navarro, Emilio Azcárraga y Manuel Espinosa Yglesias estaban en torno a un desayuno como de los que gustaba el nuevo presidente electo: chilaquiles, frijoles, carne y diez tazas de café turco con cigarros Delicados. Sánchez Navarro habló por los señores del dinero:

—Los empresarios han sacado dinero del país, no por la devaluación del peso ante el dólar, sino por el problema con los trabajadores. No somos los malos. Ellos son los sediciosos. Hacen un paro o una huelga y ustedes les conceden todo lo que piden. ¿Sabe, Señor Presidente, lo que pierden los empresarios extranjeros porque no pueden sacar los minerales en ferrocarril? Millones al día. Todo, ¿por qué? ¿Por unos salarios de cagada? Creemos que se tiene que plantar, Señor Presidente, y que haya sanciones penales contra todos los Vallejitos de este país.

López Mateos suspiró sumergiendo una concha en un chocolate, levantó las cejas y le hizo el gesto de "quiubo" a Díaz Ordaz. Este habló de los compromisos del gobierno con "la estabilidad en los factores de la producción". Lo que estaba en su cabeza era una ecuación: a más obreros en la cárcel, menos salida de capitales.

Esa mañana se acordó entre empresarios y los nuevos gobernantes la orden para detener a Demetrio Vallejo: el 2 de agosto la policía desalojó los locales sindicales, aprehendió a doscientos ferrocarrileros y amenazó con despedir a todos los que simpatizaran con Vallejo. Pero Vallejo escapó. La huelga estalló por la noche, mediante un telegrama del mismo Vallejo, antes de esconderse de la policía. A la mañana siguiente, el coronel Gutiérrez Barrios llegó hasta López Mateos con un documento encontrado en el desalojo de un local de trabajadores en Peralvillo. López Mateos tenía esa mañana una de sus migrañas y no podía leer; tenía un trapo mojado en los ojos. El coronel y jefe de la policía política, le explicó:

—Es un pacto entre los ferrocarrileros de Vallejo, las secciones 34 y 35 de los petroleros, los maestros de Othón Salazar, electricistas y telegrafistas.

—¿Para derrocar al gobierno? —murmuró, desde su migraña, López Mateos.

—No, para fundar una central sindical fuera del Partido.

—Es lo mismo, "Pollo". ¿Lo comentaste con el Presidente?

—¿Usted no es el Presidente?

—Con El Viejito Ruiz Cortines. Quiero que me limpie la plaza. No quiero entrar a torear en medio de su muladar.

El 4 de agosto el gobierno mandó clausurar todas las estaciones de trenes y suspendió el servicio telegráfico. El líder de la Alianza de telegrafistas, Ismael Villavicencio, fue aprehendido y no se le presentó como detenido en más de tres días. Apareció golpeado, con un ojo cerrado. El 27 de agosto la policía entró a la huelga de las secciones petroleras con bombas lacrimógenas. En su último informe como Presidente, Ruiz Cortines dijo:

No hemos nunca admitido la violencia, al contrario, la repudiamos. Pero cuando la fuerza es menester para mantener el derecho, el gobierno está obligado a aplicarla, como en el caso de las provocaciones sistemáticas de ciertas agitaciones que, por concurrentes y eslabonadas, compelen a la autoridad a desempeñar un papel al que no puede renunciar: el de mantener el orden.

Othón Salazar había sido elegido como representante de los maestros del Distrito Federal el primero de septiembre, pero la autoridad, el Partido y el Sindicato del siniestro Enrique W. Sánchez reconocieron a una tal Rita Sánchez. Othón Salazar convocó a una marcha para el 6 de septiembre, pero, por una llamada de Díaz Ordaz, decidió que fuera sólo un mitin:

—Tienen garantías para manifestarse, profesor —dijo un Díaz Ordaz afable por primera vez en las tres veces que habían hablado—, pero sólo le pido un favor, profesor, no desquicie el tráfico marchando. Haga un mitin. Le aseguro: el acuerdo para que sea respetada su elección como líder de los profesores de la Ciudad de México es cuestión de Díaz —bromeó para sí—. Sea paciente. Más vale comer nabo que comer ansias, ¿eh? Seguimos dialogando.

Por la mañana del 6 de septiembre, Othón Salazar se iba a reunir con los otros dirigentes, Encarnación Pérez Rivero, Máximo Campoy y Epifanio Moreno pero, al salir de su casa, lo subieron a un coche sin placas, lo golpearon y lo encerraron en un separo de la policía judicial. Al mitin comenzaron a llegar maestros, ferrocarrileros, electricistas, pobres de la ciudad, pero sus líderes no llegaban. En la desazón, dos batallones de granaderos los disolvieron a punta de bayoneta y golpe de macana. Hubo cientos de maestros detenidos.

—El mismo Salazar facilitó las cosas: convocó a un mitin y no a una marcha. Un mitin es más fácil de disolver y los tienes a todos ahí, listos para ser aprehendidos —presumió Díaz Ordaz a Echeverría, a quien ya había escogido como subsecretario para la nueva Gobernación. Brindaron con refresco, ya que los dos eran poco dados al alcohol: Díaz Ordaz se quejaba de gastritis y a Echeverría no le gustaba contradecirlo.

El 11 de septiembre de 1958, Díaz Ordaz abrió la puerta de la casa privada del presidente electo, López Mateos, para que entraran el ferrocarrilero Demetrio Vallejo —sobre el que pesaba una orden de arresto—, el telegrafista Ismael Villavicencio —con vendas en la cabeza por los golpes durante su detención— y Carlota Rosado Bosques —la única del movimiento de maestros de Othón Salazar que no había sido detenida. Díaz Ordaz les sonrió a los líderes populares porque sabía lo que López Mateos les diría: "Mi gobierno será respetuoso de la Constitución, lamento las detenciones, pero no puedo intervenir con los cauces legales".

Adolfo López Mateos es seductor, es convincente, habla como si México fuera Marte y él no pudiera llegar a él. Se despiden de mano, con sonrisas. Ya a solas con ellos, en la biblioteca con las dos salidas —a la recámara de Eva y al colchón ardiente de Angelina—, Díaz Ordaz funciona por primera vez como el nuevo Secretario de Gobernación: le promete a la maestra que tendrán elecciones libres de su sindicato y que los detenidos con Othón Salazar serán liberados "nomás empiece nuestro gobierno". Nunca lo cumplirá. Con Demetrio Vallejo hay sólo un intercambio:

—Parar los trenes por mejoras a sus empleados —le dice Díaz Ordaz— es egoísta y estúpido porque afecta al país, a su economía, al comercio, la vecindad con Estados Unidos. ¿No pueden protestar de otra forma?

—Me puedo parar encuerado en la lluvia —le responde Vallejo—, pero para usted, licenciado, hasta la lluvia es disolución social.

***

Díaz Ordaz estaba decidido a acabar con Vallejo después de tomar posesión de su oficina en Bucareli como secretario de Gobernación. No había línea en los teléfonos por el paro de los telefonistas. Todo era culpa de Vallejo. No iba a permitir que los sindicatos se salieran del Partido. Tenían que encarcelar a Vallejo en una especie de castigo ejemplar para todos los trabajadores a los que Díaz Ordaz se refería como "empleados" del Estado.

Ahí, en la oficina de Bucareli sin teléfonos, Díaz Ordaz recibió a su equipo de colaboradores, entre ellos, a Luis Echeverría en la subsecretaría, vestido todo de negro, con lentes oscuros, gris la expresión.

—Las reglas de hoy en adelante serán sólo cuatro. Uno: díganme la verdad. Dos: nunca pidan disculpas. Tres: si violan la ley, pues viólenla, pero que yo no me entere. Cuatro: tengan cuidado de lo que me informan y cómo me lo informan porque puede haber muertos.

La concurrencia se rió, pero Echeverría, que conocía bien a Díaz Ordaz, sabía que eran reglas reales, no un discurso simpático para caer bien. Ese día, primero de diciembre de 1958, oyó a Gustavo decirle a un fotógrafo oficial que le pedía "un ángulo de tres cuartos" hacia la cámara:

—No tengo ángulo. Soy feo. Soy lo suficientemente feo como para que me tengan miedo. A un secretario de Gobernación hay que tenerle, sobre todo, miedo.

Echeverría entendió que Díaz Ordaz se ubicaba políticamente, no como de derechas, sino como el feo, el sucio, el impuro, el malo, en contraste con un Presidente, López Mateos, que debía conservarse carismático, limpio, por encima de las disputas con "los enemigos de la Revolución". El Presidente llamaría al diálogo, a la paz, y hasta se declararía "de extrema izquierda dentro de la Constitución", en 1960, al reaccionar a los ánimos subidos por el triunfo de Fidel Castro y el Ché Guevara en Cuba. El secretario de Gobernación sacaría los tanques a la calle, no negociaría, sometería, tendría "pantalones". El Presidente haría giras internacionales, mientras el secretario llenaba las cárceles con sus "enemigos".

Y esos "enemigos" eran ahora los ferrocarrileros de Demetrio Vallejo que unos días antes había propuesto al gobierno elevar el costo del transporte a los dueños de las minas: los gringos. Dos meses después, en febrero de 1959, los diputados del Partido publicaban su opinión: "Denunciamos a Vallejo como instrumento para llevar a la ejecución el torpe programa inspirado en las directivas de una embajada extranjera para derrocar al gobierno de México". La "embajada extranjera" era, según los diputados, la de "Rusia", que hacía tiempo no se llamaba así.

Vallejo tenía emplazada una huelga nacional de trenes para el 25 de febrero. El 15 fue abordado por un agente bajo las órdenes de Fernando Gutiérrez Barrios o Luis Cueto —Gustavo nunca supo—. Sus instrucciones no eran hablarle o detenerlo, sino enseñarle algo. El policía vestido de civil se le paró delante con una caja de plata. Vallejo se asomó a ella y vio una mano trozada.

—¿Y sería una mano izquierda? —le preguntó a Demetrio Vallejo el profesor de matemáticas, Encarnación Pérez, en una comida en el Sanborns de los Azulejos.

—No me fijé, mano.

—En ese caso, yo prefiero ser tu mano derecha.

La huelga de los trenes fue declarada INEXISTEN-TE y los paros sufrieron el adjetivo favorito de esos años: ILEGALES. Con Vallejo escondiéndose en los locales sindicales, su comité decidió aplazar el estallido de la huelga hasta Semana Santa, justo el terreno al que el nuevo secretario del Trabajo, Salomón González Blanco, y Julio "El Tío" Santos Coy, el subsecretario, querían llevar al movimiento. Fidel Velázquez, en el LX Congreso de la Central del Partido se sintió respaldado: "Vallejo, Othón Salazar, Sánchez Delint (electricistas) se han quitado la careta y hemos visto su rojismo: no apoyar al régimen, es estar contra él".

El paro de los trenes estalló justo el 25 de marzo, en plena Semana Santa. Tres días después, Vallejo fue llamado a una negociación con el secretario del Trabajo, Salomón González Blanco, en la oficina de Patrimonio Nacional.

—Si ustedes desisten del paro, la empresa ferrocarrilera acepta escucharlos —planteó González Blanco.

—Si suspendemos el paro será sólo porque ustedes liberarán a todos los ferrocarrileros detenidos —respondió Vallejo.

Se acordó continuar el diálogo al día siguiente.

Vallejo y otros dos dirigentes ferrocarrileros se fueron a comer. Cuando salieron, a las cinco de la tarde, los subieron a un automóvil sin placas, los vendaron, los golpearon y llevaron a la cárcel de Lecumberri. Sería una "firma" de Díaz Ordaz: mañana negociamos, pero te arresto hoy, después de que te dije que mañana negociaríamos. El poder nunca es en pasado ni futuro, es sólo en el instante. Es su verdadero rostro: no es historia patria ni proyecto de nación; no es lo valerosos que fuimos ni lo felices que seremos. Es sólo un coche sin placas al que te meten y terminas entregando, adolorido en los huesos, en la cara, en la piel, tus llaves, tus dos pesos, tu peine de bolsillo, al custodio de la cárcel.

En ese mismo momento, a las cinco de la tarde del 28 de marzo de 1959, comenzaban los nueve mil despidos de ferrocarrileros, las detenciones de éstos y, además, de cualquiera que quisiera unírseles: maestros y petroleros, telegrafistas. Por la mañana del 29 de marzo, el procurador General de la República, Fernando López Arias, dijo:

—No fue un movimiento obrerista, sino uno que buscaba derrocar al gobierno y dictar una nueva Constitución. Vallejo ha incurrido en el delito de traición a la Patria. Merece ser fusilado, pero, respetuosos de las garantías constitucionales, ya se le procesa.

Vallejo estaría once años y medio en la cárcel. Al presidente López Mateos, al secretario de Gobernación Díaz Ordaz, al presidente Díaz Ordaz, se les solicitará que lo liberen. Y, en 1968, se le exigirá que lo excarcele. No sale, a pesar de sus huelgas de hambre en prisión, de las muestras de apoyo fuera de la cárcel. Al contrario: el 4 de agosto de 1960, el pintor David Alfaro Siqueiros preside el Congreso en Defensa de los Presos Políticos y pide la liberación de los ferrocarrileros. Cinco días después, el presidente López Mateos envía a su Estado Mayor Presidencial, José Gómez Huerta, a detener a uno de los muralistas mexicanos más célebres:

—Chínguese a Siqueiros, Pepe. Ya estuvo.

Con la ayuda de dos militares más, lo suben al Ferrari del Presidente, y lo pasea a toda velocidad por Las Lomas para entregarlo, después de dos horas, en la cárcel de Lecumberri, donde purgará una condena por "disolución social" hasta 1964. En el camino, Siqueiros llora, se orina en los pantalones. Son las indicaciones de López

Mateos: "Chíngenselo", que es, no sólo encarcelar, sino humillarlo.

La operación de extirpar "enemigos" ha tomado un poco más de un año. Para mediados de 1960, Gustavo Díaz Ordaz se siente confiado en su oficina de Bucareli. Declara para los diarios el 31 de agosto, parafraseando una famosa frase de Siqueiros:

—Ahora, no hay más ruta que la ley.

Ciudad de México, 19 de agosto, 1977

En el Panteón Jardín, Díaz Ordaz se sienta frente a la tumba de su madre, su esposa, su padre, y algunos de sus hermanos. Se disculpa por no haber podido estar en el cementerio un mes antes:

—Lupita, te he soñado.

Viento sobre las hojas caídas del cementerio.

—Andaba en España, madre. Pero ya regresé a verla. Veo que le han regado sus flores. Bien, parece que muy pronto me reuniré con todos ustedes. Me han dicho que es posible que tenga cáncer. No lo sé todavía porque el examen es de una naturaleza que va contra la dignidad de cualquier hombre. Pero no hablemos de mí. ¿La han tratado bien?

Se escucha la voz de una vieja que vende "dulces, joven", desde atrás de la reja.

—Aquí hay mucho muerto que no nos quiere nada, a los Díaz Ordaz, padre, pero también a los Bolaños Cacho, madre. Tuvo un hijo Presidente y ahora el que preside la Cámara de Diputados es un sobrino suyo, mi primo. No nos quieren, pero espero que no los estén molestando demasiado. Vengo de Cuernavaca, madre, donde estuve reflexionando sobre mi viaje a España. Todo está bien. Como siempre: vamos a salir adelante.

De pronto, la mirada de Díaz Ordaz capta a un empleado vestido con el uniforme polvoriento del cementerio. Se parece a Rubén Jaramillo, el líder campesino en Morelos. El hombre se agacha para arrancar unas hierbas. Es Rubén Jaramillo y ha vuelto para asesinarlo. Díaz Ordaz saca la pistola. El empleado ya no está. ¿A dónde fue? Da vueltas a la cabeza de aquí para allá y no lo localiza. Seguro es Rubén Jaramillo. El único problema es que está muerto. Díaz Ordaz mira al cielo y le cae, de tajo, una nueva certeza: los muertos están volviendo para increparlo, humillarlo y asesinarlo. Como cuando se salieron de sus criptas en el terremoto de Oaxaca.

No eran reporteros los que lo interrogaron en Tlatelolco, sino muertos del 68 que regresaban para burlarse. Lo nombraron embajador en el momento en que volvían los espíritus en pena para que él les resarciera algo. Se lleva las manos a los ojos y se topa con sus lentes. Se los quita. Se talla la cara. Tiene que salir de ahí. Rubén Jaramillo lo está cazando. Y tenía fama de buena puntería.

**

La ley en México es un asunto cósmico: se juntan algunas estrellas, se alinean y desapareces. Eso fue justo lo que le ocurrió a Rubén Jaramillo y a su familia el 23 de mayo de 1963. Díaz Ordaz sabía que era amigo del presidente López Mateos, a quien el líder azucarero y ex compañero de armas de Emiliano Zapata, le había rendido su carabina con la promesa de no levantarse en armas por tercera vez. López Mateos le había prometido a cambio que contaría con el apoyo del gobierno para que sus seguidores tuvieran tierras para cultivar azúcar. A la esposa de Jaramillo, la primera dama le había prometido unas máquinas de coser. Pero nada les había dado por la entrega de las armas y el 5 de febrero de 1962 los jaramillistas tomaron unas tierras en Morelos, en el llano de El Guarín y Michapa, para empezar su ciudad modelo, la forma soñada del zapatismo: "el centro Otilio Montaño, en honor al que redactó el Plan de Ayala de mi general Zapata, un ingenio azucarero donde los campesinos sean los únicos beneficiados".

Díaz Ordaz había visto los informes de la policía política desde los tiempos de Ruiz Cortines, cuando el jefe de la Dirección Federal de Seguridad era el coronel Leandro Castillo Venegas y el segundo comandante de agentes encubiertos era Fernando Gutiérrez Barrios. Ahora "El Pollo" Gutiérrez Barrios era el subdirector de la policía política y daba informes sobre la toma de tierras a manos de Rubén Jaramillo y sus zapatistas: "El alzado Jaramillo ha tomado unas tierras que pertenecían al ex presidente Miguel Alemán". Lo que Gutiérrez Barrios omitía en la tarjeta era algo que Díaz Ordaz sabía: esas tierras eran ahora propiedad de José Gómez Huerta, el Estado Mayor del presidente López Mateos, el mismo que había detenido al pintor Siqueiros.

Rubén Jaramillo se mueve en una cuchilla delgada: le escribe una carta a John F. Kennedy para entregársela en su visita a México. En ella escribió: "los fondos que usted da para la Alianza por el Progreso irán a parar a manos, no de campesinos pobres como nosotros, sino de funcionarios ricos". La seguridad mexicana sabe que Jaramillo pretende entregar esa carta —se la dicta, ingenuamente, al encargado de prensa del gobernador de Morelos— y planea detenerlo en el intento. El general Gómez Huerta, jefe del Estado Mayor de López Mateos, le dice al Presidente:

—Tengo informes de inteligencia militar de que el tal Rubén Jaramillo va a atentar contra la vida del presidente Kennedy en su visita a la Ciudad de México. Jaramillo ha ido a Cuba a entrenarse para esa misión.

—Díganle a Jaramillo que le ofrecemos todo, menos esas tierras —López Mateos le guiñó el ojo al general Gómez Huerta, dueño de las hectáreas ocupadas. Todos sabían que era un asunto agrario, no de magnicidio.

Y ese día se decide la suerte de Rubén Jaramillo. Se llama El Operativo Xochicalco. Era otra de las firmas de Díaz Ordaz: la matanza ejemplar se intensifica si se realiza en una pirámide precolombina. Así que a las dos de la tarde del 23 de mayo de 1962, la ley cósmica lleva al teniente coronel Héctor Hernández Tello, subjefe de la Policía Judicial Federal a "cumplir con las órdenes del Señor Presidente". Dos automóviles blindados, uno color plomo, y un jeep del ejército llegan hasta donde la policía política tiene ubicado a Rubén Jaramillo: Calle Mina, número 14, Tlaquiltenango, Morelos. A culatazos sacan de una casa con piso de tierra al líder zapatista, a su mujer, sin máquina de coser pero embarazada, y a sus tres hijastros veinteañeros.

José Martínez, del destacamento militar de Zacatepec —el ingenio azucarero fundado por el propio Jaramillo— y Heriberto Espinosa "El Pintor", llevan a la familia Jaramillo junto a la pirámide de las serpientes en Xochicalco. Rubén Jaramillo recibe ahí nueve balazos y queda sin el ojo izquierdo. Su esposa embarazada recibe seis y sus hijos ocho cada uno. Sus cuerpos son exhibidos en el piso del Ministerio Público de Tetecala, donde casi todos los campesinos son jaramillistas. Lo exhiben como a Zapata, para que la gente vea que lo han asesinado, que el poder dispone de la suerte de todos, aún de los líderes desarmados que creen en la palabra del Presidente. Al mismo tiempo, la policía custodia los cuerpos para que no vayan a ser robados por los campesinos. El presidente municipal, Miguel Contreras, la secretaria Charito, y el jefe local de la policía, Félix Vázquez Peña, huyen de Morelos y nunca se les vuelve a ver porque creen que los van a culpar de los asesinatos. Todo esto le es informado al presidente López Mateos y a su secretario de Gobernación al día siguiente. Díaz Ordaz le dirá al embajador norteamericano, Thomas Mann, un día antes de la visita de los Kennedy:

—Se impidió el asesinato en tierras mexicanas de su presidente. No sé qué más muestras de colaboración esperan.

En la casa de Rubén Jaramillo quedaron su hija, Raquel, que se escapó para pedir ayuda, y su abuela, Rosa. Sobre la mesa de la sala había una foto de Rubén Jaramillo abrazando al presidente López Mateos. Los dos sonrientes, el sol brillando sobre sus camisas blancas.

**

Díaz Ordaz sale del Panteón Jardín con la pistola desenfundada, corriendo. Huye de Rubén Jaramillo. Sudando, llega hasta su Lamborghini LM, que parece un tanque. De hecho, era un vehículo del ejército norteamericano. Dentro, el mayor Luis Bellato lo mira por el retrovisor. Sabe que el ex presidente ha tenido visiones de nuevo. No pregunta nada. Díaz Ordaz cree que esa actitud callada es sospechosa. Lo mira de vuelta, sus ojos en el retrovisor hasta que localiza una raíz de miedo en el militar. Sólo entonces respira tranquilo.

Ajijic, Jalisco, 31 de agosto, 1977

Díaz Ordaz se encierra en su casa del lago de Chapala a ver un programa especial sobre el concurso Miss México. La encanta la ganadora, Felicia Mercado, que pierde miserablemente en la última fase internacional. Quiere conocerla. Pero recuerda que la última vez que estuvo con una actriz —el último como secretario de Gobernación y los primeros cuatro años como presidente— la cosa terminó en bofetadas y una operación en el ojo derecho. Muchas veces pensó en aquella vez que Irma Serrano, La Tigresa, su amante, la actriz y cantante, le fue a llevar serenata a Los Pinos. Era el cumpleaños 53 de Lupita. Lo hizo a propósito para vengarse de él, del Presidente de México: la había cortado encima de una cama en forma de corazón rojo que él mismo le había mandado a hacer. Todavía estaban desnudos y sudorosos y él le dijo a ella:

—Se acabó, Irma. Mi esposa resintió lo que sucedió el año pasado y debo cuidarla.

La Tigresa llegó a las ocho de la mañana, vestida como piñata, los ojos pintarrajeados como alas de un pájaro tropical, el vestido abierto hasta el pubis, con un mariachi detrás a cantar: "Por andar con un casado". Furioso, Díaz Ordaz la miró por la ventana de su recámara en Los Pinos, donde Lupita se había despertado a vomitar de la impresión del primer trompetazo. Y el Presidente bajó en bata a reclamarle. Ella lo abofeteó tan fuerte que los lentes volaron y la retina del ojo derecho se le desprendió. Los soldados en la casa de Los Pinos, los guardias presidenciales, cortaron cartucho y le apuntaron a la cantante. Fue el final de ese amor de cinco años, no muy sexual —sólo tenían una posición, de lado, porque el sexo abierto de una mujer le daba vértigo a él, y a ella el sexo le importaba menos que comprar muebles, joyas, propiedades, animales disecados— y que significó para Díaz Ordaz una eterna preocupación por perder la vista, a tal grado, que ahora los médicos decían que no tenían nada malo, que todo estaba en su cabeza. Al carajo con los médicos. Todos son como el sabelotodo de Ignacio Chávez. Al carajo con Chávez.

A La Tigresa, la chiapaneca eternamente vestida con un leotardo de leopardo, a Irma, la del lunar pintado en medio de la frente como una hindú, la había conocido cuando era la amante del regente la Ciudad de México, Fernando Casas Alemán, en el casino de San Ángel. El mismo en donde muchos años atrás miró a Virginia Hill, la cobradora de la mafia de Las Vegas, Chicago y Nueva York, beber una copa de champaña sin meter las manos. Irma era menos circense. Se subía la falda y bailaba sobre las mesas por dinero. Hacía lo que fuera por grabar un disco, hacer una película. Siendo secretario de Gobernación la había visto de ventana a ventana en un coche. Se hicieron señas. Él usó los servicios de inteligencia de Fernando Gutiérrez Barrios para localizarla. No fue difícil. La Tigresa era sobrina de la novelista Rosario Castellanos. La policía política tenía los teléfonos de todos los artistas que participaban en política; Rosario Castellanos había sido la jefa de prensa del rector Ignacio Chávez.

Comenzaron a verse. La Tigresa dejó a sus amantes políticos y empresarios y se dedicó sólo a él. Él, en retribución, le compró dos fábricas de textiles en Atlixco, Puebla. Las clínicas de abortos clandestinos eran un regalo de Casas Alemán. Pero eso había terminado mal. Después de la cachetada que le desprendió la retina del ojo, Díaz Ordaz jamás la volvió a buscar. A últimas fechas se refería en público a ella como "la totonaca". Pero en ese verano de 1977, acusado, enfermo, renunciado en los hechos a la embajada en España, Díaz Ordaz la recordó con una mezcla de odio, culpa y nostalgia. Se sonrió ante la evocación de sus curvas, manías y creencias. Ella habría conseguido a una bruja que lo curara de la mala suerte, que le hiciera una limpia, que le recomendara una raíz que exterminaba cualquier cáncer, un conjuro que borrara el 68, un antídoto contra los fantasmas. Seguro.

Miró la televisión. La Miss México era lo contrario de su amante chiapaneca: rubia, alta, de muslos bastos. Descolgó el teléfono para pedir su número en la secretaría de Turismo, en la oficina de Guillermo Rossell de la Lama, que era la instancia que organizaba los concursos de belleza, pero se arrepintió. Colgó. Había aventado una embajada en España a la cara del gobierno de López Portillo.

Se quitó los lentes. No veía bien con el ojo izquierdo el lago de Chapala. El agua era como una pintura impresionista en un rompecabezas, los detalles desaparecían, se emborronaban, todo era un efecto de la mirada. Si no miras algo, no existe. Si decides que no lo ves, sólo voltea para otro lado, como una bofetada voluntaria, un simple efecto del cuello. Volvió a la tele. Miró a la Miss con detalle, desde los pies hasta el cabello esponjado. Sintió un ardor en la entrepierna. Se acomodó carraspeando en el sillón, boca abajo.

* * *

Al doctor Julio Glockner lo había conocido en los años veinte cuando eran compañeros de la escuela en Oaxaca. Eran miembros del equipo de basquetbol Cronos que llegó a ser el mejor equipo de Oaxaca, pero jamás ganó una justa nacional. A Glockner lo había vuelto a ver en los pasillos de la Universidad de Puebla, pero se había radicalizado: quería una educación laica y liberal para los estudiantes. Eso los había distanciado. Se conocían de cuerpo entero, no sólo por las duchas después de los partidos de básquet, sino también por un incidente médico. Gustavo había ido a ver a Glockner una tarde, a escondidas.

—Estuve con la Rosita.

—¿Y a mí qué? —el doctor Glockner era famoso por hacer que sus pacientes hablaran con claridad.

—Pues, Julio —le dijo Gustavo—, que me salió una pústula.

—¿Ah, sí? ¿En dónde?

—Pues en la zona.

—¿En qué zona?

—En la zona roja.

Gustavo se quitó los tirantes y cayeron sus pantalones. Debajo de los bóxers el médico lo analizó:

—Exprímete el pus —le indicó—, que te voy a inyectar. Yo no agarro esa cosa ni aunque me lo ordene el Presidente.

Mientras le insertaba la aguja de la jeringa hervida, Glockner se permitió un comentario:

—Es por eso Gustavo que debería haber educación sexual en las escuelas. Es un cogedero sin ton ni son, pero eso sí, el domingo a misa a oír al arzobispo Márquez y Toriz.

Se molestó el licenciado Díaz Ordaz. Al subirse los pantalones, sólo le dijo:

—Ah, qué Julio. Politizas hasta los chancros.

En 1961, los dos estaban en los polos opuestos del país: Díaz Ordaz era secretario de Gobernación y Glockner había sido aclamado por una mayoría de estudiantes liberales que tenían tomado el edificio Carolino de la Universidad de Puebla. El arzobispo Márquez y Toriz volanteaba sus pastorales incendiarias contra él:

Tenemos argumentos para afirmar que muchas de las cosas que están sucediendo en nuestra ciudad de Puebla, como la toma de la Universidad, están profundamente ligadas a conjuras internacionales, a todo un plan mundial de destrucción de nuestra civilización cristiana, a un titánico esfuerzo de los poderes del mal para adueñarse de nuestra patria. La monstruosidad del comunismo es arrancar a los padres de familia los sagrados derechos que tienen sobre sus hijos y sobre la educación de los mismos. Esa abominación son los libros de texto gratuitos. Os decimos —los sacerdotes mexicanos hablan como si acabaran de desembarcar en América— "con toda la fuerza de nuestro espíritu: mirad la táctica diabólica del enemigo. Desde la Rusia soviética nos mandan sus emisarios.

El rector de la universidad poblana, el doctor Glockner le respondía desde el paraninfo, pero era un enfrentamiento diario en las calles: sacerdotes, policías, el Frente Anti-comunista, contra los estudiantes. Una noche de junio de 1961, Julio Glockner decide llamarle al secretario de Gobernación.

—Gustavo, te llamo porque han detenido a uno de los líderes estudiantiles y no aparece.

—¿Y a mí qué? —llega la venganza de Díaz Ordaz.

—Se trata de Enrique Cabrera. Es un muchacho muy activo, buen estudiante. No es justo.

—No, en efecto, la justicia es algo difícil de conseguir en la vida. Por eso dicen que sólo la tramitas en el cielo.

—Tú podrías levantar un teléfono y averiguar dónde lo tienen.

—Sí, podría.

—¿Lo harás?

—Mira, Julio, por la amistad que nos une no te voy a colgar. Sólo te digo esto: hay cuarenta mil órdenes de aprehensión giradas contra tus agitadores. No las hemos podido cumplimentar porque sólo tenemos allá en Puebla a unos cuantos policías. Cumplimos una. Le tocó a ese muchacho. Considéralo una forma de la justicia.

Glockner resistiría en la rectoría setenta y siete días. Él y Díaz Ordaz no volverían a hablar hasta casi una década después, la noche del 3 de octubre de 1968.

✳✳✳

En la punta este de Ajijic está La Floresta, con sus bugambilias, jacarandas y gardenias, los árboles estallando entre las grietas de las mansiones serenas, las albercas recién limpiadas, las terrazas que dan al lago de Chapala y las gaviotas que pasan pescando, rasantes. Es un lugar que sólo pueden pagarse los gringos y los ex presidentes.

A Díaz Ordaz le habían regalado también la casa de Ajijic. Un obsequio del ex gobernador Juan Preciado, por haberlo nombrado, en su gabinete presidencial, secretario de Agricultura y Ganadería. Ajijic es un pueblo jalisciense lleno de veteranos de las guerras norteamericanas que van ahí a pasar sus últimos años. Es el último lugar sobre la tierra. Díaz Ordaz no recordaba cómo, pero ahí había conocido a Roy Benavidez, un condecorado de la guerra de Vietnam. A Díaz Ordaz le interesaba el tema: había visto de lejos a John F. Kennedy, había hablado con Lyndon B. Johnson y, sobre todo, conocía a Richard Nixon. Nixon y él tenían en común eso: eran dos de los presidentes más odiados del siglo XX. Hay una foto tomada el 4 de septiembre de 1970 donde se les ve a los dos saludando en San Diego a una muchedumbre. Están rodeados de guardaespaldas, agentes de lentes oscuros, policías, soldados.

—Quise ser soldado —le dice a Roy—, pero no me alcanzó el dinero para pagar la fianza del Colegio Militar.

—Y ahora, mírate —le respondía Roy—. El aeropuerto de Puerto Vallarta lleva tu nombre.

—Y tú, condecorado.

—Yo no me enlisté, me reclutaron.

Y entonces, cualquier noche, Roy le contaba, otra vez, su historia:

—Era mi última misión en Tam Ky pero no me acuerdo de ella. He tratado de saber, pero los archivos militares siguen sellados. Después de todo este tiempo sigue siendo información clasificada. Todo lo que sé es que una patrulla militar encontró a un tipo en la orilla de una vereda en la selva. No dicen dónde exactamente. El tipo parecía muerto, llevaba una pijama negra, con sandalias de esas de llanta que usaba el Viet Cong. Al lado tenía un AK-47, es decir, un arma rusa. Leyeron las placas del collar militar, las famosas *dog tags*, y se dieron cuenta de que era yo. Es todo lo que sé. ¿Quién me vistió así? ¿Qué me pasó? ¿Por qué lo hicieron? No lo sé. ¿A qué misión iba? ¿Dónde estaban mis compañeros? Y ésa fue mi última misión. De regreso, el tipo a mi izquierda iba sin una pierna. Al de mi derecha le faltaban las orejas. Y el de enfrente tenía dos bolas de grasa chamuscadas donde debería tener las manos. En Nam yo sólo dejé la memoria.

A Díaz Ordaz le entretenían esas historias de Roy: recordaba todas, las de los muchachos de Texas, de California, de Alabama, todas, menos las suyas. En ese verano de 1977 lo fue a buscar algunas veces para platicar, pero no tuvo suerte. Recordaba una historia, la de un tal Busty, un muchacho de Kansas, que un buen día había desaparecido en medio de la selva, en la Montaña del Dragón, cerca de Pleikú. Lo habían buscado por tierra y con los helicópteros Chinook, pero nada. Y entonces se comenzaron a extender las historias de que Busty se había cambiado al bando del Viet Cong y unos lo habían visto en la vieja ciudad de Duc Pho o en una columna guerrillera en la selva. Se decía que Busty parecía como zombie, como si no reconociera a sus antiguos compañeros de armas. Y a Díaz Ordaz la historia de Busty le sonaba a radionovela de terror. Soldados que no recuerdan lo que hicieron ni quiénes son. Que regresan de la selva sin memoria de lo que ahí les ocurrió.

Frente al lago de Chapala, Díaz Ordaz dormitó. A veces oía la radio. Le interesó saber que, desde enero, el general Hernández Toledo, el "héroe" de Tlatelolco, dirigía la primera guerra contra el narcotráfico en Sinaloa, la Operación Condor. Iba al frente de diez mil soldados y el gobernador Calderón lo respaldaba: "Es un problema que ha crecido por negligencia, pero lo vamos a erradicar. En esa sierra hay suficientes armas para una revolución chiquita". Pensó en cientos de filas de soldados subiendo las montañas, tratando, intentando, sudando para tomar la sierra en medio de las amapolas, una Montaña del Dragón, una Tiger Mountain, no en Vietnam, sino en Sinaloa. La escena le hizo sonreír. Soldados sin memoria subiendo una montaña infinita que no tiene cúspide.

Pero lo que más le entusiasmaba a Díaz Ordaz eran las repeticiones de los concursos de belleza en la televisión. Lo que dijeran de él, lo tenía sin cuidado. No escuchó cuando en su primer informe presidencial, José López Portillo pronunció esta truculenta, oscura, indecodificable frase sobre lo sucedido en la embajada de España: "Los rumores ya no merman el espíritu, tan sólo distraen a los pontificales politólogos de banqueta y café, especialistas en maquiavélicas embajadas y minimaximatos".

Díaz Ordaz no escuchó el informe del Presidente. No le servía de nada. Había quemado todo: sus relaciones políticas y amistosas, sus papeles comprometedores —"Quémalos, quémalos, antes de que nos quememos en el infierno", le grita su esposa Lupita en la casa de la Ciudad de México—, pero no sus memorias, sus recuerdos, que se le presentaban a importunarlo. Sabía lo que había hecho y ocultado. Pero nunca solo.

✳ ✳ ✳

Todo puede reunirse en una ceremonia y una fiesta. El 20 de diciembre de 1962 el presidente López Mateos y el secretario de Gobernación, Díaz Ordaz, son los testigos principales de una boda. En una casa de Las Lomas, propiedad de Paul y Dorothy Deutz, cuya fortuna proviene de comprar el hierro barato en México y transformarlo en acero en Estados Unidos, se casarán Winston Scott, el jefe de la CIA en México, y Janet Leddy.

Cuatro años antes, el 10 de agosto de 1958, López Mateos se había reunido por primera vez con Scott y la CIA en casa de éste, en avenida Reforma 2035. Era domingo. Como siempre, López Mateos llegó tarde y ya estaban desayunando ahí Robert Hill, el embajador norteamericano en México, y Winston Scott. Comían hotcakes con tocino, café y jugo de piña. A los gringos en México les encantaba que hubiera piñas frescas y no de lata. López Mateos estaba en campaña, se desvelaba casi todos los días, y bebía para conciliar el sueño. Así que pidió sólo un café y encendió su décimo cigarro de la mañana.

—Adolfo —dijo el embajador Hill al presidente electo—, éste es Win, mi experto en comunismo.

—Aquí todos somos expertos en comunismo —respondió el mexicano dándole la mano.

—*Beg your pardon?* —se escandalizó Winston Scott.

—Sí, hasta hicimos un Partido para ahuyentarlo.

Esa mañana, entre cigarros y tazas de café negro, Adolfo López Mateos se convirtió en informador de la CIA, bajo el nombre de Litensor. Unos días más tarde se lo comentó a Gustavo Díaz Ordaz:

—Todo lo que tienen estos gringos es dinero para repartir. Les das dos o tres datos y te tienen en su nómina. Y podríamos pedirles que, si descubren algo, nos lo avisen.

Díaz Ordaz se convirtió en Litempo-1, siendo Litempo el grupo de autoridades mexicanas dispuestas a darle información a la CIA sobre las actividades de los ciudadanos que creían en la Unión Soviética y en la revolución cubana. Con el tiempo, Fernando Gutiérrez Barrios, desde la Dirección Federal de Seguridad fue Litempo-4 y Luis Echeverría sólo alcanzó el número ocho.

En el último piso de la embajada norteamericana, Winston Scott recibía al presidente López Mateos y éste lo invitaba a desayunar un domingo de cada mes en la casa de San Jerónimo. A Díaz Ordaz no le gustaba la posibilidad de que alguien lo fotografiara entrando a la embajada gringa o recibiendo en sus oficinas de Bucareli a los espías de inteligencia extranjeros, así que nombró a uno de sus sobrinos, Emilio Bolaños, Litempo-2, como su enlace con la CIA. Winston Scott reaccionó así a la noticia:

—Bien, señor secretario, entonces, yo nombraré a un enlace para su enlace.

George Munro era un cowboy jubilado del FBI de Edgar G. Hoover. Alto, con escaso cabello y oliendo siempre a cerveza, llegó a México de vuelta de todo: esposas, hijos, atentados, conspiraciones, principios. No era especialmente devoto de las labores de inteligencia, sino de la acción. Así que, cuando le presentaron a su enlace, le sonrió al muchacho:

—Tú y yo, Kid. Nos vamos a divertir en grande.

El Kid Bolaños y el cowboy Munro gastaron en un mes 55 mil 353 dólares en pagar operaciones encubiertas y mucha cerveza. Montados en un Impala color Acapulco Punch (papaya diluida), Munro sostenía su sombrero de cowboy del viento de la carretera, mientras el Kid Bolaños sacaba cervezas de la hielera. Iban a ayudarle a otro sobrino del secretario de Gobernación, a la Universidad de Puebla, que a últimas fechas se había llenado de estudiantes que apoyaban a la revolución cubana.

—Éste es mi primo, Manuel Gómez Díaz Ordaz —dijo el Kid Bolaños.

En cuanto Manuel Gómez Díaz Ordaz les explicó la situación de los estudiantes revoltosos que pedían una reforma universitaria, Munro supo lo que había qué hacer:

—Organiza a tus amigos del Frente Anticomunista y atacamos la asamblea.

—Sí —respondió El Kid Bolaños con el aliento a chela en la cara de su primo Manuel—, hay que hacerles saber que no les vamos a dejar la universidad así de fácil. Aquí van a ver heridos.

Entraron a la asamblea seguidos de nueve porros, armados con tubos y cadenas. Golpearon a estudiantes, maestros y hasta a un mozo que trató de protegerse con su escoba. Pero la asamblea se defendió. El cowboy Munro y el Kid Bolaños alcanzaron a correr por el pasillo, alcanzar la puerta, brincar a sus asientos del Impala y arrancar. Pero no Manuel Gómez Díaz Ordaz. Lo agarraron. Fue llevado ante las autoridades universitarias que lo regañaron, pero no lo expulsaron porque era sobrino del implacable secretario de Gobernación. Manuel Gómez Díaz Ordaz buscó de cantina en cantina a su primo y al cowboy. Los encontró. Al caer la noche, cada uno vació en sus estómagos distendidos las últimas tres botellas de cerveza, las llenaron con gasolina y las aventaron sobre la reja de una casa. Estallaron las bombas sobre la puerta, una cornisa, y el pasto seco del jardín que comenzó a arder. Huyeron en el Impala, gritando como locos. La casa incendiada era del rector de la Universidad de Puebla, Amado Camarillo.

Cuando Díaz Ordaz recibió el reporte de la policía política, contactó al Kid Bolaños:

—Con un carajo: háganlo, pero que no los agarren.

Desde el programa Litempo de la CIA de Winston Scott en México también se financió la campaña del arzobispo de Puebla, "Catolicismo sí, comunismo no". El sacerdote era el confesor de Gustavo Díaz Ordaz desde sus tiempos de juez de obreros y sindicatos, Octaviano Márquez y Toriz. Seco, con lentes oscuros, comandaba a los poblanos a manifestarse contra el apoyo estudiantil a la revolución cubana y necesitaba el dinero de la CIA —las limosnas eran para remozar a Nuestra Señora de la Defensa, en el altar de la catedral poblana— para financiar un mitin de cien mil católicos en la plaza principal (4 de junio de 1961) que, a una señal suya, vestido de blanco como si oficiara un Te Deum, coreó el odio contra el comunismo y la idea de que el catolicismo haría de México un remanso en medio del caos de los años sesenta. Díaz Ordaz y Lupita lo recibían en sus reclinatorios de la capilla privada de la casa de Risco 133, todos los domingos. Los confesaba. Había casado a sus hijos, Gustavo y Alfredo con las rubias hermanitas Castañón Ríos-Zertuche y a Guadalupe con el libanés Salim. Los confesaba a ellos también. Por eso, cuando el arzobispo Márquez y Toriz le pidió ayuda financiera al secretario de Gobernación, éste lo dirigió a los brazos de Winston Scott en la Central de Inteligencia. A Win le pareció tan buena idea que liberó recursos para formar su propia organización anticomunista, el Movimiento Universitario de Renovadora Orientación (MURO) en la Universidad Nacional.

Pero Díaz Ordaz, disfrazado de Litempo-1, permitió mucho más, desde la secretaría de Gobernación: que Winston Scott mandara instalar decenas de grabadoras en las cajas de los teléfonos de las embajadas soviética y cubana, y de los "enemigos" internos: el ex líder sindical Vicente Lombardo Toledano, el pintor David Alfaro Siqueiros, y el ex presidente Lázaro Cárdenas; se hizo de la vista obesa a las operaciones de una Operación Zapata que consistía en apoyar una invasión desde la isla de Cozumel a la Cuba de Fidel Castro que, tras muchos cambios, acabaría en el desastre de Bahía de Cochinos, al que el cowboy Munro y el Kid Bolaños ayudaron consiguiendo cincuenta mil litros de gasolina de Petróleos Mexicanos.

Más, mucho más hizo Díaz Ordaz por la CIA en México: permitió que se creara otro programa, el Lifire, fotos y fichas preparadas por la Secretaría de Relaciones Exteriores de todos los turistas mexicanos que iban a países comunistas y a Vietnam; el Limotor, que identificaba a los estudiantes de la Universidad Nacional en actos pro-Cuba; y el Lievict, que financiaba al MURO. Pero también hubo una cantidad nunca precisada de dinero para los Litempos: en 1961, Díaz Ordaz exige que le compren un automóvil a su amante en turno. Al día siguiente, López Mateos le llama a Winston Scott:

—¿Qué te da Gustavito que no te dé yo? Yo soy el Presidente, chingaos. Regálale un coche a la mía también.

Así que la boda de Winston Scott señalaba mucho más que la unión de dos personas. Era, en el fondo, el arreglo bajo la mesa de poderosos mexicanos y espías gringos en una historia que involucraba dos tipos distintos —aunque, al final, unificados— de trato hacia la Cuba de Fidel Castro. Cuando el embajador norteamericano le reclamó a López Mateos el voto de México contra la expulsión de Cuba de la Organización de Estados Americanos, éste le respondió:

—Cada quien tiene su forma de matar pulgas.

Como la hielera cochambrosa de la que el Kid Bolaños y el cowboy Munro sacaban sus cervezas, la boda del jefe de la CIA en México era todo menos diáfana: Winston Scott se casaba con la esposa de su mejor amigo, Ray Leddy —también de la CIA—, después de que su propia mujer, Paula, se había suicidado en Acapulco a la Marilyn Monroe: con alcohol, barbitúricos y el teléfono en la mano. Winston Scott, alguna vez un genio matemático capaz de descifrar cualquier mensaje encriptado de los nazis, ahora vivía la vida ebria, lujosa, aventurera, de los poderosos en los años sesenta mexicanos. Así, borracho, asistió a su propia boda en Las Lomas de Chapultepec, en la que las dos máximas autoridades de México eran sus testigos formales. El Presidente y el Secretario de Gobernación, en la nómina de la CIA, exigiendo autos para sus amantes. El decoro en política es que la indecencia permanezca en secreto.

López Mateos y Díaz Ordaz no fueron los primeros en llegar a la boda. Los gringos eran un poco más puntuales. Thomas Mann, homónimo del escritor alemán, pero experto en propaganda anticomunista, creador de la estrategia de televisión en la crisis de los misiles, dos meses antes, y ahora embajador de Kennedy en México, cruzó la puerta primero. Luego llegaron Benito Coquet, secretario del presidente, Carlos Trouyet, el empresario telefónico que levantó el Hotel Las Brisas en Acapulco, y Díaz Ordaz con su Lupita. El presidente López Mateos llegó tarde, solo, como siempre y, de inmediato, se colocó junto a Díaz Ordaz, a la derecha de Winston Scott y Janet. Del lado izquierdo, el dueño de la casa, Paul Deutz, y el cowboy de la CIA, George Munro, que había dicho en público, después de desastre de la invasión fallida a Cuba: "Kennedy se morirá por esto".

Atrás quedaba toda la historia de la Cuba de Fidel Castro, la crisis de los misiles, los ruegos de López Mateos para que Kennedy visitara México, que hasta los estudiantes en la Universidad Nacional había celebrado con un: "Yanquis no, Jacky sí". Quedaban atrás las pruebas de buena vecindad entre México y Estados Unidos, desde aquella visita de los Kennedy el viernes 29 de junio de 1962, medio año antes de esta boda.

—No veo cuál es el problema con ese pedazo de tierra que quedó del lado norteamericano —dijo Kennedy al aire.

—No es un pedazo de tierra —le respondió López Mateos—, es parte de México.

—Pues no, es parte de los Estados Unidos. El río es el límite.

—Pero el río cambió su curso y El Chamizal quedó en Texas, no en Chihuahua, como antes.

—¿Cuánto cuesta? Te lo compro.

Acostado en una tumbona blanca, Kennedy no entendía la situación de López Mateos ante la Revolución en Cuba: el mexicano tenía que sacarle a los gringos aunque fuera un pedazo de tierra, aunque fueran esas miserables 177 hectáreas. Igual tendría que fingir una "nacionalización" de la energía eléctrica, aunque le costara diez mil millones de pesos en compra de acciones. También declararse "de extrema izquierda dentro de la Constitución", aunque luego su secretario de Gobernación lo desmintiera. Kennedy, aburrido ante los legajos de la ruta del río entre los países, le pregunta:

—¿Qué carajos quiere decir "chamizal"? Hablan de eso como si fuera un maldito yacimiento de petróleo.

—Es una hierba que se usa para hacer techos.

—En América a eso le llamamos concreto —se burló Kennedy.

No era un auto para su amante, ni una cena en Washington: era el pedazo de tierra que un gobierno mexicano le arrancaría a Los Gringos, a esos que se quedaron con la mitad del territorio en una guerra perdida ciento veinte años antes. Era una petición histórica, en los parámetros de una Revolución mexicana opacada por una nueva, la cubana. López Mateos se molestó y Kennedy, con sus párpados lánguidos, como los de Marilyn Monroe, chasqueó la lengua y ordenó un aperitivo.

Ese día de la desavenencia, Gustavo Díaz Ordaz quiso saludar a John F. Kennedy pero un comentario de Humberto El Chino Romero, secretario del Presidente, se lo había impedido:

—Ni te atrevas, Tribilín, va a pensar que está en Disneylandia.

O, cuando, en plena crisis de los misiles soviéticos en Cuba, los gringos buscaron a López Mateos para una declaración que condenara a Fidel Castro y a la Unión Soviética, y el que se puso al teléfono fue Díaz Ordaz porque el Presidente estaba de viaje en Japón y la fuerza aérea norteamericana lo había bajado del avión, junto con una comitiva de sesenta personas, entre las que iba el empresario Juan Sánchez Navarro, en la isla pacífica de Guam:

—Igual que para la visita de Kennedy, señores —dijo Díaz Ordaz—: ya están en las cárceles los dos mil agitadores de siempre. La paz en territorio mexicano está garantizada. ¡Que venga la Guerra Atómica!

López Mateos bromearía sobre la barbarie con la que se desempeñaba su secretario de Gobernación:

—Es el hombre que quieres tener al lado. Cuando la crisis de octubre de 1962, me tuve que ir de viaje. "Ahí te encargo", le dije a Gustavito, y en un día había entrado a las casas de medio centenar de "comunistas", los había sacado a rastras, y estaban todos bien guardados. Encerró hasta a alguien que dijo llamarse Diego Rivera. El inocente no sabía que ya estaba muerto. Si hubiera estallado la Tercera Guerra Mundial, nosotros ni nos enteramos.

Pasada la crisis de los misiles, todo mundo sentía en esa boda de Las Lomas que el mundo se iba a terminar de un instante a otro; todos quemados por las ondas radioactivas, el sol tapado por el humo, los cuerpos desmembrados por millones. Así que el ánimo era beber y comer en el jardín en el que se dispusieron mesas y sillas ultramodernas, de vinil verde perico, y mesas azul-gris tan estilizadas que se tambaleaban en el pasto. La concurrencia comió con abrigos largos y guantes porque el invierno ya había entrado a la ciudad. Se habló en inglés. Díaz Ordaz no entendió nada y prefirió hablar con Lupita, comentando el pollo a la reina y el puré de papas. López Mateos no tenía ni El Chamizal, ni la crisis de los misiles en la parte de atrás de su cabeza, sólo una visión adelante: la del escote de una rubia. Se paró a mitad del postre con un coñac en la mano.

—Ahora vengo, Gustavo, señora. Voy a hacer política.

—Ella es Gudrun Edwards —le dijo la recién casada, Janet—, es una amiga sueca, escultora.

—No es una escultora, es una escultura —murmuró el Presidente, sacando la lengua en las "as".

Y, a pesar de que su secretario, Humberto Romero, le dijo que tenían reunión de gabinete —era jueves—, el Presidente subió la escalera de la casa en Las Lomas, de la mano de la escultura, para encerrarse en una recámara a modelar. Fue el único de los asistentes que tuvo noche de bodas.

Gustavo Díaz Ordaz, acompañado férreamente de su Lupita, mira a la actriz Mary Meyer, de quien se decía era "amiga" del Presidente John F. Kennedy, y le explica a su esposa:

—Ahora vengo. Voy a hacer política.

Pero Winston Scott, ahogado de borracho, lo intercepta en el camino para hablarle de los cinco hijos que ahora, con su segundo matrimonio, va a tener, de que lo acusan de haber asesinado a su primera esposa, de que él, en realidad, es un poeta frustrado que ahora se la pasa revisando conversaciones telefónicas entre rusos y cubanos. Díaz Ordaz lo consecuenta. Scott es el Estados Unidos a la mano, el real. De lejos, mira a la actriz evaporarse y, en forma de fantasma, a John F. Kennedy, atrás, subiéndole la falda, empujando sus piernas para abrirlas, agachándola para que acabe con su cabeza dentro del pastel de la boda. Ella se relame con merengue y mermelada en la cara, el cabello platino. Kennedy se desata el cinturón. Díaz Ordaz fantasea despierto, fingiendo que escucha a Winston Scott que, perdiendo el hilo, se le detiene del hombro, en un zumbido callado, para no caerse de borracho.

Un año después, Kennedy es asesinado y, otro después, Mary. Gustavo, aunque trató de acercárseles, jamás habló con ninguno de los dos.

***

La vida en La Floresta de Ajijic parecía, en el verano de 1977, una versión de lo que los gringos quisieran que fuera México: residencias pintorescas con albercas enormes, restoranes con menús en inglés y sin picante, sarapes y sombreros de charros, y un lago para perderse. Era lo que los ricos mexicanos creían que los gringos apreciaban de México: que se pareciera a una fantasía donde no hay dolor, ni mugre, ni balaceras. Sólo un lago, pajarillos, romance, flores, canciones, fiestas. Y hasta ahí llegaban los gringos, en su mayoría veteranos, a agradecer que México no era la selva del Mekong o la Cuba de Fidel Castro. Se fumaban sus toquezotes de mota de Jalisco. El humo le llegaba a veces hasta la terraza. Lo sabía porque olía a lo que su hijo Alfredo se prendía en Los Pinos, rodeado de guaruras. Y empezó a pensar, otra vez, en el cáncer. Decían que la mariguana ayudaba a los dolores, a las náuseas de la quimioterapia, al cansancio de las radiaciones. Se rió. Él que había mandado detener una marcha de hippies en el Parque Hundido en 1967; él, que había militarizado Huautla, Ayautla y Tenango porque hasta ahí llegaban las caravanas de chavos a meterse hongos alucinógenos de la mano de una bruja que se llamaba como su madre, María Sabina; él, que mandó al Estado Mayor Presidencial a desalojar a su propio hijo, Alfredo —al que le decía "El Alfredazo"— y a Jim Morrison porque se habían metido ácidos en la casa de Los Pinos. Nada más eso le faltaba: ahora compraría mariguana para los achaques.

Se bañó y salió a la calle. No le avisó a la cocinera que iría al nuevo restorán de Ajijic, Noches de tango. Las confusiones de los gringos, "todo es lo mismo": México, Argentina, hasta España. El menú estaba en inglés, pero el mesero lo reconoció como ex presidente. Respiró. Volteó a las mesas de junto llenas de ancianas sin sostenes, con chanclas y bermudas, esperando que alguien les invitara un tequila. Él sólo sonrió.

El presidente Díaz Ordaz se inhibía cuando le hablaban en inglés. "Para mí —decía— la barrera del idioma es una fortaleza inexpugnable." Decía: "En inglés, You es Tú y no Yo, porque ese es Ay". Antes de ser presidente, sólo había ido una vez a Estados Unidos, en 1944, asistiendo a una convención de la barra de abogados en Texas. Desde sus tiempos de diputado y senador, los viajes que aceptaba eran al interior del país, a Puebla a un congreso mutualista, al desentierro de los huesos del hermano de Gonzalo N. Santos en la Huasteca potosina, cosas así. Era un político del país ensimismado que describiría Octavio Paz en *El laberinto de la soledad*, libro que a Díaz Ordaz le parecía que denigraba a los mexicanos. Y es que no hablaba de México, sino de los priístas, de los licenciados enjutos, de los ingenieros taimados, de los artistas acomodándose en el presupuesto con cada nuevo sexenio. Del rencor, la obediencia y el favor. Los tres pilares de la política mexicana.

En el decorado del restorán Noches de tango había una fotografía de Rita Hayworth, la actriz criada en Tijuana, justo en la línea entre el cabrito y el *barbecue*. La atesoró mientras le traían una carne asada, frijoles refritos y chiles toreados. La cara que Díaz Ordaz conocía de los Estados Unidos era la más fea: Winston Scott, el jefe de la CIA, y Thomas Mann, el ex embajador en México y, desde el 25 de agosto de 1964, encargado de la Alianza para el Progreso en América Latina. El nuevo embajador norteamericano ante la nueva presidencia de Díaz Ordaz sería Fulton Freeman, un californiano que hablaba español. Apenas electo presidente, los dos se reunieron en casa de Miguel Alemán en Veracruz, cena a la que fue, como siempre, Mario Moreno "Cantinflas" para pedir carreteras hacia sus ranchos o un premio de Mister Amigou. Al final, Díaz Ordaz le dio la mano a Freeman:

—Dígale a su presidente Johnson que soy un ferviente y leal aliado suyo.

Nunca agregó que era un informante de la CIA.

Dos semanas después, Díaz Ordaz recibió una invitación de Johnson para que visitara su rancho en Pedernales, Texas. Contenía una nota a mano que juzgó como desdeñosa para su investidura: "Le mando el avión presidencial".

—Estos pinches gringos —murmuró Díaz Ordaz, que todavía no era presidente en funciones— creen que vamos a llegar a caballo.

Entre el 11 y el 13 de noviembre de 1964, Díaz Ordaz estuvo en el rancho de Johnson en el que se montó una escenografía de cowboys. El presidente de Estados Unidos le calzó al de México un sombrero de vaquero y se fueron en caballo a la orilla del río de Pedernales. Ahí los esperaba un asado. En la confusión entre la *barbecue* y la barbacoa, Díaz Ordaz esperaba que sacaran unas hojas de maguey de un hoyo en la tierra, pero extrajeron, en cambio, un asador metálico de gas. La comida le cayó pesada. Pero fue ahí que le adelantó a Johnson la idea que tenía de las relaciones con un Estados Unidos que trataba de salir airoso de los pantanos de la guerra en Vietnam:

—En caso de vida o muerte —le dijo—, México estará siempre al lado de Estados Unidos.

—Estados Unidos —respondió Johnson— quiere formar con México una Gran Sociedad, un acuerdo comercial.

Y fue ahí que decidieron empezar la Gran Sociedad rompiendo con el convenio de "braseros", que permitía a sesenta mil trabajadores mexicanos laborar en los campos agrícolas de Estados Unidos. Así lo explicaría más tarde Díaz Ordaz:

—Los llamaban americanos pero, siendo ilegales, les pagaban menos. No hay tal convenio. Lo que no existe, no puede romperse.

Al calor de la fogata, entre guitarras —Díaz Ordaz cantó "Adiós, Mariquita linda" con su sombrero de cowboy—, se fraguó que a los ilegales mexicanos les pagaran todavía menos.

Johnson y Díaz Ordaz se verían siete veces en total. En abril de 1966 Johnson se coló a una invitación que era para su esposa, Lady Bird —que, en realidad, se llamaba Claudia Alta— para inaugurar la estatua de Abraham Lincoln en Polanco. Era la primera vez que Johnson asistía como presidente a alguna parte. Le hicieron una cena en Los Pinos y, ahí, Díaz Ordaz le contó:

—Durante mi campaña presidencial un reportero me preguntó si la llegada al puesto supremo del país no estaba vedada alegando la razón de ser feo —risas—. Le contesté que me consideraría sumamente orgulloso si pudiera servir tan eficaz, tan leal y tan brillantemente como ese otro feo, Abraham Lincoln. Y es que me lo preguntaron mucho en la campaña. Una reportera me dijo que si era cierto que los poblanos éramos "dos caras". Y le contesté: "¿Usted cree que si tuviera dos caras, usaría esta para los retratos de la campaña?".

El brindis de Johnson fue, entonces, hacia la fealdad:

—Estos pueblos, los suyos, piden muy poco: un techo donde guarecer a sus familias, ropa para proteger sus cuerpos, comida para alimentarse, escuelas, una iglesia y, quizá, si sobra algo, un poco de diversión.

Al salir de la cena de gala, Lyndon B. Johnson dijo, acaso entusiasmado por lo que acababa de oír y beber:

—¿Quién dice que la invasión en República Dominicana nos desacreditaba? ¿Quién dijo que no podíamos venir a América Latina?

El 28 octubre de 1967, Díaz Ordaz fue a la entrega física de El Chamizal a México, ese pedazo de tierra de nadie entre Texas y Chihuahua. Un diario comparó al Presidente mexicano con un vocho: "No es bonito desde ningún ángulo, pero es una buena compra". *Newsweek* opinó: "En un mundo de Ho Chi Minhs, Maos, y Kosygins, es bueno que haya un hombre como Díaz Ordaz para el presidente Johnson. Él es como un tónico". Johnson no se postularía a la reelección. Esa elección la ganaría Nixon. Ambos presidentes se tomarán de las manos en la apertura de la presa de la amistad en la frontera. Y, de nuevo, en San Diego. Los dos detrás de sus sonrisas enmascaradas, rígidos los brazos, fingiendo una amistad encubierta.

El 25 de marzo de 1968 llega como "agregado de prensa" a la embajada mexicana en Cuba, un reportero de la cadena de Pepe García Valseca, amigo de Díaz Ordaz desde los años de Maximino Ávila Camacho, llamado Humberto Carrillo Colón. Desde la calle 10, número 504, Miramar, en La Habana, se comienzan a transmitir mensajes cifrados a Miami y Nassau. El gobierno cubano los decodifica y sabe que desde esa casa en la que vive un funcionario de la embajada mexicana se está enviando información militar, mapas y datos sobre los recorridos de Fidel Castro. Un año después, el gobierno de Cuba le reclama al de México. Díaz Ordaz nunca les contesta oficialmente. Nixon, por su parte, cae de la presidencia precisamente por grabar a sus opositores del Partido Demócrata en Watergate. Es expulsado de la Barra de Abogados en California.

**

—*You're eating by yourself* —le dice una señora de sesenta años desde la mesa de junto. Su voz chillante lo regresa al restorán cerca del lago de Chapala—. *Poor thing. Come and join us.*

Díaz Ordaz le niega con la palma de la mano extendida:

—No *inglich*.

La señora está con otras tres, una de ellas garbada, con el cabello corto con ondas como las de Felicia Mercado, a la que se le baja el escote cuando se agacha a escuchar a las otras. Tiene los pechos cubiertos de pecas. Díaz Ordaz les sonríe hasta que oye la palabra "Tlatelolco". El resto de la comida no las vuelve a mirar.

Ajijic, Jalisco, 4 de septiembre, 1977

No quería morir como López Mateos: ocultando su enfermedad y, después, quedándose sin poder moverse, sin poder hablar, solo, abandonado por todas sus muchas mujeres. La imagen que le vino a la cabeza, recién despertado, ese domingo con el sonido de la marea en el lago de Chapala, fue la de su amigo López Mateos imposibilitado en plena presidencia de la República. Casi no gobernó, dominado por las migrañas que empezaron durando medio día y terminaron por ser de semanas enteras. Los médicos no sabían qué eran y le recetaban analgésicos y morfina.

Díaz Ordaz siempre supo de las migrañas que dejaban ciego al presidente López Mateos. De hecho todavía —digamos, 13 de febrero de 1960— llevaba la bolsa llena de aspirinas para cuando su compadre le extendiera la mano con un rictus en la boca. Pero un día de 1960 descubrió que el jefe de relaciones públicas, su secretario particular, era también su enfermero: El Chino Humberto Romero, lo encerraba en un salón secreto de Palacio Nacional a donde no llegaba la luz. López Mateos era un presidente que se evaporaba y todos los médicos connotados, Álvarez Amézquita, Velasco Suárez, De la Riva, decían que era migraña, que quizás eran las tres cajas de cigarros, las desveladas, las borracheras, tanta mujer a la que le cumplía. Pero el Presidente se iba disolviendo con los meses: olvidaba los nombres, ya no de los funcionarios de su gabinete, sino hasta de sus boxeadores favoritos —el Ratón Macías y el Toluco López—, y Gustavo Díaz Ordaz se enteró por Aarón Merino Fernández, el empresario poblano que le regaló al Presidente una casita en la isla de Cozumel y que había pertenecido al Pacto de Puebla en tiempos de Maximino Ávila Camacho. Merino fue el que le contó que una vez una aspirante a actriz, de nombre Kitty salió del despacho indignada y en ropa interior debajo de una bata transparente, porque el Presidente la había llamado Jacky. Y sí, a veces, el Presidente se quedaba momentáneamente ciego o invertía el orden de las palabras. Y, entonces, el secretario particular lo escondía de la vista en un cuarto secreto de Palacio Nacional.

Humberto El Chino Romero le había asestado a Díaz Ordaz el apodo de "El Tribilín", el "Goofy" de las películas animadas. Siempre se había preguntado cómo un secretario particular podía insultar a un secretario de Gobernación y no ser despedido por el Presidente. Díaz Ordaz lo entendió cuando vio que Humberto Romero metía en un cuarto oscuro de Palacio Nacional a un López Mateos desmayado por el dolor de cabeza. Gustavo nunca lo había visto así: el hombre que hacía aplaudir a la Plaza México cuando iba a los toros y a la Arena Coliseo cuando iba al box, el que se escapaba de la vigilancia del general José Gómez Huerta para visitar mujeres, ese mismo, su amigo López Mateos, de nariz afilada y cabello ondulado, el joven presidente, ahora soñoliento, quebrado, lánguido. El Chino Romero cerró las cortinas. Todo quedó en penumbra. Díaz Ordaz llevaba un acuerdo. El Presidente sólo le balbuceó:

—Encárgate, Gustavito. Encárgate de todo. Si es necesario que me sustituyan en la Presidencia, tú serás mi relevo.

Ese día Gustavo supo que él era el Presidente y que lo sería durante una década. De salida, Díaz Ordaz le dijo a Humberto Romero:

—¿Tribilín, yo? Soy el pinche Walt Disney.

***

Inmóvil en su cama desde donde oye el oleaje del lago de Chapala, Díaz Ordaz se ha quedado pasmado ante la idea de terminar solo, como López Mateos, sin poder cortar la carne por sí mismo, cargando un pizarrón y un gis para poder comunicarse. La imagen le pareció escalofriante. Y se quedó ahí, sin siquiera calzarse los anteojos, en medio de las sábanas grises, sudando de la nuca. Miró el cuadro de frutas de Olga Costa que tenía en la recámara, un regalo de su único amigo escritor, Salvador Novo. Pero las frutas mexicanas lo traspasaron como a un espectro. Iba a morir solo. Iba a morir abandonado, como López Mateos. Como cuando lo vio por última vez para preguntarle por qué había renunciado al Comité Organizador de la Olimpiada de 1968.

***

López Mateos luchó por conseguir la XIX Olimpiada. Antes de la decisión, el 18 de octubre de 1963, mandó a Marte R. Gómez con dinero para hacer las relaciones necesarias. Y al general Clark Flores para que intimidara a quien tuviera que intimidar. Cuando México es elegido en Baden-Baden, Alemania, Díaz Ordaz piensa que será imposible, que es un país pobre, que va a quedar mal "en el concierto de las naciones", que no lo lograrán. Para él, recibir a los extranjeros es poco menos que imposible porque a los demás no se les invita a la casa cuando estamos así de pobres. Porque a los demás no se les cuentan nuestros secretos. Porque nunca sabemos qué están pensando los demás sobre nosotros. La Olimpiada le parece a Díaz Ordaz un exceso, una fiesta de quince años en una palapa con techo de chamizo. Y entonces, decide que se haga cargo quien la promovió: López Mateos.

Ya presidente, Díaz Ordaz nombra a su amigo como punta del Comité Organizador. Es el 28 de junio de 1965. Un año después, López Mateos renunció. La mano izquierda se le había quedado inmóvil, tenía cerrado un ojo. Díaz Ordaz lo fue a ver a la casa de San Jerónimo 217. No había nadie. Ni Eva Sámano, ni su hija, Ave, ni su amante de tantos años, Angelina Gutiérrez Sadurni, ni la hija que tuvo con ella, Elena, la que le quedaba después del choque automovilístico en que murió su hijo ilegítimo, Adolfito. Sólo la cocinera que le dijo:

—Licenciado Díaz Ordaz, acompáñelo a cenar porque si no, va cenar solito.

Solito. Esa penita ajena, esa compasión que disfraza la lástima, que recubre el patetismo. Cenaron Díaz Ordaz, el Presidente, y un cadáver, el ex presidente López Mateos, a quien le cortaban la carne en pedazos minúsculos —se había ahogado con un pedazo de carne y había perdido el habla—, usaba aparatos ortopédicos para caminar, no soportaba la luz, sólo un ojo le funcionaba y no podía mover una mano y una pierna. "Me quisiera dar un tiro", le confesó por escrito, en un pizarrón que usaba para comunicarse con William Poppen, el médico que le descubrió siete aneurismas cerebrales, ninguno de ellos operable, y agregó: "pero no puedo suicidarme: no tengo un dedo bueno que pueda jalar el gatillo".

Gustavo miró el plato sin apetito. López Mateos, el dandy de la política, estaba solo, en su casona de San Jerónimo, abandonado. Cenaron durante casi dos horas —la comida se le enfriaba al ex presidente por la lentitud con la que comía y Margarita, la cocinera, recalentaba dos o tres veces— y al final le escribió en el pizarrón: "Gustavito, ¿podrías ayudarme a ponerme la piyama?". Díaz Ordaz lo ayudó, pero no pensó en la enfermedad, ni en la agonía, sino en una vez que salieron a correr su Masserati contra el Ferrari del presidente López Mateos. Los rebasó el Facel Vega de Justo Sierra Casasús, el embajador en Washington. Díaz Ordaz dejó ganar al Presidente pero, al llegar a la caseta de Cuernavaca, el cobrador le dijo que los dos coches anteriores decían que el tercero pagaba la cuota. De eso se acordó Díaz Ordaz poniéndole el piyama al ex presidente. "Ahora tú pagas", pensó, mientras apagaba la luz. ¿Quién le iba a apagar la luz a él? Se estremeció. Estaba solo como López Mateos. Y, al menos a ese presidente la gente lo recordaba como frívolo, corredor de coches, galán de las muchachas. Nadie lo relacionaba con el aplastamiento de los sindicatos independientes. Pero a él lo odiaban, lo temían y les recordaba ese poder de intimidación del Estado que podía masacrar gente como los aztecas, como los conquistadores españoles lo hacían: Tlatelolco. ¿Quién le iba a apagar la luz? Su hija Guadalupe metida en la distancia. Gustavo ocupado en sus negocios. Alfredo en su música en Acapulco con su piano autografiado por Agustín Lara. Le llamó. Le contestó. Atrás se oía un escándalo, una fiesta que seguía después de toda la noche y la madrugada. Alfredo no entendió quién llamaba o sí y no le importó. Díaz Ordaz escuchó cómo la bocina pasaba de mano en mano, que una voz de mujer le decía: "Vente, Sabueso, vamos a ir a la playa a comer espagueti, am, am" y a otro que le decía: "Vamos a reventarnos a La Marquesa y resultó que no era una señora, sino un lugar. Juar, juar, juar". Díaz Ordaz colgó el teléfono. No tenía quien le apagara la luz. Y abrió una cortina.

La enfermedad de López Mateos fue el boleto de Díaz Ordaz para la candidatura presidencial del Partido. Él era quien había llevado las decisiones que López Mateos simplemente no estaba en condiciones de tomar, tirado, doliéndose del cerebro. Y López Mateos nunca lo ocultó como es la costumbre en el "tapadismo".

—Ah, de este Gustavito sí hay que aprender mucho —le dijo un día el presidente López Mateos a Luis M. Farías, ex locutor del Club Ciro's, luego de Televisa, y ahora director de información en la secretaría de Gobernación—. Todos nacemos sin dientes, menos éste: tiene un costal de mañas que uno no le conoce el fondo. Yo todavía no se lo conozco y creo que nadie se lo va a conocer.

La decisión de que fuera el sucesor del presidente López Mateos estaba tomada desde años antes, pero se hizo oficial el domingo 3 de noviembre de 1963. El propio Díaz Ordaz, mucho tiempo antes, se comportaba como un presidente virtual. Por ejemplo, al visitar Puebla, en nombre de López Mateos en el medio siglo del inicio de la Revolución, se reunió con Marcos Mastretta, que amenazaba con una huelga de comerciantes en Puebla, si no se sacaba a "los rojos" de las escuelas. A Mastretta, Díaz Ordaz le prometió que mandaría a Puebla cascos de acero y gases lacrimógenos para la policía. A los estudiantes, por ser el 20 de noviembre de 1960, a cincuenta años del levantamiento revolucionario, les dirigió una de sus piezas oratorias preferidas, "la de la mano tendida", que comenzaba así:

—Tendida está la mano, juventud de México, para que, mientras llega la hora de tu destino, sumes tu fuerza para la continuidad de la obra. Tengamos presente que, para progresar, no basta exigir derechos, sino que es indispensable, además, cumplir con las obligaciones. México tiene resuelto para muchos años, la incógnita de su destino, puesto que tiene una sola ruta: la que marca la Revolución.

Por eso, mientras Díaz Ordaz es "destapado" por Fidel Velázquez de la CTM y en Tabasco, Carlos Madrazo organiza una "verbena popular para celebrar la unánime decisión", tiene en mente un esquema simple: tendrá que combatir a los que no lo han apoyado casi tanto como a los que lo han apoyado demasiado, es decir, a gente como el general Alfonso Corona del Rosal. Los que no lo han apoyado sufrirán las consecuencias de la venganza y los que sí, las de sus intentos por zafarse de sus presiones para obtener posiciones de poder y sucederlo en el trono. Es el juego del Presidente-Sol, enmarañado en las intrigas y elogios de sus cortesanos. Y Díaz Ordaz cuenta todas las humillaciones por las que ha tenido que pasar para llegar hasta este acto con confeti y banderas tricolores en el Partido, mientras Alfonso Corona del Rosal —quien le había organizado un desayuno "sucesorio" seis años antes, a tan sólo cuatro días de que entrara en funciones el presidente López Mateos— dice: "Señor Licenciado Díaz Ordaz, me complace tener el honor de, en nombre de los Sectores de nuestro Partido, de sus organizaciones, de sus militantes representados en nuestra Convención, notificar a usted que nuestro Partido lo ha electo nuestro candidato al cargo de Presidente Constitucional de los Estados Unidos Mexicanos para el sexenio 1964-1970, seguro de que usted va a abrir una nueva página en la historia de la revolución Mexicana, para bien nuestra Patria". "¿Nuestra?" "¿Cuántas veces dijo Corona del Rosal *nuestro*? Corona del Rosal se sentía el artífice de su selección. Sentía que el nuevo Presidente sería suyo.

Los que se habían opuesto a la candidatura de Díaz Ordaz eran muchos. Para empezar, quien le apodaba "Tribilín", el secretario de López Mateos, Humberto El Chino Romero, que se había aliado, a última hora, a Donato Miranda Fonseca, en la Secretaría de la Presidencia. Nunca volvió a tener un puesto público. De hecho, todos los que habían apoyado a Donato serían INEXISTENTES para los ojos y los oídos de Díaz Ordaz.

Parado en la nominación como candidato a la Presidencia, Díaz Ordaz recuerda un incidente: ambos, el rector Ignacio Chávez y él, van a pasar por la misma puerta en Los Pinos para ver al presidente López Mateos. Díaz Ordaz quiere ser cortés pero a la mala y le dice:

—Primero que pasen los sabios.

—De ninguna manera —le responde el doctor Chávez—, primero los resabios.

Otra memoria que le cala en el estómago: Javier Barrios Sierra, secretario de Obras Públicas con López Mateos y que sucedería a Chávez en la rectoría de la Universidad Nacional. Díaz Ordaz no le perdonó nunca lo que declaró a la prensa, cuando se rumoraba que Gustavo sería el candidato:

—¿Ah, sí? ¿Díaz Ordaz? No creo. ¿Un presidente que estudió en una universidad de provincia?

Otro recuerdo. La propia esposa del Presidente, la legal, Eva Sámano, había apoyado a Donato para la candidatura presidencial del Partido, a cambio de que la nombrara secretaria de Educación Pública. Quería ser la primera mujer en un ministerio. Díaz Ordaz le haría una auditoría a los desayunos escolares que ella manejaba con su sobrino, el capitán Navarro. La pregunta insistente: ¿Cuánto costó traer a Frank Sinatra al Hotel Belvedere en 1959? Y es que a Díaz Ordaz no lo habían invitado a esa fiesta, donde había estado Marilyn Monroe con Arthur Miller.

Miles de venganzas más: suspender a una comediante de la televisión que confundió a Díaz Ordaz con Porfirio Díaz. Y el 23 de junio de 1966, cerrar *El Diario de México* porque había publicado en portada una foto de él con los sindicatos y una de dos gorilas recién llegados al zoológico: los pies de foto fueron invertidos por error. Al día siguiente, el periódico desapareció.

El punto de los enemigos en la cabeza de Díaz Ordaz mientras se atragantaba de confeti en su nominación era ése: las humillaciones. Los desdenes de "los sabios" y de los glamorosos. Las afrentas de los opositores. De él se esperaba lo que la caricatura de Eduardo del Río, Rius, en septiembre de 1963 decía sobre su "programa de gobierno". El monero había dibujado a un Díaz Ordaz trompudo, vestido de monaguillo con una estola litúrgica con una swástica y un mazo de granadero que decía: "disolución social". El monaguillo Díaz Ordaz tenía unas tablas de Moisés que decían:

No te manifestarás en la vía pública ni te reunirás en locales cerrados.
No desearás los latifundios de tu prójimo.
No verás films socialistas.

No leerás literatura subversiva.

No viajarás a Cuba.

No murmurarás contra el gobierno.

No ejercerás el derecho de huelga.

No pensarás en ideas exóticas.

No hablarás mal del gobierno de la Revolución.

No pedirás justicia.

No agitarás.

En 1961, la venganza de Díaz Ordaz contra el caricaturista Rius vendría. "Vendado de los ojos, me amarraron a un poste y formaron cuadro de fusilamiento diciéndome: 'antes que tú, morirán dos más'. Oí las dos detonaciones y los tiros de gracia y querían que palpara dos cuerpos inertes. Me pusieron la pistola en la boca, luego en la cabeza. Dispararon una vez más. 'No vale la pena matarlo', dijeron, 'ni sabe dibujar'."

Díaz Ordaz era El Duro. El que contendría todas las pasiones y las reordenaría en su entorno. Estaba en el centro de lo que él llamaba "el eje absoluto del poder", y a los demás les tocarían de ahora en adelante las vejaciones, las ofensas, los desprecios y las burlas. A él no se le olvidaba nada: cada desatención, cada agravio, todos los desdenes. Y los que lo oyeron el 17 de noviembre de 1963, día de su aceptación como candidato del Partido, jamás olvidarían la violencia de sus frases: "En México existen todas las libertades, menos una: la libertad para acabar con todas las libertades. Nadie tiene fueros contra México". El que más preocupaba a Díaz Ordaz era su más grande apoyador, el general Alfonso Corona del Rosal, presidente del Partido. Le debía la candidatura a la enfermedad de López Mateos y a él. Corona del Rosal había propuesto una extraña adición a la forma en que se elegiría al candidato a la presidencia: "la Convención Nacional elegirá al candidato que apoye el Partido". Y la Convención se reunió diez días después del "destape" de Díaz Ordaz. ¿Quién era el Partido?, era una pregunta que variaba con los meses: a veces los poderosos caían en desgracia y, otras, subían. En medio de ese sube y baja, el Partido era una ocurrencia del Presidente en turno. Lo que a él se le ocurría una tarde: el que debe sucederme es… Corona del Rosal era autor de la regla que permitía que una ocurrencia se convirtiera en unanimidad. Se votaba por quien ya había sido elegido. ¿Quién lo había elegido? El enfermo presidente saliente y un artículo redactado por Corona del Rosal.

—Estos cuatro —le señaló a Luis Echeverría la foto a la mañana siguiente, el 14 de noviembre de 1963— nos van a causar dolores de cabeza.

Era una fotografía donde aparecen, tomados del brazo, el general Alfonso Corona del Rosal, presidente del Partido, Alfonso Martínez Domínguez, líder de su Sector Popular, Javier Rojo Gómez, del Campesino, y Carlos Madrazo, gobernador de Tabasco.

Díaz Ordaz nombraría a Echeverría su secretario de Gobernación para no tener a Corona del Rosal acechándolo desde ahí. A Corona le daría Patrimonio Nacional, luego, la regencia de la Ciudad de México en vísperas de la Olimpiada de 1968.

El día de la toma de posesión como Presidente, Díaz Ordaz estuvo esperando a que llegara el líder del senado, Manuel Moreno Sánchez, el admirado orador de cuando compartieron curules en la Cámara de Diputados. Pero no llegó. Era un hombre corpulento, decidido, que no había estado de acuerdo en la designación del próximo

Presidente. Decidió comunicarle su resolución por escrito. Díaz Ordaz le llamó por teléfono dos veces. Su esposa decía que se estaba bañando o que había salido a pasear al perro. Finalmente, Díaz Ordaz lo encontró:

—Manuel, no puedes desairarme así. Me vale madres quién seas o cómo te sientas por mi elección, pero eres el líder del senado mexicano.

—Ya sé —le respondió Moreno Sánchez. No iba a la toma de protesta de un diputado que se atrevió a hablar en tribuna sólo tres veces.

—¿Y entonces?

—Un Moreno llevará la representación del senado, de eso, no te quepa duda alguna, Gustavito.

Colgaron. Pero el líder del senado no aparecía ese día de la toma de posesión. De pronto, otro senador se sentó en el presídium. Era, en efecto, un Moreno. Valle era su segundo apellido y era senador por Puebla.

Así que, desde la toma de posesión, Díaz Ordaz se sintió inseguro. Un movimiento en falso y se destaparían las ambiciones, los juegos dobles y triples, las conjuras, las burlas. Visualizaba un mundo de dolor para él. Sus primeras palabras con su gabinete fueron:

—Aunque no lo crean, desde hoy van a empezar a candidatearlos para ser los próximos presidentes de México. Les pido que no se me adelanten.

—Como le digo, licenciado —respondió Echeverría a solas en la oficina de Palacio Nacional—. Hay que atacar lo que se apoya y apoyar a lo que se ataca.

—O como digo yo —terció Díaz Ordaz—: primero, chíngate a quien quiera quitarte la silla, luego, a quien te la dio.

Baja la escalera esa mañana de domingo en que decide que no quiere morir solo. Tiene que decírselo a alguien. A sus hijos, no a sus muertos. Mira el sol pegando en el comedor. Fue en esta misma casa de Ajijic donde se relajaba para tomar decisiones como Presidente. Ahí decidió, por ejemplo, cómo eliminar al regente de la Ciudad de México, una vez que le hubiera entregado las obras de los estadios y la Villa Olímpica para los XIX Juegos de 1968. Ernesto Peralta Uruchurtu se había encargado de la Ciudad de México durante catorce años. El 29 de mayo de 1966 iban a inaugurar juntos el Estadio Azteca, pero el Presidente llegó hora y media tarde, a propósito. Cuando quiso hablar, los asistentes sentados desde las ocho de la mañana le chiflaron.

—Usted es el responsable de esta rechifla, don Ernesto —le dijo el Presidente a Uruchurtu.

—¿Yo por qué? Yo no les dije que lo abuchearan.

—Usted es el responsable del chingado tráfico en la ciudad.

Díaz Ordaz nunca lo perdonó. Y, cuatro meses después, el regente Uruchurtu fue al Palacio Nacional a pedirle permiso para desalojar a los pobres que vivían en casas de cartón, lodosos, con gallinas, puercos y perros callejeros, en las inmediaciones del Estadio Azteca: Santa Úrsula, se llamaba el asentamiento. Díaz Ordaz supo que lo tenía en un puño. No le aprobó el uso de la fuerza, sólo le dijo:

—¿Pero desde cuando el señor regente ha tenido un problema?

El 13 de septiembre de 1966 entraron los bulldozers a tirar las casas de los miserables del Estadio Azteca. Díaz Ordaz telefoneó al líder de la Cámara de Diputados, Alfonso Martínez Domínguez:

—Le llegó la hora al regente Uruchurtu. Mándelo muy lejos.

Y la sesión de esa mañana fue para criticar la falta de sensibilidad del "Canciller de Cemento". La CTM lo acusó de hacer obras de adorno que no mejoraban en nada la vida de los trabajadores. En las gradas de la Cámara, pululaban los pobladores de Santa Úrsula, con sus cajas de cartón, sus cobijas, sus gritos. El 14 de septiembre, Uruchurtu presentó su renuncia. Y el día 15, durante la ceremonia del Grito de Independencia en el Zócalo, Díaz Ordaz fue recibido, de nuevo, con una rechifla.

—Ésta es la venganza de Uruchurtu —le dijo al oído a su esposa Lupita que hacía esfuerzos por no caerse por el balcón presidencial: también padecía vértigo.

Pero no. La Ciudad de México estaba harta del Partido y de sus Presidentes. Eso nunca lo supo ver Díaz Ordaz, metido en sus intrigas de corte barroca. Solía repetir un dicho de la mafia italiana: "si algo se mueve, tiene un líder". Fuera de la mafia, no era necesariamente cierto.

Pero había sido ahí, en el estudio de la casa de Ajijic que Díaz Ordaz había valorado a quién poner en la Ciudad de México. Se tardó una semana. Corona del Rosal estaba resentido porque, sintiéndose dueño de la presidencia, lo habían nombrado en otro puesto distinto a la secretaría de Gobernación. Carlos Madrazo había dejado la presidencia del Partido porque propuso que los candidatos a puestos de elección los eligieran asambleas. Díaz Ordaz le dijo:

—Hemos funcionado bien desde Ruiz Cortines así: a la base del Partido le dejas la elección de los presidentes municipales; al gobernador, la de los diputados de su Estado; y a mí, al Presidente: los gobernadores, los diputados y senadores federales. ¿Tú qué haces metiendo a la indiada en decisiones tan complejas?

Se pelearon. Carlos Madrazo había renunciado al liderazgo del Partido el 7 de noviembre de 1965 y, desde entonces, andaba hablando de la democratización del Partido en cuanto auditorio lo aceptara. Hasta con Elena Garro, la ex esposa de Octavio Paz. Una forma de tenerlo controlado era nombrarlo regente de la Ciudad de México. A los amigos cerca, a los enemigos más cerca. Pero Díaz Ordaz decidió que el nuevo regente de la Ciudad de México fuera el general Alfonso Corona del Rosal. Sólo un militar podría controlar los Juegos Olímpicos de 1968 que se le presentaban a Díaz Ordaz como la ocasión para avergonzar al país, tal como se lo decía Sabina, su madre: no invites a tus amigos a la casa de nuestras pobrezas. Los invitas cuando nos mudemos a la casa de nuestra abundancia.

De eso se acuerda Díaz Ordaz mirando el sol por la ventana en su casa. De cómo Uruchurtu se presentó sin invitación a la boda de su hijo Gustavo en Los Pinos en 1969. El misterio de la sumisión. De cómo el 4 de junio de ese mismo año, el avión en que viajaba Carlos Madrazo se estrelló cerca de Monterrey y se mató.

—Nos van a echar la culpa, Señor Presidente —le dijo Echeverría cuando se confirmó que no quedaban sobrevivientes de un avión que, se decía, había explotado en el aire.

—Sí, claro. Es cuestión de Díaz —bromeó y le cerró la puerta del despacho en la cara porque estaba con La Tigresa.

Tiene un hueco en la memoria; le viene una idea: irá de regreso a la Ciudad de México y, de ahí, volará a Acapulco para visitar a su hijo Alfredo. Le preocupa. Quizás él sea el más indicado para apagarle la luz.

Los padres y los hijos. Se supone que debían esperar a que su padre terminara de hablar para intervenir. Se supone que debían comer a la velocidad del padre. Se supone que deben aprender a obedecer para luego, licenciados, casados, aficionados a algo, dar sus opiniones, sus órdenes. Díaz Ordaz tenía la costumbre de que los platos en la comida se servían a la velocidad a la que él comía. Alfredazo, su hijo, un niño en esa época, se hacía el remilgoso. Entonces Díaz Ordaz decía: "el plato principal". Y le servían a sus hijos, en la sopa sin terminar, la carne. Y sobre esa mejambrea, el postre. ¿Cuántas veces Alfredazo se había quedado llorando, con arcadas, tratando de comer una sopa fría, con una carne grasosa flotando, y un sabor a helado de fresa? Por eso Alfredazo lo había retado fumando mariguana en Los Pinos, llevando en 1969 a Jim Morrison a tomar ácidos en los campos de la casa presidencial. Y su padre lo reprendió cada vez, con energía.

Gustavo jamás le había levantado la voz a su padre, Ramón. Lo había homenajeado en la foto del cartel de la campaña presidencial 1964-1970. Ahí se observa a Gustavo Díaz Ordaz besándole la mano a su padre. Éste, de lentes oscuros, se apoya en un bastón, y de la bolsa de su chaleco sale la cadena de un reloj. Debajo de la foto en la que Gustavo parece querer morder la mano paterna, el cartel dice:

Sólo sabe mandar quien aprendió a obedecer. Sólo puede gobernar quien aprendió a respetar. Sólo puede amar entrañablemente a México quien supo conocerlo y sentirlo en el regazo amoroso de la casa paterna. Luminoso ejemplo para todos los mexicanos es que el Primer Ciudadano del país bese la mano de su padre con una humildad que le enaltece y con respeto que le magnifica. En la mano de nuestro padre, todos los mexicanos besamos el esfuerzo de las generaciones que nos dieron Patria y nos la entregaron para que, recogiendo tan preciada herencia, cumpliésemos el deber de engrandecerla. Gustavo Díaz Ordaz, 1964.

Cuatro años después, el 5 de febrero de 1968, el padre de Díaz Ordaz moriría. No se suspendieron las celebraciones del Día de la Constitución en el Zócalo. Del mitin con trabajadores acarreados, el Presidente pasó un momento a ver el cadáver de su padre en la funeraria Gayosso. El viejo Ramón que jamás estuvo a la altura de sus antepasados —unos liberales porfiristas—, ni de la familia de su esposa, doña Sabina, con su gobernador de Oaxaca que duró sesenta días en el puesto, pero que había escrito un poemario llamado *Bagatelas*. No, su padre, tieso en el féretro de caoba, sólo tenía ahora en qué caerse muerto gracias a que sus hijos habían trabajado, a que el Presidente les había regalado la casa de Xochicalco 140 en la colonia Narvarte. Pobre viejo, sintió Díaz Ordaz ese 5 de febrero de 1968. Nunca pudo con nada. La vida lo doblegaba y él sólo atinó a doblarse para echarse otro trago. En la foto de la campaña, mientras el entonces candidato Gustavo Díaz Ordaz le besaba la mano, el padre se ve como absorto, sonriendo al vacío, a ese hueco que para él eran sus hijos.

Ciudad de México, 5 de septiembre, 1977

Había escuchado balazos por la tarde. No podía llamarle al presidente López Portillo porque le debía una explicación por haberle aventado una embajada. Decidió llamarle al regente de la ciudad, Carlos Hank González. Línea ocupada. Los telefonistas lo acosaban. Llamó al jefe de la policía en la ciudad, Arturo Durazo. Éste se presentó con una escolta de no menos de treinta personas que recorrieron el callejón de Risco, tocaron en las puertas de los vecinos, trataron de abrir un automóvil estacionado en la esquina y, como no pudieron, le rompieron el parabrisas:

—Sin novedad, licenciado —Durazo se cuadró ante él.

Díaz Ordaz lo conocía desde que era comandante de la policía política en 1958. Era uno de los interrogadores de los ferrocarrileros, junto con Nazar Haro y Sahagún Baca. Les gustaba intimidar a sus presos presentándose a los interrogatorios en ropa interior. Durazo había estado con Fernando Gutiérrez Barrios en los desvelones entre agosto y octubre de 1968, cuando sólo esperaban el momento adecuado para acabar con el movimiento estudiantil. Ahora se saludaron marcialmente, con la mano a la altura de la sien.

—¿No tiene algo para la garganta? —le preguntó Durazo desabrochándose el saco de general. No era general, pero se disfrazaba de uno, con galones y condecoraciones. Llegaría a ser Doctor Honoris Causa por el Tribunal de Justicia del Distrito Federal, aunque no había terminado ni la secundaria.

—¿Como un jarabe para la tos? —preguntó Díaz Ordaz viendo cómo se sentaba, sudoroso, el jefe de la policía en el sillón de su sala.

—No, más bien como un ron con Coca Cola y un hielo —le respondió Durazo.

"Qué carajos", pensó Díaz Ordaz, "un favor al jefe de la policía a cambio de que mantenga vigilancia sobre mi casa".

—¿Sabe, no, mi Lic? —comenzó Durazo después de darle un trago a su cuba libre—. Hace dos meses, cuando usted andaba hasta la Madre Patria, yo entré a Ciudad Universitaria a romperles toda su madre a los universitarios.

—¿Y a mí qué? —le respondió Díaz Ordaz sorbiendo su jaibol.

—Pues que hice lo que usted: entré a disolver una huelga, nomás que ésta era de sindicaleros.

—¿Y se entretuvo, general?

—Bastante. Aunque es más divertido cuando están armados… las balaceras, los sometimientos, los interrogatorios… —a lo que se refería era a que Durazo había tomado parte en los exterminios de guerrilleros que sucedieron después del 68. La Guerra Sucia de Luis Echeverría.

Díaz Ordaz le da otro trago al jaibol, hasta casi la mitad, el hielo taladrándole los dientes le llega, como una descarga eléctrica, al ojo. Deja que Durazo se regodee en los detalles de las golpizas, las violaciones, las humillaciones a los trabajadores universitarios que quieren sindicalizarse fuera del Partido. Díaz Ordaz piensa en otra cosa. En 1968: "En política no hay principios. Hay sólo acontecimientos".

***

Desde que se había obtenido la sede de los XIX Juegos Olímpicos, Díaz Ordaz creyó que peligraba la soberanía nacional, la presidencia de la república, la estabilidad. Le daban terror porque cualquier error podía hacernos quedar mal. Entonces, pensó en cancelar los juegos, "sin deshonor". Fue el empresario Juan Sánchez Navarro el que le advirtió:

—Si cancela la Olimpiada, Señor Presidente, los créditos internacionales se vendrán abajo y, con ellos, las inversiones. Y la decepción para la gente que los espera con ansias. Imagínese las consecuencias del desánimo. Habrá otra Revolución.

—Habrá otra revolución si los llevo a cabo.

—Pero ésa es una revolución que usted puede aplastar, Señor Presidente.

No canceló la Olimpiada. Mandó llamar al regente Corona del Rosal y al secretario de Gobernación, Echeverría, a su oficina de Los Pinos para informarles:

—Tendremos una conjura contra México en estos días. Encuéntrenla.

—¿Y si no la encontramos? —preguntó Corona del Rosal.

—El Presidente tiene razón —intervino Echeverría—. Sería muy extraño que no hubiera una conspiración contra México.

—Es como un avispero en invierno —reflexionó Díaz Ordaz—. Sólo picándolo sabes si adentro hay avispas. Más vale que aparezcan ahora a que salgan en octubre con los ojos del mundo sobre nosotros.

Al salir del acuerdo, Corona del Rosal le preguntó a Echeverría qué se suponía que tendría que hacer la regencia de la ciudad. Echeverría le contestó con una historia que sabía de la infancia de Gustavo Díaz Ordaz, cuando vivía con sus padres y hermanos en Oaxaca, arrimados con la rubia familia del tío Demetrio Bolaños Cacho.

—Resulta que el tío Demetrio va a tener invitados a unos extranjeros. Llegarán por la noche y le pide a su hermana, doña Sabina, la mamá del Presidente, que los niños ayuden a limpiar y arreglar la casa. No quiere quedar mal. A Gustavo, al Presidente, digo, le toca barrer las recámaras de los invitados. Él lo siente como un deber de importancia, como una responsabilidad. Estamos hablando de que el Presidente debe tener en ese entonces ocho, nueve años, a lo máximo. Y se le ocurre al niño tirar los basureros de las recámaras al suelo y barrerlos. En su lógica de niño cree que entre más basura saque, mejor hizo su trabajo. Pero es artificial: simplemente ha barrido lo que él mismo ha tirado. Por supuesto, la historia acaba mal, con la mamá regañando al Presidente y él llorando. Lo que nos pide ahora es lo mismo: tiras la basura al piso y luego la barres.

—¿Y tú cómo sabes esa historia? —le preguntó Corona del Rosal.

—No por él.

Así que Corona del Rosal manda a dos grupos de pandilleros que el Departamento del Distrito Federal tiene en la nómina para estos casos: Sergio Romero El Fish, al Gato, al Semilla, y a uno que le dicen El Corona. Y atacan las escuelas Vocacionales 2 y 5. Es el mediodía del 22 de julio de 1968. El pleito continúa al día siguiente y entonces Luis Cueto, el jefe de la policía, ordena que los granaderos entren a la Vocacional 5, golpeen a estudiantes, profesores, y los rocíen con gases lacrimógenos. Al día siguiente, los estudiantes golpeados hacen una marcha para protestar. Corona del Rosal les da permiso de hacerla para que coincida con la de los que quieren conmemorar la toma del cuartel Moncada en Cuba, los comunistas. Se trata de confundirlos a unos con otros y golpearlos, pero los estudiantes se dan cuenta y se separan en el Hemiciclo a Juárez. Los de la Vocacional 5 no alcanzan a llegar al Zócalo. La policía los agarra a macanazos pero ellos se defienden rompiendo las alcantarillas de cemento y arrojándolas. Huyen al Hemiciclo a Juárez y ahí, de nuevo, los granaderos los corretean para disolverlos. Los agentes de la policía secreta, vestidos de civiles, hacen estallar los cristales de las joyerías sobre avenida Juárez, se roban los relojes, las cadenas de oro, los anillos de diamantes. Es el botín con el que se les paga por implicar a los estudiantes en delitos de cárcel. Unos preparatorianos de la 2 y 3 salen en ese momento de clases y se encuentran en medio del combate. Deciden refugiarse en la Preparatoria 1 y 3, es decir, en el edificio de San Ildefonso. Ahí se encierran y se defienden. La policía, al mando de Raúl Mendiolea y Luis Cueto, no puede con la carga de pedradas, sillas, botes de basura, que los estudiantes y maestros arrojan desde el interior. Los jóvenes secuestran y queman camiones para envolver a la policía capitalina en una nube de humo. Los policías se repliegan. Corona del Rosal le llama a Echeverría por la red:

—Nos ganaron los estudiantes.

—¿Cómo es posible?

—Se defendieron. Durante cuatro horas. Nunca nadie se ha defendido así de los granaderos. No les tienen miedo. Los vecinos nos aventaron aceite hirviendo desde los balcones, veintes de cobre, macetas.

Echeverría le consulta a Díaz Ordaz si pueden comenzar por meter al ejército en las escuelas y, luego, patrullar las calles de la Ciudad de México con soldados.

—Cerca de esas escuelas están las armerías, Señor Presidente, en la calle de Argentina —dice Echeverría trabajándole la paranoia—. Seguro van a tratar de asaltarlas para, luego, tomar el Palacio Nacional. Y con la presión física le harán firmar su renuncia o vaya usted a saber qué.

—Haga lo que tenga que hacer, Echeverría. Nomás que no esté yo en la ciudad cuando suceda.

Luis Echeverría, el secretario de Gobernación, avisa así de lo que sucede con los preparatorianos desarmados que hicieron retroceder a la policía de Corona del Rosal:

Vienen entrando a la ciudad diez mil estudiantes de Puebla y de Tlaxcala para proceder a robar las armerías junto con los diez mil que están en la Ciudadela, ocho mil en Tlatelolco y tres mil en Coapa. La Policía Preventiva de la Ciudad de México se ha visto rebasada en número y por este conducto le solicitamos que disponga la entrada de las fuerzas armadas para controlar la situación.

La carta estaba dirigida a Marcelino García Barragán, el secretario de Defensa. A las once de la noche del 29 de julio de 1968, los militares salen a las calles esperando una guerra que no encuentran. No hay diez mil estudiantes llegando de Puebla ni de Tlaxcala. Ni miles en las escuelas de la ciudad. Hallan, en cambio, a trescientos estudiantes "acuartelados" en San Ildefonso que se vuelven a defender para que no entren, ahora, los soldados dirigidos por José Hernández Toledo, el mismo general que ha andado por toda la república disolviendo manifestaciones estudiantiles:

—Vengo aquí a poner orden. No a resolverles problemas —le ha dicho a los estudiantes en Sonora, Morelia y Tabasco—. El que resuelve sus problemas es otro hombre, mi Presidente Licenciado Gustavo Díaz Ordaz.

Lo mismo dice ahora en el centro de la capital y le llueven bombas molotov, agua hirviendo desde las ventanas, monedas de cobre. Fernando Gutiérrez Barrios, jefe de la policía política, le entrega a Díaz Ordaz un informe de lo sucedido en la madrugada del 30 de julio de 1968:

> Primeramente se encontraba en este lugar una Compañía de Asalto y a las 1:50 horas llegó el 44 Batallón de Infantería. A las 1:05 horas con una basuca (sic) fue volada la puerta de la Preparatoria, conminando a los estudiantes que estaban en el interior, para que salgan. A la 1:50 miembros del Cuerpo de Granaderos entraron en la Preparatoria Número 1, a sacar a los que se encontraban adentro. Esto se hizo apostando al Ejército en el exterior. Están haciendo aprehensiones de los estudiantes, notándose que varios de ellos se encuentran heridos.

A las dos y media de la mañana, Echeverría, Corona del Rosal, García Barragán, Julio Sánchez Vargas, procurador federal, y Gilberto Suárez, procurador del DF, citan a una conferencia de prensa. El secretario de la Defensa Nacional: "No se disparó un solo cartucho ni se maltrató a ningún estudiante. La puerta de la Preparatoria no fue abierta con un bazukazo, sino por un conjunto de bombas molotov lanzadas por los propios estudiantes". El regente de la ciudad: "En mi opinión, se trata de elementos del Partido Comunista". El secretario de Gobernación: "Las medidas adoptadas se orientan a preservar la autonomía universitaria de los intereses mezquinos, ingenuos, muy ingenuos, que pretenden desviar el camino ascendente de la Revolución Mexicana".

—El Presidente quería su basura —le dice Corona del Rosal a Echeverría al salir de la conferencia de esa madrugada del 30 de julio de 1968—. Pues, ahí la tiene.

Pero lo que nunca calculó Díaz Ordaz era que la Ciudad de México no era Atencingo. Los estudiantes de clase media no eran los obreros azucareros. No se dejaban. No se arredrarían ante una orden de militarizar los planteles de la universidad, como había sido el sueño de Gonzalo Bautista y de su vicerector Díaz Ordaz en Puebla. El 31 de julio, al día siguiente, el rector de la universidad, Javier Barrios Sierra, suspende las clases e iza la bandera nacional a media asta, en señal de luto. La Universidad Nacional, el Politécnico Nacional, Chapingo, La Salle, El Colegio de México, la Iberoamericana se van, todas, a la huelga.

Al otro día, el rector Barrios Sierra convoca a una marcha al Zócalo que no pasa de Félix Cuevas, a unos kilómetros de la Ciudad Universitaria. Díaz Ordaz odia al rector por lo que dice en ese episodio, pero lo desprecia por toda una historia odiando a los universitarios de la capital: "Hoy es un día de luto para la universidad. La autonomía está amenazada gravemente. La autonomía no es una idea abstracta, es un ejercicio responsable que debe ser respetado por todos".

—Si quiere su autonomía que controle a sus alumnos ahí adentro —le llama Díaz Ordaz desde Guadalajara a Echeverría—. Dile a García Barragán y a Corona que le pongan al ejército y a la policía cerca de donde saldrá su marcha. Regresen al rectorcito hasta el fondo de su rechingada autonomía universitaria.

Dicen las órdenes de los militares: "Si los estudiantes atacan, informar con qué fuerza, con qué armamento y por dónde". Otra vez, esperan una guerra con un Viet Cong, con un Movimiento 26 de julio. Pero no ven más que al rector, a los profesores, a los estudiantes caminando, algunos con sus libros y mochilas. Y ésa será la constante durante los dos meses y medio que durará el verano estudiantil del 68 mexicano: las autoridades esperan alzamientos armados y no encuentran más que protestas de gente a pie con pancartas hechas a mano. Pero da igual. Para el Partido cualquier reclamo equivale a un "cuartelazo". Las palabras las interpreta como balas. De lo que se trata es de no tolerar nada, ni un movimiento, ninguna protesta, ni un chiste. A los jóvenes —lo repitió hasta el cansancio Díaz Ordaz en su gira presidencial— sólo les toca una obligación: esperar a que se mueran los que mandan ahora en el país. Mientras, sólo tienen permiso de estudiar y a sus casas. "Nada de relajitos." Él lo hizo, él se aguantó, él se resignó, ¿por qué no deberían hacerlo ahora ellos?

Díaz Ordaz le contesta al rector de la Universidad Nacional desde una comida de tortas ahogadas en Guadalajara. Es su discurso favorito, el de "la mano tendida", que ya había pronunciado ocho años antes, en Puebla de los Ángeles, sintiéndose Presidente mientras López Mateos languidecía. Le fascina:

Una mano está tendida, la de un hombre que a través de la pequeña historia de su vida, ha demostrado que sabe ser leal. Los mexicanos dirán si esa mano se queda tendida en el aire o bien si esa mano, de acuerdo con la tradición del mexicano, del genuino, del auténtico mexicano, se ve acompañada por millones de manos que, entre todos, quieren restablecer la paz y la tranquilidad de las conciencias. Estoy entre los mexicanos a quienes más les haya herido y lacerado la pérdida transitoria de la tranquilidad en la capital de nuestro país por algaradas en el fondo sin importancia.

La brigada Marilyn Monroe, de los estudiantes de la universidad le responde al Presidente mediante volantes, pintas en las calles, consignas: "A la mano tendida, la prueba de la parafina". Es decir, el examen policiaco para saber si alguien disparó un arma de fuego. Díaz Ordaz se encoleriza:

—El odio no ha nacido en mí. Que me insulten a mí, no me ofende —le dice a José Luis Gutiérrez Oropeza, su jefe del Estado Mayor Presidencial—, pero que insulten al Presidente...

Las discusiones entre los miembros del gabinete con Díaz Ordaz son de miedos, iras y confusión. Entre el 2 de agosto de 1968 en que se forma el Consejo Nacional de Huelga de los estudiantes, la Coalición de Maestros de las universidades, y la primera de las marchas al Zócalo (ciento cincuenta mil personas en una ciudad de seis millones) no saben qué hacer: la conjura no ha intentado asaltar las armerías, está desarmada, en suéter y minifalda, a ritmo de rockanrol. Sus peticiones son sencillas aunque inaceptables: liberación de los estudiantes presos; desaparición de las policías que no cuidan sino reprimen; derogar los artículos que se inventaron contra la publicidad nazi y ahora se usan contra cualquier insulto al Presidente; la destitución de los jefes policiacos que empezaron este movimiento. No hay lucha proletaria, ni socialismo, ni derrocamiento del Estado Burgués. No hay toma del Palacio de Invierno. Sólo demandas. Y eso hace más difícil todo.

—Si libero a los presos políticos, acepto que no son delincuentes —reflexiona Díaz Ordaz, haciendo una lista en su despacho—. Si despido a los jefes de las policías, daño a la autoridad. Si castigo funcionarios, acepto que no tengo el control del país. Si termino con el delito de disolución social de la Segunda Guerra Mundial, dejo al país a expensas de la propaganda subversiva.

—Hay que tratar de que los estudiantes se armen para contar con una justificación como para dispararles —concluye el secretario de Gobernación, Luis Echeverría.

—O que traten de tomar el Palacio Nacional —añade Corona del Rosal, a quien el Presidente ha pedido que blinde las patrullas de la policía: "Haga usted tanquecitos: agarre las patrullas y blíndelas con placas de acero y éntrele".

—Tengo a un elemento que puede ofrecerles armas a los estudiantes —dice Fernando Gutiérrez Barrios, acomodándose el pañuelo morado que combina con su corbata y los zapatos. Él le entrega al Presidente diario cien páginas de reportes de lo que se dice en las asambleas universitarias, pero eso no les ayuda a entender nada.

—Este consejo no tiene líderes —repite Díaz Ordaz, perplejo—. Si hay que detenerlos, ¿a quién detenemos?

—Son dos por escuela y se rotan.

—¿Cuántos son del Partido Comunista?

—Según las fichas de las que disponemos, tres o cuatro, Señor Presidente.

—Parece que estamos tratando con un paisaje bucólico —dice Díaz Ordaz revisando las tarjetas azules—: hay uno de los líderes que se apellida Valle y otro Cabeza de Vaca.

—Ni diga, Señor Presidente —interviene Echeverría a punto de reírse—, estamos en contacto con uno que se apellida de Alba y otro Niebla. Para mí, que son puros apodos. Hay uno al que le dicen "Pino", pero que se apellida "de la Roca".

Risas, pocas. Se hacen silencios en la oficina con un retrato de Morelos con un sable briquet español del siglo XVIII.

—¿A cuántos hay que meter a la cárcel, capitán? Ésa es mi pregunta.

—Mil, dos mil. No sé.

Se leen las consignas de los estudiantes: "La madurez es un tigre de papel" o "Cuéntese, pues, por nada lo Pasado y pongamos la fecha desde Hoy".

—¿Qué quiere decir? Ni siquiera tiene sentido.

—Que desconfían de los mayores de treinta años, Señor Presidente.

Y las reuniones terminan en golpeteos sobre la mesa. Díaz Ordaz cree que debe existir algún líder oculto con un apellido que le diga algo. Sospecha del rector Barrios Sierra, de Carlos Madrazo, de las intrigas palaciegas entre Echeverría, Corona del Rosal y García Barragán. Investigan a los espías rusos. Nada. A la CIA, que le regalaba coches al Presidente, al secretario de Gobernación, al jefe de la Federal de Seguridad y a sus parientes. Nada.

—Hay que cambiar lo que decimos —le dice, un día después de la marcha de ciento cincuenta mil estudiantes, el 13 de agosto de 1968, Emilio Martínez Manatou, secretario de la Presidencia—. Ya no podemos, Señor Presidente, decir que son agitadores. Después de lo de ayer en la noche, tendrá que ser que creemos que toda esa gente está siendo engañada por un puñado de agitadores.

—Demasiada basura —le susurra al oído el regente Corona del Rosal al secretario Echeverría.

—Él decidirá cuando sea demasiada.

***

Díaz Ordaz mira al jefe de la policía, Arturo Durazo, sentado en la sala de su casa de Risco. Ya se ha hecho de noche ese 5 de septiembre de 1977. El tipo es espantoso, da miedo, con su nariz aplastada como un pedazo de bolillo chamuscado, los cachetes que le cuelgan como a un bulldog, los ojos rojos. Habla y habla de cómo rompió la huelga de los trabajadores de la universidad. "Qué carajos", piensa Díaz Ordaz y prepara más bebidas.

—Pero fíjese usted, general Durazo —le dice desde la mesita donde están las botellas y el hielo—. No sólo es entrar a romper madres. Se debe contar con una estrategia de conjunto.

—La estrategia es llegar bien servidos, casi inconscientes con coca y golpear a todos —le responde Durazo.

Díaz Ordaz no está de acuerdo. En la violencia del Estado hay una estética. Para él es, todavía, un tipo de barroco, contiene un enigma que, al descifrarse, es un mensaje. La intimidación es sólo una forma de restaurar la sumisión.

El 27 de agosto de 1968 es la marcha más grande en apoyo a las demandas de los estudiantes. Los miembros del Consejo Nacional de Huelga —ni Díaz Ordaz ni Echeverría pueden retener los nombres de setenta líderes que cambian continuamente en los informes de Gutiérrez Barrios— logran que medio millón de personas los vitoreen desde las aceras de la capital. Siguen desarmados, a pesar de que Ayax Segura, de la policía política, ha logrado venderles un par de pistolas a unos estudiantes del Politécnico y una carga de dinamita. Pero es todo.

El 27 de agosto sus intentos de que tomen Palacio Nacional se ven recompensados: después de que una señora subida en el camión del Politécnico llama a parir más hijos para que los mate el Presidente, un dirigente del Consejo Nacional de Huelga, Sócrates Amado Campus Lemus —contactado por Gutiérrez Barrios días antes para que tratara de venderle armas y dinamita a los demás dirigentes—, secuestra el micrófono, fuera del programa —los oradores debían entregar por escrito y con antelación sus discursos para que el Consejo Nacional de Huelga los aprobara— para decir:

—Queremos el diálogo público con Díaz Ordaz el primero de septiembre, día de su informe de gobierno. ¿Dónde quieren que sea el diálogo?

—Aquí —responde el medio millón—. Zócalo. Zócalo.

—Aprobado —dice Campos Lemus confundiendo el mitin con la asamblea de universitarios—. Aquí nos quedamos a esperarlo. Hasta el primero de septiembre a las diez de la mañana.

Algunos estudiantes han arriado en el asta bandera un trapo —como decía Maximino Ávila Camacho— rojinegro. Es otro incidente fuera del programa aprobado por el consejo de los estudiantes: unos jóvenes de provincia se pasan sobre el hombro de Luis Tomás Cervantes Cabeza de Vaca y suben la bandera de huelga en el Zócalo de la capital. Saben cómo amarrarla, cómo jalar el cordón.

Es justo lo que necesita Díaz Ordaz: los agitadores quieren el poder y lo quieren para cambiar la bandera nacional por una de huelga. Tras leer los reportes, Díaz Ordaz se desata en llamadas telefónicas y por radio.

—Van a tomar el Palacio Nacional —le dice al jefe de su Estado Mayor, Gutiérrez Oropeza—, desalójalos.

Del Palacio Nacional salen los tanques apostados por Hernández Toledo desde el 30 de julio en el patio de Palacio Nacional. Arrasan con las fogatas improvisadas de cuatro mil estudiantes que le han hecho caso a Campos Lemus de quedarse ahí a esperar el informe del Presidente. Ese día, Díaz Ordaz tiene lo necesario para acabar con los estudiantes antes de la inauguración de la Olimpiada: un intento de tomar Palacio Nacional y un agravio a la bandera de México. Son las dos cosas que ninguna estudiante se ha planteado en doscientos años de historia patria.

—Han insultado a la bandera nacional poniendo un trapo de huelga en el asta central —le dice por la red Díaz Ordaz a Luis Echeverría y a Alfonso Corona del Rosal—. Mañana quiero a todo el gobierno en las calles. Nosotros también podemos llenar el Zócalo. Que cada burócrata venga a desagraviar la bandera nacional, a riesgo de su trabajo. Quiero a los nuestros apoyando.

A la mañana siguiente sucede algo que nadie imaginó: los burócratas de la secretaría de Hacienda marchan, obligados, como todos los que pertenecen al Partido, pero salen de sus oficinas gritando:

—Somos borregos. Nos llevan. Beeeee. A dóóóón-de nos lleeeeevan.

Díaz Ordaz, que está recién bañado y cafeteado para salir al balcón de Palacio Nacional a saludar a los "auténticos" mexicanos, a los que sí responden a su "mano tendida", baja al patio, sin lentes, los ojos refulgentes, y le ordena a su Estado Mayor que vuelva a salir, ahora a desalojar a los empleados de su propio gobierno. No le cabe la ira. Los tanques arrasan con los propios trabajadores de su sexenio, al que le faltan dos años, una Olimpiada y un Mundial de Futbol, pero que parece desvanecerse en el aire. Él ya no lo ve, pero los burócratas comienzan a jugar a torear a los tanques. Los estudiantes, que no se han ido del todo, se sacan los suéteres y se unen a la corrida. El jefe del Estado Mayor Presidencial, José Luis Gutiérrez Oropeza, parado en la puerta del Palacio Nacional mira eso y le dice a Francisco Quiroz Hermosillo, otro general:

—Esto ya valió madres. No sólo no nos tienen miedo, sino que ahora, hasta somos su burla.

Cuando Díaz Ordaz recibe los informes del fracaso del desagravio a la bandera, no da manotazos, ni insulta a nadie. Le da cuerda a su reloj. Ha llegado el tiempo de renovar el miedo.

En la mañana del primero de septiembre, Díaz Ordaz se sube a un auto descubierto para ir desde Palacio Nacional a la Cámara de Diputados. Va tenso. Ya no puede confiar ni en los burócratas. Los estudiantes no parecen estar en las calles. En realidad, están pegados al televisor porque saben que una parte del discurso del presidente les estará dedicada. La sesión del Congreso recibe de pie a Díaz Ordaz pero no hay tranquilidad, sino sonrisas nerviosas. No hay posibilidades de que acepte el diálogo público con los estudiantes: reunirse para él es una mariconada y en público es —lo ha dicho— "exhibicionismo". Reunirse en público minaría su autoridad, demeritaría su investidura. "A mí, que no me vean. Sólo que me tengan miedo." Los congresistas, los empresarios, la jerarquía católica, los gringos, esperan, en consecuencia, el anuncio de medidas militares. Se preparan las manos para aplaudir a la mano firme, que antes estuvo "tendida".

Él lee desde la tribuna el discurso que redactó en una máquina Olivetti:

> Tenemos confianza en que no se logrará impedir la realización de los eventos deportivos en puerta; cuanto más se conseguirá restarles lucimiento. Nuestra confianza no sólo se funda en la decisión de hacer uso de todos los medios legales a nuestro alcance para mantener el orden y la tranquilidad internos, a fin de que los nacionales y los visitantes tengan todas las garantías necesarias, sino también y fundamentalmente, en que habrá una repulsa tan generalizada, tan llena de indignación en millones de mexicanos, que nos parece imposible que un reducido grupo pueda alcanzar sus propósitos.

Ha llamado a medio millón de estudiantes en el Zócalo "un grupo reducido". Ha regresado a esa idea de que los estudiantes no quieren Juegos Olímpicos. Aplausos.

Hace una descripción del movimiento que él provocó y del que finalmente tiene en las calles de la Ciudad de México:

> Del pleito intrascendente entre dos escuelas, se pasó al ataque violento contra la propiedad. De la crítica a la policía, al insulto. Del concepto de autonomía, a considerar la universidad fuera del territorio patrio. De las muestras de inconformidad, al reclamo injurioso. De la asamblea estudiantil, al motín. De la manifestación a la asonada. De los temas y símbolos de México a los que no son nuestros.

Aplausos. "Fuera el cubano Ché Guevara", piensa en gritar un diputado, pero se arrepiente: "¿O es argentino? Creo que ya hasta lo mataron".

Luego, Díaz Ordaz pasa a responder sólo dos de los seis puntos del pliego de peticiones de los universitarios: "No admito que existan presos políticos. Preso político es quien está privado de su libertad exclusivamente por sus ideas, sin haber cometido delito alguno. El artículo 145 bis señala cuáles son los delitos de carácter político. Si se deroga, ningún delito tendrá carácter político. ¿Es eso lo que se demanda?"

Aplausos. Deja la duda de si los estudiantes saben lo que demandan.

Y, entonces la decisión del Presidente:

—El dilema es, pues, irreductible: ¿Debe o no intervenir la policía? Se ha llegado al libertinaje en el uso de todos los medios de expresión. Se han disfrutado de garantías amplísimas para hacer manifestaciones, ordenadas en diversos aspectos, pero contrarias al texto expreso del artículo noveno constitucional. Hemos sido tolerantes hasta excesos criticados. Pero todo tiene un límite.

Aplausos. En ese aplauso Díaz Ordaz siente el respaldo a lo que tiene planeado y murmura en la tribuna de la Cámara de Diputados: "Muchas gracias".

—Todo tiene un límite —retoma la lectura, se pierde un segundo— y no podemos permitir que se siga quebrantando irremisiblemente el orden jurídico, como a los ojos de todos ha venido sucediendo. Tenemos la ineludible obligación de impedir la destrucción de los fórmulas esenciales, a cuyo amparo convivimos y progresamos. Agotados los medios que aconsejen el buen juicio y la experiencia, ejerceré la facultad constitucional de disponer de la totalidad de la fuerza armada permanente, o sea: del ejército terrestre, de la marina de guerra y de la fuerza aérea para la seguridad interior. No quisiéramos vernos en el caso de tomar medidas que no deseamos pero que tomaremos si es necesario. Lo que sea nuestro deber hacer, lo haremos y hasta donde estemos obligados a llegar, *llagaremos*.

Aplausos. La hora de los tanques y las bayonetas arribó desde el primer día, hace mes y medio. Ahora se trata del encarcelamiento masivo. De la matanza sólo hablan, en privado, Díaz Ordaz, Echeverría y el Jefe del Estado Mayor, Gutiérrez Oropeza. Termina el informe. Los congresistas aplauden de pie. Los ex presidentes, Portes Gil y Miguel Alemán aplauden de pie. Los militares, el gabinete, los invitados especiales, aplauden de pie. El Presidente sale, por última vez a la calle, en un automóvil descubierto para recibir en la boca abierta el confeti de los acarreados del Partido. Se acabó. La gente apoya la tranquilidad. La gente apoya la solución final. La gente pide miedo.

A partir del 2 de septiembre, los miembros del gabinete no saldrán más de sus oficinas. No llegarán a casa a ver a la mujer y a los hijos. Sólo los saludarán por teléfono. Hasta nuevo aviso. Díaz Ordaz dejará que vengan a verlo sus parientes a la oficina de Palacio Nacional, pero Lupita no se atreve a salir a la calle, a exponer a sus hijos. Así que la única que va es su novia, La Tigresa, que entra y sale por un túnel del Palacio que desemboca en la calle de Moneda, custodiada por los batallones, la policía, los agentes secretos. La amante le pregunta por uno de los dos licenciados que negocian con los estudiantes, de la Vega Domínguez, su primer novio, a los catorce años:

—¿No crees que los convenza con esos ojazos que se gasta?

—No es de ojos, Pelusita —le responde el Presidente, que nunca le dijo "Tigresa", que fue el nombre de un personaje suyo en una película, sino por un apodo que viene de su pubis rasurado—, la comisión con los estudiantes nomás es para distraer a todo mundo de lo que realmente va a pasar.

—¿Qué va a pasar?

—Usted no se angustie. Todo esto va a terminar muy pronto.

Ese mismo 2 de septiembre, Fernando Gutiérrez Barrios entrega su informe diario. Hay respuesta ya del Consejo Nacional de Huelga. Los estudiantes le contestan: "El Presidente sólo nos deja una disyuntiva a quienes, desde el Zócalo, hemos exigido respuesta a nuestras demandas con concentraciones superiores al medio millón de personas: o aceptamos no seguir presionando o se reprime en definitiva este movimiento estudiantil y popular apelando al ejército, la marina y la aviación, cuando el Presidente lo juzgue necesario".

Es una respuesta normal de los estudiantes que tienen comprensión de sus lecturas. Pero la otra parte del informe de Gutiérrez Barrios lo espeluzna: parece hecho a la medida de sus pesadillas. Todos los gremios que él había atacado durante su carrera burocrática comienzan a aliarse: los maestros de Othón Salazar, los telegrafistas, los telefonistas, los universitarios de Coahuila, Morelos, Veracruz, Sinaloa, se solidarizan con los estudiantes a partir de su amenaza. Piden la libertad para el ferrocarrilero Demetrio Vallejo. No responden con un amago, sino con la solicitud de que el diálogo público se realice cuanto antes. Y siguen desarmados, a pesar de que los dos estudiantes contactados por Gutiérrez Barrios y Echeverría, Ayax Segura y Sócrates Campos Lemus, lograron introducir armas en el movimiento: una calibre .22 para Florencio López Asuna y una carga de dinamita que dejaron en el Politécnico. Pero, con eso, no alcanza para justificar que los estudiantes están armados y quieren derrocar al gobierno. No es suficiente, y no hay forma de venderles cargamentos completos: no hay manera de convencerlos de ser violentos.

—Pinches hippies —se queja Echeverría.

Gutiérrez Barrios se acomoda la corbata de seda con lunares rojos sobre fondo verde. Los calcetines le combinan.

Deciden desesperarlos, darles largas, hasta que levanten la huelga o se conviertan en grupos armados. Y, entonces, ahí sí saben cómo resolverlo: a balazos. Las instancias del gobierno de Díaz Ordaz van contestando con parsimonia y sin decir nada —invento tecnológico del abogado-funcionario—, una a una, las solicitudes de los estudiantes.

Secretaría de Gobernación: "Podemos examinar y resolver las distintas cuestiones planteadas, si es que se pretende realizar un esfuerzo serio que tienda a resolver problemas existentes y no se trata de un mero afán exhibicionista".

Departamento del Distrito Federal: "Una ciudad no puede quedarse sin policía preventiva que garantice, en la medida de sus posibilidades, tanto el orden como la libertad. El llamado Cuerpo de Granaderos no constituye una corporación independiente del resto de la policía preventiva".

Procuraduría de la República: "Toda persona que tenga legítimo interés será atendida el día que lo soliciten, con sujeción al cupo de la institución."

Es decir, los seis puntos del pliego del medio millón de estudiantes en el Zócalo, reciben como única respuesta la de siempre, la de las oficinas burocráticas del Gobierno-Partido: "Ingrese sus formularios llenados en letra negra impresa, original y veinte copias. En horario de 12:00 a 13:00". A ver a qué horas entran los estudiantes a hacer filas, salas de espera, el deporte nacional que los funcionarios poderosos le infligen a los débiles ciudadanos: hacerlos esperar dos días para recibirlos durante tres minutos y nunca resolverles nada. Para la burocracia, no existen demandas, sólo quejas.

Pero el que se desespera es el Presidente, no los estudiantes. Hasta ahí ha llegado la paciencia de Díaz Ordaz a quien le despierta a diario la pesadilla de una conjura de médicos, estudiantes, ferrocarrileros, petroleros, telefonistas que abren por la fuerza Palacio Nacional y lo aprehenden, lo golpean y lo hacen firmar su renuncia. Todos los días, en las dos horas que duermen en las camitas de las oficinas, Díaz Ordaz despierta con sabor a centavo en la boca y las imágenes de una violencia desmedida contra él, contra Lupita, a quienes enjuician al pie del asta bandera en el Zócalo con una bandera rojinegra en la punta. Los fusilan sin armas, con los pulgares como gatillos y los índices como cañones de un revólver simbólico.

—Hay que detener dirigentes —dice una madrugada del 9 de septiembre de 1968—. ¿Ya tenemos una idea de quiénes son?

—Siguen siendo miles, mi *Presidiente* —se le traba la lengua a Echeverría.

El Presidente no se ríe. Los demás abren mucho los ojos y se miran las puntas de los zapatos.

—Si el rector llama a retornar a clases, muchos estudiantes van a hacerle caso y aislar a los dirigentes —opina el secretario de Educación, Agustín Yáñez.

—¿Y por qué el sabihondo de Barrios Sierra haría semejante cosa, si ha estado en nuestra contra desde el inicio? —preguntó Díaz Ordaz.

—A cambio de que no lo encarcelemos por su actitud criminal —dice García Barragán—. Si él no hubiera validado a los estudiantes, no tendríamos hasta diez motines diarios.

—Ya no podemos salir sin exponer nuestras vidas —se quejó el Presidente—. Hay gente por todos lados, gritando, haciendo esas obras de teatro callejeras que hacen, pidiendo dinero, repartiendo propaganda. Es una vergüenza con la prensa extrajera. Estamos dando la impresión de que en este país no existe el orden. No podemos sostenerlo más tiempo. Echeverría: hable con el rector Barrios Sierra y amenácelo. No escatime los insultos.

—¿Y si no funciona, mi Presidente?

—Les tomamos la Universidad y el Politécnico, para que me vengan con sus pinches mariconadas de la autonomía universitaria —dice Díaz Ordaz.

—Tenemos que poner una fecha límite —interviene el General García Barragán, vestido de militar, pero arremangado y sin corbata: no se ha bañado en días—, Señor Presidente. ¿Cuántos días antes de la Olimpiada tomamos una decisión final?

—Diez días antes. No más —dice Díaz Ordaz.

Echeverría saca un calendario:

—Dos de octubre. Ésa es la fecha.

Pero cada nueva manifestación encierra más al gobierno de Díaz Ordaz. Pasa de "la mano tendida" al puño de hierro. El 13 de septiembre los estudiantes deciden salir otra vez por cientos de miles al Zócalo de la Ciudad de México, ahora con las bocas tapadas, con esparadrapos, con gasas. Es la Manifestación del Silencio. Sólo se escuchan las suelas sobre las banquetas. Un gobierno sordo tendrá una oposición muda, sin insultos, sólo frases escritas: "Líder honesto igual a Preso político", "Libertad a la verdad: diálogo ya".

Al día siguiente, Luis Echeverría les responde a los estudiantes del Consejo Nacional de Huelga, que el diálogo público que solicitan puede ser por escrito. "Intercambio epistolar", se burla de su propia propuesta. Pero le sorprende la respuesta de los estudiantes amotinados. A través del profesor de ingeniería, Heberto Castillo, protegido por Lázaro Cárdenas, el movimiento contesta: "Puede ser por escrito, si es con mucha difusión". Pero Díaz Ordaz ve en Heberto Castillo a todos esos universitarios de clase media que quieren ocupar su puesto en la silla presidencial.

—¿Viste al ingeniero Heberto? —le dice a Echeverría nomás entra a la oficina tras sus dos horas diarias de sueño.

—Dio el Grito de Independencia en la Universidad... ante unos cuantos miles. Usted, Señor Presidente, lo dio ante millones.

—El ingeniero Heberto se cree el Presidente. Quiere, claramente, mi puesto. Pues, no señor. La universidad no está fuera de México y en México mando yo.

Así se decide tomar la Ciudad Universitaria el 18 de septiembre de 1968. Ya no hay vuelta atrás en el uso intensivo del fuego: el general José Hernández Toledo al mando de diez mil soldados del batallón de paracaidistas, entran con bayonetas y tanques a las escuelas de la universidad. No encuentran resistencia: trescientos alumnos y maestros son acostados en el piso, mientras unos militares arrían la bandera que ha permanecido a media asta desde el 29 de julio, casi dos meses antes. En cuanto la tocan, los trescientos detenidos se paran a cantar el himno. Es una situación incomprensible: los soldados los dejan cantar hasta que se terminan de arriar la bandera y, luego, los vuelven a arrojar al piso con las manos hacia atrás. Se caza en los alrededores a los que han salido corriendo. Al final son detenidas casi dos mil personas. Son pocos los funcionarios universitarios que presencian la entrada del ejército: casi todos se habían ido al funeral del poeta español, León Felipe. Con los estudiantes detenidos y golpeados en frente los ministerios públicos dicen: "Permanecerán detenidos hasta que alguien nos diga de qué se les acusa". Treinta minutos después de la entrada del ejército en la universidad, el secretario de Gobernación sale a decirle a la prensa, a la internacional, por supuesto. La demás no les preocupa:

—Es del dominio general que varios locales escolares —que son edificios públicos, por ser propiedad de la nación y estar destinados a un servicio público—, habían sido ocupados y usados ilegalmente, desde fines de julio último, por distintas personas, estudiantes o no, para actividades ajenas a los fines académicos.

La toma de la universidad fue el inicio de la militarización del resto de la Ciudad de México: se disuelven pequeñas manifestaciones, los tanques "limpian" avenidas, se detiene a miles de personas. Durante toda la noche de ese 18 de septiembre, al alarido de las ambulancias, se le agrega la angustia del ir y venir de delegación en delegación de policía de los familiares que buscan a alguien que no llegó a dormir. El propio Díaz Ordaz aprovecha para hacer un par de ajustes con su historia personal: detiene en la calle a Manuel Marcué Pardiñas, el director del semanario *Política* cuya portada de 1964 había dicho: "Díaz Ordaz no será Presidente". También detiene a Eli de Gortari, un profesor que había apoyado la huelga estudiantil en Morelia, años antes. Heberto Castillo, el profesor de la Coalición de Maestros, se les escapa corriendo de los tanques. Se les pierde en el pedregal de Ciudad Universitaria.

En la Cámara de Diputados, al siguiente día de la toma militar de la UNAM, no hay sino burlas para el rector Barrios Sierra:

—Ahora sólo resta que el señor rector, en vista de que no le fue posible por sus propios medios restablecer el orden, agradezca la medida adoptada por el Gobierno Federal.

—Señor Rector Barrios Sierra: qué afortunado es usted, qué feliz momento le ha tocado vivir. Debe de estar orgulloso del auxilio que se le ha dado para el rescate de las propiedades universitarias.

El apoyo de los poderosos a la toma por el ejército de la universidad es unánime en torno al Presidente Díaz Ordaz. El Partido: "El ocio, el despilfarro y la pérdida de tiempo en luchas ajenas al interés estudiantil, nos colocan en riesgo de producir una generación inepta en la ciencia, la técnica y el humanismo". Los empresarios, en pleno, apoyan "el restablecimiento del orden". Es un momento de gloria presidencial, según recuerda Díaz Ordaz: había hecho lo que mucha gente prestigiada esperaba de él. Había cumplido. Había salido adelante. Ahora restaba seguir, como en el episodio de su infancia: traigan más botes de basura. Barramos con todo y recibiremos el aplauso.

Lo primero que se hizo con el ejército en las escuelas fue aprehender a los abogados defensores cuando se presentaban a amparar a los detenidos. "De esta fecha en adelante, no se aceptarán gestores. Sólo se darán informes de 12 a 12:30, de 17 a 17:30 y de 21 a 21:30". Es decir, los mil quinientos muchachos detenidos se quedaron sin abogados. Luego, el 23 de septiembre de 1968, el Instituto Politécnico Nacional fue tomado por el ejército entre la noche y la madrugada. En esa toma se estrenaron algunos de los francotiradores que Díaz Ordaz le había encargado a su Estado Mayor Presidencial que adiestrara. Francisco Rodríguez Villarreal, teniente del primer batallón de infantería de Guardias Presidenciales, fue encontrado en su camioneta escondido con un rifle del alto poder con la idea de dispararle a los estudiantes. Se identificó y lo dejaron en libertad.

Díaz Ordaz dio indicaciones a los soldados de abandonar la Ciudad Universitaria el 30 de septiembre de 1968, pero no el Politécnico. Era una de esos rompecabezas que le fascinaban. Entregar la universidad para desplazar al general José Hernández Toledo al mitin de 2 de octubre en la Plaza de Tlatelolco. Los universitarios creerían que habían ganado justo cuando iban a perderlo todo. Eso —lo sabía Díaz Ordaz— desanimaba a cualquiera: la derrota definitiva que sigue a la ilusión momentánea de ganar. El miedo estaba a punto de alcanzar una nueva dimensión. El Presidente se encierra en Los Pinos. Juan Sánchez Navarro, el vocero de los empresarios, lo acompaña.

—Es perfecto lo del 2 de octubre —le dijo el Presidente a Echeverría—. En un mitin es muy difícil escapar y esa plaza es una ratonera prehispánica. Tiene la solidez del escarmiento.

—No se crea, mi Presidente. Es un mitin que, después, se va a convertir en marcha. Los agitadores quieren ir a protestar al Casco de Santo Tomás, para que el Politécnico también sea desalojado.

—Hay que convencerlos de que sólo sea un mitin. Así le hicimos cuando nos chingamos al profesor Othón Salazar. Lo convencimos de que se quedara en mitin y así se nos facilitaron las detenciones. La cosa es que no se nos vayan a escapar corriendo como en Ciudad Universitaria.

—Tendremos dos operaciones separadas y al mismo tiempo: una militar y una civil. Serán dos cercos. Nadie saldrá vivo de ahí —comentó Echeverría, sin saber que parafraseaba a Jim Morrison.

Así comenzó la planeación de la matanza de Tlatelolco que estaba pensada como había aprendido Díaz

Ordaz de Maximino Ávila Camacho: masacrar y después decir que había sido un enfrentamiento entre las propias víctimas. Detener a los dos mil líderes que la policía política identificaba. Acabar con todo de una buena vez y enfilar la atención a la Olimpiada. Pero el país del 68 no era la Puebla de los cuarentas. Eso jamás lo entendieron el Presidente, ni su gabinete, los empresarios, los diputados y senadores, ni el Partido.

El primero de octubre de 1968, el jefe de prensa de Díaz Ordaz, Fernando Garza, reunió temprano a los directores de diarios, radio y televisión:

—De mañana en adelante todos los que hablen de los Juegos Olímpicos cobrarán sus notas como si fueran publicidad del gobierno. Sólo nos interesará ese tema. A partir de mañana, que comienza la cuenta regresiva del diez al uno para la inauguración, el Presidente quiere que México sea más que los disturbios.

Los directores asintieron: era un dineral.

Unas horas más tarde se les da el día libre a los empleados de la Secretaría de Relaciones Exteriores. No hay explicación alguna. Es miércoles.

A las siete de la mañana del 2 de octubre de 1968, La Operación Galeana (así se llamaba la Quinta, el rancho, del secretario de la Defensa, Marcelino García Barragán) comienza con una reflexión de Díaz Ordaz en su cuarto de guerra:

—El ejército no puede sentir que tiene el control. Será un golpe de mano ordenado por civiles, usando a los soldados. No vamos a ordenar que el ejército le dispare a los estudiantes, sino que responda al fuego. Será defensa propia.

—Para eso se necesitan departamentos en el edificio Chihuahua, donde estarán, en el tercer piso, los dirigentes del Consejo Nacional de Huelga y en los que dan a la Plaza de las Tres Culturas de Tlatelolco. Ahí metemos al Batallón Olimpia —dice el Jefe del Estado Mayor Presidencial, Gutiérrez Oropeza, por radio.

—Mi cuñada es dueña de un departamento que da a la plaza, en el edificio Molino del Rey. Es el penthouse 1301, en el piso trece. Se llama Rebeca Zuno de Lima —grita Luis Echeverría para que lo escuchen por el radio.

Y esperan. A las diez de la mañana comienza una reunión entre los estudiantes Niebla, de Alba y Muñoz con los representantes del gobierno, Jorge de la Vega Domínguez y Andrés Caso Lombardo. Es en casa del rector Javier Barrios Sierra. Ahí estarán preguntándose sobre "las facultades resolutivas" de unos y otros. Quedan de seguir dialogando al siguiente día. Es ahí que los convencen de que lo de Tlatelolco sea un mitin y no una marcha. Aceptan. Los representantes del gobierno llaman para informar al Presidente. Éste se acomoda los lentes. Piensa en el ferrocarrilero Vallejo, en Othón Salazar, en Atencingo. Para él, los estudiantes son parecidos a los sindicalistas. Le da cuerda a su reloj.

Esperan. A las once de la mañana, el general Gutiérrez Oropeza llama de nuevo:

—Se han conseguido tres departamentos vacíos en el edificio Chihuahua: uno en el tercer piso, dos en el cuarto. Ya el general Castillo Ferrara y el coronel Ernesto Gutiérrez Gómez Tagle del Batallón Olimpia y el capitán Héctor Careaga Estrambasaguas fueron a reconocer los puntos desde los que se disparará para que el ejército responda al fuego de los estudiantes. El de la cuñada del señor secretario de Gobernación queda resguardado por el teniente Salcido —su voz suena entre la interferencia.

Para las dos de la tarde se han desplegado en la zona el 44 Batallón de Infantería con el infaltable general José Hernández Toledo a la cabeza, la segunda brigada de infantería, el Batallón Olimpia (creado el 21 de febrero de ese mismo año por el Estado Mayor Presidencial), el 53 de infantería, a cargo de Crisóforo Mazón Pineda, y agentes de la policía política de Gutiérrez Barrios, entre ellos, Arturo Durazo. Al final, son más de diez mil elementos. Casi uno por manifestante. Habrán, además, doce francotiradores desde el piso noveno de la Secretaría de Relaciones Exteriores, acompañados de una cámara de cine; otros más desde el techo de la iglesia de Santiago Tlatelolco y la azotea del edificio Chihuahua. El piso 21 del edificio de Relaciones Exteriores será tomado por la policía de la ciudad, por Raúl Mendiolea, quien tiene la encomienda de coordinar a los francotiradores y, luego, de ir de hospital en hospital por los heridos y llevárselos. La cárcel preventiva, la prisión de Santa Marta Acatitla y el Campo Militar Número Uno son puestos en alerta para que hagan vigilia hasta nuevo aviso. Es la guerra.

El mitin ha empezado a las cinco y media de la tarde. Habla un orador. A las seis y diez de la tarde del 2 de octubre de 1968 llegan los camiones de paracaidistas con Hernández Toledo a la cabeza. Un helicóptero sobrevuela la plaza con diez mil estudiantes, obreros, mujeres y niños. Con diez mil soldados al acecho con las siguientes órdenes del secretario de la Defensa Nacional: "En caso de recibir fuego por parte de francotiradores, se contestará con tiradores selectos tratando de localizar a los tiradores emboscados". Se esperan francotiradores, se avizora un enemigo armado y belicoso. Lo que se ve: estudiantes con mochilas y libros, señoras con bolsas del mandado, niños con balones de futbol, perros jadeando de sed.

Desde el edificio de Relaciones Exteriores salen dos bengalas, una verde y una roja. Los francotiradores hacen fuego sobre la multitud y uno de ellos, desde el edificio Chihuahua, le da en la nalga izquierda al general Hernández Toledo, quien cae sobre su tanqueta. Los soldados responden al fuego, civiles armados matan a quemarropa a los asistentes. Campos Lemus arrebata el micrófono:

—No se muevan, compañeros. Es una provocación —y un agente con un guante blanco en la mano izquierda lo tira al suelo y pisa el micrófono.

Se dispara desde el Chihuahua, desde la iglesia, desde Relaciones Exteriores, desde el departamento de la cuñada de Echeverría, desde los departamentos de cuatro edificios, desde la planta baja del Chihuahua. El Batallón Olimpia, que tiene un pañuelo blanco en la mano izquierda como identificación, se desplaza piso por piso arrestando a los dirigentes del Consejo Nacional de Huelga. Por una fuga de gas y los miles de disparos, se incendian tres pisos del edificio Chihuahua. A los detenidos los ponen sobre el suelo, con las manos hacia atrás. La balacera dura, en dos intervalos —seis y diez de la tarde y once de la noche—, ciento veinte minutos. Se hacen quince mil detonaciones. Hay setecientos heridos y un número nunca aclarado de muertos y desaparecidos. Hay mil quinientos detenidos esa noche sólo en Tlatelolco. A los dirigentes del Consejo Nacional de Huelga los desnudan y los ponen de cara al muro de la iglesia de Santiago Tlatelolco. Muchos tienen las bocas y narices rotas, la ropa interior blanca manchada con sangre. No hay luz en toda la zona de guerra. Son alumbrados por linternas, por fotógrafos de las policías, por los faros de los tanques. Empieza a llover. Lo único que queda en la plaza son miles de zapatos.

En la madrugada del 3 de octubre, el Palacio recibe los informes de la matanza de Tlatelolco. Echeverría cuenta con una película que se ve hasta el momento en que empieza a oscurecer: ríos de gente hacia el Chihuahua, luego, al ver que les disparan desde ahí, en dirección contraria. Es sólo un agitar de cuerpos de un lado a otro de la plaza. Luego, la oscuridad de la noche.

Luis Echeverría le llama a Julio Scherer, el director del diario *Excélsior*: "Fueron los estudiantes los que dispararon. ¿Me entendió?". No se cuenta con imágenes fotográficas: casi todos los reporteros fueron despojados de sus cámaras al tratar de salir de la plaza.

Díaz Ordaz le llama a Emilio Azcárraga, dueño de la televisión:

—Los estudiantes lograron sus muertos, asesinados por sus propios compañeros. ¿Está claro?

—Sí, señor.

—Mañana amanecerá y la vida de la ciudad y del país seguirá su curso normal. ¿Se arrebiata con eso?

—¿Arrebiata?

—Que si concurre.

—Sí, Señor Presidente.

—Entonces, ¿por qué chingaos Jacobo, su lector de noticias de la noche, dio la noticia con una corbata negra? ¿Usted está de luto? ¿Le mataron a alguien?

—No señor, era la única que tenía a la mano.

En su cuartel de Los Pinos, Díaz Ordaz les circula una hoja de papel mecanografiada en su Olivetti. Es un decreto para suspender la Constitución, las garantías individuales. En silencio, la lee el secretario de Gobernación, la lee el Jefe del Estado Mayor Presidencial, la lee el Jefe de la Federal de Seguridad y, finalmente, el secretario de la Defensa.

—¿Y bien? —pregunta Díaz Ordaz.

El secretario de la Defensa rompe la hoja en dos.

***

Ésa era una de las cosas que Lupita quería que Díaz Ordaz quemara en su incinerador de la casa de Risco: la suspensión de garantías individuales, la extinción de la Constitución que la Revolución había pactado. Díaz Ordaz quemó los borradores, junto con las transcripciones de las torturas y los interrogatorios a médicos, ferrocarrileros, telegrafistas, petroleros, telefonistas, estudiantes, profesores. Al estudiante de la escuela de agricultura, Luis Tomás Cervantes Cabeza de Vaca, le preguntan insistentemente Fernando Gutiérrez Barrios y Nazar Haro, en ropa interior:

—¿Está Carlos Madrazo detrás de su movimiento? ¿Conoce usted a Elena Garro? ¿Tienen armas?

Sólo Sócrates Campos Lemus contesta que sí, que los estudiantes estaban equipados con pistolas, que se organizaban en cinco columnas guerrilleras. Para respaldar la versión de que los estudiantes estaban armados, la policía de la Ciudad de México presenta dos escopetas y un radio.

"Quémalos, quémalos, o nos quemaremos, tú y yo, en el infierno."

La noche del 3 de octubre Díaz Ordaz hablará por última vez con su amigo de la adolescencia, el doctor Julio Glockner.

—Mi yerno, Gustavo —le dice el médico poblano de las enfermedades venéreas, su compañero en el equipo de basquetbol Cronos en la ciudad de Oaxaca, cuarenta años antes—, mi yerno desapareció en Tlatelolco. No sabemos nada. Mi hija Julieta está desesperada. ¿Puedes ayudarnos?

—No tenemos todavía los nombres de los detenidos —le responde Díaz Ordaz—. Si no, con todo gusto, Julio. Yo me comunico en cuanto sepa algo.

Nunca lo hizo. La hija del doctor Glockner acabaría muerta a balazos en 1975, en el escozor de la Guerra Sucia de Echeverría.

***

Ya casi dan las tres de la mañana y Durazo y Díaz Ordaz siguen bebiendo en la sala de la casa de Risco, en Jardines del Pedregal. Se les acabó el hielo y la Coca Cola, pero qué carajos, se siguen sirviendo. En el colmo de las confianzas, Durazo ha abierto una nueva botella de ron, ya sin preguntar si debe. Porque puede, bebe.

—Sí, claro, siempre será más sencillo, menos criticable —le está diciendo Díaz Ordaz— atacar a un grupo armado que a otro desarmado.

—Sí, mano, aunque las justificaciones siempre las encuentran ustedes, los abogángsters.

A Díaz Ordaz le molesta el término usado por Durazo, pero qué carajos, todo sea para que el jefe de la policía mantenga la calle libre de posibles asesinos. Media hora después, el jefe de la policía se va de la casa del ex presidente, con la camisa abierta y media botella de ron en la mano.

—Yo le consigo una cita con Felicita Mercado, me canso —le promete el falso general de la policía en la puerta—. Me canso. Yo he hecho figurones en la televisión. ¿Sabe cómo? Por estos —se señala la entrepierna.

—No se apure, mi general —le responde Díaz Ordaz—. Con que me patrulle la calle de vez en cuando.

—No, licenciado. Es usted tan gente, que le voy a instalar una guardia por turnos. Le diré a mi secretario, al Danny Molina, que se ponga en contacto con su mayor Bellato.

Se abrazan. Después de dar un portazo, Díaz Ordaz se desploma, de cara, contra el sillón y se queda dormido con los anteojos puestos.

***

"Soy alumno del cuarto año de la carrera de Derecho en la Universidad Nacional. Fui detenido el 2 de octubre de 1968 en la plaza de la Tlatelolco, donde asistía a un mitin estudiantil. Esa misma noche fui llevado a la Penitenciaría de Santa Marta Acatitla, en compañía de miles de personas. El día 4 de octubre, en la mañana, fui sacado por la fuerza de dicha prisión y entregado a agentes del servicio secreto, quienes me vendaron los ojos y me llevaron a un lugar que, después supe, era una jefatura de policía. Me desnudaron y me mojaron. Me aplicaron toques eléctricos en los testículos, el pene y el ano, con el objetivo de que aceptara haber disparado una metralleta desde el tercer piso del edificio Chihuahua. Como negué haber estado en ese edificio y disparar arma alguna, me llevaron a un lugar desconocido donde fui sumergido en una pileta de agua varias veces hasta casi asfixiarme y todo el tiempo aplicando los toques eléctricos. Me preguntaban sobre nombres de compañeros de la escuela que habían tomado de mi agenda que guardaba en la guantera de mi Volkswagen. Querían que les dijera que había recibido de un señor Piñeiro en la noche del 24 de septiembre una metralleta y que otro, un Ángel Castro, me había enseñado a manejarla. Me quisieron obligar a firmar esas imputaciones porque, me dijeron, tenían detenidas a mi madre y a mi tía en los separos y que las iban a violar. Lo mismo sucedió en los sótanos de la Federal de Seguridad y en el Campo Militar Número Uno, a donde sucesivamente fui llevado. En este lugar, el día 9 de octubre, después de una semana de torturas y amenazas contra mis familiares, cuya suerte ignoraba por la total incomunicación a que fui sometido, me obligaron a firmar una declaración que previamente habían elaborado las autoridades que ahí se encontraban."

Acapulco, 15 de septiembre, 1977

Como a las seis de la tarde, Díaz Ordaz entra a la casa de Acapulco, desde donde se domina la bahía. La casa de Acapulco era una de sus promesas cumplidas. Le había dado su palabra a Lupita de que tendrían una casa en el mar, desde la luna de miel en 1937. Lo había ofrecido viendo, desde abajo, el gran hotel Flamingo. Ahora El Flamingo no era nada comparado con Las Brisas o el Holliday Inn.

Quien le había regalado la casa de Acapulco en los años cincuenta había sido el gobernador de Guerrero, Luis Raúl Caballero Aburto. Era un militar con grado de General en el Fort Knox al que todo mundo apoyó cuando dirigió la matanza contra los partidarios del candidato a la presidencia fuera del Partido, Henríquez Guzmán, el 6 de julio de 1952, pero al que todo mundo denigró cuando se descubrió que existía algo llamado El Pozo Meléndez, en Taxco, a donde arrojaba a sus opositores.

Cuando se la ofrendaron, la casa no tenía un camino decente para llegar a ella. Había sido el presidente municipal de Acapulco, Jorge Joseph Piedra, el que le había construido una pequeña carretera. A Joseph también lo habían vilipendiado, tras la matanza de estudiantes en

Chilpancingo del 21 de octubre de 1960, que buscaba terminar con una huelga universitaria.

Díaz Ordaz abre la puerta de la casa y encuentra el siguiente inventario: decenas de botellas en el piso, balanceándose con la brisa del mar, un paquete de mariguana despanzurrado sobre un sillón, bolsas transparentes con pastillas en las sillas, un aparato de sonido que ocupa más de tres cuartos de una pared, en cuyas bocinas hay vasos con colillas flotando, y dos chicas en bikini debajo de la mesa del comedor.

Lo primero que piensa es que están muertas y es tomándoles el pulso que se despiertan. Ambas arrugaran la nariz al verlo.

—¿Está Alfredo? —pregunta Díaz Ordaz.

—No —contesta la más bronceada, rubia de botella—. Salió.

—Soy su padre —anuncia Díaz Ordaz.

Ninguna de las dos reacciona a su investidura presidencial. Caminan con la carne vibrando, los pies martillando el piso de madera. Ambas se sirven vasos de agua directo del grifo de la cocina. Atardece con todas las ventanas abiertas y se perfilan sus cuerpos contra las últimas luces sobre Acapulco.

—¿A qué horas se fue Alfredo?

—¿Antier? —se miran asombradas de no recordar y se ríen doblándose, los bikinis pegándoseles.

Díaz Ordaz recuerda el flamingo de Virginia Hill. Su mirada se endulza, mirándolas empinadas de risa.

El ex presidente se siente incómodo, parado con su guayabera con sus iniciales bordadas a mano, zapatos, calcetines y un panamá, ante dos chavitas de dieciséis, diecisiete años, todavía con el olor en el pelo de la mota de Acapulco, la Golden. Ellas ya no saben quién es él.

Ignoran todo, la vida en México desde el final de la Revolución hasta ahora. Sólo se ríen entre sí, murmuran, se carcajean, se doblan como si él no estuviera en el cuarto, como si ellas no se alzaran casi desnudas en sus bikinis rojo, uno, y verde, el otro. Como si él fuera ya un fantasma. En eso están cuando, por la ventana de la cocina se mete un pájaro negro. Revolotea por la sala, luego por el comedor. Las chavas gritan, saltan, con los brazos apretados al cuerpo protegiendo sus senos, aplastándolos. Pero Díaz Ordaz no siente deseos. Sólo mira al pájaro estrellarse contra un muro y salir por la ventana del comedor.

***

En la inauguración de la Olimpiada de México, con globos y palomas, el 12 de octubre de 1968, las cámaras de cine y televisión tomaron la última protesta de los estudiantes del verano del desconcierto: alguien voló un enorme papalote negro sobre el palco presidencial en forma de paloma. Proyectó su sombra, se detuvo sobre Díaz Ordaz, y salió del Estadio Olímpico de la Ciudad Universitaria. Tlatelolco sería para Díaz Ordaz esa sombra de un pájaro, no de mal agüero, sino de oscuro lustre.

En su informe presidencial de 1969 dijo:

Asumo íntegramente la responsabilidad personal, ética, social, jurídica, política de las decisiones del gobierno en rulación, en relación con los sucesos del año pasado.

La Cámara, los invitados, los soldados, los militares, el gabinete —Echeverría, el más emocionado porque entendió que él podría ser Presidente sin la sombra del pájaro negro— volvieron a aplaudir, como siempre, de pie. Él, Díaz Ordaz, hizo una caravana a su público. En lo alto de la cabeza todo mundo pudo ver unas antenas metálicas. Eran unos cuarzos que Lupita, delirante, ya sola por los pasillos de Los Pinos, le había rogado que usara para que no lo atacaran telepáticamente los estudiantes presos, sus familias, sus novias o una larga lista de encarcelados. El hueco. Cuando se lo pidió, se lo rogó, se hincó para que se pusiera los cuarzos en la cabeza, Díaz Ordaz se le quedó viendo a Lupita, mientras su secretario le ponía la banda presidencial frente a un espejo.

—Ta bien —le dijo y le tendió la mano.

La que lo vestía, Alfonsina, le puso los cuarzos en lo alto de la cabeza con un prendedor. Y por eso la escena cuando asume la responsabilidad de los tanques en 1968, de las golpizas en 1968, de las muertes en 1968, de los heridos en 1968, de las tomas militares de escuelas, hospitales, calles, conventos, departamentos, oficinas, techos en 1968, de los desaparecidos en 1968, de los encarcelados en 1968, de los enterrados en el Campo Militar Número Uno en 1968, de las persecuciones en 1968, del espionaje en 1968, de la intimidación en 1968, del nuevo miedo en 1968, del hueco de 1968, tienen esa ridícula imagen de un licenciado frente a seis micrófonos con unas antenas brillosas sobre la cabeza. Son los cuarzos.

***

Lee los informes de la Federal de Seguridad: el 5 de febrero de 1970 un hombre llamado Carlos Castañeda de la Fuente le disparó a la comitiva presidencial.

El sujeto, que vive en el 24 del número 80 de la calle Velázquez de León, en la colonia San Rafael, dice ser un mecánico de 29 años. Al momento de su detención pesaba 79 kilos y medía un metro y 66 centímetros. Disparó en con una escuadra Luguer .38, comprada un año antes en 900 pesos al primo de un compañero de trabajo llamado Noé Ángeles. La pistola se encontró escondida debajo de un "manifiesto" de seis hojas firmado con el seudónimo de "Gregorio Gómez Sánchez" (el nombre de su patrón en un taller automotriz en 1958), y una copia para el profesor universitario preso por los sucesos de 1968, el ingeniero Heberto Castillo. Aparentemente le disparó al Señor Presidente Gustavo Díaz Ordaz a las 11:45 aproximadamente en el cruce de Insurgentes y Gómez Farías, a un costado del Monumento a la Revolución, aprovechando el 53 aniversario de la Constitución: el Monumento a la Revolución.

—¿Por qué disparaste? ¿Por qué lo hiciste?
—Por la matanza de Tlatelolco.
—¿Mataron a un familiar tuyo?
—No.
En la Federal de Seguridad, el comandante Miguel Nazar Haro le baja los pantalones y con un cordón de cáñamo le amarra los testículos y tira hasta casi separarlos:
—Reza el credo, hijo de la chingada, porque aquí hacemos ángeles.
Castañeda rezó.
—No le tiembla la voz, está muy bien aleccionado —le informó Nazar Haro a su jefe, Fernando Gutiérrez Barrios.

Estuvo cerca de un mes en la Federal de Seguridad, diez días en el campo Militar Número Uno y tres meses en la prisión de la Secretaría de Gobernación en Iztapalapa desde donde el juez 2º de la ciudad lo manda al psiquiátrico. Díaz Ordaz le da vueltas a los informes sobre su agresor. No es comunista. Es muy católico. Decide llamar a Obras Públicas:

—Licenciado Valenzuela, necesito que le construya un manicomio completo a quien trató de asesinarme.

—Un manicomio completo es un poco excesivo, Señor Presidente.

—Usted haga lo que se le dice.

—¿Qué tal un pabellón en un psiquiátrico, Señor Presidente?

—¿Cuál?

—El psiquiátrico Dr. Samuel Ramírez Moreno, en el kilómetro 5.5 de la carretera México-Puebla.

—¿Cuántos pabellones tiene?

—Cinco. Éste será el seis.

Díaz Ordaz nunca verá la torre hermética donde encierran a su asesino. Tiempo después, Castañeda compartiría esa celda con "La Tora" e Higinio Sobera, dos sociópatas que trabajaron como provocadores en la prisión de Lecumberri, intimidando y vigilando a los presos políticos del 68. El interrogatorio que dura cuatro meses y diez días es siempre igual:

—¿Quién te ordenó disparar?

—Nadie.

—¿Quiénes te dijeron que lo hicieras?

—Nadie.

—¿Cómo sabías que el Presidente iba a estar ahí en ese momento?

—Lo leí en el periódico.

—¿Para qué organización trabajas?

—Para la GMC.

—¿Qué quiere decir GMC?

—Es la automotriz en la que trabajo, en Patriotismo. General Motors Company.

—No te hagas pendejo, ¿para qué organización comunista?

—Para ninguna. Soy católico.

—¿Cuánto te pagaron?

—Nadie me pagó.

—¿Quiénes son tus amigos?

—Alberto Bedoya.

—¿Es de alguna organización comunista?

—No, trabaja en el Sanborn's de Madero.

—¿Tienen amenazada a tu familia?

—No.

—¿Quieres que violemos a tu hermana?

—No.

—¿Quieres morir ahorcado o quieres que te fusilemos?

—Fusilado, creo que sería mejor.

Durante el resto de 1970, Díaz Ordaz vive asustado porque sabe que su agresor no es resultado de una conjura sino de un clima que han propiciado los tanques en las calles. Lee los informes del psiquiátrico:

Proviene de una familia integrada por cuatro hermanos, ambos padres, cohabitando con ellos, su abuela paterna y un tío. Ocupa el cuarto lugar de los hijos. En 1958 murió su madre de leucemia y en 1963, su padre de cáncer. En su niñez su conducta fue apacible, muy apegada a las ideas religiosas de su abuela que vivía con la familia desde que él tenía siete años. No existen en su historial antecedentes de ingesta de drogas, alcohol o tabaco. Nunca tuvo internamientos psiquiátricos previos al 4 de junio de 1970 cuando ingresó a esta institución. Mientras cursa la secundaria, a los veintisiete años, se ve fuertemente influenciado por los movimientos sociales de la época, concretamente por el 68, y por la ideología que imperaba en la misma, es decir, la subversiva al sistema político e ideológico de México, viéndose esto reforzados por los comentarios vertidos en clase de civismo y por la postura que defendía el maestro que la impartía. Estando en el tercer año, el maestro de civismo dijo en clase que "entre la Iglesia y el Estado hay un secreto", y al preguntarle el Sr. Castañeda y un compañero cuál era ese secreto, el profesor no quiso contestar. El Sr. Castañeda empieza a creer la idea de que realmente entre la Iglesia y el Estado hay un secreto impronunciable y con la matanza del 2 de octubre de 1968 se ve muy afectado. Considera que el Presidente es aquel que está contra la Iglesia ya que mató a mucha gente y ésta, en su mayoría, era católica. A través de la Biblia se va adentrando en delirios místicos, aunado a un libro de los movimientos católicos que cita de memoria: Héctor, de Jorge Gram, siendo su mayor ilusión entrar al Seminario para, posteriormente, irse de misionero a África o Corea.

Castañeda creyó que había matado al Presidente. Nadie le avisó que su único disparo dio en el chasis del automóvil donde viajaba el Secretario de la Defensa, Marcelino García Barragán. Castañeda no sabía que el disparo ni siquiera afectó las ceremonias oficiales del 53 aniversario de la Constitución. Su confusión se debe, acaso en parte, a que no fue sino hasta 1978 que cesaron de forma abrupta los interrogatorios y las visitas del personal de la policía política. Al darse cuenta que las torturas, las inyecciones de sueros de la verdad, los baños de agua helada, se suspenden, Castañeda le dice a los psiquiatras:

—El Presidente me perdonó. Yo lo he perdonado también.

Díaz Ordaz no lo perdonó. Simplemente lo dejó pudrirse en una torre. Pero tampoco lo olvidó.

***

Para la inauguración del noveno mundial de futbol —acto al que no podía dejar de ir y decidió llegar en helicóptero, el México 70, con el partido inicial, México-Unión de Repúblicas Soviéticas Socialistas; nomás eso le faltaba—, Díaz Ordaz aguanta una rechifla de cincuenta mil personas en el Estadio Azteca. Mira con perplejidad a su alrededor. No tiene cuarzos. Los ataques no son telepáticos, son simples silbidos y las primeras voces de "asesino". No tiene forma de aplastar a esos aficionados. Ellos ya son parte de lo que se cree que sucedió en Tlatelolco. Quiere explicárselos como lo haría, casi diez años después, en un hospital, enfermo de cáncer, enjuto, desmemoriado: "México no fue uno antes y otro después de Tlatelolco. Y no lo fue, en parte, debido a Tlatelolco". Sigue ahí como el fantasma negro de una paloma.

"Tlatelolco" es su última palabra pública. Muere el 16 de julio de 1979, al cuarto para las dos de la tarde. Tenía sesenta y ocho años. Su año favorito. Es el mismo día en que los sandinistas terminan de controlar Nicaragua y el dictador Anastasio Somoza se ve obligado a despedirse: "He luchado contra el comunismo y creo que, cuando salgan las verdades, me darán la razón en la historia".

A Díaz Ordaz lo velaron en la capilla 3 de la funeraria Gayosso, en Félix Cuevas, justo donde detuvo la marcha del rector Barrios Sierra que protestaba contra la invasión del ejército de la Preparatoria Uno. Al funeral llega el ex presidente Luis Echeverría, pero es ignorado por los tres hijos de Díaz Ordaz —Gustavo le da un incierto apretón de manos, Guadalupe desaparece y Alfredo le da la espalda. A ellos les dijo hasta junio de 1979 que tenía cáncer. Un mes después publicó en el diario *El Universal*, algo llamado "Declaraciones a un Amigo":

—Ésta es nuestra despedida. Sé que tengo cáncer. Y ya me voy a morir. Me queda poco tiempo... No se apure mi amigo. Nada de tristezas. La muerte es tan natural como la vida. Ninguno es inmortal... Tuve una vida plena. Me dio todo. Y yo también todo le di. Estoy a mano. No tengo amargura. Ni frustraciones. Yo tengo mi conciencia en paz.

Lo cierto es que no le quedaba ni un solo amigo.

El presidente López Portillo está en la funeraria durante diez minutos y declara a la prensa: "Un hombre que tomó decisiones históricas, solo". En una frase, exculpa a la clase política que emergió contra la Revolución, a los empresarios, a los curas, al Partido, a la clase ociosa.

En su último informe de gobierno, el primero de septiembre de 1970, Díaz Ordaz intenta un autorretrato; él, que odiaba los espejos, que jamás aceptó tener un "director de imagen", que creía que su aspecto no era su esencia:

—Una vida al servicio de México y a los principios revolucionarios. Muchos años de entrega a la función pública. Un programa congruente con nuestras realidades y los anhelos de nuestro pueblo y la organización de un Partido. Todos ellos lograron para mí la confianza de la ciudadanía en los comicios de 1964. Entendí, desde un principio, que ese apoyo significaba el más grande y solemne compromiso: servir a todos, a los que habían estado a favor y a los que habían estado en contra. Me llevo el calor de limpios corazones que no concibieron nunca la celada ni la perfidia. Me llevo la augusta majestad de manos callosas que dieron aliento a mi mano. Los pobres se conforman con tan poco. Durante seis años viví intensamente el dolor de México. Sereno me someto a su juicio implacable.

Pero no hubo "serenidad". Los presidentes se van construyendo en su entorno una columna de autojustificaciones para lo que hicieron y no. Para razonar lo irracional: el error, la omisión, la matanza, la venganza, la ira, el miedo, la resignación y el rencor. Casi todos, se encierran en esa columna de ladrillos de argumentos, de razones, de anécdotas, de nostalgia por el poder, y ya no alcanzan a ver nada ahí, afuera, donde vivimos todos los demás. Sólo algunos dejan un hueco en lo alto de la muralla, al que si brincan a su altura, alcanzan a ver lo arbitrario, gratuito, vano de todas sus acciones.

Entre 1970 y 1979, año en que murió de cáncer en el colon, Díaz Ordaz alcanzó a brincar a la altura del hueco del único ladrillo sin poner. Era cuando veía lo que la política le había hecho a su esposa Lupita. Nerviosa desde joven, preocupada por la limpieza, luego, por las amenazas, terminó oyendo voces imaginarias después del 2 de octubre de 1968. Las que él mismo jamás alcanzó a escuchar en la realidad. Viéndola abatida por los murmullos, con los ojos pelados en la cama que era ya un panteón, decidió llevarla a conocer Europa.

—Los dos nos vamos a calmar, cielo, en París, en Madrid, en Florencia, en Atenas —le dijo, y le regaló un disco, en el que él mismo le cantaba "Somos novios", de Armando Manzanero, y "Dios nunca muere", a la que precedía un grito suyo: "¡A llorar, oaxacos!". Era 1972. Cumplían treinta cinco años de matrimonio.

Delante de la Catedral de Chartres, Lupita comenzó a gritar al cielo como si alguien estuviera tratando de asesinarla. El campanario y la torre de la iglesia medieval se le presentaron como las piernas de Jesucristo en la cruz. Bajaban los dos enormes pies hacia donde el ex presidente Díaz Ordaz y su esposa estaban parados contemplando la fachada.

—¿Qué le pasa a Lupita? —la abrazó el ex presidente, pero ella se soltó y se echó a correr por la escalinata, lejos de la explanada.

Se le zafaron ambos zapatos. Corrió descalza.

Ya en el manicomio, sedada, Lupita le explicó al psiquiatra:

—Las piernas de Dios se abalanzaron sobre nosotros y querían aplastarnos. Bajaron como torres sobre nosotros, como un castigo.

—Un castigo, ¿por qué?

—Por lo que hicimos y callamos.

—¿Qué fue lo que hicieron?

—No puedo decirlo. Dios me robó las palabras.

***

Gustavo Díaz Ordaz se quita los lentes y se talla la cara. Las chavas, las amigas de Alfredo, se han metido a la alberca a nadar. Él las mira moverse sobre las luces azules en el fondo. Son ondulaciones sobre grecas cambiantes.

Como las letras de México 68. Platican entre ellas. Y él se va quedando tumefacto, como la noche, esperando a que regrese su hijo. Se despide de ellas de lejos, pero no le responden, no lo ven, no les importa. Está a punto de regresarse a decirles que él ha sido Presidente de México, que él salvó al país, que él es el de Tlatelolco, pero se siente cansado. Sube la escalera. Todos los cuartos están extrañamente tendidos. Claro, ya no se acostumbra usar las camas, piensa o cree que piensa. Le ha caído un peso como un vacío que lo roe, un roedor vacío, un vaciar roído, que va de adentro hacia afuera y se posa sobre sus hombros. Pela las sábanas. Deja el revólver sobre la mesa de noche. Se acuesta con ropa. Ni siquiera se quita los zapatos.

Unas horas, unos días, unos años después o antes, se despierta. Le disparan. Toma la pistola y baja corriendo las escaleras, listo para enfrentar a sus asesinos. Grita, desorbitado, cojeando, porque brincó los últimos tres escalones y la rodilla se le desacomodó. Está empapado en sudor. Las chicas que siguen en la alberca lo ven con la pistola. Ellas también gritan. Salen, despavoridas. Se envuelven en toallas y salen descalzas y aterrorizadas. Dejan la puerta abierta.

Las detonaciones siguen, cada vez más. Es una balacera. Lo están atacando con armas de repetición, largas, un mortero, una bazuka. Hace la cuenta. Son cientos de asesinos. Los que lo quieren desalojar. Por el estruendo de tiros, calcula su ubicación. Son miles. Morirá, lo sabe, pero va a enfrentarlos. Sale de la casa. En el cielo se dibujan los fuegos artificiales, los crisantemos de luces estallan por toda la bahía. Se celebra en Acapulco el día de la independencia mexicana, llena de gringos ebrios, de meseros adulterando tequilas, de mujeres sin sostén que se arrojan a las albercas, de fuegos artificiales, de cohetones.

Díaz Ordaz amartilla. Y dispara, dispara, dispara, dispara, dispara, dispara, a un hueco más allá de la tierra, a las luces de colores, a la ciudad, al cielo. Lo sitia la negrura. Siente el hueco alrededor, cerrándose sobre él, cada vez más apretado, hasta que, al final, se lo traga.

Libros consultados

Julio Scherer García: *Los Presidentes*, Grijalbo, 1986.

Julio Scherer y Carlos Monsiváis, *Parte de guerra. Tlatelolco, 1968. Documentos del General Marcelino García Barragán*, Aguilar, 1999.

Alfonso Corona del Rosal, *Mis memorias políticas*, Grijalbo, 1995.

Luis Alva Martínez. *Gustavo Díaz Ordaz y el presidencialismo mexicano*, 1964-66, tesis de licenciatura en Historia, UNAM, 1994.

José Cabrera Parra, *Díaz Ordaz y el 68*, Grijalbo, 1982.

Enrique Krauze, *El sexenio de Gustavo Díaz Ordaz*, Clío, 1999.

Aurora Loyo Brambila, *El movimiento magisterial de 1958 en México*, ERA, 1979.

Antonio Alonso, *El movimiento ferrocarrilero en México*, 1958-59, ERA, 1972.

Ricardo Pozas Horcasitas, *La democracia en blanco: el movimiento médico*, 1964-65, Siglo XXI, 1993.

Jefferson Morley, *Our man in Mexico. Winston Scott and the hidden story of the CIA*, University Press of Kansas, 2008.

Andy Edmonds, Bugsy's Baby. *The secret life of Mob Queen Virginia Hill*, Carol Publishing, 1993.

Irma Serrano, *A calzón amarrado*, Elisa Robledo, 1978.

José Fuentes Mares, *Historia de dos orgullos*, Océano, 1984.

Wil G. Pansters, *Política y poder en Puebla*, FCE, 1990.

Víctor Durand Ponte (coordinador), *Las derrotas obreras*, UNAM, 1984.

Lázaro Cárdenas, *Obras y apuntes 1967-70*, UNAM, 1974.

Gonzalo N. Santos, *Memorias*, Grijalbo, 1984.

Jesús Silva-Herzog, *Mis últimas andanzas*, 1947-72, Siglo XXI, 1973.

Salvador Novo, *La vida en México en el periodo presidencial de Gustavo Díaz Ordaz I y II*, Conaculta, 1998.

Alfonso Yáñez Delgado, *La manipulación de la fe. Fúas contra carolinos en la Universidad Poblana*, Froylán C. Manjarrez, 1995.

Justo Sierra Casasús, *López Mateos*, (edición del autor), 1983.

Roberto Amorós, *Ideas políticas del Presidente Díaz Ordaz*, Partido Revolucionario Institucional, 1966.

Gustavo Díaz Ordaz, *Discursos al pueblo de México*, Centro de Estudios Nacionales, 1965.

Luis G. Pastor, *Presidentes poblanos*, Costa-Amic, 1965.

Ramón Ramírez, *El Movimiento estudiantil en México I y II*, ERA, 1969.

Memorial del 68, Turner-UNAM, 2007.

Raúl Álvarez Garín, *La estela de Tlatelolco*, Ithaca, 1998.

Raúl Jardón, *El espionaje contra el movimiento estudiantil*, Ithaca, 2003.

Luis M. Farías, *Así lo recuerdo*, FCE, 1986.

Alicia Ortiz Rivera, *Juan Sánchez Navarro*, Grijalbo, 1997.

Índice

MAGPIE MURDERS

ALSO BY ANTHONY HOROWITZ

The House of Silk

Moriarty

Trigger Mortis

MAGPIE MURDERS

Anthony Horowitz

HARPER

An Imprint of HarperCollins*Publishers*

This is a work of fiction. Names, characters, places, and incidents are products of the author's imagination or are used fictitiously and are not to be construed as real. Any resemblance to actual events, locales, organizations, or persons, living or dead, is entirely coincidental.

HarperCollins books may be purchased for educational, business, or sales promotional use. For information, please email the Special Markets Department at SPsales@harpercollins.com.

Originally published in Great Britain in 2016 by Orion Books, an imprint of The Orion Publishing Group Ltd.

FIRST U.S. EDITION

Designed by Bonni Leon-Berman

Library of Congress Cataloging-in-Publication Data

Names: Horowitz, Anthony, 1955– author.
Title: Magpie murders / Anthony Horowitz.
Description: First U.S. edition. | New York : Harper, 2017.
Identifiers: LCCN 2016045021 (print) | LCCN 2016052974 (ebook) | ISBN 9780062645227 (hardback) | ISBN 9780062645234 (paperback) | ISBN 9780062645241 (ebook)
Subjects: | BISAC: FICTION / Literary. | GSAFD: Mystery fiction.
Classification: LCC PR6058.O715 M34 2017 (print) | LCC PR6058.O715 (ebook) | DDC 823/.914—dc23
LC record available at https://lccn.loc.gov/2016045021

17 18 19 20 21   LSC   10 9 8 7 6 5 4 3 2 1

MAGPIE MURDERS

CROUCH END, LONDON

A bottle of wine. A family-sized packet of Nacho Cheese Flavoured Tortilla Chips and a jar of hot salsa dip. A packet of cigarettes on the side (I know, I know). The rain hammering against the windows. And a book.

What could have been lovelier?

Magpie Murders was number nine in the much-loved and world-bestselling Atticus Pünd series. When I first opened it on that wet August evening, it existed only as a typescript and it would be my job to edit it before it was published. First, I intended to enjoy it. I remember going straight into the kitchen when I came in, plucking a few things out of the fridge and putting everything on a tray. I undressed, leaving my clothes where they fell. The whole flat was a tip anyway. I showered, dried and pulled on a giant Maisie Mouse T-shirt that someone had given me at the Bologna Book Fair. It was too early to get into bed but I was going to read the book lying on top of it, the sheets still crumpled and unmade from the night before. I don't always live like this, but my boyfriend had been away for six weeks and while I was on my own I'd deliberately allowed standards to slip. There's something quite comforting about mess, especially when there's no one else there to complain.

Actually, I hate that word. Boyfriend. Especially when it's used to describe a fifty-two-year-old, twice-divorced man. The trouble is, the English language doesn't provide much in the way of an alternative. Andreas was not my partner. We didn't see each other regularly enough for that. My lover? My other half? Both made me wince for different reasons. He was from Crete. He taught Ancient Greek at Westminster School and he rented a flat in Maida Vale, not so far from me. We'd talked about moving in together but we were afraid it would kill the relationship, so although I had a full wardrobe of his clothes, there were frequently times when I didn't have *him*. This was one of them. Andreas had flown home during the school holidays to be with his family: his parents, his widowed grandmother, his two teenaged sons and his ex-wife's brother all lived in the same house in one of those complicated sorts of arrangements that the Greeks seem to enjoy. He wouldn't be back until Tuesday, the day before school began, and I wouldn't see him until the following weekend.

So there I was on my own in my Crouch End flat, which was spread over the basement and ground floor of a Victorian house in Clifton Road, about a fifteen-minute walk from Highgate tube station. It was probably the only sensible thing I ever bought. I liked living there. It was quiet and comfortable and I shared the garden with a choreographer who lived on the first floor but who was hardly ever in. I had far too many books, of course. Every inch of shelf space was taken. There were books on top of books. The shelves themselves were bending under the weight. I had converted the second bedroom into a study although I tried not to work at home. Andreas used it more than I did — when he was around.

I opened the wine. I unscrewed the salsa. I lit a cigarette. I began

to read the book as you are about to. But before you do that, I have to warn you.

This book changed my life.

You may have read that before. I'm embarrassed to say that I splashed it on the cover of the first novel I ever commissioned, a very ordinary Second World War thriller. I can't even remember who said it, but the only way that book was going to change someone's life was if it fell on them. Is it ever actually true? I still remember reading the Brontë sisters as a very young girl and falling in love with their world: the melodrama, the wild landscapes, the gothic romance of it all. You might say that *Jane Eyre* steered me towards my career in publishing, which is a touch ironic in view of what happened. There are plenty of books that have touched me very deeply: Ishiguro's *Never Let Me Go*, McEwan's *Atonement*. I'm told a great many children suddenly found themselves in boarding school as a result of the Harry Potter phenomenon and throughout history there have been books that have had a profound effect on our attitudes. *Lady Chatterley's Lover* is one obvious example, *1984* another. But I'm not sure it actually matters *what* we read. Our lives continue along the straight lines that have been set out for us. Fiction merely allows us a glimpse of the alternative. Maybe that's one of the reasons we enjoy it.

But *Magpie Murders* really did change everything for me. I no longer live in Crouch End. I no longer have my job. I've managed to lose a great many friends. That evening, as I reached out and turned the first page of the typescript, I had no idea of the journey I was about to begin and, quite frankly, I wish I'd never allowed myself to get pulled on board. It was all down to that bastard Alan Conway. I hadn't liked him the day I'd met him although the strange thing is

that I'd always loved his books. As far as I'm concerned, you can't beat a good whodunnit: the twists and turns, the clues and the red herrings and then, finally, the satisfaction of having everything explained to you in a way that makes you kick yourself because you hadn't seen it from the start.

That was what I was expecting when I began. But *Magpie Murders* wasn't like that. It wasn't like that at all.

I hope I don't need to spell it out any more. Unlike me, you have been warned.

Magpie Murders

An Atticus Pünd Mystery

Alan Conway

About the author

Alan Conway was born in Ipswich and educated first at Woodbridge School and then at the University of Leeds, where he gained a first in English Literature. He later enrolled as a mature student at the University of East Anglia to study creative writing. He spent the next six years as a teacher before achieving his first success with *Atticus Pünd Investigates* in 1995. The book spent twenty-eight weeks in the *Sunday Times* bestseller list and won the Gold Dagger Award given by the Crime Writers' Association for the best crime novel of the year. Since then, the Atticus Pünd series has sold eighteen million books worldwide, and has been translated into thirty-five languages. In 2012, Alan Conway was awarded an MBE for services to literature. He has one child from a former marriage and lives in Framlingham in Suffolk.

The Atticus Pünd series

Praise for Atticus Pünd

'Everything you could want from a British whodunnit. Stylish, clever and unpredictable.'

Independent

'Watch out Hercule Poirot! There's a smart little foreigner in town – and he's stepping into your shoes.'

Daily Mail

'I'm a fan of Atticus Pünd. He takes us back to the golden age of crime fiction and reminds us where we all began.'

Ian Rankin

'Sherlock Holmes, Lord Peter Wimsey, Father Brown, Philip Marlowe, Poirot... the truly great detectives can probably be numbered on the fingers of one hand. Well, with Atticus Pünd you may need an extra finger!'

Irish Independent

'A great detective story needs a great detective, and Atticus Pünd is a worthy addition to the fold.'

Yorkshire Post

'Germany has a new ambassador. And crime has its greatest detective.'

Der Tagesspiegel

'Alan Conway is clearly channelling his inner Agatha Christie. And good luck to him! I loved it.'

Robert Harris

'Half Greek, half German, but always 100 per cent right. The name? It's Pünd – Atticus Pünd.'

Daily Express

SOON TO BE A MAJOR BBC1 TELEVISION SERIES

One

Sorrow

23 July 1955

There was going to be a funeral.

The two gravediggers, old Jeff Weaver and his son, Adam, had been out at first light and everything was ready, a grave dug to the exact proportions, the earth neatly piled to one side. The church of St Botolph's in Saxby-on-Avon had never looked lovelier, the morning sun glinting off the stained glass windows. The church dated back to the twelfth century although of course it had been rebuilt many times. The new grave was to the east, close to the ruins of the old chancel where the grass was allowed to grow wild and daisies and dandelions sprouted around the broken arches.

The village itself was quiet, the streets empty. The milkman had already made his deliveries and disappeared, the bottles rattling on the back of his van. The newspaper boys had done their rounds. This was a Saturday, so nobody would be going to work and it was still too early for the homeowners to begin their weekend chores. At nine o'clock, the village shop would open. The smell of bread, fresh out of the oven, was already seeping out of the baker's shop next door. Their first customers would be arriving soon. Once breakfast was over, a chorus of lawnmowers would start up. It was July, the busiest time of the year for Saxby-on-Avon's keen army of gardeners and with the Harvest Fair just a month away roses were already being pruned, marrows carefully measured. At half past one there was to be a cricket match on the village green. There would be an ice-cream van, children playing, visitors having picnics in front of their cars. The tea shop would be open for business. A perfect English summer's afternoon.

But not yet. It was as if the village was holding its breath in respectful silence, waiting for the coffin that was about to begin its journey from Bath. Even now it was being loaded into the hearse, surrounded by its sombre attendants – five men and a woman, all of them avoiding each other's eye as

if they were unsure where to look. Four of the men were professional undertakers from the highly respected firm of Lanner & Crane. The company had existed since Victorian times when it had been principally involved in carpentry and construction. At that time, coffins and funerals had been a sideline, almost an afterthought. But, perversely, it was this part of the business that had survived. Lanner & Crane no longer built homes, but their name had become a byword for respectful death. Today's event was very much the economy package. The hearse was an older model. There were to be no black horses or extravagant wreaths. The coffin itself, though handsomely finished, had been manufactured from what was, without question, inferior wood. A simple plaque, silver-plated rather than silver, carried the name of the deceased and the two essential dates:

Mary Elizabeth Blakiston
5 April 1887 – 15 July 1955

Her life had not been as long as it seemed, crossing two centuries as it did, but then it had been cut short quite unexpectedly. There had not even been enough money in Mary's funeral plan to cover the final costs – not that it mattered as the insurers would cover the difference – and she would have been glad to see that everything was proceeding according to her wishes.

The hearse left exactly on time, setting out on the eight-mile journey as the minute hand reached half past nine. Continuing at an appropriately sedate pace, it would arrive at the church on the hour. If Lanner & Crane had had a slogan, it might well have been: 'Never late'. And although the two mourners travelling with the coffin might not have noticed it, the countryside had never looked lovelier, the fields on the other side of the low flint walls sloping down towards the River Avon, which would follow them all the way.

In the cemetery at St Botolph's, the two gravediggers examined their handiwork. There are many things to be said about a funeral – profound, reflective, philosophical – but Jeff Weaver got it right as, leaning on his spade and rolling

a cigarette in between his grubby fingers, he turned to his son. 'If you're going to die,' he said, 'you couldn't choose a better day.'

—
2
—

Sitting at the kitchen table in the vicarage, the Reverend Robin Osborne was making the final adjustments to his sermon. There were six pages spread out on the table in front of him, typed but already covered in annotations added in his spidery hand. Was it too long? There had been complaints recently from some of his congregation that his sermons had dragged on a bit and even the bishop had shown some impatience during his address on Pentecost Sunday. But this was different. Mrs Blakiston had lived her entire life in the village. Everybody knew her. Surely they could spare half an hour – or even forty minutes – of their time to say farewell.

The kitchen was a large, cheerful room with an Aga radiating a gentle warmth the whole year round. Pots and pans hung from hooks and there were jars filled with fresh herbs and dried mushrooms that the Osbornes had picked themselves. Upstairs, there were two bedrooms, both snug and homely with shag carpets, hand-embroidered pillowcases and brand-new skylights that had only been added after much consultation with the church. But the main joy of the vicarage was its position, on the edge of the village, looking out onto the woodland that everyone knew as Dingle Dell. There was a wild meadow, speckled with flowers in the spring and summer, then a stretch of woodland whose trees, mainly oaks and elms, concealed the grounds of Pye Hall on the other side – the lake, the lawns, then the house itself. Every morning, Robin Osborne awoke to a view that could not fail to delight him. He sometimes thought he was living in a fairy tale.

The vicarage hadn't always been like this. When they had inherited the

house – and the diocese – from the elderly Reverend Montagu, it had been very much an old man's home, damp and unwelcoming. But Henrietta had worked her magic, throwing out all the furniture that she deemed too ugly or uncomfortable and scouring the second-hand shops of Wiltshire and Avon to find perfect replacements. Her energy never ceased to amaze him. That she had chosen to be a vicar's wife in the first place was surprising enough but she had thrown herself into her duties with an enthusiasm that had made her popular from the day they had arrived. The two of them could not be happier than they were in Saxby-on-Avon. It was true that the church needed attention. The heating system was permanently on the blink. The roof had started leaking again. But their congregation was more than large enough to satisfy the bishop and many of the worshippers they now considered as friends. They wouldn't have dreamed of being anywhere else.

'She was part of the village. Although we are here today to mourn her departure, we should remember what she left behind. Mary made Saxby-on-Avon a better place for everyone else, whether it was arranging the flowers every Sunday in this very church, visiting the elderly both here and at Ashton House, collecting for the RSPB or greeting visitors to Pye Hall. Her home-made cakes were always the star of the village fête and I can tell you there were many occasions when she would surprise me in the vestry with one of her almond bites or perhaps a slice of Victoria sponge.'

Osborne tried to picture the woman who had spent most of her life working as the housekeeper at Pye Hall. Small, dark-haired and determined, she had always been in a rush, as if on a personal crusade. His memories of her seemed mainly to be in the mid-distance because, in truth, they had never spent that much time in the same room. They had been together at one or two social occasions perhaps, but not that many. The sort of people who lived in Saxby-on-Avon weren't outright snobs, but at the same time they were very well aware of class and although a vicar might be deemed a suitable addition to any social gathering, the same could not be said of someone who was, at the end of the day,

a cleaner. Perhaps she had been aware of this. Even at church she had tended to take a pew at the very back. There was something quite deferential about the way she insisted on helping people, as if she somehow owed it to them.

Or was it simpler than that? When he thought about her and looked at what he had just written, a single word came to mind. Busybody. It wasn't fair and it certainly wasn't something he would ever have spoken out loud, but he had to admit there was some truth to it. She was the sort of woman who had a finger in every pie (apple and blackberry included), who had made it her business to connect with everyone in the village. Somehow, she was always there when you needed her. The trouble was, she was also there when you didn't.

He remembered finding her here in this very room, just over a fortnight ago. He was annoyed with himself. He should have expected it. Henrietta was always complaining about the way he left the front door open, as if the vicarage were merely an appendage to the church, rather than their private home. He should have listened to her. Mary had shown herself in and she was standing there, holding up a little bottle of green liquid as if it were some medieval talisman used to ward off demons. '*Good morning, vicar! I heard you were having trouble with wasps. I've brought you some peppermint oil. That'll get rid of them. My mother always used to swear by it!*' It was true. There had been wasps in the vicarage – but how had she known? Osborne hadn't told anyone except Henrietta and she surely wouldn't have mentioned it. Of course, that was to be expected of a community like Saxby-on-Avon. Somehow, in some unfathomable way, everyone knew everything about everyone and it had often been said that if you sneezed in the bath someone would appear with a tissue.

Seeing her there, Osborne hadn't been sure whether to be grateful or annoyed. He had muttered a word of thanks but at the same time he had glanced down at the kitchen table. And there they were, just lying there in the middle of all his papers. How long had she been in the room? Had she seen them? She wasn't saying anything and of course he didn't dare ask her. He had ushered her out as quickly as he could and that had been the last time he had

seen her. He and Henrietta had been away on holiday when she had died. They had only just returned in time to bury her.

He heard footsteps and looked up as Henrietta came into the room. She was fresh out of the bath, still wrapped in a towelling dressing gown. Now in her late forties, she was still a very attractive woman with chestnut hair tumbling down and a figure that clothing catalogues would have described as 'full'. She came from a very different world, the youngest daughter of a wealthy farmer with a thousand acres in West Sussex, and yet when the two of them had met in London – at a lecture being given at the Wigmore Hall – they had discovered an immediate affinity. They had married without the approval of her parents and they were as close now as they had ever been. Their one regret was that their marriage had not been blessed with any children, but of course that was God's will and they had come to accept it. They were happy simply being with each other.

'I thought you'd finished with that,' she said. She had taken butter and honey out of the pantry. She cut herself a slice of bread.

'Just adding a few last-minute thoughts.'

'Well, I wouldn't talk too long if I were you, Robin. It is a Saturday, after all, and everyone's going to want to get on.'

'We're gathering in the Queen's Arms afterwards. At eleven o'clock.'

'That's nice.' Henrietta carried a plate with her breakfast over to the table and plumped herself down. 'Did Sir Magnus ever reply to your letter?'

'No. But I'm sure he'll be there.'

'Well, he's leaving it jolly late.' She leant over and looked at one of the pages. 'You can't say that.'

'What?'

' "The life and soul of any party".'

'Why not?'

'Because she wasn't. I always found her rather buttoned-up and secretive, if you want the truth. Not easy to talk to at all.'

'She was quite entertaining when she came here last Christmas.'

'She joined in the carols, if that's what you mean. But you never really knew what she was thinking. I can't say I liked her very much.'

'You shouldn't talk about her that way, Hen. Certainly not today.'

'I don't see why not. That's the thing about funerals. They're completely hypocritical. Everyone says how wonderful the deceased was, how kind, how generous when, deep down, they know it's not true. I didn't ever take to Mary Blakiston and I'm not going to start singing her praises just because she managed to fall down a flight of stairs and break her neck.'

'You're being a little uncharitable.'

'I'm being honest, Robby. And I know you think exactly the same – even if you're trying to convince yourself otherwise. But don't worry! I promise I won't disgrace you in front of the mourners.' She pulled a face. 'There! Is that sad enough?'

'Hadn't you better get ready?'

'I've got it all laid out upstairs. Black dress, black hat, black pearls.' She sighed. 'When I die, I don't want to wear black. It's so cheerless. Promise me. I want to be buried in pink with a big bunch of begonias in my hands.'

'You're not going to die. Not any time soon. Now, go upstairs and get dressed.'

'All right. All right. You bully!'

She leant over him and he felt her breasts, soft and warm, pressing against his neck. She kissed him on the cheek, then hurried out, leaving her breakfast on the table. Robin Osborne smiled to himself as he returned to his address. Perhaps she was right. He could cut out a page or two. Once again, he looked down at what he had written.

'Mary Blakiston did not have an easy life. She knew personal tragedy soon after she came to Saxby-on-Avon and she could so easily have allowed it to overwhelm her. But she fought back. She was the sort of woman who embraced life, who would never let it get the better of her. And as we lay her to rest, beside the son whom she loved so much and whom she lost so tragically, perhaps we can take some solace from the thought that they are, at last, together.'

Robin Osborne read the paragraph twice. Once again, he saw her standing there, in this very room, right next to the table.

'*I heard you were having trouble with wasps.*'

Had she seen them? Had she known?

The sun must have gone behind a cloud because suddenly there was a shadow across his face. He reached out, tore up the entire page and dropped the pieces into the bin.

—
3
—

Dr Emilia Redwing had woken early. She had lain in bed for an hour trying to persuade herself that she might still get back to sleep, then she had got up, put on a dressing gown and made herself a cup of tea. She had been sitting in the kitchen ever since, watching the sun rise over her garden and, beyond it, the ruins of Saxby Castle, a thirteenth-century structure which gave pleasure to the many hundreds of amateur historians who visited it but which cut out the sunlight every afternoon, casting a long shadow over the house. It was a little after half past eight. The newspaper should have been delivered by now. She had a few patient files in front of her and she busied herself going over them, partly to distract herself from the day ahead. The surgery was usually open on Saturday mornings but today, because of the funeral, it would be closed. Oh well, it was a good time to catch up with her paperwork.

There was never anything very serious to treat in a village like Saxby-on-Avon. If there was one thing that would carry off the residents, it was old age, and Dr Redwing couldn't do very much about that. Going through the files, she cast a weary eye over the various ailments that had recently come her way. Miss Dotterel, who helped at the village shop, was getting over the measles after a week spent in bed. Nine-year-old Billy Weaver had had a nasty attack of

whooping cough but it was already behind him. His grandfather, Jeff Weaver, had arthritis but then he'd had it for years and it wasn't getting any better or worse. Johnny Whitehead had cut his hand. Henrietta Osborne, the vicar's wife, had managed to step on a clump of deadly nightshade – *atropa belladonna* – and had somehow infected her entire foot. She had prescribed a week's bed rest and plenty of water. Other than that, the warm summer seemed to have been good for everyone's health.

Not everyone's. No. There had been a death.

Dr Redwing pushed the files to one side and went over to the stove where she busied herself making breakfast for both her and her husband. She had already heard Arthur moving about upstairs and there had been the usual grinding and rattling as he poured himself his bath. The plumbing in the house was at least fifty years old and complained loudly every time it was pressed into service, but at least it did the job. He would be down soon. She cut the bread for toast, filled a saucepan with water and placed it on the hob, took out the milk and the cornflakes, laid the table.

Arthur and Emilia Redwing had been married for thirty years; a happy and successful marriage, she thought to herself, even if things hadn't gone quite as they had hoped. For a start, there was Sebastian, their only child, now twenty-four and living with his deadbeat friends in London. How could he have become such a disappointment? And when exactly was it that he had turned against them? Neither of them had heard from him for months and they couldn't even be sure if he was alive or dead. And then there was Arthur himself. He had started life as an architect – and a good one. He had been given the Sloane Medallion by the Royal Institute of British Architects for a design he had completed at art school. He had worked on several of the new buildings that had sprung up immediately after the war. But his real love had been painting – mainly portraits in oils – and ten years ago he had given up his career to work as a full-time artist. He had done so with Emilia's full support.

One of his works hung in the kitchen, on the wall beside the Welsh dresser,

11

and she glanced at it now. It was a portrait of herself, painted ten years ago, and she always smiled when she looked at it, remembering the extended silences as she sat for him, surrounded by wild flowers. Her husband never talked when he worked. There had been a dozen sittings during a long, hot summer and Arthur had somehow managed to capture the heat, the haze in the late afternoon, even the scent of the meadow. She was wearing a long dress with a straw hat – like a female Van Gogh, she had joked – and perhaps there was something of that artist's style in the rich colours, the jabbing brushstrokes. She was not a beautiful woman. She knew it. Her face was too severe, her broad shoulders and dark hair too masculine. There was something of the teacher or perhaps the governess in the way she held herself. People found her too formal. But he had found something beautiful in her. If the picture had hung in a London gallery, nobody would be able to pass it without looking twice.

It didn't. It hung here. No London galleries were interested in Arthur or his work. Emilia couldn't understand it. The two of them had gone together to the Summer Exhibition at the Royal Academy and had looked at work by James Gunn and Sir Alfred Munnings. There had been a controversial portrait of the Queen by Simon Elwes. But it all looked very ordinary and timid compared to his work. Why did nobody recognise Arthur Redwing for the genius that he undoubtedly was?

She took three eggs and lowered them gently into the pan – two for him, one for her. One of them cracked as it came into contact with the boiling water and at once she thought of Mary Blakiston with her skull split open after her fall. She couldn't avoid it. Even now she shuddered at the memory of what she had seen – and yet she wondered why that should be. It wasn't the first dead body she had encountered and working in London during the worst of the Blitz she had treated soldiers with terrible injuries. What had been so different about this?

Perhaps it was the fact that the two of them had been close. It was true that the doctor and the housekeeper had very little in common but they had become unlikely friends. It had started when Mrs Blakiston was a patient. She'd suffered

an attack of shingles that had lasted for a month and Dr Redwing had been impressed both by her stoicism and good sense. After that, she'd come to rely on her as a sounding board. She had to be careful. She couldn't breach patient confidentiality. But if there was something that troubled her, she could always rely on Mary to be a good listener and to offer sensible advice.

And the end had been so sudden: an ordinary morning, just over a week ago, had been interrupted by Brent – the groundsman who worked at Pye Hall – on the phone.

'Can you come, Dr Redwing? It's Mrs Blakiston. She's at the bottom of the stairs in the big house. She's lying there. I think she's had a fall.'

'Is she moving?'

'I don't think so.'

'Are you with her now?'

'I can't get in. All the doors are locked.'

Brent was in his thirties, a crumpled young man with dirt beneath his fingernails and sullen indifference in his eyes. He tended the lawns and the flower beds and occasionally chased trespassers off the land just as his father had before him. The grounds of Pye Hall backed onto a lake and children liked to swim there in the summer, but not if Brent was around. He was a solitary man, unmarried, living alone in the house that had once belonged to his parents. He was not much liked in the village because he was considered shifty. The truth was that he was uneducated and possibly a little autistic but the rural community had been quick to fill in the blanks. Dr Redwing told him to meet her at the front door, threw together a few medical supplies and, leaving her nurse/receptionist – Joy – to turn away any new arrivals, hurried to her car.

Pye Hall was on the other side of Dingle Dell, fifteen minutes on foot and no more than a five-minute drive. It had always been there, as long as the village itself, and although it was a mishmash of architectural styles it was certainly the grandest house in the area. It had started life as a nunnery but

had been converted into a private home in the sixteenth century then knocked around in every century since. What remained was a single elongated wing with an octagonal tower – constructed much later – at the far end. Most of the windows were Elizabethan, narrow and mullioned, but there were also Georgian and Victorian additions with ivy spreading all around them as if to apologise for the indiscretion. At the back, there was a courtyard and the remains of what might have been cloisters. A separate stable block was now used as a garage.

But its main glory was its setting. A gate with two stone griffins marked the entrance and a gravel drive passed the Lodge House where Mary Blakiston lived, then swept round in a graceful swan's neck across the lawns to the front door with its Gothic arch. There were flower beds arranged like daubs of paint on an artist's palette and, enclosed by ornamental hedges, a rose garden with – it was said – over a hundred different varieties. The grass stretched all the way down to the lake with Dingle Dell on the other side: indeed, the whole estate was surrounded by mature woodland, filled with bluebells in the spring, separating it from the modern world.

The tyres crunched on the gravel as Dr Redwing came to a halt and saw Brent, waiting nervously for her, turning his cap over in his hands. She got out, took her medicine bag and went over to him.

'Is there any sign of life?' she asked.

'I haven't looked,' Brent muttered. Dr Redwing was startled. Hadn't he even tried to help the poor woman? Seeing the look on her face, he added, 'I told you. I can't get in.'

'The front door's locked?'

'Yes, ma'am. The kitchen door too.'

'Don't you have any keys?'

'No, ma'am. I don't go in the house.'

Dr Redwing shook her head, exasperated. In the time she had taken to get here, Brent could have done something; perhaps fetched a ladder to try a

window upstairs. 'If you couldn't get in, how did you telephone me?' she asked. It didn't matter, but she just wondered.

'There's a phone in the stable.'

'Well, you'd better show me where she is.'

'You can see through the window . . .'

The window in question was at the edge of the house, one of the newer additions. It gave a side view of the hall with a wide staircase leading up to the first floor. And there, sure enough, was Mary Blakiston, lying sprawled out on a rug, one arm stretched in front of her, partly concealing her head. From the very first sight, Dr Redwing was fairly sure that she was dead. Somehow, she had fallen down the stairs and broken her neck. She wasn't moving, of course. But it was more than that. The way the body was lying was too unnatural. It had that broken-doll look that Dr Redwing had observed in her medicine books.

That was her instinct. But looks could be deceptive.

'We have to get in,' she said. 'The kitchen and the front door are locked but there must be another way.'

'We could try the boot room.'

'Where is that?'

'Just along here . . .'

Brent led her to another door at the back. This one had glass panes and although it was also securely closed, Dr Redwing clearly saw a bunch of keys, still in the lock on the other side. 'Whose are those?' she asked.

'They must be hers.'

She came to a decision. 'We're going to have to break the glass.'

'I don't think Sir Magnus would be too happy about that,' Brent grumbled.

'Sir Magnus can take that up with me if he wants to. Now, are you going to do it or am I?'

The groundsman wasn't happy, but he found a stone and used it to knock out one of the panes. He slipped his hand inside and turned the keys. The door opened and they went in.

Waiting for the eggs to boil, Dr Redwing remembered the scene exactly as she had seen it. It really was like a photograph printed on her mind.

They had gone through the boot room, along a corridor and straight into the main hall, with the staircase leading up to the galleried landing. Dark wood panelling surrounded them. The walls were covered with oil paintings and hunting trophies: birds in glass cases, a deer's head, a huge fish. A suit of armour, complete with sword and shield, stood beside a door that led into the living room. The hallway was long and narrow with the front door, opposite the staircase, positioned exactly in the middle. On one side there was a stone fireplace, big enough to walk into. On the other, two leather chairs and an antique table with a telephone. The floor was made up of flagstones, partly covered by a Persian rug. The stairs were also stone with a wine-red carpet leading up the centre. If Mary Blakiston had tripped and come tumbling down from the landing, her death would be easily explained. There was very little to cushion a fall.

While Brent waited nervously by the door, she examined the body. She was not yet cold but there was no pulse. Dr Redwing brushed some of the dark hair away from the face to reveal brown eyes, staring at the fireplace. Gently, she closed them. Mrs Blakiston had always been in a hurry. It was impossible to escape the thought. She had quite literally flung herself down the stairs, hurrying into her own death.

'We have to call the police,' she said.

'What?' Brent was surprised. 'Has someone done something to her?'

'No. Of course not. It's an accident. But we still have to report it.'

It was an accident. You didn't have to be a detective to work it out. The housekeeper had been hoovering. The Hoover was still there, a bright red thing, almost like a toy, at the top of the stairs stuck in the bannisters. Somehow she had got tangled up in the wire. She had tripped and fallen down the stairs. There was nobody else in the house. The doors were locked. What other explanation could there be?

Just over a week later, Emilia Redwing's thoughts were interrupted by a movement at the door. Her husband had come into the room. She lifted the eggs out of the pan and gently lowered them into two china egg cups. She was relieved to see that he had dressed for the funeral. She was quite sure he would have forgotten. He had put on his dark Sunday suit, though no tie – he never wore ties. There were a few specks of paint on his shirt but that was to be expected. Arthur and paint were inseparable.

'You got up early,' he said.

'I'm sorry, dear. Did I wake you?'

'No. Not really. But I heard you go downstairs. Couldn't you sleep?'

'I suppose I was thinking about the funeral.'

'Looks like a nice day for it. I hope that bloody vicar won't go on too long. It's always the same with Bible-bashers. They're too fond of the sound of their own voice.'

He picked up his teaspoon and brought it crashing down onto his first egg. *Crack!*

She remembered the conversation she'd had with Mary Blakiston just two days before Brent had called her to the house. Dr Redwing had discovered something. It was quite serious, and she'd been about to go and find Arthur to ask his advice when the housekeeper had suddenly appeared as if summoned by a malignant spirit. And so she had told her instead. Somehow, during the course of a busy day, a bottle had gone missing from the surgery. The contents, in the wrong hands, could be highly dangerous and it was clear that somebody must have taken it. What was she to do? Should she report it to the police? She was reluctant because, inevitably, it would make her look foolish and irresponsible. Why had the dispensary been left unattended? Why hadn't the cupboard been locked? Why hadn't she noticed it before now?

'Don't you worry, Dr Redwing,' Mary had said. 'You leave it with me for a day or two. As a matter of fact, I may have one or two ideas . . .'

That was what she had said. At the same time there had been a look on

17

her face which wasn't exactly sly but which was knowing, as if she had seen something and had been waiting to be consulted on this very matter.

And now she was dead.

Of course it had been an accident. Mary Blakiston hadn't had time to talk to anyone about the missing poison and even if she had, there was no way that they could have done anything to her. She had tripped and fallen down the stairs. That was all.

But as she watched her husband dipping a finger of toast into his egg, Emilia Redwing had to admit it to herself. She was really quite concerned.

4

'Why are we going to the funeral? We hardly even knew the woman.'

Johnny Whitehead was struggling with the top button of his shirt; no matter how hard he tried, he couldn't slot it into the hole. The truth was that the collar simply wouldn't stretch all the way round his neck. It seemed to him that recently all his clothes had begun to shrink. Jackets that he had worn for years were suddenly tight across the shoulders, and as for trousers! He gave up and plopped himself down at the breakfast table. His wife, Gemma, slid a plate in front of him. She had cooked a complete English breakfast with two eggs, bacon, sausage, tomato and fried slice – just how he liked.

'Everyone will be there,' Gemma said.

'That doesn't mean *we* have to be.'

'People will talk if we aren't. And anyway, it's good for business. Her son, Robert, will probably clear out the house now that she's gone and you never know what you might find.'

'Probably a lot of junk.' Johnny picked up his knife and fork and began to eat. 'But you're right, love. I suppose it can't hurt to show our faces.'

Saxby-on-Avon had very few shops. Of course, there was the general store, which sold just about everything anyone could possibly need – from mops and buckets to custard powder and six different sorts of jam. It was quite a miracle really how so many different products could fit in such a tiny space. Mr Turnstone still ran the butcher's shop round the back – it had a separate entrance and plastic strips hanging down to keep away the flies – and the fish van came every Tuesday. But if you wanted anything exotic, olive oil or any of the Mediterranean ingredients that Elizabeth David put in her books, you would have to go into Bath. The so-called General Electrics Store stood on the other side of the village square but very few people went in there unless it was for spare light bulbs or fuses. Most of the products in the window looked dusty and out-of-date. There was a bookshop, a bakery and a tea room that only opened during the summer months. Just off the square and before the fire station stood the garage, which sold a range of motor accessories but not anything that anyone would actually want. That was about it and it had been that way for as long as anyone could remember.

And then Johnny and Gemma Whitehead had arrived from London. They had bought the old post office, which had long been empty, and turned it into an antique shop with their names, written in old-fashioned lettering, above the window. There were many in the village who remarked that bric-a-brac rather than antiques might be a more accurate description of the contents but from the very start the shop had proved popular with visitors, who seemed happy to browse amongst the old clocks, Toby jugs, canteens of cutlery, coins, medals, oil paintings, dolls, fountain pens and whatever else happened to be on display. Whether anyone ever actually bought anything was another matter. But the shop had now been there for six years, with the Whiteheads living in the flat above.

Johnny was a short, broad-shouldered man, bald-headed and, even if he hadn't noticed it, running to fat. He liked to dress loudly, in rather shabby three-piece suits, usually with a brightly coloured tie. For the funeral, he had reluctantly pulled out a more sombre jacket and trousers in grey worsted although, like the shirt, they fitted him badly. His wife, so thin and small that

there could have been three of her to one of him, was wearing black. She was not eating a cooked breakfast. She had poured herself a cup of tea and was nibbling a triangle of toast.

'Sir Magnus and Lady Pye won't be there,' Johnny muttered as an after-thought.

'Where?'

'At the funeral. They won't be back until tonight.'

'Who told you that?'

'I don't know. They were talking about it in the pub. They've gone to the South of France or somewhere. All right for some, isn't it! Anyway, people have been trying to reach them but so far no luck.' Johnny paused, holding up a piece of sausage. To listen to him speaking now, it would have been obvious that he had lived most of his life in the East End of London. He had a quite different accent when he was dealing with customers. 'Sir Magnus isn't going to be too happy about it,' he went on. 'He was very fond of Mrs Blakiston. They were as thick as thieves, them two!'

'What do you mean? Are you saying he had a thing with her?' Gemma wrinkled her nose as she considered the 'thing'.

'No. It's not like that. He wouldn't dare – not with his missus on the scene – and anyway, Mary Blakiston was nothing to write home about. But she used to worship him. She thought the sun shone out of his you-know-where! And she'd been his housekeeper for years and years. Keeper of the keys! She cooked for him, cleaned for him, gave half her life to him. I'm sure he'd have wanted to be there for the send-off.'

'They could have waited for him to get back.'

'Her son wanted to get it over with. Can't blame him, really. The whole thing's been a bit of a shock.'

The two of them sat in silence while Johnny finished his breakfast. Gemma watched him intently. She often did this. It was as if she were trying to look behind his generally placid exterior, as if she might find something he was

20

trying to conceal. 'What was she doing here?' she asked suddenly. 'Mary Blakiston?'

'When?'

'The Monday before she died. She was here.'

'No, she wasn't.' Johnny laid down his knife and fork. He had eaten quickly and wiped the plate clean.

'Don't lie to me, Johnny. I saw her coming out of the shop.'

'Oh! The shop!' Johnny smiled uncomfortably. 'I thought you meant I'd had her up here in the flat. That would have been a right old thing, wouldn't it.' He paused, hoping his wife would change the subject but as she showed no sign of doing so, he went on, choosing his words carefully. 'Yes . . . she did look in the shop. And I suppose that would have been the same week it happened. I can't really remember what she wanted, if you want the truth, love. I think she may have said something about a present for someone but she didn't buy nothing. Anyway, she was only in for a minute or two.'

Gemma Whitehead always knew when her husband was lying. She had actually seen Mrs Blakiston emerging from the shop and she had made a note of it, somehow divining that something was wrong. But she hadn't mentioned it then and decided not to pursue the matter now. She didn't want to have an argument, certainly not when the two of them were about to set off for a funeral.

As for Johnny Whitehead, despite what he had said, he remembered very well his last encounter with Mrs Blakiston. She had indeed come into the shop, making those accusations of hers. And the worst of it was that she had the evidence to back them up. How had she found it? What had put her on to him in the first place? Of course, she hadn't told him that but she had made herself very clear. The bitch.

He would never have said as much to his wife, of course, but he couldn't be more pleased that Mary Blakiston was dead.

5

Clarissa Pye, dressed in black from head to toe, stood examining herself in the full-length mirror at the end of the hallway. Not for the first time, she wondered if the hat, with its three feathers and crumpled veil, wasn't a little excessive. *De trop*, as they said in French. She had bought it on impulse from a second-hand shop in Bath and had regretted it a moment later. She wanted to look her best for the funeral. The whole village would be there and she had been invited to coffee and soft drinks afterwards at the Queen's Arms. With or without? Carefully, she removed it and laid it on the hall table.

Her hair was too dark. She'd had it cut specially and although René had done his usual excellent work, that new colourist of his had definitely let the place down. She looked ridiculous, like something off the cover of *Home Chat*. Well, that decided it, then. She would just have to wear the hat. She took out a tube of lipstick and carefully applied it to her lips. That looked better already. It was important to make an effort.

The funeral wouldn't begin for another forty minutes and she didn't want to be the first to arrive. How was she going to fill in the time? She went into the kitchen where the washing-up from breakfast was waiting but she didn't want to do it while she was wearing her best clothes. A book lay, face down, on the table. She was reading Jane Austen – dear Jane – for the umpteenth time but she didn't feel like that either right now. She would catch up with Emma Woodhouse and her machinations in the afternoon. The radio perhaps? Or another cup of tea and a quick stab at the *Telegraph* crossword? Yes. That was what she would do.

Clarissa lived in a modern house. So many of the buildings in Saxby-on-Avon were solid Georgian constructions made of Bath stone with handsome porticos and gardens rising up in terraces. You didn't need to read Jane Austen. If you stepped outside, you would find yourself actually in her world. She would have

much rather lived beside the main square or in Rectory Lane, which ran behind the church. There were some lovely cottages there; elegant and well kept. Four Winsley Terrace had been built in a hurry. It was a perfectly ordinary two-up-two-down with a pebble-dash front and a square of garden that was hardly worth the trouble. It was identical to its neighbours apart from a little pond which the previous owners had added and which was home to a pair of elderly goldfish. Upper Saxby-on-Avon and Lower Saxby-on-Avon. The difference could not have been more striking. She was in the wrong half.

The house was all she had been able to afford. Briefly, she examined the small, square kitchen with its net curtains, the magenta walls, the aspidistra on the window sill and the little wooden crucifix hanging from the Welsh dresser where she could see it at the start of every day. She glanced at the breakfast things, still laid out on the table: a single plate, one knife, one spoon, one half-empty jar of Golden Shred marmalade. All at once, she felt the onrush of emotions that she had grown used to over the years but which she still had to fight with all her strength. She was lonely. She should never have come here. Her whole life was a travesty.

And all because of twelve minutes.

Twelve minutes!

She picked up the kettle and slammed it down on the hob, turning on the gas with a savage twist of her hand. It really wasn't fair. How could a person's whole life be decided for them simply because of the timing of their birth? She had never really understood it when she was a child at Pye Hall. She and Magnus were twins. They were equals, happily protected by all the wealth and privilege which surrounded them and which the two of them would enjoy for the rest of their lives. That was what she had always thought. How could this have happened to her?

She knew the answer now. Magnus himself had been the first to tell her, something about an entail which was centuries old and which meant that the house, the entire estate, would go to him simply because he was the firstborn,

and the title, of course, because he was male, and there was nothing anyone could do about it. She had thought he was making it up just to spite her. But she had found out soon enough. It had been a process of attrition, starting with the death of her parents in a car accident when she was in her mid-twenties. The house had passed formally to Magnus and from that moment, her status had changed. She had become a guest in her own home and an unwanted one at that. She had been moved to a smaller room. And when Magnus had met and married Frances – this was two years after the war – she had been gently persuaded to move out altogether.

She had spent a miserable year in London, renting a tiny flat in Bayswater and watching her savings run out. In the end, she had become a governess. What choice was there for a single woman who spoke passable French, who played the piano and who could recite the works of all the major poets but who had no other discernible skills? In a spirit of adventure she had gone to America; first to Boston, then to Washington. Both the families she had worked for had been quite ghastly and of course they had treated her like dirt even though she was in every respect more experienced and (although she would never have said it herself) more refined. And the children! It was clear to her that American children were the worst in the world with no manners, no breeding and very little intelligence. She had, however, been well paid and had saved every penny – every cent – that she had earned, and when she could stand it no more, after ten long years she had returned home.

Home was Saxby-on-Avon. In a way it was the last place she wanted to be but it was where she had been born and where she had been brought up. Where else could she go? Did she want to spend the rest of her life in a bedsit in Bayswater? Fortunately, a job had come up at the local school and with all the money she had saved, she had just about been able to afford a mortgage. Magnus hadn't helped her, of course. Not that she would have dreamed of asking. At first it had galled her, seeing him driving in and out of the big house where the two of them had once played. She still had a key – her own key – to the front door! She had

never returned it and never would. The key was a symbol of everything she had lost but at the same time it reminded her that she had every right to stay. Her presence here was almost certainly a source of embarrassment for her brother. There was some solace in that.

Bitterness and anger swept through Clarissa Pye as she stood on her own in her kitchen, the kettle already hissing at her with a rising pitch. She had always been the clever one, her, not Magnus. He had come bottom of the class and received dreadful reports while the teachers had been all over her. He had been lazy because he knew he could be. He had nothing to worry about. She was the one who'd had to go out and find work, any work, to support herself from day to day. He had everything and – worse – she was nothing to him. Why was she even going to this funeral? It suddenly struck her that her brother had been closer to Mary Blakiston than he had ever been to her. A common housekeeper, for heaven's sake!

She turned and gazed at the cross, contemplating the little figure nailed into the wood. The Bible made it perfectly clear: 'Thou shalt not covet thy neighbour's house, thou shalt not covet thy neighbour's wife, nor his manservant, nor his maidservant, nor his ox, nor his ass, nor anything that is thy neighbour's.' She tried so hard to apply the words of Exodus, Chapter 20, Verse 17 to her life and, in many ways, she had almost succeeded. Of course she would like to be richer. She would like to have the heating on in the winter and not worry about the bills. That was only human. When she went to church, she often tried to remind herself that what had happened was not Magnus's fault and even if he was not the kindest or the gentlest of brothers – not, actually by a long way – she must still try to forgive him. 'For if ye forgive men their trespasses, your heavenly Father will also forgive you.'

It wasn't working.

He'd invited her up for dinner now and then. The last time had been just a month ago, and sitting down to dinner in the grand hall with its family portraits and minstrel gallery, one of a dozen guests being served food and wine on

fine plates and in crystal glasses, that was when the thought had first wormed itself into her head. It had remained there ever since. It was there now. She had tried to ignore it. She had prayed for it to go away. But in the end she'd had to accept that she was seriously contemplating a sin much more terrible than covetousness and, worse, she had taken the first step towards putting it into action. It was madness. Despite herself, she glanced upwards, thinking about what she had taken and what was hiding in her bathroom cabinet.

Thou shalt not kill.

She whispered the words but no sound came out. Behind her, the kettle began to scream. She snatched it up, forgetting that the handle would be hot, then slammed it down again with a little cry of pain. Tearfully, she washed her hand under the cold tap. It was nothing more than she deserved.

A few minutes later, forgetting her tea, she swept the hat off the table and left for the funeral.

6

The hearse had reached the outskirts of Saxby-on-Avon and, inevitably, its route took it past the entrance to Pye Hall with its stone griffins and now silent Lodge House. There was only one main road from Bath and to have approached the village any other way would have involved too much of a detour. Was there something unfortunate about carrying the dead woman past the very home where she had once lived? Had anyone asked them, the undertakers, Geoffrey Lanner and Martin Crane (both descended from the original founders), would have said quite the opposite. On the contrary, they would have insisted, was there not a certain symbolism in the coincidence, a sense even of closure? It was as if Mary Blakiston had come full circle.

Sitting in the back seat, and feeling sick and empty with the coffin lying

behind him, Robert Blakiston glanced at his old house as if he had never seen it before. He did not turn his head to keep it in sight as they drove past. He did not even think about it. His mother had lived there. His mother was now dead, stretched out behind him. Robert was twenty-eight years old, pale and slender, with black hair cut short in a straight line that tracked across his forehead and continued in two perfect curves around each ear. He looked uncomfortable in the suit he was wearing, which was hardly surprising as it wasn't his. It had been lent to him for the funeral. Robert did have a suit but his fiancée, Joy, had insisted that it wasn't smart enough. She had managed to borrow a new suit from her father, which had been the cause of one argument, and had then persuaded him to wear it, which had led to another.

Joy was sitting next to him in the hearse. The two of them had barely spoken since they'd left Bath. Both of them were lost in their thoughts. Both of them were worried.

It sometimes seemed to Robert that he had been trying to escape from his mother almost from the day he had been born. He had actually grown up in the Lodge House, just the two of them living on top of each other, each of them dependent on the other but in different ways. He had nothing without her. She was nothing without him. Robert had gone to the local school where he had been considered a bright child, one that would do well if he could only set his mind to his studies a little more. He had few friends. It often worried the teachers to see him standing on his own in the noisy playground, ignored by the other children. At the same time, it was completely understandable. There had been a tragedy when he was very young. His younger brother had died – a terrible accident – and his father had left the family soon afterwards, blaming himself. The sadness of it still clung to him and the other children avoided it as if they were afraid of becoming contaminated.

Robert never did very well in class. His teachers tried to make allowances for his poor behaviour and lack of progress, taking account of his circumstances, but even so they were secretly relieved when he reached sixteen and left. This,

incidentally, had been in 1943, at the end of a war in which he had been too young to fight but which had taken his father away for long stretches of time. There were many children whose education had suffered and in that sense he was just another casualty. There was no question of his going to university. Even so, the year that followed was a disappointing one. He continued living with his mother, doing occasional odd jobs around the village. Everyone who knew him agreed that he was underselling himself. Despite everything, he was much too intelligent for that sort of life.

In the end it was Sir Magnus Pye – who employed Mary Blakiston and who had stood in loco parentis for the last seven years – who had persuaded Robert to get a proper job. On his return from National Service, Sir Magnus had helped him find an apprenticeship as a mechanic in the service department of the main Ford motorcar supplier in Bristol. Perhaps surprisingly, his mother had been far from grateful. It was the only time she ever argued with Sir Magnus. She was worried about Robert. She didn't want him living alone in a distant city. She felt that Sir Magnus had acted without consulting her, even going behind her back.

It didn't actually matter very much because the apprenticeship did not last long. Robert had been away for just three months when he went out drinking at a public house, the Blue Boar, in Brislington. He became involved in a fight, which turned nasty, and the police were called in. Robert was arrested and although he wasn't charged, his employers took a dim view and ended the apprenticeship. Reluctantly, Robert came home again. His mother behaved as if she had somehow been vindicated. She had never wanted him to leave and if he had only listened to her, he would have saved them both a lot of trouble. It seemed to everyone who knew them that they never really got on well again from that day.

At least he had found his vocation. Robert liked cars and he was good at fixing them. As it happened, there was a vacancy for a full-time mechanic at the local garage and although Robert didn't have quite enough experience, the owner had decided to give him a chance. The job didn't pay much but it did offer

accommodation in a small flat above the workshop as part of the package. That suited Robert very well. He had made it quite clear that he no longer wanted to live with his mother, that he found the Lodge House oppressive. He had moved into the flat and had been there ever since.

Robert Blakiston wasn't ambitious. Nor was he particularly inquisitive. He might have continued with an existence that was adequate – nothing more, nothing less. But everything had changed when he had mangled his right hand in an accident that could have taken it off altogether. What had happened was quite commonplace and wholly avoidable: a car he'd been working on had come tumbling off the jack stand, missing him by inches. It was the falling jack that had smashed into him and he had staggered into Dr Redwing's surgery with his hand cradled and blood streaming down his overalls. That was when he'd met Joy Sanderling, who had just started as the new nurse and receptionist. Despite his pain, he had noticed her at once: very pretty, with sand-coloured hair framing her face and freckles. He thought about her in the ambulance, after Dr Redwing had dressed his broken bones and sent him to Royal United Hospital in Bath. His hand had long since healed but he always remembered the accident and he was glad it had happened because it had introduced him to Joy.

Joy lived with her parents at their home in Lower Westwood. Her father was a fireman who had once been on active service, based at the station in Saxby-on-Avon, but who now worked in administration. Her mother stayed at home looking after her older son who was in need of full-time care. Like Robert, Joy had left school at sixteen and had seen very little of the world outside the county of Somerset. Unlike him, however, she had always had ambitions to travel. She had read books about France and Italy and had even learned a few words of French from Clarissa Pye, who had given her private lessons. She had been working with Dr Redwing for eighteen months, coming into the village every morning on the bright pink motor scooter that she had bought on the never-never.

Robert had proposed to Joy in the churchyard and she had accepted. The

two of them were planning to get married at St Botolph's the following spring. They would use the time until then to save up enough money for a honeymoon in Venice. Robert had promised that, on the first day they were there, he would take her for a ride in a gondola. They would drink champagne as they floated beneath the Bridge of Sighs. They had it all planned.

It was so strange to be sitting next to her now – with his mother in the back, still coming between them but in a very different way. He remembered the first time he had taken Joy to the Lodge House, for tea. His mother had been utterly unwelcoming in that way he knew so well, putting a steel lid on all her emotions so that only a cold veneer of politeness showed through. How very nice to meet you. Lower Westwood? Yes, I know it well. And your father a fireman? How interesting. She had behaved like a robot – or perhaps an actor in a very bad play – and although Joy hadn't complained, hadn't been anything but her sweet self, Robert had sworn he would never put her through that again. That evening he had argued with his mother and in truth the two of them had never really been civil to each other from that time.

But the worst argument had happened just a few days ago, when the vicar and his wife were away on holiday and Mary Blakiston was looking after the church. They had met outside the village pub. The Queen's Arms was right next to St Botolph's and Robert had been sitting in the sunshine, enjoying a pint after work. He had seen his mother walking through the cemetery: she'd probably been arranging the flowers ready for the weekend services, which were being conducted by a vicar from a neighbouring parish. She had seen him and come straight over.

'You said you'd mend the kitchen light.'

Yes. Yes. Yes. The light above the cooker. It was just the bulb but it was difficult to reach. And he'd said he'd do it a week ago. He often looked into the Lodge House when there was a problem. But how could something so trivial have developed into such a stupid row, the two of them not exactly shouting at each other but talking loudly enough for everyone sitting outside the pub to hear.

'Why don't you leave me alone? I just wish you'd drop dead and give me a bit of peace.'

'Oh yes. You'd like that, wouldn't you!'

'You're right! I would.'

Had he really spoken those words to her – and in public? Robert twisted round and stared at the blank surface of the wood, the coffin lid with its wreath of white lilies. And just a few days, not even a week later, his mother had been found at the bottom of the stairs at Pye Hall. It was the groundsman, Brent, who had come to the garage and told him the news and even as he'd spoken there had been a strange look in his eyes. Had he been at the pub that evening? Had he heard?

'We're here,' Joy said.

Robert turned back. Sure enough, the church was in front of them, the cemetery already full of mourners. There must have been at least fifty of them. Robert was surprised. He had never thought his mother had so many friends.

The car slowed down and stopped. Somebody opened the door for him.

'I don't want to do this,' Robert said. He reached out and took hold of her, almost like a child.

'It's all right, Rob. I'll be with you. It'll be over soon.'

She smiled at him and at once he felt better. What would he do without Joy? She had changed his life. She was everything to him.

The two of them got out and began to walk towards the church.

—
7
—

The bedroom was on the third floor of the Hotel Genevieve, Cap Ferrat, with views over the gardens and terraces. The sun was already blazing in a clear blue sky. It had been an excellent week: perfect food, superb wine, rubbing

shoulders with the usual Mediterranean crowd. Even so, Sir Magnus Pye was in a bad mood as he finished his packing. The letter that had arrived three days ago had quite spoiled his holiday. He wished the bloody vicar had never sent it. Absolutely typical of the church, always meddling, trying to spoil everyone's fun.

His wife watched him languidly from the balcony. She was smoking a cigarette. 'We're going to miss the train,' she said.

'The train doesn't leave for three hours. We've got plenty of time.'

Frances Pye ground out her cigarette and came into the room. She was a dark, imperious woman, a little taller than her husband and certainly more imposing. He was short and round with florid cheeks and a dark beard that had spread hesitantly across his cheeks, not quite managing to lay claim to his face. Now fifty-three, he liked to wear suits that accentuated his age and his status in life. They were tailor-made for him, expensive, complete with waistcoat. The two of them made an unlikely pair: the country squire and the Hollywood actress, perhaps. Sancho Panza and Dulcinea del Toboso. Although he was the one with the title, it actually rested more easily on her. 'You should have left at once,' she said.

'Absolutely not,' Magnus grunted, trying to force down the lid of his suitcase. 'She was only a bloody housekeeper.'

'She lived with us.'

'She lived in the Lodge House. Not the same thing at all.'

'The police want to talk to you.'

'The police can talk to me once I get back. Not that I've got anything to tell them. The vicar says she tripped over an electric wire. Damn shame, but it's not my fault. They're not going to suggest I murdered her or something?'

'I wouldn't put it past you, Magnus.'

'Well, I couldn't have. I was here the whole time with you.'

Frances Pye watched her husband struggling with the suitcase. She didn't offer to help. 'I thought you were fond of her,' she said.

32

'She was a good cook and she did a good job cleaning. But if you want the truth, I couldn't really stand the sight of her – her and that son of hers. I always thought there was something a bit difficult about her, the way she scuttled around the place with that look in her eyes . . . like she knew something you didn't.'

'You should still have gone to the funeral.'

'Why?'

'Because the village will notice you aren't there. They won't like you for it.'

'They don't like me anyway. And they'll like me even less when they hear about Dingle Dell. What do I care? I never set out to win any popularity contests and anyway, that's the trouble with living in the country. All people do is gossip. Well, they can think what they like of me. In fact, the whole lot of them can go to Hell.' He clicked the locks shut with his thumbs and sat back, panting slightly from the exertion.

Frances looked at him curiously and for a moment there was something in her eyes that hovered between disdain and disgust. There was no longer any love in their marriage. They both knew that. They stayed together because it was convenient. Even in the heat of the Côte d'Azur, the atmosphere in the room was cold. 'I'll call down for a porter,' she said. 'The taxi should be here by now.' As she moved to the telephone, she noticed a postcard lying on a table. It was addressed to Frederick Pye at an address in Hastings. 'For heaven's sake, Magnus,' she chided him. 'You never sent that card to Freddy. You promised you would and it's been sitting here all week.' She sighed. 'He'll have got back home before it arrives.'

'Well, the family he's staying with can send it on. It's not the end of the world. It's not as if we had anything interesting to say.'

'Postcards are never interesting. That's not the point.'

Frances Pye picked up the telephone and called down to the front desk. As she spoke, Magnus was reminded of something. It was the mention of the postcard that had done it, something she had said. What was it? In some way,

it was connected with the funeral that he would be missing today. Oh yes! How very strange. Magnus Pye made a mental note for himself, one that he would not forget. There was something he had to do and he would do it as soon as he got home.

8

'Mary Blakiston made Saxby-on-Avon a better place for everyone else, whether it was arranging the flowers every Sunday in this very church, looking after the elderly, collecting for the RSPB or greeting visitors to Pye Hall. Her home-made cakes were always the star of the village fête and I can tell you there were many occasions when she would surprise me in the vestry with one of her almond bites or perhaps a slice of Victoria sponge.'

The funeral was proceeding in the way that funerals do: slowly, gently, with a sense of quiet inevitability. Jeffrey Weaver had been to a great many of them, standing on the sidelines, and took a keen interest in the people who came and went and, indeed, those who came and stayed. It never occurred to him that one day, in the not too far-off future, he would be the one being buried. He was only seventy-three and his father had lived to be a hundred. He still had plenty of time.

Jeffrey considered himself a good judge of character and cast an almost painterly eye over the crowd gathered around the grave that he had himself dug. He had his opinions about every one of them. And what better place than a funeral for a study in human nature?

First there was the vicar himself with his tombstone face and long, slightly unkempt hair. Jeffrey remembered when he had first come to Saxby-on-Avon, replacing the Reverend Montagu, who had become increasingly eccentric in old age, repeating himself in his sermons and falling asleep during evensong.

The Osbornes had been more than welcome when they arrived even if they were a slightly odd couple, she so much shorter than him, quite plump and pugnacious. She certainly never held back with her opinions, which Jeffrey rather admired – although it probably wasn't a good idea for a vicar's wife. He could see her now, standing behind her husband, nodding when she agreed with what he was saying, scowling when she didn't. They were definitely close. That was for sure. But they were odd in more ways than one. What, for example, was their interest in Pye Hall? Oh yes, he had seen them a couple of times, slipping into the woodland that reached the bottom of their garden and which separated their property from Sir Magnus Pye. Quite a few people used Dingle Dell as a short cut to the manor house. It saved having to go all the way down to the Bath Road and then coming in through the main entrance. But normally, they didn't do it in the middle of the night. What, he wondered, were they up to?

Jeffrey had no time for Mr and Mrs Whitehead and never really spoke to them. As far as he was concerned, they were Londoners and had no place in Saxby-on-Avon. The village didn't need an antique shop anyway. It was a waste of space. You could take an old mirror, an old clock or whatever, put a stupid price on it and call it an antique but it was still only junk and more fool those that thought otherwise. The fact was, he didn't trust either of them. It seemed to him that they were pretending to be something they weren't – just like the stuff they were selling. And why had they come to the funeral? They'd hardly known Mary Blakiston and certainly she'd never have had anything good to say about them.

Dr Redwing and her husband had every right to be here, on the other hand. She was the one who had found the body – along with Brent, the groundsman, who had also turned up and who was standing with his cap in hand, his curly hair tumbling over his forehead. Emilia Redwing had always lived in the village. Her father, Dr Rennard, had worked in the surgery before her. He hadn't come today but that wasn't surprising. He was in a residential home in Trowbridge and the word was that he himself wasn't much longer for this world. Jeffrey

had never had any serious illness but he had been treated by both of them. Old Dr Rennard had actually delivered his son – a midwife as well as a doctor back in the days when it was quite common for one man to be both. And what of Arthur Redwing? He was listening to the vicar with a look that teetered on the edge of impatience and boredom. He was a handsome man. There was no doubt of that. An artist, not that he'd made any money out of it. Hadn't he done a portrait of Lady Pye a while ago, up at the hall? Anyway, the two of them were the sort of people you could rely on. Not like the Whiteheads. It was hard to imagine the village without them.

The same was true of Clarissa Pye. She had certainly dolled herself up for the funeral and looked a little ridiculous in that hat with its three feathers. What did she think this was? A cocktail party? Even so, Jeffrey couldn't help feeling sorry for her. It must be hard enough living here with her brother lording it over her. It was all right for him, swanning around in his Jag while his sister taught at the village school, and she wasn't a bad teacher by all accounts, even if the children had never much liked her. It was probably because they sensed her unhappiness. Clarissa was all on her own. She had never married. She seemed to spend half her life in the church. He was always seeing her coming in and out. To be fair to her, she often stopped to have a chat with him but then of course she didn't really have anyone to talk to unless she was on her knees. She looked a bit like her brother, Sir Magnus, although not in a way that did her any favours. At least she'd had the decency to turn up.

Somebody sneezed. It was Brent. Jeffrey watched him as he wiped his nose with the back of his sleeve then glanced from side to side. He had no idea how to behave himself in a crowd but that was hardly surprising. Brent spent most of his life in his own company and, unlike Clarissa, he preferred it that way. He worked long hours up at the hall and sometimes, after he finished, he might be found having a drink or supper at the Ferryman, where he had his own table and his own chair, looking out over the main road. But he never socialised. He had no conversation. Sometimes Jeffrey wondered what went on in his head.

He ignored the other mourners and settled on the boy who had arrived with the hearse, Robert Blakiston. Jeffrey felt sorry for him too: it was his mother they were burying, even if the two of them had been at it hammer and tongs. It was well known in the village how the pair of them didn't get on and he'd actually heard with his own ears what Robert had said to her outside the Queen's Arms, just the evening before the accident had happened. '*I wish you'd drop dead. Give me a bit of peace!*' Well, he wasn't to be blamed for that. People often say things they regret and nobody could have known what was going to happen. The boy was certainly looking miserable enough as he stood there, next to the neat, pretty girl who worked at the doctor's surgery. Everyone in the village knew that they were courting and the two of them were very well suited. She was obviously worried about him. Jeffrey could see it in her face and the way she hung on to his arm.

'She was part of the village. Although we are here today to mourn her departure, we should remember what she left behind...'

The vicar was coming to the end of his address. He was on the last page. Jeffrey looked round and saw Adam entering the cemetery from the footpath at the far end. He was a good boy. You could always rely on him to turn up at exactly the right moment.

And here was something rather strange. One of the mourners was already leaving even though the vicar was still speaking. Jeffrey hadn't noticed him standing at the very back of the crowd, separate from them. He was a middle-aged man dressed in a dark coat with a black hat. A fedora. Jeffrey had only glimpsed his face but thought it familiar. He had sunken cheeks and a beak-like nose. Where had he seen him before? Well, it was too late. He was already out of the main gate, making his way towards the village square.

Something made Jeffrey look up. The stranger had passed beneath a large elm tree that grew on the edge of the cemetery and something had moved, sitting on one of the branches. It was a magpie. And it wasn't alone. Looking a second time, Jeffrey saw that the tree was full of them. How many were there?

37

It was difficult to see with the thick leaves obscuring them but in the end he counted seven and that put him in mind of the old nursery rhyme he had learned as a child.

One for sorrow,
Two for joy,
Three for a girl,
Four for a boy,
Five for silver,
Six for gold,
Seven for a secret,
Never to be told.

Well, wasn't that the strangest thing? A whole crowd of magpies in one tree, as if they had gathered here for the funeral. But then Adam arrived, the vicar finished his address, the mourners began to leave and the next time Jeffrey looked up, the birds had gone.

Two

Joy

—
I
—

The doctor did not need to speak. His face, the silence in the room, the X-rays and test results spread across his desk said it all. The two men sat facing each other in the smartly furnished office at the bottom end of Harley Street and knew that they had reached the final act of a drama that had been played out many times before. Six weeks ago, they hadn't even known each other. Now they were united in the most intimate way of all. One had given the news. The other had received it. Neither of them allowed very much emotion to show in their face. It was part of the procedure, a gentlemen's agreement, that they should do their best to conceal it.

'May I ask, Dr Benson, how long would you say I have remaining?' Atticus Pünd asked.

'It's not easy to be precise,' the doctor replied. 'I'm afraid the tumour is very advanced. Had we been able to spot it earlier, there's a small chance that we might have operated. As it is . . .' He shook his head. 'I'm sorry.'

'There is no need to be.' Pünd spoke the perfect, studied English of the cultivated foreigner, enunciating every syllable as if to apologise for his German accent. 'I am sixty-five years old. I have had a long life and I will say that in many respects it has been a good one. I had expected to die on many occasions before now. You might even say that death has been a companion of mine, always walking two steps behind. Well, now he has caught up.' He spread his hands and managed to smile. 'We are old acquaintances, he and I, and he gives me no reason to be afraid. However, it will be necessary for me to arrange my affairs, to put them in order. It would help me to know, therefore, in general terms . . . are we speaking weeks or months?'

'Well, there will be a decline, I'm afraid. These headaches of yours will get worse. You may experience seizures. I can send you some literature, which will give you the general picture, and I'll prescribe some strong painkillers. You

might like to consider some sort of residential care. There's a very good place in Hampstead I can recommend, run by the Marie Curie Memorial Foundation. In the later stages, you will require constant attention.'

The words faded into the distance. Dr Benson examined his patient with a certain amount of puzzlement. The name Atticus Pünd was familiar to him, of course. He was often mentioned in the newspapers – a German refugee who had managed to survive the war after spending a year in one of Hitler's concentration camps. At the time of his arrest he had been a policeman working in Berlin – or perhaps it was Vienna – and after arriving in England, he had set himself up as a private detective, helping the police on numerous occasions. He did not look like a detective. He was a small man, very neat, his hands folded in front of him. He was wearing a dark suit, a white shirt and a narrow black tie. His shoes were polished. If he had not known otherwise, the doctor might have mistaken him for an accountant, the sort who would work for a family firm and who would be utterly reliable. And yet there was something else. Even before he had heard the news, the first time he had entered the surgery, Pünd had exhibited a strange sense of nervousness. His eyes, behind the round wire-framed glasses, were endlessly watchful and he seemed to hesitate, every time, before he spoke. The strange thing was that he was more relaxed, now, after being told the news. It was as if he had always been expecting it and was merely grateful that, at last, it had been delivered.

'Two or three months,' Dr Benson concluded. 'It could be longer, but after that I'm afraid you will find that your faculties will begin to worsen.'

'Thank you very much, Doctor. The treatment I have received from you has been exemplary. May I ask that any further correspondence should be addressed to me personally and marked "Private & Confidential"? I have a personal assistant and would not wish him to know of this quite yet.'

'Of course.'

'The business between us is concluded?'

'I would like to see you again in a couple of weeks. We will have to make arrangements. I really think you should go and look at Hampstead.'

'I will do that.' Pünd got to his feet. Curiously, the action did not add a great deal to his overall height. Standing up, he seemed to be overpowered by the room with its dark wooden panels and high ceiling. 'Thank you again, Dr Benson.'

He picked up his walking stick, which was made of rosewood with a solid bronze handle, eighteenth century. It came from Salzburg and had been a gift from the German ambassador in London. On more than one occasion, it had proved to be a useful weapon. He walked past the receptionist and the doorman, nodding politely at each of them, and went out into the street. Once there, he stood in the bright sunlight, taking in the scene around him. He was not surprised to discover that his every sense had been heightened. The edges of the buildings seemed almost mathematically precise. He could differentiate the sound of every car as it merged into the general noise of the traffic. He felt the warmth of the sun against his skin. It occurred to him that he might well be in shock. Sixty-five years old and it was unlikely that he was going to be sixty-six. It would take some getting used to.

And yet, as he walked up Harley Street towards Regent's Park, he was already putting it all into context. It was just another throw of the dice and, after all, his entire life had been lived against the odds. He knew well, for example, that he owed his very existence to an accident of history. When Otto I, a Bavarian prince, had become King of Greece in 1832, a number of Greek students had chosen to emigrate to Germany. His great-grandfather had been one of them and fifty-eight years later, Atticus himself had been born to a German mother, a secretary working at the *Landespolizei* where his father was a uniformed officer. Half Greek, half German? It was a minority if ever there was one. And then, of course, there had been the rise of Nazism. The Pünds were not only Greek. They were Jewish. As the great game had continued, their chances of survival had diminished until only the most reckless gambler would have taken a punt on their coming through. Sure enough he had lost: his mother, his father, his brothers, his friends. Finally he had found himself in Belsen and his own life had been spared only by a very rare administrative error, a chance in a

43

thousand. After the liberation, it had given him another full decade of life so could he really complain that a final throw had now gone against him? Atticus Pünd was nothing if not generous of spirit and by the time he had reached the Euston Road he was at peace with himself. All was as it should be. He would not complain.

He took a taxi home. He never used the tube train, disliking the presence of so many people in close proximity; so many dreams, fears, resentments jumbled together in the darkness. He found it overpowering. Black cabs were so much more stolid, cocooning him from the real world. There was little traffic in the middle of the day and he soon found himself in Charterhouse Square in Farringdon. The taxi pulled up outside Tanner Court, the very elegant block of flats where he lived. He paid the driver, added a generous tip, and went in.

He had bought the flat with the profits he had made from the Ludendorff Diamond affair[1]: two bedrooms, a light and spacious living room looking out onto the square and, most importantly, a hallway and an office where he was able to meet clients. As he took the lift to the seventh floor, he reflected that he had no cases to investigate at the moment. All in all, that was just as well.

'Hello, there!' The voice came from the office before Pünd had even closed the front door and a moment later, James Fraser came bouncing out of the office, a bundle of letters in his hand. Blond-haired and in his late twenties, this was the assistant and private secretary that Pünd had mentioned to Dr Benson. A graduate out of Oxford University, a would-be actor, broke, and perennially unemployed, he had answered an advertisement in the *Spectator* thinking that he would stay in the job for a few months. Six years later, he was still there. 'How did it go?' he asked.

'How did *what* go?' Pünd asked in turn. Fraser of course had no idea where he'd been.

'I don't know. Whatever it was you went for.' James smiled that school-boyish

---

1 See *Atticus Pünd Takes the Case.*

smile of his. 'Anyway, Inspector Spence called from Scotland Yard. He wants you to give him a call. Someone from *The Times* wants you to do an interview. And don't forget, you've got a client arriving here at half past twelve.'

'A client?'

'Yes.' Fraser sifted through the letters he was holding. 'Her name is Joy Sanderling. She rang yesterday.'

'I do not recall speaking to a Joy Sanderling.'

'You didn't speak to her. I did. She was calling from Bath or somewhere. She sounded in a bit of a bad way.'

'Why did you not ask me?'

'Should I have?' Fraser's face fell. 'I'm terribly sorry. We haven't got anything on at the moment and I thought you'd appreciate a new case.'

Pünd sighed. He always looked a little pained and put upon – it was part of his general demeanour – but on this occasion, the timing could not have been worse. Even so, he did not raise his voice. As always, he was reasonable. 'I'm sorry, James,' he said. 'I cannot see her right now.'

'But she's already on her way.'

'Then you'll have to tell her that she has wasted her time.'

Pünd walked past his secretary and into his private rooms. He closed the door behind him.

—
2
—

'You said he would see me.'

'I know. I'm awfully sorry. But he's too busy today.'

'But I took a day off work. I came on the train all the way from Bath. You can't treat people this way.'

'You're absolutely right. But it wasn't Mr Pünd's fault. I didn't look at his diary. If you like, I can pay back your train fare out of petty cash.'

'It's not just the train fare. It's my whole life. I have to see him. I don't know anyone else who can help.'

Pünd heard the voices from behind the double door that led into his sitting room. He was resting in an armchair, smoking the Sobranie cigarette – black with a gold tip – that he favoured. He had been thinking about his book, the work of a lifetime, already four hundred pages long and nowhere near complete. It had a title: *The Landscape of Criminal Investigation*. Fraser had typed up the most recent chapter and he drew it towards him. *Chapter Twenty-six: Interrogation and Interpretation*. He could not read it now. Pünd had thought it would take another year to complete the book. He no longer had that year.

The girl had a nice voice. She was young. He could also tell, even on the other side of a wooden barrier, that she was on the edge of tears. Pünd thought briefly about his illness. Intracranial neoplasm. The doctor had given him three months. Was he really going to spend that time sitting on his own like this, thinking about all the things he couldn't do? Annoyed with himself, he neatly ground out the cigarette, got up and opened the door.

Joy Sanderling was standing in the corridor, talking to Fraser. She was a small girl, petite in every sense, with fair hair framing a very pretty face and childlike blue eyes. She had dressed smartly to come and see him. The pale raincoat with the sash tying it at the waist was unnecessary in this weather but it looked good on her and he suspected that she had chosen it because it made her seem businesslike. She looked past Fraser and saw him. 'Mr Pünd?'

'Yes.' He nodded slowly.

'I'm sorry to disturb you. I know how busy you are. But – please – if you could just give me five minutes of your time? It would mean so much.'

Five minutes. Although she could not know it, it meant so much to both of them.

'Very well,' he said. Behind her, James Fraser looked annoyed, as if he had somehow let the side down. But Pünd had made up his mind the moment he had heard her voice. She had sounded so lost. There had been enough sadness today.

He took her into the office, which was comfortable if a little austere. There was a desk and three chairs, an antique mirror, engravings in gold frames, all in the Biedermeier style of nineteenth-century Vienna. Fraser followed them in and took his place at the side of the room, sitting with his legs crossed and a notepad balanced on his knee. He didn't really have to write anything down. Pünd, who never lost sight of a single detail, would remember every word that was said.

'Please continue, Miss Sanderling.'

'Oh, please, call me Joy,' the girl replied. 'Actually, my first name is Josie. But everyone calls me Joy.'

'And you have come all this way from the city of Bath.'

'I would have come a lot further to see you, Mr Pünd. I've read about you in the newspapers. They say you're the best detective who ever lived, that there's nothing you can't do.'

Atticus Pünd blinked. Such flattery always made him a little uncomfortable. With a slightly twitchy movement, he adjusted his glasses and half-smiled. 'That is very kind of you but perhaps we are getting ahead of ourselves, Miss Sanderling. You must forgive me. We have been very rude. We have not offered you a coffee.'

'I don't want a coffee, thank you very much, and I don't want to waste too much of your time. But I desperately need your help.'

'Then why don't you begin by telling us what it is that brings you here?'

'Yes. Of course.' She straightened herself in her chair. James Fraser waited with his pen poised. 'I've already told you my name,' she began. 'I live in a place called Lower Westwood with my parents and my brother, Paul. Unfortunately, he was born with Down's syndrome and he can't look after himself but we're very close. Actually, I love him to bits.' She paused. 'Our house is just outside Bath but I work in a village called Saxby-on-Avon. I have a job in the local surgery, helping Dr Redwing. She's terribly nice, by the way. I've been with her for almost two years now and I've been very happy.'

Pünd nodded. He had already taken to this girl. He liked her confidence, the clarity with which she expressed herself.

'A year ago, I met a boy,' she went on. 'He came in because he'd hurt himself quite badly in a car accident. He was mending the car and it almost fell on him. The jack hit his hand and broke a couple of bones. His name is Robert Blakiston. We hit it off pretty much straight away and I started going out with him. I'm very much in love with him. And now the two of us are engaged to be married.'

'You have my congratulations.'

'I wish it was as easy as that. Now I'm not sure that the wedding is going ahead at all.' She produced a tissue and used it to dab at her eye but in a way that was more businesslike than overly emotional. 'Two weeks ago, his mother died. She was buried last weekend. Robert and I went to the funeral together and of course it was horrible. But what made it even worse was the way people looked at him . . . and since then, all the things they have been saying. The thing is, Mr Pünd, they all think he did it!'

'You mean . . . that he killed her?'

'Yes.' It took her a few moments to compose herself. Then she continued. 'Robert never had a very happy relationship with his mother. Her name was Mary and she worked as a housekeeper. There's this big place – I suppose you'd say it was a manor house – called Pye Hall. It's owned by a man called Sir Magnus Pye, and it's been in his family for centuries. Anyway, she did the cooking, the cleaning, the shopping – all that sort of thing – and she lived in the Lodge House down at the gates. That was where Robert grew up.'

'You do not mention a father.'

'There is no father. He left them, during the war. It's all very complicated and Robert never talks about it. You see, there was a family tragedy. There's a big lake at Pye Hall and it's said to be very deep. Robert had a younger brother called Tom and the two of them were playing near the lake. Robert was fourteen. Tom was twelve. Anyway, Tom got out of his depth and he drowned. Robert tried to save him but he couldn't.'

'Where was the father at this time?'

48

'He was a mechanic at Boscombe Down, working for the RAF. It's not that far away and he was at home quite a lot but he wasn't there when it happened. And when he found out – well, you'd have to ask Robert, not that he remembers very much of it, I'm sure. The point is that his parents just tore each other apart. He blamed her for not looking after the boys properly. She blamed him for being away. I can't tell you very much because Robert never speaks about it and the rest is just village gossip. Anyway, the upshot was that he moved out, leaving the two of them living alone in the Lodge. They got divorced later on and I've never even met him. He wasn't at the funeral – or if he was, I didn't see him. His name is Matthew Blakiston but that's about all I know.

'Robert grew up with his mother but the two of them were never happy together. Really, they should have moved. They should never have stayed near that horrible place. I don't know how she did it, walking past the lake where her own son had died, seeing it every day. I think it poisoned her ... It reminded her of the boy she'd lost. And maybe part of her blamed Robert even though he was nowhere near when it happened. People do behave like that, don't they, Mr Pünd. It's a sort of madness ...'

Pünd nodded. 'It is true that we have many ways of coping with loss,' he said. 'And grief is never rational.'

'I only met Mary Blakiston a few times, although of course I saw her in the village quite a bit. She often used to come to the surgery. Not because she was ill. She and Dr Redwing were good friends. After Robert and I got engaged, she invited us round to the Lodge for tea – but it was horrible. She wasn't exactly unfriendly but she was so cold, asking me questions as if I was applying for a job or something. We had tea in the front room and I can still see her with her cup and saucer, sitting in her chair in the corner. She was like a spider in a web. I know I shouldn't say things like that, but that was what I thought. And poor Robert was completely in her shadow. He was so different when he was with her, quiet and shy. I don't think he said a word. He just stared at the carpet as if he had done something wrong and was about to be

told off. You should have seen how she treated him! She didn't have a single good word to say about him. She was dead set against our marriage. She made that much clear. And all the time the clock was ticking away. There was this huge grandfather clock in the room and I couldn't wait for it to strike the hour so we could be on our way.'

'Your fiancé no longer lived with his mother? At the time of her death?'

'No. He was still in the same village but he'd moved into a flat above the garage where he works. I think it was one of the reasons he took the job, to get away from her.' Joy folded the tissue and slipped it into her sleeve. 'Robert and I love each other. Mary Blakiston made it clear that she didn't think I was good enough for him but even if she hadn't died, it wouldn't have made any difference. We're going to get married. We're going to be happy together.'

'If it does not distress you, Miss Sanderling, I would be interested to know more about her death.'

'Well, as I say, it happened on a Friday, two weeks ago. She'd gone up to Pye Hall to do the cleaning – Sir Magnus and Lady Pye were away – and somehow she tripped when she was doing the hoovering and fell down the stairs. Brent, who works in the grounds, saw her lying there and called the doctor but there was nothing anyone could do. She'd broken her neck.'

'Were the police informed?'

'Yes. A detective inspector came round from the Bath constabulary. I didn't actually talk to him but apparently he was very thorough. The wire of the Hoover was in a loop at the top of the stairs. There was nobody else in the house. All the doors were locked. It was obviously just an accident.'

'And yet you say that Robert Blakiston is accused of her murder.'

'That's just the village talking and it's why you've got to help us, Mr Pünd.' She drew a breath. 'Robert argued with his mother. The two of them often argued. I think they had never really escaped from the unhappiness of what had happened all those years before and in a way it was hurting both of them. Well, they had a nasty row outside the pub. Lots of people heard them. It started

because she wanted him to mend something in the Lodge. She was always asking him to do odd jobs for her and he never refused. But this time he wasn't happy about it and there was a lot of name-calling and then he said something which I know he didn't mean but everyone heard him so it doesn't matter if he meant it or not. "I wish you'd drop dead".' The tissue came out again. 'That's what he said. And three days later she was.'

She fell silent. Atticus Pünd sat behind his desk, his hands neatly folded, his face solemn. James Fraser had been taking notes. He came to the end of a sentence and underlined a single word several times. Sunlight was streaming in through the window. Outside, in Charterhouse Square, office workers were beginning to appear, carrying their lunchtime sandwiches into the fresh air.

'It is possible,' Pünd muttered, 'that your fiancé did have good reason to kill his mother. I have not met him and I don't wish to be unkind but we must at least entertain the possibility. The two of you wished to marry. She stood in the way.'

'But she didn't!' Joy Sanderling was defiant. 'We didn't need her permission to get married and it wasn't as if she had money or anything like that. Anyway, I know Robert had nothing to do with it.'

'How can you be so sure?'

Joy took a deep breath. This was clearly something she hadn't wanted to explain but she knew she had no choice. 'The police say that Mrs Blakiston died around nine o'clock in the morning. Brent called Dr Redwing just before ten and when she got to the house, the body was still warm.' She paused. 'The garage opens at nine o'clock – the same time as the surgery – and I was with Robert until then. We left his flat together. My parents would die if they found out, Mr Pünd, even though we're engaged. My father was a fireman and now he works for the union. He's a very serious sort of person and terribly old-fashioned. And having to look after Paul all the time, it's made both my parents very protective. I told them I was going to the theatre in Bath and that

I was staying overnight with a girlfriend. But the fact is that I was with Robert all night and I left him at nine o'clock in the morning, which means he couldn't have had anything to do with it.'

'How far, may I ask, is the garage from Pye Hall?'

'It's about three or four minutes on my motor scooter. I suppose you could walk there in about a quarter of an hour, if you cut across Dingle Dell. That's what we call the meadow on the edge of the village.' She scowled. 'I know what you're thinking, Mr Pünd. But I saw Robert that morning. He chatted to me over breakfast. He couldn't do that, could he, if he was thinking of murdering somebody?'

Atticus Pünd did not reply but he knew from his experience that murderers could, indeed, smile and make pleasant conversation one minute and strike violently the next. His experiences during the war had also taught him much about what he called the institutionalisation of murder; how, if you surrounded murder with enough forms and procedures, if you could convince yourself that it was an absolute necessity, then ultimately it would not be murder at all.

'What is it you wish me to do?' he asked.

'I don't have a great deal of money. I can't even really pay you. I know it's wrong of me and I probably shouldn't have come here. But it's not right. It's just so unfair. I was hoping you could come to Saxby-on-Avon – just for one day. I'm sure that would be enough. If you were to look into it and tell people that it was an accident and that there was nothing sinister going on, I'm sure that would put an end to it. Everyone knows who you are. They'd listen to you.'

There was a brief silence. Pünd took off his glasses and wiped them with a handkerchief. Fraser knew what was coming. He had been with the detective long enough to recognise his mannerisms. He always polished his glasses before he delivered bad news.

'I am sorry, Miss Sanderling,' he said. 'There is nothing I can do.' He held up a hand, stopping her before she could interrupt. 'I am a private

detective,' he continued. 'It is true that the police have often asked me to help them with their enquiries but in this country I have no official status. That is the problem here. It is much more difficult for me to impose myself, particularly in a case like this where, to all intents and purposes, no crime has been committed. I have to ask myself on what pretext I would be able to enter Pye Hall.

'I also must take issue with your basic proposition. You tell me that Mrs Blakiston was killed as the result of an accident. The police evidently believe so. Let us assume that it was an accident. All I can do then is to confront the gossip of certain villagers in Saxby-on-Avon who have overheard an unfortunate conversation and have made of it what they will. But such gossip cannot be confronted. Rumours and malicious gossip are like bindweed. They cannot be cut back, even with the sword of truth. I can, however, offer you this comfort. Given time, they will wither and die of their own volition. That is my opinion. Why do you and your fiancé even wish to remain in this part of the world if it is so disagreeable to you?'

'Why should we have to move?'

'I agree. If you would take my advice, it would be to stay where you are, to get married, to enjoy your lives together. Above all, ignore this . . . I believe the word is "tittle-tattle". To confront it is to feed it. Left alone, it will go away.'

There was nothing more to be said. As if to emphasise the point, Fraser closed his notebook. Joy Sanderling got to her feet. 'Thank you very much, Mr Pünd,' she said. 'Thank you for seeing me.'

'I wish you the very best, Miss Sanderling,' Pünd replied – and he meant it. He wanted this girl to be happy. During the entire time he had been talking to her, he had forgotten his own circumstances, the news he had heard that day.

Fraser showed her out. Pünd heard a few brief mutters, then the front door opened and closed. A moment later, he came back into the room.

'I say, I'm terribly sorry about that,' he muttered. 'I was trying to tell her that you didn't want to be disturbed.'

'I am glad I saw her,' Pünd replied. 'But tell me, James. What was the word that I saw you underscoring several times as we spoke?'

'What?' Fraser flushed. 'Oh. Actually, it wasn't anything important. It wasn't even relevant. I was just trying to look busy.'

'It struck me that might be the case.'

'Oh. How?'

'Because at that moment, Miss Sanderling was not saying anything of particular interest. The motor scooter, though. Had it been any colour but pink, it might have been significant.' He smiled. 'Could you bring me a cup of coffee, James? But after that, I think, I do not want to be disturbed.'

He turned and went back into his room.

—

3

—

Joy Sanderling made her way back to Farringdon tube station, her path taking her round the side of Smithfield meat market. There was a lorry parked outside one of the many entrances and as she went past, two men in white coats were bundling out an entire sheep's carcass, raw and bloody. The sight of it made her shudder. She didn't like London. She found it oppressive. She couldn't wait to be on the train home.

She had been disappointed by her meeting with Atticus Pünd, even though (she admitted it now) she had never really expected anything from it. Why should the most famous detective in the country be interested in her? It wasn't even as if she would have been able to pay him. And what he had said had been true. There was no case to solve. Joy knew that Robert hadn't killed his mother. She had been with him that morning and would certainly have heard him if he had left the flat. Robert could be moody. He often snapped out, saying things that he regretted. But she had been with him long enough to know that he

would never hurt anyone. What had happened at Pye Hall had been an accident, nothing more. All the detectives in the world would have been no match for the wagging tongues of Saxby-on-Avon.

Still, she had been right to come. The two of them deserved their happiness together, Robert in particular. He had been so lost until he had met her and she wasn't going to allow anyone to drive them apart. They weren't going to move. They weren't going to take any notice of what people thought of them. They were going to fight back.

She reached the station and bought a ticket from the man in the kiosk. Already a thought was taking shape in her mind. Joy was a modest girl. She had been brought up in a very close and (despite her father's politics) conservative family. The step that she was now considering shocked her but she could see no other way. She had to protect Robert. She had to protect their life together. Nothing was more important than that.

Before the tube train had arrived she knew exactly what she was going to do.

—
4
—

In a restaurant on the other side of London, Frances Pye cast a careless eye over the menu and ordered grilled sardines, a salad, a glass of white wine. Carlotta's was one of those Italian family restaurants behind Harrods: the manager was married to the chef and the waiters included a son and a nephew. The order was taken, the menus removed. She lit a cigarette and leant back in her chair.

'You should leave him,' her lunch companion said.

Jack Dartford, five years her junior, was a darkly handsome man with a moustache and an easy smile, dressed in a double-fronted blazer and cravat. He was looking at her with concern. From the moment they had met, he had noticed something strained about her. Even the way she was sitting now seemed

nervous, defensive, one hand stroking the other arm. She had not taken off her sunglasses. He wondered if she had a black eye.

'He'd kill me,' she replied. She smiled curiously. 'Actually, he *did* try to kill me in a way – after our last row.'

'You're not serious!'

'Don't worry, Jack. He didn't hurt me. It was all bluster. He knows something's up. All those telephone calls, days off in London, the letters . . . I told you not to write to me.'

'Does he read them?'

'No. But he's not stupid. And he talks to the postman. Every time I've received a handwritten letter from London, he's probably heard about it. Anyway, it all came to the fore over dinner last night. He more or less accused me of seeing someone else.'

'You didn't tell him about me!'

'Afraid he'll come after you with a horsewhip? I wouldn't put it past him. But no, Jack, I didn't tell him about you.'

'Did he hurt you?'

'No.' She took off her sunglasses. She looked tired but there were no bruises around her eyes. 'It was just unpleasant. It's always unpleasant where Magnus is concerned.'

'Why won't you leave him?'

'Because I have no money. You have to understand that Magnus has a vindictive streak the size of the Panama Canal. If I tried to walk out on him, he'd surround himself with lawyers. He'd make sure that I left Pye Hall with nothing more than the clothes I was wearing.'

'I have money.'

'I don't think so, darling. Certainly not enough.'

It was true. Dartford worked in the money market, which in the true sense wasn't really work at all. He dabbled. He made investments. But recently he'd had an unlucky streak and he very much hoped that Frances Pye had no idea how close he was to rock bottom. He couldn't afford to marry her. He couldn't

afford to run away with her. The way things were going, he could barely afford lunch.

'How was the South of France?' he asked, changing the subject. That was where they had met, playing tennis together.

'It was boring. I'd have much preferred it if you'd been there.'

'I'm sure. Did you get in any tennis?'

'Not really. To be honest, I was quite glad to leave. We got a letter in the middle of the week. A woman at Pye Hall had tripped on a wire, fallen down the stairs and broken her neck.'

'My God! Was Freddy there?'

'No. He was staying with friends down in Hastings. He's still there, as a matter of fact. He doesn't seem to want to come home.'

'I don't blame him. So who was she?'

'The housekeeper. A woman called Mary Blakiston. She'd been with us for years and she's going to be almost impossible to replace. And that wasn't the end of it. When we finally got back last Saturday we discovered we'd been burgled.'

'No!'

'I'm telling you. It was the groundsman's fault – at least, that's what the police think. He'd smashed a pane of glass at the back of the house. He had to do it, to let the doctor in.'

'Why did you need a doctor?'

'Pay attention, Jack. It was for the dead woman. Brent, the groundsman, had seen her through the window, just lying there. He called the doctor and the two of them broke into the house to see if they could help. Well, obviously there wasn't anything they could do. But after that, he just left the door with its broken pane. He didn't even bother to get it boarded up. It was an open invitation to burglars and the burglars accepted it, thank you very much.'

'Did you lose very much?'

'Not personally, no. Magnus keeps most of his valuables in a safe and they couldn't open that. But they marauded through the place. Did quite a bit of damage. Pulled open drawers and scattered the contents – that sort of thing. It took

all of Sunday and yesterday to clear it up.' She reached out with the cigarette and Dartford slid an ashtray in front of her. 'I'd left some jewellery beside the bed and I lost that. It makes you feel uneasy, thinking you've had strangers in the bedroom.'

'I'll say.'

'And Magnus lost his precious treasure trove. He wasn't at all happy about that.'

'What treasure was that?'

'It's Roman, mainly silver. It's been in the family for generations, ever since they dug it up on their land. It came from some sort of burial site. There were rings, armlets, some decorative boxes, coins. We had it in a display case in the dining room. Of course, he'd never had it insured even though it was meant to be worth a fortune. Well, it's a bit late now ...'

'Were the police helpful?'

'Of course not. We had some chap come over from Bath. He sniffed around, wasted a lot of fingerprint powder, asked impertinent questions and then disappeared. Completely useless.'

The waiter arrived with the glass of wine. Dartford had been drinking Campari and soda. He ordered another. 'It's a shame it wasn't Magnus,' he remarked, once the waiter had gone.

'What do you mean?'

'The lady who fell down the stairs. It's a shame it wasn't him.'

'That's a dreadful thing to say.'

'I'm only saying what you're thinking, darling. I know you well enough. I assume you'd inherit the whole caboodle if Magnus popped his clogs.'

Frances blew out cigarette smoke and looked curiously at her companion. 'As a matter of fact, the house and the grounds would all go to Freddy. There's some sort of entail on the estate. It's been that way for generations.'

'But you'd be all right.'

'Oh yes. And of course, I'd get a lifetime interest in Pye Hall. The only thing I couldn't do is sell the place. But it's not going to happen. Magnus is in perfect health, certainly for his age.'

58

'Yes, Frances. But a big house like that. A wire stretched out across the stairs. You never know what might happen. Maybe those burglars of yours could return and finish him off.'

'You're not serious!'

'It's just a thought.'

Frances Pye fell silent. This wasn't the sort of conversation to be having, particularly in a crowded restaurant. But she had to admit that Jack was right. Life without Magnus would be considerably simpler and a great deal more enjoyable. It was just a shame that lightning didn't have the habit of striking twice.

On the other hand, though, why not?

5

Dr Emilia Redwing tried to see her father once a week although it wasn't always possible. If the surgery was busy, if she had home or hospital calls to make, if there was too much paperwork on her desk, then she would be forced to put it off. Somehow, it was always easy to make an excuse. There was always a good reason not to go.

She derived very little pleasure from the visits. Dr Edgar Rennard had been eighty years old when his wife had died and although he had continued living in his home in nearby King's Abbott, he had never really been the same. Emilia had soon got used to the telephone calls from the neighbours. He had been found wandering in the street. He wasn't feeding himself properly. He was confused. At first, she had tried to persuade herself that he was simply suffering from chronic grief and loneliness but as the symptoms had presented themselves, she had been forced to make the obvious diagnosis. Her father had senile dementia. He wasn't going to get any better. In fact the prognosis was a great deal worse. She had briefly considered taking him in with her at

Saxby-on-Avon but that wouldn't have been fair to Arthur and anyway she couldn't possibly become an old man's full-time carer. She still remembered the guilt, the sense of failure that she had felt the first time she had taken him to Ashton House, a residential home converted from a hospital in the Bath valley just after the war. Curiously though, it had been easier to persuade her father than it had been to persuade herself.

This wasn't a good day to have made the fifteen-minute drive to Bath. Joy Sanderling was in London, seeing someone on what she had described as a personal matter. Mary Blakiston's funeral had taken place just five days ago and there was a sense of disquiet in the village that was hard to define but which, she knew from experience, might well lead to further calls on her time. Unhappiness had a way of affecting people in just the same way as the flu and even the burglary at Pye Hall struck her as being part of that general infection. But she couldn't put off the visit any longer. On Tuesday, Edgar Rennard had taken a tumble. He had been seen by a local doctor and she had been assured that there was no serious damage. Even so, he was asking for her. He was off his food. The matron at Ashton House had telephoned her and asked her to come.

She was with him now. They had got him out of bed but only as far as the chair beside the window and he was sitting there in his dressing gown, so thin and crumpled that Emilia almost wanted to cry. He had always been strong, robust. As a little girl, she had thought the entire world rested on his shoulders. Today it had taken him five minutes before he had even recognised her. She had seen this creeping up on them. It wasn't so much that her father was dying. It was more that he had lost the desire to live.

'I have to tell her . . .' he said. His voice was husky. His lips had difficulty shaping the words. He had said this twice before but he still hadn't made himself understood.

'Who are you talking about, Papa? What is it you have to tell?'

'She has to know what happened . . . what I did.'

60

'What do you mean? What are you talking about? Is this something to do with Mama?'

'Where is she? Where is your mother?'

'She's not here.' Emilia was annoyed with herself. She should never have mentioned her mother. It would only confuse the old man. 'What do you want to tell me, Daddy?' she said, more gently.

'It's important. I don't have very long.'

'That's nonsense. You're going to be fine. You just have to try and eat something. I could ask the matron for a sandwich, if you like. I can stay here with you while you have it.'

'Magnus Pye . . .'

How extraordinary that he should have spoken that name. Of course he would have known Sir Magnus when he worked at Saxby-on-Avon. He would have treated the whole family. But why mention him now? Was Sir Magnus in some way connected with what had happened, whatever it was that her father wanted to explain? The trouble with dementia was that, as well as leaving huge gaps in the memory, it also jumbled things together. He might be thinking of something that had happened five years ago or five days ago. To him, they were the same.

'What about Sir Magnus?' she asked.

'Who?'

'Sir Magnus Pye. You mentioned him. There was something you wanted to tell me.'

But the vacant stare was back in his eyes. He had retreated into whatever world it was that he inhabited. Dr Emilia Redwing stayed with him for another twenty minutes but he barely noticed she was there. After that, she exchanged a few words with the matron and left.

She drove home with a nagging sense of worry but by the time she had parked the car, she had put her father out of her mind. Arthur had said that he would cook the supper that night. The two of them would probably watch

Life with the Lyons on television and go to bed early. Dr Redwing had already seen the surgery appointments list for the following day and knew that she was going to be busy.

She opened the door and smelled burning. For a moment she was concerned but there was no smoke and the smell was somehow distant, more a memory of a fire than an actual one. She went into the kitchen and found Arthur sitting at the table – slumped there, actually – drinking whisky. He hadn't even begun to cook the dinner and she knew at once that something was wrong. Arthur did not deal well with disappointment. Without meaning to, he somehow celebrated it. So what had happened? Dr Redwing looked past him and saw a painting leaning against the wall, the wooden frame charred, the canvas largely eaten away. It was a portrait of a woman. He had clearly painted it – she recognised his style immediately – but it took her a moment or two longer to realise who it was.

'Lady Pye,' he muttered, answering her question before she had time to ask it.

'What's happened? Where did you find it?'

'It was on a bonfire near the rose garden . . . at Pye Hall.'

'What were you doing there?'

'I was just walking. I cut through Dingle Dell and there was no one around so I thought I'd stroll through the gardens down to the main road. I don't know what drew me to it. Maybe it was meant to be.' He drank some more. He wasn't drunk. He was using the whisky as a sort of prop. 'Brent wasn't around. There was no sign of anyone. Just the bloody painting thrown out with the rest of the trash.'

'Arthur . . .'

'Well, it's their property. They paid for it. I suppose they can do with it as they want.'

Dr Redwing remembered. Sir Magnus had commissioned the portrait for his wife's fortieth birthday and she had been grateful at the time, even when she discovered how little Sir Magnus intended to pay. It was a commission. It meant so much to Arthur's self-esteem and he had set about the work with

enthusiasm. He had painted Frances Pye over three sittings in the garden –
with Dingle Dell in the background. He hadn't been given nearly enough time
and to begin with Lady Pye had been a reluctant sitter. But even she had been
impressed by the result; a portrait that brought out everything that was good in
her and which showed her relaxed, half-smiling, in command. Arthur had been
quietly satisfied with the result and at the time so had Sir Magnus, hanging it
prominently in his great hall.

'It must be a mistake,' she said. 'Why would they want to throw it out?'

'They were burning it,' Arthur replied, heavily. He gestured vaguely at the
canvas. 'He seems to have cut it to pieces first.'

'Can you save it? Is there anything you can do with it?'

She knew the answer. The woman's imperious eyes had survived; the dark,
sweeping hair, part of one shoulder. But most of the painting was blackened.
The canvas had been slashed and burned. She didn't even want it in the house.

'I'm sorry,' Arthur said. 'I haven't done the supper.'

He emptied his glass and walked out of the room.

6

'Have you seen this?'

Robin Osborne was reading a copy of the *Bath Weekly Chronicle* and Henrietta had never seen him look so angry. There really was something quite Old
Testament about him, she thought, with his black hair falling to the collar, his
white face, his bright, angry eyes. Moses would have looked much the same
with the golden calf. Or Joshua storming the walls of Jericho. 'They're going
to cut down Dingle Dell!'

'What are you talking about?' Henrietta had made two cups of tea. She put
them down and moved further into the room.

'Sir Magnus Pye has sold it for development. They're going to build a new road and eight new houses.'

'Where?'

'Right here!' The vicar gestured at the window. 'Right at the bottom of our garden! That's going to be our view from now on – a row of modern houses! *He* won't see them, of course. He'll be on the other side of the lake and I'm sure he'll leave enough trees to form a screen. But you and me . . .'

'He can't do it, can he?' Henrietta went round so that she could read the headline. NEW HOMES FOR SAXBY-ON-AVON. It seemed to be a remarkably up-beat interpretation of such an act of vandalism. Her husband's hands were visibly shaking as he held the paper. 'The land's protected!' she went on.

'It doesn't matter if it's protected or not. It seems he's got permission. The same thing's been going on all over the country. It says here that work will begin before the end of the summer. That means next month or the month after. And there's nothing we can do.'

'We can write to the bishop.'

'The bishop won't help. Nobody will.'

'We can try.'

'No, Henrietta. It's too late.'

Later that evening, as they stood together preparing the supper, he was still upset.

'This dreadful, dreadful man. He sits there, in that big house of his, looking down at the rest of us – and it wasn't even as if he did anything to deserve it. He just inherited it from his father and his father before him. This is 1955, for heaven's sake. Not the Middle Ages! Of course, it doesn't help having the bloody Tories still in power but you'd have thought we'd have moved away from the days when people were given wealth and power simply because of an accident of birth.

'When did Sir Magnus do anything to help anyone else? Look at the church! We've got the leaking roof, the new heating system that we can't afford and he's

never put his hand in his pocket to stump up so much as a shilling. He hardly ever comes to services in this, the very church he was christened in. Oh! And he's got a plot reserved in the cemetery. The sooner he inhabits it, the better – if you ask me.'

'I'm sure you don't mean that, Robin.'

'You're right, Hen. It was a wicked thing to say and it was quite wrong of me.' Osborne paused and took a breath. 'I'm not opposed to new housing in Saxby-on-Avon. On the contrary, it's important if the village is going to keep hold of its young people. But this development has got nothing to do with that. I very much doubt that anyone around here will be able to afford the new houses. And you mark my words. They'll be nasty modern things, quite out of keeping with the village.'

'You can't stand in the way of progress.'

'Is this progress? Wiping out a beautiful meadow and a wood that's been there for a thousand years? Frankly, I'm surprised he can get away with it. All the time we've been living here, we've loved Dingle Dell. You know what it means to us. Well, a year from now, if this goes ahead, we're going to be stuck here next to a suburban street.' He put down the vegetable peeler and took off the apron he had been wearing. 'I'm going to the church,' he announced, suddenly.

'What about dinner?'

'I'm not hungry.'

'Would you like me to come with you?'

'No. Thank you, my dear. But I need time to reflect.' He put on his jacket. 'I need to ask for forgiveness.'

'You haven't done anything.'

'I've said things that I shouldn't have said. And I have thoughts in my head, also, that shouldn't be there. To feel hatred for your fellow man . . . it's a terrible thing.'

'Some men deserve it.'

'That is certainly true. But Sir Magnus is a human like the rest of us. I shall pray that he has a change of heart.'

He left the room. Henrietta heard the front door open and close, then set about clearing the kitchen. She was deeply concerned about her husband and knew only too well what the loss of Dingle Dell would mean to the two of them. Was there something she could do about it? Perhaps if she went to see Sir Magnus Pye herself...

Meanwhile, Robin Osborne was cycling up the High Street, on his way to the church. His bicycle was something of a joke in the village, a terrible old bone-rattler with wheels that wobbled and a metal frame that weighed a ton. There was a basket suspended from the handlebars and it was usually filled with prayer books or fresh vegetables which he had grown himself and which he liked to distribute as gifts to poorer members of his congregation. This evening it was empty.

As he pedalled into the village square, he passed Johnny Whitehead and his wife who were walking, arm in arm, heading for the Queen's Arms. The Whiteheads did not often go to church, certainly not more than they had to. For them, as in so much of their life, it was a question of keeping up appearances and with that in mind they both called out a greeting to the vicar. He ignored them. Leaving his bicycle at the entrance to the cemetery, he hurried on and disappeared through the main door.

'What's wrong with him?' Johnny wondered out loud. 'He didn't look at all happy.'

'Maybe it was the funeral,' Gemma Whitehead suggested. 'It can't be very nice having to bury someone.'

'No. Vicars are used to it. In fact, they enjoy it. Funerals give them a reason to feel important.' He looked up the road. Next to St Botolph's, the garage lights had flickered out. Johnny saw Robert Blakiston crossing the forecourt. He was closing for the night. He glanced at his watch. It was six o'clock exactly. 'Pub's open,' he said. 'Let's get in there.'

He was in a good mood. Gemma had let him go to London that day – even she couldn't force him to spend his whole life in Saxby-on-Avon – and it had been nice to return to a few haunts and to see a few old friends. More than that, he'd actually enjoyed being in the city with the traffic all around him and dust and dirt in the air. He liked the noise. He liked people in a hurry. He'd done his best to get used to the countryside but he still felt that he had about as much life here as a stuffed marrow. Catching up with Derek and Colin, having a few beers together, wandering down Brick Lane had been like rediscovering himself and he had come away with fifty pounds in his pocket too. He'd been quite surprised but Colin hadn't thought twice.

'Very nice, Johnny. Solid silver and a bit of age to it too. Get it from a museum, did you? You should visit us more often!'

Well, drinks were on him tonight even if the Queen's Arms was about as cheerful as the cemetery it stood next to. There were a few locals inside. Tony Bennett was on the jukebox. He held the door open for his wife and the two of them went in.

—
7
—

Joy Sanderling was on her own in the dispensary that also served as the main office at Dr Redwing's surgery.

She had let herself in with her own keys. She had keys to every part of the building except for the cupboard containing the dangerous medicines and even this she could open, as she knew where Dr Redwing kept her spare. She had decided what she was going to do. The very thought of it made her heart beat faster but she was going ahead anyway.

She pulled a sheet of paper out of a drawer and fed it into the typewriter, the Olympia SM2 De Luxe model that she had been supplied with when she

began the job. It was a portable. She would have preferred something a little heavier for all the typing she had to do but it wasn't in her nature to complain. She looked down at the white page as it curved round towards her and for a moment she thought of her arrival at Tanner Court and her meeting with Atticus Pünd. The famous detective had disappointed her but she felt no ill will towards him. It had been kind of him to see her, particularly as he hadn't been looking at all well. She was used to seeing sick people. Her time at the surgery had given her a sort of premonition. She could sense at once when something was seriously wrong, even before the patient had been in to see the doctor, and she had known at once that Pünd was in need of help. Well, that wasn't any concern of hers. The fact was that he had been right. Now that she thought about it, she could see that it would have been impossible to stem the tide of vicious gossip within the village. There was nothing he would have been able to do.

But there was something she could.

Choosing her words carefully, she began to type. It didn't take her very long. The entire thing could be contained in three or four lines. When she had finished, she examined what she had written and now that it was there, in black and white, in front of her, she wondered if she could really go through with this. She couldn't see any alternative.

There was a movement in front of her. She looked up and saw Robert Blakiston standing on the other side of the counter, in the waiting area. He was wearing his overalls, covered in oil and grime. She had been so focused on what she had been doing that he had entered without her hearing. Guiltily, she pulled the page out of the typewriter and laid it face down on the desk.

'What are you doing?' she asked.

'I came in to see you,' he said. Of course, he would have only just shut down the garage and he must have come straight here. She hadn't told him she was going to London. He would assume she had been here all day.

'What sort of day have you had?' she asked, brightly.

'Not too bad.' He glanced at the face-down letter. 'What's that?' His tone was suspicious and she realised she had turned it over a little too quickly.

'Just something for Dr Redwing,' she said. 'It's a private letter. Medical stuff.' She hated lying to him but there was no way she was going to tell him what she had written.

'Do you want to go for a drink?'

'No. I ought to get back to Mum and Dad.' She saw a look pass across his face and for a moment she was worried. 'Is something wrong?' she asked.

'Not really. I just wanted to be with you.'

'When we're married, we'll be together all the time and nobody will be able to do anything about it.'

'Yeah.'

She considered changing her mind. She could have gone out with him. But her mother had cooked a special dinner and Paul, her brother, became agitated when she was late. She had promised she would read to him tonight, before bed. He always enjoyed that. Taking the letter with her, she got up and went through the door that connected the two areas. She smiled and kissed him on the cheek. 'We're going to be Mr and Mrs Robert Blakiston and we're going to live together and we're never going to be apart again.'

Suddenly, he took hold of her. Both hands were around her and the grip was so strong that he almost hurt her. He kissed her and she saw that there were tears in his eyes. 'I couldn't bear to lose you,' he said. 'You're everything to me. I mean it, Joy. Meeting you was the best thing that ever happened to me and I'm not going to let anyone stop us being together.'

She knew what he meant. The village. The rumours.

'I don't care what people say,' she told him. 'And anyway, we don't have to stay in Saxby. We can go anywhere we want.' She realised that this was exactly what Pünd had said. 'But we will stay here,' she went on. 'You'll see. Everything will be all right.'

They parted company soon after that. He went back to his little flat to shower

and change out of his work overalls. But she did not return to her parents. Not yet. She still had the note she had written. It had to be delivered.

$$8$$

At exactly that moment, and a little further up the road, Clarissa Pye heard someone ringing at her front door. She had been preparing her dinner, something quite new that had suddenly turned up in the village shop; frozen fish cut into neat fingers and covered in breadcrumbs. She had poured out some cooking oil but, fortunately, she hadn't yet popped them into the pan. The doorbell rang a second time. She laid the cardboard packet on the kitchen counter and went to see who it was.

A shadowy, distorted figure could be seen on the other side of the granite glass windows set into the front door. Could it be a travelling salesman at this time of the night? The village had recently had a veritable plague of them, as bad as the locusts that had descended on Egypt. Uneasily, she opened the door, glad that the security chain was still in place, and peered through the crack. Her brother, Magnus Pye, stood in front of her. She could see his car, a pale blue Jaguar, parked in Winsley Terrace behind him.

'Magnus?' She was so surprised she didn't quite know what to say. He had only ever visited her here on two occasions, once when she was ill. He hadn't been at the funeral and she hadn't seen him since he got back from France.

'Hello, Clara. Can I come in?'

Clara was the name he had always called her, from the time they were children. The name reminded her of the boy he had once been and the man he had become. Why had he chosen to grow that awful beard? Hadn't anyone told him that it didn't suit him? That it made him look like some sort of mad aristocrat out of a cartoon? His eyes were slightly grey and she could see the veins in his cheeks. It was obvious he drank too much. And the way he was dressed! It was

as if he had been playing golf. He was wearing baggy trousers tucked into his socks and a bright yellow cardigan. It was almost impossible to imagine that they were brother and sister – and more than that. Twins. Perhaps it was the different paths that life had taken them in their fifty-three years but they were nothing like each other any more, if they ever had been.

She closed the door, released the security chain, then opened it again. Magnus smiled – although the twitch of his lips could have signified anything – and stepped into the hallway. Clarissa was going to take him into the kitchen but then she remembered the box of frozen fish lying next to the hob and led him the other way instead. Left turn or right turn. Four Winsley Terrace was not like Pye Hall. In this house there were very few choices.

The two of them went into the living room, a clean, comfortable space with a swirly carpet, a three-piece suite and a bay window. There was an electric fire and a television. For a moment, they stood there uncomfortably.

'How are you?' Magnus asked.

Why did he want to know? What did he care? 'I'm very well, thank you,' Clarissa said. 'How are you? How is Frances?'

'Oh. She's all right. She's up in London...shopping.'

There was another awkward pause. 'Can I get you something to drink?' Clarissa asked. Perhaps this was a social visit. She couldn't think of any other reason for her brother to be here.

'That would be nice. Yes. What have you got?'

'I have some sherry.'

'Thank you.'

Magnus sat down. Clarissa went over to the corner cupboard and took out a bottle. It had been there since Christmas. Did sherry go off? She poured two glasses, sniffed them, then carried them over. 'I was sorry to hear about the burglary,' she said.

Magnus shrugged. 'Yes. It wasn't a nice thing to come home to.'

'When did you get back from France?'

'Saturday evening. We walked in and found the whole place ransacked. It

was that damn fool Brent, not fixing up the back door. I'm glad I've got rid of him. He'd been getting on my nerves for a while now. Not a bad gardener but I never did like his attitude.'

'Have you fired him?'

'We've parted ways.'

Clarissa sipped her sherry. It clung to her lip as if reluctant to enter her mouth. 'I heard you lost some of the silver.'

'Most of it, actually. To tell you the truth, it's been a bit of a trying time – what with everything else.'

'You mean, Mary Blakiston.'

'Yes.'

'I was sorry not to see you at the funeral.'

'I know. It's a shame. I didn't know ...'

'I thought the vicar wrote to you.'

'He did – but I didn't get his note until it was too late. Bloody French post office. Actually, that was what I wanted to talk to you about.' He hadn't touched his sherry. He looked around the room as if seeing it for the first time. 'Do you like it here?'

The question took her by surprise. 'It's all right,' she said, and then more determinedly, 'Actually, I'm very happy here.'

'Are you?' He made it sound as if he didn't believe her.

'Well, yes.'

'Because, the thing is, you see, the Lodge House is empty now ...'

'You mean the Lodge House at Pye Hall?'

'Yes.'

'And you want me to move in?'

'I was thinking about it on the plane home. It's a damn shame about Mary Blakiston. I was very fond of her, you know. She was a good cook, a good house-keeper but above all she was discreet. When I heard about this bloody accident, I knew she was going to be very hard to replace. And then I thought about you ...'

Clarissa felt a cold shudder run the length of her body. 'Magnus, are you offering me her job?'

'Why not? You've hardly worked since you got back from America. I'm sure the school doesn't pay you very much and you could probably use the cash. If you moved into the Lodge House, you could sell this place and you might enjoy being back in the hall. You remember, you and me chasing around the lake? Croquet on the lawn! Of course, I'd have to talk about it with Frances. I haven't mentioned it to her yet. I thought I'd sound you out first. What do you say?'

'Can I think about it?'

'Absolutely. It was just a thought but it might actually work out very well.' He lifted his glass, had second thoughts and put it down again. 'Always good to see you, Clara. It would be marvellous if you moved back in.'

Somehow she managed to show him to the door and stood there watching as he climbed into his Jaguar and drove away. Clarissa's breath was not coming easily. Even speaking to him had taken a gigantic effort. She felt wave after wave of nausea spreading through her. There was no feeling in her hands. She had heard the expression 'numb with anger' but she had never realised it could be a reality.

He had offered her a job, working as his skivvy. Mopping floors and doing the washing-up – dear God! She was his sister. She had been born in that house. She had lived there until she was in her twenties, eating the same food as him. She had only moved out after the death of their parents and Magnus's wedding, the two events following, shamefully fast, one upon the other. Ever since that day, she had been nothing to him. And now this!

There was a reproduction of Leonardo da Vinci's *The Virgin of the Rocks* in the hallway. The Virgin Mary might have turned her head from John the Baptist and looked in alarm as Clarissa Pye stomped up to the first floor with vengeance in her eyes.

Certainly, she wasn't going there to pray.

9

By half past eight, darkness had fallen on Saxby-on-Avon.

Brent was working late. Quite apart from the lawns and all the weeding, there were fifty varieties of rose to be deadheaded and the yew trees to be trimmed. When he had docked the wheelbarrow and his various tools in the stable, he walked round the lake and out through Dingle Dell, following a path that would take him close to the vicarage and on to the Ferryman, the village's second pub, which stood at the lower crossroads.

It was just as he reached the edge of the wood that something made him turn back. He had heard something. He quickly ran his eyes over the house itself, squinting through the darkness. There were a couple of lights burning on the ground floor but no sign of any movement. As far as he knew, Sir Magnus Pye was in alone. He'd driven back from the village an hour ago but his wife was away for the day, in London. Her car was still out of the garage.

He saw a figure, walking up the pathway from the main gate. It was a man, on his own. Brent had good eyesight and the moon was out but he couldn't be sure if it was anyone from the village. It was hard to tell as the visitor was wearing a hat that concealed most of his face. There was something about the way he was walking that was a little odd. He was half-stooping, keeping to the shadows, almost as if he didn't want to be seen. It was a late hour to be visiting Sir Magnus. Brent considered turning back. There'd been that burglary, the same day as the funeral, and everyone was on the alert. It wouldn't take him a minute to go back across the lawn and check that everything was all right.

He decided against it. After all, it wasn't any business of his who visited Pye Hall and considering the recent discussion he'd had with Sir Magnus, after what Sir Magnus had said to him, he certainly felt no loyalty towards his employer, or his wife. It wasn't as if they'd ever looked after him. They'd taken him for granted. Brent had been working from eight in the morning until the middle

of the night for years now with never a word of thanks and at a salary that was frankly laughable. He wouldn't normally go drinking in the middle of the week but as it happened, he had ten bob in his pocket which he was going to spend on fish and chips and a couple of pints. The Ferryman stood at the bottom end of the village. It was a shabby, ramshackle place, much less genteel than the Queen's Arms. They knew him there. He always sat at the same seat near the window. Over the next couple of hours he might exchange half a dozen words with the barman but for Brent that amounted to a conversation. He put the visitor out of his mind and continued on his way.

He had another strange encounter before he reached the pub twenty-five minutes later. As he emerged from the woods, he came upon a single, slightly dishevelled woman walking towards him and recognised Henrietta Osborne, the vicar's wife. She must have come from her house, which was just up the road, and she had left in a hurry. She had thrown on a pale blue parka, a man's, presumably her husband's. Her hair was untidy. She looked distracted.

She saw him. 'Oh, good evening, Brent,' she said. 'You're out late.'

'I'm going to the pub.'

'Are you? I was just wondering . . . I was looking for the vicar. I don't suppose you've seen him?'

'No.' Brent shook his head, wondering why the vicar would be out at this time of the night. Had the two of them had a row? Then he remembered. 'There was someone up at Pye Hall, Mrs Osborne. I suppose it might have been him.'

'Pye Hall?'

'They were just going in.'

'I can't imagine why he'd want to go up there.' She sounded nervous.

'I don't know who it was.' Brent shrugged.

'Well, good night.' Henrietta turned and went back the way she had come, heading towards her home.

An hour later, Brent was sitting with his fish and chips, sipping his second pint. The air was thick with cigarette smoke. Music had been playing loudly

on the jukebox but there was a pause between discs and he heard the bicycle as it went past, heading up towards the crossroads. He glanced out and saw it as it went past. The sound it made was unmistakable. So he had been right. The vicar had been down at Pye Hall and now he was on his way home. He had been there for quite a while. Brent thought briefly about his meeting with Henrietta Osborne. She'd been worried about something. What was going on? Well, it was nothing to do with him. He turned away and put it all out of his head.

But he would be reminded of it soon enough.

—

IO

—

Atticus Pünd read the story in *The Times* the following morning.

BARONET MURDERED

Police were called to the Somerset village of Saxby-on-Avon following the death of Sir Magnus Pye, a wealthy local landowner. Detective Inspector Raymond Chubb, speaking on behalf of the Bath constabulary, confirmed that the death is being treated as murder. Sir Magnus is survived by his wife, Frances, Lady Pye, and his son, Frederick.

He was in the sitting room at Tanner Court, smoking a cigarette. James Fraser had brought him the newspaper and a cup of tea. Now he returned, carrying an ashtray.

'Have you seen the front page?' Pünd asked.

'Absolutely! It's terrible. Poor Lady Mountbatten...'

'I'm sorry?'

'Her car was stolen! And in the middle of Hyde Park!'

76

Pünd smiled, a little sadly. 'That was not the story to which I referred.' He turned it round to show to his assistant.

Fraser read the paragraphs. 'Pye!' he exclaimed. 'Wasn't that——'

'It was indeed. Yes. He was the employer of Mary Blakiston. His name was mentioned in this room just a few days ago.'

'Quite a coincidence!'

'It is possible, yes. Coincidences do occur. But in this instance, I am not so sure. We are talking here of death, of two unexpected deaths in the same house. Do you not find that intriguing?'

'You're not going to go down, are you?'

Atticus Pünd considered.

It had certainly not been in his mind to take on any more work. The time remaining to him simply would not allow it. According to Dr Benson, he had at best three months of reasonable health, which might not even be enough to catch a killer. Anyway, he had already made certain decisions. He intended to use that time to put his affairs in order. There was the question of his will, the disbursement of his home and property. He had left Germany with almost nothing of his own but there was the collection of eighteenth-century Meissen figurines which had belonged to his father and which had, miraculously, survived the war. He would like to see them in a museum and had already written to the Victoria and Albert in Kensington. It would comfort him to know that the musician, the preacher, the soldier, the seamstress and all the other members of his little family would still be together after he had gone. They were, after all, the only family that he had.

He would make a bequest for James Fraser, who had been with him during his last five cases and whose loyalty and good humour had never failed him, even if he had never helped very much when it came to the investigation of crime. There were various charities that he wished to benefit, in particular the Metropolitan and City Police Orphans Fund. Above all, there were the papers relating to his masterwork, *The Landscape of Criminal Investigation*. It would

have taken him another year to finish it. There was no possibility of presenting it to a publisher in its present state. But he had thought that he might be able to collate all his notes, along with the newspaper clippings, letters and police reports, so that some student of criminology might be able to assemble the whole thing at a future date. It would be sad to have done so much work for nothing.

These had been his plans. But if there was one thing that life had taught him, it was the futility of making plans. Life had its own agenda.

Now he turned to Fraser. 'I told Miss Sanderling that I was unable to help her because I had no official reason to present myself at Pye Hall,' he said. 'But now a reason has presented itself and I see that our old friend Detective Inspector Chubb is involved.' Pünd smiled. The old light had come into his eyes. 'Pack the bags, James, and bring round the car. We are leaving at once.'

Three

A Girl

Atticus Pünd had never learned to drive. He was not wilfully old-fashioned. He kept himself informed of all the latest scientific developments and would not hesitate to use them – in the treatment of his illness, for example. But there was something about the pace of change that concerned him, the sudden onrush of machines in every shape and size. As televisions, typewriters, fridges and washing machines became more ubiquitous, as even the fields became crowded with electric pylons, he sometimes wondered if there might not be hidden costs for a humanity that had already been sorely tested in his lifetime. Nazism, after all, had been a machine in itself. He was in no rush to join the new technological age.

And so, when he had bowed to the inevitable and agreed that he needed a private car, he had left the whole business to James Fraser, who had gone out and returned with a Vauxhall Velox four-door saloon, a good choice Pünd had to admit; sturdy and reliable with plenty of space. Fraser of course was boyishly excited. It had a six-cylinder engine. It would go from zero to sixty in just twenty-two seconds. The heater could be set to de-ice the windscreen in the winter. Pünd was just happy that it would get him where he wanted to go and – a sober, unremarkable grey – it would not scream out that he had arrived.

The Vauxhall, with James Fraser at the wheel, pulled in outside Pye Hall after the three-hour drive from London, which they had taken without stopping. There were two police cars parked on the gravel. Pünd got out and stretched his legs, grateful to be released from the confined space. His eyes travelled across the front of the building, taking in its grandeur, its elegance, its very Englishness. He could tell at once that it had belonged to the same family for many generations. It had an unchanging quality, a sense of permanence.

'Here's Chubb,' Fraser muttered.

The familiar face of the detective inspector appeared at the front door. Fraser

had telephoned him before they left and Chubb had evidently been awaiting their arrival. Plump and cheerful, with his Oliver Hardy moustache, he was dressed in an ill-fitting suit with one of his wife's latest knitting creations below, this one a particularly unfortunate mauve cardigan. He had put on weight. That was the impression he always gave. Pünd had once remarked that he had the look of a man who had just finished a particularly good meal. He came bounding down the front steps, evidently pleased to see them.

'Herr Pünd!' he exclaimed. It was always 'Herr' and somehow Chubb implied that there was some failing in Pünd's character being born in Germany. After all, he might have been saying, let's not forget who won the war. 'I was very surprised to hear from you. Don't tell me you've had dealings with the late Sir Magnus.'

'Not at all, Detective Inspector,' Pünd replied. 'I had never met him and only knew of his death from the newspapers this morning.'

'So what brings you here?' His eyes travelled over to James Fraser and seemed to notice him for the first time.

'It is a strange coincidence.' In fact, Fraser had often heard the detective remark that there was no such thing as a coincidence. There was a chapter in *The Landscape of Criminal Investigation* where he had expressed the belief that everything in life had a pattern and that a coincidence was simply the moment when that pattern became briefly visible. 'A young lady from this village came to see me yesterday. She told me of a death that had taken place in this very house two weeks ago——'

'Would that be the housekeeper, Mary Blakiston?'

'Yes. She was concerned that certain people were making false accusations about what had occurred.'

'You mean, they thought the old girl had been deliberately killed?' Chubb took out a packet of Players, the same brand he always smoked, and lit one. The index and third fingers of his right hand were permanently stained – like old piano keys. 'Well, I can put your mind at rest on that one, Herr Pünd. I looked into it myself

and I can tell you it was an accident pure and simple. She was doing the hoovering at the top of the stairs. She got tangled up in the wire and tumbled down the full length. Solid flagstone at the bottom, unlucky for her! Nobody had any reason to kill her and anyway she was locked in the house, on her own.'

'And what of the death of Sir Magnus?'

'Well, that's quite a different kettle of fish. You can come in and take a butcher's if you like – and that's the right word for it. I'm going to finish this first, if you don't mind. It's pretty nasty in there.' He deliberately screwed the cigarette into his lips and inhaled. 'At the moment, we're treating it as a burglary that went wrong. That seems the most obvious conclusion.'

'The most obvious conclusions are the ones I try to avoid.'

'Well, you have your own methods, Herr Pünd, and I won't say they haven't been helpful in the past. What we've got here is a local landowner, been in the village all his life. It's early days but I can't see that anyone would have a grudge against him. Now, someone came up here around half past eight last night. He was actually spotted by Brent, the groundsman, as he was finishing work. He hasn't been able to give us a description but his first impression was that it wasn't anyone from the village.'

'How could he know that?' Fraser asked. He had been ignored up until this moment and felt a need to remind the others he was still there.

'Well, you know how it is. It's easier to recognise someone if you've seen them before. Even if you can't see their face, there's something about the shape of their body or the way they walk. Brent was fairly sure this was a stranger. And anyway, there was something about the way this man went up to the house. It was as if he didn't want to be seen.'

'You believe this man was a burglar,' Pünd said.

'The house had already been burgled once just a few days before.' Chubb sighed as if it irritated him having to explain it all again. 'After the death of the housekeeper, they had to smash a back window to get in. They should have got it reglazed but they didn't and a few days after that someone broke in. They

got away with a nice little haul of antique coins and jewellery – Roman, would you believe it. Maybe they had a look around while they were there. There's a safe in Sir Magnus's study which they might have been unable to open but now they knew it was there, they could come back and have a second crack at it. They thought the house was still empty. Sir Magnus surprised them – and there you have it.'

'You say he was killed violently.'

'That's an understatement.' Chubb needed to fortify himself with another lungful of smoke. 'There's a suit of armour in the main hall. You'll see it in a minute. Complete with sword.' He swallowed. 'That's what they used. They took his head clean off.'

Pünd considered this for a moment. 'Who found him?'

'His wife. She'd been on a shopping trip to London and she got home at around nine thirty.'

'The shops closed late.' Pünd half-smiled.

'Well, maybe she had dinner too. Anyway, as she arrived, she saw a car driving off. She's not sure of the make but it was green and she saw a couple of letters off the registration plate. FP. As luck would have it, they're her own initials. She came in and found him lying at the foot of the stairs almost exactly where the body of his housekeeper had been the week before. But not all of him. His head had rolled across the floor and landed next to the fireplace. I'm not sure you'll be able to talk to her for a while. She's in hospital in Bath, still under sedation. She's the one who called the police and I've heard a recording of the conversation. Poor woman, she can hardly get the words out, screaming and sobbing. If this was a murder, you can certainly strike her off the list of suspects unless she's the world's greatest actress.'

'The body, I take it, has gone.'

'Yes. We removed it last night. Needed a strong stomach, I can tell you.'

'Was anything removed from the house on this second occasion, Detective Inspector?'

'It's hard to be sure. We'll need to interview Lady Pye when she's up to it. But on first appearance, it doesn't seem so. You can come in, if you like, Herr Pünd. You're not here in any official capacity, of course, and maybe I should have a quick word with the assistant commissioner, but I'm sure no harm can come of it. And if anything does spring to mind, I can rely on you to let me know.'

'Of course, Detective Inspector,' Pünd said although Fraser knew that he would do no such thing. He had accompanied Pünd on five separate enquiries and knew that the detective had a maddening habit of keeping everything under his hat until it suited him to reveal the truth.

They climbed three steps but Pünd stopped before he entered the front door. He crouched down. 'Now that is strange,' he said.

Chubb gazed at him in disbelief. 'Are you going to tell me that I've missed something?' he demanded. 'And we haven't even gone inside!'

'It may have no relevance at all, Detective Inspector,' he replied, soothingly. 'But you see the flower bed beside the door . . .'

Fraser glanced down. There were flower beds running all the way along the front of the house, divided by the steps that led up from the driveway.

'Petunias, if I'm not mistaken,' Chubb remarked.

'Of that I am unsure. But do you not see the handprint?'

Both Chubb and Fraser looked more closely. It was true. Somebody had stuck their hand in the soft earth just to the left of the door. From the size of it, Fraser would have said that it belonged to a man. The fingers were outstretched. It was very odd, Fraser thought. A footprint would have been more conventional.

'It probably belongs to the gardener,' Chubb said. 'I can't think of any other explanation.'

'And you are probably right.' Pünd sprang back to his feet and continued forward.

The door led directly into a large rectangular room with a staircase in front of them and two more doors, left and right. Fraser saw at once where the body of Sir Magnus had lain and he felt the usual stirring in the pit of his stomach.

There was a Persian rug, gleaming darkly, still soaked with blood. The blood had spread onto the flagstones, stretching towards the fireplace, encircling the legs of one of the leather chairs that stood there. The whole room stank of it. A sword lay diagonally, with its hilt close to the stairs, its blade pointing towards the head of a deer that looked down with glass eyes, perhaps the only witness to what had occurred. The rest of the armour, an empty knight, stood beside one of the doors with a living room beyond. Fraser had been to many crime scenes with his employer. Often he had seen the bodies lying there – stabbed, shot, drowned, whatever. But it struck him that there was something particularly macabre about this one, almost Jacobean with the dark wooden panelling and the minstrel gallery.

'Sir Magnus knew the person who killed him,' Pünd muttered.

'How can you possibly know?' Fraser asked.

'The position of the suit of armour and the layout of the room.' Pünd gestured. 'See for yourself, James. The entrance is behind us. The armour and the sword are further inside the room. If the killer had come to the front door and wished to attack Sir Magnus, it would have been necessary to go round him to reach the weapon and at that moment, if the door was open, Sir Magnus could have made good his escape. However, it seems more likely that Sir Magnus was showing someone out. They come in from the living room. Sir Magnus is first. His killer is behind him. As he opens the front door, he does not see that his guest has drawn out the sword. He turns, sees the guest moving towards him, perhaps pleads with him. The killer strikes. And all is as we see it.'

'It still might have been a stranger.'

'You would invite a stranger into the house, late in the evening? I do not think so.' Pünd looked around him. 'There is a painting missing,' he remarked.

Fraser followed his eyes and saw that it was true. There was a bare hook on the wall next to the door and a section of the woodwork had faded slightly, a telltale rectangle that clearly delineated the missing work of art.

'Do you think it could be relevant?' Fraser asked.

'Everything is relevant,' Pünd replied. He took one last look around him. 'There is nothing more for me to see here. It would be interesting to learn exactly how the housekeeper was discovered when she died two weeks ago but we will come to that in due course. Can we proceed into the living room?'

'Of course,' Chubb said. 'This door leads into the living room and Sir Magnus had his study on the other side. There's a letter we found there that may interest you.'

The living room had a much more feminine feel than the entrance hall with an oyster-pink carpet, plush curtains with a floral pattern, comfortable sofas and occasional tables. There were photographs everywhere. Fraser picked one up and examined the three people standing together in front of the house. A round-faced man with a beard, wearing an old-fashioned suit. Next to him, a few inches taller than him, a woman staring into the camera lens with a look of impatience. And a boy, in school uniform, scowling. It was obviously a family photograph if not a particularly happy one: Sir Magnus, Lady Pye and their son.

A uniformed policeman stood guarding the door on the far side. They went straight through into a room dominated by an antique desk set square between two bookshelves with windows opposite giving views across the front lawn and down to the lake. The floor was polished, wooden boards partly covered by another rug. Two armchairs faced into the room with an antique globe between them. The far wall was dominated by a fireplace, and it was evident from the ashes and charred wood that someone had recently lit a fire. Everything smelled faintly of cigar smoke. Fraser noticed a humidor and a heavy glass ashtray on a side table. The wooden panelling from the entrance hall was picked up again with several more oil paintings which might have hung here as long as the house itself. Pünd went over to one of them – a picture of a horse in front of a stable, very much in the style of Stubbs. He had noticed it because it was slightly perpendicular to the wall, like a half-open door.

'It was like that when we came in,' Chubb remarked.

Pünd took a pen out of his pocket and used it to hook the painting, pulling

it towards him. It was hinged along one side and concealed a very solid-looking safe set in the wall.

'We don't know the combination,' Chubb continued. 'I'm sure Lady Pye will tell us when she's up to it.'

Pünd nodded and transferred his attention to the desk. It was quite likely that Sir Magnus had been sitting here in the hours before he died and that, therefore, the papers strewn across the surface might have something to say about what had actually happened.

'There's a gun in the top drawer,' Chubb said. 'An old service revolver. It hasn't been fired – but it's loaded. According to Lady Pye, he usually kept it in the safe. He might have brought it out because of the burglary.'

'Or it could be that Sir Magnus had another reason to be nervous.' Pünd opened the drawer and glanced at the gun. It was indeed a .38 Webley Revolver. And Chubb was right. It had not been used.

He closed the drawer and turned his attention to the surface of the desk, beginning with a series of drawings, architectural blueprints from a company called Larkin Gadwall based in Bath. They showed a cluster of houses, twelve in total, stretching out in two lines of six. A number of letters were piled up next to it, correspondence with the local council, a paper trail that must ultimately lead to the granting of planning permission. And here was the proof of it, a smart brochure with the heading: Dingle Drive, Saxby-on-Avon. All of these occupied one corner of the desk. A telephone stood at the other, with a notepad next to it. Someone, presumably Sir Magnus, had written in pencil – the pencil itself lay nearby –

Ashton H

Mw

A Girl

The words were written neatly at the top of the page but after that, Sir Magnus must have become agitated. There were several lines crossing each other, an angry scrawl. Pünd handed the page to Fraser.

'A girl?' Fraser asked.

'These would seem to be notes taken down from a telephone conversation,' Pünd suggested. 'Mw may stand for something. Note that the w is in lower case. And the girl? Perhaps it is the subject of which they spoke.'

'Well, he doesn't seem to have been too pleased about it.'

'Indeed not.' Finally, Pünd turned to an empty envelope and next to it the letter that Chubb must have been referring to and which lay at the very centre of the desk. There was no address, just a name – Sir Magnus Pye – handwritten in black ink. It had been roughly torn open. Pünd took out a handkerchief and used it to pick up the envelope. He examined the paper carefully, then replaced it and, with equal care, picked up the letter beside it. This was typewritten and addressed to Sir Magnus Pye with a date – 28 July 1955, the actual day that the murder had taken place. He read:

You think you can get away with it? This village was here before you and it will be here after you and if you think you can ruin it with your bilding and your money-making you are so, so wrong. You think again, you bastard, if you want to live here. If you want to live.

The letter was not signed. He laid it back on the desk so that Fraser could read it.

'Whoever wrote this can't spell "building",' Fraser remarked.

'He may also be a homicidal maniac,' Pünd added, gently. 'This letter would seem to have been delivered yesterday. Sir Magnus was killed a matter of hours after it arrived – which is what was promised.' He turned to the detective inspector. 'I would imagine this relates in some way to the diagrams,' he said.

'That's right,' Chubb agreed. 'I've put a call in to these people, Larkin Gadwall. They're developers in Bath and it seems they had some sort of deal with Sir Magnus. I'll be heading their way this afternoon and you can join me if you like.'

'You're most generous.' Pünd nodded. His attention was still focused on the letter. 'There is something about this that I find a little peculiar,' he said.

'I think I'm ahead of you there, Pünd.' The detective beamed, pleased with himself. 'The envelope is handwritten even though the letter is typed. You'd have thought that would be a dead giveaway if the sender wanted to hide his or her identity. My guess is they sealed the letter first, then realised they needed to put the name on the front but it wouldn't fit into the typewriter. I've done the same myself often enough.'

'You may well be right, Detective Inspector. But that was not the peculiarity that had occurred to me.'

Chubb waited for him to continue but, standing on the other side of the desk, James Fraser knew that he would do no such thing. He was right. Pünd had already turned his attention to the fireplace. He took the pen back out of his jacket pocket and rummaged around in the ashes, found something, carefully separated it from the rest. Fraser went over and looked down at a scrap of paper, barely larger than a cigarette card, blackened at the edges. This was the sort of moment he loved, working with Pünd. It would never have occurred to Chubb to examine the fireplace. The policeman would have taken a cursory look at the room, called for forensics and then been on his way. But here was a clue and one that might crack the case wide open. The fragment might have a name written on it. Even a few letters would provide a handwriting sample which might indicate who had been in the room. Sadly, however, in this case, the paper was blank although Pünd did not seem dispirited. Far from it.

'You see, Fraser,' he exclaimed. 'There is a slight discoloration, a stain. And, I think, it will be possible to discern at least part of a fingerprint.'

'A fingerprint?' Chubb had heard the word and came over.

Fraser looked more closely and saw that Pünd was right. The stain was dark brown in colour and his immediate thought was spilled coffee. But at the same time, he could see no obvious relevance. Anyone could have torn up a sheet of paper and thrown it in the fire. Sir Magnus might well have done it himself.

'I'll get the lab to have a look at it,' Chubb said. 'And they can run their eye

over that letter too. It's just possible I may have jumped to conclusions, thinking about that burglar.'

Pünd nodded. He straightened up. 'We must find accommodation,' he announced, suddenly.

'You're planning to stay?'

'With your permission, Detective Inspector.'

'Absolutely. I believe they have rooms at the Queen's Arms. It's a pub next to the church but they do B & B too. If you want a hotel, you'd be better off in Bath.'

'It will be more convenient to remain in the village,' Pünd replied.

Fraser sighed inwardly, imagining the lumpy beds, ugly furniture and spluttering bath taps that always seemed to accompany local hospitality. He had no money himself apart from what Pünd paid him and that was little enough. But that didn't prevent him from having expensive tastes. 'Do you want me to check it out?' he asked.

'We can go there together.' Pünd turned to Chubb. 'What time will you be travelling to Bath?'

'I have an appointment at Larkin Gadwall at two o'clock and we can go straight from there to the hospital and see Lady Pye, if you like.'

'That is excellent, Detective Inspector. I must say that it is a great pleasure to be working with you again.'

'Likewise. I'm very glad to see you, Herr Pünd. Headless bodies and all that! The moment I got the call, I knew this was right up your street.'

Lighting another cigarette, Chubb made his way back to his car.

—
2
—

To Fraser's chagrin, the Queen's Arms had two rooms vacant and without even going upstairs to examine them, Pünd took them both. They were as bad as he had imagined, too, with sloping floors and windows too small for the walls in

which they were set. He had a view of the village square. Pünd looked out over the cemetery but made no complaint. On the contrary, there was something about the view that seemed to amuse him. Nor did he complain about the lack of comfort. When he had first started working at Tanner Court, Fraser had been surprised to discover that the detective slept in a single bed, more a cot really, with a metal frame, the blankets neatly folded back. Although Pünd had once been married, he never spoke of his wife and showed no further interest in the opposite sex. But even so, such austerity in a smart London flat seemed more than a little eccentric.

The two of them had lunch together downstairs, then stepped outside. There was a small crowd of people gathered around the bus shelter in the village square but Fraser got the impression that they were not waiting for a bus. Something had clearly interested them. They were talking in an animated sort of way. He was sure that Pünd would want to go over and see what the fuss was about but at that moment a figure appeared in the cemetery, walking towards them. It was the vicar. That much was obvious from his clerical shirt and dog collar. He was tall and lanky with unkempt black hair. Fraser watched as he picked up a bicycle that had been resting against the gate and guided it out onto the road, the wheels creaking noisily with every turn.

'The vicar!' Pünd exclaimed. 'In an English village, he is the one man who knows everyone.'

'Not everyone goes to church,' Fraser returned.

'They do not need to. He makes it his business to know even the atheists and the agnostics.'

They went over to him and intercepted him before he could make his getaway. Pünd introduced himself.

'Oh yes,' the vicar exclaimed, blinking in the sunlight. He frowned. 'I know the name, I'm sure. The detective? You're here, of course, because of Sir Magnus Pye. What a terrible, terrible business. A small community like Saxby-on-Avon cannot be prepared, in any way, for such an event and it is going to be very hard for us to come to terms with it. But forgive me. I haven't told you my name.

Robin Osborne. I'm the vicar here at St Botolph's. Well, you had probably worked that out for yourself, given your line of work!'

He laughed and it occurred to Pünd – it had even occurred to Fraser – that this was an exceptionally nervous man, that he was almost unable to stop talking and that the words were pouring out of him in an attempt to cover up whatever was actually passing through his mind.

'I would imagine that you knew Sir Magnus quite well,' Pünd said.

'Passably well. Yes. Sadly, I saw him less than I would have liked. Not a very religious man. He came to services all too seldom.' Osborne drew himself in. 'Are you here to investigate the crime, Mr Pünd?'

Pünd replied that this was the case.

'I'm a little surprised that our own police force should need any extra assistance – not, of course, that it is in any way unwelcome. I already spoke to Detective Inspector Chubb this morning. He suggested to me that it may have been an intruder. Burglars. You are aware, I'm sure, that Pye Hall was targeted very recently.'

'Pye Hall appears to have had more than its fair share of misfortune.'

'The death of Mary Blakiston, you mean?' Osborne pointed. 'She is resting just over there. I officiated myself.'

'Was Sir Magnus popular in the village?'

The question took the vicar by surprise and he struggled to find the right answer. 'There may have been those who envied him. He had considerable wealth. And then, of course, there was the matter of Dingle Dell. It would be true to say that it aroused strong feelings.'

'Dingle Dell?'

'It's a strip of woodland. He had sold it.'

'To Larkin Gadwall,' Fraser interceded.

'Yes. Those are the developers, I believe.'

'Would you be surprised to learn, Mr Osborne, that Sir Magnus had received a death threat as a direct result of his intentions?'

'A death threat?' The vicar was more flustered than ever. 'I would be very surprised. I'm sure nobody around here would send such a thing. This is a very peaceful village. The people who live here aren't like that at all.'

'And yet you spoke of strong feelings.'

'People were upset. But that's not the same thing.'

'When did you last see Sir Magnus?'

Robin Osborne was keen to be on his way. He was holding his bicycle as if it were an animal, straining at the leash. And this last question offended him. It was clear, in his eyes. Was he being suspected of something? 'I haven't seen him for a while,' he replied. 'He was unable to attend Mary Blakiston's burial which was a pity but he was in the South of France. And before that, I was away myself.'

'Where?'

'On holiday. With my wife.' Pünd waited for more and Osborne obligingly filled in the silence. 'We had a week together in Devonshire. Actually, she'll be waiting for me right now, so if you don't mind . . .' With a half-smile, he pushed his way between them, the gears of his bicycle grinding.

'I'd say that he was nervous about something,' Fraser muttered.

'Yes, James. He was certainly a man with something to hide.'

As the detective and his assistant made their way towards their car, Robin Osborne was cycling as quickly as he could down to the vicarage. He knew he had not been entirely honest: not lying but omitting certain aspects of the truth. It was true, however, that Henrietta was waiting for him and would have expected him some time ago.

'Where have you been?' she asked as he took his place in the kitchen. She served a home-made quiche with a bean salad and sat down next to him.

'Oh. I was just in the village.' Osborne mouthed a silent grace. 'I met that detective,' he went on, barely leaving time for the amen. 'Atticus Pünd.'

'Who?'

'You must have heard of him. He's quite famous. A private detective. You

remember that school in Marlborough? There was a teacher who was killed during a play. He worked on that.'

'But why do we need a private detective? I thought it was a burglar.'

'It seems the police may have been wrong.' Osborne hesitated. 'He thinks it has something to do with the Dell.'

'The Dell!'

'That's what he thinks.'

They ate in silence. Neither of them seemed to be enjoying the food. Then Henrietta spoke, quite suddenly. 'Where did you go last night, Robin?' she asked.

'What?'

'You know what I'm talking about. Sir Magnus being killed.'

'Why on earth would you ask me such a thing?' Osborne put down his knife and fork. He took a sip of water. 'I felt anger,' he explained. 'It's one of the mortal sins. And there were things in my heart that were . . . that should not have been there. I was upset because of the news but that's no excuse. I needed to spend time alone so I went up to the church.'

'But you were gone such a long time.'

'It wasn't easy for me, Henrietta. I needed the time.'

She wasn't going to speak, then thought again. 'Robin, I was so worried about you. I came out looking for you. As a matter of fact, I bumped into Brent and he said he'd seen someone going up to the hall——'

'What are you suggesting, Hen? Do you think I went up to Pye Hall and killed him? Took his head off with a sword? Is that what you're saying?'

'No. Of course not. It's just that you were so angry.'

'You're being ridiculous. I didn't go anywhere near the house. I didn't see anything.'

There was something else Henrietta wanted to say. The bloodstain on her husband's sleeve. She had seen it with her own eyes. The following morning she had taken the shirt and washed it in boiling water and bleach. It was on the washing line even now, drying in the sun. She wanted to ask him whose

blood it was. She wanted to know how it had got there. But she didn't dare. She couldn't accuse him. Such a thing was impossible.

The two of them finished their lunch in silence.

—

3

—

Sitting in a reproduction captain's chair with its curved back and swivelling seat, Johnny Whitehead was also thinking about the murder. Indeed, throughout the morning he had thought of little else, blundering around like a bull in his own china shop, rearranging objects for no reason and smoking incessantly. Gemma Whitehead had finally lost her temper with him when he had knocked over and broken a nice little Meissen soap dish, which, though chipped, had still been priced at nine shillings and sixpence.

'What is the matter with you?' she demanded. 'You're like a bear with a sore head today. And that's your fourth cigarette. Why don't you go out and get some fresh air?'

'I don't want to go out,' Johnny said, moodily.

'What's wrong?'

Johnny stubbed out his cigarette in a Royal Doulton ashtray shaped like a cow and priced at six shillings. 'What do you think?' he snapped.

'I don't know. That's why I'm asking you.'

'Sir Magnus Pye! That's what's wrong.' He stared at the smoke still rising from the twisted cigarette butt. 'Why did someone have to go and murder him? Now we've got the police in the village, knocking on doors, asking questions. They'll be here soon enough.'

'What does it matter? They can ask us anything they want.' There was a fractional pause, long enough to make itself felt. 'Can't they?'

'Of course they can.'

She examined him, a sharp look in her eye. 'You haven't been up to anything, have you, Johnny?'

'What are you talking about?' There was a wounded tone in his voice. 'Why do you even ask that? Of course I haven't been up to anything. What could I possibly get up to, stuck out here in the sticks?' It was the old argument: city versus countryside, Saxby versus almost anywhere else in the world. They'd had it often enough. But even as he spoke the words, he was remembering how Mary Blakiston had confronted him all too recently in this very building, how much she had known about him. She had died suddenly and so had Sir Magnus, both of them within two weeks of each other. That wasn't a coincidence and the police certainly wouldn't think so. Johnny knew how they worked. They would already be drawing up files, looking at everyone who lived in the neighbourhood. It wouldn't be too long before they came after him.

Gemma walked over and sat down next to him, laying a hand on his arm. Although she was so much smaller than him, so much frailer, she was the one with the strength and they both knew it. She had stood by him when they'd had their troubles in London. She had written to him every week, long letters full of optimism and good cheer, when he was 'away'. And when he had finally come home, it had been her decision that had brought them to Saxby-on-Avon. She had seen the old post office advertised in a magazine and had thought it could be converted into an antique shop, allowing Johnny to maintain some of the practices of his old life whilst providing a stable, honest basis for the new.

Leaving London had not been easy, especially for a boy who had lived his whole life within earshot of the Bow Bells, but Johnny had seen the sense of it and had reluctantly gone along with it. But she knew that he had been diminished by it. Loud, cheerful, trusting, irascible Johnny Whitehead could never be completely at home in a community where everyone was being endlessly judged and where disapproval could mean total ostracism. Had it been wrong of her to bring him here? She still allowed him trips back to the city although they always

made her nervous. She didn't ask him what he got up to and he didn't tell her. But this time it was different. He had been there only a few days earlier. Could that visit possibly be connected with what had happened?

'What did you do in London?' she asked.

'Why do you want to know?'

'I was just wondering.'

'I saw some of the blokes – Derek and Colin. We had lunch, a few drinks. You should have come.'

'You wouldn't want me there.'

'They asked after you. I went past the old house. It's flats now. It made me think. We had a lot of happy times there, you and me.' Johnny patted the back of his wife's hand, noticing how thin it had become. The older she got, the less of her there seemed to be.

'I've had enough of London for one lifetime, Johnny.' She withdrew her hand. 'And as for Derek and Colin, they were never your friends. They didn't stand by you when things went belly-up. I did.'

Johnny scowled. 'You're right,' he said. 'I'm going out for a walk. Half an hour. That'll blow away the cobwebs.'

'I'll come with you, if you like.'

'No. You'd better mind the shop.' Nobody had come in since they had opened that morning. That was another thing about murder. It discouraged the tourists.

She watched him leave, heard the bell on the door make its familiar jangle. Gemma had thought they would be all right coming here, leaving their former lives behind them. No matter what Johnny had said at the time, it had been the right decision. But two deaths, one following hard upon the other, had changed everything. It was as if those old shadows had somehow stretched out and found them.

Mary Blakiston had been here. For the first time in a very, very long time the housekeeper had come to the shop and, when challenged, Johnny had lied about it. He had claimed she was buying someone a present but Gemma knew that wasn't true. If Mary had wanted a present she would have gone into Bath,

to Woolworth or Boots the Chemist. And less than a week later she had died. Was there some link between the two events and, if so, was there a further link that led to the death of Sir Magnus Pye?

Gemma Whitehead had come to Saxby-on-Avon because she thought it would be safe. Sitting alone in the dingy shop surrounded by hundreds of unnecessary items, trinkets and knick-knacks which nobody seemed to want and which, today anyway, nobody had come in to buy, she wished with all her heart that she and Johnny could be anywhere else.

—
4
—

Everyone in the village thought they knew who had killed Sir Magnus Pye. Unfortunately, no two theories were the same.

It was well known that Sir Magnus and Lady Pye were at loggerheads. They were seldom seen together. If they turned up at church, they kept a distance between them. According to Gareth Kite, the landlord of the Ferryman, Sir Magnus had been having an affair with his housekeeper, Mary Blakiston. Lady Pye had killed both of them – although how she had managed the first death when she was on holiday in France, he hadn't explained.

No, no. It was Robert Blakiston who was the killer. Hadn't he threatened his mother just days before she died? He had killed her because he was angry with her and had gone on to kill Sir Magnus when he had somehow discovered the truth. And then there was Brent. The groundsman lived alone. He was definitely peculiar. There were rumours that Sir Magnus had fired him the very day that he had died. Or what about the stranger who had come to the funeral? Nobody wore a hat like that unless it was to conceal their identity. Even Joy Sanderling, that nice girl who worked for Dr Redwing, was suspected. The strange announcement that had gone up on the notice board next to the bus shelter definitely showed that there was more to her than met the eye. Mary

Blakiston had taken against her. So she had died. Sir Magnus Pye had found out. He had died too.

And then there was the destruction of Dingle Dell. Although the police had not released details of the threatening message that had been found on Sir Magnus's desk, it was well known how much anger the proposed development had provoked. The longer you had lived in the village, the more angry you were likely to be and by this logic, old Jeff Weaver, who was seventy-three and who had tended the churchyard for as long as anyone could remember, became the number one suspect. The vicar, too, had plenty to lose. The vicarage backed directly onto the proposed development site and it had often been remarked how he and Mrs Osborne liked to lose themselves in the wood.

Curiously, one resident who had every reason to kill Sir Magnus but whose name had been left out of the loop was Clarissa Pye. The impoverished sister had been by turns ignored and humiliated but it had not occurred to any of the villagers that this might make her a murderess. Perhaps it was the fact that she was a single woman – and a religious one at that. Perhaps it was her eccentric appearance. The dyed hair was absurd, visible at fifty yards. She tried too hard with her hats, her imitation jewellery, her wardrobe of once-fashionable cast-offs when really simpler, more modern clothes would have suited her better. Her physique was against her too: not fat, not masculine, not dumpy, but perilously close to all three. In short, she was something of a joke in Saxby-on-Avon and jokes do not commit murder.

Sitting in her home in Winsley Terrace, Clarissa was trying not to think about what had happened. For the last hour, she'd been absorbed by the *Daily Telegraph* crossword – though normally she'd finish it in half that time. One clue in particular had confounded her:

16. Complained endlessly about Bobby

The answer was a nine-letter word, the second letter O, the fourth letter I. She knew that it was staring her in the face but for some reason it wouldn't

come to her. Was the solution a synonym of 'complained' or was it somebody famous, first name Bobby? It seemed very unlikely. The *Telegraph* crossword didn't usually involve celebrities unless they were classical writers or artists. In which case, could 'Bobby' have some other meaning that had eluded her? She chewed briefly on the Parker Jotter that was her special crossword pen. And then, quite suddenly it hit her. The answer was so obvious! It had been in front of her all the time. 'Complained endlessly'. So drop the D at the end of the word. 'About' indicating an anagram. And a Bobby? Perhaps the capital B was a little unfair. She entered the missing letters ... **Policeman** and of course that made her think of Magnus, of the police cars she had seen driving through the village, the uniformed officers who would be up at Pye Hall even now. What would happen to the house now that her brother was dead? Presumably, Frances would continue living there. She wasn't allowed to sell it. That was all part of the entail, the complicated document that had defined the ownership of Pye Hall over the centuries. It would now pass to her nephew, Freddy, the next in line. He was only fifteen years old and the last time Clarissa had seen him he had struck her as shallow and arrogant, a little like his father. And now he was a millionaire!

Of course, if he and his mother died, if – for example – there was a terrible car accident, then the property, but not the title, would have to move sideways. That was an interesting thought. Unlikely, but interesting. Really, there was no reason why it couldn't happen. First Mary Blakiston, then Sir Magnus. Finally...

Clarissa heard a key turning in the front door and quickly folded the newspaper and set it aside. She wouldn't want anyone to think that she had been wasting time; that she had nothing to do. She was already on her feet and moving towards the kitchen as the door opened and Diana Weaver came in. The wife of Adam Weaver, who did odd jobs around the village and helped out at the church, she was a comfortably middle-aged woman with a no-nonsense attitude and a friendly smile. She worked as a cleaner: two hours a day at the doctor's surgery and the rest of the week divided between various houses in

Saxby-on-Avon with just one afternoon once a week here. Seeing her as she bustled in with the oversized plastic bag she always carried, already unbuttoning the coat which surely wasn't needed on such a warm day, it occurred to Clarissa that this was a real cleaning lady, which is to say a lady for whom such work was entirely appropriate and indeed necessary. How could Magnus have possibly placed her in the same category? Had he really been serious or had he come here simply to insult her? She wasn't sorry he was dead. Quite the opposite.

'Good afternoon, Mrs Weaver,' she said.

'Hello there, Miss Pye.'

Clarissa could tell at once that something was wrong. The cleaner was downcast. She seemed nervous. 'There's some ironing to do in the spare bedroom. And I've bought a new bottle of Ajax.' Clarissa had got straight to the point. It wasn't her habit to engage in conversation: it wasn't just a question of propriety. She could barely afford to pay for the two hours each week and she wasn't going to eat into them with small talk. But although Mrs Weaver had divested herself of her coat, she hadn't moved and didn't seem in any hurry to start work. 'Is something the matter?' she asked.

'Well...it's this business at the big house.'

'My brother.'

'Yes, Miss Pye.' The cleaner seemed more upset than she had any right to be. It wasn't as if she had worked there. She had probably only spoken to Magnus once or twice in her life. 'It's a horrible thing to happen,' she went on. 'In a village like this. I mean, people have their ups and their downs. But I've lived here forty years and I've never known anything like it. First poor Mary. And now this.'

'I was just thinking about it myself,' Clarissa agreed. 'I am mortified. My brother and I weren't close but even so he was still blood.'

Blood.

She shuddered. Had he known he was about to die?

'And now we've got the police here,' Diana Weaver continued. 'Asking

questions and disturbing everyone.' Was that what she was worried about? The police? 'Do you think they have any idea who did it?'

'I doubt it. It only happened last night.'

'I'm sure they'll have searched the house. According to my Adam...' She paused, unsure whether to spell it out. '... someone took his head clean off his shoulders.'

'Yes. That's what I heard.'

'That's horrible.'

'It certainly was very shocking. Are you going to be able to work today or would you like to go home?'

'No, no. I prefer to keep myself busy.'

The cleaner went into the kitchen. Clarissa glanced at the clock. Mrs Weaver had actually started work two minutes late. She would make sure she made up the time before she left.

5

The meeting at Larkin Gadwall had not been particularly illuminating. Atticus Pünd had been shown the brochure for the new development – everything in watercolour with smiling families, sketched in almost like ghosts, drifting through their new paradise. Planning permission had been approved. Construction was due to start the following spring. Philip Gadwall, the senior partner, insisted that Dingle Dell was an unremarkable piece of woodland and that the new homes would benefit the neighbourhood. 'It's very much in the council's mind that we regenerate our villages. We need new homes for local families if we're going to keep the villages alive.'

Chubb had listened to all this in silence. It struck him that the families in the brochure, with their smart clothes and brand-new cars, didn't look local at

all. He was quite glad when Pünd announced that he had no further questions and they were able to get back out into the street.

It turned out that Frances Pye had already left hospital and had insisted on returning home, so that was where the three men – Pünd, Fraser and Chubb – went next. The police cars had already left Pye Hall by the time they arrived. Driving past the Lodge and up the gravel driveway, Pünd was struck by how normal everything looked with the afternoon sun already dipping behind the trees.

'That must have been where Mary Blakiston lived,' Fraser said, pointing to the silent Lodge House as they passed.

'At one time with her two sons, Robert and Tom,' Pünd said. 'Let us not forget that the younger of the two children also died.' He gazed out of the window, his face suddenly grim. 'This place has seen a lot of death.'

They pulled in. Chubb had driven ahead of them and was waiting for them at the front door. A square of police tape hung limply around the handprint in the soil and Fraser wondered if it had been linked to the gardener, Brent, or to anyone else. They went straight into the house. Someone had been busy. The Persian rug had been removed, the flagstones washed down. The suit of armour had gone too. The police would have held on to the sword – it was, after all, the murder weapon. But the rest of the armour would have been too grim a reminder of what had occurred. The whole house was silent. There was no sign of Lady Pye. Chubb hesitated, unsure how to proceed.

And then a door opened and a man appeared, coming out of the living room. He was in his late thirties, with dark hair and a moustache, wearing a blue blazer with a crest on the front pocket. He had a lazy walk, one hand in his pocket and a cigarette in the other. Fraser had the immediate thought that this was a man whom it would be easy to dislike. He did not just arouse antipathy; he almost seemed to cultivate it.

The new arrival was surprised to find three visitors in the hall and he didn't try to conceal it. 'Who are you?' he demanded.

'I was about to ask you the same,' Chubb replied, already bristling. 'I'm with the police.'

'Oh.' The man's face fell. 'Well, I'm a friend of Frances's – Lady Pye. I've come down from London to look after her – hour of need and all that. The name's Dartford, Jack Dartford.' He held a hand out vaguely, then withdrew it. 'She's very upset, you know.'

'I'm sure.' Pünd stepped forward. 'I would be interested to know how you heard the news, Mr Dartford.'

'About Magnus? She rang me.'

'Today?'

'No. Last night. Immediately after she'd called the police. She was actually quite hysterical. I'd have come down straight away but it was a bit late to hit the road and I had meetings this morning so I said I'd arrive around lunchtime, which is what I did. Picked her up at the hospital and brought her here. Her son, Freddy, is with her, by the way. He'd been staying with friends on the south coast.'

'You will forgive me for asking, but I wonder why she selected you out of all of her friends in what you term her hour of need?'

'Well, that's easy enough to explain, Mr . . . ?'

'Pünd.'

'Pünd? That's a German name. And you've got the accent to go with it. What are you doing here?'

'Mr Pünd is helping us,' Chubb cut in, shortly.

'Oh – all right. What was the question? Why did she ask me?' For all his bluster, it was evident that Jack Dartford was casting around for a safe answer. 'Well, I suppose it was because we'd just had lunch together. I actually went with her to the station and put her on the train back to Bath. I'd have been uppermost in her mind.'

'Lady Pye was with you in London on the day of the murder?' Pünd asked.

'Yes.' Dartford half-sighed, as if he had given away more than he had

intended. 'We had a business lunch. I advise her about stocks and shares, investments . . . that sort of thing.'

'And what did you do after lunch, Mr Dartford?'

'I just told you——'

'You told us that you accompanied Lady Pye to the station. But we know that she came to Bath on a late evening train. She reached the house around half past nine. I take it, therefore, that you spent the afternoon together.'

'Yes. We did.' Dartford was looking increasingly uncomfortable. 'We killed a bit of time.' He thought for a moment. 'We went to a gallery. The Royal Academy.'

'What did you see?'

'Just some paintings. Dreary stuff.'

'Lady Pye has said that she went shopping.'

'We did a bit of shopping too. She didn't buy anything though . . . not that I can remember. She wasn't really in the mood.'

'I have one last question for you, if you will forgive me, Mr Dartford. You say that you are a friend of Lady Pye. Would you have described yourself as a friend of the late Sir Magnus, too?'

'No. Not really. I mean, I knew him of course. I quite liked him. Decent enough sort of chap. But Frances and I used to play tennis together. That's how we met. So I saw rather more of her than of him. Not that he minded! But he wasn't particularly sporty. That's all.'

'Where is Lady Pye?' Chubb asked.

'She's in her room, upstairs. She's in bed.'

'Asleep?'

'I don't think so. She wasn't when I looked in a few minutes ago.'

'Then we would like to see her.'

'Now?' Dartford saw the answer in the detective's implacable face. 'All right, I'll take you up.'

6

Frances Pye was lying on her bed, wrapped in a dressing gown and half-submerged in a wave of crumpled sheets. She had been drinking champagne. There was a half-empty glass on the table beside her, along with a bottle, slanting out of an ice bucket. Sedative or celebration? To Fraser's eye it could have been either, and the look on her face as they came in was just as hard to decipher. She was annoyed to be interrupted but at the same time she had been expecting it. She was reluctant to talk but had already geared herself up to answer the questions that must come her way.

She was not alone. A teenaged boy, dressed in whites as if for cricket, lounged in a chair, one leg crossed over the other. He was obviously her son. He had the same dark hair, swept back across his forehead, the same haughty eyes. He was eating an apple. Neither mother nor son looked particularly grieved by what had happened. She could have been in bed with a touch of flu. He could have been visiting her.

'Frances . . .' Jack Dartford introduced them. 'This is Detective Inspector Chubb. He's from the Bath police.'

'We saw each other briefly the night it happened,' Chubb reminded her. 'I was there when you were taken off in the ambulance.'

'Oh yes.' The voice was husky, uninterested.

'And this is Mr Pond.'

'Pünd.' Pünd nodded his head. 'I am assisting the police. My assistant, James Fraser.'

'They want to ask you a few questions.' Dartford was deliberately attempting to insinuate himself into the room. 'I'll hang around, if you like.'

'That's all right, thank you, Mr Dartford.' Chubb answered the question for her. 'We'll call you if we need you.'

'I really don't think I ought to leave Frances on her own.'

'We won't keep her very long.'

'It's all right, Jack.' Frances Pye settled back onto the pile of cushions that had been heaped up behind her. She turned to the three unwanted visitors. 'I suppose we ought to get this over with.'

There was a brief moment of awkwardness as Dartford tried to work out what to do next and even Fraser could see what was going through his mind. He wanted to tell her what he had said about the London visit. He wanted to make sure that her account tallied with his. But there was no way Pünd was going to allow that to happen. Separate the suspects. Set them against each other. That was how he worked.

Dartford left. Chubb closed the door and Fraser drew up three chairs. There was plenty of furniture in the bedroom, which was large, with tumbling curtains, thick carpets, fitted wardrobes and an antique dressing table whose bowed legs seemed barely up to the weight of all the bottles, boxes, bowls and brushes piled up on the surface. Fraser, who liked to read Charles Dickens, thought at once of Miss Havisham in *Great Expectations*. The whole room was chintzy, slightly Victorian. All that was missing were the cobwebs.

Pünd sat down. 'I'm afraid I have to ask you some questions about your husband,' he began.

'I quite understand. It's a ghastly business. Who would do such a thing? Please go ahead.'

'You might prefer to ask your son to leave.'

'But I want to stay!' Freddy protested. There was a certain arrogance in his voice, all the more inappropriate as it hadn't yet broken. 'I've never met a real detective.' He stared insolently at Pünd. 'How come you've got a foreign name? Do you work for Scotland Yard?'

'Don't be rude, Freddy,' his mother said. 'You can stay – but only if you don't interrupt.' Her eyes flickered over to Pünd. 'Do begin!'

Pünd took off his glasses, polished them, put them on again. Fraser guessed that he would be uncomfortable talking in front of the boy. Pünd was never good with children, particularly English ones who had grown up in the belief

that he was still the enemy. 'Very well. May I ask, first, if you were aware of your husband having received any threats in recent weeks?'

'Threats?'

'Had he received any letters or telephone calls that might have suggested his life was in danger?'

There was a large white telephone on the bedside table, next to the ice bucket. Frances glanced at it before answering. 'No,' she said. 'Why would he have?'

'There was, I believe, a property with which he was involved. The new development...'

'Oh! You mean Dingle Dell!' She muttered the name contemptuously. 'Well, I don't know about that. There were bound to be a few raised temperatures in the village. People around here are very narrow-minded and Magnus was expecting a few protests. But death threats? I hardly think so.'

'We found a note on your husband's desk,' Chubb cut in. 'It was unsigned, typewritten and we have every reason to believe that whoever wrote it was very angry indeed.'

'What makes you think that?'

'The letter made a very specific threat, Lady Pye. There's also the weapon that we found, the service revolver in his desk.'

'Well, I know nothing about that. The gun was usually in the safe. And Magnus didn't mention any threatening letter to me.'

'May I ask, Lady Pye...' Pünd sounded apologetic. 'What were your movements in London yesterday? I do not wish to intrude,' he continued, hurriedly, 'but it is necessary for us to establish the whereabouts of everyone who is involved.'

'Do you think Mummy's involved?' Freddy asked, eagerly. 'Do you think she did it?'

'Freddy, be quiet!' Frances Pye glanced at her son disdainfully, then turned her eyes back to Pünd. 'It is an intrusion,' she said. 'And I've already told the detective

inspector exactly what I was doing, but if you must know, I had lunch at Carlotta's with Jack Dartford. It was quite a long lunch. We were talking business. I don't really understand anything about money and Jack is terribly helpful.'

'What time did you leave London?'

'I was on the six-forty train.' She paused, perhaps realising that there was a lengthy interval to be explained. 'I went shopping after lunch. I didn't buy anything but I strolled down Bond Street and into Fortnum & Mason.'

'It is quite pleasant to kill time in London,' Pünd agreed. 'Did you perhaps look into an art gallery?'

'No. Not this time. There was something on at the Courtauld, I think, but I wasn't really in the mood.'

So Dartford had been lying. Even James Fraser picked up on the obvious discrepancy between the two accounts of the afternoon but before either of them could remark upon it, the telephone rang – not in the bedroom but downstairs. Lady Pye glanced briefly at the handset on the table beside her and frowned. 'Would you go and answer that please, Freddy?' she asked. 'Whoever it is, tell them I'm resting and don't want to be disturbed.'

'What if it's for Daddy?'

'Just tell them we're not taking any calls. There's a good boy.'

'All right.' Freddy was a little annoyed to be dismissed from the room. He slouched off the chair and out of the door. The three of them listened to the ringing as it echoed up from downstairs. After less than a minute, it stopped.

'The phone's broken up here,' Frances Pye explained. 'This is an old house and there's always something going wrong. At the moment it's the phones. Last month it was the electrics. We also have woodwork and dry rot. People may complain about Dingle Dell but at least the new houses will be modern and efficient. You have no idea what it's like living in an ancient pile.'

It occurred to Fraser that she had adroitly changed the subject, moving away from what she had – or had not – been doing in London. But Pünd did not seem too concerned. 'What time did you return to Pye Hall on the night of your husband's murder?' he asked.

'Well, let me see. The train would have got in about half past eight. It was very slow. I'd left my car at Bath station and by the time I'd driven over here, it must have been about nine twenty.' She paused. 'A car drove out just as I arrived.'

Chubb nodded. 'You did mention that to me, Lady Pye. I don't suppose you managed to see the driver.'

'I may have glimpsed him. I don't know why I say that. I'm not even certain it was a man. It was a green car. I already told you. It had the letters FP in the registration. I'm afraid I can't tell you the make.'

'Just the one person in it?'

'Yes. In the driving seat. I saw his shoulders and the back of his head. He was wearing a hat.'

'You saw the car leave,' Pünd said. 'How would you say it was being driven?'

'The driver was in a hurry. He skidded as he turned into the main road.'

'He was driving to Bath?'

'No. The other way.'

'You then proceeded to the front door. The lights were on.'

'Yes. I let myself in.' She shuddered. 'I saw my husband at once and I called the police.'

There was a long silence. Lady Pye seemed genuinely exhausted. When Pünd spoke again, his voice was gentle. 'Do you by any chance know the combination of your husband's safe?' he asked.

'Yes, I do. I keep some of my more expensive jewellery there. It hasn't been opened, has it?'

'No, not at all, Lady Pye,' Pünd assured her. 'Although it is possible that it had been opened some time recently as the picture behind which it was concealed was not quite flush with the wall.'

'That might have been Magnus. He kept money in there. And private papers.'

'And the combination?' Chubb asked.

She shrugged. 'Left to seventeen, right to nine, left to fifty-seven, then turn the dial twice.'

'Thank you.' Pünd smiled sympathetically. 'I am sure you are tired, Lady Pye, and we will not keep you much longer. There are just two more questions I wish to ask you. The first concerns a note which we also found on your husband's desk and which seems to have been written in his hand.'

Chubb had brought the notepad, now encased in a plastic evidence bag. He passed it to Lady Pye who quickly scanned the three lines written in pencil:

ASHTON H
Mw
A GIRL

'This is Magnus's handwriting,' she said. 'And there's nothing very mysterious about it. He had a habit of making notes when he took a telephone call. He was always forgetting things. I don't know who or what Ashton H is. MW? I suppose that could be somebody's initials.'

'The M is large but the w is small,' Pünd pointed out.

'Then it might be a word. He did that too. If you asked him to buy the newspaper when he went out, he'd jot down Np.'

'Could it be that this Mw angered him in some way? He takes no further notes but there are several lines. You can see that he has almost torn the sheet of paper with the pencil.'

'I have no idea.'

'And what about this girl?' Chubb cut in. 'Who might that be?'

'I can't tell you that either. Obviously, we needed a new housekeeper. I suppose someone could have recommended a girl.'

'Your former housekeeper, Mary Blakiston——' Pünd began.

'Yes. It has been a horrible time – just horrible. We were away when it happened, in the South of France. Mary had been with us for ever. Magnus was very close to her. She worshipped him! From the moment she moved into the Lodge, she was beholden to him, as if he were some sort of monarch and she'd been asked to join the royal guard. Personally, I found her rather

tiresome although I shouldn't speak ill of the dead. What else do you want to know?'

'I noticed that there is a painting missing from the wall in the great hall where your husband was discovered. It hung next to the door.'

'What's that got to do with anything?'

'Every detail is of interest to me, Lady Pye.'

'It was a portrait of me.' Frances Pye seemed reluctant to answer. 'Magnus didn't like it so he threw it out.'

'Recently?'

'Yes. It can't have been more than a week ago, actually. I don't remember exactly when.' Frances Pye sank back into her pillows, signalling that she had spoken enough. Pünd nodded and, following his cue, Fraser and Chubb stood up and the three of them left.

'What did you make of that?' Chubb asked as they left the room.

'She was definitely lying about London,' Fraser said. 'If you ask me, she and that Dartford chap spent the afternoon together – and they certainly weren't shopping!'

'It is evident that Lady Pye and her husband no longer shared a bed,' Pünd agreed.

'How do you know?'

'It was obvious from the décor of the bedroom, the embroidered pillows. It was a room without any trace of a man.'

'So there are two people with a good reason to kill him,' Chubb muttered. 'The oldest motive in the book. Kill the husband and run off together with the loot.'

'You may be right, Detective Inspector. Perhaps we will find a copy of Sir Magnus Pye's will in his safe. But his family has been in this house for many years and it is likely, I would think, that it will pass directly to his only son and heir.'

'And a nasty piece of work he was too,' Chubb remarked.

The safe in fact contained little of interest. There were several pieces of jewellery, about five hundred pounds in different currencies and various documents:

some recent, some dating back as much as twenty years. Chubb took them with him.

He and Pünd parted company at the door, Chubb returning to his home in Hamswell where his wife, Harriet, would be waiting for him. He would know her mood instantly. As he had once confided in Pünd, she communicated it by the speed of her knitting needles.

Pünd and Fraser shook hands with him, then returned to the questionable comforts of the Queen's Arms.

—
7
—

More people had gathered around the bus shelter on the far side of the village square, clearly exercised by something they had seen. Fraser had noticed a crowd of them that morning when they checked into the pub and clearly they had spread the word. Something had happened. The entire village needed to know.

'What do you think that's all about?' he asked as he parked the car.

'Perhaps we should find out,' Pünd replied.

They got out and walked across the square. Whitehead's Antiques and the General Electrics Store were already closed and in the still of the evening, with no traffic passing through, it was easy to hear what the small crowd was saying.

'Got a right nerve!'

'She should be ashamed.'

'Flaunting herself like that!'

The villagers did not notice Pünd and Fraser until it was too late, then parted to allow the two men access to whatever it was they had been discussing. They saw it at once. There was a glass display case mounted next to the bus shelter with various notices pinned inside: minutes of the last council meeting, church

services, forthcoming events. Among these, a single sheet of paper had been added with a typewritten message.

TO WHOM IT MAY CONCERN

There have been many rumours about Robert Blakiston circulating in the village. Some people have suggested that he may have had something to do with the tragic death of his mother, Mary Blakiston, on Friday morning at 9.00 a.m. These stories are hurtful and ill-informed and wrong. I was with Robert at that time in his flat above the garage and had been with him all night. If necessary, I will swear to this in a court of law. Robert and I are engaged to be married. Please show us a little kindness and stop spreading these malicious rumours.

Joy Sanderling

James Fraser was shocked. There was a side to his nature, something woven in by his years in the English private school system, that was easily offended by any public display of emotion. Even two people holding hands in the street seemed to him to be unnecessary and this declamation – for it seemed to him no less – went far beyond the pale. 'What was she thinking of?' he exclaimed as they moved away.

'Was it the contents of the announcement that most struck you?' Pünd replied. 'You did not notice something else?'

'What?'

'The threat that was sent to Sir Magnus Pye and this confession of Joy Sanderling, they were produced by the same typewriter.'

'Good lord!' Fraser blinked. 'Are you sure?'

'I am certain. The tail of the *e* has faded and the *t* slants a little to the left. It is not just the same model. It is the same machine.'

'Do you think she wrote the letter to Sir Magnus?'

'It is possible.'

115

They took a few steps in silence, then Pünd began again. 'Miss Sanderling has been forced to take this action because I would not help her,' he said. 'She is willing to sacrifice her good reputation, knowing full well that news of this may well reach her parents who will, as she made clear to us, be upset by her behaviour. This is my responsibility.' He paused. 'There is something about the village of Saxby-on-Avon that concerns me,' he went on. 'I have spoken to you before of the nature of human wickedness, my friend. How it is the small lies and evasions which nobody sees or detects but which can come together and smother you like the fumes in a house fire.' He turned and surveyed the surrounding buildings, the shaded square. 'They are all around us. Already there have been two deaths: three, if you include the child who died in the lake all those years ago. They are all connected. We must move quickly before there is a fourth.'

He crossed the square and went into the hotel. Behind him, the villagers were still muttering quietly, shaking their heads.

Four

A Boy

—
I
—

Atticus Pünd awoke with a headache.

He became aware of it before he opened his eyes and the moment he did open them, it intensified as if it had been waiting for him, lying in ambush. The force of it quite took his breath away and it was as much as he could do to reach out for the pills that Dr Benson had given him and which he had left, the night before, beside the bed. Somehow his hand found them and swept them up but he was unable to find the glass of water, which he had also prepared. It didn't matter. He slid the pills into his mouth and swallowed them dry, feeling their harsh passage down his throat. Only a few minutes later, when they were safely lodged in his system, already dissolving and sending their antipyretics through his bloodstream and into his brain, did he find the glass and drink, washing the bitter taste from his mouth.

For a long time he lay where he was, his shoulders pressed against the pillows, gazing at the shadows on the walls. Piece by piece, the room came back into focus: the oak wardrobe, slightly too big for the space in which it stood, the mirror with its mottled glass, the framed print – a view of the Royal Crescent in Bath – the sagging curtains which would draw back to reveal a view of the cemetery. Well, that was appropriate. Waiting for the pain to subside, Atticus Pünd reflected on his fast-approaching mortality.

There would be no funeral. He had seen too much of death in his lifetime to want to adorn it with ritual, to dignify it as if it was anything more than what it was . . . a passage. Nor did he believe in God. There were those who had come out of the camps with their faith intact and he admired them for it. His own experience had led him to believe in nothing. Man was a complicated animal capable of extraordinary good and great evil – but he was definitely on his own. At the same time, he was not afraid of being proved wrong. If, after a lifetime of considered reason, he found himself being called to judgement in some sort of

starry chamber, he was sure he would be forgiven. From what he understood, God was the forgiving sort.

It did occur to him though that Dr Benson had been a little too optimistic. There would be more of these attacks and they would incapacitate him more seriously as the thing in his head made its irredeemable progress. How long would it be before he was no longer able to function? That was the most frightening thought – that thought itself might become no longer possible. Lying alone in his room at the Queen's Arms, Pünd made two promises to himself: the first was that he would solve the murder of Sir Magnus Pye and make good the debt that he owed to Joy Sanderling.

The second he refused to articulate.

An hour later, when he came down to the dining room dressed as ever in a neatly pressed suit, white shirt and tie, it would have been impossible to tell how his day had begun and certainly James Fraser was quite unaware that anything was wrong, but then the young man was remarkably unobservant. Pünd remembered their first case together when Fraser had failed to notice that his travelling companion, on the three-fifty train from Paddington, was actually dead. There were many who were surprised that he managed to hold down his job as a detective's assistant. In fact, Pünd found him useful precisely because he was so obtuse. Fraser was a blank page on which he could scribble his theories, a plain sheet of glass in which he might see his own thought processes reflected. And he was efficient. He had already ordered the black coffee and single boiled egg that Pünd liked for his breakfast.

They ate in silence. Fraser had ordered the full English for himself, an amount of food that Pünd always found bewildering. Only when they had finished did he lay out the day ahead. 'We must visit Miss Sanderling once again,' he announced.

'Absolutely. I thought you'd want to start with her. I still can't believe she would put up a notice like that. And writing to Sir Magnus——'

'I think it is unlikely that she made the threats herself. But it was the same machine. Of that there is no doubt.'

'Maybe someone else had access to it.'

'She works at the doctor's surgery. That is where we will find her. You must find out at what time it opens.'

'Of course. Do you want me to let her know we're coming?'

'No. I think it will be better if we turn up by surprise.' Pünd poured himself another inch of coffee. 'I am interested, also, to find out more about the death of the housekeeper, Mary Blakiston.'

'Do you think it's connected?'

'There can be no doubt of it. Her death, the burglary, the murder of Sir Magnus, these are surely three steps in the same journey.'

'I wonder what Chubb will make of that clue you found. The scrap of paper in the fireplace. There was a fingerprint on it. That might tell us something.'

'It has already told me a great deal,' Pünd said. 'It is not the fingerprint itself that is of interest. It will be of no assistance, unless it belongs to someone with a criminal record, which I doubt. But how it came to be there, and why the paper was burnt. These are indeed questions that might go to the very heart of the matter.'

'And knowing you, you already have the answers. In fact, I bet you've solved the whole thing, you old stick!'

'Not yet, my friend. But we will catch up with Detective Inspector Chubb later and we will see . . .'

Fraser wanted to ask more but he knew that Pünd would refuse to be drawn. Put a question to him and the best you would get would be a response that made little or no sense and which would, in itself, be more annoying than no answer at all. They finished their breakfast and a few minutes later, they left the hotel. Stepping out into the village square, the first thing they noticed was that the display case next to the bus shelter was empty. Joy Sanderling's confession had been removed.

121

'Actually, I took it down myself. I did it this morning. I don't regret putting it there. I made the decision when I saw you in London. I had to do something. But after what happened here – I mean, with Sir Magnus and the police asking questions and everything – it just didn't seem appropriate. Anyway, it had done the job. As soon as one person had read it, the whole village would know. That's how it is around here. People have been giving me a few strange looks, I can tell you, and I don't think the vicar was too pleased. But I don't care. Robert and I are going to be married. What we do is our business and I'm not going to put up with people telling lies about him or about me.'

Joy Sanderling was sitting on her own in the modern, single-storey surgery that stood in upper Saxby-on-Avon, surrounded by houses and bungalows that had all gone up at about the same time. It was an unattractive building, cheaply constructed and utilitarian in design. Dr Redwing's father had compared it to a public toilet at the time it was built, although he, of course, had practised from his own home. Dr Redwing herself thought it no bad thing that she was able to separate her work from her private life. There were many more people living in the village than there had been in Edgar Rennard's time.

Patients entered through a glazed door that opened directly into a waiting area with a few faux-leather sofas, a coffee table and a scattering of magazines: old copies of *Punch* and *Country Life*. There were some toys for children, donated by Lady Pye, although that had been a long time ago and they really needed to be replaced. Joy sat in an adjoining office – the dispensary – with a window that slid across so that she could speak to the patients directly. She had an appointments book in front of her, a telephone and a typewriter to one side. Behind her, there were shelves and a cupboard filled with medical supplies, filing cabinets containing patient records and a small refrigerator, which occasionally housed drugs or the various samples that needed to be

sent on to the hospital. There were two doors: one on each side. The one on her left led into the reception area, the one on her right to Dr Redwing's office. A light bulb, next to the telephone, would flash on when the doctor was ready to see her next patient.

Jeff Weaver, the gravedigger, was in there now, accompanying his grandson for a final check-up. Nine-year-old Billy Weaver had made a complete recovery from his whooping cough and had come bouncing into the surgery with a determination to be out of there as soon as possible. There were no other patients on the waiting list and Joy had been surprised when the door had opened and Atticus Pünd had walked in with his fair-haired assistant. She had heard they were in the village but had not expected to see them here.

'Have your parents been made aware of what you wrote?' Pünd asked.

'Not yet,' Joy said. 'Although I'm sure someone will tell them soon enough.' She shrugged. 'If they find out, what does it matter? I'll move in with Robert. That's what I want anyway.'

It seemed to Fraser that she had changed in the brief time since they had met in London. He had liked her then and had been quietly disappointed when Pünd had refused to help her. The young woman on the other side of the window was still very appealing, exactly the sort of person you'd want to talk to if you weren't feeling well. But there was a harder edge to her too. He noticed that she hadn't come round to greet them, preferring to stay in the other room.

'I didn't expect to see you, Mr Pünd,' she said. 'What do you want?'

'You may feel that I was unfair to you when you came to see me in London, Miss Sanderling, and perhaps I should apologise. I was merely honest with you. At the time, I did not think I could help you with the situation in which you found yourself. However, when I read of the death of Sir Magnus Pye, I felt I had no choice but to investigate the matter.'

'You think it has something to do with what I told you?'

'That may well be the case.'

'Well, I don't see how I can help you. Unless you think I did it.'

'Would you have a reason to wish him dead?'

'No. I hardly even knew him. I saw him occasionally but I had nothing to do with him.'

'And what of your fiancé, Robert Blakiston?'

'You don't suspect *him*, do you?' Something flared in her eyes. 'Sir Magnus was never anything but kind to him. He helped Robert get his job. They never quarrelled. They hardly ever saw each other. Is that why you're here? Because you want to turn me against him?'

'Nothing could be further from the truth.'

'Then what do you want?'

'As a matter of fact, I am here to see Dr Redwing.'

'She's with a patient at the moment but I expect she'll be finished quite soon.'

'Thank you.' Pünd had not been offended by the girl's hostility but it seemed to Fraser that he was looking at her rather sadly. 'I must warn you,' he continued, 'that it will be necessary for me to speak with Robert.'

'Why?'

'Because Mary Blakiston was his mother. It is always possible that he might hold Sir Magnus to be partly responsible for her death and that alone would provide him with a motive for the murder.'

'Revenge? I very much doubt it.'

'At any event, he once lived at Pye Hall and there is a relationship between him and Sir Magnus which I need to explore. I tell you this because it occurs to me that you might wish to be present when we speak.'

Joy nodded. 'Where do you want to see him? And when?'

'Perhaps he might come to my hotel when it conveniences him? I am staying at the Queen's Arms.'

'I'll bring him when he finishes work.'

'Thank you.'

The door of Dr Redwing's office opened and Jeff Weaver came out, holding

the hand of a small boy who was wearing short trousers and a school jacket. Joy waited until they had gone, then moved to a door at the side of her office. 'I'll tell Dr Redwing you're here,' she said.

She disappeared from sight. It was exactly the opportunity that Pünd had been waiting for. He signalled to Fraser who quickly drew a sheet of paper out of his jacket pocket, leaned through the window and fed it upside-down into the typewriter. Leaning over the machine, he pressed several of the keys at random then pulled the sheet out and handed it to Pünd who examined the letters and nodded his satisfaction before handing it back.

'Is it the same?' Fraser asked.

'It is.'

Joy Sanderling returned to the reception desk. 'You can go in,' she said. 'Dr Redwing is free until eleven.'

'Thank you,' Pünd said, then added almost as an afterthought, 'Do you alone have the use of this office, Miss Sanderling?'

'Dr Redwing comes in from time to time, but nobody else,' Joy replied.

'You are quite sure of that? Nobody else would have access to this machine?' He gestured at the typewriter.

'Why do you want to know?' Pünd said nothing so she continued. 'Nobody comes in here except for Mrs Weaver. She's the mother of the little boy who just left and she cleans the surgery twice a week. But I very much doubt that she would use the typewriter and certainly not without asking.'

'While I am here, I would also be interested in your opinion of the new homes that Sir Magnus was intending to build. He was planning to cut down the woodland known as Dingle Dell——'

'You think that was why he was killed? I'm afraid you don't have much understanding of English villages, Mr Pünd. It was a stupid idea. Saxby-on-Avon doesn't need new houses and there are plenty of better places to build them. I hate seeing trees being cut down and almost everyone in the village thinks the same. But nobody would have killed him because of that. The worst

they would have done is written to the local newspaper or complained about it in the pub.'

'Maybe the development will no longer go ahead now that he is not here to oversee it,' Pünd suggested.

'I suppose that's possible.'

Pünd had proved his point. He smiled and moved towards the office door. Fraser, who had folded the sheet of paper in half and slipped it into his pocket, followed.

—
3
—

The office was small and square and so exactly what anyone would expect from a doctor's surgery that it might almost have inspired a cartoon in one of the old *Punch* magazines that lay on the reception table. There was an antique desk placed centrally with two chairs facing it, a wooden filing cabinet and a shelf stacked with medical volumes. To one side, a curtain could be drawn to create a separate cubicle with another chair and a raised bed. A white coat hung on a hook. The only unexpected touch in the room was an oil painting, which showed a dark-haired boy leaning against a wall. It was clearly the work of an amateur but Fraser, who had studied art at Oxford, thought it was rather good.

Dr Redwing herself was sitting upright, making notes on a case file in front of her, a rather severe woman in her early fifties. Everything about her was angular: the straight line of her shoulders, her cheekbones, her chin. You could have drawn her portrait using a ruler. But she was polite enough as she gestured for her two guests to sit down. She finished what she was writing, screwed the top back on her pen and smiled. 'Joy tells me you're with the police.'

'We are here in a private capacity,' Pünd explained. 'But it is true that we

have worked with the police on occasion and are assisting Detective Inspector Chubb now. My name is Atticus Pünd. This is my assistant, James Fraser.'

'I've heard of you, Mr Pünd. I understand you're very clever. I hope you can get to the bottom of this. It's a dreadful thing to happen in a small village and coming so soon after the death of poor Mary . . . I really don't know what to say.'

'I understand that you and Mrs Blakiston were friends.'

'I wouldn't go as far as that – but yes, we did see quite a bit of each other. I think people underestimated her. She was a very intelligent woman. She hadn't had an easy life, losing one child and bringing the other up on her own. But she coped very well and she was helpful to many people in the village.'

'And it was you who found her after her accident.'

'It was actually Brent, the groundsman at Pye Hall.' She stopped herself. 'But I assumed you wanted to talk to me about Sir Magnus.'

'I am interested in both occurrences, Dr Redwing.'

'Well, Brent called me from the stable. He had seen her through the window, lying in the hallway, and he feared the worst.'

'He hadn't gone in?'

'He didn't have a key. In the end we had to break down the back door. Mary had left her own keys in the lock on the other side. She was at the bottom of the stairs and it looked as if she had tripped over the cable of her Hoover which was at the top. Her neck was broken. I don't think she had been dead very long. She was still warm when I found her.'

'It must have been very distressing for you, Dr Redwing.'

'It was. Of course, I'm used to death. I've seen it many times. But it's always more difficult when it's someone you know personally.' She hesitated for a moment, a series of conflicting thoughts passing across her dark, serious eyes. Then she came to a decision. 'And there was something else.'

'Yes?'

'I did think about mentioning this to the police at the time and maybe I should have done so. And maybe I'm wrong to be telling you now. The thing is, I'd persuaded myself that it wasn't relevant. After all, nobody was suggesting

127

that Mary's death was anything but a tragic accident. However, given what's happened and since you're here . . .'

'Please, go on.'

'Well, just a few days before Mary died, we had an incident here at the surgery. We were quite busy that day – we had three patients in a row – and Joy had to pop out a couple of times. I asked her to buy me some lunch from the village store. She's a good girl and she doesn't mind doing that sort of thing. I'd also left some papers at my house and she went out and got them for me. Anyway, at the end of the day, when we were tidying up, we noticed that a bottle had gone missing from the dispensary. As you can imagine, we keep a close eye on all our medicines, especially the more dangerous ones, and I was particularly concerned by its disappearance.'

'What was the drug?'

'Physostigmine. It's actually a cure for belladonna poisoning and I'd had to get some in for Henrietta Osborne, the vicar's wife. She'd managed to step on a clump of deadly nightshade in Dingle Dell and as I'm sure you'll know, Mr Pünd, atropine is an active ingredient in that particular plant. Physostigmine is effective in small doses but a larger amount can quite easily kill you.'

'And you say it was taken.'

'I didn't say that. If I had any reason to believe that, I would have gone straight to the police. No. It could have been misplaced. We have a lot of medicines here and although we're very careful, it has happened before. Or it could be that Mrs Weaver, who cleans here, had dropped and broken it. She's not a dishonest woman but it would be just like her to clean up the mess and say nothing about it.' Dr Redwing frowned. 'I mentioned it to Mary Blakiston though. If someone in the village had made off with it for some reason, she'd have certainly been able to find out. She was a bit like you, in a way. A detective. She had a way of rooting things out of people. And in fact she did tell me she had one or two ideas.'

'And a few days after this incident, she was dead.'

'Two days, Mr Pünd. Exactly two days.' There was a sudden silence as the significance – unspoken – hung in the air. Dr Redwing was looking increasingly uncomfortable. 'I'm sure her death had nothing to do with it,' she continued. 'It was an accident. And it's not as if Sir Magnus was poisoned. He was struck down with a sword!'

'On the day that the physostigmine was removed, can you recall who came to the surgery?' Pünd asked.

'Yes. I went back to the appointment book to check. As I just said, three people came in that morning. Mrs Osborne I've already mentioned. Johnny Whitehead has an antique shop in the village square. He had quite a nasty cut on his hand, which had gone septic. And Clarissa Pye – she's Sir Magnus's sister – looked in with a stomach upset. There was nothing very much the matter with her to be honest with you. She lives on her own and she's a bit of a hypochondriac. Really she just likes to have a chat. I don't think this missing bottle had anything to do with what happened but it's been on my conscience and I suppose it's best if you're aware of all the facts.' She glanced at her watch. 'Is there anything else?' she asked. 'I don't mean to be rude but I have to be on my rounds.'

'You have been most helpful, Dr Redwing.' Pünd got to his feet and seemed to notice the oil painting for the first time. 'Who is the boy?' he asked.

'Actually, it's my son – Sebastian. That was painted just a few days before his fifteenth birthday. He's in London now. We don't see a great deal of him.'

'It's very good,' Fraser said with real enthusiasm.

The doctor was pleased. 'My husband, Arthur, painted it. I think he's a quite exceptional artist and it's one of my greatest regrets that his talent hasn't been recognised. He's painted me a couple of times and he did a quite lovely portrait of Lady Pye——' She broke off. Fraser was surprised how agitated she had suddenly become. 'You haven't asked me anything about Sir Magnus Pye,' she said.

'Is there something you wish to tell me?'

'Yes.' She paused as if challenging herself to continue. When she spoke again, her voice was cold and controlled. 'Sir Magnus Pye was a selfish,

uncaring and egotistical man. Those new houses of his would have ruined a perfectly attractive corner of the village but that's not the end of it. He never did anything kind for anyone. Did you notice the toys in the waiting room? Lady Pye gave them to us, but as a result of it she'd expect us to bow and touch our forelock every time she came near. Inherited wealth will be the ruin of this country, Mr Pünd. That's the truth of it. They were an unpleasant couple and if you ask me, you're going to have your work cut out.' She took one last look at the portrait. 'The fact is that half the village will have been glad to see him dead and if you're looking for suspects, well, they might as well form a line.'

4

Everyone knew Brent, the groundsman at Pye Hall, but at the same time no one knew him at all. When he walked through the village or took his usual seat at the Ferryman, people might say 'There's old Brent', but they had no idea how old he was and even his name was something of a mystery. Was it his first name or his last name? There were a few who might remember his father. He had been 'Brent' too and had done the same job – in fact the two of them had worked together for a while, old Brent and young Brent, pushing out the wheelbarrow and digging the soil. His parents had died. Nobody was quite sure how or when but it had happened in another part of the country – in Devonshire, some people said. A car accident. So young Brent had become old Brent and now lived in the pocket-sized cottage where he had been born, on Daphne Road. It was part of a terrace but his neighbours had never been invited in. The curtains were always drawn.

Somewhere in the church, it might have been possible to find a record of a birth, in May 1917, of one Neville Jay Brent. There must have been a time when he was Neville: at school or as a Local Defence Volunteer (his status as a farm

130

worker had excluded him from fighting in the war). But he was a man without a shadow – or perhaps a shadow without a man. He was both as prominent and as unremarkable as the weather vane on the steeple of St Botolph's. The only reason anyone would have noticed it would have been if they had woken up one day to find out it wasn't there.

Atticus Pünd and James Fraser had tracked him down in the grounds of Pye Hall where he was carrying on his work, weeding and deadheading, as if nothing unusual had occurred. Pünd had prevailed upon him to stop for half an hour and the three of them were sitting together in the rose garden, surrounded by a thousand blooms. Brent had rolled a cigarette with hands so grubby that the whole thing would surely taste of dirt once he lit it. He came across as a boy-man, sullen and uncomfortable, shifting awkwardly in clothes that were too large for him, his curly hair flopping over his forehead. Fraser felt uncomfortable sitting next to him. Brent had a strange, slightly unsavoury quality; a sense of some secret that he was refusing to share.

'How well did you know Mary Blakiston?' Pünd had begun with the first death although it occurred to Fraser that the groundsman had been a principal witness at both events. Indeed, he might have been the last person to see both the housekeeper and her employer alive.

'I didn't know her. She didn't want to know me.' Brent seemed offended by the question. 'She used to boss me about. Do this, do that. Even had me up in her place moving the furniture, fixing the damp. Not that she had any right. I worked for Sir Magnus, not her. That's what I used to tell her. I'm not surprised someone pushed her down those stairs, the way she carried on. Always meddling. I'm sure she got up quite a few people's noses.' He sniffed loudly. 'I won't speak ill of the dead but she was a right busybody and no mistake.'

'You assume she was pushed? The police are of the opinion that it was an accident, that she fell.'

'That's not for me to say, sir. Accident? Someone done her in? I wouldn't be surprised either way.'

'It was you who saw her, lying in the hall.'

131

Brent nodded. 'I was doing the borders next to the front door. I looked in the window and there she was, lying at the bottom of the stairs.'

'You heard nothing?'

'There was nothing to hear. She was dead.'

'And there was nobody else in the house.'

'I didn't see anyone. There could have been, I suppose. But I was there a few hours and I didn't see anyone come out.'

'So what did you do?'

'I tapped on the window to see if she'd wake up but she wasn't moving so in the end I went to the stable and used the outside phone to call Dr Redwing. She made me break the glass in the back door. Sir Magnus wasn't happy about that. In fact, he blamed me for the break-in that happened later on. It wasn't my fault. I didn't want to break anything. I just did what I was told.'

'You argued with Sir Magnus?'

'No, sir. I wouldn't do that. But he wasn't pleased and when he wasn't pleased you'd better keep clear, I can tell you.'

'You were here the evening that Sir Magnus died.'

'I'm here every evening. At this time of the year, I never get away much before eight o'clock and it was about eight fifteen that night – not that I get paid any extra.' It was strange but the more Brent spoke, the more eloquent he became. 'He and Lady Pye weren't keen to put their hands in their pockets. He was on his own that night. She was up in London. I saw him working late. There was a light on in the study and he must have been expecting someone because there was a visitor who arrived just as I left.'

Brent had already mentioned this to Detective Inspector Chubb. Unfortunately, he had been unable to provide a description of the mysterious arrival. 'I understand you did not manage to see his face,' Pünd said.

'I didn't see him. I didn't recognise him. But later on, when I thought about it, I knew who he was.' The announcement came as a surprise to Pünd, who waited for the groundsman to continue. 'He was at the funeral. When they

132

buried Mrs Blakiston, he was there. I knew I'd seen him before. I noticed him standing at the back of the crowd – but at the same time I hardly noticed him, if you know what I mean. He kept to himself, like he didn't want to be noticed, and I never saw his face. But I know it was the same man. I'm sure it was the same man – on account of the hat.'

'He was wearing a hat?'

'That's right. It was one of those old-fashioned hats, like they had ten years ago, pulled down low over his face. The man who came to Pye Hall at eight fifteen, he was the same man. I'm sure of it.'

'Can you tell me anything more about him? His age? His height?'

'He wore a hat. That's all I can tell you. He was here. He didn't talk to anyone. And then he left.'

'What happened when he came to the house?'

'I didn't wait to see. I went down to the Ferryman for a pie and a pint. I had a bit of money in my pocket, what Mr Whitehead gave me, and I couldn't wait to be on my way.'

'Mr Whitehead. He owns the antique shop——'

'What about him?' Brent's eyes narrowed with suspicion.

'He paid you some money.'

'I never said that!' Brent realised he had spoken too freely and searched for a way out. 'He'd paid me the fiver that he owed me. That's all. So I went for a pint.'

Pünd let the matter drop. It would be all too easy to offend a man like Brent and, once offended, he wouldn't utter another word. 'So you left Pye Hall at around a quarter past eight,' he said. 'That might have been only a matter of minutes before Sir Magnus was killed. I wonder if you can explain to us a handprint that we discovered in the flower bed beside the front door?'

'That police chap asked me about that and I already told him. It wasn't my handprint. What would I be doing sticking my hand in the soil?' He gave a queer sort of smile.

Pünd tried another tack. 'Did you see anyone else?'

'As a matter of fact, I did.' Brent glanced slyly at the detective and his assistant. All this time he had been holding the cigarette he had rolled but now he stuck it between his lips and lit it. 'I went down the Ferryman like I told you. And I was on my way when I run into Mrs Osborne, the vicar's wife. God knows what she's doing out in the middle of the night – and looking like nobody's business too. Anyway, she asked if I'd seen her husband. She was upset about something. Maybe even afraid. You should have seen the look on her face! Well, I told her it might have been him I'd seen at Pye Hall and the fact is he might have been there and all . . .'

Pünd frowned. 'The person you saw at the hall, the man in the hat, you said just now that he was at the funeral.'

'I know I said that, sir. But they were both there, him and the vicar. You see, I was having my pint and I saw the vicar go past on his bicycle. That was a while later.'

'How much later?'

'Thirty minutes. Not much more than that. I heard it go past. You can hear that bicycle from one end of the village to the other with its clacking and its grinding and it definitely went past the pub while I was in there. And where could he have come from except from the hall? He certainly hadn't cycled from Bath.' Brent eyed the detective over his cigarette, daring him to disagree.

'You have been very helpful,' Pünd said. 'I have just one more question. It relates to the Lodge where Mrs Blakiston lived. You mentioned to me that you occasionally did work for her there and I wonder if you might have a key?'

'Why do you want to know?'

'Because I would like to go in.'

'I'm not sure about that,' the groundsman muttered. He screwed the cigarette round between his lips. 'You want to go in, you'd best talk to Lady Pye.'

'This is a police investigation,' Fraser cut in. 'We can go where we like and it might mean trouble for you if you don't co-operate.'

Brent looked doubtful but he wasn't prepared to argue. 'I can take you up

there now.' He nodded his head at the roses. 'But then I've got to get back to these.'

Pünd and Fraser followed Brent back to the stable from where he retrieved a key attached to a large piece of wood, then walked with him down the drive to the Lodge House that stood at the end, two storeys high with sloping roofs, a massive chimney, Georgian windows and a solid front door. This was where Mary Blakiston had lived while she was working as Sir Magnus Pye's housekeeper. To begin with there had been a husband and two boys but one by one the family had left her until she was finally alone. Perhaps it was the position of the sun or the oaks and elms that surrounded the place but it seemed to be cast in permanent shadow. It was obviously empty. It looked and felt deserted.

Brent opened the front door with the key he had retrieved. 'Do you want me to come in?' he asked.

'It would be helpful if you could remain a little longer,' Pünd replied. 'We will not take up too much more of your time.'

The three of them went into a small hallway with two doors, a corridor and a flight of stairs leading up. The wallpaper was old-fashioned, floral. The pictures were images of English birds and owls. There was an antique table, a coat stand and a full-length mirror. Everything looked as if it had been there for a long time.

'What is it you want to see?' Brent asked.

'That, I cannot tell you,' Pünd replied. 'Not yet.'

The downstairs rooms had little to offer. The kitchen was basic, the living room dowdy, dominated by an old-fashioned grandfather clock. Fraser remembered how Joy Sanderling had described it, ticking away as she tried to make an impression on Robert's mother. Everything was very clean, as if Mary's ghost had just been in. Or perhaps it had never left. Someone had picked up the mail and piled it on the kitchen table but there was very little of it and nothing of interest.

They went upstairs. Mary's bedroom was at the end of the corridor with a

bathroom next door. She had slept in the same bed that she must have once shared with her husband: it was so heavy and cumbersome that it was hard to imagine anyone bringing it here after he had left. The bedroom looked out over the road. In fact none of the main rooms had a view back to Pye Hall as if the house had been purposefully designed so that the servant would never glance in the direction of her employers. Pünd passed two doors that opened into further bedrooms. Nobody had slept in them for some time. The beds were stripped, the mattresses already showing signs of mould. A third door, opposite them, had been broken, the lock forced.

'The police did that,' Brent explained. He sounded unhappy about it. 'They wanted to go in but they couldn't find the key.'

'Mrs Blakiston kept it locked?'

'She never went in.'

'How do you know?'

'I already told you. I come here lots of times. I fixed the damp and laid the carpets downstairs and she was always calling me in. But not this room. She wouldn't open the door. I'm not even sure she had the key. That's why the police broke it down.'

They went inside. The room was disappointing: like the rest of the house, it was utterly stripped of life with a single bed, an empty wardrobe and a window cut into the eaves with a work table below. Pünd went over to it and looked out. There was a view through the trees and he could just glimpse the edge of the lake with the threatened woodland, Dingle Dell, beyond. He noticed a single drawer in the middle of the table and opened it. Inside, Fraser saw a strip of black leather forming a circle with a small disc attached. It was a dog collar. He reached forward and took it out.

'Bella,' he read. The name was in capital letters.

'Bella was the dog,' Brent said, unnecessarily. Fraser was a little annoyed. He might have guessed as much.

'Whose dog?' Pünd asked.

'The younger kid. The one who died. He had a dog but it didn't last long.'

'What happened to it?'

'It ran off. They lost it.'

Fraser put the collar back. It was so small – it must have belonged to a mere puppy. There was something inexpressibly sad about it, sitting in the empty drawer. 'So this was Tom's room,' Fraser muttered.

'It would seem possible, yes.'

'I suppose it would explain why she locked the door. The poor woman couldn't bear to come in here. I wonder why she didn't move.'

'She may not have had a choice.'

Both of them were speaking in low voices, as if they were afraid of disturbing ancient memories. Meanwhile, Brent was shuffling around, anxious to be on his way. But Pünd took his time leaving the house. Fraser knew that he was not so much searching for clues as sensing the atmosphere – he had often heard him talk about the memory of crime, the supernatural echoes left behind by sadness and violent death. There was even a chapter in that book of his. 'Information and Intuition' or something like that.

Only when they were outside did he speak. 'Chubb will have removed anything of interest. I am keen to know what he found.' He glanced at Brent, who was already shuffling into the distance, making his way back towards the manor house. 'And that one, also, he told us a great deal.' He looked around him, at the trees pressing in. 'I would not wish to live here,' he said. 'There is no view.'

'It is rather oppressive,' Fraser agreed.

'We must find out from Mr Whitehead how much money he paid to Brent and for what reason. Also, we must speak again with the Reverend Osborne. He must have had a reason to come here on the night of the murder. And then there is the question of his wife . . .'

'He said that Mrs Osborne was afraid.'

'Yes. Afraid of what, I wonder.' He took a last look back. 'There is something

about the atmosphere of this house, James. It tells me that there is a great deal to fear.'

$$5$$

Raymond Chubb did not like murder. He had become a policeman because he believed in order and he considered the county of Somerset, with its neat villages, hedgerows and ancient fields to be one of the most ordered and civilised parts of the country – if not the world. Murder changed everything. It broke the gentle rhythm of life. It turned neighbour against neighbour. Suddenly nobody was to be trusted and doors which were usually left open at night were locked. Murder was an act of vandalism, a brick thrown at a picture window, and somehow it was his job to put together the pieces.

Sitting in his office in the Orange Grove police station in Bath, he reflected on his current investigation. This business with Sir Magnus Pye had got off to an inauspicious start. It was one thing to be stabbed in your own home – but to be decapitated with a medieval sword the moment darkness fell was quite simply outrageous. Saxby-on-Avon was such a quiet place! Yes, there had been that business with the cleaner, the woman who had tripped up and fallen down the stairs, but this was something else again. Could it really be true that one of the villagers, living in a Georgian house perhaps, going to church and playing for the local cricket team, mowing their lawn on Sunday mornings and selling home-made marmalade at the village fête, was a homicidal maniac? The answer was – yes, quite possibly. And their identity might well be provided by the book sitting on the desk in front of him now.

He had found nothing in Sir Magnus's safe of any interest. And it had looked as if the Lodge House was going to be a waste of time too. And then, an eagle-eyed constable, young Winterbrook, had made his discovery amongst the

cookery books in Mary Blakiston's kitchen. He was going to go far, that boy. He just needed to show a more serious attitude and a bit more ambition and he'd be an inspector in no time. Had she hidden it there deliberately? Had she been afraid of someone coming into the house – her son, perhaps, or Sir Magnus himself? Certainly, it wasn't something she'd want to leave lying around, containing as it did malicious observations on just about everyone in the village. There was Mr Turnstone (the butcher) who deliberately short-changed his customers, Jeffrey Weaver (the undertaker) who was apparently cruel to his dog, Edgar Rennard (the retired doctor) who took bribes, Miss Dotterel (the village shop) who drank. Nobody seemed to have escaped her attention.

It had already taken him two whole days to go through it all and by the end of that time he felt almost sullied. He remembered seeing Mary Blakiston, glassy-eyed at the bottom of the stairs at Pye Hall, already cold and stiff. At the time he had felt pity for her. Now he wondered what had motivated her as she shuffled round the village permanently suspicious, permanently on the lookout for trouble. Couldn't she, just once, have found something good? Her handwriting managed to be cramped and spidery yet very neat – as if she were some sort of accountant of evil. Yes! Pünd would like that one. It was exactly the sort of thing he might say. Each entry was dated. This volume covered three and a half years and Chubb had already sent Winterbrook back to the house to see if he could find any earlier editions – not that he didn't have plenty enough to be getting on with.

Mrs Blakiston had two or three special favourites who turned up on page after page. Curiously, despite the acrimony between them, her son Robert wasn't one of them although Josie – or Joy – had become an object of disdain the moment she had been introduced. She really hated the groundsman, Brent. His name kept on appearing. He was rude, he was lazy, he arrived late, he pilfered, he spied on the Boy Scouts when they were camping in Dingle Dell, he drank, he told lies, he never washed. It seemed that she had shared her thoughts with Sir Magnus Pye; at least, that was what she suggested in one of her last entries.

12 July

Brent not at all happy. Scowling this morning and tramped through bed of aquilegia. And he knew I was watching too! He did it quite deliberately because he knows it makes no difference now. Very glad that he won't be at Pye Hall much longer. Dear Sir M told me just a week ago that he's given Brent his marching orders with a month's notice – he should have done it years ago in my opinion. How many times did I tell him? Brent was bone idle and shifty with it. Sitting there smoking when he should be working. I saw it time and time again. Glad Sir M finally listened to me and took action. The garden is so beautiful at this time of the year. Should be easy to find a new gardener in *The Lady* although perhaps an agency will be more discreet.

Three days later, she was dead. And two weeks after that, Sir M had died too. A coincidence? Surely the two of them hadn't been killed because they'd decided to sack the gardener.

Chubb had marked seven more entries which, he thought, might somehow relate to the case. All but one of them were recent and so more likely to be relevant to the murder of Sir Magnus. Once again he flicked through them, reading them in the order that seemed to make most sense.

13 July

An interesting talk with Dr Redwing. How many thieves can there be in one village? This is very serious. A drug has been stolen from her surgery. She wrote down the name for me. Physostigmine. She says a large dose could quite possibly be fatal. I told her she should go to the police but of course she doesn't want to because she thinks she'll be blamed. I like Dr R but I do sometimes question her judgement. Having that girl working there, for example. And she isn't quite as careful as she thinks. I've been into the surgery lots of times and I could have

just walked in and helped myself. When did it happen? I think Dr R is wrong. Not the day she says but the day before. I saw someone coming out . . . Miss Pye no less! I knew something was wrong. I saw it in her face. And the way she was holding her handbag. The surgery was empty (absolutely no sign of the girl) when I went in. She'd definitely been there alone and the medicine cupboard was left open so could easily have taken contents. What would she want it for? Pop it in her brother's tea – maybe revenge. Can't be happy being number two! But I have to be careful. I can't make accusations. Something to think about.

9 July

Arthur Reeve too upset to talk. His medal collection gone! A horrible thing to happen. The thief broke in through the kitchen window – cut himself on glass. You'd have thought that would be a big enough clue but the police weren't interested, of course. They said it must have been children – but I don't think so. The thieves knew exactly what they wanted. The Greek medal alone was worth a tidy sum. Typical how nobody cares any more. I went in and had a cup of tea with him. Did wonder if *our friend* might be involved but didn't say anything. I'll have a look in and see – but careful. Leopards and spots! Terrible to have someone like this living in the village. And dangerous? I really should have told Sir Magnus. Hilda Reeve not even interested. Not helping her husband – says she can't see what all the fuss is about. Stupid woman. Can't think why he married her.

11 July

Visited Whitehead in his shop while his wife was out and told him what I knew. Of course he denied everything. Well, he would, wouldn't he? I showed him the piece I'd found in the newspaper and he said that was all behind him, actually accused me of trying

141

to make trouble for him. Oh no, I told him. You're the one making trouble here. He said he'd never been anywhere near Arthur's home. But his shop is stuffed with all manner of bits and pieces and you have to wonder where he gets it from. He dared me to go public. He said he'd sue me. We'll see!

Chubb might have ignored both these entries. Arthur Reeve and his wife were an elderly couple and had once run the Queen's Arms. It would be hard to imagine anyone less likely to be involved in Sir Magnus's death – and how could the theft of his medals have any possible relevance? The meeting with Whitehead made no sense. But tucked into the back of the diary he had found a newspaper clipping, faded and brittle, and it had forced him to think again.

GANGLAND FENCE RELEASED FROM JAIL

He achieved brief notoriety as part of the Mansion Gang – a network of professional burglars who targeted mansion blocks in Kensington and Chelsea. Arrested for receiving stolen goods, John Whitehead was released from Pentonville Prison after serving just four years of a seven-year sentence. Mr Whitehead, who is married, is believed to have left London.

There was no picture but Chubb had already checked that there was indeed a Johnny Whitehead living with his wife in the village and that it was the same Johnny Whitehead who had once been arrested in London. There had been plenty of organised criminals operating in the city during and after the war and the Mansion Gang had been notorious. Whitehead had been their fence and now he ran an antique store no less! He looked again at the two words in Mary Blakiston's handwriting. *And dangerous?* The question mark was certainly apposite. If Whitehead was an ex-criminal and she had tried to expose him,

could he have been responsible for her death? If she had talked about him to Sir Magnus, might he have been forced to strike again? Chubb carefully set the newspaper article aside and went back to the diary.

7 July

Shocking. I always knew there was something about Rev Osborne and his wife. But this!!!! I wish old Montagu had stayed. Really, really don't know what to say or do. Nothing, I suppose. Who would believe me? Dreadful.

6 July

Lady Pye back from London. Again. All these trips she makes, everyone knows what's going on. But nobody will say anything. I suppose these are the times we live in. I feel sorry for Sir Magnus. Such a good man. Always so kind to me. Does he know? Should I say something?

The last entry that Chubb had selected had been written almost four months earlier. Mary Blakiston had written several entries about Joy Sanderling but this one followed their first meeting. She had written it in black ink, using a much thicker nib. The letters were splattered onto the page and Chubb could almost feel the anger and disgust as her pen travelled across the paper. Mary had always been a fairly impartial observer. Which is to say, she had been equally spiteful and unpleasant about everyone she encountered. But she seemed to have a special reserve for Joy.

15 March

Tea with little Miss Sanderling. She says her name is Josie but 'call me Joy'. I will not call her that. There is no joy in this marriage. Why can't she understand? I will not let it happen. Fourteen years ago I lost my first son. I will not allow her to take Robert away from me. I gave her

tea and biscuits and she just sat there with that stupid smile on her face – so young, so ignorant. She prattled on about her parents and her family. She has a brother with Down's syndrome! Why did she have to tell me that? Robert just sat there, saying nothing, and all the time I was thinking about this awful sickness infecting her family and how much I wanted her to leave. I should have told her then and there. But she's obviously the sort of girl who won't listen to the likes of me. I will talk to Robert later. I won't have it. I really won't. Why did this stupid girl have to come to Saxby?

For the first time, Chubb felt a real dislike for Mary Blakiston, almost a sense that she had deserved to die. He would never actually say that about anyone but he had to admit that the whole diary was pure poison and this entry was unforgivable. It was the reference to Down's syndrome that most upset him. Mary described it as an 'awful sickness'. It wasn't. It was a condition, not an illness. What sort of woman could see it as a threat to her own bloodline? Had she really pulled up the drawbridge on her son's marriage simply to protect future grandchildren from some sort of contamination? It beggared belief.

Part of him hoped that this would turn out to be the only volume of Mary Blakiston's memoirs. He dreaded having to wade through any more pages of misery and resentment – didn't she have anything good to say about anyone? But at the same time, he knew he had stumbled on too valuable a resource to ignore. He would have to show it all to Atticus Pünd.

He was glad that the detective had turned up in Somerset. The two of them had worked together on that case in Marlborough, a headmaster who had been killed during the performance of a play. This business had many of the same hallmarks: a tangle of suspects and different motives and not one but two deaths that might or might not be related. In the privacy of his own home, Chubb would admit the truth, which was that he couldn't make head or tail of it. Pünd had a way of seeing things differently. Maybe it was in his nature.

Chubb couldn't help but smile. All his life he'd been brought up to think of the Germans as his enemy. It was strange having one on his side.

It was equally strange that Joy Sanderling had actually brought him here. It had already occurred to Chubb that she and her fiancé, Robert Blakiston, had the most compelling reason for wanting to see Mary Blakiston dead. They were young and in love and she had wanted to stop the wedding for the very worst and most hateful of reasons. For a brief moment he himself had shared their feelings. But if they had planned to kill her, why would they have tried to get Pünd involved? Could it have been an elaborate smokescreen?

Turning these thoughts over in his mind, Raymond Chubb lit a cigarette and went through the pages again.

6

In his masterwork, *The Landscape of Criminal Investigation*, Atticus Pünd had written: *'One can think of the truth as eine vertiefung – a sort of deep valley which may not be visible from a distance but which will come upon you quite suddenly. There are many ways to arrive there. A line of questioning that turns out to be irrelevant still has the power to bring you nearer to your goal. There are no wasted journeys in the detection of a crime.'* In other words, it did not matter that he had not yet seen Mary Blakiston's diary and had no idea of its contents. Although he and Detective Inspector Chubb were taking two very different approaches, it was inevitable that eventually they would meet.

After they had left the Lodge House, he and Fraser had walked the short distance to the vicarage, following the road rather than using the short cut through Dingle Dell, enjoying the warmth of the afternoon. Fraser had rather taken to Saxby-on-Avon and was a little puzzled that the detective seemed so immune to its charms. Indeed, it struck him that Pünd hadn't been quite himself since they had left London, lapsing into long silences, lost in his thoughts. The two of

them were now sitting in the living room where Henrietta had brought them tea and home-made biscuits. It was a bright, cheerful room with dried flowers in the fireplace and French windows that looked out onto a well-kept garden with woodland beyond. There was an upright piano, several shelves of books, door curtains that would be drawn in the winter. The furniture was comfortable. None of it matched.

Robin and Henrietta Osborne were sitting next to each other on a sofa and could not have looked more awkward or, frankly, more guilty. Pünd had barely started his interrogation but they were already defensive, clearly dreading what might come next. Fraser understood what they were going through. He had seen it before. You could be completely blameless and respectable but the moment you talked to the detective you became a suspect and nothing you said could be taken at face value. It was all part of the game and it seemed to him that the Osbornes weren't playing it too well.

'On the night that Sir Magnus Pye was murdered, Mrs Osborne, you left your home. This would have been about eight fifteen.' Pünd waited for her to deny this and when she didn't, added: 'Why?'

'May I ask who told you that?' Henrietta countered.

Pünd shrugged. 'Believe me, it is of no importance, Mrs Osborne. It is my task to establish where everyone was at the time of the death, to piece together the jigsaw you might say. I ask questions and I receive answers. That is all.'

'It's just that I don't like the idea of being spied on. That's the trouble with living in a village. Everyone is always looking at you.' The vicar patted her gently on the hand and she continued. 'Yes. I was out looking for my husband at about that time. The thing is . . .' She hesitated. 'We were both rather upset about some news we'd just heard and he'd gone off on his own. When it was getting dark and he hadn't come home, I began to wonder where he was.'

'And where in fact were you, Mr Osborne?'

'I went to the church. Whenever I need to sort myself out, that's where I go. I'm sure you understand.'

'Did you walk or did you go on your bicycle?'

'The way you ask that question, Mr Pünd, I suspect you already know the answer. I took the bike.'

'What time did you return home?'

'I suppose it would have been about half past nine.'

Pünd frowned. According to Brent, he had heard the vicar cycle up past the Ferryman about half an hour after he had arrived. That would have been about nine o'clock or nine fifteen. There was a discrepancy, at least fifteen minutes missing. 'You are sure of that time?' he asked.

'I'm absolutely sure,' Henrietta cut in. 'I've already told you: I was concerned. I certainly had one eye on the clock and it was exactly half past nine when my husband arrived. I had kept his dinner for him and I sat with him while he ate it.'

Pünd did not pursue the matter. There were three possibilities. The first and most obvious was that the Osbornes were lying. Certainly the woman seemed nervous, as if she were trying to protect her husband. The second was that Brent had been mistaken – although he had seemed surprisingly reliable. And the third . . . ? 'I would imagine that it was the announcement of the new housing development that had upset you,' he said.

'Exactly.' Osborne pointed at the window, at the view beyond. 'That's where it's going to be. Right there at the end of our garden. Well, of course, this house isn't ours. It belongs to the church and my wife and I won't be here for ever. But it seems such a destructive thing to do. So unnecessary.'

'It may never happen,' Fraser said. 'What with Sir Magnus being dead and all that . . .'

'Well, I'm not going to celebrate any person's death. That would be quite wrong. But I will admit to you that when I heard the news I did entertain precisely that thought. It was wrong of me. I shouldn't allow my personal feelings to poison my judgement.'

'You should take a look at Dingle Dell,' Henrietta cut in. 'If you haven't walked there, you won't understand why it means so much to us. Would you like me to show you?'

'I would like that very much,' Pünd replied.

They had finished the tea. Fraser quietly helped himself to another biscuit and they all went out through the French windows. The vicarage garden extended for about twenty yards, sloping downhill with flower beds on each side of a lawn that became wilder and more unkempt the further they went from the house. It had been deliberately landscaped that way. There was no fence or barrier between the Osbornes' property and the wood beyond, making it impossible to say where one ended and the other began.

Quite suddenly they were in Dingle Dell. The trees – oak, ash and Wych Elm – closed in on them without warning, surrounding them and cutting off the world outside. It was a lovely place. The late afternoon sun, slanting through the leaves and branches, had become a soft green and there were butterflies dancing in the beams . . . 'Purple Hairstreak,' Henrietta muttered. The ground was soft underfoot: grass and patches of moss with clumps of flowers. There was something curious about the wood. It wasn't a wood at all. It was a dell, much smaller, and yet now they were in it there seemed to be no edges, no obvious way out. Everything was very hushed. Although a few birds were flitting around the trees, they did so without making any sound. Only the drone of a bumblebee disturbed the silence and it was gone as quickly as it had come.

'Some of these trees have been here for two or three hundred years,' Osborne said. He looked around him. 'You know that Sir Magnus found his treasure trove here? Roman coins and jewellery, probably buried to keep them safe. Every time we walk here, it's different. Wonderful toadstools later in the year. All sorts of different insects, if you're into that sort of thing . . .'

They came to a clump of wild garlic, the white flowers bursting out like stars, and then beyond it another plant, this one a tangle of spiky leaves that sprawled across the path.

'*Atropa belladonna*,' Pünd said. 'Deadly nightshade. I understand, Mrs Osborne, that you unfortunately stepped on a specimen and poisoned yourself.'

'Yes. It was very stupid of me. And unlucky too – it somehow cut my foot.' She laughed nervously. 'I can't imagine what possessed me to come out without

my shoes. I suppose I like the feeling of the moss on the soles of my feet. Anyway, I certainly learned my lesson. I'll steer clear of it from now on.'

'Do you want to go on?' Osborne asked. 'Pye Hall is just on the other side.'

'Yes. It would be interesting to see it again,' Pünd replied.

There was no actual path. They continued through the green haze, arriving at the far edge of the wood as unexpectedly as they had entered it. Suddenly the trees parted and there in front of them was the lake, still and black, with the lawn easing its way down towards it from Pye Hall. Freddy Pye was outside, kicking a football around, and Brent was kneeling in front of a flower bed with a pair of secateurs. Neither of them had noticed the little party as they had arrived. From where they were standing, the Lodge House was completely out of sight, hidden by its own woodland screen.

'Well, here we are,' Osborne said. He put his arm around his wife, then thought better of it and let it drop. 'Pye Hall is quite splendid, really. It was a nunnery at one stage. It's been in the same family for centuries. At least that's one thing they can't do – knock it down!'

'It is a house that has seen a great deal of death,' Pünd remarked.

'Yes. I suppose that's true of many country houses . . .'

'But not quite so recently. You were away when Mary Blakiston died.'

'I already told you that, when we met outside the church.'

'You said you were in Devonshire.'

'That's right.'

'Where exactly?'

The vicar seemed nonplussed. He turned his head away and his wife broke in angrily. 'Why are you asking us these questions, Mr Pünd? Do you really think that Robin and I made it up about being away? Do you think we sneaked back and pushed poor Mrs Blakiston down the stairs? What possible reason could we have? And I suppose we lopped off Sir Magnus's head to save Dingle Dell even though it may not make a jot of difference. His beastly son might go ahead with it anyway.'

Atticus Pünd spread his hands and sighed. 'Mrs Osborne, you do not under-stand the demands of police and detective work. Of course I do not believe the things that you suggest and it gives me no pleasure to ask you these questions. But everything must be in its place. Every statement must be verified, every movement examined. It may be that you do not wish to tell me where you were. Eventually, you will have to tell the inspector. I am sorry if you consider it an intrusion.'

Robin Osborne glanced at his wife, who replied. 'Of course we don't mind telling you. It's just not very nice being treated as suspects. If you talk to the manager of the Sheplegh Court Hotel, he'll tell you we were there all week. It's near Dartmouth.'

'Thank you.'

They turned and walked back through Dingle Dell; Pünd and Robin Osborne in front, Henrietta and James Fraser behind. 'It was of course you who officiated at the funeral of Mrs Blakiston,' Pünd said.

'That's right. It was lucky we were back in time, although I suppose I could always have cut my holiday short.'

'I wonder if you remarked upon a person who was unknown to the village. He was standing on his own, I believe, separate from the other mourners. I have been told that he was wearing an old-fashioned hat.'

Robin Osborne considered. 'There was someone there wearing a fedora, I think,' he said. 'They left quite abruptly as I recall. But I'm afraid I can't tell you very much more than that. As you can imagine, I had my mind on other things. He certainly didn't come for drinks at the Queen's Arms.'

'Did you happen to notice Robert Blakiston during the service? I would be interested to know your impressions of how he behaved.'

'Robert Blakiston?' They had reached the clump of belladonna and Osborne was careful to avoid it. 'I wonder why you're asking about him,' he went on. 'If you must know, I feel rather sorry for him. I heard about the argument he had with his mother. The village was full of gossip after she died. I wasn't having

any of it. I think people can be quite cruel – or thoughtless, anyway. Often it's the same thing. I can't say I know Robert very well. He hasn't had an easy life but he's found himself a young lady now and I couldn't be more pleased for him. Miss Sanderling works at the doctor's surgery and I'm sure she'll help him settle down. The two of them have asked me to marry them at St Botolph's. I'm very much looking forward to it.'

He paused, then went on.

'He and his mother quarrelled. That's common knowledge. But I was observing him throughout the service – he and Josie were standing quite close to me – and I would have said he was genuinely grieving. When I reached the last paragraph of my address he started crying and covered his eyes to hide the tears and Josie had to take his arm. It's hard for a boy to lose his mother, no matter what the feelings between them, and I'm sure he bitterly regretted what he had said. Speak in haste, repent at leisure, as the old saying goes.'

'What was your opinion of Mary Blakiston?'

Osborne didn't answer at once. He continued walking until they had emerged once again in the vicarage garden. 'She was very much part of the village. She'll be missed,' was all he said.

'I would be interested to see the funeral address,' Pünd said. 'Would you by any chance have a copy?'

'Really?' The vicar's eyes brightened. He had put a lot of work into the speech. 'As a matter of fact, I did hang on to it. I've got it inside. Are you coming back in? Never mind. I'll get it for you.'

He hurried in through the French windows. Pünd turned in time to see Fraser emerge from Dingle Dell with the vicar's wife, the light slanting down behind them. It was true, he thought. The wood was a very special place, somewhere worth protecting.

But at what price?

7

That afternoon, there was another death.

Dr Redwing had driven back to Ashton House and this time her husband had accompanied her. The call from the matron had come that afternoon and although she had said nothing specific, there could be no mistaking the tone of her voice. 'It might be best if you were here. I do think you should come.' Dr Redwing had made similar calls herself. Old Edgar Rennard had not, after all, recovered from the slight fall he had taken the week before. On the contrary, it seemed to have jolted or broken something and since then he had begun a rapid slide. He had barely been awake since his daughter's last visit. He had eaten nothing, taken only a few sips of water. The life was visibly draining out of him.

Arthur and Emilia were sitting on the uncomfortable furniture in the overly bright room, watching the rise and fall of the old man's chest beneath the blankets. They both knew what the other was thinking but didn't like to put it into words. How long would they have to sit here? At what time would it be reasonable to call it a day and go back home? Would they blame themselves if they weren't there at the end? In the end, would it make any difference?

'You can go if you like,' Emilia said, eventually.

'No. I'll stay with you.'

'Are you sure?'

'Yes. Of course.' He thought for a moment. 'Would you like a coffee?'

'That would be nice.'

It was impossible to have any sort of conversation in a room with a dying man. Arthur Redwing got to his feet and shuffled off to the kitchenette at the end of the corridor. Emilia was left on her own.

And that was when Edgar Rennard opened his eyes, quite unexpectedly, as if he had merely nodded off in front of the television. He saw her at once and

152

showed not the least surprise. Perhaps, in his mind, she had never gone away, for he returned almost at once to the subject he had raised the last time they were together. 'Did you tell him?' he asked.

'Did I tell who, Papa?' She wondered whether she ought to call Arthur back. But she was afraid of raising her voice or doing anything that might disturb the dying man.

'It's not fair. I have to tell them. They have to know.'

'Papa, do you want me to call the nurse?'

'No!' He was suddenly angry, as if he knew that there were only minutes left, that there was no time for delay. At the same moment, a sort of clarity came into his eyes. Later on, Dr Redwing would say that he had been given this one last gift at the end of his life. The dementia had finally retreated, leaving him in control. 'I was there when the children were born,' he said. His voice was younger, stronger. 'I delivered them at Pye Hall. Lady Cynthia Pye. A beautiful woman, daughter of an earl – but she wasn't strong, not built to give birth to twins. I was afraid I might lose her. In the end it all went well. Two children, born twelve minutes apart, a boy and a girl, both healthy.

'But afterwards, before anyone knew what had happened, Sir Merrill Pye came to me. Sir Merrill. He wasn't a good man. Everyone was afraid of him. And he wasn't happy. Because, you see, *the girl had come first*. The estate was entailed on the firstborn child . . . it was unusual but that's how it was. Not the eldest male child. But he wanted it to be the boy. He'd got the house from his father who'd got it from his father before him – it had always been boys. Do you understand? He hated the idea of the whole estate passing to a girl and so he made me . . . he told me . . . the boy came first.'

Emilia looked at her father with his head resting on the pillow, his white hair forming a halo around him, his eyes bright with the effort of explaining. 'Papa, what did you do?' she asked.

'What do you think I did? I told a lie. He was a bit of a bully, Sir Merrill. He could have made my life a misery. And at the time, I told myself, what did it

matter? After all, they were just two babies. They didn't know anything. And they would both grow up in the house together. It wasn't as if I was hurting anyone. That was what I thought.' A tear trickled out of the corner of his eye and made its way down the side of his face. 'So I filled in the form the way he wanted it. 3.48 a.m. – a boy and 4.00 a.m. – a girl. That's what I wrote.'

'Oh Papa!'

'It was wrong of me. I see that now. Magnus got everything and Clarissa got nothing and I often thought that I should tell her, tell both of them the truth. But what good would it do? Nobody would believe me. Sir Merrill is long gone. And Lady Cynthia. They're all forgotten! But it's haunted me. It's always haunted me. What I wrote was a lie. A boy! I said it was a boy!'

By the time Arthur Redwing returned with the coffees, Dr Rennard had breathed his last. He found his wife sitting in shock and assumed, obviously, that it was due to the loss. He stayed with her while the matron was called and the necessary arrangements made. Dr Rennard had taken out funeral insurance with the well-known company of Lanner & Crane and they would be informed first thing in the morning – it was too late now. In the meantime, he would be transferred to a small chapel within Ashton House that was reserved for such occasions. He was going to be buried in the cemetery at King's Abbott, close to the house where he had lived. He had made that decision when he retired.

It was only as they were driving home that Emilia Redwing repeated what her father had told her. Arthur, behind the wheel, was shocked. 'Good God!' he exclaimed. 'Are you sure he knew what he was saying?'

'It was extraordinary. He was completely lucid – just for the five minutes you were gone.'

'I'm sorry, dear. You should have called me.'

'It doesn't matter. I just wish you'd been there to hear it.'

'I could have been a witness.'

Dr Redwing hadn't considered that – but now she nodded. 'Yes.'

'What are you going to do?'

Dr Redwing didn't answer. She watched the Bath valley slipping by, cows dotted here and there, grazing on the other side of the railway line. The summer sun hadn't set but the light was soft, the shadows folding themselves into the sides of the hills. 'I don't know,' she said, at length. 'In a way, I wish he hadn't told me. It was his guilty secret and now it's mine.' She sighed. 'I suppose I'm going to have to tell someone. I'm not sure it'll make any difference. Even if you had been there, there isn't any proof.'

'Maybe you should tell that detective.'

'Mr Pünd?' She was annoyed with herself. It had never occurred to her that there might be a connection, but of course she had to pass on what she knew. Sir Magnus Pye, the beneficiary of a huge estate, had been violently murdered and now it turned out that the estate had never been his in the first place. Could that be the reason why he had been killed? 'Yes,' she said. 'I suppose I had better let him know.'

They drove on in silence. Then her husband said, 'And what about Clarissa Pye? Will you tell her?'

'Do you think I should?'

'I don't know. I really don't.'

They reached the village. And as they drove past the fire station and then the Queen's Arms with the church just behind it, they were unaware that they were both having the same thought.

What if Clarissa had already known?

8

At exactly that moment, inside the Queen's Arms, James Fraser was carrying a tray with five drinks to a quiet table in the far corner. There were three pints of beer – for himself, for Robert Blakiston and for Detective Inspector

155

Chubb – a Dubonnet and bitter lemon for Joy Sanderling and a small sherry for Atticus Pünd. He would have liked to have added a couple of bags of crisps but something told him that they would be inappropriate. As he sat down, he examined the man who had brought them there. Robert Blakiston, who had lost both a mother and a mentor in the space of two weeks, had come straight from work. He had changed out of his overalls and put on a jacket but his hands were still covered with grease and oil. Fraser wondered if it would ever come off. He was a strange-looking young man, not unattractive but almost like a bad drawing of himself with his badly cut hair, his over-pronounced cheekbones, his pale skin. He was sitting next to Joy, quite possibly holding her hand under the table. His eyes were haunted. It was obvious that he would have preferred to be anywhere but here.

'You don't need to worry, Rob,' Joy was saying. 'Mr Pünd only wants to help.'

'Like he helped you when you went to London?' Robert was having none of it. 'This village won't let us alone. First they said it was me who killed my own mother, not that I would ever have laid a finger on her. You know that. And as if that wasn't enough for them, then they start their whispering about Sir Magnus.' He turned to Pünd. 'Is that why you're here, Mr Pound? Is it because you suspect me?'

'Did you have a reason to wish Sir Magnus harm?' Pünd asked.

'No. He wasn't an easy man, I'll give you that. But he was always very good to me. I wouldn't have a job if it weren't for him.'

'I must ask you many things about your life, Robert,' Pünd went on. 'It is not because you are under suspicion any more than anyone else in this village. But both deaths occurred at Pye Hall and it is true to say that you have a close association with that place.'

'I didn't choose it that way.'

'Of course not. But you can perhaps tell us a great deal about its history and about the people who lived there.'

Robert's one visible hand curled round his beer. He looked up at Pünd

defiantly. 'You're not a policeman,' he said. 'Why should I have to tell you anything?'

'*I'm* a policeman,' Chubb cut in. He had been about to light a cigarette and stopped with the match inches away from his face. 'And Mr Pünd is working with me. You should mind your manners, young man. If you don't want to co-operate, we'll see what a night behind bars will do to change your mind. It won't be the first time you've seen the inside of a jail, I understand.' He lit the cigarette and blew out the match.

Joy put a hand on her fiancé's arm. 'Please, Robert...'

He shrugged her off. 'I've got nothing to hide. You can ask me what you want.'

'Then let us begin at the very beginning,' Pünd suggested. 'If it does not distress you, perhaps you can describe for us your childhood at Pye Hall.'

'It doesn't distress me, although I was never very happy there,' Robert answered. 'It's not very nice when your mother cares more about her employer than your own father – but that's how it was almost from the day we moved into the Lodge House. Sir Magnus this, Sir Magnus that! She was all over him, even though she was never more than his skivvy. My dad wasn't happy about it either. It was never easy for him, living in someone else's house in someone else's grounds. But they stuck with it for a time. My dad wasn't getting much work before the war. It was somewhere to live, a regular income. So he put up with it.

'I was twelve years old when we moved in. We'd been living up at Sheppard's Farm, which was my granddad's place. It was pretty rundown but we liked it there, left to our own devices. Me and Tom had been born in Saxby-on-Avon, and we always lived here. As far as I was concerned there was nowhere else in the world. Sir Magnus needed someone to look after the place when the old housekeeper left and my mum was already doing jobs around the village, so it was an obvious choice, really.

'The first year or so was OK. The Lodge House wasn't such a bad place and we

157

had plenty of room after Sheppard's Farm. We all had our own rooms, which was nice – Mum and Dad at the end of the corridor. I used to boast about it at school, having such a grand address, although the other kids just teased me about it.'

'How well did you and your brother get on?'

'We had fights, like all little boys. But we were also very close. We used to chase each other all over the estate. We were pirates, treasure hunters, soldiers, spies. Tom used to make up all the games. He was younger than me but he was a lot smarter too. He used to tap out this code on the wall to me at night. He'd made it up himself. I didn't understand a word of it but I'd hear him tapping it out when we were meant to be asleep.' He half-smiled at the memory and just for a moment some of the tension went out of his face.

'You had a dog, I believe. Its name was Bella.'

At once the frown was back. Fraser remembered the collar that they had found in the bedroom at the Lodge House but he wondered what relevance it could have.

'Bella was Tom's dog,' Robert said. 'My dad got it for him around the time we left Sheppard's Farm.' He glanced at Joy as if unsure whether to continue. 'But after we moved it – it didn't end well.'

'What happened?'

'We never really found out but I'll tell you this. Sir Magnus didn't want her on his land. That much was clear. He said that Bella chased the sheep. He said right away he wanted us to get rid of it but Tom really loved that dog so Dad said no. Anyway, one day it disappeared. We looked everywhere for it but it was just gone. And then, about two weeks later, we found it in Dingle Dell.' He paused and looked down. 'Someone had cut its throat. Tom always said it was Brent. But if it was, he was only acting on Sir Magnus's orders.'

There was a long silence. When Pünd spoke again, his voice was low. 'I must ask you now about another death,' he said. 'I am sure it will be painful to you. But you understand . . .'

'You're talking about Tom.'

'Yes.'

Robert nodded. 'When the war began, my dad went over to Boscombe Down where he worked on the planes and he'd often stay there the whole week so we only saw him now and then. Maybe if he'd been there, maybe if he'd looked out for us more it would never have happened. That's what my mum always said. She blamed him for not being there.'

'Can you tell me what occurred?'

'I'll never forget it, Mr Pound. Not as long as I live. At the time, I thought it was my fault. That was what a lot of people said and maybe it was what my dad believed. He never talked to me about it. He hardly ever spoke to me again and I haven't see him now in years. Well, maybe he's got a point. Tom was two years younger than me and I was meant to be looking after him. But I left him on his own and the next thing I know, they're pulling him out of the lake and he's drowned. He was only twelve years old.'

'It wasn't your fault, Robert,' Joy said. She put her arm around him, holding him tightly. 'It was an accident. You weren't even there . . .'

'I was the one who led him out into the garden. I left him on his own.' He gazed at Pünd with eyes that were suddenly bright with tears. 'It was the summer, a day like today. We were on a treasure hunt. We were always looking for bits and pieces – silver and gold – we knew how Sir Magnus had found a whole load of the stuff in Dingle Dell. Buried treasure! It was the sort of thing that every boy dreamed about. We'd read stories in the *Magnet* and the *Hotspur* and then we'd try to make them come real. Sir Magnus used to encourage us too. He'd actually set us challenges. So maybe he was partly to blame for what happened. I don't know. It's always about blame, isn't it? These things happen and you have to find some way to make them make sense.

'Tom drowned in the lake. To this day, we don't know how it happened. He was fully dressed so it wasn't as if he'd gone for a swim. Maybe he fell. Maybe he hit his head. Brent was the one who found him and got him out. I heard him shouting and I came running back across the lawn. I helped to get him on dry land and I tried to resuscitate him, the way they showed us at school.

But there was nothing I could do. By the time Mum came down and found us, it was too late.'

'Neville Brent was already working there?' Chubb asked. 'I thought his father was still the groundsman.'

'His father was getting on a bit and Neville worked with him. In fact, he took over the job when his dad died.'

'It must have been a great shock for you, and very upsetting, to see your brother in this way,' Pünd said.

'I threw myself into the water. I grabbed hold of him. I was screaming and I was crying and even now I can't bring myself to look at that damned place. I never wanted to stay in the Lodge House and if I had my way, I'd get out of Saxby-on-Avon altogether and now, what with everything that's happened, maybe I will. Anyway, my dad came back that night. He shouted at my mother. He shouted at me. He never gave us any support. All we got from him was anger. And a year later, he left us. He said the marriage was over. We never saw him again.'

'How did your mother respond to what had happened?'

'She still stayed working for Sir Magnus. That's the first thing. She would never have thought of leaving him no matter what – that's how much she looked up to him. She'd walk past that lake every day on her way to work. She told me that she never looked, that she kept her head the other way – but I don't know how she did it.'

'She was still caring for you?'

'She was trying to, Mr Pound. I suppose I might as well admit it although I never thanked her for it. Nothing was ever easy after Tom died. Things went wrong at school. The other children could be so bloody cruel. And she was afraid for me. She never let me out of the house! Sometimes I felt like a prisoner. She was always watching me. She was terrified something was going to happen to me and she would be left on her own. I think that was the real reason she didn't want me to marry Joy, because I would leave her. She was suffocating me and that was how things went wrong between us. I might as well admit it. I ended up hating her.'

He lifted his glass and took a few sips of his beer.

160

'You didn't hate her,' Joy said, quietly. 'Things weren't right between you, that's all. You were both living in the shadow of what had happened and you didn't realise how much it was hurting you.'

'You threatened her just before she died,' Detective Inspector Chubb remarked. He had already finished his own beer.

'I never did that, sir. I never did.'

'We will come to that all in good time,' Pünd said. 'You did, in the end, leave Pye Hall. Tell us first about your time in Bristol.'

'It didn't last long.' Now Robert sounded sullen. 'Sir Magnus had arranged it for me. After my dad left, he sort of took over and tried to help as best he could. He wasn't a bad man – not *all* bad, anyways. He got me an apprenticeship with Ford Motorcars but it all went wrong. I'll admit I made a right mess of it. I wasn't happy on my own in a strange city. I drank too much and I got into a fight at the local pub, the Blue Boar. It was all about nothing...' He nodded at Chubb. 'But you're right. I did spend a night in jail and there might have been worse trouble for me if Sir Magnus hadn't stepped in once again. He spoke to the police and they agreed to let me off with a caution but that was the end of it for me. I came back to Saxby and he set me up with the job I have now. I've always liked tinkering with cars. I suppose I got that from my dad, although it's all he ever gave me.'

'What was it that made you argue with your mother in the week of her death?' Pünd asked.

'It was nothing. She wanted me to mend a broken light. That's all. You really think I killed her because of that, Mr Pound? I swear to you, I didn't go near her – and I couldn't have. Joy told you. I was with her that evening! All evening and all night. We left the flat together, so if I'm lying, she's lying and why would she do that?'

'You will forgive me, but that is not necessarily the case.' Pünd turned to Joy Sanderling who seemed almost to brace herself for what was to come. 'When you visited me in London, you told me you were together all the time. But are you certain that you were constantly in each other's sight? Did you not take a shower or a bath? Did you not prepare the breakfast?'

161

Joy flushed. 'I did both, Mr Pünd. Maybe there were ten or fifteen minutes when I didn't see Robert...'

'And your motor scooter was parked outside the flat, Miss Sanderling. Although it was too far by foot, it would have taken Robert no more than two or three minutes to reach Pye Hall – by your own admission. It is not impossible that he could have driven there, killed the mother who had caused him so much torment and who stood so resolutely opposed to your marriage and returned, all in the time that you were in the kitchen or in the bath.' He let the proposition hang in the air, then turned again to Robert. 'And what of Sir Magnus?' he continued. 'Can you tell me where you were at half past eight on the evening of his death?'

Robert slumped, defeated. 'I can't help you there. I was in my flat, having supper on my own. Where else would I have been? But if you think I killed Sir Magnus, maybe you can tell me why. He never did anything to hurt me.'

'Your mother died at Pye Hall. He did not care enough even to attend her funeral!'

'How can you be so cruel?' Joy exclaimed. 'You're spinning fantasies out of thin air, just to accuse Robert. He had no reason to kill either of them. As for the motor scooter, I never heard it leave. I'm sure I would have, even if I was in the bath.'

'Have you finished?' Robert asked. He got to his feet, leaving the rest of his beer untouched.

'I have no further questions,' Pünd said.

'Then if you don't mind, I'm going home.'

'I'm coming with you,' Joy said.

Chubb glanced at Pünd as if to be sure that there was nothing more he wanted to ask. Pünd nodded very slightly and the two young people left together.

'Do you really think he might have killed his mother?' Fraser asked, as soon as they were gone.

'I think it is unlikely, James. To hear him speak of his mother just now...

he spoke with anger, with vexation and even perhaps with fear. But there was no hatred. Nor do I believe that he drove to Pye Hall on the motor scooter of his fiancée, even though it was interesting to suggest the idea. And why? Because of its colour. Do you not remember? It is something that I remarked to you, when Miss Sanderling first visited us. A man wishing to pass quickly through a village to commit a crime might borrow a motor scooter but not, I think, one that was bright pink. It would be too easily noticed. Could he have had a motive to kill Sir Magnus Pye? It is possible but I will admit that at the moment it is not making itself known.'

'All a bit of a waste of time then,' Chubb concluded. He glanced at his empty glass. 'Still, the Queen's Arms serves a decent pint. And I have something for you, Herr Pünd.' He reached down and produced Mary Blakiston's diary. Briefly, he explained how it had been found. 'It's got something about pretty much everyone in the village,' he said. 'Talk about dishing out the dirt! She's been collecting it by the bucket!'

'You don't suppose she was using the information to blackmail people?' Fraser suggested. 'After all, that might give someone a very good reason to push her down the stairs.'

'You've got a good point there,' Chubb said. 'Some of the entries are a bit vague. She was careful about what she wrote. But if people found out how much she knew about them, she could have had a lot of enemies. Just like Sir Magnus and Dingle Dell. That's the trouble with this case. Too many suspects! But the question is, was it the same person who killed them both?' The detective inspector got to his feet. 'You'll let me have that back in due course, Herr Pünd,' he said. 'I've got to get home. Mrs Chubb is cooking her *Fricassee de Poulet à l'Ancienne*, God help me. I'll see you gentlemen tomorrow.'

He left. Fraser and Pünd were alone.

'The inspector is absolutely correct,' Pünd said.

'You mean there are too many suspects?'

'He asks whether the same person killed Sir Magnus Pye and his

housekeeper. Everything rests on that. Clearly there is a connection between the two deaths but we are no closer to discovering what it is. And until then, we will remain in the dark. But perhaps the answer now lies in my hands.' He looked at the first page and smiled. 'Already the handwriting is known to me . . .'

'How?'

But Pünd didn't answer. He had begun to read.

Five

Silver

Detective Inspector Chubb very much liked the police station in Orange Grove, Bath. It was a perfect Georgian construction, solid and serious yet at the same time light and elegant enough to feel welcoming...at least, if you were on the right side of the law. He couldn't enter it without a sense that his work mattered and that by the end of the day the world might be a slightly better place. His office was on the first floor, overlooking the main entrance. Sitting at his desk, he could look out of a window that stretched the full height of the room and this too gave him a sense of comfort. He was, after all, the eye of the law. It was only right that he should have a view that was so expansive.

He had brought John Whitehead to this room. It was a deliberate move, to winkle the man out of the false shell that Saxby-on-Avon had provided and to remind him who was in charge. There were to be no lies told here. In fact there were four people facing him: Whitehead, his wife, Atticus Pünd and his young assistant, Fraser. He normally had a photograph of Mrs Chubb on the desk but he had slid it into a drawer just before they came in. He wasn't quite sure why.

'Your name is John Whitehead?' he began.

'That's right.' The antique dealer was sullen and downcast. He knew the game was up. He wasn't trying to disguise it.

'And you came to Saxby-on-Avon how long ago?'

'Three years.'

'We've done nothing wrong,' Gemma Whitehead cut in. She was such a small woman, the seat looked much too big for her. She was cradling a handbag in her lap. Her feet barely touched the floor. 'You know who he is and what he's done. But he's left that all behind him. He served his time and he was let out for good behaviour. We moved out of London, just to be together somewhere quiet – and all this business with Sir Magnus, that had *nothing* to do with us.'

'I think you should let me be the judge of that,' Chubb replied. Mary

Blakiston's diary was lying on the desk in front of him and for a moment he was tempted to open it. But there was no need. He already knew the relevant contents well enough. 'On 9 July a certain Arthur Reeve had his home broken into. Mr Reeve used to be the landlord at the Queen's Arms and is now living in retirement with his wife. A window was broken and he was very distressed to find that his medal collection, including a rare George VI Greek medal, had been stolen from his front room. The entire collection was valued at a hundred pounds or more although of course it had great sentimental value too.'

Whitehead drew himself up but next to him, his wife had paled. She was hearing this for the first time. 'Why are you telling me this?' he demanded. 'I don't know anything about any medal.'

'The thief cut himself on the window,' Chubb said.

'One day later, on 10 July, you were treated by Dr Redwing,' Pünd added. 'You required stitches for an unpleasant cut on your hand.' He smiled briefly to himself. In the landscape of this particular crime, two minor byways had just reached a crossroads.

'I cut my hand in the kitchen,' Johnny said. He glanced at his wife who did not look convinced. 'I never went anywhere near Mr Reeve or his medals. It's a pack of lies.'

'What can you tell us about the visit Mary Blakiston made to you on 11 July, four days before she died?'

'Who told you that? Have you been watching me?'

'Do you deny it?'

'What's there to deny? Yes. She came into the shop. Lots of people come into the shop. She never said a thing about any medals.'

'Then maybe she talked to you about the money that you had paid to Brent.' Pünd had spoken softly, reasonably but there was something in his tone that suggested he knew everything, that there was no point arguing. In fact, Fraser knew this wasn't true. The groundsman had done his best to cover his tracks. He had said the five pounds was owed to him, perhaps for work he had done.

Pünd was taking a stab in the dark. However, his words had an immediate effect.

'All right,' Whitehead admitted. 'She did come in, nosing around, asking me questions – just like you. What are you trying to say? That I pushed her down the stairs to shut her up?'

'Johnny!' Gemma Whitehead let out a cry of exasperation.

'It's all right, love.' He reached out to her but she twisted away. 'I've done nothing wrong. Brent came into the shop a couple of days after Mary's funeral. He had something to sell. It was a silver belt buckle, Roman, a nice little piece. I'd say about fourth century BC. He wanted twenty quid for it. I gave him five.'

'When was this?'

'I can't remember. Monday! It was the week after the funeral.'

'Did Brent say where he got it from?' Chubb asked.

'No.'

'Did you ask him?'

'Why should I have?'

'You must have been aware that there'd been a burglary at Pye Hall only a few days before. A collection of silver jewellery and coins was stolen from Sir Magnus. It was the same day as Mrs Blakiston's funeral.'

'I did hear about that. Yes.'

'And you didn't put two and two together?'

Whitehead drew a breath. 'A lot of people come into my shop. I buy a lot of things. I bought a set of Worcester coffee mugs off Mrs Reeve and a brass carriage clock off the Finches – and that was just last week. Do you think I asked them where they got them? If I went round treating everyone in Saxby like criminals, I'd be out of business in a week.'

Chubb drew a breath. 'But *you* are a criminal, Mr Whitehead. You did three years in prison for receiving stolen goods.'

'You promised me!' Gemma muttered. 'You promised you weren't going back to all that.'

169

'Stay out of it, love. They're just trying to wind me up.' Whitehead glanced balefully at Chubb. 'You've got it all wrong, Mr Chubb. Yes. I bought a silver belt buckle off Brent. Yes. I knew there'd been a break-in at Pye Hall. But did I put two and two together? No. I didn't. Call me stupid if you like, but there's no crime in stupidity – and for all I know he could have had it in his family for twenty years. If you're saying it was stolen from Sir Magnus, then your argument is with Brent, not with me.'

'Where is the belt buckle now?'

'I sold it to a friend in London.'

'And for rather more than five pounds, I'll be bound.'

'That's my business, Mr Chubb. That's what I do.'

Atticus Pünd had been listening to all this in silence. Now he adjusted his glasses and observed, quietly: 'Mrs Blakiston visited you before the break-in at Pye Hall. It was the theft of the medal that interested her. Did she threaten you?'

'She was a nosy cow – asking questions about things that had nothing to do with her.'

'Did you purchase any other items from Brent?'

'No. That's all he had. If you want to find the rest of Sir Magnus's treasure trove, maybe you should be searching his place instead of wasting your time with me.'

Pünd and Chubb exchanged a glance. There was clearly nothing more to be gained from the interview. Even so, the detective inspector was determined to have the last word. 'There have been a number of petty thefts in Saxby-on-Avon since you arrived,' he said. 'Windows broken, antiques and jewellery gone missing. I can promise you we'll be looking into every one of them. And I'm going to want a record of everything you've bought and sold in the past three years too.'

'I don't keep records.'

'The tax office may take a dim view of that. I hope you're not planning on going anywhere in the next few weeks, Mr Whitehead. We'll be in touch again.'

The antique dealer and his wife got up and left the room, showing themselves out. Ahead of them, there was an upper landing and then a staircase

leading down. They continued in silence but the moment they were in the open air, Gemma burst out: 'Oh Johnny! How could you lie to me?'

'I didn't lie to you,' Johnny replied, miserably.

'After everything we talked about. All the plans we had!' It was as if she hadn't heard him. 'Who did you see when you were in London? This silver belt buckle of yours – who did you sell it to?'

'I told you.'

'You mean Derek and Colin. Had you told them about Mary? That she was on to you?'

'What are you talking about?'

'You know what I mean. In the old days, when you were part of the gang, if people stepped out of line, things happened. We never mentioned it and I know you weren't part of it, but we both know what I'm talking about. People disappeared.'

'What? You think I took out a contract on Mary Blakiston to get her off my back?'

'Well, did you?'

Johnny Whitehead didn't answer. They walked to their car in silence.

—
2
—

A search of Brent's house had produced nothing that related either to the murder or the stolen treasure trove.

Brent lived on his own in a row of terraced houses in Daphne Road, a simple two-up, two-down that shared a porch with its neighbour, the two front doors meeting at an angle. From the outside, the building had a certain chocolate-box charm. The roof was thatched, the wisteria and the flower beds well cared for. The interior told another story. Everything had a sense of neglect, from the unwashed dishes in the sink to the unmade bed and the clothes thrown

carelessly on the floor. A certain smell lingered in the air, one that Chubb had come upon many times before and which always made him frown. It was the smell of a man living alone.

There was nothing in the house that was new or luxurious and everything had a make-do-and-mend quality, years after those words had gone out of fashion. Plates were chipped, chairs held together by string. Brent's parents had once lived here and he had done nothing to the place since they had died. He even slept in the same single bed with the same blanket and eiderdown that must have been his as a boy. There were comics on the bedroom floor, too. And Scout magazines. It was as if Brent had never fully grown up, and if he had stolen the entire hoard of Sir Magnus's Roman silver, he clearly hadn't sold it yet. He had just a hundred pounds in his bank account. There was nothing hidden in the house: not under the floorboards, in the attic, up the chimney. The police had done a thorough search.

'I didn't take it. I didn't do it. It wasn't me.' Brent had been brought home in a police car from Pye Hall and was sitting with a look of shock on his face, surrounded by policemen who had invaded the shabby sanctity of his home. Atticus Pünd and James Fraser were among them.

'Then how did you come upon the silver belt buckle that you sold to John Whitehead?' Chubb asked.

'I found it!' Brent continued hurriedly as the detective inspector's eyes glazed in disbelief. 'It's the truth. It was the day after the funeral. A Sunday. I don't work the weekend, not as a rule. But Sir Magnus and Lady Pye, they'd only just got back from their holiday and I thought they might need me. So I went down the hall just to show willing. And I was in the garden when I saw it, shining, on the lawn. I didn't have any idea what it was but it looked old and there was a picture of a man carved into it, standing there with no clothes.' He smirked briefly as if sharing a rude joke. 'I popped it into my pocket and then on the Monday I took it into Mr Whitehead and he gave me a fiver for it. It was twice what I was expecting.'

Yes. And half what it was worth, Chubb thought. 'There were police called

into Pye Hall that day,' he said. 'Sir Magnus reported a burglary. What do you have to say about that?'

'I left before lunchtime. I didn't see any police.'

'But you must have heard about the break-in.'

'I did. But by then it was too late. I'd already sold what I'd found to Mr Whitehead and maybe he'd sold it too. I looked in the shop window and it wasn't there.' Brent shrugged. 'I'd done nothing wrong.'

Everything about Brent's story was questionable. But even Chubb would have been forced to admit that his crime was a very minor one. If, that is, he was telling the truth. 'Where did you find the buckle?' he asked.

'It was in the grass. In front of the house.'

Chubb glanced at Pünd, as if asking for guidance. 'It would be interesting, I think, to see the exact spot,' Pünd said.

Chubb agreed and the four of them left together, Brent complaining all the while as he was carried back to Pye Hall. Once again they drove past the Lodge House with its two stone griffins almost seeming to whisper to each other and for a moment Fraser was reminded of the game that the two boys, Robert and Tom Blakiston, had played together at night, the code words that they had rapped out to each other when they were in bed. It suddenly struck him that the game had a significance he had overlooked but before he could mention it to Pünd, they had arrived. Brent called to them to stop and they pulled in about halfway up the drive, opposite the lake.

'It was over here!' He led them across the lawn. In front of them the lake stretched out, dank and oily with the woodland behind. Perhaps it was the story that Robert had told them earlier but there was something indisputably evil about it. The brighter the sun, the blacker the water appeared. They stopped about fifteen or twenty feet from the edge, Brent pointing down as if he remembered the exact spot. 'It was here.'

'Just lying here?' Chubb sounded unconvinced.

'The sun was glinting off it. That's how I saw it.'

Chubb considered the possibilities. 'Well, I suppose if someone had been

carrying a whole pile of the stuff, if they were on foot and in a hurry, they might have dropped a piece without noticing it.'

'It is possible.' Pünd was already working out the angles. He looked back at the driveway, the Lodge House, the front door. 'And yet it is strange, Detective Inspector. Why would the burglar come this way? He broke into the house through the back . . . ?'

'That's right.'

'Then to reach the gate, it would have been faster to continue along the other side of the driveway.'

'Unless they were heading for Dingle Dell . . .' The inspector examined the line of trees with the vicarage somewhere on the other side of the lake. 'No chance of being seen if they go out through the wood.'

'That is true,' Pünd agreed. 'And yet, you will forgive me, Detective Inspector. You are a thief. You are carrying a great many pieces of silver jewellery and coins. Would you wish to make your way through thick woodland in the middle of the night?' His eyes settled on the black surface. 'The lake holds many mysteries,' he said. 'I believe it has further stories to tell and wonder if it would be possible for you to arrange an inspection by police divers. I have a suspicion, an idea . . .' He shook his head as if dismissing the thought.

'Divers?' Chubb shook his head. 'That's going to cost a pretty penny or two. What is it exactly you're hoping to find?'

'The true reason why Pye Hall was burgled on the same evening as Mary Blakiston's funeral.'

Chubb nodded. 'I'll see to it.'

'Do you want anything else?' Brent asked.

'I will keep you only for a few moments more, Mr Brent. I would like you to show us the door that was broken when the burglary took place.'

'Yes, sir.' Brent was relieved that the investigation seemed to be moving away from him. 'We can cut across through the rose garden.'

'There is one other question I wish to put to you,' Pünd said. As they walked,

Fraser noticed that the detective was leaning heavily on his stick. 'I understand that Sir Magnus had made it known to you that he wished to dispense with your employment.'

Brent started as if stung. 'Who told you that?'

'Is it true?'

'Yes.' The groundsman was scowling now. His whole body seemed to have become stooped, his curly hair flopping over his forehead.

'Why did you not mention this to me when we met?'

'You never asked me.'

Pünd nodded. That was fair enough. 'Why did he ask you to leave?'

'I don't know. But he was always on at me. Mrs Blakiston used to complain about me. Them two! They were like – like Bob and Gladys Grove.'

'It's a television programme,' Fraser said, overhearing. '*The Grove Family.*'

This was exactly the sort of thing that Fraser would know. And which Pünd wouldn't.

'When did he tell you?'

'I don't remember.'

'What was the reason?'

'There was no reason. No good reason. I've been coming here ever since I was a boy. My father was here before me. And he came out here and just said that was the end of it.'

They had come to the rose garden. It was surrounded by a wall with an entrance that was an arbour shaped out of dark green leaves. Beyond, there was crazy paving, a statue of a cherub, all the different roses and a bench.

And on the bench, Frances Pye and Jack Dartford were sitting, holding hands, engaged in a passionate kiss.

3

In fact, nobody was really very surprised. It had been obvious to Pünd – and even to Fraser – that Lady Pye and her ex-tennis partner had been conducting an affair. What else could they possibly have been doing in London on the day of the murder? Chubb had known it too and even the guilty parties only seemed mildly put out that they had been discovered in flagrante. It was going to happen sooner or later so why not now? They were still on the bench, sitting slightly apart, facing the three men who stood over them. A smirking Brent had been sent on his way.

'I think you should explain yourself, Lady Pye,' Chubb said.

'There's nothing really to explain,' she replied, coolly. 'Jack and I have been seeing each other for almost two years. That day in London . . . I was with him the whole time. But there was no shopping, no art galleries. After lunch, we had a room at the Dorchester. Jack stayed with me until about half past five. I left at six. You can ask them if you don't believe me.'

'You lied to me, Lady Pye.'

'That was wrong of me, Detective Inspector, and I'm sorry. But the fact is, it doesn't make any real difference, does it? The rest of my story was true. Coming home on the train. Arriving at half past eight. Seeing the green car. Those are the salient points.'

'Your husband is dead. You were deceiving him. I'd say those are also salient points, Lady Pye.'

'It wasn't like that,' Jack Dartford cut in. 'She wasn't deceiving him. That's not how I saw it anyway. You have no idea what Magnus was like. The man was a brute. The way he treated her, his infantile rages, it was disgusting. And she gave up her career for him!'

'What career was that?' Pünd asked.

'In the theatre! Frances was a brilliant actress. I saw her on the stage long before I met her.'

176

'That's enough, Jack,' Frances cut in.

'Is that where your husband met you? In the theatre?' Chubb asked.

'He sent flowers to my dressing room. He'd seen me as Lady Macbeth.'

Even Chubb knew that one: a play in which a powerful woman persuades a man to commit murder. 'Were you ever happy together?' he asked.

She shook her head. 'I knew very quickly that I'd made a mistake but I was younger then and I suppose I was too proud to admit it. The trouble with Magnus was that it wasn't enough for him to marry me. He had to own me. He made that clear very quickly. It was as if I were part of the package – the house, the grounds, the lake, the woods and the wife. He was very old-fashioned, the way he saw the world.'

'Was he ever violent to you?'

'He never actually struck me, Detective Inspector, but violence can take many forms. He was loud. He could be threatening. And he had a way of throwing himself around that often made me afraid.'

'Tell them about the sword!' Dartford insisted.

'Oh Jack!'

'What happened with the sword, Lady Pye?' Chubb asked.

'It was just something that happened a couple of days before I went up to meet Jack. You must understand that, underneath it all, Magnus was a great big child. If you ask me, this whole business with Dingle Dell was more about upsetting people than actually making money. He had temper tantrums. If he didn't get what he wanted, he could become very nasty indeed.' She sighed. 'He had a good idea that I was seeing someone – all those trips to London. And the two of us were sleeping apart, of course. He didn't want me any more, not in the way a husband wants his wife, but it hurt his pride that I might have actually found somebody else.

'We had a row that morning. I can't even remember what started it. But then he started screaming at me – how I was his, how he would never let me go. I'd heard it all before. Only this time, he was crazier than ever. You noticed that there was a painting missing in the great hall. It was a portrait of me, which

he'd commissioned as a present for my fortieth birthday. As a matter of fact it was done by Arthur Redwing.' She turned to Pünd. 'Have you met him?'

'He is married to the doctor?'

'Yes.'

'I have seen another work of his but we have not yet met.'

'Well, I think he's very talented. And I loved the painting he did of me. He actually managed to capture a moment of real happiness, standing in the garden near the lake – and that was rare enough, I can tell you. It was a gorgeous summer that year. Arthur did the painting over four or five sessions and although Magnus hardly paid him anything for it – that was typical of him to be so mean – I think it was rather wonderful. We talked about putting it in for the summer exhibition, you know, at the Royal Academy. But Magnus wouldn't put me on show. That would mean sharing me! So it stayed on the wall in the main hall.

'And then we had that argument. I'll admit that I can be quite nasty when I want to be and I certainly let him have a few home truths. Magnus went very red, as if he was going to burst. He always did have problems with his blood pressure. He drank too much and he quite easily worked himself up into these rages. I told him I was going up to London. He refused to give me permission. I laughed at him and told him I didn't need his permission or anyone else's. Suddenly he went over to that stupid suit of armour and with a great yell pulled out the sword——'

'The same sword with which he would later be killed?'

'Yes, Mr Pünd. He came over to me, dragging it behind him and for a moment I thought he was going to attack me with it. But instead he suddenly turned it on the painting and stabbed it again and again in front of my eyes. He knew it would hurt me, losing it. At the same time, he was telling me I was his possession and that he could do the same to me at any time.'

'What happened next, Lady Pye?'

'I just went on laughing. *Is that the best you can do?* I remember shouting those words at him. I think I was a little hysterical. Then I went up to my room and slammed the door.'

'And the painting?'

'I was sad about that. It couldn't be mended. Or maybe it could, but it would have been too expensive. Magnus gave it to Brent to put on the bonfire.'

She fell silent.

'I'm glad he's dead,' Jack Dartford muttered, suddenly. 'He was a total bastard. He was never kind to anyone and he made life a misery for Frances. I'd have done it myself, if I'd had the nerve. But he's gone now and we can start again.' He reached out and took her hand. 'No more hiding. No more lying. We can finally have the life we deserve.'

Pünd nodded at Chubb and the three of them moved away from the rose garden and back across the lawn. There was no sign of Brent. Jack Dartford and Lady Pye had remained where they were. 'I wonder where he was on the night of the murder,' Fraser said.

'You are referring to Mr Dartford?'

'We only have his word for it that he stayed in London. He left the hotel at half past five. That would have given him plenty of time to catch the train ahead of Lady Pye. It's just a thought . . .'

'You think him capable of murder?'

'I think he's a chancer. You can tell just by looking at him. He comes across an attractive woman who's being badly treated by her husband – and it seems to me that if you're going to cut somebody's head off, there has to be a better reason than saving a local wood, and those two had a better reason than anyone.'

'There is some truth in what you say,' Pünd agreed.

Their car was parked a short distance away from the front of the house and they moved towards it slowly. Chubb too had noticed that Pünd was resting more heavily on his walking stick. He had once thought that the detective only carried it as a fashion accessory. Today he clearly needed it.

'There's something I forgot to tell you, Mr Pünd,' he muttered. It was the first time the two of them had been alone since the interview with Robert Blakiston, the evening before.

'I will be interested to hear anything you have to say, Detective Inspector.'

'You remember that scrap of paper we found in the fireplace in Sir Magnus's study? You thought there might be part of a fingerprint on it.'

'I remember it very well.'

'There *was* a fingerprint. The bad news is there wasn't enough of it left to be of any use to us. It's certainly untraceable and we probably won't even be able to match it to any of our known suspects.'

'That is a pity.'

'There is something though. It turns out that the paper itself was stained with blood. The same blood type as Sir Magnus for what it's worth, although we can't be 100 per cent certain that it was his.'

'That is of great interest.'

'That's a great headache, if you ask me. How does it all add up? We've got a handwritten envelope and a typed-up death threat. This scrap of paper clearly didn't belong to either of them and we have no way of knowing how long it had actually been in the grate. The blood would suggest it was thrown in the fire after the murder.'

'But where did it come from in the first place?'

'Exactly. Anyway, where do you want to go next?'

'I was hoping you might tell me, Detective Inspector.'

'As a matter of fact, I was about to make a suggestion. I had a very interesting phone call from Dr Redwing before I left the office last night. Did you know her father's just died? Natural causes, which makes a pleasant change. Well, apparently he had a bit of a story to tell and I rather think we need to talk to Clarissa Pye.'

—
4
—

Clarissa Pye came into the living room carrying a tray with three cups of tea and some biscuits, neatly arranged on a plate as if somehow the symmetry would

make them more desirable. The room seemed terribly small with so many people in it. Atticus Pünd and his assistant were next to each other on the faux-leather sofa, their knees almost touching. The round-faced detective inspector from Bath had taken the armchair opposite. She could feel the walls hemming them in. But ever since Dr Redwing had told her the news, the house had not been the same. It was not her house. This was not her life. It was as if she had been swapped for someone else in one of those Victorian novels she had always enjoyed.

'I suppose it was understandable that Dr Redwing should tell you what her father said,' she began. Her voice was a little prim. 'Although it might have been considerate to inform me that she was going to make the call.'

'I'm sure she believed she was acting for the best, Miss Pye,' Chubb said.

'Well, I suppose it was only right that the police were informed. After all, whatever you may think of Dr Rennard, he committed a crime.' She set the tray down. 'He lied on the birth certificate. He delivered both of us, but I was the first. He should really be prosecuted.'

'He's gone somewhere far beyond the reach of the law.'

'The reach of human law, certainly.'

'You have had very little time to get used to all this,' Pünd remarked, gently.

'Yes. I only heard yesterday.'

'I imagine it must have come as quite a shock to you.'

'A shock? I'm not quite sure that's the word I would use, Mr Pünd. It's more like an earthquake. I remember Edgar Rennard very well. He was very much liked in the village and he often came up to the house when Magnus and I were growing up. He never struck me as an evil man and yet it really is a monstrous thing to have done. His lie took away my entire life. And Magnus! I wonder if he knew about it? He was always lording it over me, as if there was some terrific joke and I was the only one who wasn't in the know. He threw me out of my own home, you know. I had to support myself in London and then in America. And all the time there was no need for it.' She sighed. 'I have been very much cheated.'

'What will you do?'

'I will claim what is mine. Why not? I have a right to it.'

Detective Inspector Chubb looked uncomfortable. 'That may not be as easy as you think, Miss Pye,' he said. 'From what I understand, Dr Redwing was alone in the room with her father when he told her what he'd done. There were no witnesses to the conversation. I suppose there's always a chance you may find something in his papers. He may have written something down. But right now it'll just be your word.'

'He may have told someone else.'

'He almost certainly told Sir Magnus,' Pünd cut in. He turned to the detective inspector. 'You remember the notepad that we found on his desk, the day after he was killed. Ashton H. Mw. A girl. Now it is all clear. The call was received from Ashton House. Edgar Rennard knew that he was dying and, out of a sense of guilt, telephoned Sir Magnus to explain that, when he delivered the twins, the first-born had in fact been a girl. The notepad also contained a number of crossings-out. Sir Magnus was clearly perturbed by what he heard.'

'Well, that could explain something,' Clarissa said, and there was real anger in her voice. 'He came to this very house, sat where you're sitting on the very day of his death. And he offered me a job at Pye Hall! He wanted me to move into the Lodge House and take over from Mary Blakiston. Can you imagine it! Maybe he was afraid that the truth was about to come to light. Maybe he actually wanted to *contain* me. If I'd moved in, I might have been the one with my head lopped off my shoulders.'

'I wish you luck, Miss Pye,' Chubb said. 'It's clearly a great injustice that's been done and if you can find any other witnesses that will certainly help your case. But if it doesn't offend you, I'd offer you this advice. You might be better off just accepting things as they are. You have a nice enough house here. You're well known and respected in the village. It's none of my business, but sometimes you can spend so much time chasing something that you lose everything else while you're about it.'

Clarissa Pye looked puzzled. 'Thank you for your advice, Detective Inspector

Chubb. However, I had assumed that the reason for this visit was that you had come to assist me. Dr Rennard committed a crime and we only have his daughter's word that he wasn't actually paid for his trouble. At any event, I assume it is a matter you would wish to investigate.'

'I must be honest. That hadn't really occurred to me.' Chubb was suddenly uncomfortable, looking to Pünd for help.

'You must remember that there have been two unexplained deaths in this village, Miss Pye,' Pünd said. 'I can understand your wish that the police should investigate the events that took place at the time of your birth and yet we are here on another matter. I would not wish to distress you any further in what is clearly a difficult time for you but I am afraid that I must ask you a question in connection with the two deaths – of Sir Magnus and of Mary Blakiston. It concerns a vial of liquid that went missing from Dr Redwing's surgery quite recently. The vial contained a poison, physostigmine. Would you know anything about that?'

Clarissa Pye's face went through a range of emotions, each one drawn so distinctly that they could have hung together like a series of portraits. First she was shocked. The question had been so unexpected – how could they possibly have known? Then there was fear. Were there to be consequences? Then came indignation, perhaps manufactured. She was outraged that they should suspect her of such a thing! And finally, all within a split second, came acceptance and resignation. Too much had happened already. There was no point denying it. 'Yes. I took it,' she said.

'Why?'

'How did you know it was me? If you don't mind my asking . . .'

'Mrs Blakiston saw you leaving the surgery.'

Clarissa nodded. 'Yes. I saw her watching me. Mary had this extraordinary ability to be in the wrong place at the wrong time. I don't know how she did it.' She paused. 'Who else knows?'

'She kept a diary which Detective Inspector Chubb has in his possession. As far as we are aware, she told nobody else.'

That made things easier. 'I took it on an impulse,' she said. 'I happened to find myself in the surgery on my own and I saw the physostigmine on the shelf. I knew exactly what it was. I'd done some medical training before I went to America.'

'What did you want it for?'

'I'm ashamed to tell you, Mr Pünd. I know it was wrong of me and I may have been just a little bit out of my mind. But in the light of what we've just been saying, you of all people will understand that very little in my life has worked out the way I wanted. It's not just Magnus and the house. I never married. I never had any real love, not even when I was young. Oh yes, I have the church and I have the village, but there have been times when I've found myself looking in the mirror and I've wondered – what's the point? What am I doing here? Why should I even want to go on?'

'The Bible is very clear about suicide. It's the moral equivalent of murder. "God is the giver of life. He gives and He takes away." That's from the book of Job. We have no right to take matters into our own hands.' She stopped and suddenly there was a hardness in her eyes. 'But there have been times when I have been very much in the shadows, when I have looked into the valley of death and wished – and wished I could enter. How do you think it's been for me, watching Magnus and Frances and Freddy? I used to live in that house! All that wealth and comfort was once mine! Forget the fact that it was actually stolen from me, I should never have come back to Saxby-on-Avon! It was mad of me to humiliate myself by returning to the emperor's table. So the answer is – yes. I thought about killing myself. I took the physostigmine because I knew it would do the job quickly and painlessly.'

'Where is it now?'

'Upstairs. In the bathroom.'

'I'm afraid I must ask you to give it to me.'

'Well, I certainly don't need it now, Mr Pünd.' She spoke the words lightly, almost with a glint in her eye. 'Are you going to prosecute me for theft?'

'There won't be any need for that, Miss Pye,' Chubb said. 'We'll just make sure it gets back to Dr Redwing.'

They left a few minutes later and Clarissa Pye closed the front door, glad to be alone. She stood quite still, her breasts rising and falling, thinking over what had just been said. The business with the poison didn't matter. That wasn't important now. But it was strange that such a tiny theft should have brought them here when so much had been stolen from her. Would she be able to prove that Pye Hall was hers? Suppose the detective inspector was right? All she had were the words of a sick and dying man with no witnesses present in the room, no proof that he was actually sane when he spoke them. A legal case resting on twelve minutes that had ticked by more than fifty years ago.

Where could she possibly begin?

And did she actually want to?

It was very strange, but Clarissa suddenly felt as if a weight had been lifted from her shoulders. The fact that Pünd had taken the poison with him was certainly part of it. The physostigmine had been preying on her conscience for all manner of reasons and she knew that she had regretted taking it from the very start. But it was more than that. She remembered what Chubb had said. *You might be better off just accepting things as they are. You have a nice enough house here. You're well known and respected in the village.*

She *was* respected. It was true. She was still a popular teacher at the village school. She always made the most profitable stall at the village fête. Everyone liked her flower displays at Sunday service: in fact, Robin Osborne had often said that he didn't know how he would manage without her. Could it be, perhaps, that now that she knew the truth, Pye Hall no longer had the power to intimidate her? It was hers. It always had been. And at the end of the day, it hadn't been Magnus who had stolen it from her. It hadn't been fate. It had been her own father, a man she had always remembered with fondness but who turned out to be antediluvian – a monster! Did she really want to fight him, to bring him back into her life when he had been so long below the ground?

No.

She could rise above it. She might visit Frances and Freddy at Pye Hall and this time she would be the one in the know. The joke would be on them.

With something close to a smile, she went into the kitchen. There was a tinned salmon rissole and some stewed fruit in the fridge. They would do very nicely for lunch.

—
5
—

'I thought she took it extremely well,' Emilia Redwing said. 'We weren't even sure at first if we should tell her. But now I'm glad we did.'

Pünd nodded. He and Fraser had come here alone, Detective Inspector Chubb having returned to Pye Hall to meet the two police divers who had been summoned from Bristol, the nearest metropolis to have such a resource. They would be examining the lake that very day although Pünd already had a good idea what they would find. He was sitting in the doctor's private office. Arthur Redwing was also present. He looked uncomfortable, as if he would rather be anywhere else.

'Yes. Miss Pye is certainly a formidable person,' Pünd agreed.

'So how is your investigation going?' Arthur Redwing asked.

It was the first time Pünd had met Dr Redwing's husband, the man who had painted the portrait of Frances Pye – as well as the one of his own son. That portrait was hanging on the wall just behind him and Pünd examined it now. The boy was very handsome. He had the dark good looks that his father must once have possessed, the slightly crumpled, very English features. And yet the two of them were at odds. There had been some difficulty between them. Pünd had always been interested in the unique relationship that exists between the portraitist and his subject, how there can never be secrets. It was true here. The way the boy had been painted, his pose, the nonchalance of his shoulders resting against the wall, one knee bent, hands in his pockets ... all this suggested intimacy, even love. But Arthur Redwing had also

186

captured something dark and suspicious in the boy's eyes. He wanted to be away.

'It is your son,' he said.

'Yes,' Arthur replied. 'Sebastian. He's in London.' The three words somehow contained a lifetime of disappointment.

'Arthur painted that when Sebastian was fifteen,' Emilia Redwing added.

'It's terribly good,' Fraser said. When it came to art, he was the expert, not Pünd, and he was glad to have his moment in the sun. 'Do you exhibit?'

'I'd like to . . .' Arthur mumbled.

'You were about to tell us about your investigation,' Emilia Redwing cut in.

'Yes, indeed, Dr Redwing.' Pünd smiled. 'It is very nearly complete. I do not expect to spend more than two more nights in Saxby-on-Avon.'

Fraser's ears pricked up when he heard this. He'd had no idea that Pünd was so close and wondered who had said what, and when, to provide the significant breakthrough. He was keen to hear the solution to the crime – and he wouldn't be sorry to get back to the comfort of Tanner Court either.

'Do you know who killed Sir Magnus?'

'I have, you might say, a theory. There are just two pieces of the jigsaw that are missing and which, once found, will confirm what I believe.'

'And what are those, if you don't mind us asking?' Arthur Redwing had suddenly become very animated.

'I do not mind you asking at all, Mr Redwing. The first is taking place almost as we speak. With the supervision of Detective Inspector Chubb, two police frogmen are searching the lake at Pye Hall.'

'What do you expect them to find? Another body?'

'I hope nothing as sinister as that.'

It was evident he was not going to expand any further. 'What about the other piece of the jigsaw?' Dr Redwing asked.

'There is a person to whom I wish to speak. He may not know it, but I believe that he holds the key to everything that has taken place here in Saxby-on-Avon.'

187

'And who is that?'

'I am referring to Matthew Blakiston. He was the husband of Mary Blakiston and of course the father of the two boys, Robert and Tom.'

'Are you looking for him now?'

'I have asked Detective Inspector Chubb to make enquiries.'

'But you know he was here!' Dr Redwing seemed almost amused. 'I saw him myself, in the village. He came to his wife's funeral.'

'Robert Blakiston did not tell me that.'

'He may not have seen him. I didn't recognise him at first. He was wearing a hat that he kept very low over his face. He didn't talk to anyone and he stayed right at the back. He also left before the end.'

'Did you tell anyone this?'

'Well, no.' Dr Redwing seemed surprised by the question. 'It seemed perfectly natural for him to be there. He and Mary Blakiston had been married for a long time and it wasn't hatred that drove them apart. It was grief. They lost a child. I was a little sorry that he chose not to speak to Robert. And he could have met Joy while he was there. It's a great shame, really. Mary's death could so easily have brought them all together.'

'He might have been the one who killed her!' Arthur Redwing exclaimed. He turned to Pünd. 'Is that why you want to see him? Is he a suspect?'

'That is impossible to say until I have spoken to him,' Pünd replied, diplomatically. 'So far Detective Inspector Chubb has been unable to locate him.'

'He's in Cardiff,' Dr Redwing said.

For once, Pünd was taken by surprise.

'I don't have his address but I can easily help you find him. I had a letter, a few months ago, from a GP in Cardiff. It was perfectly routine. He wanted some notes about an old injury that one of his patients had incurred. It was Matthew Blakiston. I sent him what he wanted and forgot all about it.'

'You remember the GP's name?'

'Of course. It's on file. I'll get it for you.'

188

But before she could move, a woman suddenly appeared, letting herself into the surgery through the main door. The door of Dr Redwing's office was open and they all saw her; a woman in her forties, plain, round-faced. Her name was Diana Weaver and she had come to the surgery to clean it as she did every day. Pünd had known exactly when she would be arriving. It was she whom he had actually come to see.

For her part, she was surprised to find anyone here so late in the day. 'Oh – I'm sorry, Dr Redwing!' she called out. 'Would you like me to come back tomorrow?'

'No, please come in, Mrs Weaver.'

The woman came into the private office. Atticus Pünd stood up, offering her his seat, and she sat down, looking around her nervously. 'Mrs Weaver,' he began. 'Allow me to introduce myself——'

'I know who you are,' she cut in.

'Then you will know why it is I wish to speak to you.' He paused. He had no wish to upset this woman and yet it had to be done. 'On the day of his death, Sir Magnus Pye received a letter relating to the new houses that he proposed to build. This would have caused the destruction of Dingle Dell. I wonder if you can tell me – did you write that letter?' She said nothing, so he went on. 'I have discovered that the letter was typed on the machine that sits in this surgery and that only three people might have had access to it: Joy Sanderling, Dr Redwing and yourself.' He smiled. 'I should add that you have nothing to worry about. It is not a crime to send a letter of protest, even if the language is a little intemperate. Nor do I suspect for a single minute that you followed through with the threats that were made in that letter. I simply need to know how it got there and so I ask you again. Did you write it?'

Mrs Weaver nodded. There were tears beading at her eyes. 'Yes, sir.'

'Thank you. I can understand that you were upset, quite justifiably, about the loss of the woodland.'

'We just hated seeing the village being knocked about for no good reason. I was talking about it with my husband and with my father-in-law. They've been

in Saxby all their lives. We all have. And it's a very special place. We don't need new houses here. There's no call for them. And the Dell! You start there, where does it end? You look at Tawbury and Market Basing. Roads and traffic lights and the new supermarkets – they've been hollowed out and now people just drive through them and——' She stopped herself. 'I'm sorry, Dr Redwing,' she said. 'I should have asked your permission. I acted in the heat of the moment.'

'It doesn't matter,' Emilia Redwing said. 'I really don't mind. In fact, I agree with you.'

'When did you deliver the letter?' Pünd asked.

'It was Thursday afternoon. I just walked up to the door and popped it through.' Mrs Weaver lowered her head. 'The next day, when I heard what had happened . . . Sir Magnus murdered . . . I didn't know what to think. I wished then that I hadn't sent it. It wasn't like me to be so impulsive. I promise you, sir. I really didn't mean anything ill by it.'

'Again, the letter has no relevance to what occurred,' Pünd assured her. 'But there is something I must ask you, and you must think very carefully before you answer. It concerns the envelope in which the letter was placed and, in particular, the address . . .'

'Yes, sir?'

But Pünd did not speak. Something very strange had happened. He had been standing in the middle of the room, partly resting on his walking stick, but as he had continued the interview with Mrs Weaver, it had been noticeable that he was relying on it more and more. Now, very slowly, he was toppling to one side. Fraser noticed it first and leapt up to catch him before he hit the floor. He was just in time. As he reached him, the detective's legs buckled and his whole body slid away. Dr Redwing was already out of her seat. Mrs Weaver was staring in alarm.

Atticus Pünd's eyes were closed. His face was white. He didn't seem to be breathing at all.

6

Dr Redwing was with him when he woke up.

Pünd was lying on the raised bed that the doctor used to examine patients. He had been unconscious for less than five minutes. She was standing over him, a stethoscope around her neck. She looked relieved to see that he had awoken.

'Don't move,' she said. 'You were taken ill . . .'

'You have examined me?' Pünd asked.

'I checked your heart and your pulse. It may just have been exhaustion.'

'It was not exhaustion.' There was a shooting pain in his temple but he ignored it. 'You do not need to concern yourself, Dr Redwing. I have a condition that was explained to me by my doctor in London. He also gave me medication. If I might rest here a few more minutes, I would be grateful to you. But there is nothing more you can do for me.'

'Of course you can stay here,' Dr Redwing said. She was still looking into Pünd's eyes. 'Is it inoperable?' she asked.

'You see what others do not. In the world of medicine, it is you who are the detective.' Pünd smiled a little sadly. 'I am told that nothing can be done.'

'Have you had a second opinion?'

'I do not need one. I know that there is not very much time left to me. I can feel it.'

'I am so sorry to hear it, Mr Pünd.' She thought for a moment. 'Your colleague did not seem to be aware of the problem.'

'I have not informed Fraser and I would prefer it if it remained that way.'

'You need have no concern. I asked him to leave. Mrs Weaver and my husband went with him. I told him I would walk over to the Queen's Arms with you as soon as you were feeling well enough.'

'I am feeling a little better already.'

With Dr Redwing's help, Pünd got himself into a sitting position and fumbled for the pills that he carried in his jacket pocket. Dr Redwing went to get
a glass of water. She had noted the name – Dilaudid – on the packet. 'That's a
hydromorphone,' she said. 'It's a good choice. Very fast-acting. You have to be
careful, though. It can make you tired and you may experience mood changes
too.'

'I *am* tired,' Pünd agreed. 'But I have found my mood to be remarkably
unchanged. In fact, I will be honest with you, I am quite cheerful.'

'Perhaps it's your investigation. It's probably been very helpful to have something to concentrate on. And you were saying to my husband that it's gone well.'

'That is true.'

'And when it's over? What then?'

'When it is over, Dr Redwing, I will have nothing left to do.' Pünd got
unsteadily to his feet and reached for his walking stick. 'I would like to return
to my room now, if you would be so kind.'

They left together.

7

On the other side of the village, the police divers were emerging from the lake.
Raymond Chubb was standing on the grassy shore, watching as they dumped
what they had found in front of him. He was wondering how Pünd had known
it would be there.

There were three dishes, decorated with sea-nymphs and tritons; a flanged
bowl, this one with a centaur pursuing a naked woman; some long-handled
spoons; a piperatorium, or pepper-pot, which might actually have been used
to store expensive spices; a scattering of coins; a statuette of a tiger or some
similar creature; two bracelets. Chubb knew exactly what he was looking at.

This was the treasure trove that had been stolen from Sir Magnus Pye. Every item had been described by him when he had called in the police. But why had someone stolen the treasure simply to discard it? He understood now that they must have dropped one piece – the belt buckle that Brent had found – as they made their way across the lawn. They had then reached the edge of the lake and thrown the rest in. Had they been surprised while they were trying to make their getaway? Could they have planned to come back and retrieve the loot another time? It made no sense.

'I think that's it,' one of the divers called out.

Chubb looked down at the separate pieces, all of it silver . . . so much silver, glinting in the evening sun.

Six

Gold

The house was close to Caedelyn Park in Cardiff, backing onto the railway line that ran from Whitchurch to Rhiwbina. It was in the middle of a short terrace, three identical houses on either side, all of them tired and in need of cheering up: seven gates, seven square gardens full of dusty plants struggling to survive, seven front doors, seven chimney stacks. They were somehow interchangeable but the green Austin A40 with its registration number FPJ 247, parked outside the middle one, told Pünd immediately where to go.

A man was waiting for them. From the way he was standing there, he could have been waiting all his life. As they pulled in, he raised a hand not so much in welcome as in acknowledgement that they had arrived. He was in his late fifties but looked much older, worn out by a struggle that he had actually lost a long time ago. He had thinning hair, an untidy moustache and sullen dark-brown eyes. He was wearing clothes that were much too warm for the summer afternoon and which needed a wash. Fraser had never seen anyone who looked more alone.

'Mr Pünd?' he asked as they got out of the car.

'It is a pleasure to meet you, Mr Blakiston.'

'Please. Come in.'

He led them into a dark, narrow hallway with a kitchen at the far end. From here, they could look out over a half-neglected garden that sloped up steeply to the railway line at the end. The house was clean but charmless. There was nothing very personal: no family photographs, no letters on the hall table, no sign that anyone else lived here. Very little sunlight made its way in. It had that in common with the Lodge House in Saxby-on-Avon. Everything was hemmed in by shadow.

'I always knew the police would want to speak to me,' he said. 'Will you have

some tea?' He put the kettle on the hob and managed to start a flame with a third click of the switch.

'We are not, strictly speaking, the police,' Pünd told him.

'No. But you're investigating the deaths.'

'Your wife and Sir Magnus Pye. Yes.'

Blakiston nodded, then ran a hand over his chin. He had shaved that morning, but with a razor he had used too many times. Hair was sprouting in the cleft underneath his lip and there was a small cut on his chin. 'I did think about calling someone,' he said. 'I was there, you know, on the night he died. But then I thought – why bother? I didn't see anything. I don't know anything. It's got nothing to do with me.'

'That may not be the case at all, Mr Blakiston. I have been looking forward to meeting you.'

'Well, I hope you won't be disappointed.'

He emptied the teapot, which was still full of old leaves, washed it out with boiling water and added new ones. He took a bottle of milk out of a fridge that had little else inside. At the bottom of the garden, a train rumbled past, billowing steam, and for a moment the air was filled with the smell of cinders. He didn't seem to notice. He finished making the tea and brought it to the table. The three of them sat down.

'Well?'

'You know why we are here, Mr Blakiston,' Pünd said. 'Why don't you tell us your story? Begin from the beginning. Leave nothing out.'

Blakiston nodded. He poured the tea. Then he began to talk.

He was fifty-eight years old. He had been living in Cardiff ever since he had left Saxby-on-Avon thirteen years ago. He'd had family here; an uncle who owned an electrical shop, not far away, on the Eastern Road. The uncle was dead now but he had inherited the shop and it provided a living – at least, for the sort of life he led. He was on his own. Fraser had been right about that.

'I never actually divorced Mary,' he said. 'I don't know why not. After what

happened with Tom, there was no way the two of us were going to stay together. But at the same time, neither of us was ever going to get married again, so what was the point? She wasn't interested in lawyers and all that stuff. I suppose that makes me officially her widower.'

'You never saw her again after you left?' Pünd asked.

'We stayed in touch. We wrote to each other and I called her now and then – to ask her about Robert and to see if there was anything she needed. But if she'd needed anything, she would never have asked me.'

Pünd took out his Sobranies. It was unusual for him to smoke when he was working on a case but nothing about the detective had been quite the same recently and Fraser had been desperately worried since he had been taken ill in Dr Redwing's surgery. Pünd had refused to say anything about it. In the car, on the way here, he had barely spoken at all.

'Let us go back to the time when you and Mary met,' Pünd suggested. 'Tell me about your time at Sheppard's Farm.'

'That was my dad's place,' Blakiston said. 'He got it from *his* dad and it had been in the family for as long as anyone can remember. I come from a long line of farmers but I never really took to it. My dad used to say I was the black sheep, which was funny, because that's what we had – a couple of hundred acres and lots of sheep. I feel sorry for him, looking back on it. I was his only child and I just wasn't interested so that was that. I'd always been good at maths and science at school and I had ideas about going to America and becoming a rocket engineer, which is a bit of a laugh because I worked for twenty years as a mechanic and I never got any further than Wales. But that's how it is when you're a kid, isn't it? You have all these dreams and, unless you're lucky, they never amount to anything. Still, I can't complain. We all lived there happily enough. Even Mary liked it to begin with.'

'In what circumstances did you meet your wife?' Pünd asked.

'She lived in Tawbury, which was about five miles away. Her mother and my mother were at school together. She came over for lunch one Sunday with her

parents and that's how we met. Mary was in her twenties then and as pretty as you can imagine. I fell for her the moment I saw her and we were married within a year.'

'And what, I wonder, did your parents make of her?'

'They liked her well enough. In fact, there was a time when I would say everything was pretty much perfect. We had two sons: Robert first, then Tom. They grew up on the land and I can still see them, racing around, helping my dad when they got back from school. I think we were probably happier there than we ever were anywhere else. But it couldn't last. My dad was up to his eyes in debt. And I wasn't helping him. I'd got a job at Whitchurch Airport, which was an hour and a half away, near Bristol. This was the end of the thirties. I was doing routine maintenance on planes for the Civil Air Guard and I met a lot of the young pilots coming in for training. I knew there was a war on the way but in a place like Saxby-on-Avon it was easy to forget it. Mary was doing jobs in and around the village. We were already going our separate ways. That's why she blamed me for what happened – and maybe she was right.'

'Tell me about your children,' Pünd said.

'I loved those boys. Believe me, there isn't a day when I don't think about what happened.' He choked on his words and had to pause for a moment to recover. 'I don't know how it all went so wrong, Mr Pünd. I really don't. When we were up at Sheppard's Farm, I won't say it was perfect but we used to have fun. They could be right little sods, always fighting, always at each other's throats. But that's true of any boys, isn't it?' He gazed at Pünd as if needing affirmation and when none came he went on. 'They could be close too. The best of friends.

'Robert was the quiet one. You always got the impression that he was think-ing about something. Even when he was quite young, he used to take himself off for long walks along the Bath valley and there were times we'd get quite worried about him. Tom was more of a livewire. He saw himself as a bit of an inventor. He was always mixing potions and putting things together from the

200

insides of old machines. I suppose he might have got that from me and I'll admit he was the one I used to spoil. Robert was closer to his mother. It was a difficult birth. She nearly lost him, and when he was a baby he had all sorts of illnesses. The village doctor, a chap called Rennard, was always in and out of the house. If you ask me, that's what made her so overprotective. There were times when she wouldn't let me come near him. Tom was the easier boy. I was closer to him. Always, him and me...'

He took out a packet of ten cigarettes, tore off the cellophane and lit one.

'Everything went wrong when we left the farm,' he said and suddenly he was bitter. 'The day that man came into our life, that's when it began. Sir Magnus bloody Pye. It's easy enough to see it now and I wonder how I could have been so blind, so stupid. But at the time what he was offering seemed an answer to our prayers. A regular salary for Mary, somewhere to live, nice grounds for the boys to run around in. At least, that's how Mary saw it and that's how she sold it to me.'

'You argued?'

'I tried not to argue with her. All it did was turn her against me. I said I had a couple of misgivings, that's all. I didn't like the idea of her being a housekeeper. I thought she was better than that. And I remember warning her that, once we were there, we'd be trapped. It would be like he owned us. But the thing was, you see, we didn't really have any choice. We didn't have any savings. It was the best offer we were going to get.

'And at first it was fine. Pye Hall was nice enough and I got on well enough with Stanley Brent, who was the groundsman there with his son. We weren't paying any rent and in some ways it was better to be on our own as a family, without my mum and dad around all the time. But there was something about the Lodge House that rubbed us up the wrong way. It was dark all the year round and it never really felt like home. We all started getting on each other's nerves, even the boys. Mary and I seemed to be sniping at each other all the time. I hated the way she looked up to Sir Magnus, just because he had a title

and so much money. He was no better than me. He'd never done a proper day's work in his life. He only had Pye Hall because he'd inherited it. But she couldn't see that. She thought it made her special in some way. What she didn't understand was that when you're cleaning a toilet, you're still cleaning a toilet and what difference does it make if some aristocratic bum is going to sit on it? I said that to her once and she was furious. But the way she saw herself she wasn't a cleaner or a housekeeper. She was the lady of the manor.

'Magnus had one son of his own – Freddy – but he was only a baby then and he had no interest in him. So his lordship started interesting himself in my boys instead. He used to encourage them to play on his land and spoil them with little gifts – threepence here, sixpence there. And he'd get them to play practical jokes on Neville Brent. His parents were dead by then. They'd been killed in a car accident and Neville had taken over, working on the estate. If you ask me, there was something queer about him. I don't think he was quite right in the head. But that didn't stop them spying on him, teasing him, throwing snowballs, that sort of thing. It was cruel. I wish they hadn't done it.'

'You couldn't stop them?'

'I couldn't do *anything*, Mr Pünd. How can I make you understand? They never listened to me. I wasn't their father any more. Almost from the day we moved into that place, I found myself being pushed to one side. Magnus, Magnus . . . that was all anyone ever talked about. When the boys got their school reports, nobody cared what I thought. You know what? Mary would get the boys to take them up to the main house and show them to him. As if his opinion mattered more than mine.

'It got worse and worse over time, Mr Pünd. I began to loathe that man. He always had a way of making me feel small, reminding me that I was living in his house, on his land . . . as if I'd ever wanted to be there in the first place. And it was his fault, what happened. I swear to you. He killed my son as if he did it with his own hands and at that same moment he ruined me. Tom was the light of my life and when he went there was nothing left for me.' He fell silent

and wiped his eye with the back of his hand. 'Look at me! Look at this place! I often ask myself what I did to deserve it. I never hurt anyone and I end up here. I sometimes think I've been punished for something I didn't do.'

'I am sure you are blameless.'

'I *am* blameless. I did nothing wrong. What happened had nothing to do with me.' He stopped, fixing his eyes on Pünd and Fraser, daring them to disagree. 'It was Magnus Pye. Bloody Magnus Pye.'

He took a breath, then went on.

'The war had started and I'd been sent off to Boscombe Down, working mainly on Hawker Hurricanes. I was away from home and I didn't really know what was going on and when I came back occasional weekends, it was like I was a stranger. Mary had changed so much. She was never pleased to see me. She was secretive . . . like she was hiding something. It was hard to believe she was the same girl I'd met and married and been with at Sheppard's Farm. Robert didn't want to have too much to do with me either. He was his mother's child. If it hadn't been for Tom, it would hardly have been worth showing up.

'Anyway, Sir Magnus was there in my place. I told you about games. There was this game he played with the boys – with *my* boys. They were obsessed with buried treasure. Well, all boys like that sort of thing but I'm sure you know the Pyes had dug up a whole load of stuff – Roman coins and the rest of it in Dingle Dell. He had them on display in his house. And so it was easy for him to turn the two of them into treasure hunters. He'd take chocolate bars wrapped in foil or, sometimes, sixpenny pieces or half crowns, and he'd hide them all over the estate. Then he'd give them clues and set them off. They might spend the whole day doing that and you couldn't really complain because it got them out in the open air. It was good for them, wasn't it? It was fun.

'But he wasn't their father. He didn't know what he was doing and one day he took it too far. He had a piece of gold. Not real gold. Iron pyrite – what they call fool's gold. He had a big lump of it and he decided to make that the prize. Of course Tom and Robert didn't know the difference. They thought it was the

real thing and they were desperate to get their hands on it. And do you know where he put it, the bloody fool? He hid it in a clump of bulrushes, right on the edge of the lake. He led them to the water's edge. Fourteen years old and twelve years old. He led them there as surely as if he'd put up a sign.

'This is what happened. The two boys had separated. Robert was in Dingle Dell, searching in the trees. Tom went down to the water. Maybe he saw the gold glinting in the sun or maybe he'd worked out one of the clues. He didn't even need to get his feet wet but he was so excited, he decided to wade in. And what then? Maybe he stumbled. There are a lot of weeds and they could have wrapped themselves around his legs. Here's what I know. Just after three o'clock in the afternoon, Brent comes along with the lawnmower and he sees my boy lying face down in the water.' Matthew Blakiston's voice cracked. 'Tom had drowned.

'Brent did what he could. Tom was only a few feet out from the shore and Brent dragged him back to dry land. Then Robert came out of the wood and saw what was happening. He plunged into the water. He was screaming. He waded over to them and shouted at Brent to get help. Brent didn't know what to do but Robert had learned basic first aid at school and tried to save his brother with mouth-to-mouth. It was too late. Tom was dead. I only heard about all this later, from the police. They'd talked to everyone involved: Sir Magnus, Brent, Mary and Robert. Can you imagine how I felt, Mr Pünd? I was their father. But I hadn't been there.'

Matthew Blakiston bowed his head. His fist, with the cigarette, was clenched against his head and smoke curled upwards as he sat there, silent. At that moment, Fraser was utterly aware of the smallness of the room, the hopelessness of a life broken. It occurred to him that Blakiston was an outcast. He was in exile from himself.

'Do you want some more tea?' Blakiston asked suddenly.

'I'll do it,' Fraser said.

Nobody wanted tea but they needed time, a pause before he could go on. Fraser went over to the kettle. He was glad to break away.

'I went back to Boscombe Down,' Blakiston began again, once the fresh cups

had been brought. 'And the next time I came home, I knew exactly which way the wind was blowing. Mary and Robert had pulled up the drawbridge. She never let go of him after that, not for a minute, and it was like they didn't want to know me. I would have done my bit for my family, Mr Pünd, I swear I would have. But they never let me. Robert always said that I walked out on them but that isn't true. I came home but there was nobody there.'

'When was the last time you saw your son, Mr Blakiston?'

'Saturday, the twenty-third of July. At his mother's funeral.'

'Did he see you?'

'No.' Blakiston took a deep breath. He had finished his cigarette and stubbed it out. 'They say that when you lose a child, it brings you closer together or tears you apart. What most hurt me about Mary was that after Tom went, she never let me get close to Robert. She was protecting him from me! Can you believe that? It wasn't enough that I had lost one son. I ended up losing two.

'And part of me never stopped loving her. That's the pathetic thing. I told you, I used to write to her on her birthday, at Christmas. I talked to her on the phone sometimes. At least she'd let me do that. But she didn't want me anywhere near. She made that clear enough.'

'Did you speak to her recently?'

'The last time I spoke to her was a couple of months ago – but here's something you won't believe. I actually called her the day she died. It was the weirdest thing. I was woken up that morning by a bird in a tree and it was making this horrible noise, this cawing. It was a magpie. "One for sorrow." Do you know that old song? Well, I looked at it on the other side of the bedroom window, black and white, an evil little thing with its glinting eye, and suddenly I felt sick to the stomach. It was like I'd had a premonition. I knew something bad was going to happen. I went to the shop but I couldn't work and no one came in anyway. I was thinking about Mary. I was convinced something was going to happen to her and, in the end, I couldn't stop myself. I rang her. I tried her at the Lodge and then at the main house – but she didn't answer because I was too late. She was already dead.'

He was playing with the cellophane from the cigarette packet, pulling it apart between his fingers.

'I heard about her death a few days later. There was a piece in the newspaper... Would you believe it? Nobody even bothered to ring me. You'd have thought Robert might have got in touch, but he didn't care. Anyway, I knew I had to go to the funeral. It didn't matter what had happened. There'd been a time when the two of us were young and we'd been together. I wasn't going to let her go without saying goodbye. I'll admit, I was nervous about showing my face. I didn't want to make a big thing of it with everyone crowding around me so I arrived late and I wore a hat pulled down over my eyes. I'm a lot thinner than I used to be and I'm nearly sixty years old. I thought if I kept well clear of Robert I'd be all right and that was how it turned out.

'I did see him there. He was standing with a girl and I was glad to see that. It's just what he needs. He was always very solitary when he was a boy and she looked a pretty little thing. I hear they're going to get married and maybe if they have children, they'll let me visit them. People change in time, don't they? He says I wasn't there for him but maybe, if you see him, you'll tell him the truth.

'It was so strange to be there, back in the village. I'm not even sure I like the place any more. And seeing them all again – Dr Redwing and Clarissa and Brent and all the others. It gave me a shiver, I can tell you. I noticed Sir Magnus and Lady Pye didn't show up and that made me smile. I'm sure Mary would have been disappointed! I always did tell her he was no good. But perhaps it was just as well that he wasn't there. I'm not sure what I'd have done if I'd seen him that day. I blame him for what happened, Mr Pünd. Mary fell down the stairs while she was skivvying for him so that makes two of them. Mary and Tom. They'd both be alive if it weren't for him.'

'Is that why you went to his house five days later?'

Blakiston bowed his head. 'How did you know I was there?'

'Your car was seen.'

'Well, I'm not going to deny it. Yes. It was stupid of me but at the end of the

week I went back. The thing is, I couldn't get it out of my head. First Tom, then Mary, both of them at Pye Hall. Listening to me now, you probably think I'm owning up to it, that I went back to kill him. But it wasn't like that. I just wanted to talk to him, to ask him about Mary. Everyone else who'd gone to that funeral, they'd had someone to talk to – but not me. No one even recognised me – at my own wife's funeral! Was it so unreasonable to want to see him just for five minutes, just to ask him about Mary?'

He thought for a moment, then came to a decision.

'There was something else. You'll think the worse of me for it but I was thinking about money. Not for me. For my son. When someone dies in the workplace, it's your responsibility. Mary had been working for Sir Magnus for more than twenty years and he owed her a duty of care. I thought he might have come to some arrangement with her – you know, a pension. I knew Robert would never accept any financial help from me, even if I could have afforded it, but if he was about to get married, didn't he deserve some sort of start in life? Sir Magnus had always had a soft spot for him. I had this idea that I could ask him for help on Robert's behalf.' He stopped and looked away.

'Please, go on.'

'It took me a couple of hours to drive back to Saxby-on-Avon. I'd been busy at the shop. I remember that it was exactly half past seven when I arrived. I looked at my watch. But the thing is, Mr Pünd, once I'd got there, I had second thoughts. I wasn't sure I did want to see him after all. I didn't want to be humiliated. I sat in the car for about an hour before I decided that since I'd come all this way I might as well give it a try. It must have been about half past eight when I drove to the house. I parked in my usual spot behind the Lodge – I suppose that was force of habit. Someone else had had the same idea. There was a bicycle leaning against the door. I remembered that later. Maybe I should have read more into it at the time.

'Anyway, I walked up the drive. It was all coming back to me, being there

again. The lake was on my left and I couldn't bring myself to look at it. The moon was out that night and everything in the garden was crystal clear, like in a photograph. There didn't seem to be anyone else around. I didn't try to hide myself or anything like that. I just walked straight up to the front door and rang the bell. I could see lights on behind the windows on the ground floor so I guessed Sir Magnus must be in and sure enough, a minute or two later, he opened the door.

'I'll never forget the sight of him, Mr Pünd. The last time I'd seen him had been over ten years ago, when I moved out of the Lodge. He was bigger than I remembered, fatter certainly. He seemed to fill the doorway. He was wearing a suit and a tie . . . bright colours. He was holding a cigar.

'It took him a moment or two to recognise me but then he smiled. "You!" That's all he said. He spat the word at me. He wasn't exactly hostile. But he was surprised, and there was something else. He still had that strange smile on his face, like he was amused. "What do you want?"

'"I'd like to talk to you, if I may, Sir Magnus," I said. "It's about Mary . . ."

'He looked back over his shoulder and that was when I realised he wasn't alone.

'"I can't see you now," he said.

'"I just need a few minutes of your time."

'"It's out of the question. Not now. You should have called before you came here. What time of the night do you think this is?"

'"Please—"

'"No! Come back tomorrow."

'He was about to close the door on me. I could see that. But then, at the last minute, he stopped and he asked me one last question. I'll never forget it.

'"Do you really think I killed your bloody dog?" he asked.'

'The dog?' Pünd looked puzzled.

'I should have told you. When we first moved to Pye Hall, we had a dog.'

'Its name was Bella.'

'Yes. That's right. It was a cross-breed: half Labrador, half collie. I got her for Tom, for his tenth birthday, and Sir Magnus was against her from the day she arrived. He didn't want her out of control on his lawn, scaring the chickens. He didn't want her digging up the flower beds. Actually, I'll tell you what he didn't want. He didn't want me buying a present for my own son. It's like what I was saying. He wanted to have complete control over me and my family and because the dog was connected to me, the one thing I'd bought that Tom really loved, he had to get rid of it.'

'He killed it?' Fraser asked. He remembered the sad little collar that Pünd had found in the room at the Lodge House.

'I was never able to prove it was him. Maybe he got Brent to do it for him. I wouldn't put it past that snivelling little bastard. But one day the dog was there and the next day it had vanished – and it wasn't until a week later that we found it in Dingle Dell with its throat cut. Tom was devastated. It was the first thing he'd ever had in his life that was really his. Who could do that to a little boy?'

'It seems very strange,' Pünd muttered. 'Sir Magnus has not seen you for many years. You turn up, unexpectedly, at his house, late in the night. Why do you think he chooses this moment to ask you about the dog?'

'I have no idea.'

'What did you say to him?'

'I didn't know what to say. But it didn't matter anyway, because right then he closed the door. He shut it right in my face – a man who'd lost his wife not two weeks before. He wasn't prepared even to invite me over the threshold. That was the sort of person he was.'

There was a long silence.

'The conversation that you have described,' Pünd muttered. 'How close was it, do you think, to the reality? Were those exactly the words used by Sir Magnus?'

'As best as I can remember, Mr Pünd.'

'He did not, for example, greet you by name?'

209

'He knew who I was, if that's what you mean. But no. It was just that single word – "You!" – as if I'd crawled out from under some stone.'

'What did you do next?'

'What could I do? I went back to my car and drove off.'

'The bicycle that you had seen. Was it still there?'

'I can't remember, to be honest. I didn't look.'

'So you left . . .'

'I was angry. I'd driven a long way and I hadn't expected to be dismissed out of hand. I got about ten or fifteen miles down the road and then – you know what? – I changed my mind. I was still thinking of Robert. I was still thinking of what was right. And who was bloody Magnus Pye to slam the door in my face? That man had been pushing me around since the day I'd met him and suddenly I'd had enough. I drove back to Pye Hall and this time I didn't stop at the Lodge. I drove right up to the front door, got out and rang the bell again.'

'You had been away for how long?'

'Twenty minutes? Twenty-five? I didn't look at my watch. I didn't care about the time. I was just determined to have it out, only this time, Sir Magnus didn't come to the door. I rang twice more. Nothing. So I opened the letter box and knelt down, meaning to shout at him. I was going to tell him he was a bloody coward and that he should come to the door.' Blakiston broke off. 'That was when I saw him. There was so much blood I couldn't miss him. He was lying in the hallway right in front of my eyes. I didn't realise then that his head had been lopped off. The body was facing away from me, thank God. But I knew at once that he was dead. There could be no doubt of it.

'I was shocked. More than that. I was poleaxed. It was like I'd been punched in the face. I felt myself falling and I thought I was going to faint. Somehow, I managed to get back to my feet. I knew that someone had killed Sir Magnus in the last twenty minutes, in the time that I'd left and come back again. Perhaps they'd been with him when I'd knocked the first time. They could actually have

been listening to me, inside the hallway. Maybe they waited until I'd gone and killed him then.'

Blakiston lit another cigarette. His hand was shaking.

'I know what you're going to ask, Mr Pünd. Why didn't I go to the police? Well, it's obvious, isn't it? I was the last person to see him alive and at the same time I had every reason to want him dead. I'd lost my son and I blamed Sir Magnus. I'd lost my wife and she was working for him too. That man has been like the devil at the feast and if the police are looking for a suspect, they won't need to look any further than me. I didn't kill him but I knew straight away what they'd think and all I wanted to do was to get the hell out of there. I picked myself up and got back in the car and I drove away as fast as I could.

'Another car arrived just as I passed through the gate. I didn't see anything, just a pair of headlights. But I was afraid that whoever was driving would have got my number plate and reported me. Was that what happened?'

'It was Lady Pye in the car,' Pünd told him. 'She had just returned from London.'

'Well, I'm sorry I had to leave her to it. It must have been horrible for her. But all I wanted to do was get away. That was my only thought.'

'Mr Blakiston, do you have any idea who may have been in the house with Sir Magnus Pye when you visited?'

'How could I possibly know? I didn't hear anyone. I didn't see anyone.'

'Could it have been a woman?'

'Curiously, that was my thought. If he was having a secret assignation, or whatever you want to call it, he might have behaved the same way.'

'Are you aware that your son is amongst the suspects who are believed to have killed Sir Magnus?'

'*Robert*? Why? That's madness. He had no reason to kill him. In fact – I've told you – he always looked up to Sir Magnus. The two of them were thick as thieves.'

'But he has precisely the same motivation as yourself. He could have held

Sir Magnus responsible for the death of both his brother and his mother.' Pünd raised a hand before Blakiston could answer. 'I just find it puzzling that you did not come forward with the information that you have given me now. You say that you did not kill him and yet by remaining silent you have allowed the real killer to remain undetected. The matter of the bicycle, for example, is of great importance.'

'Maybe I should have come forward,' Blakiston replied. 'But I knew it would go badly for me, like it always has. The truth of it is, I wish I'd never gone near the place. Sometimes you read books about houses that have a curse. I've always thought that was a lot of nonsense but I'd believe it about Pye Hall. It killed my wife and my child and if you tell the police what I've told you, I'll probably end up being hanged.' He smiled mirthlessly. 'And then it will have killed me.'

—
2
—

Pünd barely spoke on the way back and James Fraser knew better than to interrupt his thoughts. He handled the Vauxhall expertly, pushing through the various gear changes and holding the middle of the road as the sun set and the shadows closed in on all sides. It was the only time he ever felt completely in control, when he was behind the wheel. They had taken the Aust Ferry across the River Severn, sitting together in silence as the Welsh coast slipped away behind them. Fraser was hungry. He'd had nothing to eat since the morning. They sold sandwiches on the ferry but they were none too appetising and anyway, Pünd didn't like food in the car.

They reached the other side and drove through the Gloucester countryside, the same route that Blakiston would have taken to see Sir Magnus Pye. Fraser hoped to be in Saxby-on-Avon by seven o'clock, in time for dinner.

Eventually, they reached Bath and began to follow the road that would bring

them to Pye Hall, with the valley, now quite dark, stretching out on their left.

'Gold!' Pünd hadn't spoken for so long that Fraser started, hearing his voice.

'I'm sorry?' he asked.

'The fool's gold concealed by Sir Magnus Pye. I am convinced that everything revolves around it.'

'But fool's gold isn't worth anything.'

'Not to you, James. Not to me. That is exactly the point.'

'It killed Tom Blakiston. He tried to get it out of the lake.'

'Ah yes. The lake, you know, has been a dark presence in this tale, as in the stories of King Arthur. The children played beside the lake. One of them died in the lake. And Sir Magnus's silver, that too was concealed in the lake.'

'You know, Pünd. You're not making a lot of sense.'

'I think of King Arthur and dragons and witches. In this story there was a witch and a dragon and a curse that could not be lifted . . .'

'I take it you know who did it.'

'I know everything, James. I had only to make the connections and it all became very clear. Sometimes, you know, it is not the physical clues that lead to the solution of the crime. The words spoken by the vicar at a funeral or a scrap of paper burned in a fire – they suggest one thing but then they lead to quite another. The room that is locked at the Lodge House. Why was it locked? We think we have the answer but a moment's thought will assure us we are wrong. The letter addressed to Sir Magnus. We know who wrote it. We know why. But again, we are misled. We have to think. It is all conjecture but soon we see that there can be no other way.'

'Did Matthew Blakiston help you?'

'Matthew Blakiston told me everything I need to know. It was he who started all this.'

'Really? What did he do?'

'He killed his wife.'

213

CROUCH END, LONDON

Annoying, isn't it?

I got to the end of the manuscript on Sunday afternoon and rang Charles Clover immediately. Charles is my boss, the CEO of Cloverleaf Books, publishers of the Atticus Pünd series. My call went straight to voicemail.

'Charles?' I said. 'What happened to the last chapter? What exactly is the point of giving me a whodunnit to read when it doesn't actually say who did it? Can you call me back?'

I went down to the kitchen. There were two empty bottles of white wine in the bedroom and tortilla crumbs on the duvet. I knew I'd been indoors too long but it was still cold and damp outside and I couldn't be bothered to go out. There was nothing decent to drink in the house so I opened a bottle of raki that Andreas had brought back from his last trip to Crete, poured myself a glass and threw it back. It tasted like all foreign spirits do after they've passed through Heathrow. Wrong. I'd brought the manuscript down with me and I went through it again, trying to work out how much might be missing. The last section would have been called 'A Secret Never to be Told',

which was certainly appropriate, given the circumstances. Since Pünd had announced that he'd already worked out the solution, it could only have had two or maybe three sections. Presumably, he would gather the suspects, tell them the truth, make an arrest, then go home and die. I knew that Alan Conway had wanted to end the series for a while but it had still come as an unpleasant surprise to find that he had done exactly that. The brain tumour struck me as a slightly unoriginal way to dispatch his main character but it was also unarguable, which I suppose is why he had chosen it. I have to admit that if I shed a tear, it was more for our future sales figures.

So who killed Sir Magnus Pye?

I had nothing better to do so I drew out a pad of paper and a pen and sat down in the kitchen with the typescript beside me. It even occurred to me that Charles might have done this on purpose, to test me. He'd be in the office when I got there on Monday – he was always the first to arrive – and he'd ask for the solution before he gave me the final pages. Charles does have a strange sense of humour. I've often seen him chuckling at jokes that nobody else in the room is aware that he's made.

1. Neville Brent, the groundsman

He's the most obvious suspect. First of all, he dislikes Mary Blakiston and has just been fired by Sir Magnus Pye. He has a simple, clear-cut reason to do away with both of them. Also, he's one of the main characters who's connected to all the deaths. He's there at the house when Mary dies and he's virtually the last person to see Sir Magnus alive. Supposedly, he goes straight to the Ferryman when he finishes work on the night of the death but Conway throws in a strange detail on page 75. Brent reaches the pub *twenty-five minutes later*. Why is

he so specific about the time? It may be an extraneous detail and it may even be wrong — let's not forget, we're dealing with a first draft here. But I was under the impression that the Ferryman was only ten minutes away from Pye Hall and the extra fifteen minutes might have given Brent time to double back, to slip in through the back door while Sir Magnus was talking to Matthew Blakiston and to kill him immediately afterwards.

There's something else about Brent. It's almost certain that he's a paedophile. 'He was a solitary man, unmarried, definitely peculiar — a certain smell lingered in the air, the smell of a man living alone.' The police find Boy Scout magazines on his bedroom floor and, quite casually, on page 139, we're told that he was once caught spying on Scouts who were camping in Dingle Dell. These details leapt out at me because, by and large, there's so little sex in the Atticus Pünd novels — although it's worth remembering that the killer in *Gin & Cyanide* turns out to be gay (she poisons her lesbian partner). Did Brent have an unhealthy interest in the two boys, Tom and Robert Blakiston? It's surely no coincidence that he is the one who 'discovers' Tom Blakiston when he has drowned in the lake. I even wonder about the deaths of his mother and father, supposedly in a motor accident. And finally, he was probably the one who killed the dog.

All of which said, it is the first law of whodunnits that the most likely suspect never turns out to be the killer. So I suppose that rules him out.

2. Robert Blakiston, the car mechanic

Robert is also linked to all three deaths. In his own way, he's as weird as Brent. He has pale skin and an awkward haircut. He never got on with the other children at school, he was arrested in Bristol

and, most pertinently, he has a difficult relationship with his mother that culminates with a public row in which he more or less threatens to kill her. I'm cheating here but, speaking as an editor, it would also be quite satisfying if Robert were the murderer as Joy Sanderling only goes to Pünd because she's trying to protect him. I can easily imagine a last chapter in which her own hopes are destroyed when her fiancé is unmasked. That's the solution I would have chosen.

However, there are two major problems with this theory. The first is that unless Joy Sanderling was lying, Robert couldn't possibly have killed his mother because the two of them were in bed together at the time it occurred. It's probably true that the pink motor scooter would have been noticed as it whizzed down to Pye Hall at nine o'clock in the morning (although it doesn't seem to have stopped the killer from using the vicar's squeaky bicycle at nine o'clock at night). More significantly though, and Pünd mentions this on at least one occasion, Robert doesn't seem to have any motive for killing Sir Magnus, who has only ever been kind to him. Could he have blamed Sir Magnus for the death of his younger brother when they were playing at the lake? He had, after all, supplied the fool's gold that had caused the tragedy and Robert was the second person to arrive on the scene, plunging into the water to help drag his brother out. He must have been traumatised. Could he even have blamed him for the death of his mother?

Maybe Robert is my number one suspect after all and Brent my second. I don't know.

3. Robin Osborne, the vicar

Alan Conway has a habit of playing a minor card at the end of the game. In *No Rest for the Wicked*, for example, Agnes

Carmichael, who turns out to be the killer, hasn't spoken a word — hardly surprising, as she's a deaf mute. I don't think Osborne kills Sir Magnus because of Dingle Dell. Nor do I think that he kills Mary Blakiston because of whatever it was that she found on his desk. But it's certainly interesting that his bicycle has been used during the second crime. Could he really have been in the church all that time? And on page 95 Henrietta notices a bloodstain on her husband's sleeve. This isn't mentioned again but I'm sure that Conway would have got to it in the missing pages.

I'm also interested in the holiday that Osborne took with his wife in Devonshire. Certainly he's nervous when Pünd questions him ('the vicar seemed nonplussed') and he's reluctant even to name the hotel where he stayed. I may be reading too much into it but Brent's parents also died in Devonshire. Is this in some way connected?

4. Matthew Blakiston, the father

Really, he should be at the top of my list as we are told, quite unequivocally, that he murdered his wife. Pünd says so at the end of part six — 'He killed his wife' — and it is inconceivable that he's lying. In all eight books, even when he makes a mistake (the false arrest in *Atticus Pünd's Christmas* which infuriated readers who felt that Conway hadn't played fair), he has never been less than 100 per cent honest. If he announces that Matthew Blakiston killed his wife, then that is what happened, although annoyingly he doesn't say why. Nor, for that matter, does he explain how he came to this conclusion. The explanation, of course, will be contained in the missing chapter.

Did Matthew also kill Sir Magnus? I don't think so. I've managed to work out at least one detail: the handprint in the flower bed was left by Blakiston when he was looking through the letter box. 'I felt

myself falling and I thought I was going to faint'. These are his own words. He must have stretched out his hand to steady himself and left the print in the soft earth. He kills his wife and for some reason returns to the scene of the crime. If this is the case then, as unlikely as it sounds, there's a second killer in Saxby-on-Avon who deals with Sir Magnus for a quite different reason.

5. Clarissa Pye, the sister

Sometimes, when I read a whodunnit, I get a feeling about someone for no particularly good reason and that's the case here. Clarissa had every reason to hate her brother and might have intended to kill both Lady Pye and her son, Freddy, in order to inherit Pye Hall. The whole story about stealing the physostigmine to commit suicide could have been a lie — and would also explain the need to do away with Mary Blakiston. And let's not forget that Clarissa had a key to the front door of Pye Hall. It's mentioned once — on page 25 — though not again.

There's also the case of Dr Rennard and the twins-exchanged-at-birth. When did Clarissa discover the truth? Was it really when Dr Redwing told her? I only ask this because there's an odd reference to Ashton House, where Dr Rennard lives — on page 6. In his funeral address, the vicar mentions that Mary Blakiston was a regular visitor there. It could be that Rennard had told her what had happened and she, being the sort of person she was, had then told Clarissa. That would give Clarissa a compelling reason to kill both Mary and Sir Magnus. The physostigmine could have been for Lady Pye and Freddy. It could even be that Dr Rennard's fall hadn't actually been an accident... although perhaps I'm taking this too far?

I dismissed the Whiteheads, Dr Redwing and her artist husband,

Frances Pye and the slightly improbable Jack Dartford. They all had motives for the murder of Sir Magnus but I couldn't see any reason why any of them would have wanted to harm Mary Blakiston. That just left Joy Sanderling, the least likely suspect of them all. Why would she have wanted to kill anyone and, more to the point, why would she have gone to Atticus Pünd in the first place?

Anyway, that was how I spent Sunday afternoon, leafing through the manuscript, making notes and really getting nowhere. That evening I met a couple of friends at the BFI for a screening of *The Maltese Falcon* but I wasn't able to focus on the labyrinthine plot. I was thinking about Magnus and Mary and bloody scraps of paper, dead dogs and letters in wrong envelopes. I wondered why the manuscript was incomplete and I was annoyed that Charles hadn't called me back.

Later that night I found out why. I'd treated myself to a taxi and the driver had the radio on. It was the fourth item on the evening news.

Alan Conway was dead.

CLOVERLEAF BOOKS

My name is Susan Ryeland and I am the Head of Fiction at Cloverleaf Books. The role isn't as grand as it sounds as there are only fifteen of us (and a dog) in the building and we produce no more than twenty books a year. I work on about half of them. For such a small operation, we don't have a bad list. There are a couple of well-respected authors who have won literary awards, a bestselling fantasy writer and a children's author who has just been announced as the new laureate. We can't afford the production costs of cookery books but in the past we've done well with travel guides, self-help and biographies. But the simple truth is that Alan Conway was by far our biggest name and our entire business plan depended on the success of *Magpie Murders*.

The company was set up eleven years ago by Charles Clover, who is well known throughout the industry, and I'd been with him from the start. We were together at Orion when he decided to branch out on his own, working out of a building that he'd bought near the British Museum. The look of the place absolutely suited him: three floors, narrow corridors, worn carpets, wooden panels, not much

daylight. At a time when everyone else was nervously embracing the twenty-first century – publishers are generally not the first off the line when it comes to social or technological change – he was quite happy in his role as a throwback. Well, he had worked with Graham Greene, Anthony Burgess and Muriel Spark. There's even a photograph of him having dinner with a very elderly Noël Coward, although he always says he was so drunk he can't remember the name of the restaurant nor a single word that the great man said.

Charles and I spend so much time together that people assume we must once have been lovers although we never were. He's married with two grown-up children, one of whom – Laura – is about to give birth to his first grandchild. He lives in the rather grand double-fronted house in Parson's Green that he and his wife, Elaine, have owned for thirty years. I've been there for dinner a few times and the evenings have always been marked by interesting company, really good wine and conversation that goes on late into the night. That said, he doesn't tend to socialise much outside the office, at least not with people from the world of publishing. He reads a great deal. He plays the cello. I've heard it said that he took a lot of drugs when he was in his teens and early twenties but you wouldn't believe it looking at him now.

I hadn't actually seen him for a week. I'd been on the road with an author from Tuesday to Friday; we'd had events in Birmingham, Manchester, Edinburgh and Dublin along with radio and newspaper interviews. It had gone surprisingly well. When I'd come in late on Friday afternoon, he'd already left for the weekend. The typescript of *Magpie Murders* had been waiting for me on my desk. It occurred to me as I threw my bag down and flicked on my computer the following Monday that he and I must have read

it at the same time and that, after all, he couldn't have known it was incomplete when he left it for me.

He was already in his office, which was on the first floor at the opposite end of the corridor to mine. He looked out onto the main road — New Oxford Street and Bloomsbury Way. My part of the building was quieter. He had an elegant, square room with three windows, bookshelves of course, and a surprising number of trophies on display. Charles doesn't actually like awards. He thinks of them as a necessary evil but over the years Cloverleaf has managed to win quite a few — Nibbies, Gold Daggers, IPG Awards — and somehow they've found their way here. It was all very neat. Charles liked to know where everything was and he had a secretary, Jemima, who looked after him although she didn't seem to be around. He was sitting behind his desk with his own copy of *Magpie Murders* in front of him. I saw that he'd been making notes in the margin, using a fountain pen filled with red ink.

I must describe Charles as he was that day. He was sixty-three years old, dressed as always in a suit and tie, with a narrow gold band on his fourth finger. Elaine had given it to him for his fiftieth birthday. Coming into the slightly darkened room, he always struck me as a godfather figure, as in the famous film. There was no sense of menace but Charles looked Italian, with piercing eyes, a very thin nose and quite aristocratic cheekbones. He had white hair, which swept down in a careless sort of way, brushing against his collar. He was quite fit for a man of his age, not that he would have dreamed of going anywhere near a gym, and he was very much in command. He often brought his dog when he came in to work and it was there now, a golden Labrador asleep on a folded blanket under the desk.

The dog's name was Bella.

'Come in, Susan,' he said, waving me in from the door.

I was carrying the typescript with me. I came in and sat down and saw now that he was looking very pale, almost in shock. 'You've heard,' he said.

I nodded. There were articles in all the newspapers and I'd heard the author Ian Rankin talking about Conway on the *Today* programme. My first thought when I heard the news was that he must have had a heart attack. Wasn't that what most commonly struck down men of his age? But I was wrong. Now they were saying it was an accident. It had happened at his home near Framlingham.

'It's terrible news,' Charles said. 'Absolutely terrible.'

'Do you know what happened?' I asked.

'The police rang me last night. I spoke to a Detective Superintendent Locke. He was calling from Ipswich, I think. He said exactly what they're saying on the radio – an accident – but he wouldn't go into any more detail than that. And then, this morning, just a few minutes ago, I received this.' He picked up a letter that had been lying on the desk. There was a roughly torn-open envelope beside it. 'It came in the morning post. It's from Alan.'

'Can I see it?'

'Of course.' He handed it to me.

The letter is important so I am including an exact reproduction.

'This came this morning?' I asked.

'Yes. You know the two of us had dinner on Thursday night. I took him to the Club at the Ivy. This is dated the twenty-eighth of August, which is the next day. He must have written it as soon as he got home.'

**ABBEY GRANGE,
FRAMLINGHAM,
SUFFOLK.**

28 August 2015

Dear Charles,

I don't like apologies but I wasn't on my best form at dinner last night I will admit. You know I've been out of sorts recently and I didn't want to tell you but I might as well come straight out with it. I'm not well.

Actually, that's putting it mildly. Dr Sheila Bennett at the London Clinic has all the details but effectively I'm about to be killed by the biggest bloody cliché on the planet. I have cancer. It's inoperable.

Why me? I don't smoke. I hardly drink. Both my parents lived to a ripe old age etc etc. Anyway, I have about six months, maybe more if I go for chemotherapy and all the rest of it.

But I've already decided against it. I'm sorry but I'm not going to spend my last remaining days plugged into an intravenous drip with my head halfway down a toilet and my hair all over the bedroom floor. What's the point of that? And I'm not going to have myself wheeled around London literary functions, stick-thin and coughing my guts out with everyone queuing up to tell me how terribly sorry they all are when actually they can't wait to see me go.

Anyway, I know I was pretty foul to you but in a way our whole relationship has been a profound fuck up and it might as well end the way it all began. When you and I first met, I remember the promises you made me and to be fair to you, they've all come true. The money anyway. So thank you for that.

As to the money, there are bound to be rows when I've gone. James isn't going to be happy for one. I don't know why I'm mentioning this to you as it's none of your business but you might as well know that the two of us had more or less gone our separate ways and I'm afraid I've cut him out altogether.

God! I sound like a character in one of my own books. Anyway, he's just going to have to live with it. I hope he doesn't make too much trouble for you.

On the literary side, things didn't work out quite the way I'd hoped but we've talked about that often enough and I'm not going to waste time rehearsing it here. You don't give a damn what I think about my career. You never have. It's one of those things I liked about you. Sales. Best seller lists. Those fucking Nielsen charts. All the stuff I've always loathed about publishing has always been bread, butter and jam to you. What will you do without me? It's just a shame I won't be around to find out.

3.

By the time that you read this, it will all be finished. You will forgive me for not having spoken to you earlier, for not taking you into my confidence but I am sure that in time you will understand.

There are some notes which I have written and which you will find in my desk. They relate to my condition and to the decision that I have made. I want it to be understood that the doctor's diagnosis is clear and, for me, there can be no possibility of reprieve. I have no fear of death. I would like to think that my name will be remembered.

I have achieved great success in a life that has gone on long enough. You will find that I have left you a small bequest in my will. This is partly to recognise the many years that we have spent together but it is also my hope that you will be able to complete the work of my book and prepare it for publication. You are now its only guardian but I am confident that it will be safe in your hands.

Otherwise, there are few people who will mourn for me. I leave behind me no dependents. As I prepare to take leave of this world, I feel that I have used my time well and hope that I will be remembered for the successes that you and I shared together.

4.

It's been quite an adventure, hasn't it? (Why not take another look at The Slide, just for old time's sake?) Don't be angry with me. Remember all the money you've made. And here they are — my two favourite words.

The End.

As ever,
Alan

Alan had a flat in Fitzrovia. He would have stayed overnight and taken the train from Liverpool Street the following morning.

'What's *The Slide*?' I asked.

'It was a book that Alan wrote a while back.'

'You never showed it to me.'

'I didn't think you'd be interested, to be honest. It wasn't a whodunnit. It was something more serious, a sort of satire about twenty-first-century Britain, set in a stately home.'

'I'd still have liked to have seen it.'

'Trust me, Susan. You'd have been wasting your time. There was no way I was going to publish it.'

'Did you tell Alan that?'

'Not in so many words. I just said that it wouldn't fit into our list.' An old publishing euphemism. You don't tell your most successful author that his new book is no bloody good.

The two of us sat in silence. Underneath the desk, the dog turned over and groaned. 'This is a suicide letter,' I said.

'Yes.'

'We have to send it to the police.'

'I agree. I was about to call them.'

'You didn't know he was ill?'

'I knew absolutely nothing about it. He'd never told me and he certainly didn't mention it on Thursday night. We had dinner. He gave me the manuscript. He was excited! He said it was his best work.'

I hadn't been there and I'm writing this after the event, but this is what Charles told me had happened. Alan Conway had promised to deliver *Magpie Murders* by the end of the year and, unlike some writers I've worked with, he was always very prompt. The dinner had been planned a few weeks before and it was no coincidence,

incidentally, that it had been arranged while I was away. Alan and I didn't get on for reasons I'll come to. He had met Charles at the Ivy, not the restaurant but a private members-only club just off Cambridge Circus. There's a piano bar on the first floor and a restaurant above and all the windows have stained glass so you can't see in – or, for that matter, out. Quite a few celebrities go there and it's exactly the sort of place that Alan would have enjoyed. Charles had booked his usual table on the left of the door with a wall of bookshelves behind him. The scene couldn't have been better staged if it had been in a theatre. In fact, the St Martin's Theatre and the Ambassadors which had, between them, shown *The Mousetrap* for God knows how many years, were both down the road.

The two of them started with large martini cocktails, which the Club does very well. They talked about general stuff: family and friends, London, Suffolk, the book trade, a bit of gossip, what was selling, what wasn't. They chose their food and because Alan liked expensive wine, Charles flattered him by ordering a bottle of Gevrey-Chambertin Grand Cru, most of which Alan drank. I could imagine him becoming louder and more loquacious as the meal went on. He always did have a tendency to drink too much. The first course arrived and it was after they had finished it that Alan produced the manuscript from the leather satchel he always carried.

'I was very surprised,' Charles said. 'I wasn't expecting it for at least another couple of months.'

'You know that my copy is incomplete,' I said. 'It's missing the last chapters.'

'Mine too. I was just working on it when you came in.'

'Did he say anything?' I was wondering if Alan had done this on purpose. Perhaps he wanted Charles to guess the ending before it was actually revealed.

Charles thought back. 'No. He just told me how good he thought it was and handed it over.'

That was interesting. Alan Conway must have believed all the chapters were there. Otherwise, surely, he would have explained what he was doing.

Charles had been delighted to receive the new work and made all the right noises. He told Alan he would read it over the weekend. Unfortunately, after that, the evening had taken a turn for the worse.

'I don't know what happened,' Charles told me. 'We were talking about the title. I wasn't sure I liked it – and you know how touchy Alan could be. Maybe it was foolish of me to bring it up just then. And while we were talking, there was a rather odd incident. A waiter dropped a handful of plates. I suppose it could happen anywhere but the Club is such a quiet place that it was almost like a bomb going off and Alan actually got up and remonstrated with the waiter. He'd been on edge all evening, I had no idea why. But if he was ill and already thinking of doing away with himself, I suppose it's hardly surprising.'

'How did the meal end?' I asked.

'Alan calmed down a bit and we had coffee but he was still out of sorts. You know how he could be after a few glasses of wine. Remember that ghastly Specsavers event? Anyway, as he was getting into his taxi, he said there was a radio interview he wanted to pull.'

'Simon Mayo,' I said. 'Radio Two.'

'Yes. Next Friday. I tried to talk him out of it. You don't want to let these media people down as you never know if they'll invite you back. But he wasn't having any of it.' Charles turned the letter in his hands. I wondered if he should even be touching it. Wasn't it evidence? 'I suppose I should telephone the police,' he said. 'They'll need to know about this.'

I left him to make the call.

ALAN CONWAY

I was the one who discovered Alan Conway.

He was introduced to me by my sister, Katie, who lives in Suffolk and who sent her children to the local independent school. Alan was an English teacher there and had just finished a novel, a whodunnit called *Atticus Pünd Investigates*. I'm not sure how he found out that she knew me – I suppose she must have told him – but he asked her if she would show it to me. My sister and I have very different lives but we've stayed close and I agreed to take a look as a favour to her. I didn't think it would be any good because books that come in this way, through the back door, seldom are.

I was pleasantly surprised.

Alan had captured something of 'the golden age' of British whodunnits with a country house setting, a complicated murder, a cast of suitably eccentric characters and a detective who arrived as an outsider. The book was set in 1946, just after the war, and although he was light with the period detail, he had still managed to capture something of the feeling of that time. Pünd was a sympathetic character and the fact that he had come out of the concentration camps – we eventually cut back on some of this – gave him a certain

depth. I liked his Germanic mannerisms, particularly his obsession with his book, *The Landscape of Criminal Investigation*, which would become a regular feature. Setting the story in the forties also allowed for a gentler pace: no mobile phones, computers, forensics, no instant information. I had a few issues. Some of the writing was too clever. It often felt as if he was fighting for effect rather than simply telling the story. It was too long. But by the time I had come to the end of the manuscript, I was certain that I was going to publish it, my first commission for Cloverleaf Books.

And then I met the author.

I didn't like him. I'm sorry to say it but he just struck me as a bit of a cold fish. You'll have seen photographs of him on the book jackets; the slim face, the closely cropped silver hair, the round wire-framed glasses. On television or on the radio he'd always had a sort of eloquence, an easy charm. He was nothing like that then. He was puffy and a little overweight, wearing a suit with chalk marks on the sleeves. His manner was at once aggressive and eager to please. He wasted no time telling me how much he wanted to be a published author but he showed almost no enthusiasm now that the moment had come. I couldn't work him out. When I mentioned some of the changes I wanted him to make to his book, he positively bristled. He struck me as one of the most humourless people I had ever met. Later on, Katie told me that he had never been popular with the children and I could understand why.

To be fair though, I have to say that I can't have made a great first impression either. Some meetings just happen that way. We'd arranged lunch at a smart restaurant – him, Charles and me. It was pouring with rain that day, really chucking it down. I'd been at a meeting on the other side of town and my taxi hadn't arrived so I'd had to run half a mile in high heels. I turned up late with my hair

plastered down the side of my face, my shirt sodden and my bra showing through. I knocked over a glass of wine as I sat down. I really wanted a cigarette and that made me ratty. I remember we had an absurd argument about one section in the book – he'd gathered all the suspects in the library and I just thought it was too clichéd – but actually this wasn't the right time to talk about that. Afterwards, Charles was quite angry with me and he was right to be. We could have lost him, and there were plenty of other publishers who would have taken the book, particularly with the promise of a series.

In fact, Charles took over and did most of the talking that day and the result was that he was the one who ended up working with Alan. Which is to say, it was Charles who went to all the festivals: Edinburgh, Hay-on-Wye, Oxford, Cheltenham. Charles had the relationship. I just did the work, editing the books with a nifty software programme that meant we didn't even have to meet face to face. It's funny to think that I worked with him for eleven years and never once visited his house: a little unfair considering I actually paid for it.

Of course, I saw him from time to time, whenever he came into the office, and I have to admit, the more successful he got, the more attractive he became. He bought expensive clothes. He went to the gym. He drove a BMW i8 coupé. These days all writers have to be media performers and Alan Conway was soon touring the studios on programmes like *The Book Show, The Wright Stuff* and *Question Time*. He went to parties and awards ceremonies. He talked at schools and universities. He had been forty years old when he found fame and it was as if it was only then that he began to live his life. He changed in other ways too. He was married with an eight-year-old son when I met him. The marriage didn't last long.

Reading what I've written I sound disenchanted, as if I resented

the success that, to a large extent, I had created for him. But that wasn't how I felt at all. I didn't care what he thought about me and I was perfectly happy to let him and Charles hang out together at literary festivals while I set about the serious business, editing the text and overseeing the production of the books. At the end of the day, that was all that mattered to me. And the truth is that I really did love them. I grew up on Agatha Christie and when I'm on a plane or on a beach there's nothing I'd rather read than a whodunnit. I've watched every episode of *Poirot* and *Midsomer Murders* on TV. I never guess the ending and I can't wait for the moment when the detective gathers all the suspects in the room and, like a magician conjuring silk scarves out of the air, makes the whole thing make sense. So here's the bottom line. I was a fan of Atticus Pünd. I didn't need to be a fan of Alan Conway too.

I had to field quite a few phone calls after I left Charles's office. Somehow, even before we had made the police aware of the letter, the news had got out that Alan had committed suicide and there were journalists chasing the story. Friends in the industry called to commiserate. An antiquarian bookshop in Cecil Court wanted to know if we had any signed copies as they were mounting a window display. I thought about Alan a lot that morning – but I thought more about a whodunnit that was missing its solution and, for that matter, a summer publishing schedule that had a huge hole at its centre.

After lunch, I went back in to see Charles.

'I've spoken to the police,' Charles told me. The letter was still in front of him with the envelope next to it. 'They're sending someone round to collect it. They say I shouldn't have touched it.'

'I don't see how you could have known that before you opened it.'

'Quite.'

'Did they tell you how he did it?' I asked. By 'did it' I meant 'killed himself'.

Charles nodded. 'There's a sort of tower attached to his house. The last time I was there – it must have been March or April – I actually had a conversation with Alan about it. I said to him how dangerous it was. There's only a low wall and no railings or anything. It's funny, because when I heard there'd been an accident, I instantly assumed he must have fallen off the bloody thing. But now it looks as if he jumped.'

There was a long silence. Usually, Charles and I know what the other is thinking but this time we were deliberately avoiding each other's eyes. It was really quite horrible that this had happened. Neither of us wanted to confront it.

'What did you think of the book?' I asked. It was the one question I hadn't asked, the first thing, in normal circumstances, I would have wanted to know.

'Well, I read it over the weekend and I was enjoying it very much. It seemed to me every bit as good as all the others. When I got to the last page, I was as irritated as you must have been. My first thought was that one of the girls must have made a mistake here in the office. I had two copies made – one for you, one for me.'

That reminded me. 'Where's Jemima?' I asked.

'She's left. She handed in her notice while you were on the road.' Suddenly he looked tired. 'She couldn't have chosen a worse time. This business with Alan – and there's Laura to think about too.'

Laura was his pregnant daughter. 'How is she?' I asked.

'She's fine. But the doctors are saying it could happen any time. Apparently, with the first one, it's more likely to be early.' He went back to what he'd been saying before. 'There are no missing pages, Susan. Not here anyway. We've checked the copy room. We printed

up exactly what Alan gave us. I was going to call him to ask what had happened. And then, of course, I heard the news.'

'He didn't send you a copy electronically?'

'No. He never did that.'

It was true. Alan was a pen and paper man. He actually handwrote his first draft. Then he typed it into his computer. He always sent us a printed copy before he emailed it to us, as if he somehow mistrusted us reading it on the screen.

'Well, we have to find the missing chapters,' I said. 'And the sooner the better.' Charles looked doubtful so I went on. 'They must be somewhere in the house. Did you manage to work out who did it?'

Charles shook his head. 'I was thinking it might be the sister.'

'Clarissa Pye. Yes. She was on my list too.'

'There's always a chance he didn't actually finish it.'

'I'm sure he'd have told you that when he handed it over — and what would have been the point?' I thought about my diary, all the meetings I had in the week ahead. But this was more important. 'Why don't I drive up to Framlingham?' I said.

'Are you sure that's a good idea? The police will still be at the house. If he committed suicide, there'll have to be an enquiry.'

'Yes, I know. But I'd like to get access to his computer.'

'They'll have removed it, won't they?'

'At least I can take a look around. The original could still be on his desk.'

He thought for a moment. 'Well, I suppose so.'

I was surprised that he wasn't more enthusiastic. Although neither of us had said as much, we both knew how much we needed *Magpie Murders*. We'd had a bad year. In May we'd published the biography of a comedian who'd made a joke in spectacularly poor taste, live on TV. Almost overnight, he'd stopped being funny and his book

had more or less vanished from the shops. I'd just been touring with the author of a first novel called *The One-Armed Juggler*, a comedy set in a circus. The tour might have gone well but the reviews had been merciless and we were having difficulty getting copies into the shops. We'd had trouble with the building, a lawsuit, trouble with the staff. We weren't going under but we badly needed a hit.

'I'll go tomorrow,' I said.

'I suppose there's no harm in trying. Would you like me to come with you?'

'No. I'll be fine on my own.' Alan had never invited me to Abbey Grange. I would be interested to see what it was like. 'Give my love to Laura,' I said. 'And if there's any news, let me know.'

I got up and left the room and here's the strange thing. It was only as I walked back to my office that I realised what I had seen, even though it had been in front of my eyes all the time. It was very odd. It made no sense at all.

Alan's suicide note and the envelope it had come in had been on Charles's desk. The letter was handwritten. The envelope was typed.

ABBEY GRANGE, FRAMLINGHAM

The next morning, bright and early, I was speeding across the top of Alexandra Park with the virtually empty carcass of the famous palace above me, heading for the A12. It was a perfect excuse to take out the MGB Roadster that I'd bought myself six years ago, on my fortieth birthday. It was a ridiculous car but I'd known I had to have it the moment I saw it for sale outside a garage in Highgate: a 1969 model, manual with overdrive, and an in-your-face, pillar-box red with black trim. Katie didn't know what to say when I first showed up in it but her children went crazy for it and whenever I saw them I took them out, tearing around country lanes with the roof down and the two of them yelling in the back seat.

I was going against the traffic that was coming into London and made good time until I got to Earl Soham, where particularly annoying roadwork kept me waiting ten minutes. It was a warm day. The weather had been good throughout the summer and it looked as if September was going to be the same. I thought of putting the roof down but it would be too noisy on the motorway. Perhaps when I got nearer.

I've visited most of the seaside villages of Suffolk — Southwold,

Walberswick, Dunwich and Orford — but I'd never been to Framlingham before. Maybe the very fact that Alan lived there had put me off. My first impressions as I drove in were of a pleasant, slightly down-at-heel town centring on a main square that wasn't square at all. Some of the buildings had a certain charm but others, an Indian restaurant for example, looked oddly out of place, and if you were planning to go shopping, there wasn't going to be anything very exciting to buy. A large brick structure had imposed itself in the middle and this turned out to contain a modern supermarket. I'd booked a room at the Crown Hotel, a coaching inn that had looked out onto the square for four hundred years and now found itself rubbing shoulders with a bank and a travel agency. It was actually very charming, with the original flagstones, lots of fireplaces and wooden beams. I was glad to see books on the shelves and board games piled up on a community chest. They gave the place a homely feel. I found the receptionist tucked away behind a tiny window and checked in. I had thought about staying with my sister but Woodbridge was a thirty-minute drive away and I would be happy enough here.

I went up to the room and dumped my case on the bed: a fourposter, no less. I wished Andreas was here to share it with me. He had a particular liking for olde England, especially if the olde was spelled with an *e*. He found things like croquet, cream teas and cricket both incomprehensible and irresistible and he would have been in his element here. I sent him a text, then washed and ran a comb through my hair. It was lunchtime but I didn't feel like eating. I got back in the car and drove out to Abbey Grange.

Alan Conway's home was a couple of miles outside Framlingham and it would have been almost impossible to find without sat nav. I've lived my whole life in a city where roads actually go somewhere

because, frankly, they can't afford not to. The same couldn't be said for the country lane that twiddled its way through far too much country before an even narrower lane brought me to the private track that finally led me to the house itself. When did I realise that I was looking at the inspiration for Pye Hall? Well, the stone griffins beside the entrance gate would have been the first clue. The lodge house was exactly as described. The drive curved round to the front door, cutting through extensive lawns. I didn't see any rose gardens but the lake was there and so was the woodland that might have been Dingle Dell. I could easily imagine Brent standing beside the corpse of Tom Blakiston while his brother desperately gave him mouth-to-mouth. Most of the work had been done for me.

And the house itself? 'What remained was a single elongated wing with an octagonal tower — constructed much later — at the far end.' As I drew up, that was exactly what I saw: a long, narrow building with about a dozen windows spread out over two floors joined to a tower which might provide great views but which was, in itself, ridiculous. I guessed it had all been built in the nineteenth century, the creation of some Victorian industrialist who'd brought his memories of London's mills and mausoleums to rural Suffolk. It was nowhere near as attractive as Sir Magnus Pye's ancestral home, at least as Alan had described it. Abbey Grange was built out of the dirty red brick that I've always associated with Charles Dickens and William Blake. It didn't belong here and it was saved only by its setting. The garden must have spread out over four or five acres with a huge sky and no other houses in sight. I wouldn't want to live here and frankly I couldn't see why it had appealed to Alan Conway either. Wouldn't he have been too metrosexual for this folly?

This was where he had died. I was reminded of it as I got out of the car. Just four days ago, he had thrown himself off the tower that

loomed over me even now. I examined the crenellations at the top. They didn't look very safe. If you leant too far, suicidal or not, you might easily topple over. The tower was surrounded by lawn – the grass knotted and uneven. In Ian McEwan's novel *Enduring Love* there's an extremely good description of what happens to a human body when it falls from a great height and I could easily imagine Conway, all mangled up with his bones broken and his limbs pointing in the wrong direction. Would the fall have been enough to kill him instantly or would he have lain there in agony until someone came along and found him? He lived alone so it might have been a cleaner or a gardener who had raised the alarm. Did that make any sense? He had killed himself to avoid suffering but in fact he might have suffered horribly. It wasn't the way I would have chosen. Get in a warm bath and cut your wrists. Jump in front of a train. Either would have been more certain.

I took out my iPhone and moved away from the front door so that I could get a picture of the whole thing. I didn't know why I did that, but then why does anyone take photographs ever? We never look at them any more. I had driven past a large shrub (it wasn't in the book) and, walking back, I noticed two tyre tracks. Quite recently, when the grass was damp, a car had parked behind it. I took a picture of the tyre tracks too; not because they meant anything but simply because I thought I should. I slipped the phone into my pocket and I was walking back to the front door when it opened and a man came out. I'd never met him but I knew instantly who he was. I've mentioned that Alan was married. Shortly after the third book in the Atticus Pünd series came out, so did Alan. He left his family for a young man called James Taylor – and by young I mean barely twenty at a time when Alan himself was in his mid-forties with a son aged twelve. His private life was no concern of mine but I will admit I was a

little uneasy and worried about the effect it might have on sales. The story was reported in quite a lot of newspapers but fortunately this was 2009 and the journalists weren't able to sneer too much. Alan's wife, Melissa, and his son moved to the West Country. They agreed terms very quickly. That was when Alan had bought Abbey Grange.

I had never met James Taylor but knew I was looking at him now. He was wearing a leather jacket and jeans with a low-cut T-shirt that showed a thin gold chain around his neck. Although he was now twenty-eight or twenty-nine, he still looked incredibly young with a baby face that thick stubble did nothing to disguise. He had long fair hair, which he hadn't brushed. It was slightly greasy, following the curve of his neck. He could have just got out of bed. His eyes were haunted, suspicious. I got the feeling that he had been damaged at some time in his life. Or maybe it was just that he wasn't pleased to see me.

'Yes?' he asked. 'Who are you?'

'I'm Susan Ryeland,' I said. 'I work at Cloverleaf Books. We're Alan's publishers.' I fished in my handbag and gave him my business card.

He glanced at it, then looked past me. 'I like your car.'

'Thank you.'

'It's an MG.'

'An MGB actually.'

He smiled. I could tell it amused him, a woman of my age driving a car like that. 'I'm afraid that if you're here to see Alan, you're too late.'

'I know. I know what happened. Do you think I could come in?'

'Why?'

'It's difficult to explain. I'm looking for something.'

'Sure.' He shrugged and opened the door as if he owned the place. But I had read Alan's letter. I knew he didn't.

If this had been the world of *Magpie Murders*, the front door would have led into a grand hall with wood panels, a stone fireplace and a staircase leading up to a galleried landing. But all that must have come out of Conway's imagination. In fact the interior was disappointing: a reception room, stripped wooden floor, country furniture, expensive modern art on the walls – all very tasteful, but ordinary. No suits of armour. No animal trophies. No dead bodies. We turned right and went along a corridor that ran the full length of the house, finally bringing us into a serious kitchen with an industrial oven, an American fridge, gleaming surfaces and a table that could seat twelve. James offered me a coffee, which I accepted. He fixed it in one of those machines that uses capsules and froths up the milk on the side.

'So you're his publisher,' he said.

'No. His editor.'

'How well did you know Alan?'

I wasn't sure how to answer that. 'It was a working relationship,' I said. 'He never invited me here.'

'This is my home – or at least it was until about two weeks ago when Alan asked me to move out. I hadn't left yet because I didn't have anywhere to go and now I suppose I may not have to.' He brought the coffees over and sat down.

'Do you mind if I smoke?' I asked. I'd noticed an ashtray on the table and the smell of cigarette smoke in the air.

'Not at all,' he said. 'Actually, if you've got some cigarettes, I'll have one too.' I held out the packet and suddenly we were friends. That's one of the only good things about being a smoker these days. You're part of a persecuted minority. You bond easily. But actually I'd already decided that I liked James Taylor, this boy alone in a big house.

'Were you here?' I asked. 'When Alan killed himself?'

'No, thank God. We weren't together at that stage. I was in London, hanging out with some people I know.' I watched as he tapped ash. He had very long, slender fingers. His nails were dirty. 'I got a call from Mr Khan – he was Alan's solicitor – and I came back late on Monday. By then, the place was crawling with police officers. It was Mr Khan who found him, you know. He came over to drop off some papers, probably cutting me out of the will or something, and Alan was on the lawn in front of the tower. I have to say, I'm glad it wasn't me. I'm not sure I'd have coped.' He sucked in smoke, holding the cigarette cupped in his hand, like a soldier in an old film. 'What is it you're looking for?'

I told him the truth. I explained that Alan had delivered his last novel just a couple of days before he'd died and that it was missing the last chapter. I asked him if he had read any of *Magpie Murders* and he gave a sniff of laughter. 'I read every one of the Atticus Pünd books,' he said. 'You know I'm in them?'

'I didn't know that,' I said.

'Oh yes. James Fraser, the dumb blond assistant – that's me.' He flicked his own hair. 'When I met Alan, he was just about to start *Night Comes Calling*. That's the fourth book in the series. At that time, Atticus Pünd didn't have an assistant. He just worked by himself. But after Alan and I started going out together, he said he was going to change that and he put me in.'

'He changed your name,' I said.

'He changed lots of things. I mean, I never went to Oxford University for a start, although it's true I'd done some acting when we met. That was one of his little jokes. In every book he always says Fraser was out-of-work or unsuccessful or failed and of course he was completely thick – but Alan said that was true of every sidekick. He used to say that they were there to make the detective look

cleverer and to divert the attention away from the truth. Everything my character ever said in the books was wrong. He did it quite deliberately, to make you look the wrong way. In fact, you could ignore whatever Fraser said. That was how it worked.'

'So did you read it?' I asked again.

He shook his head. 'No. I knew Alan was working on it. He used to spend hours in his office. But he never showed me anything until it was finished. To be honest with you, I didn't even know he *had* finished it. Usually, he'd have given it to me before he showed it to anyone else but because of what had happened he might have decided not to. Even so, I'm surprised I didn't know. I could usually tell when he'd come to the end.'

'How?'

'He became human again.'

I wanted to know what had happened between them but instead I asked if I could see Alan's study and maybe look for the missing pages. James was quite happy to show me and we left the room together.

Alan's office was next to the kitchen, which made sense. If he ever needed a break — lunch or a drink — he didn't have far to go. It was a large room, at the very end of the house, with windows on three sides, and it had been knocked through to incorporate the tower. A spiral staircase dominated the space and presumably led all the way to the top. There were two walls of books, the first of which turned out to be Alan's, the nine Atticus Pünd novels translated into thirty-four languages. The blurb (which I had written) says thirty-five but that includes English and Alan liked round numbers. For the same reason, we upped his sales figures to eighteen million, a figure we more or less plucked out of the air. There was a purpose-built desk with an expensive-looking chair; black leather, ergonomically

designed with sections that would move to provide support for his arms, his neck and his back. A writer's chair. He had a computer, an Apple with a twenty-seven-inch screen.

I was interested in the room. It seemed to me that it was as close as I would get to walking into Alan Conway's head. And what did it tell me? Well, he wasn't out to hide his light. All his awards were on display. PD James had written a letter congratulating him on *Atticus Pünd Abroad* and he had framed it and hung it on the wall. There were also photographs of him with Prince Charles, with JK Rowling and (odd, this one) with Angela Merkel. He was methodical. Pens and pencils, notepads, files, newspaper clippings and all the other detritus of a writer's life were laid out carefully, with no sense of clutter. There was a shelf of reference books: the *Shorter Oxford English Dictionary* (two volumes), *Roget's Thesaurus*, the *Oxford Dictionary of Quotations*, *Brewer's Book of Phrase and Fable* and encyclopaedias of chemistry, biology, criminology and law. They were lined up like soldiers. He had a complete set of Agatha Christie, about seventy paperbacks arranged, as far as I could see, in chronological order beginning with *The Mysterious Affair at Styles*. It was significant that they were also in his reference section. He had not read them for pleasure: he had used them. Alan had been entirely businesslike in the way he wrote. There were no diversions anywhere to be seen, nothing irrelevant to his work. The walls were white, the carpet a neutral beige. It was an office, not a study.

A leather diary sat beside the computer and I flicked it open. I had to ask myself what I was doing. It was the same reflex that had made me take a photograph of the tyre tracks in the garden. Was I looking for clues? A page torn out of a magazine had been slotted in beneath the cover. It was a black and white photograph, a still from Steven Spielberg's 1993 film *Schindler's List*. It showed the actor Ben

Kingsley sitting at a desk, typing. I turned to James Taylor. 'What's this doing here?' I asked.

He answered as if it was obvious. 'That's Atticus Pünd,' he said.

It made sense. '*His eyes, behind the round wire-framed glasses, examined the doctor with endless benevolence. It had often been remarked that Atticus Pünd looked like an accountant and in his general demeanour — which was both timid and meticulous — he behaved like one too.*' Alan Conway had borrowed, or perhaps stolen, his detective from a film that had been released ten or so years before he had written the first book. This might be where the link with the concentration camps, which I had thought so clever, had begun. For some reason, I was deflated. It was disappointing to find out that Atticus Pünd was not an entirely original creation; that he was in some way second-hand. Perhaps I was being unfair. After all, every character in fiction has to begin somewhere. Charles Dickens used his neighbours, his friends, even his parents as inspiration. Edward Rochester, my favourite character in *Jane Eyre*, was based on a Frenchman called Constantin Héger, with whom Brontë was in love. But tearing an actor out of a magazine was different somehow. It felt like cheating.

I turned the pages of the diary until I arrived at the week we were in now. It would have been busy if he'd managed to live through it. On Monday he was having lunch with someone called Claire at the Jolly Sailor. He had a hair appointment in the afternoon: that was the obvious assumption from the single word *hair* with a circle round it. On Wednesday he was playing tennis with someone identified only by their initials, SK. On Thursday he was coming to London. He had another lunch — he'd just written 'lch' — and at five he was seeing Henry at the OV. It took me a worrying amount of time to work out that this was actually *Henry V* at the Old Vic. Simon Mayo was still in the diary for the following morning. This was the interview that

Alan had decided to cancel but he hadn't got round to crossing it out. I flicked back a page. There was the dinner with Charles at the Ivy Club. In the morning, he'd seen SB. His doctor.

'Who's Claire?' I asked.

'His sister.' James was standing beside me, peering at the diary. 'The Jolly Sailor's in Orford. That's where she lives.'

'I don't suppose you know the password for the computer?'

'Yes. I do. It's Att1cus.'

The same name as the detective except with the figure 1 instead of the letter *i*. James turned the computer on and tapped it in.

I don't need to go into all the details of Alan's computer. I wasn't interested in his emails, his Google history or the fact that he played electronic Scrabble. All I wanted was the manuscript. He used Word for Mac and we quickly found the last two novels — *Red Roses for Atticus* and *Atticus Pünd Abroad*. There were several drafts of each, including the ones I had sent him with the final amendments. But there wasn't a single word of *Magpie Murders* in any of his files. It was as if the computer had been deliberately wiped clean.

'Is this his only computer?' I asked.

'No. He's got another one in London and he also had a laptop. But this is the one he used for the book. I'm sure of it.'

'Could he have put it on a memory stick?'

'I'm not sure I ever saw him with memory sticks, to be honest with you. But I suppose it's possible.'

We searched the room. We went through every cupboard and every drawer. James was keen to help. We found hard copies of all the Atticus Pünd novels apart from the most recent. There were notepads containing lengthy extracts scratched out in pen and ink but anything relating to *Magpie Murders* was curiously absent, as if it had been deliberately removed. One thing I did find that interested

me was an unbound copy of *The Slide*, the novel that Charles had mentioned and which he had rejected. I asked James if I could borrow it and set it aside to take back with me. There were piles of newspapers and old magazines. Alan had kept everything ever written about him: interviews, profiles, reviews (the good ones) – the works. It was all very neat. One cupboard was given over to stationery with envelopes stacked up in their respective sizes, reams of white paper, more writing pads, plastic folders, a full spectrum of Post-it notes. There was no sign of a memory stick though, and if it had been there it was probably too small to find.

In the end, I had to give up. I'd been there an hour. I could have continued all day.

'You could try Mr Khan,' James suggested. 'Alan's solicitor,' he reminded me. 'He's got offices in Framlingham, on the Saxmundham Road. I don't know why he would have it, but Alan gave a lot of stuff to him.' He paused, a fraction too long. 'His will, for example.'

He had already joked about that when I arrived. 'Are you going to continue living here?' I asked him. It was a loaded question. He must know that Alan had been intending to disinherit him.

'God no! I couldn't sit here by myself in the middle of nowhere. I'd go mad. Alan once told me that he'd left the house to me, but if that turns out to be the case, I'll go back to London. That's where I was living when we met.' He curled his lip. 'We'd had a bad patch recently. We'd more or less split up. So maybe he changed things... I don't know.'

'I'm sure Mr Khan will tell you,' I said.

'He hasn't said anything yet.'

'I'll go and see him.'

'I'd talk to Alan's sister if I were you,' James suggested. 'She used to do a lot of work for him. She did all his administration and his

fan mail. I think she may even have typed some of the earlier books and he used to show them to her in manuscript. There's always a chance he gave her the latest one.'

'You said she's in Orford.'

'I'll give you the address and number.'

While he took out a sheet of paper and a pen, I wandered over to the one cupboard which I hadn't opened and which was set in the middle of the wall, behind the spiral staircase. I thought it might contain a safe – after all, Sir Magnus Pye had had one in his study. It opened peculiarly, one half sliding up, the other down. There were two buttons set in the wall. I realised it was a dumb waiter.

'Alan had that built,' James explained, without looking up. 'He always ate outside if the weather was warm enough – breakfast and lunch. He'd put the plates and food in and send them up.'

'Could I see the tower?' I asked.

'Sure. I hope you've got a head for heights.'

The staircase was modern, made of metal, and I found myself counting the steps as I tramped up. It seemed to go on too long. Surely the tower hadn't been this high? Finally, a door, locked from inside, led out to a wide circular terrace with a very low crenellated wall – Charles had been right about that. From here, I could see across a green sea of treetops and fields, all the way back to Framlingham. In the far distance, Framlingham College, nineteenth-century Gothic, perched on a hill. I noticed something else. Although it was screened by woodland and invisible from the road, there was a second property right next to Abbey Grange. I would have reached it if I had continued up the drive, but there was also what looked like a footpath between the trees. It was large and fairly modern with a very well-kept garden, a conservatory, a swimming pool.

'Who lives there?' I asked.

'That's the neighbour. His name is John White. He's a hedge fund manager.'

Alan had arranged a table and four chairs, a gas barbecue and two sun loungers on the terrace. Quite nervously, I made my way to the edge and looked down. From this angle, the ground looked a long way away and I could easily imagine him plunging down. I had a sick feeling in my stomach and stepped back only to feel James's hands pressing into my back. For a horrible moment I thought he was about to push me. The surrounding wall was really inadequate. It barely came up to my waist.

He stepped away, embarrassed. 'I'm sorry,' he said. 'I was just worried you might get dizzy. A lot of people do, coming up here for the first time.'

I stood there with the breeze tugging at my hair. 'I've seen enough,' I said. 'Let's go down.'

It would have been so easy to throw Alan Conway over the edge. He wasn't a large man. Anyone could have crept up here and done it. I don't know why I thought that because it was clear that no crime had been committed. He had left a handwritten suicide note. Even so, once I'd got back to my car, I rang the Old Vic in London and they confirmed that he had booked two tickets for *Henry V* on Thursday. I told them he wouldn't be needing them. What was interesting was that he had only made the booking on the Saturday, one day before he had killed himself. His diary had shown that he had also arranged meetings, lunches, a haircut and a tennis match. And despite everything, I had to ask myself.

Was this really the behaviour of a man who had decided to take his own life?

WESLEY & KHAN, FRAMLINGHAM

I drove back to Framlingham, parked the car in the main square and walked the rest of the way. The town really was a bit of a mish-mash. At the far end there was a well-preserved castle surrounded by swathes of grass and a moat, a perfect fantasy of England as it might have been at the time of Shakespeare, complete with a pub and a duck pond nearby. But another fifty yards and the charm came to an abrupt end with Saxmundham Road, wide and modern, stretching into the distance, a Gulf garage on one side and an assortment of very ordinary houses and bungalows on the other. Wesley & Khan, the firm of solicitors used by Alan Conway, occupied a mustard-coloured building on the edge of the town. It was a house, not an office, despite the signage beside the front door.

I wasn't sure if Mr Khan would see me without an appointment but I walked in anyway. I needn't have worried. The place was quite dead, with a girl reading a magazine behind the reception desk and a young man staring vacantly at a computer screen opposite. The building was old with uneven walls and floorboards that creaked. They'd added grey carpets and strip lighting but it still looked like somebody's home.

The girl rang through. Mr Khan would see me. I was shown upstairs and into what must have been the master bedroom, now converted into a no-nonsense office looking out onto the garage. Sajid Khan — his full name was on the door — rose up from behind a reproduction antique desk with a green leather top and brass handles. It was the sort of desk you chose if you wanted to make a point. He was a large, effusive man in his forties, bullish in his movements and in the way he spoke.

'Come in! Come in! Please take a seat. Have you been offered tea?'

He had very black hair and thick eyebrows that almost met. He was wearing a sports jacket with patches on the elbows and what might well be a club tie. It seemed unlikely that he had been born in Framlingham and I wondered what had brought him to such a backwater and, for that matter, how he fitted in with Mr Wesley. There was a photograph frame beside him, one of those modern digital ones with the image changing every thirty seconds, either sliding or corkscrewing into itself. Before I'd even sat down, I'd been introduced to his wife, two daughters, his dog and an elderly woman in a hijab who might have been his mother. I don't know how he lived with it. It would have driven me mad.

I declined the offer of tea and sat down in front of the desk. He took his place and I briefly explained why I was there. His demeanour changed at the mention of Alan's name.

'I found him, you know,' he told me. 'I went round there on Sunday morning. Alan and I were having a meeting. Have you been out to the house? And although you may not believe it, I must tell you that I had a feeling something was wrong, even as I drove up. That was before I saw him — and to start with I had no idea what I was looking at. I thought someone had thrown some old clothes

onto the lawn, really I did! Then I realised it was him. I knew at once he was dead. I did not go near! I called the police at once.'

'You were quite close to him, I understand.' Sajid Khan was SK in the diary. The two of them played tennis together, and he had gone over to the house on a Sunday.

'Yes,' he said. 'I'd read many of the Atticus Pünd novels before I met him and you could certainly say I was a great admirer of his work. As things turned out, we did a lot of business with him and I'm very happy to say that I got to know him well. In fact, I would go so far as to say that — yes, we were definitely friends.'

'When did you last see him?'

'About a week ago.'

'Did you have any idea he was planning to kill himself?'

'Absolutely none at all. Alan was in this office, sitting exactly where you are now. We were actually talking about the future and he seemed to be in perfectly good spirits.'

'He was ill.'

'So I understand. But he never mentioned it to me, Miss Ryeland. He called me on Saturday evening. I must have been one of the last people who spoke to him while he was still alive.'

It would have been hard to speak to him if he wasn't, I thought. Always the editor. 'May I ask what you talked about, Mr Khan? And why were you visiting him on a Sunday? I know it's not my business…' I smiled sympathetically, inviting him to take me into his confidence.

'Well, I suppose it can't hurt telling you now. There had been certain changes to his domestic arrangements and Alan had decided to rethink his will. I'd actually drawn up a new draft and I took it over to show it to him. He was going to sign it on Monday.'

'He was going to cut out James Taylor.'

He frowned. 'Forgive me if I do not go into the details. I don't think it would be appropriate...'

'It's all right, Mr Khan. He wrote to us at Cloverleaf Books. He actually told us he was going to take his own life. And he mentioned that James was no longer in his will.'

'Again, I don't think it's my place to comment on any communication he may have had with you.' Khan paused, then let out a sigh. 'I will be honest with you and say that I did find that side of Alan quite hard to fathom.'

'You mean his sexuality?'

'No. Of course not. That's not what I meant at all! But having a partner who was quite so much younger than him.' Khan was getting himself into difficulties, trying to balance his different prejudices. A picture of him, arm in arm with his wife, slid across the frame. 'I knew Mrs Conway quite well, you know.'

I had met Melissa Conway a few times at publishing events. I remembered her as a quiet, fairly intense woman. She always gave the impression that she knew something terrible was about to happen but didn't want to put it in words. 'How did you know her?' I asked.

'Well, actually, she introduced Alan to us. When they bought their first house in Suffolk — that was in Orford — she came to us for the conveyancing. Of course, very sadly, they parted company a few years later. We weren't involved in the divorce, but we did act for Alan when he bought Abbey Grange — or Ridgeway Hall as it was known then. He actually changed the name.'

'Where is she now?'

'She remarried. I believe she lives near Bath.'

I played back what he had just told me. Sajid Khan had drawn up

the new will and taken it round on Sunday morning. But when he had got there ... 'He never signed it!' I exclaimed. 'Alan died before he could sign the new will.'

'That is correct. Yes.'

The unsigned will is one of those tropes of detective fiction that I've come to dislike, only because it's so overused. In real life, a lot of people don't even bother to make a will but then we've all managed to persuade ourselves that we're going to live for ever. They certainly don't go round the place threatening to change it in order to give someone the perfect excuse to come and kill them.

It looked as if Alan Conway had done exactly that.

'I would be grateful if you did not repeat this conversation, Miss Ryeland,' Khan continued. 'As I said to you, I really should not be discussing the will.'

'It doesn't matter, Mr Khan. It's not the reason I'm here.'

'Then how can I help you?'

'I'm looking for the manuscript of *Magpie Murders*,' I explained. 'Alan had finished it just before he died but it's missing the last chapters. I don't suppose ...?'

'Alan never showed me his work before it was published,' Khan replied. He was glad to be back on safer ground. 'He was kind enough to autograph a copy of *Atticus Pünd Abroad* before it was published. But I'm afraid he never really talked about his work with me. You might try his sister.'

'Yes. I'm seeing her tomorrow.'

'It would be better not to mention the will to her, if you'd be so kind. The two of us will be meeting later in the week. And we have the funeral next weekend.'

'I'm just looking for the missing pages.'

'I hope you find them. We're all going to miss Alan. It would be nice to have one last memory.'

He smiled and got to his feet. On the desk, the photograph changed again and I saw that it had completed its circuit. It was showing the same picture I'd seen when I came in.

It was definitely time to go.

EXTRACT FROM *THE SLIDE*

BY ALAN CONWAY

The dining room at the Crown was almost empty when I went in for dinner and I might have felt a little self-conscious, eating on my own. But I had company. I had brought *The Slide* with me, the novel which Alan Conway had written and which he had pleaded with Charles to publish, even as he prepared to end his life. Was Charles right? Here's how it opened.

Lord Quentin Crump comes slumping down the staircase, lording it as he always does over the cooks and maids, the under-butlers and the footmen that exist only in his anfractuous imagination, that have in truth slipped hugger-mugger into the adumbration of family history. They were there when he was a boy and in some ways he is still a boy, or perhaps it is more true to say that the boy he was lurks obstinately in the fleshy folds that fifty years of unhealthy living have deposited on the barren winter tree that is his skeleton. *Two boiled eggs, cookie. You know how I like them.*

Soft but not runny. Marmite soldiers like Mummy used to make . . . all present and correct. The chickens not laying? Damn their eyes, Agnes. What's the point of a chicken that don't lay? Is this not his inheritance? Is it not his right? He lives in the stately pile where he was brought squealing and mewling into the world, a damp, unlovely ball of poisonous mauve, tearing open the curtain of his mother's vagina with the same violence with which he will rampage through the rest of his life. Here he is now with his cheeks rampaged by spider veins, as ruby red as the oh-so-fine wines that brought them erupting to the surface, his cheeks jostling for position on a face that barely has the room to contain them. A moustache is smeared across his upper lip as if it has crawled out of his nostril, taken one look back at its own progenitor, lost all hope and died. His eyes are mad. Not 'let's cross and walk on the other side of the road mad' but lizardy and definitely dangerous. He has the Crump eyebrows and they are a little mad too, leaping out of his flesh like the hoary ragwort, *senecio aquaticus*, which he has been unable to eradicate from the croquet lawn. Today, it being a Saturday and the weather a little cold for the time of year, he is dressed in tweed. Tweed jacket, tweed waistcoat, tweed trousers, tweed socks. He likes tweed. He even likes the sound of it when he orders a suit from the place he frequents in Savile Row though not so frequently now, not at two thousand pounds a throw. Still, it's worth it; that moment of pleasant reassurance as the black cab stutters round the bend and spits him out at the front door. *Very good to see you, my lord. And how is Lady Crump? Always a pleasure to see you down. How long in town? A nice Cheviot tweed, perhaps, in brown? Where's*

the tape measure. Look lively, Miggs! I fancy our waistline may need revisiting since our last appointment, my lord. His waist no longer has a line. It's all just flesh. He is corpulent now almost to pantomime proportions and knows that he is floundering in the scummy waters of ill health. His ancestors watch him from their curling gold frames as he descends the staircase, not one of them smiling, disappointed perhaps that this fat twerp should now be the master of the family home, that four hundred years of careful in-breeding should amount to nothing more. But does he care? He wants his breakfast, his brekky. He infantilises everything. And when he eats he will dribble his food down his chin and still wonder, in one corner of his mind, why nanny doesn't appear to wipe it away.

He enters the breakfast room and sits down, his adipose buttocks narrowly missing the arms of the eighteenth-century Hepplewhite chair that now strains to support him. There is a white linen serviette which he unfolds and tucks into his collar beneath his chin, or rather chins, for he has the double ration that is the standard issue of the well-bred English gentleman. There is a *Times* newspaper waiting for him but he does not pick it up quite yet. Why should he share the world's bad news, the daily communion of depression, disorientation and decay, when he has plenty enough of his own to be getting on with? He is deaf to the whining, stentorian voices that warn of the rise of Islamic fundamentalism and the fall of the pound. His childhood home, the manor, is in danger. It may not last until the end of the month. These are the thoughts, the noisome squatters that occupy his mind.

It went on in this vein for some four hundred and twenty pages. I'm afraid I was skim-reading after the first chapter and picking out only the odd sentence after that. The novel seemed to be an attempt at satire, a grotesque fantasy about the British aristocracy. The plot, in so far as it had one, concerned Lord Crump's bankruptcy and his attempts to turn his crumbling stately home into a tourist attraction by lying about its history, inventing a ghost and transferring the elderly and largely docile animals from a local zoo to wander in his grounds. The slide of the title was intended to be the centrepiece in an adventure playground which he had constructed, although clearly it also referred – portentously – to the state of the nation. It was revealing that when the first visitors arrive – 'the women in nylon puff jackets, fat, thick, ugly, whining slags with nicotine-stained nails, their brain-dead sons trailing wires from their ears, with branded boxer shorts rising over the belts of their sagging, unfit jeans' – they are treated with the same contempt as the Crumps themselves.

The Slide worried me for all sorts of reasons. How could a man who had written nine hugely popular and entertaining novels – the Atticus Pünd series – have come up with something that was, at the end of the day, quite so hateful? It was almost like discovering that Enid Blyton, in her spare time, had turned to pornography. The style was painfully derivative; it reminded me of another writer but at the moment I wasn't quite sure who. It seemed obvious to me that Conway was labouring for effect with every sentence, with every ugly metaphor. Worse still, this wasn't early work, juvenilia written before he had found his voice. The reference to Islamic fundamentalism proved that. He had been tinkering with it recently and had mentioned it in his final letter, asking Charles to take a second look. It had still mattered to him. Did it represent his world view? Did he really think it was any good?

I didn't sleep well that night. I'm used to bad writing. I've looked at plenty of novels that have no hope of being published. But I'd known Alan Conway for eleven years, or I thought I had, and I found it almost impossible to believe that he could have produced this, all four hundred and twenty pages of it. It was as if he was whispering to me as I lay there in the darkness, telling me something I didn't want to hear.

ORFORD, SUFFOLK

Magpie Murders is set in a fictitious village in Somerset. Most of the stories take place in villages that Alan has made up and even the two London-based novels (*No Rest for the Wicked* and *Gin & Cyanide*) use false names for anything that might be recognisable: hotels and restaurants, museums, hospitals and theatres. It's as if the author is afraid of exposing his fantasy characters to the real world, even with the protection of a 1950s setting. Pünd is only comfortable when he's strolling on the village green or drinking in the local pub. Murders take place during cricket and croquet matches. The sun always shines. Given that he had named his house after a Sherlock Holmes short story, it's possible that Alan was inspired by Holmes's famous dictum: 'The lowest and vilest alleys in London do not present a more dreadful record of sin than does the smiling and beautiful countryside.'

Why do English villages lend themselves so well to murder? I used to wonder about this but got the answer when I made the mistake of renting a cottage in a village near Chichester. Charles had advised against it but at the time I'd thought how nice it would be to get away now and then for the weekend. He was right. I couldn't wait to

get back. I soon discovered that every time I made one friend I made three enemies and that arguments about such issues as car parking, the church bells, dog waste and hanging flower baskets dominated daily life to such an extent that everyone was permanently at each other's throats. That's the truth of it. Emotions which are quickly lost in the noise and chaos of the city fester around the village square, driving people to psychosis and violence. It's a gift to the whodunnit writer. There's also the advantage of connectivity. Cities are anonymous but in a small, rural community everyone knows everyone, making it so much easier to create suspects and, for that matter, people to suspect them.

It was obvious to me that Alan had Orford in mind when he created Saxby-on-Avon. It wasn't in Avon and there were no 'Georgian constructions made of Bath stone with handsome porticos and gardens rising up in terraces' but as soon as I passed the fire station with its bright yellow training tower and entered the village square, I knew exactly where I was. The church was called St Bartholemew's, not St Botolph's, but it was in the right place and even had a few broken stone arches attached. There was a pub looking out over the graveyard. The Queen's Arms, where Pünd had stayed, was actually called the King's Head. The village noticeboard where Joy had posted her notice of infidelity was on one side of the square. The village shop and the bakery — it was called the Pump House — was on the other. The castle, which cast a shadow over Dr Redwing's house, and which must have been built around the same time as the one I had seen in Framlingham, was a short distance away. There was even a Daphne Road. In the book it had been Neville Brent's address but in the real world it was Alan's sister who lived there. The house was very much as he had described it. I wondered what this meant.

Claire Jenkins had been unable to see me the day before but had agreed to meet me at lunchtime. I got there early and strolled around the village, following the main road all the way down to the River Alde. The river doesn't exist in Alan's book — it's been replaced by the main road to Bath. Pye Hall is somewhere over to the left, which would in reality place it on land belonging to the Orford Yacht Club. I still had time in hand so I had a coffee at a second pub, the Jolly Sailor. In the book, it's called the Ferryman although both names reference boats. I also walked past a wild meadow which had to have been the inspiration for Dingle Dell, although there was no vicarage that I could see, and only a small patch of woodland.

I was beginning to get an idea of the way Alan's mind worked. He had taken his own house — Abbey Grange — and placed it, complete with lake and trees, in the village where he had lived until his divorce. Then he had taken the entire construction and transported it to Somerset — which was also, incidentally, where his ex-wife and son now lived. It was evident that he used everyone and everything around him. Charles Clover's golden retriever, Bella, had made it into the narrative. James Taylor had a supporting role. And I had little doubt that Alan's sister, Claire, would turn out to be recast as Clarissa.

Which made Alan Conway the real-life Magnus Pye. It was interesting that he identified with the main character of his book: an obnoxious and arrogant landowner. Did he know something I didn't?

Claire Jenkins was not wearing a hat with three feathers. Her house wasn't unpleasantly modern. In short, it was nothing like the building in Winsley Terrace that Alan had described. It was admittedly quite small, modest compared to some of the other properties in Orford, but it was cosy and tasteful and quite lacking in any religious iconography. She herself was a short, rather pugnacious

woman dressed in a turtleneck jersey and jeans that didn't flatter her. Unlike Clarissa Pye, she didn't colour her hair, which was lost in the dead man's land between brown and grey. It swept down in a fringe over eyes that were tired and filled with grief. She looked nothing like her brother — and the first thing I noticed when she showed me into her living room was that she had none of his books on display. Maybe she had turned them face down in mourning. She had invited me at lunchtime but she didn't offer me any lunch. She gave every impression of wanting to get rid of me as soon as possible.

'I was shocked when I heard about Alan,' she said. 'He was three years younger than me and we had been close all our lives. He's the reason I moved to Orford. I had no idea he'd been ill. He never told me about it. I saw James only a week ago, shopping in Ipswich, and he didn't tell me either. I always got on very well with him, by the way, although I was very surprised when he turned up as Alan's partner. We all were. I can't think what my parents would have said if they'd still been alive — my father was a headmaster, you know — but they died a very long time ago. James never mentioned anything about Alan being ill. I wonder if he even knew?'

When Atticus Pünd interviews people, they usually make sense. Perhaps it's his skill as an interrogator but he manages to make them start at the beginning and answer his questions logically. Claire wasn't like that. She talked in the way that someone with a punctured lung might breathe. The words came out in fits and starts and I had to concentrate to follow what she was saying. She was very upset. She told me that her brother's death had knocked her for six. 'What I can't get over is that he didn't reach out to me. We'd had our difficulties lately, but I'd have been happy to talk to him and if he was worried about something . . .'

'He killed himself because of his illness,' I said.

'That's what DS Locke told me. But there was no need to do anything quite so drastic. These days, there are so many sorts of palliative care. My husband had lung cancer, you know. The nurses were absolutely wonderful, the way they looked after him. I think he was happier in the last few months of his life than he'd ever been with me. He was the centre of attention. He liked that. I came to Orford after he died. It was Alan who brought me here. He said it would be nice if we were close. This house... I would never have been able to afford it if it hadn't been for him. You really would have thought, after what I'd been through, that he would have confided in me. If he was really thinking of killing himself, why didn't he let me know?'

'Perhaps he was afraid you'd talk him out of it.'

'I couldn't have talked Alan out of anything. Or into it. We weren't like that.'

'You said you were close to him.'

'Oh yes. I knew him better than anyone. There are so many things I could tell you about him. I'm surprised you never published his autobiography.'

'He never wrote one.'

'You could have got someone else to write it.'

I didn't argue. 'I'd be interested to know anything you could tell me,' I said.

'Would you?' She leapt on my words. 'Maybe I should write about him. I could tell you about our time at Chorley Hall when we were children. I'd like to do that, you know. I read the obituaries and they hardly described Alan at all.'

I tried to steer her towards the point. 'James mentioned to me that you helped him with his work. He said that you typed up some of his manuscripts.'

'That's right. Alan always did the first draft by hand. He liked to use a fountain pen. He didn't trust computers. He didn't want to have all that technology between him and his work. He always said he preferred the intimacy of pen and ink. He said he felt closer to the page. I did his fan mail for him. People wrote him such lovely letters but he didn't have time to answer them all. He taught me how to write in his voice. I would write the letters and he would sign them. And I also helped him with research: poisons and things like that. I was the one who introduced him to Richard Locke.'

It had been a Detective Superintendent Locke who had telephoned Charles with the news of Alan's death.

'I work for the Suffolk constabulary,' Claire explained. 'In Ipswich. We're in Museum Street.'

'Are you a police officer?'

'I work in HR.'

'Did you type *Magpie Murders* for him?' I asked.

She shook her head. 'I stopped after *Gin and Cyanide*. The thing is, you see, well, he never gave me anything. He was quite generous to me in some ways. He helped me to buy this house. He would take me out, and things like that. But after I'd done three of the books, I suggested that he might put me on… I don't know… a salary. It seemed reasonable. I wasn't asking for a great deal of money. I just thought I ought to be paid. Unfortunately I'd got it quite wrong because I saw at once that I'd upset him. He wasn't mean. I'm not saying that. He just didn't think it was right to employ me – because I was his sister. We didn't exactly argue but after that he just typed the manuscripts himself. Or maybe he got James to help him. I don't know.'

I told her about the missing chapters but she was unable to help me.

'I didn't read any of it. He never let me see it. I used to read all

the books before they were published but after we argued he didn't show them to me any more. Alan always was like that, you know. He was someone who was very easy to offend.'

'If you do write about him, you should put all this down,' I said. 'The two of you grew up together. Did he always know he was going to be a writer? Why did he write whodunnits?'

'Yes, I will. I'll do exactly that.' And then, in the blink of an eye, she came out with it. 'I don't think he killed himself.'

'I'm sorry?'

'I don't!' She blurted out the words as if she had wanted to from the moment I had arrived and couldn't wait any longer. 'I told DS Locke but he wouldn't listen to me. Alan didn't commit suicide. I don't believe it for a minute.'

'You think it was an accident?'

'I think someone killed him.'

I stared at her. 'Who would want to do that?'

'There were plenty of people. There were people who were jealous of him and there were people who didn't like him. Melissa, for one. She never forgave him for what he did to her and I suppose you can understand it. Leaving her for a young man. She was humiliated. And you should talk to his neighbour, John White. The two of them fell out over money. Alan talked to me about him. He said he was capable of anything. Of course, it may not have been someone who actually knew him. When you're a famous writer, you always have stalkers. There was a time, not that long ago, when Alan got death threats. I know, because he showed them to me.'

'Who were they from?'

'Some writer he'd met down in Devonshire, someone he was trying to help. I could hardly bear to read them. The language in them was horrible. Swear words and obscenities.'

'Do you have any of them?'

'They might have them in the police station. We had to go to the police in the end. I showed them to DS Locke and he said we should take them seriously but Alan knew who they'd come from. Alan loved life. Even if he was ill, he would have wanted to go on until the end.'

'He wrote a letter.' I felt I had to tell her. 'The day before he killed himself he wrote to us and told us what he was going to do.'

She looked at me with a mixture of disbelief and resentment in her eyes. 'He wrote to you?'

'Yes.'

'To you personally?'

'No. The letter was addressed to Charles Clover. His publisher.'

She considered this. 'Why did he write to you? He didn't write to me. I can't understand that at all. We grew up together. Until he was sent away to boarding school, the two of us were inseparable. And even afterwards, when I saw him...' Her voice trailed away and I realised that I had been foolish. I had really upset her.

'Would you like me to leave?' I asked.

She nodded. She had taken out a handkerchief but she wasn't using it. She was balling it in her fist.

'I'm very sorry,' I said.

She didn't come with me to the door. I showed myself out and when I looked back through the window, she was still sitting where I had left her. She wasn't crying. She was just staring at the wall, offended, angry.

WOODBRIDGE

Katie, my sister, is two years younger than me although she looks older. It's a running joke between us. She complains that I've had it easy, living on my own in a small, chaotic flat while she's looked after two hyperactive children, a variety of pets and an unreconstructed husband who can be kind and romantic but who still likes his food on the table at the right time. They have a large house and half an acre of garden, which Katie keeps like something out of a magazine. The house is seventies modern with sliding windows, gas-effect fires and a giant TV in the living room. There are almost no books. I'm not making any judgement. It's just the sort of thing I can't help but notice.

The two of us live in different worlds. She's much slimmer than I am and takes more care with her appearance. She dresses in sensible clothes, which she buys from catalogues, and has her hair done once a fortnight, somewhere in Woodbridge where, she tells me, the hairdresser is her friend. I hardly know my hairdresser's name — it's Doz, Daz or Dez or something but I don't know what it's short for. Katie doesn't need to work but she's spent ten years managing

a garden centre half a mile down the road. God knows how she's been able to balance that with her full-time job as wife and mother. Of course, there's been a succession of au pairs and nannies as the children have grown up. There was the anorexic one, the born-again Christian one, the lonely Australian one and the one who disappeared. We talk to each other two or three times a week on FaceTime and it's funny how, although we have so little in common, we've always been such good friends.

I certainly couldn't leave Suffolk without seeing her. Woodbridge was only twelve miles from Orford and, as luck would have it, she had the afternoon off. Gordon was in London. He commuted there every single day: Woodbridge to Ipswich, Ipswich to Liverpool Street, and then back again. He said he didn't mind but I didn't like to think how many hours he'd wasted on trains. He could easily afford a pied-à-terre but he said he hated being apart from his family, even for one or two nights. They always made a big deal about going away together: summer holidays, skiing at Christmas, various expeditions at weekends. The only time I ever felt lonely was when I thought about them.

After I'd left Claire Jenkins, I drove straight over. Katie was in the kitchen. Despite the size of the house, that's where she always seemed to be. We embraced and she brought me tea and a great slab of cake, home-made of course. 'So what are you doing in Suffolk?' she asked. I told her that Alan Conway had died and she grimaced. 'Oh yes. Of course. I heard about it on the news. Is that very bad?'

'It's not good,' I said.

'I thought you didn't like him.'

Had I really said that to her? 'My feelings have got nothing to do with it,' I said. 'He was our biggest author.'

'Hadn't he just finished another book?'

I told her that the manuscript was missing two or three chapters, that there was no trace of it on his computer and that all his handwritten notes had disappeared too. Even as I was explaining all this, I realised that it sounded very odd, like a conspiracy thriller. I remembered what Claire had said to me, that her brother would never have committed suicide.

'That's very awkward,' Katie said. 'What will you do if you can't find them?'

It was something I had been thinking about and which I intended to raise with Charles. We needed *Magpie Murders*. But when you consider all the different types of story out there in the market, the whodunnit is the one that really, absolutely needs to be complete. *The Mystery of Edwin Drood* was the one example I could think of that had managed to survive, but Alan was no Charles Dickens. So what were we going to do? We could find another writer to step in and finish it. Sophie Hannah had done a great job with Poirot but she would have to solve the murder first, something which I had signally failed to do. We could publish it as a very annoying Christmas present: something to give someone you didn't like. We could have a competition — *Tell us who killed Sir Magnus Pye and win a weekend on the Orient Express*. Or we could keep looking and just hope that the wretched chapters would turn up.

We talked about this for a while. Then I changed the subject, asking about Gordon and the children. He was fine. He was enjoying work. They were going skiing at Christmas: they'd rented a chalet at Courchevel. Daisy and Jack were coming to the end of their time at Woodbridge School. They had been there for almost all their lives; first at Queen's House, the pre-prep school, then at The Abbey, now in the main school. It was a lovely place. I had visited it a

couple of times. You didn't expect to find so much land and so many handsome buildings tucked away in a little town like Woodbridge. It struck me that the school suited my sister's personality very well. Nothing changed. Everything was perfect. The outside world was all too easy to ignore.

'The children never really liked Alan Conway,' Katie said, suddenly.

'Yes. You told me.'

'You didn't like him either.'

'Not really.'

'Are you sorry I introduced him to you?'

'Not at all, Katie. We made a fortune out of him.'

'But he gave you a hard time.' She shrugged. 'From what I heard, nobody was sorry when he left Woodbridge School.'

Alan Conway stopped teaching soon after the first book came out. By the time his second book appeared, he was earning way more than he ever had as a teacher.

'What was wrong with him?' I asked.

Katie thought for a moment. 'I'm not sure I know. He just had a reputation — the way some teachers do. I think he was quite strict. He didn't have much of a sense of humour.'

It's true. There are very few jokes in the Atticus Pünd stories.

'I think he was always quite secretive,' she went on. 'I met him a few times at sports day and things like that and I was never sure what he was thinking. I always got the feeling that he was hiding something.'

'His sexuality?' I suggested.

'Perhaps. When he left his wife for that boy, it was completely unexpected. But it wasn't that. It was just, when you met him, it was as if he was angry about something but had no intention of telling you what it was.'

We had been chatting for a while and I didn't want to get caught up in the London traffic. I finished my tea and refused more cake. I'd already had a huge slice and what I really wanted was a cigarette – Katie hated me smoking. I began to make my excuses.

'Will you be back soon?' she asked. 'The kids would love to see you. We could all have dinner.'

'I'll probably be up and down quite a few times,' I said.

'That's good. We miss you.' I knew what was coming and sure enough Katie didn't disappoint me. 'Is everything all right, Sue?' she asked, in the sort of voice that said it clearly wasn't.

'I'm fine,' I said.

'You know I worry about you, on your own in that flat.'

'I'm not alone. I've got Andreas.'

'How is Andreas?'

'He's very well.'

'He must be back at school by now.'

'No. They don't start until the end of the week. He's been in Crete for the summer.' As soon as I said that, I wished I hadn't. It meant I was alone after all.

'Why didn't you go with him?'

'He invited me but I was too busy.' That was only half true. I had never been to Crete. Something in me resisted the idea, stepping into his world, putting myself under examination.

'Is there any chance...? I mean, are the two of you...?'

That's what it always came down to. Marriage, for Katie with twenty-seven years of it behind her, was the be-all and end-all, the only reason really to be alive. Marriage was her Woodbridge School, her grounds, the wall surrounding her – and as far as she was concerned, I was stuck outside, looking in through the gate.

'Oh, we never talk about it,' I said, breezily. 'We like things the way they are. Anyway, I would never marry him.'

'Because he's Greek?'

'Because he's *too* Greek. He'd drive me mad.'

Why did Katie always have to judge me by her standards? Why couldn't she see that I didn't need what she had and that I might be perfectly happy the way things were? If I sound irritated it's only because I worried she was right. Part of me was asking myself the very same thing. I would never have children. I had a man who had been away the whole summer and who, during term time, only came over at weekends — if he wasn't tied up with football, school play rehearsals or a Saturday trip to the Tate. I had devoted my whole life to books; to bookshops; to booksellers; to bookish people like Charles and Alan. And in doing so, I had ended up like a book: on the shelf.

I was glad to get back into the MGB. There are no speed cameras between Woodbridge and the A12 and I kept my foot hard on the accelerator. When I reached the M25, I turned on the radio and listened to Mariella Frostrup. She was talking about books. By then I felt OK.

THE LETTER

You'd have thought that after twenty years editing murder mysteries I'd have noticed when I found myself in the middle of one. Alan Conway had not committed suicide. He had gone up to the tower to have his breakfast and someone had pushed him off. Wasn't it obvious?

Two people who knew him well, his solicitor and his sister, had insisted that he was not the sort to kill himself, and his diary — which showed that he had been cheerfully buying theatre tickets and arranging tennis games and lunches for the week following his demise — seemed to confirm it. The manner of his death, painful and uncertain, felt wrong. And then there were the suspects already queuing up to take a starring role in the last chapter. Claire had mentioned his ex-wife, Melissa, and his neighbour, a hedge fund manager called John White, with whom he'd had some sort of dispute. She herself had argued with him. James Taylor had the most obvious motive. Alan had died just one day before he intended to sign his new will. James also had access to the house and would know that, if the sun were shining, Alan would have his breakfast on the roof. And August had been warm.

I thought about all this as I drove home but it still took me a

while to accept it. In a whodunnit, when a detective hears that Sir Somebody Smith has been stabbed thirty-six times on a train or decapitated, they accept it as a quite natural occurrence. They pack their bags and head off to ask questions, collect clues, ultimately to make an arrest. But I wasn't a detective. I was an editor – and, until a week ago, not a single one of my acquaintances had managed to die in an unusual and violent manner. Apart from my own parents and Alan, I hardly knew anyone who had died at all. It's strange when you think about it. There are hundreds and hundreds of murders in books and television. It would be hard for narrative fiction to survive without them. And yet there are almost none in real life, unless you happen to live in the wrong area. Why is it that we have such a need for murder mystery and what is it that attracts us – the crime or the solution? Do we have some primal need of bloodshed because our own lives are so safe, so comfortable? I made a mental note to check out Alan's sales figures in San Pedro Sula in Honduras (the murder capital of the world). It might be that they didn't read him at all.

Everything came down to the letter. Without telling anyone, I had made a copy of it before Charles sent it to the police and as soon as I got home I took it out and examined it again. I remembered the strange anomaly – a handwritten letter in a typewritten envelope – that I had seen in Charles's office. It was an exact reflection, an inverse of what Atticus Pünd had discovered at Pye Hall. Sir Magnus had been sent a typewritten death threat in a handwritten envelope. What, in each instance, did it mean? And, if you put the two of them together, was there some greater significance, a pattern I could not see?

The letter had been sent the day after Alan had handed over the manuscript at the Ivy Club. I wished now that I had looked at

the envelope more closely to see if it had been sent from London or from Suffolk although Charles had ripped off some of the postmark when he opened it. Either way, it was certain that Alan had composed it himself. It was his handwriting – and unless he had been forced to write with a gun at his head, it set out his intentions quite clearly. Or did it? Back in my flat in Crouch End, with a glass of wine in my hand and a third cigarette on the go, I wasn't so sure.

The first page is an apology. Alan has behaved badly. But it's part of a general pattern of behaviour. He's ill. He says that he has decided against treatment and this will kill him very soon anyway. There is nothing on this page about suicide – quite the opposite. It's the cancer that's going to kill him because he's not going to have chemotherapy. And look again at the bottom of page one, all that stuff about London literary functions. He's not writing about his life being over. He's writing about how it's going to continue.

Page two does relate to his death, particularly in the paragraph about James Taylor and the will. But again, it's non-specific. 'There are bound to be rows when I've gone.' He could be talking about any time: six weeks from now, six months, a year. It's only on page three that he cuts to the chase. 'By the time that you read this, it will all be finished.' When I first read the letter, so soon after hearing what had happened, I automatically assumed that by 'it', Alan was referring to his life. His life would be over. He would have killed himself. Rereading it, though, it occurred to me he could just as easily have been talking about his writing career – which was the subject of the paragraph before. He had delivered the last book. There weren't going to be any more.

And then we come to 'the decision that I have made' a few lines later. Is it really the decision to jump off his tower? Or is it simply the

decision, which he has already explained, not to have chemotherapy, to kill himself in that sense only? By the end of the letter he's writing about the people who will mourn him but, again, he has already established that he is going to die. Nowhere does he state outright that he is planning to take matters into his own hands. 'As I prepare to take leave of this world...' Isn't that a bit gentle for what he supposedly has in mind, jumping off a tower?

This was what I thought. And although there was something else about the letter, which I missed completely, and which would prove that almost everything I've written here was wrong, by the end of that day, everything had changed. I knew that the letter was not what it seemed; that it was no more than a general valedictory and that someone must have read it and realised that it could be misinterpreted. Claire Jenkins and Sajid Khan were right. The most successful murder writer of his generation had himself been murdered.

The doorbell rang.

Andreas had telephoned me an hour before and there he was on my doorstep with a bunch of flowers and a bulging supermarket bag that would contain Cretan olives, wonderful thyme honey, oil, wine, cheese and mountain tea. It wasn't just that he was generous. He had a real love of his country and everything it produced. It's very Greek. The endlessly protracted financial crisis of this summer and the year before might have dropped out of the British newspapers — how many times can you predict the total collapse of a country? — but he had told me how much it was still hurting at home. Business was down. The tourists were staying away. It was as if the more he brought me, the more he would convince me that everything was going to be all right. It was sweet and old-fashioned of him to ring the bell, by the way. He had his own key.

I had tidied the flat, showered and changed and I hoped I looked reasonably desirable. I was always quite nervous about seeing him after these long separations. I wanted to be sure that nothing had changed. Andreas was looking very well. After six weeks in the sunshine his skin was darker than ever and he was slimmer too: a combination of swimming and low-carb Cretan food. Not that he was ever fat. He's built like a soldier with square shoulders, a chiselled face and black hair falling in thick curls like a Greek shepherd – or a god. He has mischievous eyes and a slightly crooked smile, and although I wouldn't say he's a conventionally handsome man, he's fun to be with, intelligent, easy-going, always good company.

He's also linked to Woodbridge School because that's where I first met him. He was teaching Latin and Ancient Greek and it's funny to think that he knew Alan Conway before I did. Melissa, Alan's wife, also taught there, so the three of them were together long before I came onto the scene. I was introduced to him at the end of a summer term. It was sports day and I was there to support Jack and Daisy. We got talking and I liked him immediately, but it wasn't until a year later that we met again. By then he had moved to Westminster School in London and he rang Katie to get my number. It was nice that he'd remembered me after all that time but we didn't begin a romance straight away. We were friends for a long time before we became lovers: in fact we'd only been in our present relationship for a couple of years. We hardly ever talked about Alan, by the way. There was bad blood between them although I didn't ask why. I would never call Andreas the jealous sort but I got the impression that deep down he resented Alan's success.

I knew all about Andreas's past: he didn't want there to be secrets between us. The first time he had got married, he had been far too young, just nineteen, and the marriage had fallen apart while he

was doing his national service in the Greek army. His second wife, Aphrodite, lived in Athens. She was a teacher, like him, and she had come with him to England. That was when things had gone wrong. She missed her family. She was homesick. 'I should have seen she was unhappy and gone back with her,' Andreas told me. 'But it was too late. She went on her own.' They were still friends and he saw her from time to time.

We walked down to Crouch End for dinner. There was a Greek restaurant, actually run by Cypriots, and although you would have thought it was the last food he would want after a summer at home, it was a tradition that we always went there. It was another warm evening so we ate outside, sitting close to each other on the narrow balcony with heaters blazing down unnecessarily above our heads. We ordered taramasalata, dolmades, loukaniko, souvlakia . . . all prepared in the tiniest of kitchens beside the front door, and shared a bottle of rough red wine.

It was Andreas who raised the subject of Alan's death. He had read about it in the newspapers and he was concerned about what it would mean for me. 'Will it hurt the company?' he asked. He spoke perfect English, by the way. His mother was English and he had been brought up bilingual. I told him about the missing chapters and, after that, quite naturally, the rest of it came out too. I didn't see why I should keep anything back from him and it actually felt good having someone I could use as a sounding board. I described my visit to Framlingham and all the people I'd met there.

'I saw Katie,' I added. 'She asked after you.'

'Ah, Katie!' Andreas had always liked her when he had known her as a parent at the school. 'How are the children, Jack and Daisy?'

'They weren't there. And they're hardly children any more. Jack will be going to university next year . . .'

I told him about the letter and how I'd come to the conclusion that, perhaps, Alan hadn't killed himself after all. He smiled. 'That's the trouble with you, Susan. You're always looking for the story. You read between the lines. Nothing is ever straightforward.'

'You think I'm wrong?'

He took my hand. 'Now I've annoyed you. I don't mean to. It's one of the things I like about you. But don't you think the police would have noticed if someone had pushed him off the tower? The killer must have broken into the house. There would have been a struggle. They'd have left fingerprints.'

'I'm not sure they looked.'

'They didn't look because it's actually pretty obvious. He was ill. He jumped.'

I wondered how he could be so sure. 'You didn't like Alan very much, did you,' I said.

He thought for a moment. 'I didn't like him at all if you want the truth. He got in the way.' I waited for him to explain what he meant but he shrugged it off. 'He wasn't someone who was easy to like.'

'Why not?'

He laughed and went back to his food. '*You* complained about him often enough.'

'I had to work with him.'

'So did I. Come on, Susan, I don't want to talk about him. It'll only spoil the evening. I think you should be careful – that's all.'

'What do you mean by that?' I asked.

'Because it's not your business. Maybe he committed suicide. Maybe someone killed him. Either way, it's not something you should get involved with. I'm only thinking of you. It could be dangerous.'

'Seriously?'

'Why not? You should always think before you dig around in someone else's life. Maybe I say that because I was brought up on an island, in a small community. We always believed in keeping things in the family. What difference does it make to you how Alan died? I'd stay away—'

'I still have to find the missing chapters,' I interrupted.

'Maybe there *are* no missing chapters. Despite what you say, you can't be sure he ever wrote them. They weren't on his computer. They weren't on his desk.'

I didn't try to argue. I was a little disappointed that Andreas had shot down my theories so carelessly. It also seemed to me that there had been a slight awkwardness between us, a disconnection which had been there from the moment he had turned up at the flat. We've always been very companionable. We're comfortable in each other's silences. But that wasn't true tonight. There was something he wasn't telling me. I even wondered if he'd met somebody else.

And then, at the end of the meal, as we sipped the thick, sweet coffee that I knew never to refer to as Turkish, he suddenly said: 'I'm thinking of leaving Westminster.'

'I'm sorry?'

'At the end of term. I want to give up teaching.'

'This is very sudden, Andreas. Why?'

He told me. A hotel had come up for sale on the edge of Agios Nikolaos; an intimate, family-run business with twelve rooms right next to the sea. The owners were in their sixties and their children had left the island. Like so many young Greeks, they were in London, but Andreas had a cousin who worked there and they looked on him almost as a son. They had offered him the opportunity to buy it and the cousin had come to him to see if he could help with the finance.

Andreas was tired of teaching. Every time he went back to Crete, he felt more at home and he was beginning to ask himself why he had ever left. He was fifty years old. This was a chance to change his life.

'But Andreas,' I protested. 'You don't know anything about running a hotel.'

'Yannis has experience and it's small. How difficult can it be?'

'But you said tourists weren't going to Crete any more.'

'That was this year. Next year will be better.'

'But won't you miss London...?'

All my sentences were beginning with 'but'. Did I genuinely think it was a bad idea or was this the change that I had been fearing, the realisation that I was about to lose him? It was exactly what my sister had warned me about. I was going to end up on my own.

'I hoped you'd be more excited,' he said.

'Why would I be excited?' I asked, miserably.

'Because I want you to come with me.'

'Are you serious?'

He laughed a second time. 'Of course! Why do you think I'm telling you all this?' The waiter had brought raki and he poured two glasses, filling them to the brim. 'You'll love it, Susan, I promise you. Crete is a wonderful island and it's about time you met my family and friends. They're always asking about you.'

'Are you asking me to marry you?'

He raised his glass, the mischief back in his eyes. 'What would you say if I did?'

'I probably wouldn't say anything. I'd be too shocked.' I didn't mean to offend him, so I added: 'I'd say I'd think about it.'

'That's all I'm asking you to do.'

'I have a job, Andreas. I have a life.'

'Crete is three and a half hours away. It's not the other side of the

world. And maybe, after everything you've told me, soon you won't have a choice.'

That was certainly true. Without *Magpie Murders*, without Alan, who could say how long we could go on?

'I don't know. It's a lovely idea. But you shouldn't have sprung it on me so suddenly. You're going to have to give me time to think.'

'Of course.'

I picked up my raki and drank it in one gulp. I wanted to ask him what would happen if I decided to stay. Would that be it? Would he leave without me? It was too soon to have that conversation but the truth is that I thought it unlikely that I would swap my life — Cloverleaf, Crouch End — for Crete. I liked my job and I had my relationship with Charles to consider, particularly now when everything was so difficult. I couldn't see myself as some twenty-first-century Shirley Valentine, sitting on the rocks, a thousand miles from the nearest Waterstones.

'I'll think about it,' I said. 'You might be right. By the end of the year I could be out of a job. I suppose I can always make the beds.'

Andreas stayed the night and it was good to have him back again. But as I lay there in the darkness, with his arms around me, there were a whole lot of thoughts racing through my mind, refusing to let me sleep. I saw myself getting out of the car at Abbey Grange with the tower looming over me, examining the tyre tracks, searching Alan's office. Once again the photographs in Sajid Khan's office seemed to slide in front of me but this time they showed Alan, Charles, James Taylor, Claire Jenkins and me. At the same time, I replayed snippets of conversation.

'I was just worried you might get dizzy.' James grabbing hold of me at the top of the tower.

'I think someone killed him.' Alan's sister in Orford.

And that same evening, Andreas at dinner: 'It's not your business. It's not something you should get involved with.'

Much later that night, I thought the door opened and a man came into the bedroom. He was leaning on a stick. He didn't say anything but he stood there, looking sadly at Andreas and me, and as a shaft of moonlight came slanting in through the window, I recognised Atticus Pünd. I was asleep, of course, and dreaming, but I remember wondering how he had managed to enter my world before the thought occurred to me that maybe it was I who had entered his.

THE CLUB AT THE IVY

'How did you get on?' Charles asked me.

I told him about my visit to Framlingham, my meetings with James Taylor, Sajid Khan and Claire Jenkins. I had not found the missing chapters. They were not on his computer. There were no handwritten pages. I'm not quite sure why, but I didn't raise the subject of how Alan had really died or my belief that his letter might have been used purposefully to mislead us. Nor did I tell him that I had read – or tried to read – *The Slide*.

I had chosen to play the detective – and if there is one thing that unites all the detectives I've ever read about, it's their inherent loneliness. The suspects know each other. They may well be family or friends. But the detective is always the outsider. He asks the necessary questions but he doesn't actually form a relationship with anyone. He doesn't trust them, and they in turn are afraid of him. It's a relationship based entirely on deception and it's one that, ultimately, goes nowhere. Once the killer has been identified, the detective leaves and is never seen again. In fact, everyone is glad to see the back of him. I felt some of this with Charles: there was a distance between us that had never been there before. It struck me that, if Alan really had been

murdered, Charles might be a suspect — although I couldn't think of a single reason why he would want to kill his most successful author, ruining himself in the process.

Charles had changed too. He was looking gaunt and tired, his hair less well groomed and his suit perhaps more crumpled than I'd known. It was hardly surprising. He was involved in a police investigation. He had lost a guaranteed bestseller and seen an entire year's profits potentially wiped out. None of this was very helpful in the run-up to Christmas. Plus he was about to become a grandfather for the first time. It was showing.

But still I waded in. 'I want to know more about the Ivy meeting,' I said. 'The last time you saw Alan.'

'What do you want to know?'

'I'm trying to work out what was going on in his head.' That was only part of the truth. 'Why he deliberately held back some of the pages.'

'Is that what you think he did?'

'It does look that way.'

Charles hung his head. I had never seen him so defeated. 'This whole business is a disaster for us,' he said. 'I've been talking to Angela.' Angela McMahon was our head of Marketing & Publicity. If I knew her, she would already be looking for a new job. 'She says we can expect a spike in sales, especially when the police announce that Alan killed himself. There'll be publicity. She's trying to get a retrospective piece in the *Sunday Times*.'

'Well, that's good, isn't it?'

'Perhaps. But it'll all be over very quickly. It's not even certain that the BBC will continue with the dramatisation.'

'I can't see that his death would make any difference,' I said. 'Why would they pull out now?'

'Alan hadn't signed the contract. They were still arguing about casting and they'll have to wait and find out who owns the rights and that may mean starting negotiations all over again.' Underneath the desk, Bella rolled over and grunted and my thoughts flickered, just for a moment, to the collar that Atticus Pünd had found in the second bedroom at the Lodge. Bella, Tom Blakiston's dog, had had its throat cut. The collar was obviously a clue. How did it fit in?

'Did Alan talk about the TV series – at the Ivy?' I asked.

'He didn't mention it. No.'

'The two of you argued.'

'I wouldn't call it that, Susan. We disagreed about the title of his book.'

'You didn't like it.'

'I thought it sounded too much like *Midsomer Murders*, that's all. I shouldn't have mentioned it – but I hadn't read the book at that stage and there was nothing else to talk about.'

'And this was when the waiter dropped the plates.'

'Yes. Alan was mid-sentence. I can't remember what he was saying. And then there was this almighty crash.'

'You said he was angry.'

'He was. He went over and talked to him.'

'The waiter?'

'Yes.'

'He left the table?' I don't know why I was pressing the point. It just seemed such an odd thing to do.

'Yes,' Charles said.

'You didn't think that was strange?'

Charles considered, 'Not really. The two of them spoke for a minute or two. I assumed Alan was complaining. After that, he went to the toilet. Then he came back to the table and we finished the meal.'

'I don't suppose you can describe the waiter? Do you know his name?'

At this stage, I didn't have a lot to go on but it seemed to me that something must have been going on that evening, when Alan met Charles. All sorts of strands come together and meet at that table. At the very moment when he handed over the manuscript something had upset him, making him argumentative. He had behaved strangely, leaving the table to complain to a waiter about an accident that had nothing to do with him. The manuscript was missing pages and three days later he had died. I said nothing to Charles. I knew he would tell me that I was wasting my time. But later that afternoon I walked down to the private members' club and set about talking my way in.

It wasn't difficult. The receptionist told me that the police had been in the club only the day before, asking questions about Alan's behaviour, his state of mind. I was his editor. I was a friend of Charles Clover. Of course I could come in. I was shown up to the restaurant on the second floor. It was empty, the tables now being laid for dinner. The receptionist had given me the name of the waiter who'd had the accident with the plates on that Friday and he was waiting by the door as I came in.

'That's right. I was meant to be working in the bar that evening but they were short-staffed so I came up and helped in the restaurant. The two gents were starting their main course when I came out of the kitchen. They were sitting over in that corner...'

Many of the waiters at the Club are young and Eastern European but Donald Leigh was neither of those things. He was from Scotland, as became obvious the moment he spoke, and in his early thirties. He was from Glasgow, he said, married with a two-year-old son. He had been in London for six years and loved working at the Ivy.

'You should see some of the people we get in here, especially

when the theatres come down.' He was a short, stubby man with the weight of life pressing down on his shoulders. 'Not just writers. Actors, politicians — the works.'

I had told him who I was and why I was here. He had already been questioned by the police and he gave me a shorthand version of what he had told them. Charles Clover and his guest had booked a table in the restaurant at half past seven and had left shortly after ten. He hadn't served them. He didn't know what they had eaten, but he remembered that they had ordered an expensive bottle of wine.

'Mr Conway wasn't in a very good mood.'

'How do you know?'

'I'm just telling you. He didn't look happy.'

'He delivered his new novel that evening.'

'Did he? Well, bully for him. I didn't see it, but then I was in and out. It was very busy and as I said, we were short-staffed.'

From the start, I'd had the impression that there was something he wasn't telling me. 'You dropped some plates,' I said.

He looked at me sullenly. 'I'm never going to hear the end of it. What's the big deal?'

I sighed. 'Look, Donald — can I call you that?'

'I'm off duty. You can call me what you like.'

'I just want to know what happened. I worked with him. I knew him well and I didn't much like him, if you want the truth. Anything you tell me is just between the two of us but I'm not convinced he killed himself and if you know something, if you heard something, it really might help.'

'If you don't think he killed himself, what *do* you think?'

'I'll tell you if you tell me what I want to know.'

He thought for a moment. 'You mind if I have a cigarette?' he asked.

'I'll join you,' I said.

The good old cigarettes again, breaking down the barriers, putting us on the same side. We left the restaurant. There was a smokers' area outside, a small, square patio walled off from a disapproving world. We both lit up. I told him that my name was Susan and once again promised him that this was just between the two of us. Suddenly he was eager to talk.

'You're a publisher?' he said.

'I'm an editor.'

'But you work for a publisher.'

'Yes.'

'Then maybe we can help each other.' He paused. 'I knew Alan Conway. I knew who he was the moment I set eyes on him and that's why I dropped those bloody plates. I forgot I was holding them and they burned through the serviette.'

'How did you know him?'

He looked at me quite strangely. 'Did you work on one of the Atticus Pünd novels, *Night Comes Calling*?'

That was the fourth in the series, the one set in a prep school. 'I worked on all of them,' I said.

'What did you think of it?'

Night Comes Calling has a headmaster killed during the performance of a play. He is sitting in the darkened auditorium when a figure runs through the audience and the next thing you know, he's been stabbed with surgical precision in the side of the neck. What's clever is that the main suspects are all on stage at the time so couldn't possibly have done it, although it turns

out that one of them did. It takes place very shortly after the war
and there's a backstory involving cowardice and dereliction of duty.
'I thought it was ingenious,' I said.

'It was *my* story. *My* idea.' Donald Leigh had intense brown eyes
and for a moment they came alive with anger. 'Do you want me to
go on?'

'Yes. Please tell me.'

'All right.' He put the cigarette to his lips and sucked hard. The
tip glowed a bright red. 'I used to love books when I was a kid,' he
said. 'I always wanted to be a writer, even when I was at school.
It wasn't the sort of thing you admitted to at the school I went
to, Bridgeton, east of Glasgow. Horrible bloody place where they
said you were queer if you used the library. It didn't bother me. I
read all the time, as many books as I could get my hands on. Spy
stories – Tom Clancy, Robert Ludlum. Adventure stories. Horror
stories. I loved Stephen King. But best of all were detective stories.
I couldn't get enough of them. I didn't go to university or anything
like that. All I've ever wanted to do is to write and I'll get there one
day, Susan, I'm telling you. I'm working on a book now. I'm only
doing this job to keep me going until I get there.

'But the trouble was, it never worked out the way I wanted.
When I started writing I'd have this book in my head. I knew
what I wanted to write. I got the ideas and the characters, but when
I put it down on the page, it wouldn't come together. I tried and I
tried and I just sat there, staring at the page, and then I'd rewrite.
I could do it fifty times and it still wouldn't work. Anyway, a few
years ago I saw this advertisement. There were these people who
were offering weekend courses to help new writers and there was
one that was available – all the way down in bloody Devonshire. But
it was focusing on murder mystery. It wasn't cheap. It was going to

cost me seven hundred quid. But I'd saved up enough money and I thought it was worth a shot. So I enrolled.'

I leant forward and tapped ash into one of the neat silver receptacles the Ivy Club had provided. I knew where this was going.

'We all went to this farmhouse in the middle of nowhere,' Leigh went on. He was standing there with his hands balled into fists, as if he had been rehearsing, as if this was his moment on the stage. 'There were eleven of us in the group. A couple of them were complete tossers and there were these two women who thought they were better than the rest of us. They'd had short stories published in magazines so they were completely full of themselves. You probably meet people like that all the time. The rest of them were OK, though, and I really enjoyed being with them. You know, it made me realise that it wasn't just me, that we all had the same problems and we were there for the same thing. There were three tutors running the course. Alan Conway was one of them.

'I thought he was really good. He drove a beautiful car — a BMW — and they put him up in a little house on his own. We were all sharing. But he still mucked in with the rest of us. He really knew what he was talking about and of course he'd made a ton of money out of the Atticus Pünd books. I read a couple of them before I went down there. I liked them, and they weren't that different from what I was trying to do. We had lectures and tutorials in the day. We ate together — in fact, everyone in the group had to help with the cooking. And there was plenty of booze in the evening so we could just chat and unwind. That was my favourite part of it. We all felt like equals. And one evening there was just the two of us in this little snug area and I told him about the book I was writing.'

His fists tightened as he came to the inevitable point of his narrative. 'If I give you my manuscript, will you read it?' he asked.

It's a question I normally dread — but I bowed to the inevitable. 'Are you saying that Alan stole your ideas?' I asked.

'That's exactly what I'm saying, Susan. That's exactly what he did.'

'What's your book called?'

'*Death Treads the Boards.*'

It was a terrible title. But of course I didn't say that. 'I can look at it for you,' I said. 'But I can't promise I can help you.'

'All I want you to do is look at it. That's all I'm asking.' He looked me in the eye as if daring me to refuse. 'I told Alan Conway my story,' he went on. 'I told him all about the murder I'd thought up. It was late and there were just the two of us in the room, no witnesses. He asked me if he could look at the manuscript and I was delighted. Everyone wanted him to read their work. That was the whole point.'

He finished his cigarette and ground it out, then promptly lit a second.

'He read it very quickly. There were only two days of the course left and on the last day he took me aside and gave me some advice. He said I used too many adjectives. He said my dialogue wasn't realistic. What's realistic dialogue meant to sound like, for heaven's sake? It's not real! It's fiction! He gave me some quite good ideas about my main character, my detective. I remember one of the things he said was that he should have a bad habit, like he should smoke or drink or something. He said he'd get in touch with me again and I gave him my email address.

'I never heard from him. Not a word. And then, almost exactly a year later, *Night Comes Calling* came out in the shops. It was all about the production of a school play. My book wasn't set in a school. It was set in a theatre. But it was the same idea. And it didn't stop there. He'd nicked my murder. It was *exactly* the same. The same method, the same clues, almost the same characters.' His

voice was rising. 'That's what he did, Susan. He took my story and used it for *Night Comes Calling.*'

'Did you tell anyone?' I asked. 'When the book came out, what did you do?'

'What *could* I do? You tell me! Who would have believed me?'

'You could have written to us at Cloverleaf Books.'

'I *did* write to you. I wrote to the managing director, Mr Clover. He didn't write back. I wrote to Alan Conway. I wrote to him quite a few times, as a matter of fact. Let's just say that I didn't hold back. But I got nothing from him either. I wrote to the people who set up the course in the first place. I got a letter from them. They gave me the brush-off. They denied any responsibility, said it had nothing to do with them. I thought about going to the police. I mean, he'd stolen something from me. There's a word for that, isn't there? But when I talked to my wife, Karen, she said to forget it. He was famous. He was protected. I was nobody. She said it would just hurt my writing if I tried to fight it and it was best to move on. So that's what I did. I'm still writing. At least I know I've got good ideas. He wouldn't have done what he did if I hadn't.'

'Have you written any other novels?' I asked.

'I'm working on one now. But it's not a detective story. I've moved on from that. It's a children's book. Now that I've got a child it felt like the right thing to do.'

'But you've kept *Death Treads the Boards.*'

'Of course I've kept it. I've kept everything I've ever written. I know I've got the talent. Karen loves my work. And one day . . .'

'Send it to me.' I fished in my handbag and took out a card. 'So what happened when you saw him in the restaurant?' I asked.

He was waiting for me to give him my business card. It was a lifeline for him. I was in the ivory tower and he was on the outside.

I've seen it in so many new writers, this belief that publishers are any different — smarter, more successful than them — when actually we're just shuffling along, hoping we'll still have a job at the end of the month. 'I came out of the kitchen,' he said. 'I was carrying two main courses and a side for table nine. I saw him sitting there — he was arguing about something — and I was so shocked I just stood there. The plates were hot. They burned through the cloth and I dropped them.'

'And then? I was told that Alan came over. He was angry with you.'

He shook his head. 'That's not how it happened. I cleaned up the mess and put a new order in to the kitchen. I wasn't sure I wanted to go back into the room but I had no choice — and at least I wasn't serving his table. Anyway, the next thing I know, Mr Conway got up to go to the toilet and he walked right past me. I wasn't going to say anything but seeing him so close, inches away, I couldn't stop myself.'

'What did you say?'

'I said good evening. I asked him if he remembered me.'

'And?'

'He didn't. Or he pretended he didn't. I reminded him that we'd met in Devonshire, that he had been kind enough to read my novel. He knew exactly who I was and what I was referring to. So then he got shirty with me. "I don't come here to talk to the waiters." That was what he said, those exact words. He asked me to step out of his way. He was keeping his voice low but I knew exactly what he would do if I wasn't careful. It was the same thing all over again. He's successful, with his fancy car and that big house of his up in Framlingham. I'm no one. He's a member here. I'm waiting tables. I need this job. I've got a two-year-old kid. So I mumbled I was sorry

and stepped away. It made me feel sick to my stomach doing that but what choice did I have?'

'You must have been quite pleased to hear he was dead.'

'You want the truth, Susan? I was delighted. I couldn't have been happier if—'

He had said too much but I pressed him anyway. 'If what?'

'It doesn't matter.'

But we both knew what he'd meant. I gave him the business card and he tucked it away in his top pocket. He finished his second cigarette and stubbed that one out too.

'Can I ask you one last thing?' I said as we moved back inside. 'You said that Alan was having an argument. I don't suppose you heard anything of what was being said?'

He shook his head. 'I wasn't near enough.'

'How about the people at the next table?' I had seen for myself the layout of the room. They would have been virtually rubbing shoulders.

'I suppose that's possible. I can tell you who they were, if you like. Their names will still be on the system.'

He left the terrace and went back into the restaurant to do just that. I watched him as he walked into the distance, remembering what he had just said. '... that big house of his up in Framlingham.' He hadn't had to look up the name of the town. He already knew where Alan lived.

THE GRANDSON

The man who had been sitting at the table next to Alan Conway that night and who might or might not have overheard the conversation was called Mathew Prichard. It was very curious. His name may not be familiar to you but I recognised it at once. Mathew Prichard is the grandson of Agatha Christie. He was famously given the rights to *The Mousetrap* when he was nine years old. It feels odd to be writing about him and it may seem unlikely that he should have been there. But he is a member of the Club. The offices of Agatha Christie Ltd are a short walk away, in Drury Lane. And, as I've already mentioned, *The Mousetrap* is still showing at St Martin's Theatre, which is just down the road.

I had his number on my mobile. We had met two or three times at literary events and a few years ago I had been in negotiations to buy his memoir, *The Grand Tour*. It was a very entertaining account of a round-the-world trip his grandmother had made in 1922 (I was outbid by HarperCollins). I called him and he remembered me at once.

'Of course, Susan. Lovely to hear from you. How are you?'

I wasn't quite sure how to explain myself. Again, the fact that

I was involving him in a real-life mystery that I was investigating struck me as bizarre and I didn't really want to go into all that on the phone. So I simply mentioned the death of Alan Conway — he knew all about that — and said there was something I wanted to ask him about. That was enough. As it happened, he was close by. He gave me the name of a cocktail bar near Seven Dials and we agreed to meet there for a drink that evening.

If there is one word I would use to describe Mathew it is affable. He must be about seventy and looking at him, with his ruffled white hair and slightly ruddy complexion, you get the sense that he has lived life to the full. He has a laugh that you can hear across the room, a raucous sailor's laugh that sounds as if he has just been told the filthiest joke. He was looking immaculate in a blazer and an open-neck shirt as he wandered into the cocktail bar and although I offered, he insisted on paying for the drinks.

We talked a little about Alan Conway. He expressed his sympathies, said how much he had always enjoyed the books. 'Very, very clever. Always surprising. Full of good ideas.' I remember the words exactly, because there was a nasty part of me that was wondering if it might be possible to slip them onto the back cover: Agatha Christie's grandson endorsing Alan Conway's work could only be a good thing for future sales. He asked me how Alan had died and I told him that the police suspected suicide. He looked pained at that. A man so full of life himself, he would find it hard to understand anyone who could choose to do away with theirs. I added that Alan had been seriously ill and he nodded as if that made some kind of sense. 'You know, I saw him a week or so ago — at the Ivy,' he said.

'That was what I wanted to ask you about,' I replied. 'He was having dinner with his publisher.'

'Yes. That's right. I was at the next table.'

'I'd be interested to know what you saw — or heard.'

'Why don't you ask him?'

'I have. Charles has told me a certain amount but I'm trying to fill in the gaps.'

'Well, I wasn't really listening to the conversation. Of course, the tables are quite close to each other but I can't tell you very much of what was said.'

I found it rather endearing that Mathew hadn't asked me why I was interested in what had happened. He had lived much of his life in the world created by his grandmother and the way he saw it, detectives asked questions, witnesses answered them. It was as simple as that. I reminded him of the moment when Leigh had dropped the plates and he smiled. 'Yes, I do remember that. As a matter of fact, I did hear some of what they were saying just before it happened. Raised voices and all that! They were talking about the title of his new book.'

'Alan delivered it that night.'

'*Magpie Murders.* I'm sure you'll understand, Susan, I can't hear the word "murder" without my ears pricking up.' He chortled at that. 'They were arguing about the title. I think your publisher chap made some comment and Mr Conway wasn't at all happy. Yes. He said he'd planned the title years ago — I heard him say that — and he banged his fist on the table. Made the cutlery jump. That was when I turned round and realised who he was. It hadn't actually dawned on me until then. Anyway, there was a moment's silence. A couple of seconds, perhaps. And then he pointed his finger and he said: "I'm not having the—"'

'The what?' I asked.

Prichard smiled at me. 'I'm afraid I can't help you, because that was when the waiter dropped the plates. It made an absolutely terrible din. The entire room came to a halt. You know how it is. The poor chap went quite red – I'm talking about the waiter now – and started clearing up the mess. I'm afraid I didn't really hear any more after that. I'm sorry.'

'Did you see Alan get up?' I asked.

'Yes. I think he went to the loo.'

'He talked to the waiter.'

'He might have done. But I don't remember anything more. In fact, I'd finished my meal by then and I left shortly afterwards.'

'*I'm not having the*—'

That was what it boiled down to. Four words that could have meant anything. I made a mental note to ask Charles about it the next time I saw him.

Prichard and I talked about his grandmother as we finished our cocktails. It had always amused me how much she had come to hate Hercule Poirot by the time she finished writing about him. What had she famously called him? 'A detestable, bombastic, tiresome, egocentric little creep.' Hadn't she once said that she wanted to exorcise herself of him? He laughed. 'I think that, like all geniuses, she wanted to write all sorts of different books and she got very frustrated when her publishers only wanted, at one stage, for her to write Poirot. She got very impatient when she was told what to do.'

We got up. I had ordered a gin and tonic and it must have been a double because it made my head spin. 'Thank you for your help,' I said.

'I don't think I've been much help at all,' he replied. 'But I'll look forward to seeing the new book when it comes out. As I say, I always

liked the Atticus Pünd mysteries – and Mr Conway was obviously a great devotee of my grandmother's work.'

'He had the complete collection in his office,' I said.

'I'm not surprised. He borrowed lots of things from her, you know. Names. Places. It was almost like a game. When I was reading the books, I'd find all sorts of references buried in the text. I'm quite certain he was doing it on purpose and I did sometimes think of writing to him, to ask him what he was up to.' Prichard smiled one last time. He was too good-natured to accuse Alan of plagiarism, although it was a strange echo of my conversation with Donald Leigh.

We shook hands. I went back to the office, closed my door, and took the manuscript out to examine it one more time.

He was right. *Magpie Murders* pays quiet homage to Agatha Christie at least half a dozen times. For example, Sir Magnus Pye and his wife stay at the Hotel Genevieve in Cap Ferrat. There's a villa in *The Murder on the Links* that has the same name. The Blue Boar is the pub in Bristol where Robert Blakiston is involved in a fight. But it also appears in St Mary Mead, home of Miss Marple. Lady Pye and Jack Dartford have lunch at Carlotta's, which seems to have been named after the American actress in *Lord Edgware Dies*. There's a joke, of sorts, on page 120. Fraser fails to notice a dead man on the three-fifty train from Paddington, an obvious reference to the *4.50 From Paddington*. Mary Blakiston lives in Sheppard's Farm. Dr James Sheppard is the narrator of *The Murder of Roger Ackroyd*, which is set in King's Abbott, a village that is also mentioned on page 59, which is where old Dr Rennard is buried.

For that matter, the entire mechanism of *Magpie Murders*, the use of the old nursery rhyme, deliberately imitates a device that Christie used many times. She liked children's verse. *One, Two, Buckle My*

Shoe, Five Little Pigs, Ten Little Indians (*And Then There Were None* as it later became), *Hickory Dickory Dock* — all of them appear in her work. You would have thought that any writer whose work has a similarity to an author much better known than himself would do everything he could to disguise the fact. Alan Conway, in his own peculiar way, seems to do the exact opposite. What exactly was going on in his mind when he put these obvious signposts in? Or to put it another way, what exactly were they pointing to?

Not for the first time, I got the sense that he had been trying to tell me something, that he hadn't just written the Atticus Pünd mysteries to entertain people. He had created them for a purpose that was slowly becoming clear.

THE ROAD TO FRAMLINGHAM

The following Friday, I drove back to Suffolk for Alan Conway's funeral. Neither Charles nor I had been invited and it was unclear who actually was making the arrangements: James Taylor, Claire Jenkins or Sajid Khan. I'd been tipped off by my sister who had read about it in the local newspaper and emailed me with the time and the place. She told me that the funeral was being conducted by the Reverend Tom Robeson, vicar of St Michael's Church, and Charles and I decided to drive up together. We took my car. I was going to stop a little longer.

Andreas had been staying with me all week and he was annoyed that I wasn't going to be around at the weekend. But I needed time alone. The whole question of Crete was hanging over us and, although we hadn't discussed it again, I knew he was waiting for an answer that I wasn't yet ready to give. Anyway, I couldn't stop thinking about Alan's death. I was convinced that another few days in Framlingham would lead me both to the discovery of the missing chapters and, more broadly, the truth of what had happened at Abbey Grange. I was quite sure that the two were related. Alan must have been killed because of something in his book. It might well be that

if I could find out who had killed Sir Magnus Pye, I'd know who had killed him. Or vice versa.

The funeral started at three. Charles and I left London just after midday and from the very start I knew it was a mistake. We should have gone by train. The traffic was horrible and Charles looked awkward in the low-slung seat of my MGB. I felt uneasy myself and was wondering why until it dawned on me (just as we hit the M25) that the two of us had always had a face-to-face relationship. That is, I would meet him in his office and he would be on one side of the desk and I would be on the other. We would eat together, facing each other in restaurants. We were often on opposite sides of the conference table. But here we were, unusually side-by-side, and I was simply less familiar with his profile. Being so near to him was also peculiar. Of course, we'd been in taxis together and occasionally on trains, but somehow my little classic car brought us much closer than I would have liked. I had never noticed how unhealthy his skin looked; how years of shaving had scraped the life out of his cheeks and neck. He was dressed in a dark suit with a formal shirt and I was slightly fascinated by his Adam's apple, which seemed to be constrained, bulging over his black tie. He was going back to London on his own and I rather wished I'd been a bit less forward with my invitation and had allowed him to do the same both ways.

Still, we chatted pleasantly enough once we'd left the worst of the traffic behind us. I was more relaxed by the time we hit the A12 and picked up speed. I mentioned that I'd met Mathew Prichard, which amused him, and that allowed me to ask him, once again, about his dinner at the Ivy Club and in particular about the argument concerning the title, *Magpie Murders*. I didn't want him to feel that I was interrogating him and I still wasn't sure why that last conversation meant so much to me.

Charles was also puzzled by my interest. 'I told you I didn't like the title,' he said, simply. 'I thought it was too similar to *Midsomer Murders* on TV.'

'You asked him to change it.'

'Yes.'

'And he refused.'

'That's right. He got quite angry about it.'

I reminded him of what Alan had said, the four words he had spoken just before the waiter had dropped the plates. *I'm not having the*— Did he know what Alan had been about to say?

'No. I can't remember, Susan. I have no idea.'

'Did you know that he thought up the title years ago?'

'I didn't. How do you know?'

In fact Mathew Prichard had overheard Alan telling him exactly that. 'I think he mentioned it to me once,' I lied.

We didn't talk about Alan much more after that. Neither of us was looking forward to the funeral. Well, of course, you never do – but in Alan's case we were only going out of a sense of obligation although I was interested to know who would be there. I'd actually called James Taylor that morning. We were going to have dinner later that evening at the Crown Hotel. I also wondered if Melissa Conway would show up. It had been several years since I had met her and, after what Andreas had said, I was keen to see her again. The three of them together at Woodbridge School – where Atticus Pünd had begun.

We drove in silence for about twenty minutes but then, just after we had entered the county of Suffolk, a sign helpfully informing us that was what we'd done, Charles suddenly announced: 'I'm thinking of stepping aside.'

'I'm sorry?' I would have stared at him except that I was in the process of overtaking a monster four-axle lorry complete with tow-bar trailer, possibly on its way to Felixstowe.

'I've been meaning to talk to you for some time, Susan – before this business with Alan. I suppose that's the last nail in the coffin – if that's not a horribly inappropriate expression, given the circumstances. But I'll be sixty-five soon and Elaine has been on at me to slow down.' Elaine, I may have mentioned, was his wife. I had only ever met her a couple of times and knew she had little interest in the publishing world. 'And then, of course, there's the new baby on its way. Becoming a grandfather certainly makes you think. It just might be the right time.'

'How soon?' I didn't know what to say. The idea of Cloverleaf Books without Charles Clover was unthinkable. He was as much a part of the place as the wooden panelling.

'Maybe next spring.' He paused. 'I was wondering if you might like to take over.'

'What – me? As CEO?'

'Why not? I'll stay on as chairman so I'll still have some involvement, but you'll take over the day-to-day running. You know the business as well as anyone. And let's face it, if I were to parachute someone in, I'm not sure you'd be happy working with them.'

He was right about that. I was hurtling through my forties and I was vaguely aware that the older I got, the more stuck in my ways I became. I suppose it's something that happens in publishing, where people often stay in the same job for a very long time. I wasn't good with new people. Could I do it? I knew about books but I had no real interest in the rest of it: employees, accountants, overheads, long-term strategy, the day-to-day running of a medium-sized business. At

the same time, it occurred to me that this was my second job offer in less than a week. I could become CEO of Cloverleaf or I could run a small hotel in Agios Nikolaos. It was quite a choice.

'Would I have complete autonomy?' I asked.

'Yes. We'd come to some sort of financial agreement, but effectively it would be your company.' He smiled. 'It changes your priorities, becoming a grandfather. Tell me you'll consider it.'

'Of course I will, Charles. It's very kind of you to have such confidence in me.'

We stayed silent for the next ten or twenty miles. I'd misjudged the amount of time I needed to get out of London and it looked as if we were going to be late for the funeral. In fact we would have been if Charles hadn't warned me to take a right, cutting round through Brandeston and so missing the roadworks that had held me up at Earl Soham the last time I had come through. That saved us a quarter of an hour and we pulled in to Framlingham comfortably at ten to three. I'd booked the same room at the Crown so I was able to leave the MGB in their car park. They were already setting up the front lounge for drinks after the funeral and we just had time to snatch a coffee, then hurried out the front entrance and across the road.

There was going to be a funeral...

The first words of *Magpie Murders*.

The irony wasn't lost on me as I joined the other mourners who were assembling around the open grave.

The church of St Michael the Archangel, to give it its full name, is really much too large for the town in which it finds itself – but then the whole of Suffolk is studded with monumental buildings, locked in combat with the surrounding landscape as if each parish felt a

need to bully its way into people's lives. It feels uncomfortable — not just penned in but in the wrong place altogether. As you glance back through the cast-iron gates, it's surprising to find yourself looking across a busy street to Mr Chan's Chinese restaurant. There's something odd about the cemetery too. It's slightly raised up so that the dead bodies are actually buried above street level and the grass is too green, the graves clustered together in irregular lines with so much space around them that there's no economy of scale. The cemetery is both too full and too empty at the same time and yet this was where Alan had chosen to be buried. I guessed that he had selected his plot with some care. It was right in the middle, between two Irish yews. Nobody would be able to miss it as they made their way to the church. His closest neighbours had died almost a century before him and the newly dug earth appeared as a fresh scar; as if it had no right to be there.

The weather had changed during the course of the day. The sun had been shining when we left London but now the sky was grey and there was a thin drizzle sweeping through the air. I understood why Alan had started *Magpie Murders* with a funeral. It had been a useful device, introducing all the main characters in a way that allowed him to consider them at leisure. I was able to do the same now. I was quite surprised how many of them I knew.

First there was James Taylor, wrapped in a black designer raincoat with his damp hair sticking to his neck and looking for all the world as if he had just stepped out of a spy novel. He was doing his best to look sombre and composed but there was a smile about him that he could not control; not on his lips but in his eyes and the very way he stood. Sajid Khan was standing next to him, holding an umbrella. The two of them had arrived together. So James had inherited. He knew that Alan had failed to sign his most recent will and Abbey

Grange and everything else was his. That was interesting. James saw me and nodded and I smiled back at him. I don't know why, but I was really glad for him and it didn't even bother me, the thought that Alan might have died at his hand.

Claire Jenkins was there. She was dressed in black and crying, really sobbing, with the tears coursing down her cheeks, helped on their way by the rain. She was holding a handkerchief but it must have been useless by now. A man stood next to her, awkwardly holding her arm with a gloved hand. I had not met him before but could easily remember him when I saw him again. For a start, he was black, the only black person to come to the funeral. He also had an extraordinary physical presence, very well built with solid arms and shoulders, a thick neck, intense eyes. I thought at first that he might be an ex-wrestler – he had the build – but then it occurred to me that he was more likely to be a policeman. Claire had told me that she worked for the Suffolk constabulary. Was this the elusive Detective Superintendent Locke whose enquiry had been parallel-tracking my own?

My eye settled on another man who was standing on his own with the church tower rising monstrously behind him, too big for a church that was too big for its town. It was his Hunter Wellington boots I noticed first. They were brand-new and bright orange – an odd choice for a funeral. I couldn't see much of his face. He was wearing a cloth cap and a Barbour jacket turned up at the collar. As I watched him, his mobile phone rang and instead of putting it on silent, he took the call, turning away for privacy. 'John White...' I heard him give his name but nothing else. Still, I knew who he was. This was Alan's neighbour, the hedge fund manager he'd fallen out with just before he died.

Still waiting for the service to begin, I searched through the crowd and found Melissa Conway and her son, standing next to the cemetery's war memorial. She was wearing a raincoat tucked so tightly around her that it appeared to be breaking her in half. Her hands were deep in her pockets, her hair concealed beneath a scarf. I might not have recognised her but for her son, who must have been in his late teens now. He was the spitting image of his father — at least in Alan's later incarnation — uncomfortable in a dark suit that was a little too large for him. He was not happy to be here; by which I mean he was angry. He was staring at the grave with something like murder in his eyes.

I hadn't seen Melissa for at least six years. She had come to the launch party of *Atticus Pünd Takes the Case,* which had been held at the German embassy in London, an evening of champagne and miniature Bratwurst. I was seeing Andreas occasionally by then and because we had him in common we were able to strike up a conversation of sorts. I remember her as being polite but disengaged. It can't be much fun being married to a writer and she made it clear that she was only there because it was expected of her. She knew nobody in the room and nobody had anything to say to her. It was a shame that the two of us had never met properly at Woodbridge School: I had no knowledge of her outside her relation to Alan. She had the same blank look on her face now, even though it was a coffin rather than canapés that was being brought in. I wondered why she had come.

The hearse had arrived. The coffin was carried forward. A vicar appeared, walking out of the church. This was the Reverend Tom Robeson whose name had been mentioned in the newspaper. He was about fifty years old and although I had never seen him before

I knew him immediately. '... *his tombstone face and his long, slightly unkempt hair.*' That was how Alan had described Robin Osborne in *Magpie Murders* and, even as I thought that, something else occurred to me. I had seen it as I entered the cemetery, his name written on a sign. It helped having that visual prompt.

Robeson is an anagram of Osborne.

It was another one of Alan's private jokes. James Taylor had become James Fraser, Claire was Clarissa and, now that I thought about it, John White the hedge fund manager had been turned into Johnny Whitehead the antique dealer and petty crook, this the result of an argument about money. As far as I knew, Alan had never been a religious person despite this very conventional funeral and I had to ask myself what his relationship with the vicar had been and why he had chosen to celebrate it in his novel. Osborne had been number three on my list of suspects. Mary Blakiston had discovered some sort of secret, left out on his desk. Could Robeson have had a reason to murder Alan? He certainly looked the part of the vengeful killer with his rather grim, colourless features and his robes hanging forlornly off him in the rain.

He described Alan as a popular writer whose books had given pleasure to many millions of people around the world. It was as if Alan was being introduced on a Radio 4 panel show rather than at his own funeral. 'Alan Conway may have left us all too soon and in tragic circumstances but he will, I am sure, remain in the hearts and the minds of the literary community.' Even ignoring the question of whether the literary community actually had a heart, I thought this was unlikely to be the case. It's my experience that dead authors are forgotten with remarkable speed. Even living authors find it hard to stay on the shelves; there are too many new books and too few shelves. 'Alan was one of our country's

most celebrated mystery writers,' he went on. 'He lived much of his life in Suffolk and it was always his wish that he should be buried here.' In *Magpie Murders*, there is something hidden in the funeral address that relates in some way to the murder. On the very last page of the typescript, when Pünd is talking about the clues that will solve the crime, he specifically refers to 'the words spoken by the vicar'. Unfortunately, Robeson's speech was almost deliberately bland and unrevealing. He didn't mention James or Melissa. There was nothing about friendship, generosity, humour, personal mannerisms, small kindnesses, special moments... all those things we actually miss when somebody dies. If Alan had been a marble statue stolen from a park, the Reverend Tom Robeson might have cared as much.

There was just one passage that stayed with me. It certainly struck me that it might be worth asking the vicar about it later.

'Very few people are now buried in this cemetery,' he said. 'But Alan insisted. He had given a great deal of money to the church which has allowed us to undertake much-needed restoration work to the clerestory windows and the main chancel arch. In return he demanded this resting place and who was I to stand in his way?' He smiled as if trying to make light of what he had just said. 'All his life, Alan had a dominant personality, as I discovered at quite an early age. Certainly I was not going to refuse him this last wish. His contribution assures the future of St Michael's and it is only fitting that he should remain here, within the church grounds.'

This whole section of the speech had an edge to it. On the one hand Alan had been generous. He deserved to be allowed to lie here. But that wasn't quite the case, was it? Alan had 'demanded' it. He had 'a dominant personality'. And 'as I discovered at quite an early age'. Alan and the vicar obviously had some sort of history.

Was I really the only person who noticed the discordance in what was being said?

I was going to ask Charles what he thought as soon as the service was over but in fact I never made it to the end. The rain was beginning to ease off and Robeson had reached his closing remarks. Bizarrely, he had forgotten Alan altogether. He was talking about the history of Framlingham and, in particular, Thomas Howard, the third Duke of Norfolk, whose tomb was inside the church. For a moment my attention wandered and that was when I noticed a mourner who must have arrived late. He was lingering over by the gate, watching the service from a distance, anxious to be on his way. Even as I examined him, and with the vicar still speaking, he turned on his heels and walked out onto Church Street.

I had not seen his face. He was wearing a black fedora hat.

'Don't leave,' I whispered to Charles. 'I'll meet you at the hotel.'

It had taken Atticus Pünd about two hundred pages to discover the identity of the man who had attended Mary Blakiston's funeral. I couldn't wait that long. Nodding at the vicar and detaching myself from the crowd, I set off in pursuit.

THE ATTICUS ADVENTURES

I caught up with the man in the fedora hat at the corner of Church Street, just where it met Market Square. Now that he had escaped from the cemetery, he no longer seemed to be in such a hurry to get away. It helped that the drizzle had finally eased off and there were even a few patches of bright sun illuminating the puddles. He was taking his time and I was able to catch my breath before I approached him.

Some instinct made him turn and he saw me. 'Yes?'

'I was at the funeral,' I said.

'So was I.'

'I wondered...' It was only then that it dawned on me that I had no earthly idea what I was going to say. It was all far too difficult to explain. I was investigating a murder which, as far as I knew, nobody else was aware had taken place. I had chased after him only because of his choice of headgear, the relevance of which was tangential, to say the least. I drew a breath. 'My name is Susan Ryeland,' I said. 'I was Alan's editor at Cloverleaf Books.'

'Cloverleaf?' He knew the name. 'Yes. We've spoken a few times.'

'Have we?'

'Not you. There's a woman there... Lucy Butler.' Lucy was our Rights Manager. She had the office next to mine. 'I talked to her about Atticus Pünd.' Suddenly I had a good idea who I was talking to but I didn't need to ask. 'I'm Mark Redmond,' he said.

Charles and I had often talked about Redmond and his company – Red Herring Productions – during our weekly conferences. He was a TV and film producer and it was he who had optioned the rights to the Atticus Pünd novels, which he was developing with the BBC. Lucy had visited him at his offices in Soho and had reported back favourably: a young, enthusiastic staff, a shelf full of BAFTAs, phones ringing, dispatch riders in and out, a sense that this was a company that made things happen. As the name suggested, Red Herring specialised in murder mystery. Redmond had started his career as a runner on *Bergerac*, presumably running all over Jersey, which was where it was set. From there he'd moved on to another half dozen shows before setting up on his own. Atticus would be his first independent production. From what I understood, the BBC was keen.

He was actually someone I was very glad to meet: his future and mine were intertwined. A television series would give the books a whole new life. There would be new covers, new publicity, a complete relaunch. We needed it more than ever, given our problems with *Magpie Murders*. I still had Charles's offer to consider. If I really was going to take over the running of Cloverleaf Books I would need its star author – and posthumously was good enough for me. Red Herring Productions might make it possible.

He was about to leave for London – he had a car and a driver waiting for him in the square – but I persuaded him to talk to me first and we went into a little café, opposite the hotel. We had less chance of being disturbed there. He had taken off the fedora to

reveal slicked-back dark hair and narrow eyes. He was a handsome man, slim, expensively dressed. He had built his career in television and there was something of the TV personality about him. I could imagine him presenting a programme. It would be about lifestyle or maybe finance.

I ordered two coffees and we began to talk.

'You left the funeral early,' I said.

'I wasn't sure why I came, if you want the truth. I felt I ought to be there, since I'd been working with him, but once I arrived I decided it was a mistake. I didn't know anyone and it was cold and wet. I just wanted to leave.'

'When did you last see him?'

'Why do you want to know?'

I shrugged as if it wasn't important. 'I just wondered. Alan's suicide has obviously come as a great shock to us and we're trying to work out why he did it.'

'I saw him two weeks ago.'

'In London?'

'No. Actually, I went out to his home. It was a Saturday.'

The day before Alan died.

'Had he invited you?' I asked.

Redmond laughed briefly. 'I wouldn't have driven the whole bloody way if he hadn't. He wanted to talk about the series and he asked me to dinner. Knowing Alan, I thought it best not to refuse. He'd been difficult enough already and I didn't want to have any more rows.'

'What sort of rows?'

He looked at me disdainfully. 'I'm sure I don't need to tell you that Alan was a real piece of work,' he said. 'You say you were his editor. Don't tell me he didn't give you the runaround! I almost wish I'd

never heard of Atticus Pünd. He was making life so bloody difficult for me, I could have murdered him myself!'

'I'm so sorry,' I said. 'I had no idea. What exactly was the problem?'

'It was one thing after another.' The coffees arrived and he stirred his, the spoon making endless circles as he went through the process of working with Alan Conway. 'Getting him to sign the option in the first place was hard enough. The amount of money he was asking, you'd think he was JK bloody Rowling. And don't forget, this was risk money as far as I was concerned. At the time, I hadn't completed a deal with the BBC and the whole thing could have gone west. But that was just the start of it. He wouldn't go away. He wanted to be an executive producer. Well, that's not so unusual. But he also insisted on adapting the book himself even though he had no TV writing experience and, I can tell you, the BBC weren't at all happy about that. He wanted casting approval. That was the biggest headache of all. No author *ever* gets casting approval! Consultancy, maybe, but that wasn't good enough. He had ridiculous ideas. Do you know who he wanted to play Atticus Pünd?'

'Ben Kingsley?' I suggested.

He stared at me. 'Did he tell you?'

'No. But I know he was a fan.'

'Well, you're right. Unfortunately, it was out of the question. Kingsley would never take the part and anyway, he's seventy-one — much too old. We argued about that. We argued about everything. I wanted to start with *Night Comes Calling*. It's much the best book, in my view. But he wasn't having that either. He wouldn't explain why not. He just said he didn't want to do it. The option comes to an end quite soon so I had to be careful what I said.'

'Will you still go ahead?' I asked. 'Now that he's gone?'

Redmond visibly brightened. He put down his spoon and drank

some of his coffee. 'I'll go ahead with it *because* he's gone. Can I be honest with you, Susan? I shouldn't speak ill of the dead but, frankly, his departure is the best thing that could have happened. I've already spoken to James Taylor. He owns the rights now and he seems pleasant enough. He's already agreed to give us another year and by that time we should have the whole thing set up. We're hoping to make all nine books.'

'He didn't finish the last one.'

'We can deal with that. It doesn't matter. They've made a hundred and four episodes of *Midsomer Murders* but the original author only wrote seven books. And look at *Sherlock*. They're doing things Conan Doyle never dreamed of. With a bit of luck we'll do a dozen seasons of *The Atticus Adventures*. That's what we're going to call it. I never much liked the name Pünd — it sounds a bit too foreign and you may not agree with me but I think the umlaut on the *u* is really off-putting. But Atticus is good. It reminds me of *To Kill a Mockingbird*. Now we can go ahead and get a decent writer in and that'll make my life a whole lot easier.'

'Haven't the public had enough of murder?' I asked.

'You're joking. *Inspector Morse, Taggart, Lewis, Foyle's War, Endeavour, A Touch of Frost, Luther, The Inspector Lynley Mysteries, Cracker, Broadchurch* and even bloody *Maigret* and *Wallander* — British TV would disappear into a dot on the screen without murder. They're even bumping people off in the soap operas. And it's the same the world over. You know, they say in America that the average child sees eight thousand murders before they leave elementary school. Makes you think, doesn't it.' He finished the rest of his coffee as if he was suddenly anxious to be on his way.

'So what did Alan Conway want?' I asked him. 'When you saw him two weeks ago?'

He shrugged. 'He complained about the lack of progress. He had no idea how the BBC works. It can take them weeks to answer the phone. The fact of the matter is that they didn't like his script. Of course, I hadn't told him that. We were trying to find someone else to take over.'

'Did you talk about the option?'

'Yes.' He hesitated for a moment, the first time I had seen any flaw in the armour of his self-confidence. 'He told me there was another production company he was talking to. It didn't matter that I'd already invested thousands in *The Atticus Adventures*. He was quite ready to start all over again.'

'So what happened?' I asked.

'We had lunch at his house. It didn't get off to a great start. I was late. I got held up at some roadworks that had just started at Earl Soham — they were laying some pipes — and he was in a bad mood. Anyway, we talked. I made my pitch. He promised to get back to me. I left about three in the afternoon and drove home.' He glanced down at his empty cup. He was keen to be on his way. 'Thank you for the coffee. It's very nice to meet you. As soon as we get a green light for production, I'll let you know.'

Mark Redmond walked out, leaving me to pay for the coffee. *I could have murdered him myself.* I didn't need to be a fan of *Midsomer Murders* to recognise a motive when I heard one and it occurred to me that when it came to suspects, in the league of sheer bloody obviousness, Redmond had just put himself at the top of the list. Even so, there was one thing I wasn't expecting. Later that afternoon, when I signed into the Crown, I flicked back a few pages in the guest registry. I was acting on a whim — but there it was. Mark Redmond's name. He had been booked into the hotel and stayed there two nights. When I asked the receptionist, she remembered

him leaving after breakfast on Monday morning. He and his wife. He hadn't mentioned that she'd been there too.

But that wasn't relevant. The fact was that he had actually been in Framlingham at the time Alan died. In other words, he'd been lying. I could think of only one good reason why.

AFTER THE FUNERAL

The reception rooms were crowded by the time I got to the Crown. There had only been about forty people at the funeral and it had felt a little sparse but in the confines of the front lounge with two fires blazing, red and white wine circulating, trays of sandwiches and sausage rolls laid out, there was something close enough to a party atmosphere, and a few of the hotel guests had joined in too on the grounds that free wine and food were worth having even if they had no idea who had actually died. Sajid Khan was there with his wife — I recognised her from the sliding photograph — and greeted me as I came in. He was in an unusually cheerful mood, as if his former client had been filed away rather than buried and a whole new business opportunity had begun. James Taylor was standing next to him and muttered just three words as I made my way past. 'See you tonight.' He clearly couldn't wait to leave.

I found Charles, who was deep in conversation with the Reverend Tom Robeson. The vicar was much larger than he had appeared in the cemetery. He certainly towered over Charles and the other guests. Seeing him more closely, and out of the rain, I was also struck by how unattractive he was. He had the dull eyes and the slightly

misplaced features of a boxer who has been in too many fights. He had changed out of his robes. He was wearing a worn-out sports jacket with patches on the sleeves. As I approached, he was making a point, jabbing with a half-eaten sandwich.

'...but there are villages that simply won't survive. Families are being split up. It's morally unjustifiable.'

Charles glanced at me a little irritably as I joined them. 'Where did you go?' he asked.

'There was someone I knew.'

'You left very suddenly.'

'I know. I didn't want them to get away.'

He turned back to the vicar. 'This is Tom Robeson. Susan Ryeland. We were just talking about second homes,' he added.

'Southwold, Dunwich, Walberswick, Orford, Shingle Street – all along the coast.' Robeson had to make his point.

I cut in. 'I was interested in the address you made at the funeral,' I said.

'Oh yes?' He looked at me blankly.

'You knew Alan when you were young?'

'Yes. We met a long time ago.'

A waiter went past with a tray and I snatched a glass of white wine. It was warm and sluggish, a Pinot Grigio, I think. 'You suggested that he bullied you.'

Even as I spoke the words, it didn't seem likely. Alan had never had much of a physical presence and Robeson must have been twice his size when they were kids. He didn't deny it though. Instead he became flustered. 'I'm sure I said no such thing, Mrs Ryeland.'

'You said he demanded a place in the cemetery.'

'I'm sure that's not the word I would have used. Alan Conway showed exceptional generosity towards the church. He made no

demands whatsoever. When he asked if he might one day be laid to rest in the cemetery, I felt it would be deeply ungrateful of me to refuse even if, I will admit, I had to request a special dispensation.' The vicar was glancing over my shoulder, looking for a way out. If he had squeezed his hand any tighter, his glass of elderflower juice would have exploded. 'It was a great pleasure to meet you,' he said. 'And you, Mr Clover. If you'll excuse me...'

He slipped between us and waded into the crowd.

'What was all that about?' Charles asked. 'And who was it you met when you went rushing off?'

The second question was easier to answer. 'Mark Redmond,' I said.

'The producer?'

'Yes. You know he was here the weekend Alan died?'

'Why?'

'Alan wanted to talk to him about the television series, *The Atticus Adventures*. Redmond told me that Alan was giving him a hard time.'

'I don't understand, Susan. Why exactly did you want to talk to him? And why were you so aggressive with the vicar just now? You were almost interrogating him. What on earth is going on?'

I had to tell him. I didn't know why I hadn't told him already. So I took him through the whole thing: my visit to Claire Jenkins, the suicide letter, the Ivy Club — all of it. Charles listened to me in silence and I couldn't help but feel that the more I spoke, the more ridiculous I sounded. He didn't believe what I was saying and listening to myself I wasn't sure I believed it either. Certainly, I had little or no evidence to support it. Mark Redmond had stayed a couple of nights in a hotel. Did that make him a suspect? A waiter had had his idea stolen. Would he have travelled all the way to Suffolk to get revenge? The fact remained that Alan Conway had been terminally ill. At the end of the day, why kill someone who was going to die anyway?

I finished. Charles shook his head. 'A murder writer murdered,' he said. 'Are you really serious about this, Susan?'

'Yes, Charles,' I said. 'I think I am.'

'Have you told anyone else? Have you been to the police?'

'Why do you ask?'

'For two reasons. I don't want to see you make a fool of yourself. And frankly I think you could be stirring up more trouble for the company.'

'Charles...' I began but then came the sound of a fork being struck against the side of a glass and the room fell silent. I looked round. James Taylor was standing on the staircase that led up to the bedrooms with Sajid Khan next to him. He was at least ten years younger than anyone else in the room and couldn't have looked more out-of-place.

'Ladies and gentlemen,' he began. 'Sajid has asked me to say a few words... and I'd like to start by thanking him for making all the arrangements today. As most of you know, I was Alan's partner until very recently and I want to say that I was very fond of him and I will miss him very much. Quite a lot of you have been asking what I plan to do next so I might as well tell you that now that he's gone, I won't be staying in Framlingham although I've always been very happy here. In fact, if anyone's interested, Abbey Grange is about to go on the market. Anyway, I want to thank you all for coming. I'm afraid I've never much liked funerals but, as I say, I'm glad to have had this chance to see you all and to say goodbye. And goodbye to Alan especially. I know it meant a lot to him, being buried in the cemetery at St Michael's, and I'm sure lots of people will come here and visit him – people who liked his books. Please have some more to eat and drink. And thank you again.'

It wasn't much of a speech and it had been delivered not just

awkwardly but a little carelessly too. James had already told me that he couldn't wait to get out of Suffolk and he had made it clear to everyone else too. While he was speaking, I had glanced around the room, trying to gauge the different reactions. The vicar was standing to one side, stony-faced. A woman had joined him, much shorter than him, plump with sprawling ginger hair. I presumed she was his wife. John White hadn't come to the reception but Detective Superintendent Locke was there – if indeed he was the black man I had identified at the cemetery. Melissa Conway and her son had left the moment James had started speaking. I saw them slip away through the back door and I could understand how they must have felt, listening to Alan's boyfriend. It was still annoying, though, as I'd wanted to talk to them. But I couldn't dash off a second time.

James shook hands with the solicitor and left the room, stopping briefly to mutter a few words to one or two well-wishers. I turned back to Charles, expecting to pick up our conversation, but at that moment his mobile pinged. He took it out and glanced at the screen.

'My car's here,' he said. He had arranged a taxi to take him to Ipswich station.

'You should have let me drive you,' I said.

'No. It's all right.' He reached for his coat and draped it over his arm. 'Susan, we really need to talk about Alan. If you're going to go on with this enquiry of yours, obviously I can't stop you. But you should think what you're doing... the implications.'

'I know.'

'Are you any closer to finding the missing chapters? If you want my honest opinion, that's much more important.'

'I'm still looking.'

'Well, good luck. I'll see you on Monday.'

We didn't kiss each other goodbye. I have never kissed Charles, not once in all the years I've known him. He's too formal for that, too strait-laced. I can't actually even imagine him kissing his wife.

He left. I threw back the rest of my wine and went to fetch my key. I planned to have a bath and a rest before my dinner with James Taylor but as I made my way back towards the stairs – the other guests were dispersing now, leaving trays of uneaten sandwiches behind – I found my way blocked by Claire Jenkins. She was holding a brown A4 envelope, which must have contained at least a dozen sheets of paper from the look of it. For a moment, my heart leapt. She had found the missing pages! Could it really be as easy as that?

It wasn't.

'I said I'd write something about Alan,' she reminded me, waving the envelope uncertainly in front of her. 'You asked what he was like as a boy, how we grew up together.' Her eyes were still red and weepy. If there was a website that sold exclusive funeral wear, she must have found it. She was wearing velvet and lace, slightly Victorian and very black.

'That's very kind of you, Mrs Jenkins,' I said.

'It made me think about Alan and I enjoyed writing it. I'm not sure it's any good. I couldn't write the way he did. But it may tell you what you want to know.' She weighed the envelope one last time as if reluctant to part with it, then pushed it towards me. 'I've made a copy so you don't need to worry about sending it back.'

'Thank you.' She was still standing there, as if expecting something more. 'I'm so sorry for your loss.'

Yes. That was it. She nodded. 'I can't believe he's gone,' she said. And then she went herself.

My Brother, Alan Conway

I can't believe Alan is dead.

I want to write about him but I don't know where to start. I've read some of Alan's obituaries in the newspapers and they don't even come close. Oh yes, they know when he was born, what books he wrote, what prizes he won. They've said some very nice things about him. But they haven't managed to capture Alan at all and I'm frankly surprised that not one of those journalists telephoned me because I could have given them a much better idea of the sort of man he was, starting with the fact (as I told you) that he would never have killed himself. If Alan was one thing, it was a survivor. We both were. He and I were always close, even if we did disagree from time to time, and if his illness really had driven him to despair, I know he would have called me before he did anything foolish.

He did not jump off that tower. He was pushed. How can I be so sure? You need to understand where we had come from, how far we had both travelled. He would never have left me on my own, not without warning me first.

Let me go right back to the beginning.

Alan and I were brought up in a place called Chorley Hall, just outside the Hertfordshire town of St Albans. Chorley Hall was a preparatory school for boys and our father, Elias Conway, was the headmaster. Our mother also worked at the school. She had a full-time job as the headmaster's wife, dealing with parents and helping the matron when the children fell sick, although she often complained that she was never actually paid.

It was a horrible place. My father was a horrible man. They were well suited. He had come to the school as a maths teacher and as far as I know he had always worked in the private sector, perhaps because, back then, they weren't too fussy about the sort of people they employed. That may sound a terrible thing to say about your own father, but it's the

truth. I'm glad I wasn't taught there. I went to a day school for girls in St Albans – but Alan was stuck with it.

The school looked like one of those haunted houses you get in a Victorian novel, perhaps something by Wilkie Collins. Although it was only thirty minutes from St Albans it was at the end of a long private drive, surrounded by woodland, and felt as if it was in the middle of nowhere. It was a long, institutional sort of building with narrow corridors, stone floors and walls half-covered in dark-coloured tiles. Every room had huge radiators but they were never turned on because it was part of the school's ethos that biting cold, hard beds and disgusting food are character-forming. There were a few modern additions. The science block had been added at the end of the fifties and the school had raised money to build a new gymnasium, which also doubled as a theatre and an assembly hall. Everything was brown or grey. There was hardly any colour at all. Even in the summer, the trees kept out a lot of the sunshine and the water in the school swimming pool – it was a brackish green – never rose above fifty degrees.

It was a boarding school with one hundred and sixty boys aged eight to thirteen. They were housed in dormitories with between six and twelve beds. I used to walk through them sometimes and I can still remember that strange, musty and slightly acrid smell of so many little boys. Children were allowed to bring a rug and a teddy bear from home but otherwise they had few personal possessions. The school uniform was quite nasty: grey shorts and very dark red V-neck jerseys. Each bed had a cupboard beside it and if they didn't hang their clothes up properly they would be taken out and caned.

Alan wasn't in a dormitory. He and I lived with our parents in a sort of flat that was folded into the school, spread over the second and third floor. Our bedrooms were next to each other and I remember that we used to tap out coded messages to each other on the dividing wall. I always liked hearing the first knocks coming quick and slow just after Mother had turned out the lights, even though I didn't ever really know what he

meant. Life was very difficult for Alan; perhaps our father wanted it to be. By day he was part of the school, treated exactly the same as the other boys. But he wasn't exactly a boarder because at night he was at home with us. The result of this was that he never fitted into either world and, of course, being the son of the headmaster he was a target from the day he arrived. He had very few friends and as a result he became solitary and introspective. He loved reading. I can still see him, aged nine, in short trousers, sitting with a large volume of something in his lap. He was a very small boy so the books, particularly the old-fashioned ones, often looked curiously oversized. He would read whenever he could, often late into the night, using a torch hidden under the covers.

We were both afraid of our father. He was not what you would call a physically powerful man. He was old before his time with curly hair that had gone white and which had thinned out to allow his skull to show through. He wore glasses. But there was something about his manner that transformed him into something quite monstrous, at least to his children. He had the angry, almost fanatical eyes of someone who knew they were always right and when he was making a point, he had a habit of jabbing a single finger in your face as if daring you to disagree. That was something we never did. He could be viciously sarcastic, putting you in your place with a sneer and a whole tirade of insults that searched out your weaker points and hammered them home. I won't tell you how many times he humiliated me and made me feel bad about myself. But what he did to Alan was worse.

Nothing Alan ever did was right. Alan was stupid. Alan was slow. Alan would never amount to anything. Even his reading was childish. Why didn't he like playing rugby or football or going out camping with the cadets? It's true that Alan was not physically active when he was a child. He was quite plump and perhaps a bit girlish with blue eyes and long fair hair. During the day he was bullied by some of the other boys. At night he was bullied by his own father. And here's something else that may shock you. Elias beat the boys in the school until they bled. Well, there was nothing

unusual about that, not in a British prep school in the seventies. But he beat Alan too, many times. If Alan was late for class or if he hadn't done his homework or if he was rude to another teacher, he would be marched down to the headmaster's study (it never happened in our private flat) and at the end of it he would have to say 'Thank you, sir.' Not 'Thank you, Father,' you notice. How could any man do that to his son?

My mother never complained. Maybe she was scared of him herself or maybe she thought he was right. We were a very English family, locked together with our emotions kept firmly out of sight. I wish I could tell you what motivated him, why he was so unpleasant. I once asked Alan why he had never written about his childhood although I have a feeling that the school in *Night Comes Calling* owes a lot to Chorley Hall – it even has a similar name. The headmaster who gets killed is also similar in some ways to our father. Alan told me he had no interest in writing an autobiography, which is a shame because I would have been interested to see what he made of his own life.

What can I tell you about Alan during this time? He was a quiet boy. He had few friends. He read a lot. He didn't enjoy sport. I think he was already living very much in the world of his imagination although he didn't begin writing until later. He loved inventing games. During the school holidays, when the two of us were together, we would become spies, soldiers, explorers, detectives . . . We would scurry through the school grounds, searching for ghosts one day, for buried treasure the next. He was always so full of energy. He never let anything get him down.

I say he wasn't writing yet, but even when he was twelve and thirteen years old, he loved playing with words. He invented codes. He worked out quite complicated anagrams. He made up crosswords. For my eleventh birthday, he made me a crossword that had my name in it, my friends and everything I did as clues. It was brilliant! Sometimes he would leave out a book for me with little dots underneath some of the letters. If you put them together they would spell out a secret message. Or he would send me acrostics. He would write a note, which would look ordinary if Mother or

Father picked it up, but if you took the first letter of every sentence, once again it would spell out a message that would be known just to the two of us. He liked acronyms too. He often called Mother 'MADAM' which actually stood for 'Mum and Dad are mad'. And he'd refer to Father as 'CHIEF' which meant 'Chorley Hall is extremely foul'. You may think all this a bit childish but we were only children and anyway, it made me laugh. Because of the way we were brought up, we both got used to being secretive. We were afraid of saying anything, expressing any opinion that might get us into trouble. Alan invented all sorts of ways of expressing things so that only he and I understood. He used language as a place for us to hide.

Chorley Hall came to an end for both of us in different ways. Alan left when he was thirteen and then, a couple of years later, my father suffered a massive stroke that left him semi-paralysed. That was the end of his power over us. Alan had moved to St Albans School and he was much happier there. He had an English teacher he liked, a man called Stephen Pound. I once asked Alan if this was the inspiration for Atticus Pünd but he laughed at me and said that the two weren't connected. Anyway, it was clear that, one way or another, his career was going to be in books. He had started writing short stories and poetry. When he was in sixth form, he wrote the school play.

From this time on, I saw less and less of him and I suppose in many ways we grew apart. When we were together, we were close, but we were beginning to live our own, separate lives. When we got to university age, Alan went to Leeds and I didn't go to university at all. My parents were against it. I got a job in St Albans working in the records department of the police force and that's how I ended up marrying a police officer and eventually coming to live and work in Ipswich. My father died when I was twenty-eight. By the end, he was bedridden and needed round-the-clock support and I'm sure my mother was grateful when he finally conked out. He had taken out a life insurance policy so she was able to support herself. She's still alive, although I haven't seen her for ages. She moved back to Dartmouth, where she was born.

But back to Alan. He studied English literature at Leeds University and after that he moved to London and went into advertising, something a lot of young graduates were doing at the time, particularly if they had a degree in humanities. He worked at an agency called Allen Brady & Marsh and as far as I can tell he had a wonderful time, not working very hard, getting paid quite well and going to a lot of parties. This was the eighties and advertising was still a very self-indulgent industry. Alan worked as a copywriter and actually came up with quite a famous line: WHAT A LOVELY LOOKING SAUSAGE! It's another one of his acrostics. It spells out the name of the brand. He rented a flat in Notting Hill and for what it's worth he had plenty of girlfriends.

Alan stayed in advertising throughout his twenties but in 1995, the year before he turned thirty, he surprised me by announcing that he had left the agency and enrolled in a two-year postgraduate course in creative writing at the University of East Anglia. He had invited me down to London especially to tell me. He took me to Kettner's and ordered champagne and it all came spilling out of him. Kazuo Ishiguro and Ian McEwan had both gone to East Anglia. They had both been published. McEwan had even been shortlisted for the Booker Prize! Alan had applied and although he didn't think he would be accepted, that was what had happened. There had been a written application, a portfolio of writing and then a tough interview with two faculty members. I had never seen him happier or more animated. It was as if he had found himself and it was only then that I realised how much being an author mattered to him. He told me he would have two years to write a novel of eighty thousand words under supervision and that the university had strong links with publishers, which might help him get a deal. He already had an idea for a novel. He wanted to write about the space race, seen from the British perspective. 'The world is getting smaller and smaller,' he said. 'And at the same time we're getting smaller within it.' That was what he wanted to explore. The main character would be a British astronaut who never actually left the ground. It was called *Look to the Stars*.

We had a lovely weekend and I was very sad to leave him and go back on the train to Ipswich. There's not much I can say about the next couple of years because I hardly saw him at all, although we talked on the telephone. He loved the course. He wasn't too sure about some of the other students. I'll be honest and say that there was a prickly side to Alan, which I hadn't noticed before, but which seemed to be growing. Maybe it was because he was working so hard. He clashed with one or two of the tutors who criticised his work. The funny thing is that he had gone to UEA for guidance, but now that he was there he had come to believe he didn't need it. 'I'll show them, Claire,' he used to say to me. I heard it all the time. 'I'll show them.'

Well, *Look to the Stars* never got published and I'm not sure what became of it. In the end, it was over a hundred thousand words long. Alan showed me the first two chapters and I'm glad he didn't ask me to read the rest because I didn't like them very much. The writing was very clever. He still had this wonderful ability to use language, to twist words and phrases the way he wanted, but I'm afraid I didn't understand what he was going on about. It was like every page was shouting at me. At the same time, I knew I wasn't the audience for the book. What did I know? I liked reading James Herriot and Danielle Steel. Of course I made the right noises. I said it was very interesting and I was sure publishers would like it, but then the rejection letters started coming in and Alan was terribly disheartened. He was just so sure that the book was brilliant and you have to ask yourself, if you're a writer sitting alone in a room, how can you keep going otherwise? It must be awful having that total self-belief, only to find that you've been wrong all the time.

Anyway, that was how it was for him in the autumn of 1997. He'd sent *Look to the Stars* to about a dozen literary agents and a whole lot of publishers and nobody was showing any interest. It was even worse for him because two of the students on the course with him had actually got deals. But the thing is, he didn't give up. That wasn't in his nature. He told me he wasn't going back to advertising. He was afraid that he

wouldn't continue with his real work – that was what he called it now – because he'd be too distracted and he wouldn't have the time and the next thing I knew, he'd got a job as a teacher, teaching English literature at Woodbridge School.

He was never particularly happy there and the children must have sensed it because I got the impression that he wasn't very popular either. On the other hand, he had long holidays, weekends, plenty of time to write and that was all that mattered to him. He wrote another four novels. At least, those are the ones that he mentioned to me. None of them were published and I'm not sure Alan would have been able to continue at Woodbridge if he had known that it would be eleven years before he finally got a taste of success. He once said to me that it was like being in one of those Russian prisons where they lock you up without telling you the length of your sentence.

Alan got married while he was at Woodbridge. Melissa Brooke, as she was then, taught foreign languages, French and German, and started the same term as him. I don't need to describe her to you. You've met her often enough. My first impressions were that she was young, attractive and that she was very fond of Alan. I don't know why but I'm afraid the two of us didn't get on very well. She barely even acknowledged me when we first met, but I have to admit that it may have been partly my fault. I felt we were in competition, that she had taken Alan away from me. Writing this now, I can see how stupid that is but I'm trying to give you as honest an account as I can of Alan and me and that's how it was. Melissa had read all his novels. She believed in him 100 per cent. They were married at the register office in Woodbridge in June 1998 and had their honeymoon in the South of France, in Cap Ferrat. Their son, Freddy, was born two years later.

It was Melissa who advised Alan to write the first Atticus Pünd novel. By this time, they had been married seven years. I know that's a giant leap forward but there's nothing else I can write about in this period of time. I was working for Suffolk Constabulary. Alan was teaching. We weren't living far apart geographically but we had completely different lives.

Melissa had her light-bulb moment in the Woodbridge branch of WHSmith. Who were the bestselling authors on the shelves? They were Dan Brown, John Grisham, Michael Crichton, James Patterson, Clive Cussler. She knew Alan could write better than any of them. The problem was that he was aiming too high. Why bother writing a book which all the critics rave about but which hardly anyone reads? He could use his talents to write something quite simple, a whodunnit. If it sold, it would launch his career and later on he could try other things. What was important was to get started. That was what she said.

Alan showed me *Atticus Pünd Investigates* not long after he'd written it and I absolutely loved it. It wasn't just the cleverness of the mystery. I thought the main character of the detective was brilliant. The fact that he'd been in a concentration camp and seen so much death and here he was in England solving murders – it just seemed so right. It had only taken him three months to write the book. He had done most of it during the summer holidays. But I could tell that he was pleased with the result. The first question he asked me was if I'd guessed the ending and he was delighted when I told him I'd been completely wrong.

I don't need to add much more because you know the rest as well as me. The manuscript found its way to Cloverleaf Books and you bought it! Alan went down to your offices in London and that night we all had dinner together: Alan, Melissa and me. Melissa cooked; Freddy was asleep upstairs. It was meant to be a celebration but Alan was in a strange mood. He was apprehensive, subdued. There was something between him and Melissa, a tension that I couldn't quite understand. I think Alan was nervous. When you've been pursuing an ambition all your life, it's actually quite frightening to achieve it because where will you go next? And there was something else. Suddenly Alan saw that the world is full of first novels; that every week dozens of new books fall onto the shelves and not many of them make any impact. For every famous writer, there must be fifty who simply disappear and it was quite possible that Atticus Pünd might not just be the realisation of a dream. It might be the end of it.

Of course, that didn't happen. *Atticus Pünd Investigates* was published in September 2007. I loved seeing the first copy when it arrived with Alan's name on the front cover and his photograph on the back. Somehow it made everything feel all right, as if our whole lives had been leading to this one moment. The book got a wonderful review in the *Daily Mail*. 'Watch out Hercule Poirot! There's a smart little foreigner in town – and he's stepping into your shoes.' By Christmas, Atticus Pünd was appearing in the bestseller lists. There were more good reviews. They even talked about Atticus on the *Today* programme. When the paperback came out the following spring, it seemed that the whole country wanted to buy a copy. Cloverleaf Books asked Alan to write three more and although he never told me how much he was paid, I know it was a fantastic amount.

He was suddenly a famous writer. His book was translated into lots of different languages and he was invited to all the literary festivals: Edinburgh, Oxford, Cheltenham, Hay-on-Wye, Harrogate. When the second book came out, he did a signing in Woodbridge and the queue stretched all the way round the corner. He left Woodbridge School (although Melissa continued working there) and bought a house in Orford, looking out over the river. It was just at this time that Greg, my husband, died and Alan suggested I move closer to him. He helped me buy the house in Daphne Road that you visited.

The books kept on selling. The money was pouring in. Alan asked me to help him with the third book, *Atticus Pünd Takes the Case*. He'd always been a terrible typist. He always did his first drafts in pen and ink and he asked me to type up the first draft on the computer. Then he would make his revisions by hand and I would type them up again before he sent the manuscript to his publisher. He also asked me to help him with the research. I introduced him to one of the detectives in Ipswich and dug out information about poisons and things like that. I actually worked on four of the books. I loved being involved and I was sorry when that came to an end. It was completely my fault.

Alan changed as a result of his success. It was as if he was overwhelmed

by it. If he wasn't writing the books, he was travelling all over the world promoting them. I used to read about him in the newspapers. Sometimes I would hear him on Radio 4. But at this stage, I was seeing him less and less. And then, in 2009, just a few weeks after *Night Comes Calling* was published, Alan shocked me by telling me that he was leaving Melissa and I couldn't believe it when I read that he had moved in with a young man.

It's very difficult to explain how I felt because there was such a whirl of emotions in my head and so much that I didn't know. Living in Orford, I saw Melissa all the time but I had absolutely no idea that the marriage wasn't working. They always seemed so comfortable together. It all happened very quickly. No sooner had Alan told me the news than Melissa and Freddy had moved out and their home was on the market. There were no lawyers involved in the divorce. They agreed to split everything fifty-fifty.

Speaking personally, I found it quite hard to come to terms with this new side of him. I've never had a problem with homosexual men. There was a man I worked with who was openly gay and I got on with him perfectly well. But this was my brother, someone I had been close to all my life, and suddenly I was being asked to look at him in a completely different light. Well, you might say, he had changed in many ways. He was fifty now, a rich and successful author. He was more reclusive, harder-edged, the father of a child, a public figure. And he was gay. Why should this last fact have any special significance? Well, part of the answer was that his partner was so very young. I had nothing against James Taylor. In fact I liked him. I never thought of him as a gold-digger or anything like that although I will admit that I was horrified when Alan mentioned that he had once worked as a rent boy. I was just uneasy seeing the two of them together, sometimes holding hands or whatever. I never said anything. These days, you're not allowed to, are you? I just felt uncomfortable. That's all.

That wasn't the reason we fell out, though. I was doing an awful lot of work for Alan. Somehow it hadn't ended with the books. I was helping

him with his fan mail. Some weeks he was getting more than a dozen letters and although he had a standard reply, someone still had to do the administration. I worked on some of his tax returns, in particular the double tax forms that had to be filled in so he didn't pay tax twice. He often sent me out to get stationery or new printer cartridges for him. I looked after Freddy. In short I was working as a secretary, an office manager, an accountant and a nanny as well as holding down a full-time job in Ipswich. I didn't mind doing any of this but one day I suggested he ought to put me on his payroll, partly as a joke. Alan was furious. It was the only time he was ever really angry with me. He reminded me that he had helped me buy my house (although he had made it clear at the time that it was a loan rather than a gift). He said he thought I had been glad to help and that if it was such a chore he would never have asked in the first place. I backed down as fast as I could but the damage had been done. Alan didn't ask me to do anything for him again and a short time later he moved out of Orford altogether when he bought Abbey Grange.

He never told me he was ill. You have no idea how much that upsets me. But I will finish where I began. Alan was a fighter all his life. Sometimes this could make him seem difficult and aggressive but I don't think he was either of those things. He simply knew what he wanted and he never allowed anything to get in his way. Above all, he was a writer. His writing meant everything to him. Do you really believe he would finish a novel and kill himself before he saw it published? It's unthinkable! It's just not the Alan Conway I knew.

ST MICHAEL'S

It seemed to me that Claire had arrived at her conclusion for all the wrong reasons. She was right to believe Alan had not committed suicide. But the way she had got there was confused. '*I know he would have called me before he did anything foolish.*' That's where she begins. That's her main justification. By the end, though, she's trying another tack. '*Do you really believe he would finish a novel and kill himself before he saw it published?*' They're two quite different arguments and we can deal with them separately.

Alan was never one to forget a grudge. The two of them fell out badly when Claire asked to be paid for the work she was doing and despite what she thought, I don't believe they were ever really that close again. For example, although he told her that he was leaving Melissa it's clear that she knew nothing about his relationship with James Taylor: he left her to read about that in the newspapers. It may be that when Alan came out as a gay man, he had left his old life behind him like a discarded suit and sadly that included Claire. If he wasn't prepared to share his sexuality with her, why should he have shared his suicide?

She also makes the mistake of thinking that the leap from the tower was something he had planned. '*He would never have left me*

on my own, not without warning me first.' But that's not necessarily the case. He could have just woken up and decided to do it. He might have completely forgotten that he had a book coming out. He would have been dead before it was published anyway. What did it matter to him?

Her account was interesting in other ways. I hadn't realised, even now, how much of his private life Alan had woven into *Magpie Murders*. Did he know, before he was diagnosed, that this would be his final novel? 'We were pirates, treasure hunters, soldiers, spies,' Robert Blakiston tells Atticus Pünd but he's also talking about Alan's childhood. Alan liked codes – Tom rapped out codes on his bedroom wall. And then there are the anagrams and the acrostics. Robeson becomes Osborne. Clarissa Pye solves an anagram in the *Daily Telegraph* crossword. Could Alan have hidden some sort of secret message inside his book, something that he knew about someone? What message could it be? For that matter, if he knew something horrible enough to get himself killed, why play around? Why not just come straight out with it?

Or could it be that the message was actually concealed in the final chapters? Had someone stolen them for that reason, killing Alan at the same time? That made some sort of sense, although it would beg the question of who, if anyone, had read them.

There were still a couple of hours until dinner and I decided to walk up to the Castle Inn. I needed to clear my head. It was already getting dark and Framlingham had a forlorn quality, the shops closed, the streets empty. As I passed the church, I saw a movement, a shadowy figure moving between the tombstones. It was the vicar. I watched him disappear into the church, the door booming shut behind him, and on an impulse I decided to follow. My steps took me past Alan's grave and it was horrible to think of

him lying beneath that freshly dug earth. I had thought him cold and silent when I had met him. He was eternally so in death.

I hurried forward and entered the church. The interior was huge, cluttered, draughty, a collage of different centuries. It was probably unhappy to have arrived at this one: the twelfth century had provided the arches, the sixteenth the lovely wooden ceiling, the eighteenth the altar – and what had the twenty-first bestowed upon St Michael's? Atheism and indifference. Robeson was at the back of the pews, quite close to the door. He was on his knees and for a brief moment I assumed he was praying. Then I saw that he was attending to an old radiator, bleeding it. He turned a key and there was a hiss of stale air followed by a rattle as the pipes began to fill. He turned as I approached and half-remembered me, getting unsteadily to his feet. 'Good evening, Mrs...?'

'Susan Ryeland,' I reminded him. 'Miss. I was the one who asked you about Alan.'

'A lot of people have been asking me about Alan today.'

'I asked if he bullied you.'

He remembered that and looked away. 'I think I told you what you wanted to know.'

'Were you aware that he had put you in his latest book?'

That surprised him. He ran a hand over the slab that was his chin. 'What do you mean?'

'There's a vicar in it who looks like you. He even has a similar name.'

'Does he mention the church?'

'St Michael's? No.'

'Well, that's all right then.' I waited for him to continue. 'It would be quite typical of Alan to say something unpleasant about me. He had that sort of sense of humour – if you can call it that.'

'You didn't like him very much.'

'Why are you asking me these questions, Miss Ryeland? What exactly is your interest?'

'Didn't I tell you? I was his editor at Cloverleaf Books.'

'I see. I'm afraid I never read any of his novels. I've never been very interested in whodunnits and mysteries. I prefer non-fiction.'

'When did you meet Alan Conway?'

He didn't want to answer but he could see I wasn't going to stop. 'Actually, we were at school together.'

'You were at Chorley Hall?'

'Yes. I came to Framlingham a few years ago and I was quite surprised to see him in my congregation — not that he came to church very often. The two of us were exactly the same age.'

'And?' There was a silence. 'You said he had a dominant personality. Did he bully you?'

Robeson sighed. 'I'm not sure it's quite appropriate to be discussing these things, today of all days. But if you must know, the circumstances were quite unusual in that his father was the headmaster at the school. That gave him a certain power. He could say things... do things... and he knew that none of us would dare to say a word against him.'

'What sort of things?'

'Well, I suppose you could say that they were practical jokes. I'm sure that's how he viewed them. But they could also be quite hurtful and malicious. In my case, certainly, he caused me a certain amount of upset although it's all water under the bridge now. It was a very long time ago.'

'What did he do?' Robeson was still reluctant, so I pressed him. 'It is very important, Mr Robeson. I believe Alan's death wasn't quite as straightforward as it seems and anything you can tell me about him, in confidence, would be very helpful.'

'It was a prank, Miss Ryeland. Nothing more.' He waited for me to go away and when I didn't, he added: 'He took photographs...'

'Photographs?'

'They were horrible photographs!'

It wasn't the vicar who had spoken. The words had come from nowhere. That's the thing about church acoustics. They lend themselves to surprise appearances. I looked round and there was the ginger-haired woman I had seen at the hotel, presumably his wife, striding towards us, her shoes rapping out a determined rhythm on the stone floor. She stopped next to him, gazing at me with undisguised hostility. 'Tom really doesn't want to talk about it,' she said. 'I don't understand why you're bothering him. We buried Alan Conway today and as far as I'm concerned, that's an end to it. We're not going to engage in any further tittle-tattle. Did you fix the radiators?' She had asked this last question in exactly the same tone, without stopping for breath.

'Yes, dear.'

'Then let's go home.'

She put her arm in his and although her head barely came up to his shoulder, it was she who propelled him out of the church. The door banged shut behind them and I was left wondering exactly what the photographs had shown and, at the same time, whether it had been photographs that Mary Blakiston had found on the kitchen table in the vicarage at Saxby-on-Avon and if, perhaps, they had been responsible for her death.

DINNER AT THE CROWN

I didn't mean to get drunk with James Taylor and I still can't remember how it happened. It's true that he was quite distracted when he arrived and promptly ordered a bottle of the most expensive champagne on the menu followed by a good wine and several whiskies but I'd intended to leave the drinking to him. I'm not sure how much I learned in the next two hours. I was certainly no closer to learning *who* might have killed Alan Conway, or why, and when I woke up the following morning, I was fairly close to death myself.

'God, I hate this fucking place.' Those were his opening words as he slumped down at the table. He had changed into the same black leather jacket he had been wearing when I first met him and a white T-shirt. Very James Dean. 'I'm sorry, Susan,' he went on. 'But I couldn't wait for the funeral to end. That vicar didn't have anything good to say about Alan. And that voice of his! I mean, gravelly is one thing but he could have been digging the grave himself. I didn't even want to be there but Mr Khan insisted and he's been helping me so I felt I owed him. Of course, everyone knows by now.' I looked at him, questioning. 'The money! I get the house, the land, the cash,

the book rights, the lot! Well, he left quite a bit to Freddy — that's his son — and he looked after his sister too. There's a bequest to the church. Robeson made him pay that in return for the plot. One or two other things. But I've got more money than I've ever had in my life. Dinner's on me, by the way — or on Alan. Did you find the missing pages of the manuscript?'

I told him that I hadn't.

'That's a shame. I've been rummaging around for you but no luck. It's funny to think that you'll be dealing with me from now on, about the books, I mean. I've already had someone called Mark Redmond on the phone about *The Atticus Adventures*. He's welcome to them as long as I don't have to watch the bloody thing.' He glanced at the menu, made an instant decision and slid it aside. 'They all hate me, you know. Of course, they have to pretend. Everyone's too nervous to come out with it but you can still see the way most of them were looking at me. I'm Alan's bum boy and now I've got the lot. That's what they were thinking.'

The champagne arrived and he waited while the waitress poured two glasses. I couldn't help smiling. He had just become a millionaire and he was complaining about it but he was doing it in a light-hearted, even humorous way. It was a deliberate self-parody.

He drained his glass in one go. 'I'm putting Abbey Grange on the market first thing tomorrow,' he said. 'They'll probably hold that against me too but I can't wait to go. Mr Khan says it could be worth a couple of million pounds and I've already had interest from John White. Did I mention him to you? He's the hedge fund guy next door. Super-rich. He and Alan had this huge argument a short while ago. Something to do with investments. After that, the two of them weren't even speaking. It's funny, isn't it? You buy a house in the middle of the countryside with about fifty acres and the one

person you don't get on with is your neighbour. Anyway, he might buy me out — to get the extra land.'

'Where will you go?' I asked.

'I'll buy a place in London. It's what I always wanted. I'm going to try and kick-start my career. I want to get back into acting. If they make *The Atticus Adventures*, they might even offer me a part. That would be a turn-up for the books, wouldn't it? They could cast me as James Fraser so I'd end up playing a character based on me in the first place. Do you know why he was called Fraser, by the way?'

'No. I don't.'

'Alan named him after Hugh Fraser, the actor who played Poirot's sidekick on TV. And the flat that Atticus Pünd lived in, Tanner Court in Farringdon? That was another of Alan's jokes. There's a real place called Florin Court which they used in the Poirot filming. Do you get it? Tanner? Florin? They're both old coins.'

'How do you know?'

'He told me. And he used to do other things too. He used to hide things.'

'What do you mean?'

'Well... names. One of the books is set in London and all the names are actually tube stations or something like that. And there's another one where the characters are called Brooke, Waters, Forster, Wilde...'

'They're all writers.'

'They're all *gay* writers. It was a game he played to stop himself getting bored.'

We drank more champagne and ordered fish and chips. The restaurant was on the far side of the hotel, tucked around the corner from where the funeral drinks had taken place. There were a couple of families eating but we'd been given a corner table. The lighting

was low. I asked James about the way Alan Conway had worked. He had hidden almost as much as he had revealed in his writing and there was an odd disconnect between the bestselling author and the books he had actually produced. Why all these games, these codes and secret references? Wasn't it enough simply to tell the story?

'He never talked to me about it,' James said. 'He worked incredibly hard, sometimes seven or eight hours a day. There was a notebook he filled up with clues and red herrings — all that stuff. Who was where and when, what they were doing. He said it gave him a headache, sorting everything out, and if I came into the room and disturbed him, he would really yell at me. There were times when he talked about Atticus Pünd as if he was a real person and I got the idea that they weren't the best of friends — if that doesn't sound a little bit weird. "Atticus is destroying me! I'm fed up with him. Why do I have to write another book about him?" He said that sort of thing all the time.'

'Is that why he decided to kill him?'

'I don't know. Does he die in the last book? I never saw any of it.'

'He gets ill. He may die at the end.'

'Alan always said there would be nine books. He'd decided that from the very start. There was something about that number that was important to him.'

'What happened to the notebook?' I asked. 'I don't suppose you've found it.'

James shook his head. 'I didn't find it. I'm sorry, but I'm pretty sure it's not there.'

So whoever had taken the last chapters of *Magpie Murders*, erasing every last word from Alan's hard drive, had also made sure that his notes had disappeared. That told me something. They knew how he worked.

We talked more about James's life with Alan. We finished the champagne and drank the bottle of wine. The other families finished and left and by nine o'clock we had the room to ourselves. I got the impression that James was lonely. Why would a man in his end-twenties want to bury himself in a place like Framlingham? The truth was that he'd had little choice. He'd been defined by his relationship with Alan and that, if nothing else, must have been a reason to end it. James was very relaxed as he spoke to me. The two of us had become friends; maybe because of that first cigarette, maybe because of the strange circumstances that had brought us together. He told me about his early life.

'I was brought up in Ventnor,' he said. 'On the Isle of Wight. I hated it there. At first, I thought it was because it was an island, because I was surrounded by the sea. But actually it was because of who I was. My mum and dad were Jehovah's Witnesses, which I know sounds crazy but it's the truth. Mum used to go round the island, distributing copies of *The Watchtower*, door to door.' He paused. 'Do you know what her biggest tragedy was? She ran out of doors.'

The problem for James was not so much the religion or even the patriarchal structure of his family life (he had two older brothers). It was that homosexuality was considered a sin.

'I knew what I was when I was ten years old and I lived in terror until I was fifteen,' he said. 'The worst of it was not having anyone I could tell. I'd never been close to my brothers – I think they knew I was different – and living on the Isle of Wight I felt like I was grow-ing up in the fifties. The place isn't so bad now – at least, that's what I hear. There are gay bars in Newport and gay cruising areas all over the place, but when I was a kid and with the elders coming to the house and all the rest of it, I felt completely alone. And then I met

another boy at my school and we began to mess around with each other and that was when I knew I had to get out because if I stayed I would end up being caught with my pants down, quite literally, and then I'd be shunned, which is what Jehovah's Witnesses do to each other when they're pissed off. By the time I got to my GCSEs, I'd decided I wanted to become an actor. I left school at sixteen and managed to get a job at the Shanklin Theatre, working backstage, but two years later I left the island and came up to London. I think my family was quite glad to see me go. I've never been back.'

James couldn't afford drama school but got his training elsewhere. He met a man in a bar and was introduced to a producer who used him in a number of films that would not enjoy a premiere on mainstream British television. I'm the one being coy. He was frank and filthy about his career in hard-core porn and as the second bottle of wine kicked in, we both found ourselves laughing uproariously. He was also working as a rent boy – in London and Amsterdam. 'I didn't mind doing it,' he said. 'A few of my clients were pervy and disgusting but most of them were fine middle-aged men who were absolutely terrified of being found out. I had plenty of regulars, I can tell you. I enjoyed the sex and the money and I made sure I looked after myself.' James had managed to rent a small flat in West Kensington and he worked out of there. One of his clients was a casting director and he even managed to get him a few legitimate parts.

And then he met Alan Conway.

'Alan was a typical client. He was married. He had a young son. He had found my picture and contact details on the Internet and for a long time he didn't even tell me his name. He didn't want me to know he was a famous writer because he thought I'd blackmail him or sell my story to the Sunday newspapers or something. But

that's just silly. No one does that any more.' James only found out who he was when he saw Alan on breakfast TV, promoting one of his books. Actually, that rang a bell for me. When the Atticus Pünd novels had started selling, Alan had done everything he could *not* to appear on television, the exact opposite, in fact, of all our other authors. At the time, I'd assumed he was shy. But if he was leading this double life, it made complete sense.

We had finished the main course and both bottles and staggered out into the yard for a cigarette. It was a clear night and sitting under the stars, with a very pale sliver of a moon in the black sky, James became thoughtful. 'I really liked Alan, you know,' he said. 'He could be a miserable old bastard, especially when he was writing one of his books. All that money he was making from his detective stories, it never seemed to make him happy. But I did. That's not such a bad thing, is it? Whatever people may think or say, he needed me. At first he just paid me for the night. Then we went on a couple of trips. He took me to Paris and Vienna. He told Melissa he was doing research. He even got me onto a book tour in America. If anyone asked, he said I was his PA and we had separate rooms in every hotel but of course they had adjoining doors. By that time he'd put me on an allowance and I wasn't allowed to see anyone else.'

He blew out smoke, then gazed at the glowing tip of his cigarette.

'Alan liked watching me smoke,' he said. 'After we'd had sex, I'd smoke a cigarette, naked, and he'd watch me. I'm sorry I let him down.'

'How did you do that?' I asked.

'I got itchy feet. He had his books and his writing and I was getting bored, sitting in Framlingham. I was more than twenty years younger than him, you know. There was nothing here for me. So I started going back to London. I said I was visiting friends, but

Alan knew what I was doing. It was obvious. We had arguments about it but I wouldn't stop and in the end he threw me out, gave me a month to pack my bags. When you and I met, I was two days away from being homeless. Part of me had hoped we might have a reconciliation, but actually I was quite glad it was all over. I wasn't interested in the money. People looked at the two of us together and they think that's all I cared about but it's not true. I cared about him.'

We went back inside and, over several whiskies, James told me about his plans for the future, forgetting that he had already done so. He was going on holiday for a while – somewhere hot. He was going to try acting again. 'I might even go to drama school. I can afford it now.' Despite what he had said about Alan, he had already started another relationship, this time with a boy closer to his age. I don't know why, but looking at him as he sat at the table with his long hair flowing and his eyes blurred by alcohol, I suddenly got the feeling that it wouldn't end well for him. It was a curious thought but perhaps he had needed Alan Conway in much the same way as James Fraser had needed Atticus Pünd. There was no other place for him in the story.

He had come by car but I wouldn't let him drive himself home, even if it was only a mile up the road. Feeling like an elderly aunt, I confiscated his keys and made the hotel call him a taxi.

'I should stay here,' he said. 'I can afford a room. I can afford the whole hotel.'

They were the last words he spoke to me before he left, weaving uncertainly into the night.

'HE USED TO HIDE THINGS...'

James was right. In *Gin & Cyanide*, which is set in London, there are characters called Leyton Jones, Victoria Wilson, Michael Latimer, Brent Andrews and Warwick Stevens. All these names are taken partly, or in their entirety, from tube stations. The two killers, Linda Cole and Matilda Orre, are both anagrams: of Colindale on the Northern Line and Latimer Road. The gay writers make up the cast of *Red Roses for Atticus*. In *Atticus Pünd Takes the Case*, well – you can work it out for yourself.

John Waterman

Parker Bowles Advertising

Caroline Fisher

Carla Visconti

Professor Otto Schneider

Elizabeth Faber

I woke up the next morning just after seven o'clock with a headache and a nasty taste in my mouth. Bizarrely, James's car keys were still clutched in my hand and for a ghastly moment I half expected to open my eyes and find him lying next to me. I went into the bathroom and had a long, hot shower. Then I dressed and went

downstairs to black coffee and grapefruit juice. I had the manuscript of *Magpie Murders* with me and, despite my state, it didn't take me long to find what I was looking for.

All the characters are named after birds.

When I'd read the book for the first time, I'd made a note to tackle Alan about Sir Magnus Pye and Pye Hall. The names had struck me as a little childish — old-fashioned at the very least. They felt like something out of *Tintin*. Going through it again, I realised that almost everyone, even the most minor characters, had been given the same treatment. There are the obvious ones — the vicar is Robin and his wife is Hen. Whitehead (antique dealer), Redwing (doctor) and Weaver (gravedigger) are all fairly common species, as are Lanner and Crane (the undertakers) and Kite (the landlord of the Ferryman). Some are a little more difficult to pin down. Joy Sanderling is named after a small wading bird and Jack Dartford after a warbler. Brent, the groundsman, is a type of goose — and his middle name is Jay. A nineteenth-century naturalist called Thomas Blakiston had an owl named after him and inspires the family at the heart of the story. And so on.

Does it matter? Well, yes, actually. It worried me.

Character names are important. I've known writers who've used their friends while others have turned to reference books: the *Oxford Book of Quotations* and the *Cambridge Biographical Encyclopedia* are two I've heard mentioned. What's the secret of a good name in fiction? Simplicity is often the key. James Bond didn't get to be who he was by having too many syllables. That said, the name is often the first thing you learn about a character and I think it helps if it fits comfortably, if it feels appropriate. Rebus and Morse are both very good examples. Both are types of code and as the role of the detective is effectively to decode the clues and the information,

you're already halfway there. Nineteenth-century authors like Charles Dickens took the idea a stage further. Who would want to be taught by Wackford Squeers, cared for by Mr Bumble or married to Jerry Cruncher? But these are comic grotesques. He was more circumspect when it came to the heroes and heroines with whom he wanted you to connect.

Sometimes authors stumble onto iconic names almost by accident. The most famous example is Sherrinford Holmes and Ormond Sacker. You have to wonder if they would have achieved the same worldwide success if Conan Doyle hadn't had second thoughts and plumped for Sherlock Holmes and Dr John Watson. I've actually seen the manuscript where the change is made: one sweep of the pen and literary history was made. By the same token, would Pansy O'Hara have set the world on fire in quite the same way as Scarlett did after Margaret Mitchell changed her mind when she finished *Gone With the Wind*? Names have a way of stamping themselves on our consciousness. Peter Pan, Luke Skywalker, Jack Reacher, Fagin, Shylock, Moriarty... can we imagine them as anything else?

The point of all this is that the name and the character are intertwined. They inform each other. But it's not the case in *Magpie Murders* — or in any other of the books that Alan Conway wrote and which I edited. By turning all his subsidiary characters into birds or tube stations (or makes of fountain pen in *Atticus Pünd Takes the Case*), he had trivialised them and that in turn had demeaned them. Maybe I'm overstating this. After all, his detective stories were never meant to be more than entertainments. It just suggested a sort of carelessness, almost a disdain towards his own work, and it depressed me. I was also sorry that I hadn't noticed it before.

After breakfast, I packed, paid for the room, then drove over to Abbey Grange to drop off James Taylor's keys. It was strange seeing the house for what I was fairly sure would be the last time. Maybe it was the grey Suffolk sky but it seemed to have a mournful quality as if it had somehow sensed not only the death of its old owner but the fact that it was no longer wanted by his successor. I could barely bring myself to look at the tower which now seemed grim and threatening. It occurred to me that if ever a building was destined to be haunted, it was this one. Some day, not far in the future, a new owner would be woken in the middle of the night, first by a cry in the wind and then the soft thud of something hitting the turf. James was absolutely right to leave.

I thought of ringing the doorbell but decided against it. Most likely James was still in bed and anyway, fuelled by alcohol, he might have been more open with me than he had intended. Better to avoid the morning-after recriminations.

I had an appointment in Ipswich. Claire Jenkins had been true to her word and had arranged for me to meet Detective Superintendent Locke, not at the police station but at a Starbucks near the cinema. I'd received a text with instructions. Eleven o'clock. He could give me fifteen minutes. I had plenty of time to get over there but first I wanted to visit the house next door to Alan's. I had seen John White, in his orange Wellington boots, at the funeral but we hadn't yet had a chance to talk. James had mentioned that Alan had fallen out with him and he had turned up as a character in *Magpie Murders*. I wanted to know more. This being a Sunday, there was every chance that I would find him at home so I dropped James's keys through the letter box, then drove round.

Despite the name, there was no sign of any apple trees at Apple Farm and nor for that matter did it look anything like a farm. It was

a handsome building, much more conventional than Abbey Grange, built, I would have said, in the forties. It was all very presentable with a neat gravel driveway, perfect hedges and extensive lawns cut into green stripes. There was an open garage opposite the front door with a quite fabulous car parked outside: a two-seater Ferrari 458 Italia. I wouldn't have said no to tearing around a few Suffolk lanes in that — but it wouldn't have left me much change out of £200,000. It certainly made my own MGB look a little sad.

I rang the front door. I guessed the house must have at least eight bedrooms and that, given its size, I might wait quite a time before anyone reached me but in fact the door opened almost at once and I found myself facing an unfriendly looking woman with black hair parted in the middle, dressed in quite masculine clothes: sports jacket, tight-fitting trousers, ankle-length boots. Was she his wife? She hadn't been at the funeral. Somehow, I doubted it.

'I wonder if I could speak to Mr White?' I said. 'Are you Mrs White?'

'No. I'm Mr White's housekeeper. Who are you?'

'I'm a friend of Alan Conway. Actually, I was his editor. I need to ask Mr White about what happened. It's quite important.'

I think she was about to tell me to get lost but at that moment a man appeared behind her, in the hallway. 'Who is it, Elizabeth?' a voice asked.

'It's someone asking about Alan Conway.'

'My name is Susan Ryeland.' I was addressing him over her shoulder. 'It'll only take five minutes but I really would appreciate it.'

I sounded so reasonable that it would have been difficult for White to refuse me. 'You'd better come in,' he said.

The housekeeper stepped aside and I went past her into the hall. John White was standing in front of me. I recognised him instantly

from the funeral. He was quite small, very slim and rather nonde-
script in appearance with close-shaven dark hair that was reflected
by the permanent stubble on his chin. He was wearing an office shirt
and a V-neck pullover. I found it hard to imagine him behind the
wheel of the Ferrari. There was nothing aggressive about him at all.

'Can I get you some coffee?' he asked.

'Thank you. That would be nice.'

He nodded at the housekeeper, who had been expecting this and
went off to get it. 'Come into the sitting room,' he said.

We went into a large room that looked over the back gardens.
There was modern furniture and expensive art on the walls including
one of those neons by Tracey Emin. I noticed a photograph of two
attractive-looking girls, twins. His daughters? I could tell at once that,
apart from the housekeeper, he was alone in the house. So either his
family was away or he was divorced. I suspected the latter.

'What do you want to know about Alan?' he asked.

It all seemed so very casual, but I'd been on Google that morning
and knew that this was a man who had run not one but two of the
most successful hedge funds for a big-city firm. He had made a name
for himself and a fortune for everyone else by predicting the credit
crunch and had retired at the age of forty-five with more money
than I would ever dream about, if I had those sorts of dreams.
He still worked, though. He invested millions and made millions
more – from clocks, car parks, property, whatever. He was the sort of
man I could easily dislike – in fact, the Ferrari made it easier – but
I didn't. I don't know why not. Maybe it was those orange Hunters.

'I saw you at the funeral.'

'Yes. I thought I ought to pop along. I didn't stay for the drinks
though.'

'Were you and Alan close?'

'We were neighbours, if that's what you mean. We saw quite a bit of each other. I read a couple of his books but I didn't much like them. I don't get a lot of time to read and his stuff wasn't my sort of thing.'

'Mr White...' I hesitated. This wasn't going to be easy.

'Call me John.'

'...I understand that you and Alan had a disagreement, shortly before he died.'

'That's right.' He was unfazed by the question. 'Why are you asking?'

'I'm trying to work out how he died.'

John White had soft hazel eyes but when I said that I thought I saw something spark in them, a sense of some inner machinery clicking into gear. 'He committed suicide,' he said.

'Yes. Of course. But I'm trying to understand his state of mind when he did it.'

'I hope you're not suggesting—'

I was suggesting all sorts of things but I backtracked as gracefully as I could. 'Not at all. As I explained to your housekeeper, I work for his publishers and, as it happens, he left us one last book.'

'Am I in it?'

He was. Alan had turned him into Johnny Whitehead, the crooked antique dealer who had been sent to prison in London. That was the final finger raised to his erstwhile friend. 'No,' I lied.

'I'm glad to hear it.'

The housekeeper came in with a tray of coffee and White relaxed. I noticed that after she had poured two cups and offered cream and home-made biscuits, she made no effort to leave and he was happy to have her there. 'Here's what happened, since you want to know,' he said. 'Alan and I had known each other from the day he moved

in and, like I say, we got along fine. But it went wrong about three months ago. We did a bit of business together. I want to make it quite clear to you, Susan, that I didn't twist his arm or anything like that. He liked the sound of it and he wanted to come along for the ride.'

'What was it?' I asked.

'I don't suppose you know much about my sort of work. I've been dealing a lot with NAMA. It stands for the National Asset Management Agency and it was set up by the Irish government after the crash of '08, basically selling off businesses that had gone bust. There was an office development in Dublin that had caught my eye. It would cost twelve million to buy and it needed another four or five spent but I thought I could turn it around and when I mentioned this to Alan, he asked if he could join the SPV.'

'SPV?'

'Special Purpose Vehicle.' If my complete ignorance annoyed him, he didn't let it show. 'It's just a cost-effective way to bring six or seven people together to make this sort of investment. Anyway, I'll cut a long story short. The whole thing went belly-up. We were buying the development from a man called Jack Dartford and he turned out to be a complete rogue — a liar, a fraud, you name it. I'll tell you, Susan, you couldn't meet a more charming man. He's sat where you're sitting now and he'd have the whole room in stitches. But it turned out he didn't even own the property and the next thing I know is he's gone west with four million quid of our cash. I'm still looking for him now but I don't think he's going to be found.'

'Alan blamed you?'

White smiled. 'You could say that. Actually, he was bloody furious. Look. We'd all lost the same and I warned him, going in, you can never be 100 per cent certain in these things. But he got it into his

head that I'd somehow ripped him off which was well out of order. He wanted to sue me. He threatened me! I couldn't make him see sense.'

'When was the last time you saw him?'

He had been about to take a biscuit. I saw his hand hesitate and at the same time he glanced in the direction of the housekeeper. He might have learned how to keep a poker face when he was at business school but she hadn't been to the same class and I saw her nervousness, naked and obvious. It signalled the lie that was to come. 'I hadn't seen him for a few weeks,' he said.

'Were you here on the Sunday when he died?'

'I suppose so. But he didn't contact me. If you want the truth, we were only talking through solicitors. And I wouldn't like you to think that his dealings with me were in any way connected with what happened – his death, I mean. Sure, he lost some money. We all did. But it wasn't anything he couldn't afford. He wasn't going to have to sell up or anything like that. If he couldn't afford it, I wouldn't have let him in.'

I left soon after that. I noticed that Elizabeth, the housekeeper, hadn't offered me a second cup of coffee. They waited on the doorstep as I climbed into my MBG and they were still standing there together, watching, as I drove back down the drive.

STARBUCKS, IPSWICH

There's a well-marked one-way system that takes you round the edge of Ipswich, which suits me because it's one city I've never much enjoyed entering. There are too many shops and too little else. People who live there probably like it but I have bad memories. I used to take Jack and Daisy, my nephew and niece, to the Crown Pools and I swear to God I can still smell the chlorine. I could never find a space in the bloody car parks. I'd have to queue up for ages just to get in and out. More recently, they'd opened one of those American-style complexes just opposite the station, with about a dozen fast-food restaurants and a multiplex cinema. It seems to me that it kills the city, separating the entertainment like that – but it was here that I met Richard Locke for the fifteen minutes he'd been kind enough to give me.

I arrived first. At twenty past eleven, I had more or less decided that he wasn't going to come but then the door opened and he strode in, looking pissed off. I raised a hand, recognising him at once. He was indeed the man I'd seen with Claire at the funeral but he had no reason to know me. He was wearing a suit but without a tie. This was his day off. He came over and sat down

heavily, all that well-toned flesh and muscle hammering into the plastic chair, and my first thought was that this wasn't someone I'd want to arrest me. I felt uncomfortable even offering him a coffee. He asked for tea and I went over and got it for him. I bought him a flapjack too.

'I understand you're interested in Alan Conway,' he said.

'I was his editor.'

'And Claire Jenkins was his sister.' He paused. 'She has this idea that he was killed. Is that what you think?'

There was a grim, no-nonsense tone to his voice that was actually on the edge of anger. It was in his eyes, too. They were fixed on me as if he was the one who had ordered this interrogation. I wasn't quite sure how to reply. I wasn't even sure what to call him. Richard was probably too informal. Mr Locke was wrong. Detective Superintendent felt too TV but that was the one I plumped for. 'Did you see the body?' I asked.

'No. I saw the report.' Almost grudgingly, he broke off a piece of his flapjack but he didn't eat it. 'Two officers from Leiston were called to the scene. I only got involved because I happened to know Mr Conway. Also, he was famous and there was obviously going to be interest from the press.'

'Claire had introduced you to him?'

'I think it was the other way round, actually, Ms Ryeland. He needed help with his books and so she introduced him to me. But you didn't answer my question. Do you think he was murdered?'

'I think it's possible. Yes.' He was going to interrupt me so I went on quickly. I told him about the missing chapter which had first brought me to Suffolk. I mentioned Alan's diary, the number of appointments he had made for the week after he died. I didn't talk about the people I'd spoken to – it didn't seem fair to drag them in.

But for the first time I explained my feeling about the suicide letter, how it didn't quite add up. 'It's only on page three that he talks about dying,' I explained. 'But he was dying anyway. He had cancer. The letter doesn't actually say anywhere that he's about to kill himself.'

'You don't think it's a bit odd then that he sent it to his publisher one day before he threw himself off that tower?'

'Perhaps he wasn't the one who sent it. Perhaps someone read the letter and realised that it could be misinterpreted. They pushed Alan off the tower and then sent the letter themselves. They knew we'd leap to the wrong conclusion precisely because of the timing.'

'I don't think I've leapt to any wrong conclusions, Ms Ryeland.'

He was not looking at me sympathetically and although I was a little annoyed, the strange thing is that, right then, he was not wrong to doubt me. There was something about the letter which I, of all people, should have noticed but which I hadn't. I called myself an editor but I was blind to the truth even when it was right there in front of my eyes.

'There were a lot of people who didn't like Alan—' I began.

'There are a lot of people who don't like a lot of people but they don't go around the place murdering them.' He had come here with the intention of telling me this and now that he had started, he wasn't going to stop. 'What people like you don't seem to understand is that you've got more chance of winning the lottery than you have of being murdered. Do you know what the murder rate was last year? Five hundred and ninety-eight people – that's out of a population of around sixty million! In fact, I'll tell you something that may amuse you. There are some parts of the country where the police actually solve more crimes than are committed. You know why that is? The murder rate's falling so fast, they've got time to look into the cold cases that were committed years ago.

'I don't understand it. All these murders on TV – you'd think people would have better things to do with their time. Every night. Every bloody channel. People have some sort of fixation. And what really annoys me is that it's nothing like the truth. I've seen murder victims. I've investigated murder. I was here when Steve Wright was killing prostitutes. The Ipswich Ripper – that's what they called him. People don't plan these things. They don't sneak into their victims' houses and throw them off the roof and then send out letters hoping they're going to be misinterpreted, as you put it. They don't put on wigs and dress up like they do in Agatha Christie. All the murders I've ever been involved in have happened because the perpetrators were mad or angry or drunk. Sometimes all three. And they're horrible. Disgusting. It's not like some actor lying on his back with a little red paint on his throat. When you see someone who's had a knife in them, it makes you sick. Literally sick.

'Do you know why people kill each other? They do it because they're out of their heads. There are only three motives. Sex, anger and money. You kill someone in the street. You stick a knife in them and you take their money. You have an argument with them and you smash a bottle and rip open their throat. Or you kill them because you get off on it. All the murderers I've met have been thick as shit. Not clever people. Not posh or upper class. Thick as shit. And you know how we catch them? We don't ask them clever questions and work out that they don't have an alibi, that they weren't actually where they were meant to be. We catch them on CCTV. Half the time, they leave their DNA all over the crime scene. Or they confess. Maybe one day you should publish the truth although I'm telling you, nobody would want to read it.

'I'll tell you what really annoyed me about Alan Conway. I helped him – not that he ever gave me anything by way of a thank-you. But

that's another story. No. First of all, he wasn't interested in the truth. Why are all the detectives in his books so fucking stupid? You know he even based one on me? Raymond Chubb. That's me. Oh, he's not black. He wouldn't have dared go that far. But Chubb – you know who they are? They manufacture locks. Get it? And all that stuff he wrote about the wife in *No Rest for the Wicked*. That was my wife he was writing about. I'd been stupid enough to tell him and he went ahead and put it in his book without ever asking me.'

So this was the source of his anger. From the way Locke was talking, I knew he wasn't interested in me and he wasn't going to help. I might almost have added him to my list of suspects.

'The public have no idea what the police are really doing in this country and it's thanks to people like Alan Conway and people like you,' he concluded. 'And I hope you don't mind my saying this, Ms Ryeland, but I find it a little bit pathetic that you're trying to make a real-life mystery out of what is actually a textbook-case suicide. He had the motive. He was ill. He wrote a letter. He'd just split up with his boyfriend. He was alone. So he makes a decision and he jumps. If you want my advice, you'll go back to London and forget it. Thanks for the tea.'

He had finished drinking and he walked out. He had left the flapjack, in pieces, on his plate.

CROUCH END

Andreas was waiting for me when I got in. I could tell the moment I opened the door because of the smell coming from the kitchen. Andreas is a fantastic cook. He cooks in a very masculine way, rattling pans, throwing in the ingredients without measuring them, everything high speed on roaring flames with a glass of red wine in hand. I've never seen him consult a cookery book. The table was laid for two with candles and flowers that looked like they'd come from a garden, not a shop. He grinned when he saw me and gave me a hug.

'I thought you weren't coming,' he said.

'What's for dinner?'

'Roast lamb.'

'Can you give me five minutes?'

'I can give you fifteen.'

I showered and changed into a loose-fitting jumper and leggings, the sort of clothes that assured me I wouldn't be going out again tonight. I came to the table with damp hair and picked up the giant glass of wine that Andreas had poured for me.

'Cheers.'

'Yamas.'

English and the Greek. That was another of our traditions.

We sat down and ate and I told Andreas everything that had happened in Framlingham: the funeral, all the rest of it. I knew at once that he wasn't very interested. He listened politely but that wasn't what I'd hoped for. I wanted him to question me, to challenge my assumptions. I thought we might work it out like some sort of north London Tommy and Tuppence (Agatha Christie's slightly less successful detective duo). But he didn't really care who had killed Alan. I remembered that he hadn't wanted me to investigate in the first place and I wondered if I had annoyed him – the Greek side of him – going ahead anyway.

In fact, his mind was on other things. 'I've given in my notice,' he suddenly announced as he served up.

'At the school? Already?' I was surprised.

'Yes. I'm leaving at the end of term.' He glanced at me. 'I told you what I was going to do.'

'You said you were thinking about it.'

'Yannis has been pushing me to make a decision. The hotel owners won't wait much longer and the money is in place. We managed to get a loan from the bank and there may be various grants available from the EU. It's all happening, Susan. Polydorus will be open next summer.'

'Polydorus? Is that what it's called?'

'Yes.'

'It's a pretty name.'

I have to admit, I was a little thrown. Andreas had more or less asked me to marry him but I'd assumed he would give me a little time to make up my mind. Now it seemed he was offering me a done deal. Just bring out the air ticket and the apron and we could be on our way. He had his iPad with him and slid it round on the table while we ate, showing me pictures. Polydorus

did look a lovely place. There was a long verandah with crazy paving and a straw pergola, brightly coloured wooden tables and a dazzling sea beyond. The building itself was whitewashed with blue shutters and I could just make out a bar with an old-fashioned coffee machine, tucked away inside, in the shade. The bedrooms were basic but they looked clean and welcoming. I could easily imagine the sort of people who would want to stay there: visitors rather than tourists.

'What do you think?' he asked.

'It looks lovely.'

'I'm doing this for both of us, Susan.'

'But what happens to "both of us" if I don't want to come?' I closed the cover of the iPad. I didn't want to look at it any more. 'Couldn't you have waited a little longer before you went ahead?'

'I had to make up my mind – about the hotel – and that's what I've done. I don't want to be a teacher all my life and anyway, you and me... is this the best we can do?' He laid down his knife and fork. I noticed how neatly he arranged them on each side of his plate. 'We don't see each other all the time,' he went on. 'There are weeks when we don't see each other at all. You made it clear you didn't want me to move in with you—'

I bridled at that. 'That isn't true. You're welcome here but most of the time you're at school. I thought you preferred it this way.'

'All I'm saying is that we could be together more. We could make this work. I know I'm asking a lot but you won't know until you try. You've never even been to Crete! Come for a few weeks in the spring. See if you like it.' I said nothing so he added: 'I'm fifty years old. If I don't make a move on this, it's never going to happen.'

'Can't Yannis manage without you?'

'I love you, Susan, and I want you to be with me. I promise you, if you're not happy, we can come back together. I've already made that mistake. I'm not going to do it twice. If it doesn't work, I can get another teaching job.'

I didn't feel like eating any more. I reached out and lit a cigarette. 'There's something I haven't told you,' I said. 'Charles has asked me to take over the company.'

His eyes widened when he heard that. 'Do you want to?'

'I have to consider it, Andreas. It's a fantastic opportunity. I can take Cloverleaf in any direction I want.'

'I thought you said Cloverleaf was finished.'

'I never said that.' He looked disappointed so I added: 'Is that what you were hoping?'

'Can I be honest, Susan? I thought, when Alan died, that it would be the end for you, yes. I thought the company would close and you would move on and that the hotel would be the answer for both of us.'

'It's not like that. It may not be easy for a couple of years but Cloverleaf isn't going to disappear overnight. I'll commission new authors—'

'You want to find another Atticus Pünd?'

He had said it with such scorn that I stopped, surprised. 'I thought you liked the books.'

He reached out and took the cigarette from me, smoked it for a moment, then handed it back. It was something we did unconsciously, even when we were angry with each other. 'I never liked the books,' he said. 'I read them because you worked on them and obviously I cared about you. But I thought they were crap.'

I was shocked. I didn't know what to say. 'They made a lot of money.'

'Cigarettes make a lot of money. Toilet paper makes a lot of money. It doesn't mean they're worth anything.'

'You can't say that!'

'Why not? Alan Conway was laughing at you, Susan. He was laughing at everyone. I know about writing. I teach Homer, for God's sake. I teach Aeschylus. He knew what those books were – and he knew when he was putting them together. They're badly written trash!'

'I don't agree. They're very well written. Millions of people enjoyed them.'

'They're worth nothing! Eighty thousand words to prove that the butler did it?'

'You're just being snobbish.'

'And you're defending something that you always knew had no value at all.'

I wasn't sure when the discussion had turned into such an acrimonious argument. The table looked so beautiful with the candles and the flowers. The food was so good. But the two of us were at each other's throats.

'If I didn't know you better, I'd say you were jealous,' I complained. 'You knew him before I did. You were both teachers. But he broke out...'

'You're right about one thing, Susan. I did know him before you and I didn't like him.'

'Why not?'

'I'm not going to tell you. It's all in the past and I don't want to upset you.'

'I'm already upset.'

'I'm sorry. I'm just telling you the truth. As for the money he made, you're right about that too. He didn't deserve any of it, not

one penny, and all the time I've known you, I've hated the way you've had to kowtow to him. I'm telling you, Susan. He wasn't worthy of you.'

'I was his editor. That's all. I didn't like him either!' I forced myself to stop. I hated the way this was going. 'Why did you never say any of this before?'

'Because it wasn't relevant. It is now. I'm asking you to be my wife!'

'Well, you've got a funny way of going about it.'

Andreas stayed the night but there was none of the companionship we'd had on the first night he'd got back from Crete. He went straight to sleep and left very early the next morning without breakfast. The candles had burned down. I wrapped the lamb in silver foil and put it in the fridge. Then I went to work.

CLOVERLEAF BOOKS

I've always been fond of Mondays. Thursdays and Fridays make me edgy but there's something that's quite comforting about coming in to the pile on my desk; the unopened letters, the proofs waiting to be read, the Post-it notes from marketing, publicity and foreign rights. I chose my office because it's at the back of the building. It's quiet and cosy, tucked into the eaves. It's the sort of room that really ought to have a coal fire and probably did once until some turn-of-the-century vandal filled in the fireplace. I used to share Jemima with Charles before she left and there's always Tess on reception, who will do anything for me. When I came in that Monday morning, she made me tea and gave me my phone messages: nothing urgent. The Women's Prize for Fiction had asked me to join their judging panel. My children's author needed comforting. There were production problems with a dust jacket (I'd said it wouldn't work).

Charles wasn't in. His daughter, Laura, had gone into labour early as expected and he was waiting at home with his wife. He'd also sent me an email that morning. *I hope you had time to think about our conversation in the car. It would be great for you and I'm confident*

it would be great for the company too. Funnily enough, Andreas telephoned me just as I was reading it. Glancing at my watch I guessed he must have slipped out into the corridor, leaving the kids with their Greek primers. He was speaking in a low voice.

'I'm sorry about last night,' he said. 'It was stupid of me just to throw everything at you like that. The school has asked me to reconsider and I won't make any decision until you tell me what you want to do.'

'Thank you.'

'And I didn't mean what I said about Alan Conway either. Of course his books are worthwhile. It's just that I knew him and...' His voice trailed off. I could imagine him glancing up and down the corridor, like a schoolboy, afraid of getting caught.

'We can talk about it later,' I said.

'I've got a parents' meeting tonight. Why don't we have dinner tomorrow night?'

'I'd like that.'

'I'll call you.' He rang off.

Quite unexpectedly, and without really wanting it, I had come to a crossroads — or more accurately, a T-junction — in my life. I could take over as CEO of Cloverleaf Books. There were writers I wanted to work with, ideas I'd had but which Charles had always vetoed. As I'd told Andreas the night before, I could develop the business the way I wanted.

Or there was Crete.

The choices were so different, the two directions so contrary, that considering the two of them side by side almost made me want to laugh. I was like the child who doesn't know if he wants to be a brain surgeon or a train driver. It was quite frustrating. Why do these things always have to happen at the same time?

I looked through my post. There was a letter addressed to Susan Ryland, which I was tempted to bin. I hate it when people misspell my name, especially when it's so easy to check. There were a couple of invitations, invoices... the usual stuff. And at the bottom of the pile, a brown A4 envelope which clearly contained a manuscript. That was unusual. I never read unsolicited manuscripts. Nobody does any more. But it had my name on the envelope (correctly spelled) so I tore it open and looked at the front page.

DEATH TREADS THE BOARDS

Donald Leigh

It took me a moment to remember that this was the book written by the waiter at the Ivy Club, the man who had dropped the plates when he saw Alan Conway. He claimed that Alan had stolen his ideas and used them for the fourth Atticus Pünd mystery, *Night Comes Calling*. I still didn't like his title very much and the first sentence ('There had been hundreds of murders in the Pavilion Theatre, Brighton but this was the first one that was real.') didn't quite work for me either. A nice idea, but too on-the-nose and expressed a little clumsily, I thought. But I had promised him I would read it and with Charles away and with Alan so much on my mind, I thought I'd get to it straight away. I had my tea. Why not?

I skim-read most of it. It's something I've learned to do. I can usually tell if I'm going to like a book by the end of the second or third chapter but if I'm going to talk about it in conference, I'm obliged to hang in there to the last page. It took me three hours. Then I pulled out a copy of *Night Comes Calling*.

And then I compared the two.

Extract from *Night Comes Calling* by Alan Conway

CHAPTER 26: CURTAIN CALL

It ended where it had begun, in the theatre at Fawley Park. Looking around him, James Fraser had a sense of inevitability. He had abandoned his career as an actor to become the assistant of Atticus Pünd and this was where his first case had brought him. The building was even shabbier than when he had first seen it now that the stage had been stripped and most of the seats piled up against the walls. The red velvet curtains had been pulled aside. With nothing to conceal, no play about to begin, they looked tired and threadbare, hanging limply on their wires. The stage itself was a yawning mouth, an ironic reflection of the many young spectators who had been forced to sit through the headmaster's productions of *Agamemnon* and *Antigone*. Well, Elliot Tweed would not be performing again. He had died in this very room, with a knife driven into the side of his throat. Fraser was not yet used to murder and there was one thought that chilled him in particular. What sort of person kills a man in a room filled with children? On the night of the school play, there had been three hundred people sitting together in the darkness: little boys and their parents. They would remember it for the rest of their lives.

The theatre suited Pünd. He had arranged the seats so that they were facing him in two rows. He stood in front of the stage, leaning on his rosewood cane, but he could just as easily have been *on* it. This was his performance, the climax of a drama that had begun three weeks earlier with a

frightened man visiting Tanner Court. The spotlights might not be illuminated but still they bowed their heads towards him. The people he had asked to be here were suspects but they were also his audience. Detective Inspector Ridgeway might be standing next to him but it was clear that he had been given only a supporting role.

Fraser examined the staff members. Leonard Graveney had been the first to arrive, taking his place in the front row, his crutch resting awkwardly against the back of his chair. The stump of his leg jutted out in front of him as if purposefully blocking the way for everyone else. The history teacher, Dennis Cocker, had sat next to him although Fraser noticed that neither of them had spoken. Both men had been involved in the last, fateful performance of *Night Comes Calling* when the murder had happened, Graveney as the author of the play, Cocker as its director. The lead part had been taken by Sebastian Fleet. Aged just twenty-one, he was the youngest teacher at Fawley Park and he had ambled in nonchalantly, winking at the matron who deliberately turned her head away, ignoring him. Lydia Gwendraeth was sitting in the row behind, ramrod straight, her hands folded on her lap, her white starched cap seemingly glued in place. Fraser was still convinced that she had been involved in Elliot Tweed's murder. She certainly had a motive – he had behaved horribly towards her – and with her medical training she would have known exactly where to place the knife. Had she run through the audience that night, taking revenge for the humiliation she had suffered at his hands? As she sat, waiting for Pünd to begin, her eyes gave nothing away.

Three more members of the staff came in – Harold Trent, Elizabeth Colne and Douglas Wye. Finally, the groundsman, Garry, arrived, his hands deep in his pockets and a scowl on his face. It was clear he had no idea why he had been summoned.

'The question we must ask ourselves is not why Elliot Tweed was killed. As the headmaster of Fawley Park, he was a man with more, you might say, than his fair share of enemies. The boys feared him. He beat them mercilessly and on the slightest pretext. He made no attempt to disguise the fact that he took pleasure in their pain. His wife wanted to divorce him. His staff, who disagreed on so many issues, were united only by their dislike of him. No...' Pünd's eyes swept over the assembly. 'What we must ask is this. I have said it from the start. Why was he murdered in this way, so publicly? The killer appears as if from nowhere and runs the full length of the building, pausing only to strike out with a scalpel taken from the biology laboratory. It is true that it is dark and that the eyes of the audience are focused on the stage. It is the most dramatic moment of the play. There is a mist, a flickering light, and in the shadow appears the ghost of the wounded soldier as portrayed by Mr Graveney. And yet, it is a huge risk. Surely someone will have seen where he comes from or where he goes. A preparatory school such as Fawley Park provides many simpler opportunities for murder. There is a timetable. It is known, at all times, where everyone will be. How convenient for a killer who can plan his movements in the sure knowledge that his victim will be alone and that he will be unseen.

'Indeed, the darkness, the speed with which the crime is committed, results in catastrophe! Inspector Ridgeway was of the belief that the assistant headmaster, Mr Moriston, who was sitting next to Mr Tweed that night, must have witnessed something and that he was subsequently killed in order to silence him. Perhaps blackmail had been involved. The discovery of a large amount of cash in his locker would certainly seem to suggest this. We now know, however, that the two men had swapped seats just before the performance began. Mr Tweed was several inches shorter than Mr Moriston and had been unable to see over the head of the woman who was sitting in front of him as she was wearing a hat. It was Mr Moriston who was the true target. The death of Mr Tweed was an accident.

'And yet it is strange because Mr Moriston was a very popular man. He had often come to the defence of Miss Gwendraeth. It was he who chose to employ Mr Garry, in the full knowledge of his criminal record. He was also able to prevent the suicide of a child. It is hard to find anyone at the school who spoke anything but well of John Moriston – hard, but not impossible. There was, of course, one exception.' Pünd turned to the maths teacher but he did not need to name him. Everyone in the room knew who he meant.

'You're not saying I killed him!' Leonard Graveney barked out the words. He couldn't stop himself smiling.

'Of course it is impossible that you could have committed the murder, Mr Graveney. You lost a leg in the war—'

'Fighting your lot!'

'And you now have a prosthetic. You could not have run through the auditorium. That much is painfully clear.

However, you will agree that there was a great deal of enmity between you.'

'He was a coward and a liar.'

'He was your commanding officer in the Western Desert in 1941. You were both involved in the battle of Sidi Rezegh and it was there that you lost your leg.'

'I lost more than that, Mr Pünd. I was in hospital, in constant pain, for six months. I lost a great many of my friends — all of them better men than Major bloody Moriston could ever hope to be. I've already told you all this. He gave the wrong orders. He sent us into that hellhole and then he abandoned us. We were being ripped apart and he was nowhere near.'

'There was a court martial.'

'There was an *enquiry*, after the war.' Graveney sneered as he spoke the word. 'Major Moriston insisted that we had acted on our own initiative and that he had done everything he could to bring us back to safety. It was my word against his. Useful, that, wasn't it! All the other witnesses being blown apart.'

'It must have been a great shock for you to find him teaching here.'

'It made me sick. And everyone was the same as you. They thought the world of him. He was the war hero, the father figure, everyone's best friend. I was the only one who saw through him — and I would have killed him. I'll give you that much. Don't think I wasn't tempted.'

'Why did you remain here?'

Graveney shrugged. To Fraser, he looked worn out by his experiences, his shoulders slumped, his thick moustache

drooping. 'I had nowhere else to go. Tweed only gave me the job because I'd married Gemma. How else do you think a cripple with no qualifications manages to earn a living? I stayed because I had to and I avoided Moriston as best as I could.'

'And when he was awarded his medal, when he was given the CBE?'

'It meant nothing to me. You can stick a piece of metal on a coward and a liar but it won't change what he is.'

Pünd nodded as if this was the answer he had expected to hear. 'And so we arrive at the contradiction that is at the heart of the matter,' he said. 'The only man at Fawley Park with a motive to kill John Moriston was also the one man who could not possibly have committed the deed.' He paused. 'Unless, that is, there was a second person who had also a motive — even the same motive — and who had come to the school with the express purpose of exacting his revenge.'

Sebastian Fleet realised that the detective was staring directly at him. He straightened up, the colour rushing into his cheeks. 'What are you saying, Mr Pünd? I wasn't at Sidi Rezegh or anywhere near it. I was ten years old. Rather too young to fight in the war!'

'That is indeed the case, Mr Fleet. Even so, I remarked when we met that you seemed to be unusually qualified to be working as an English teacher in a preparatory school in the middle of the countryside. You received a first from Oxford University. You have youth and talent. Why have you chosen to bury yourself away here?'

'I told you that, when we first met. I'm working on a novel!'

'The novel is important to you. But you interrupted it to write a play.'

'I was asked to do it. Every year, a member of the staff writes a play, which the staff also performs. It's a tradition here.'

'And who was it who asked you?'

Fleet hesitated as if unwilling to provide the answer. 'It was Mr Graveney,' he said.

Pünd nodded and Fraser knew that he'd had no need to ask the question. He'd known all along. 'You dedicated *Night Comes Calling* to the memory of your father,' he continued. 'You told me that he had died quite recently.'

'A year ago.'

'And yet it seemed strange to me, when I visited your room, that there was no photograph of him taken in the recent past. Your mother accompanied you on the day that you entered Oxford. Your father was not there. Nor was he present at your graduation.'

'He was ill.'

'He was no longer alive, Mr Fleet. Do you think it was not an easy matter for me to discover that a Sergeant Michael Fleet, serving with the 60th Field Regiment of the Royal Artillery, died on 21 November 1941? Will you pretend that he was not related to you and that it was merely a coincidence that brought you to this school? You and Mr Graveney had met at the offices of the Honourable Artillery Company in London. He invited you to Fawley Park. You both had good reason to hate John Moriston. It was the same reason.'

Neither Fleet nor Graveney spoke and it was left to the

matron to break the silence. 'Are you saying they did it together?' she demanded.

'I am saying that they wrote, created and conceived *Night Comes Calling* with the express purpose of committing murder. They had decided to take their revenge for what had occurred at Sidi Rezegh. It was Mr Graveney who, I believe, came up with the idea and Mr Fleet who put it into action.'

'You're talking nonsense,' Fleet hissed. 'I was actually on stage when that person ran through the audience. I was in clear sight of everyone.'

'No. Everything was constructed to make it *seem* that you were there, but that is not how it works.' Pünd got to his feet, using his cane to lever himself up. 'The ghost makes its appearance at the back of the stage. It is dark. There is smoke. He is wearing the uniform of a First World War soldier. He has a moustache identical to that of Mr Graveney. His face is streaked with blood. He has a bandage around his head. He has very few lines to speak — that is how it has been arranged. It is the power of the writer to make everything work to his own purpose. He calls out one word only: "Agnes!" The voice, distorted by the attack of the mustard gas, is not difficult to fake. But it is not Mr Fleet who is on the stage.

'Mr Graveney, the director of the play, has been waiting in the wings and, as planned, the two of you change places for this one short scene. Mr Graveney puts on the trench coat. He applies the bandage and the blood. Slowly, he walks onto the stage. The fact that he is limping will not be noticed over such a short distance and anyway, he is playing a wounded soldier. At the same time, Mr Fleet has removed the false

moustache that he has worn for his performance. He puts on the hat and the jacket – which we will later find abandoned in the well. He runs through the auditorium, pausing only to stab the man sitting in seat E 23. How can he know that, moments before the play began, Mr Tweed and Mr Moriston exchanged seats and that the wrong man will die?

'It happens very quickly. Mr Fleet leaves through the main door of the theatre, discards the hat and the jacket, then runs round the side in time to change places, once again, with Mr Graveney who has just exited from the stage. By now, the audience is in an uproar. All eyes are on the dead man. Nobody notices what occurs in the wings. Of course, the two men are horrified when they discover what has occurred. Their victim has been the completely blameless Mr Tweed. But these killers are cold and cunning. They concoct a story that suggests that Mr Moriston was attempting blackmail and two days later they poison him with hemlock stolen from the same laboratory that provided the scalpel. It is clever, is it not? The finger of blame points at the biology teacher, Miss Colne, and this time, their true motive is completely concealed . . .'

Extract from *Death Treads the Boards* by Donald Leigh

CHAPTER 21: THE FINAL ACT

It was very dark in the theatre. The light of the day was fading quickly outside and the ominous sky was full of heavy, ugly clouds. In just six hours time, 1920 would come to an end and 1921 would begin. But Detective Superintendent MacKinnon was already celebrating the New Year inside his head. He had worked it all out. He knew who had committed the murder and soon he would confront that person, pinning him to the floor with the ruthlessness of a scientist with a rare butterfly.

Sergeant Browne looked carefully at the suspects, asking himself for the thousandth time, which one of them could have stabbed the history teacher, Ewan Jones, in the throat on that unforgettable night? Which one of them?

They were sitting in the half-abandoned theatre, not looking comfortable, each one of them doing their best to avoid the other's eyes. Henry Baker, the director of the play, was stroking his moustache as he always did when he was nervous. The writer, Charles Hawkins, was smoking a cigarette, which he was holding in those stubby fingers that were always stained with ink. Was it just a coincidence that he had been badly wounded at Ypres at the same time as the second victim, the theatre manager, Alastair Short, who had been mysteriously poisoned with arsenic a few days later? Could there be a connection? Short had two hundred pounds stashed away in his bedside cupboard and it looked very much as if blackmail could have been the name of his game. Where else could he have got the money? It was a shame that he hadn't lived to tell the tale.

Which one of them? Browne still suspected Lila Blaire. His thoughts hurtled back to the moment when she had thrown herself at Short, screaming at him and accusing him of destroying her career. 'I hate you!' she had screamed. 'I wish you were dead!' And seventy minutes later he had indeed been dead, just as she had wanted. And what about Iain Lithgow? The young, handsome, smiling actor had been too young to fight at Ypres. There could be no connection there but he had gambling debts and people who need money desperately will often do desperate things. Browne waited for his boss to collect his thoughts.

And now the moment he had been waiting for arrived. As MacKinnon got to his feet, there was a brief roll of thunder in the heavy, oppressive air. The New Year was going to start with a bad storm. Everyone stopped and looked up as he adjusted his monocle and then began to speak.

'On the night of 20 December,' he began, 'a murder was committed here, in the Pavilion Theatre, during a performance of *Aladdin*. But it was the wrong murder! Alastair Short was the real target but the killer got it wrong because, at the last moment, Mr Short and Mr Jones had swapped seats.'

MacKinnon paused for a moment, examining each one of the suspects as they drank in his words. 'But who was the killer who ran off the stage and plunged the knife into Jones's throat?' he continued. 'There were two people who it couldn't have been. Charles Hawkins couldn't have run through the theatre. He only had one leg. And as for Nigel Smith, he was on stage at the time, in full view of the audience. It couldn't be him either.

'At least, that's what I thought...'

There can be no doubt that Alan stole Donald Leigh's idea. He changed the time period from the twenties to the late forties and the setting from an end-of-the-pier theatre to a preparatory school, which he based on Chorley Hall, renaming it Fawley Park. Elliot Tweed is a thinly disguised portrait of his father, Elias Conway. Oh yes — and all the teachers are named after British rivers. The name of the detective, Inspector Ridgeway, may have been borrowed from Agatha Christie's *Death on the Nile*. Another river. But the mechanism is the same and so is the motive. An officer abandons his men at a time of war and, years later, the only survivor joins forces with the son of one of the men who died. They swap places during the performance of a play, committing the murder in full view of the audience. Detective Superintendent Locke would have found it a tad unlikely, but in the world of whodunnit fiction, it worked just fine.

After I read the two books, I rang the Arvon Foundation, which, I correctly guessed, had hosted the course that Donald had attended. They were able to confirm that Donald Leigh had indeed been at their manor house at Totleigh Barton, Devonshire. It's a lovely place, by the way. I've been there myself. I would have said that the chances of a visiting tutor stealing the work of one of his students were about a million to one, but looking at the two versions, that's what had happened. I felt sorry for Donald. Frankly, he can't write. His sentences are leaden, lacking any rhythm. He uses too many adjectives and his dialogue is unconvincing. Alan was right on both counts. But he didn't deserve to be treated this way. Could he have done anything about it? He told me he had written to Charles and had received no reply. That wasn't surprising. Publishers get crank letters all the time and this one wouldn't have got past Jemima. She'd simply have binned it. The police wouldn't have been interested. It

would have been easy enough for Alan to claim that he had given the idea to Donald rather than the other way round.

What else could he have done? Well, he could have found Alan's address in the records of the Ivy Club, written him a number of threatening letters and, when that didn't work, travelled up to Framlingham, pushed him off the roof and ripped up the final chapters of his new novel. I'd have been tempted to do the same in his place.

I'd managed to spend most of the morning reading and I was meant to be having lunch with Lucy, our rights manager. I wanted to talk to her about James Taylor and *The Atticus Adventures*. It was half past twelve and I thought I'd slip out for a quick cigarette on the pavement outside the front door – but then I remembered the letter at the top of the pile, the one that had spelled my name wrong. I opened it.

There was a photograph inside. No note. No name of any sender. I snatched the envelope back and looked at the postmark. It had been sent from Ipswich.

The photograph was a little blurry. I guessed it had been taken with a mobile phone, enlarged and printed at one of those Snappy Snaps shops you find everywhere. You can plug directly into their machines so, assuming they paid cash, the person who had taken the photograph would have been completely anonymous.

It showed John White murdering Alan Conway.

The two men were at the top of the tower. Alan had his back to the edge and he was bent over towards it. He was dressed in the same clothes – the loose jacket and black shirt – that he had been wearing when he was found. White had his hands on Alan's shoulders. One push and it would all be over.

So that was it. The mystery was solved. I rang Lucy and cancelled lunch. Then I began to think.

DETECTIVE WORK

It's one thing reading about detectives, quite another trying to be one.

I've always loved whodunnits. I've not just edited them. I've read them for pleasure throughout my life, gorging on them actually. You must know that feeling when it's raining outside and the heating's on and you lose yourself, utterly, in a book. You read and you read and you feel the pages slipping through your fingers until suddenly there are fewer in your right hand than there are in your left and you want to slow down but you still hurtle on towards a conclusion you can hardly bear to discover. That is the particular power of the whodunnit which has, I think, a special place within the general panoply of literary fiction because, of all characters, the detective enjoys a particular, indeed a unique relationship with the reader.

Whodunnits are all about truth: nothing more, nothing less. In a world full of uncertainties, is it not inherently satisfying to come to the last page with every *i* dotted and every *t* crossed? The stories mimic our experience in the world. We are surrounded by tensions and ambiguities, which we spend half our life trying to resolve, and we'll probably be on our own deathbed when we reach that moment

when everything makes sense. Just about every whodunnit provides that pleasure. It is the reason for their existence. It's why *Magpie Murders* was so bloody irritating.

In just about every other book I can think of, we're chasing on the heels of our heroes — the spies, the soldiers, the romantics, the adventurers. But we stand shoulder to shoulder with the detective. From the very start, we have the same aim — and it's actually a simple one. We want to know what really happened and neither of us are in it for the money. Read the Sherlock Holmes short stories. He's hardly ever paid, and although he's clearly well off, I'm not sure he once presents a bill for his services. Of course the detectives are cleverer than us. We expect them to be. But that doesn't mean they're paragons of virtue. Holmes is depressed. Poirot is vain. Miss Marple is brusque and eccentric. They don't have to be attractive. Look at Nero Wolfe who was so fat that he couldn't even leave his New York home and had to have a custom-made chair to support his weight! Or Father Brown who had *'a face as round and dull as a Norfolk dumpling... eyes as empty as the North Sea'*. Lord Peter Wimsey, ex-Eton, ex-Oxford, is thin and seemingly weedy and sports a monocle. Bulldog Drummond might have been able to kill a man with his bare hands (and may have been the inspiration for James Bond) but he was no male model either. In fact H.C. McNeile hits the nail on the head when he writes that Drummond had *'the fortunate possession of that cheerful type of ugliness which inspires immediate confidence in its owner'*. We don't need to like or admire our detectives. We stick with them because we have confidence in them.

All of this makes me a poor choice of narrator/investigator. Quite apart from the fact that I'm completely unqualified, I may not actually be all that good. I have tried to describe everyone I saw, everything I heard and, most importantly, everything I thought. Sadly, I have no

Watson, no Hastings, no Troy, no Bunter, no Lewis. So I have no choice but to put everything onto the page, including the fact that, until I opened the letter and saw the photograph of John White, I was getting absolutely nowhere. In fact, in my darker moments, I was beginning to ask myself if there really had been a murder at all. Part of the trouble was that there was no pattern, no shape to the mystery I was trying to solve. If Alan Conway had lent his hand to the description of his own death, as he had with Sir Magnus Pye, I'm sure he'd have given me a variety of clues, signs and indications to lead me on my way. For example, in *Magpie Murders*, there's the handprint in the earth, the dog's collar in the bedroom, the scrap of paper found in the fireplace, the service revolver in the desk, the typed letter in the handwritten envelope. I might not have any idea what they add up to but at least, as the reader, I know that they must have some significance or why else would they have been mentioned? As the detective, I had to find these things for myself and perhaps I'd been looking in the wrong direction because I seemed to have precious little to work with: no torn buttons, no mysterious fingerprints, no conveniently overheard conversations. Well, of course, I had Alan's handwritten suicide letter, which had been sent to Charles in a typed envelope, the exact reverse of what I had read in the book. But what did that mean? Had he run out of ink? Had he written the letter but asked someone else to write the address? If you read a Sherlock Holmes story, you can be pretty sure that the detective will know exactly what's going on even if he won't necessarily tell you. In this case, that's not true at all.

There was also that dinner at the Ivy. I still couldn't get it out of my mind. Alan had become annoyed when Charles had suggested changing the title of his book. Mathew Prichard, sitting at the next table, had heard what he had said. He had pounded the table, then

jabbed with a finger. *'I'm not having the—'* The what? I'm not having the title changed? I'm not having the discussion? I'm not having the dessert, thanks? Even Charles wasn't sure what he had meant.

I might as well come straight out with it. I didn't think John White killed Alan Conway even though I had photographic evidence of him committing that very act. It was like the suicide letter that wasn't actually a suicide letter except that this time I didn't even have the beginning of an explanation. I simply didn't believe it. I had met White and I didn't see him as being a particularly violent or aggressive person. And anyway, he had no reason to kill Alan. If anything, it was the other way round.

There were other questions too. Who had sent me the photograph? Why had they sent it to me, rather than the police? It must have been posted on the same day as the funeral and the postmark showed Ipswich. How many people at the funeral knew that I worked at Cloverleaf Books? My name was misspelled on the envelope. Was that a genuine error or a deliberate attempt to make it appear that they didn't know me well?

Sitting on my own in the office – just about everyone else had gone out to lunch – I drew up a list of suspects. I could think of five people who were far more likely than White to have committed the murder and I set them out in order of likelihood. It was quite confusing. I'd already performed exactly the same exercise when I'd finished Alan's book.

1. James Taylor, the boyfriend

As much as I liked James, he was the one who most directly benefited from Alan's death. In fact, if Alan had lived another twenty-four hours, he would have lost several million pounds. He knew Alan was

in the house. He would have guessed that Alan would have breakfast on the tower because the weather was so good on that penultimate day in August. He was still living there and could have let himself in, crept upstairs and pushed him off in the blink of an eye. He had told me he was in London over the weekend but I only had his word for that and he'd seemed completely at home when I met him, as if he knew that Abbey Grange was his. Of course, it's the first rule of whodunnits that you discard the most obvious suspect. Was that what I should do here?

2. Claire Jenkins, the sister

In all those pages she gave me, she went on about how much she adored her brother, how generous he was to her and how close they had always been. I wasn't sure I quite believed her. James thought she was jealous of his success and it's certainly true that in the end the two of them argued about money. That wasn't necessarily a motive for murder but there was another very good reason to put her second on my list and it related to the unfinished book.

Alan Conway took a spiteful pleasure in creating characters based on people he knew. James Taylor turned up as the slightly dim, foppish James Fraser. The vicar appeared as an anagram of himself. Even Alan's own son was in there by name. I had no doubt at all that Clarissa Pye, Sir Magnus's lonely spinster sister, was based on Claire. It was a grotesque portrait, which Alan made more pointed by deliberately including her address in Daphne Road (although in the book, it's Brent who lives there). If Claire had seen the manuscript, she might have a very good reason to push her brother off the roof. It would also have been in her interest to ensure that the book was

never published — something she would have achieved by stealing the last chapters.

Why then would she insist that Alan had been murdered? Why draw attention to what she had done? I had no real answer to that, but thinking it through I remembered reading somewhere that killers have an urge to claim ownership. It's why they return to the scene of their crime. Could it be that Claire had asked me to investigate her brother's death for the very same reason that she wrote that long account? A pathological desire to be centre stage.

3. Tom Robeson, the vicar

It was a pity that Robeson wouldn't tell me exactly what had happened at Chorley Hall when I confronted him at the church. If his wife had arrived a few minutes later it would have made all the difference. But the incident had involved a photograph used to humiliate a boy in an all-boys school and I didn't need to work too hard to get the general idea. It was interesting, incidentally, that Claire saw her brother as one of the victims of the school's various cruelties while Robeson saw him as more of an active participant. The more I learnt about Alan, the more I was inclined to believe the vicar's account.

All this had taken place back in the seventies and it had clearly been on Alan's mind because he had written about it in the first chapter of *Magpie Murders,* when Mary Blakiston turns up in the vicarage. '*And there they were, just lying there in the middle of all his papers.*' What had she seen? Were Henrietta and Robin Osborne perverts of some sort? Had they left out incriminating photographs, similar in nature to the ones that had tormented Robeson? From what he had said in his funeral address, the vicar hadn't forgotten

any of this and, having met him, I could quite easily see him creeping up to the top of the tower to get his revenge. That said, it's always been my belief that vicars make poor characters in crime novels. They're somehow too obvious, too Little England. If Robeson did turn out to be the killer, I think I'd be disappointed.

4. Donald Leigh, the waiter

'You must have been quite pleased to hear he was dead,' I had said. 'I was delighted,' he'd replied. Two men don't see each other for several years. One hates the other. They meet quite by chance and forty-eight hours later, one of them is dead. When I put it in black and white like that, Donald had to be on my list and it would have been a simple matter for him to get Alan's address from the club records. What else is there to say?

5. Mark Redmond, the producer

He lied to me. He said that he went back to London on the Saturday when the register showed that he had actually stayed the entire weekend at the Crown. He also had every reason to want Alan dead. The Atticus Adventures would have been worth a fortune if he could get them off the ground and Redmond had invested a lot of his own money seeding the project. He certainly knew a thing or two about murder having masterminded hundreds of them on British TV. Would it really have been so difficult to move from fiction to reality? After all, the murder had been a bloodless one. No guns, no knives. Just a simple push. Anyone could do that.

Those were the five names on my list, the Five Little Pigs, if you like, that I suspected of committing the crime. But there were two

other names, which I didn't add but which should perhaps have been there.

6. Melissa Conway, the ex-wife

I hadn't had a chance to speak to her yet, but decided I would travel down to Bradford-on-Avon as soon as I could. I was beginning to obsess about Alan's murder and I wasn't going to get any work done at Cloverleaf until it was solved. According to Claire Jenkins, Melissa had never forgiven Alan for the way he had left her. Had they met recently? Could something have happened that might have prompted her to take revenge? I was annoyed that I'd missed her at the hotel. I would have liked to have asked her why she had travelled all the way up to Framlingham to attend her husband's funeral. Had she made the same journey to push him off the tower?

7. Frederick Conway, the son

It may not be fair to include him — I had only glimpsed him at the funeral and knew almost nothing about him — but I still remembered how he had looked that day, staring at the grave, his face positively distorted by anger. He had been abandoned by his father. Worse than that, his father had come out as a gay man and as a schoolboy that might not have been easy for him either. A motive for murder? Alan must have been thinking about him when he wrote *Magpie Murders*. Freddy turns up as the son of Sir Magnus and Lady Pye, retaining his true name.

These were the notes that I made, sitting in my office that Monday afternoon, and by the time I left I had got precisely nowhere. It's all

very well having suspects. When push comes to shove (as, indeed, it had) all seven of them – eight, counting John White – could have killed Alan Conway. For that matter, it could have been the postman, the milkman, someone I've forgotten to mention, or someone I hadn't met. What I didn't have was that interconnectivity you get in a murder mystery, the sense that all the characters are moving in tandem, like pieces on a Cluedo board. Any one of them could have knocked on the door of Abbey Grange on that Sunday morning. Any one of them could have done it.

In the end I shoved my notepad aside and went for a meeting with one of our copy editors. If I had just worked a little harder, I would have realised that the clue I had been seeking was actually there, that somebody had said something to me, quite recently, that had identified them as the killer, and that the motive for Alan's murder had been in front of my eyes the moment I had begun reading *Magpie Murders*.

Just half an hour more might have made all the difference in the world. But I was late for my meeting and I was still thinking about Andreas. It was going to cost me dear.

BRADFORD-ON-AVON

Bradford-on-Avon was the last stopping point of my journey into the fictitious world of *Magpie Murders*. Although Alan had used Orford as a model for Saxby-on-Avon, the very name shows where his thoughts lay. What he had done in effect was to synthesise the two. The church, the square, the two pubs, the castle, the meadowland and the general layout belonged to Orford. But it was Bradford-on-Avon, which lay a few miles outside Bath and which was filled with the *'solid Georgian constructions made of Bath stone with handsome porticos and gardens rising up in terraces'* that the book describes. I don't think it was a coincidence that it happened to be the place where his ex-wife lived. Something had happened that had made him think of her. Somewhere inside *Magpie Murders* there was a message intended for her.

I had telephoned ahead and travelled down on Tuesday morning, taking the train from Paddington station and changing at Bath. I would have driven, but I had the manuscript with me and planned to work on the way. Melissa had been pleased to hear from me and had invited me to lunch. I arrived just after twelve.

She had given me an address — Middle Rank — that led me to a

row of terraced houses high above the town, unreachable except on foot. It was in the middle of an extraordinary warren of walkways, staircases and gardens, which could have been Spanish or Italian in origin if they hadn't been so determinedly English. The houses stretched out in three rows with perfectly proportioned Georgian windows, porticos above many of the front doors and, yes, that honey-coloured Bath stone. Melissa had three floors and a busy garden that picked its way in steps down the hill to a stone pavilion below. This was where she had moved after Orford, and although I hadn't seen where she had lived when she was there, it struck me that this must be the antithesis. It was peculiar. It was secluded. It was somewhere you would come if you wanted to escape.

I rang the doorbell and Melissa answered it herself. My first impression was that she was much younger than I remembered her, although we must have been about the same age. I had barely recognised her at the funeral. In her coat and scarf with the rain falling, she had blurred into the crowd. Now that she was standing in front of me, in her own home, she struck me as confident, attractive, relaxed. She was slim, with high cheekbones and an easy smile. I was sure her hair had been brown when she was married to Alan. Now it was a dark chestnut and cut short, down to the neck. She was wearing jeans and a cashmere jersey, a white gold chain and no make-up. It's often occurred to me that divorce suits some women. I'd have said that about her.

She greeted me formally and led me upstairs to the main living room which ran the whole length of the house with lovely views over Bradford-on-Avon and on to the Mendip Hills. The furniture was modern/traditional and looked expensive. She'd laid out lunch — smoked salmon, salad, artisan bread. She offered me wine but I stuck to sparkling water.

'I saw you at the funeral,' she said as she sat down. 'I'm sorry I didn't speak to you but Freddy was in a hurry to be away. I'm afraid he's not here. He's got an open day in London.'

'Oh yes?'

'He's applying to St Martin's School of Art. He wants to do a course in ceramics.' She went on quickly. 'He didn't really want to be there, you know, in Framlingham.'

'I was quite surprised to see you.'

'He was my husband, Susan. And Freddy's father. I knew I had to go as soon as I heard he was dead. I thought it would be good for Freddy. He was quite badly hurt by what happened. More than me, I'd say. I thought it might give him some sort of closure.'

'Did it?'

'Not really. He complained all the way there and he said nothing on the way back. He was plugged into his iPad. Still, I'm glad we went. It felt like the right thing to do.'

'Melissa...' This was the difficult bit. 'I wanted to ask you about you and Alan. There are some things I'm struggling to understand.'

'I did wonder why you'd come all this way.'

On the telephone, I'd told her that I was searching for the missing chapters and that I was trying to work out why Alan had killed himself. She hadn't needed any more explanation than that and I certainly wasn't going to mention the fact that he might have been murdered. 'I don't want to embarrass you,' I said.

'You can ask me anything you want, Susan.' She smiled. 'We'd been apart for six years when he died and I don't feel embarrassed about what happened. Why should I? Of course, it was very difficult at the time. I really loved Alan and I didn't want to lose him. But it's odd... Are you married?'

'No.'

'When your husband leaves you for another man, it sort of helps. I think I'd have been angrier if it had been a younger woman. When he told me about James, I saw it was his problem – if it was a problem. I couldn't blame myself if that was the way he felt.'

'Did you have any inkling of it, while you were married?'

'If you're talking about his sexuality, no. Not at all. Freddy was born two years after we were married. I'd say we had a normal relationship.'

'You said it was harder for your son.'

'It was. Freddy was twelve when Alan came out and the worst thing was that the newspapers got hold of the story and the children read about it at school. Of course he was teased. Having a gay dad. I think it would be easier if it happened now. Things have moved on so fast.'

She was completely without rancour. I was surprised and made a mental note to cross her off the list I had drawn up the day before. She explained that the divorce had been amicable; that Alan had given her everything she wanted and had continued to support Freddy even though there had been no contact between the two of them. There was a trust fund to take him through university and beyond and, as James Taylor had mentioned, he had been left money in the will. She herself had a part-time job; she was a supply teacher in nearby Warminster. But there was plenty of money in the bank. She didn't need to work.

We talked a lot about Alan as a writer because that was what I had told her interested me. She had known him at the most interesting time in his career: struggling, getting published for the first time, finding fame.

'Everyone at Woodbridge School knew that he wanted to be a writer,' she told me. 'He wanted it desperately. That was all he ever talked about. I was actually going out with another of the teachers

there but that ended when Alan came to teach at the school. Are you still in touch with Andreas?'

She had asked it so casually and I don't think she noticed when I froze. We had talked, long ago, at publishing parties, and I had mentioned to her that I knew Andreas, but either I hadn't told her that we were going out together or she had forgotten it. 'Andreas?' I said.

'Andreas Patakis. He taught Latin and Greek. He and I had a huge fling — it lasted about a year. We were crazy about each other. You know what these Mediterraneans are like. I'm afraid I treated him badly in the end but, as I say, there was something about Alan that just suited me more.'

Andreas Patakis. *My* Andreas.

All at once, a whole lot of things fell into place. So this was the reason why Andreas had disliked Alan and why he resented Alan's success! It was also the reason why, on Sunday evening, he had been so reluctant to tell me what it was about Alan that had annoyed him. How could he admit that he had been going out with Melissa before he met me? What should I think about it? Should I be upset? I had inherited him second-hand. No. That was ridiculous. Andreas had been married twice. There had been plenty of other women in his life. I knew that. But Melissa...? I found myself looking at her in a completely different light. She was definitely much less attractive than I had thought: too thin, boyish even, better suited to Alan than to Andreas.

She hadn't stopped talking. She was still telling me about Alan.

'I absolutely love books and I found him fascinating. I'd never met anyone so driven. He was always talking about stories and ideas, the books he'd read and the books he wanted to write. He'd done a course at East Anglia University and he was certain it was going

to help him break through. It wasn't enough for him to be published. He wanted to be famous — but it took a lot longer than he'd expected. I was with him throughout the whole process: writing the books, finishing them and then the horrible disappointment when nobody was interested. You have no idea what it's like, Susan, being rejected, those letters that turn up in the post with six or seven lines dismissing the work of a whole year. Well, I suppose you're the one who writes them. But to spend all that time writing something only to find that nobody wants it. It's horribly destructive. They're not just rejecting your work. They're rejecting who you are.'

And who was Alan?

'He took writing very seriously. The truth is, he didn't want to write mysteries. The first book he showed me was called *Look to the Stars*. It was actually very clever and funny and a little sad. The main character was an astronaut but he never actually got into space. In a way, I suppose, that was a bit like Alan. Then there was a book set in the South of France. He said it was inspired by Henry James, *The Turn of the Screw*. It took him three years to finish but again no one was interested. I couldn't understand it because I loved his writing and I completely believed in it. And what makes me angry is that, in the end, I was the one who spoiled it all.'

I poured myself more sparkling water. I was still thinking about Andreas. 'What do you mean?' I asked.

'Atticus Pünd was my idea. No — really, it was! You've got to understand that what Alan wanted more than anything was to be published, to be recognised. It killed him to be stuck in a boring independent school in the middle of nowhere, teaching a bunch of kids he didn't even like and who would forget him the moment they moved on to university. And one day — we'd just been to a bookshop — I suggested that he should write something simpler

and more popular. He was always great at puzzles – crosswords and things like that. He had a fascination with tricks and trompe l'oeils. So I told him he should write a whodunnit. It seemed to me that there were writers out there who were earning thousands, millions of pounds from books that weren't half as good as his. It would only take him a few months. It might be fun. And if it was a success he could leave Woodbridge and become a writer full-time, which is what he really wanted.

'I actually helped him write *Atticus Pünd Investigates*. I was there when he thought up the main character. He told me all his ideas.'

'Where did Atticus come from?'

'They'd just shown *Schindler's List* on TV and Alan took him from that. He may have been based on an old English teacher too. His name was Adrian Pound or something like that. Alan read loads of Agatha Christie books and tried to work out how she wrote her mysteries and only then did he begin writing. I was the first person to read it. I'm still proud of that. I was the first person in the world to read an Atticus Pünd novel. I loved it. Of course, it wasn't as good as his other work. It was lighter and completely pointless, but I thought it was beautifully written – and of course, you published it. The rest you know.'

'You said you spoiled things for him.'

'Everything went wrong after the book came out. You have to understand, Alan was such a complex person. He could be very moody, introverted. For him, writing was something mysterious. It was like he was kneeling at the altar and the words were being sent down to him – or something like that. There were writers that he admired, and more than anything in the world he had always dreamed of being like them.'

'What writers?'

'Well, Salman Rushdie, for one. Martin Amis. David Mitchell. And Will Self.'

I remembered the four hundred and twenty pages of *The Slide* that I had read. I had thought it derivative at the time but now Melissa had told me where it had come from. Alan had been imitating a writer he'd admired but who, personally speaking, I had never been able to read. He had produced something close to a pastiche of Will Self.

'The moment Atticus Pünd came out, he was trapped,' Melissa went on. 'That was what neither of us had anticipated. It was so successful that of course nobody wanted him to do anything else.'

'It was better than his other books,' I said.

'You may have thought that, but Alan didn't agree and nor do I.' She sounded bitter. 'He only wrote Atticus Pünd to get out of Woodbridge School and all it did was put him somewhere worse.'

'But he was rich.'

'He didn't want the money! It was never about money.' She sighed. Neither of us had eaten very much lunch. 'Even if Alan hadn't found this other side of himself, even if he hadn't gone off with James, I don't think we'd have stayed married much longer. He was never the same with me after he got famous. Do you understand what I'm saying, Susan? I'd betrayed him. Worse than that, I'd persuaded him to betray himself.'

After another half an hour — maybe forty minutes — I left. I had to wait for a train at Bradford-on-Avon station but that suited me. I needed time to think. Andreas and Melissa! Why did it bother me so much? It had been over before the two of us even met. I suppose part of it was natural, a spurt of involuntary jealousy. But at the same time I was remembering what Andreas had said to me, the last time we had spoken. *'Is this the best we can do?'* I had always assumed that we had both liked the casual nature of our relationship and I

had been annoyed about the hotel because it was changing all that. What Melissa had just told me made me think again. Suddenly I saw how easy it would be to lose him.

There was something else that occurred to me. Andreas had lost Melissa to Alan and he had made it clear that it still rankled. There was certainly no love lost between them. And this time, all these years later, Alan was the main reason why he might lose me. I was his editor. My career was largely predicated on the success of his books. *'I've hated the way you've had to kowtow to him.'* That was what he had said.

I suddenly saw that Andreas, as much as anyone, must have been very glad to see him dead.

I needed to distract myself, so as soon as I was on the train, I took out *Magpie Murders* — but this time, instead of reading it, I tried to decipher it. I couldn't get away from the idea that Alan Conway had concealed something inside the text and that it might even be the reason he was killed. I remembered the crossword that Clarissa Pye had solved and the code games the two boys had played at the Lodge. When Alan was at Chorley Hall, he had sent his sister acronyms and had put dots under certain letters in books to send secret messages. There were no dots in the typescript of *Magpie Murders*. I had already checked. But his books had contained British rivers, tube stations, fountain pens, birds. This was a man who played electronic Scrabble in his spare time. *'He was always great at puzzles — crosswords and things like that.'* It was the very reason why Melissa had persuaded him to try his hand at murder mystery in the first place. I was sure that if I looked hard enough there would be something I would find.

I figured I knew where the characters had originated so I ignored

them. If I was looking for secret messages, acronyms seemed the more likely possibility. The first letters of the first word of each chapter, for example, spelled out TTAADA. Nothing there. Then I tried the first ten sentences, which began TTTBHTI and the first letters of the first word of each section: TSDW — I didn't need to continue. That didn't mean anything either. I looked at the title of the book. *Magpie Murders* could be rearranged to make Reared Pig Mums, Reread Smug Imp, Premium Grades and many more. It was a puerile activity. I wasn't expecting to find anything, not really. But it occupied my mind as we trundled back to London. I didn't want to think about what Melissa had told me.

And then, somewhere between Swindon and Didcot, I saw it. It just assembled itself in front of my eyes.

The titles of the books.

The clues had always been there. James had told me that the number of books was important. *'Alan always said there would be nine books. He'd decided that from the very start.'* Why nine? Because *that* was his secret message. That was what he wanted to spell out. Look at the first letters.

Atticus Pünd Investigates
No Rest for the Wicked
Atticus Pünd Takes the Case
Night Comes Calling
Atticus Pünd's Christmas
Gin & Cyanide
Red Roses for Atticus
Atticus Pünd Abroad

If you add the last title, *Magpie Murders*, what do you get?
AN ANAGRAM.

And finally that explained something that had been on my mind for a while. The Ivy Club. Alan had got angry when Charles had suggested changing the title of the last book. What was it that he had said? *'I'm not having the—'* That was the moment when Donald Leigh dropped the plates.

But in fact there was no missing word. He had actually completed the sentence. What he was saying was, the book could not be called **The** *Magpie Murders* because that would spoil the joke that Alan had built into the series almost from the day it was conceived. He'd come up with an anagram.

But an anagram of what?

An hour later, the train pulled into Paddington and I still hadn't seen it.

PADDINGTON STATION

I don't like coincidences in novels, and particularly not in murder mysteries, which work because of logic and calculation. The detective really should be able to reach his conclusion without having providence on his side. But that's just the editor in me speaking and unfortunately this is what happened. Getting off the train at two minutes past five in a city of eight and a half million people, with thousands of them crossing the concourse all around me, I bumped into someone I knew. Her name was Jemima Humphries. Until very recently, she had been Charles Clover's PA at Cloverleaf.

I saw her and recognised her at once. Charles always said she had the sort of smile that could light up a crowd and that was what first caught my eye, the fact that she alone looked cheerful among the grey mass of commuters making their way home. She was slim and pretty with long blonde hair, and although she was in her mid-twenties, she had lost none of her schoolgirl exuberance. I remember her telling me that she had wanted to get into publishing because she loved reading. I'd already missed having her around the office. I had no idea why she'd left.

She saw me at the same moment and waved. We made our way

towards each other and I thought we were just going to say hello and I was going to ask her how she was. But that wasn't what happened.

'How are you, Jemima?' I asked.

'I'm fine, thanks Susan. It's really great to see you. I'm sorry I didn't get to say goodbye.'

'It all happened so quickly. I was away on a book tour and when I'd got back, you'd already gone.'

'I know.'

'So where are you now?'

'I'm living with my parents in Chiswick. I was just on my way—'

'Where are you working?'

'I haven't got a job yet.' She giggled nervously. 'I'm still looking.'

That puzzled me. I'd assumed she'd been poached. 'So why did you leave?' I asked.

'I didn't leave, Susan. Charles fired me. Well, he asked me to go. I didn't want to.'

That wasn't what Charles had told me. I was sure he'd said she'd handed in her notice. It was already half past five and I wanted to go to the office and go through my emails before I met Andreas. But something told me I couldn't leave it like this. I had to know more. 'Are you in a hurry?' I asked.

'No. Not really.'

'Can I buy you a drink?'

We made our way to one of those grimy, frankly hellish pubs that edge onto the platforms at Paddington station. I bought myself a gin and tonic, which arrived with not enough ice. Jemima had a glass of white wine. 'So what happened?' I asked.

Jemima frowned. 'I'm not sure, to be honest with you, Susan. I really liked working at Cloverleaf and Charles was fine most of the time. He could be quite snappy now and then but I didn't mind

because in a way that was part of the job. Anyway, we had a big row – it must have been the day you went off on that book tour. He said I'd double-booked him for a lunch and there was an agent sitting in a restaurant waiting for him but it simply wasn't true. I never made any mistakes with his diary. But when I tried to argue with him he got really angry. I'd never seen him like that before. He was completely over-the-top. And then, on the Friday morning, I took him a coffee in his office and, as I handed it to him, he sort of fumbled it and it went all over his desk. It was a terrible mess and I went out and got a kitchen towel and cleared it up for him and that was when he said he didn't think it was working, him and me, and that I should start looking for another job.'

'He fired you on the spot?'

'Not exactly. I was very upset. I mean, the thing with the coffee, it really wasn't me. I was going to put it on his desk like I always did but he reached out to take it and knocked it out of my hand. And it wasn't as if I'd made loads of mistakes. I'd been with him for a year and everything had gone all right. We had a long talk and I think it was me who said to him that it would be better if I went straight away and he said he'd pay me a month's salary so that was it. He also said he'd give me a good reference and that if anyone asked, I hadn't been fired, I'd just decided to leave.' Charles had stuck with that. It was what he had told me. 'I suppose that was nice of him,' she went on. 'I just left at the end of the day and that was that.'

'What day was that?' I asked.

'It was Friday morning. You were on your way back from Dublin.' She remembered something. 'Did Andreas ever catch up with you?' she asked.

'I'm sorry?' I could feel my head spinning. It was the second

time that Andreas had been mentioned today. Melissa had suddenly dragged him into the conversation and now Jemima had done the same. She knew him, of course. She'd met him a few times and taken messages from him. But why was she mentioning him now?

'He came in the day before,' Jemima continued, cheerfully. 'He wanted to see you. After his meeting with Charles.'

'I'm sorry, Jemima.' I tried to take this slowly. 'You must be making a mistake. Andreas wasn't in England that week. He was in Crete.'

'He did look very tanned but I'm not making a mistake. It was a horrible week for me and I sort of remember everything that happened. He came in on Thursday at about three o'clock.'

'And he saw Charles?'

'That's right.' She looked perplexed. 'I hope I haven't done something wrong. He didn't say not to tell you.'

But he hadn't told me himself. Quite the opposite. We'd had our big reunion dinner. He had said he was in Crete.

I wanted to leave Andreas out of this. I went back to Charles. 'There's no way he'd want to lose you,' I said. I wasn't really talking to her. I was talking to myself, trying to work it out. And it was true. I could easily see Charles losing his temper in the way she'd described – but not with her. Jemima had been his third secretary in as many years and I know he liked her. There had been Olivia who'd got on his nerves. And Cat who was always late. Third time lucky – that was what he'd said. Jemima was efficient and hard-working. She made him laugh. How could he have changed his mind so suddenly?

'I don't know,' she said. 'He'd had a bad couple of weeks. When all the reviews came out for that book, *The One-Armed Juggler*, he was really upset and I know he wasn't too happy about *Magpie Murders* either. He was worried about his daughter. Honestly, Susan, I was doing everything I could to help but he just needed someone

to shout at and I was the one who happened to be in the room. Did Laura have her baby?'

'Yes,' I said, although actually I didn't know. 'I haven't heard if it's a boy or a girl.'

'Well, send good wishes from me.'

We talked a little more. Jemima was working part-time, helping her mother who was a solicitor. She was thinking about spending the winter in Verbier. She was a keen snowboarder and thought she could get work as a chalet girl. But I didn't really listen to what she was saying. I wanted to telephone Andreas. I wanted to know why he had lied to me.

It was just as we were separating that another thought struck me. I was replaying something she had said to me. 'You mentioned that Charles wasn't happy with *Magpie Murders*,' I said. 'What was the problem?'

'I don't know. He didn't say. But he was definitely upset about something. I thought maybe it wasn't any good.'

'But he hadn't read it yet.'

'Hadn't he?' She sounded surprised.

She was anxious to be on her way but I stopped her. None of this was making any sense. Alan had delivered the new book to Charles at the Ivy Club on Thursday, 27 August, the same day – it now turned out – Andreas had visited him at Cloverleaf Books. I had got back on the twenty-eighth and had found a copy of the manuscript waiting for me. We had both read it over the weekend – the same weekend Alan died. So what could Charles have been unhappy about?

'Charles was given the book just before you left,' I said.

'No. That's not true. It came in the post.'

'When?'

'On Tuesday.'

'How do you know?'

'I opened it.'

I stared at her. 'Did you see the title?'

'Yes. It was on the front page.'

'Was the book complete?'

That confused her. 'I don't know, Susan. I just gave it to Charles. He was very pleased to have it but he didn't say anything afterwards and anyway a few days later the coffee thing happened and that was that.'

There were people swirling past. A voice boomed out over the tannoys, announcing the departure of a train. I thanked Jemima, gave her a brief hug and hurried off to find a taxi.

CLOVERLEAF BOOKS

I didn't call Andreas. I wanted to. But there was something else I had to do first.

The offices were closed by the time I got there but I had a key and let myself in, deactivated the alarms and climbed the stairs up to the first floor. I turned on the lights, but without anyone in there, the building still felt dark and oppressive, the shadows refusing to budge. I knew exactly where I was going. Charles's office was never locked and I went straight in. There were the two armchairs in empty conference with Charles's desk in front of me. The shelves with all his books, his awards, his photographs were on one side. Bella's basket was on the other, tucked next to a cabinet that contained bottles and glasses. How many times had I sat here, late into the evening, sipping Glenmorangie malt whisky, talking over the problems of the day? I was here now as an intruder and I had a sense that I was smashing everything that I had helped to build up over the past eleven years.

I walked over to the desk. I was in such a mood that if the drawers had been locked I wouldn't have hesitated to break them open, antique or not. But Charles hadn't taken even this measure of

security. The drawers slid open eagerly in my hands to reveal contracts, cost reports, invoices, proofs, newspaper clippings, unwanted wires from old computers and mobile phones, photographs and, at the very bottom, clumsily concealed, a plastic folder containing about twenty sheets of paper. The first page was almost blank with a heading in bold type.

Seven: A Secret Never to Be Told

The missing chapters. They had been here all the time.

And in the end, the title had been absolutely true. The solution to the murder of Sir Magnus Pye had to be kept secret because of the way it related to the murder of Alan Conway. I thought I heard something. Had there been a creak on the stairs outside? I turned the page and began to read.

Atticus Pünd took one last walk around Saxby-on-Avon, enjoying the morning sunshine. He had slept well and taken two pills when he woke up. He felt refreshed and his head was clear. He had arranged to meet Detective Inspector Chubb at the Bath police station in an hour's time and had left James Fraser to see to the suitcases and to settle the bill while he stretched his legs. He had not been in the village very long but in a strange way he felt he had come to know it intimately. The church, the castle, the antique shop in the square, the bus shelter, the Queen's Arms and the Ferryman, Dingle Dell and, of course, Pye Hall . . . he could no longer see them separately. They had become the chessboard on which this particular game, surely his last, had been played.

It was his last game because he was dying. Atticus Pünd and Alan Conway were going out together. That was what this was all

about. A writer and a character he hated, both heading towards their Reichenbach Falls.

It had all come to me at Paddington station, the extraordinary moment that all of them must have felt — Poirot, Holmes, Wimsey, Marple, Morse — but which their authors had never fully explained. What was it like, for them? A slow process, like constructing a jigsaw? Or did it come in a rush, one last turn in a toy kaleidoscope when all the colours and shapes tumbled and twisted into each other, forming a recognisable image? That was what had happened to me. The truth had been there. But it had taken a final nudge for me to see it, all of it.

Would it have happened if I hadn't met Jemima Humphries? I'll never know for sure, but I think I would have got there in the end. There were little bits of information, red herrings that I'd had to get out of my head. For example, the television producer, Mark Redmond, hadn't told me that he'd stayed at the Crown Hotel in Framlingham over the weekend. Why not? The answer was quite simple when I thought about it. When he'd talked to me, he'd deliberately made it seem that he was on his own. It was only the receptionist at the hotel who'd mentioned that he was with his wife. But suppose it wasn't his wife? Suppose it was a secretary or a starlet? That would have been a good reason for a longer stay — and a good reason to lie about it. And then there was James Taylor. He really had been in London with friends. The photograph of John White and Alan on the tower? White had gone round to see Alan on that Sunday morning. No wonder he and his housekeeper had looked uncomfortable when I spoke to them. The two of them had argued about the lost investment. But it wasn't White who had attempted to kill Alan. It was the other way round. Wasn't that obvious? Alan had grabbed hold of him at the top of the tower and the two of them

had grappled for a moment. That was what the photograph showed. It was actually Alan's killer who had taken it.

I flicked through a few more pages. I'm not sure I particularly cared who had killed Sir Magnus Pye, not at that moment anyway. But I knew what I was looking for and, sure enough, there it was, in part two of the final chapter.

It took him a short time to write the letter sitting with a cup of tea in a quiet corner of the Queen's Arms.

Dear James,

By the time that you read this, it will all be finished. You will forgive me for not having spoken to you earlier, for not taking you into my confidence but I am sure that in time you will understand.

There are some notes which I have written and which you will find in my desk. They relate to my condition and to the decision that I have made. I want it to be understood that the doctor's diagnosis is clear and, for me, there can be no possibility of reprieve. I have no fear of death. I would like to think that my name will be remembered.

'What are you doing, Susan?'

That was as far as I'd got when I heard the voice, coming from the door, and looked up to see Charles Clover standing there. So there had been someone on the stairs. He was wearing corduroy trousers and a baggy jersey with a coat hanging loosely open. He looked tired.

'I've found the missing chapters,' I said.

'Yes. I can see that.'

There was a long silence. It was only half past six but it felt later. There was no sound of any traffic outside.

'Why are you here?' I asked.

'I'm taking a few days off. I came to get some things.'

'How's Laura?'

'She had a little boy. They're going to call him George.'

'That's a nice name.'

'I thought so.' He moved into the room and sat down in one of the armchairs. I was standing behind his desk so it was as if our positions had been reversed. 'I can explain to you why I hid the pages,' Charles said. I knew that he had already started thinking up an explanation and that, whatever he said, it wouldn't be true.

'There's no need to,' I said. 'I already know everything.'

'Really?'

'I know you killed Alan Conway. And I know why.'

'Why don't you sit down?' He waved a hand towards the cabinet where he kept his drinks. 'Would you like a glass of something?'

'Thank you.' I went over and poured two glasses of whisky. I was glad that Charles had made it easier for me. The two of us had known each other for a very long time and I was determined that we were going to be civilised. I still wasn't sure what would happen next. I assumed that Charles would telephone Detective Superintendent Locke and turn himself in.

I gave him the drink and sat down opposite. 'I think the tradition is that you tell me what happened,' Charles said. 'Although we can always do it the other way round – if you prefer.'

'Aren't you going to deny it?'

'I can see it would be completely pointless. You've found the pages.'

'You could have hidden them more carefully, Charles.'

'I didn't think you'd look. I must say, I was very surprised to find you in my office.'

'I'm surprised to see you too.'

He raised his glass in an ironic toast. He was my boss, my mentor. A grandfather. The godfather. I couldn't believe we were having this conversation. Nonetheless, I began... not quite at the beginning as I would have liked but I was finally wearing the hat of the detective, not the editor. 'Alan Conway hated Atticus Pünd,' I said. 'He thought of himself as a great writer — a Salman Rushdie, a David Mitchell — someone people would take seriously, when all he was doing was churning out potboilers, murder mysteries which were making him a fortune but which he himself despised. That book that he showed you, *The Slide* — that was what he really wanted to write.'

'It was dreadful.'

'I know.' Charles looked surprised, so I told him. 'I found it in his office and I read it. I agree with you. It was derivative and it was rubbish. But it was *about* something. It was his view of society — how the old values of the literary classes had rotted away and how, without them, the rest of the country was slipping into some sort of moral and cultural abyss. It was his big statement. And he just couldn't see that it would never be published and it would never be read because it was no good. He believed that was what he was born to write and he blamed Atticus Pünd for getting in the way and spoiling everything for him. Did you know that it was Melissa Conway who first suggested he should write a detective novel?'

'No. She never told me that.'

'It's one of the reasons he divorced her.'

'Those books made him a fortune.'

'He didn't care. He had a million pounds. Then he had ten million pounds. He could have had a hundred million pounds. But he didn't have what he wanted, which was respect, the imprimatur of the great writer. And as mad as it sounds, he wasn't the only successful writer who felt that way. Look at Ian Fleming and Conan Doyle.

Even A.A. Milne! Milne disliked Winnie the Pooh *because* he was so successful. But I think the big difference is that Alan hated Pünd from the very start. He never wanted to write any of the novels and when he became famous he couldn't wait to get rid of him.'

'Are you saying I killed him because he wouldn't write any more?'

'No, Charles.' I dug into my handbag and took out a packet of cigarettes. To hell with office regulations. We were talking murder here. 'We'll get to why you killed him in a minute. But first of all I'm going to tell you what happened and also how you gave yourself away.'

'Why don't we start with that, Susan? I'd be interested to know.'

'How you gave yourself away? The funny thing is I remember the moment exactly. It was like an alarm bell went off in my head but I didn't make the connection. I suppose it was because I simply couldn't imagine you as a killer. I kept thinking you were the last person to want Alan dead.'

'Go on.'

'Well, when I was in your office, the day we heard that Alan had committed suicide, you made a point of telling me that you hadn't been to Framlingham for six months, not since March or April. It was an understandable lie. You were trying to distance yourself from the scene of the crime. But the trouble is, when we drove up to the funeral together, you warned me to take a different route to avoid the roadworks at Earl Soham. They'd only just started – Mark Redmond told me that – and the only way you could have known about them is if you'd been up more recently. You must have driven through Earl Soham on the Sunday morning when you killed Alan.'

Charles considered what I had said and smiled half-ruefully. 'You know that's exactly the sort of thing Alan would have put in one of his books.'

'I thought so too.'

'I'll have a little more whisky if you don't mind.'

I poured some for him and a little more for myself. I needed to keep a clear head but the Glenmorangie went very well with the cigarette. 'Alan didn't give you the manuscript of *Magpie Murders* at the Ivy Club,' I said. 'It actually came here in the post on Tuesday, the twenty-fifth of August. Jemima opened the envelope and saw it. You must have read it the same day.'

'I finished it on Wednesday.'

'You had dinner with Alan on Thursday evening. He was already in London because he had an afternoon appointment with his doctor – Sheila Bennett. Her initials were in his diary. I wonder if that was when she told him the bad news – that his cancer was terminal? I can't imagine what must have been going through his head when he sat down with you, but of course it was a horrible evening for both of you. After dinner, Alan went back to his London flat and the following day he wrote you a letter, apologising for his bad behaviour. It was dated the twenty-eighth of August, which was the Friday, and my guess is that he dropped it in by hand. I'll come back to that letter in a minute, but I want to get all my ducks in a row.'

'Timelines, Susan. They always were your strong suit.'

'You faked that business with the spilled coffee and fired Jemima on Friday morning. She was completely innocent but you were already planning to kill Alan. You were going to make it look like suicide but it would only work if you hadn't read *Magpie Murders*. Jemima had actually handed you the novel a few days earlier. She'd probably seen Alan's letter too. You knew I was coming back from Dublin on Friday afternoon and it was absolutely essential that she and I shouldn't meet. As far as I was concerned, you would be at

home over the weekend, reading *Magpie Murders*. The same as me. It was your alibi. But what mattered just as much was that you should have no reason to kill Alan.'

'You still haven't told me the reason.'

'I will.' I unscrewed a bottle of ink on Charles's desk and used the lid as an ashtray. I could feel the whisky warming my stomach, encouraging me to continue. 'Alan drove back to Framlingham on either Friday evening or Saturday morning. You must have known that he'd broken up with James and you guessed that he would be alone in the house. You drove up on Sunday morning but when you arrived you saw that there was someone with him, up on the roof. That was John White, his neighbour. You parked your car behind a bush where it wouldn't be seen — I noticed the tyre tracks when I was there — and watched what happened. The two men had an altercation, which turned into a scuffle, and you took a photograph of the two of them, just in case it might be useful. And it was, wasn't it, Charles? When I told you that I believed Alan had been murdered, you sent it to me, to put me on the wrong track.

'But it wasn't White who killed him. He left and you watched him take the shortcut back to his house, through the trees. That was when you made your move. You went into the house. Presumably Alan thought you had come to continue the conversation that had begun at the Ivy Club. He invited you to join him for breakfast on the tower. Or maybe you talked your way up there. How you got up there doesn't really matter. The point is that when you got the opportunity, when his back was to you, you pushed him off.

'That was only part of it. After you'd killed him, you went into Alan's study — because you'd read *Magpie Murders* and you knew exactly what you were looking for. It was a gift! A suicide letter, written in Alan's own hand! We both know Alan always wrote the

first draft by hand. You had the letter that Alan had hand-delivered on Friday morning. But there was a second letter in the book and you realised you could use it. I really have to kick myself because I've been an editor for more than twenty years and this must be the only crime ever committed that an editor was born to solve. I knew there was something strange about Alan's suicide letter, but I didn't see what it was. I know now. Alan wrote pages one and two on the Friday morning. But page three, the actual page that signals his intention to kill himself, has been taken from the book. It's no longer Alan's voice. There's no slang, no swearing. It's formal, slightly stilted, as if it's been written by someone for whom English is a second language. "...*for me there can be no possibility of reprieve.*" "*It is also my hope that you will be able to complete the work of my book.*" It's not a letter from Alan to you. It's a letter from Pünd to James Fraser – and the book he refers to is not *Magpie Murders*, it's *The Landscape of Criminal Investigation*.

'You were incredibly lucky. I don't know exactly what Alan wrote to you but the new page – what eventually became page three – fitted in perfectly. You had to cut a little bit off the top, though. There's one line missing – the line that reads "*Dear James*". I could have worked that out if I'd measured the pages, but I'm afraid that was something I missed. And there was something else. To complete the illusion that all four pages belonged to the same, single letter, you added numbers in the right top corner but if I'd looked more closely, I'd have seen that the numbers are darker than the letters. You used a different pen. Otherwise, it was perfect. For Alan's death to appear like suicide you needed a suicide letter and now you had one.

'It still had to be delivered. The letter that Alan had actually sent you, the one apologising about the dinner which you had received

the day before, had been hand-delivered. You needed it to appear as if it had been posted from Ipswich. The answer was simple. You found an old envelope — I suppose it was one that Alan had sent you at some other time — and put your manufactured suicide note in there. You assumed that no one would look too closely at the envelope. It was the letter that mattered. But as it happens I did notice two things. The envelope was torn. I assume you'd deliberately ripped through the postmark to obliterate the date. But there was something much more striking. The letter was handwritten but the envelope was typed. It exactly reflected something that had happened in *Magpie Murders* and of course it stuck in my mind.

'So let's get to the heart of the matter. You'd used part of a letter written by Atticus Pünd and unfortunately, if your plan was going to work, nobody could read it. If anyone put two and two together, the entire suicide theory would collapse. So that was why the chapters had to disappear. I have to say, I was puzzled why you were so unenthusiastic when I suggested travelling up to Framlingham to find them but now I know why you didn't want them to be found. You removed the handwritten pages. You took Alan's notebooks. You cleared the hard drive on his computer. It would mean losing the ninth book in the series — or postponing it until we could get someone else to finish it — but for you it was a price well worth paying.'

Charles sighed a little and set down his glass, which was empty again. There was a strange, relaxed atmosphere in the room. The two of us could have been discussing the proof of a novel as we had done so many times in the past. For some reason, I was sorry that Bella wasn't here. I don't know why. Perhaps it would have made everything that was unfolding feel a little more normal.

'I had a feeling that you'd see through it all, Susan,' he said.

'You're very clever. I've always known that. However, the motive! You still haven't told me *why* I killed Alan.'

'It was because he was going to pull the plug on Atticus Pünd. Isn't that right? It all goes back to that dinner at the Ivy Club. That was when he told you. He had a radio interview with Simon Mayo the following week and it would give him the perfect opportunity to do it, the one thing that would give him a good laugh before he died, something that mattered even more than seeing the final book in print. You lied to me when you said he wanted to cancel the interview. It was still in his diary and the radio station didn't know he was going to drop out. I think he wanted to go ahead. I think he was desperate.'

'He was sick,' Charles said.

'In more ways than one,' I agreed. 'What I find extraordinary is that he had been planning this all along, from the very day that he invented Atticus Pünd. What sort of writer builds a self-destruct mechanism into his own work and watches it tick away for eleven long years? But that's what Alan did. It was the reason why the last book had to be called *Magpie Murders* and nothing else. He had built an acronym into the nine titles. The first letters spelled out two words.'

'An anagram.'

'You knew?'

'Alan told me.'

'An anagram. But an anagram of what? In the end, it didn't take me too long to work it out. It wasn't the titles. They're perfectly innocent. It wasn't the characters. They were named after birds. It wasn't the policemen. They were nicked out of Agatha Christie or based on people he knew. James Fraser was named after an actor. That just leaves one character.'

'Atticus Pünd.'

'It's an anagram of "a stupid..."'

Forgive me if I don't spell out that last word. You can work it out easily enough for yourself but personally, I hate it. Swear words in books have always struck me as lazy and over-familiar. But the 'c' word is more than that. It's used by sour, frustrated men, nearly always about women. It's a word full of misogyny – crudely offensive. And that's what it all came down to! That was what Alan Conway thought about the character that his ex-wife had got him to write. It was what summed up his feelings about the whole detective genre.

'He told you, didn't he,' I went on. '*That's* what happened at the Ivy Club. Alan told you he was going to share his little secret with the entire world when he went on the Simon Mayo show the following week.'

'Yes.'

'And that was why you had to kill him.'

'You're absolutely right, Susan. Alan had drunk a fair bit – that very good wine I'd ordered – and he told me as we left the restaurant. He didn't care. He was going to die anyway and he was determined to take Atticus with him. He was a devil. Do you know what would have happened if he had told people that? They would have hated him! There would have been no BBC television series – you can forget about that. We wouldn't have sold another book. Not one. The entire franchise would have become valueless.'

'So you did it for the money.'

'That's putting it very bluntly. But I suppose it's true. Yes. I've spent eleven years building up this business and I wasn't going to see it destroyed overnight by some ungrateful bastard who'd actually done very well out of us. I did it for my family and for my new grandson. You could say I did it in part for you – although I know

you won't thank me. I also did it for the millions of readers all over the world who had invested in Atticus, who'd enjoyed his stories and bought the books. I had absolutely no compunction whatsoever. My only regret is that you've managed to find out, which I suppose makes you my partner in crime.'

'What do you mean by that?'

'Well, I suppose it depends on what you intend to do. Have you told anyone else what you've told me?'

'No.'

'Then you might take the view that you don't need to. Alan is dead. He was going to die anyway. You've read the first page of his letter. He had at best six months. I shortened his life by that amount of time and quite possibly saved him a great deal of suffering along the way.' He smiled. 'I won't pretend that was uppermost in my mind. I think I did the world a favour. We need our literary heroes. Life is dark and complicated but they shine out. They're the beacons that we follow. We have to be pragmatic about this, Susan. You're going to be the CEO of this company. My offer was made in good faith and it still stands. Without Atticus Pünd there will *be* no company. If you don't want to think of yourself, think of everyone else in this building. Would you like to see them put out of their jobs?'

'That's a little unfair, Charles.'

'Cause and effect, my dear. That's all I'm saying.'

In a way, I'd been dreading this moment. It was all very well to unmask Charles Clover but all along I'd been wondering what I'd do next. Everything that he had just said had already occurred to me. The world was not exactly going to be a worse-off place without Alan Conway. His sister, his ex-wife, his son, Donald Leigh, the vicar, Detective Superintendent Locke – they had all, to a greater or a lesser

extent, been harmed by him, and it was certainly true that he had been about to play a very mean trick on the people who loved his books. He was going to die anyway.

But it was that 'my dear' that decided me. There was something quite repellent about the way he had addressed me. They were exactly the sort of words that Moriarty would have used. Or Flambeau. Or Carl Peterson. Or Arnold Zeck. And if it was true that detectives acted as moral beacons, why shouldn't their light guide me now? 'I'm sorry, Charles,' I said. 'I don't disagree with what you say. I didn't like Alan and what he did was horrible. But the fact is that you killed him and I can't let you get away with it. I'm sorry — but I wouldn't be able to live with myself.'

'You're going to turn me in?'

'No. I don't need to be involved and I'm sure it'll be a lot easier for you if you call the police yourself.'

He smiled, very thinly. 'You realise that they'll send me to prison. I'll get life. I'll never come out.'

'Yes, Charles. That's what happens when you commit murder.'

'You surprise me, Susan. We've known each other a very long time. I never thought you'd be so petty.'

'Is that what you think?' I shrugged. 'Then there's nothing else to say.'

He glanced at his empty glass, then back at me. 'How long can you give me?' he asked. 'Would you allow me a week's grace? I'd like to spend some time with my family and with my new grandson. I'll need to find Bella a home... that sort of thing.'

'I can't give you a week, Charles. That would make me an accomplice. Maybe until the weekend...?'

'All right. That's fair enough.'

Charles got up and walked over to the bookshelf. His whole career

was spread out in front of him. He had published many of those books himself. I also stood up. I had been sitting down for so long that I felt my knees creak. 'I really am sorry, Charles,' I said. Part of me was still wondering if I'd made the right decision. I wanted to be out of the room.

'No. It's all right.' Charles had his back to me. 'I completely understand.'

'Good night, Charles.'

'Good night, Susan.'

I turned and took a step towards the door and right then something hit me, incredibly hard, on the back of the head. I saw an electric white flash and it felt as if my whole body had been broken in half. The room tilted violently to one side and I crashed down to the floor.

ENDGAME

I was so shocked, so taken by surprise that it actually took me a few moments to work out what had happened. It may be that I was also briefly unconscious. When I opened my eyes, Charles was standing over me with a look that I can only describe as apologetic. I was lying on the carpet, my head close to the open door. Something trickled round my neck, coming from under my ear, and with difficulty I reached up and touched it. When I moved my hand away, I saw that it was covered in blood. I had been hit, extremely hard. Charles was holding something in his hand but my eyes didn't seem to be working properly, as if something had been disconnected. In the end I managed to focus and if I hadn't been frightened and in pain I might almost have laughed. He was holding the Gold Dagger Award that Alan had won for *Atticus Pünd Investigates*. If you've never seen one of these before, it's a miniature-sized dagger encased in a fairly substantial block of Perspex, rectangular with sharp edges. Charles had used it to club me down.

I tried to speak but the words wouldn't come. Perhaps I was still dazed or perhaps I simply didn't know what to say. Charles examined

me and I think I actually saw the moment when he came to his decision. The life went out of his eyes and it suddenly occurred to me that murderers are the loneliest people on the planet. It's the curse of Cain — the fugitive and the vagabond driven out from the face of the earth. However he might try to justify it, Charles had parted company with the rest of humanity the moment he had pushed Alan off that tower and the man who was standing over me now was no longer my friend or colleague. He was empty. He was going to kill me, to silence me, because when you have killed one person you have entered a sort of existential realm where to kill two more or to kill twenty will make no difference. I knew this and I accepted it. Charles would never know peace. He would never play happily with his grandchild. He would never be able to shave without seeing the face of a murderer. I found a little solace in that. But I would be dead. There was nothing I could do to prevent it. I was terrified.

He set the award down.

'Why did you have to be so bloody obstinate?' he asked in a voice that wasn't quite his own. 'I didn't want you to go looking for the missing chapters. I didn't care about the bloody book. All I was doing was protecting everything I'd worked for — and my future. I tried to get you to back off. I tried to send you in the wrong direction. But you wouldn't listen. And now what am I going to do? I still have to protect myself, Susan. I'm too old to go to prison. You didn't have to go to the police. You could have just walked away. You're so bloody stupid...'

He wasn't exactly talking to me. It was more a stream of consciousness, a conversation that he was having with himself. For my part, I lay where I was, unmoving. There was a searing pain in my head and I was furious with myself. He had asked me if I had told anyone else what I knew. I should have lied. At the very least I could have pretended I was with him, that I was happy to be an accomplice

to Alan's death. I could have said that and walked out of the office. Then I could have called the police. I had brought this on myself.

'Charles...' I croaked the single word. Something had happened to my eyesight. He was going in and out of focus. The blood was spreading around my neck.

He had been looking around him and picked something up. It was the box of matches that I had used to light my cigarette. I only understood what he was doing when I saw the flare of the phosphorus. It looked huge. He seemed to disappear behind it.

'I'm sorry, Susan,' he said.

He was going to set fire to the office. He was going to leave me to burn alive, getting rid of the only witness and, for that matter, the incriminating pages, which were still sitting on the desk where I had left them. I saw his hand move in an arc and it was as if a fireball had streaked across the room, whumping down beside the bookshelves. In a modern office, it would have hit the carpet and gone out but everything about Cloverleaf Books was antique; the building, the wood panelling, the carpets, the furnishings. The flames leapt up instantly and I was so dazzled by the sight of them that I didn't even see him throw a second match, starting another blaze on the other side of the room, this time the fire rushing up the curtains and licking at the ceiling. The very air seemed to turn orange. I couldn't believe how quickly it had happened. It was as if I was inside a crematorium. Charles moved towards me, a huge, dark figure that filled my vision. I thought he was going to step over me. I was lying in front of the door. But before he went he lashed out one last time and I screamed as his foot slammed into my chest. I tasted blood in my mouth. There were tears flooding out of my eyes, from the pain and the smoke. Then he was gone.

The office burned gloriously. The building dated back to the eighteenth century and it was a fire that was worthy of that time. I could feel it scorching my cheeks and hands and I thought I must be alight myself. I might simply have lain there and died but alarms had gone off throughout the building and they jolted me awake. Somehow I had to find the strength to get up and stagger out of there. There was an explosion of wood and glass as one of the windows disintegrated and that helped me too. I felt a cold wind rush in. It revived me a little and prevented the smoke from asphyxiating me. I reached out and felt the side of the door, used it to pull myself up. I could barely see. The orange and red of the flames was burning itself into my eyes. It hurt me to breathe. Charles had broken some of my ribs and I wondered, even then, how he could have brought himself to behave so brutally, this man I had known for so long. Anger spurred me on and somehow I found myself on my feet but that didn't help me. I had actually been safer closer to the floor. Standing up, I was surrounded by smoke and toxic fumes. I was seconds away from passing out.

The alarms were pounding at my ears. If there were fire engines on the way, I wouldn't be able to hear them. I could hardly see. I couldn't breathe. And then I screamed as an arm snaked round my chest and grabbed hold of me. I thought Charles had come back to finish me off. But then I heard a single word shouted into my ear. 'Susan!' I recognised the voice, the smell, the feel of his chest as he pressed my head against it. It was Andreas who had, impossibly, come out of nowhere to rescue me. 'Can you walk?' he shouted.

'Yes.' I could now. With Andreas next to me, I could do anything.

'I'm going to get you out of here.'

'Wait! There are some pages on the desk...'

'Susan?'

'We're not bloody leaving them!'

He thought I was mad but he knew not to argue. He left me for a few seconds, then dragged me out of the room and helped me down the stairs. Tendrils of grey smoke followed us but the fire was spreading up, not down, and although I could barely see or think, with my whole body in pain and blood pouring from the wound in my head, we managed to make it out. Andreas dragged me through the front door and across the road. When I turned round, the second and third floors were already ablaze and although I could now hear approaching sirens, I knew that nothing of the building would be saved.

'Andreas,' I said. 'Did you get the chapters?'

I passed out before he could reply.

INTENSIVE CARE

I spent three days at the University College Hospital on the Euston Road, which actually didn't feel nearly long enough after what I'd been through. But that's how it is these days: the marvels of modern science and all that. And, of course, they need the beds. Andreas stayed with me all the time and the real intensive care came from him. I had two broken ribs, massive bruising, and a linear fracture to the skull. They gave me a CT scan but fortunately I wouldn't need surgery. The fire had caused some scarring to my lungs and mucous membranes. I couldn't stop coughing and hated it. My eyes still hadn't cleared up. This was fairly common after a head injury but the doctors had warned me that the damage might be more permanent.

It turned out that Andreas had come to the office because he was upset about the argument we'd had on Sunday night and had decided to surprise me with flowers and walk with me to the restaurant. It was a sweet thought and it saved my life. But that wasn't the question I most wanted to ask.

'Andreas?' It was the first morning after the fire. Andreas was my only visitor although I'd had a text from my sister, Katie, who was

on the way down. My throat was hurting and my voice was little more than a whisper. 'Why did you see Charles? The week when I was on book tour, you came to the office. Why didn't you tell me?'

It all came out. Andreas had been chasing a loan for his hotel, the Polydorus, and had flown back to England and gone to a meeting at his bank. They had agreed to the idea in principle but they'd needed a guarantor and that was what had brought him to Charles.

'I wanted to surprise you,' he said. 'When I realised you were out of the office, I didn't know what to do. I felt guilty, Susan. I couldn't tell you about seeing Charles because I hadn't told you about the hotel. So I asked him to say nothing. I told you about it the very next time I saw you. But I felt bad all the same.'

I didn't tell Andreas that after I had spoken to Melissa, I had briefly suspected him of killing Alan. He'd had a perfectly good motive. He was in the country. And at the end of the day, wasn't he the least likely suspect? It really should have been him.

Charles had been arrested. Two police officers came to see me on the day I left hospital and they were nothing like Detective Superintendent Locke — or, for that matter, Raymond Chubb. One was a woman, the other a nice Asian man. They spoke to me for about half an hour, taking notes, but I couldn't talk very much because my voice was still hoarse. I was drugged and in shock and coughing all the time. They said they would come back for a full statement when I was feeling better.

The funny thing is, after all that I didn't even want to read the missing chapters of *Magpie Murders*. It wasn't that I'd lost interest in who'd killed Mary Blakiston and her employer, Sir Magnus Pye. It was just that I felt I'd had more than my fair share of clues and murder and anyway there was no way I could manage the manuscript; my eyes weren't up to it. It was only after I'd got back to my

flat in Crouch End that my curiosity returned. Andreas was still with me. He'd taken a week off school and I got him to skim through the whole book so that he would know the plot before he read the final chapters out loud. It was appropriate that I should hear them in his voice. They had only been saved thanks to him.

This is how it ended.

Seven

A Secret
Never to Be
Told

Atticus Pünd took one last walk around Saxby-on-Avon, enjoying the morning sunshine. He had slept well and taken two pills when he woke up. He felt refreshed and his head was clear. He had arranged to meet Detective Inspector Chubb at the Bath police station in an hour's time and had left James Fraser to see to the suitcases and to settle the bill while he stretched his legs. He had not been in the village very long but in a strange way he felt he had come to know it intimately. The church, the castle, the antique shop in the square, the bus shelter, the Queen's Arms and the Ferryman, Dingle Dell and, of course, Pye Hall . . . he could no longer see them separately. They had become the chessboard on which this particular game, surely his last, had been played.

Saxby could not have looked lovelier. It was still early and for a moment there was nobody in sight – no cars either – so it was possible to imagine the little community as it might have been a century ago. For a moment the murder seemed almost irrelevant. After all, what did it matter? People had come and gone. They had fallen in love. They had grown up and they had died. But the village itself, the grass verges and the hedgerows, the entire backdrop against which the drama had been played, that remained unchanged. Years from now, someone might point out the house where Sir Magnus had been murdered or the place where his killer had lived and there might be an 'Oh!' of curiosity. But nothing more. Wasn't he that man who had his head cut off? Didn't someone else die too? Snatches of conversation that would scatter like leaves in the wind.

And yet there had been some changes. The deaths of Mary Blakiston and Sir Magnus Pye had caused a myriad of tiny cracks that had reached out from their respective epicentres and which would take time to heal. Pünd noticed the sign in the window of the Whiteheads' antique shop: CLOSED UNTIL FURTHER NOTICE. He did not know if Johnny Whitehead had been arrested for the theft of the stolen

medals but he doubted that the shop would open again. He walked up to the garage and thought of Robert Blakiston and Joy Sanderling who wanted only to get married but who had found themselves up against forces well beyond their comprehension. It saddened him to think of the girl on the day she had come to visit him in London. What was it she had said? 'It's not right. It's just so unfair.' At the time, she could have had no idea of the truth of those words.

A movement caught his eye and he saw Clarissa Pye walking briskly towards the butcher's shop, wearing a rather jaunty three-feathered hat. She did not see him. There was something about the way she carried herself that made him smile. She had benefited from the death of her brother. There could be no denying it. She might never inherit the house but she had regained control of her own life, which mattered more. Would that have been a reason to kill him? It was curious, really, how one man could make himself the target of so much hostility. He found himself thinking of Arthur Redwing, the artist whose best work had been desecrated, sliced apart and burned. Arthur might consider himself an amateur. He had never achieved greatness as an artist. But Pünd knew all too well the passion that burned in the heart of any creative person and which could easily be subverted and turned into something dangerous.

Or what of Dr Redwing herself? The last time she had spoken of Sir Magnus, she had been unable to disguise her hatred not just of him but of all he stood for. She, more than anyone, had known the hurt that he had caused her husband and Pünd knew, from past experience, that there is no more powerful person in an English village than the doctor and, in certain circumstances, the doctor will also be the most dangerous.

He had walked some of the way down the High Street and he could see Dingle Dell stretching out on his left. He could have taken the short cut through to Pye Hall but he decided not to. He had no wish to meet with Lady Pye or her new partner. They, of all people, had had the most to gain from the death of Sir Magnus. It was the oldest story in the world: the wife, the lover, the cruel husband, the sudden death. Well, they might think they were free to be

together but Pünd was quite certain that it would never work out. There are some relationships that succeed only because they are impossible, that actually need unhappiness to continue. It would not take Frances Pye long to tire of Jack Dartford, as handsome as he undoubtedly was. To all intents and purposes, she now owned Pye Hall. Or was it that Pye Hall owned her? Matthew Blakiston had said it was cursed and Pünd could not disagree. He made a conscious decision and turned back. He did not want to see the place again.

He would have liked to have spoken to Brent one more time. It was odd that the role of the groundsman in everything that had happened had never been fully explained. Detective Inspector Chubb had dismissed him almost entirely from the investigation. And yet Brent had been the first to discover Tom Blakiston after he had drowned as well as the last to see Sir Magnus before he was decapitated. For that matter, it was Brent who claimed to have discovered the body of Mary Blakiston and it was certainly he who had telephoned Dr Redwing. Why had Sir Magnus so arbitrarily dismissed him just before his own death? Pünd feared that the answer to that question might never be known. He had very little time left to him, in every sense. This morning he would set out his thoughts on what had occurred in Saxby-on-Avon. By the afternoon he would be gone.

And what of Dingle Dell? The stretch of woodland between the vicarage and Pye Hall seemed to have played a large part in the narrative but Pünd had never considered it, in itself, a motive for murder if only because the death of Sir Magnus would not necessarily prevent the development going ahead. Even so, people had behaved very foolishly. They had allowed their emotions to run away with them. Pünd thought of Diana Weaver, the stolid cleaning lady who had taken it upon herself to write a poison pen letter, using her employer's typewriter. As things had turned out, he had been unable to ask her about the envelope – but it didn't matter. He had guessed the answer anyway. He had solved this case, not so much by concrete evidence as by conjecture. In the end, there could be only one way that it would all make sense.

He retraced his steps, walking up the High Street. He found himself back in the cemetery of St Botolph's, passing beneath the large elm tree that grew beside the gate. He glanced up at the branches. They were empty.

He continued towards the newly dug grave with its temporary wooden cross and plaque.

Mary Elizabeth Blakiston
5 April 1887 – 15 July 1955

This was where it had all begun. It had been the death of Robert's mother, and the fact that the two of them had argued publicly just a few days before that, which had driven Joy Sanderling to his office in Farringdon. Pünd knew now that everything that had happened in Saxby-on-Avon had stemmed from that death. He imagined the woman lying beneath him in the cold soil. He had never met her but he felt he knew her. He remembered the entries she had made in her diary, the poisoned view she had taken of the world around her.

He thought of poison.

There was a footfall behind him and he turned to see the Reverend Robin Osborne walking towards him, making his way between the graves. He did not have his bicycle with him. It was strange that, on the night of the murder, both he and his wife had been in the vicinity of Pye Hall, the one supposedly looking for the other. The vicar's bicycle had also been heard passing the Ferryman during the course of the evening and Matthew Blakiston had actually seen it parked outside the Lodge. Pünd was glad to have come across the vicar one last time. There was still a certain matter to be accounted for.

'Oh, hello, Mr Pünd,' Osborne said. He glanced down at the grave. Nobody had left any flowers. 'Have you come here for inspiration?'

'No. Not at all,' Pünd replied. 'I am leaving the village today. I was merely passing through on my way back to the hotel.'

'You're leaving? Does that mean you've given up on us?'

'No, Mr Osborne. It means the exact opposite.'

'You know who killed her?'

'Yes. I do.'

'I'm very glad to hear it. I've often thought ... it must be very hard to rest in peace when your murderer is walking on the ground above you. It offends all the ideas of natural justice. I don't suppose there's anything you can tell me – although I probably shouldn't ask.'

Pünd made no reply. Instead, he changed the subject. 'The words that you spoke at the funeral of Mary Blakiston, they were of great interest,' he said.

'Did you think so? Thank you.'

'You said that she was a great part of the village, that she embraced life here. Would you be surprised to learn that she kept a diary in which she recorded nothing but the darkest and most unkind observations about the people who lived in Saxby-on-Avon?'

'I would be surprised, Mr Pünd. Yes. I mean, she did have a way of insinuating herself, but I never detected any particular malice in anything she did.'

'She made an entry about you and Mrs Osborne. It seems that she visited you the day before she died. Do you have any recollection of that?'

'I can't say ...' Osborne was a terrible liar. His hands were writhing and his entire face was drawn and unnatural. Of course he saw her, standing in the kitchen. *'I heard you were having trouble with wasps.'* And the pictures, lying face up on the kitchen table ... Why were they there? Why hadn't Henrietta put them away?

'She used the word "shocking" in her diary,' Pünd went on. 'She said also that it was "dreadful" and asked herself what action she should take. Do you know to what she was referring?'

'I have no idea.'

'Then I will tell you. It very much puzzled me, Mr Osborne, why your wife should have needed treatment for belladonna poisoning. Dr Redwing had

purchased a vial of physostigmine for that very purpose. She had stepped on a clump of deadly nightshade.'

'That's right.'

'But the question I asked myself was – why was your wife not wearing shoes?'

'Yes. You did mention that at the time. And my wife said——'

'Your wife did not tell me the entire truth. She was not wearing shoes because she was not wearing anything else either. This is the reason why you were both so reluctant to tell me where you had been on holiday. In the end, you were forced to give me the name of your hotel – Sheplegh Court in Devonshire – and it was the matter of one simple telephone call to discover that Sheplegh Court is well known as a resort for naturists. That is the truth of the matter, is it not, Mr Osborne? You and your wife are followers of naturism.'

Osborne swallowed hard. 'Yes.'

'And Mary Blakiston found evidence of this?'

'She found photographs.'

'Do you have any idea what she intended to do?'

'No. She said nothing. And the next day . . .' He cleared his throat. 'My wife and I are completely innocent,' he said, suddenly, the words tumbling out. 'Naturism is a political and a cultural movement which is also related very much to good health. There's nothing unclean about it and nothing, I assure you, that would demean or undermine my calling. I could mention that Adam and Eve were unaware that they were naked. It was their natural state and it was only after they had eaten the apple that they became ashamed. Hen and I travelled in Germany together, before the war, and that was where we had our first experience. It appealed to us. We kept it a secret simply because we felt that there were people here who might not understand, who might be offended.'

'And Dingle Dell?'

'It was perfect for us. It gave us freedom, somewhere we could walk together without being seen. I hasten to add, Mr Pünd, that we did nothing wrong. I mean,

there was nothing . . . carnal.' He had chosen the word carefully. 'We simply walked in the moonlight. You were there with us. You know what a lovely place it is.'

'And all was well until your wife stepped onto a poisonous plant.'

'All was well until Mary saw the pictures. But you don't think for a minute – you – you can't think that I harmed her because of it?'

'I know exactly how Mary Blakiston died, Mr Osborne.'

'You said – you said you're about to leave.'

'In a few hours from now. And this one secret I will take with me. You and your wife have nothing to fear. I will tell no one.'

Robin Osborne let out a deep breath. 'Thank you, Mr Pünd. We've been so worried. You have no idea.' His eyes brightened. 'And have you heard? According to the agents in Bath, Lady Pye isn't intending to continue with the development. The Dell is going to be left alone.'

'I am very glad to hear it. You were certainly correct, Mr Osborne. It is a very beautiful place. Indeed, you have given me an idea . . .'

Atticus Pünd left the cemetery on his own. He still had fifty minutes until the meeting with Raymond Chubb.

And there was one thing he had to do.

—
2
—

It took him a short time to write the letter, sitting with a cup of tea in a quiet corner of the Queen's Arms.

Dear James,

By the time that you read this, it will all be finished. You will forgive me for not having spoken to you earlier, for not taking you into my confidence, but I am sure that in time you will understand.

There are some notes which I have written and which you will find in my desk. They relate to my condition and to the decision that I have made. I want it to be understood that the doctor's diagnosis is clear and, for me, there can be no possibility of reprieve. I have no fear of death. I would like to think that my name will be remembered.

I have achieved great success in a life that has gone on long enough. You will find that I have left you a small bequest in my will. This is partly to recognise the many years that we have spent together but it is also my hope that you will be able to complete the work of my book and prepare it for publication. You are now its only guardian but I am confident that it will be safe in your hands.

Otherwise, there are few people who will mourn for me. I leave behind me no dependents. As I prepare to take leave of this world, I feel that I have used my time well and hope that I will be remembered for the successes that you and I shared together.

I would ask you to apologise to my friend, Detective Inspector Chubb. As will become apparent, I have used the physostigmine which I took from Clarissa Pye and which I should have returned to him. I understand it to be tasteless and believe it will provide me with an easy passage, but even so it was a betrayal of trust, even a small crime, for which I am sorry.

Finally, although it surprises me, I would like my ashes to be scattered in the woodland known as Dingle Dell. I do not know why I ask this. You know that I am not of a romantic disposition. But it is the scene of my last case and seems fitting. It is also a very peaceful place. It seems right.

I take my leave of you, old friend, with respectful good wishes. I thank you for your loyalty and companionship and hope that you will consider returning to acting and that you will enjoy a long and prosperous career.

He signed the letter and slid it into an envelope that he sealed and marked: PRIVATE — TO MR JAMES FRASER.

He would not need it for a while, but he was glad that it was done. Finally, he drank his tea and went out to the waiting car.

3

There were five of them in the office in Bath, framed by two double-height windows, the atmosphere strangely silent and still. Life continued on the other side of the glass but in here it seemed to be trapped in a moment which had always been inescapable and which had finally arrived. Detective Inspector Raymond Chubb had taken his place behind the desk, even though he had little to say. He was barely more than a witness. But this was his office, his desk, his authority and he hoped he had made that clear. Atticus Pünd was next to him, one hand stretched out on the polished surface as if it somehow afforded him the right to be here, his rosewood cane resting diagonally against the arm of his chair. James Fraser was tucked away in the corner.

Joy Sanderling, who had come to London and who had drawn Pünd into this in the first place, sat opposite them in a chair which had been carefully positioned, as if she had been called here for a job interview. Robert Blakiston, pale and nervous, sat next to her. They had spoken little since they had arrived. It was Pünd who was the focus of attention and who now began.

'Miss Sanderling,' he said. 'I have invited you here today because you are in many respects my client – which is to say, I first heard of Sir Magnus Pye and his affairs through you. You came to me not so much because you wanted me to solve a crime – indeed, we could not be sure that any crime had been committed – but to ask for my assistance in the matter of your marriage to Robert Blakiston which you felt to be under threat. It was perhaps wrong of me to refuse to do what you asked but I hope you will understand that I had personal matters to consider at the time and my attention was elsewhere. The day after your visit, I read of the death of Sir Magnus and it was this that changed my mind. Even so, from the moment that I arrived at Saxby-on-Avon, I felt myself to be working not only on your behalf but also for your fiancé, and that is why it is only right that you should both be invited to hear the fruits of my deliberations.

I would like you also to know that I was very saddened that you felt the need to take matters into your own hands and to advertise your private life to the entire village. That cannot have been pleasant for you and it was my responsibility. I must ask you to forgive me.'

'If you've solved the murders and Robert and I can get married, I'll forgive anything,' Joy said.

'Ah yes.' He turned briefly to Chubb. 'We have two young people who are evidently very much in love. It has been clear to me how much this marriage means to both of them.'

'And good luck to them,' Chubb muttered.

'If you know who did it, why don't you tell us?' Robert Blakiston had spoken for the first time and there was a quiet venom in his voice. 'Then Joy and I can leave. I've already decided. We're not going to stay in Saxby-on-Avon. I can't stand the place. We're going to find somewhere far away and start again.'

'We'll be all right if we're together.' Joy reached out and touched his hand.

'Then I will begin,' Pünd said. He drew his hand away from the desk and rested it on the arm of his chair. 'Even before I arrived in Saxby-on-Avon, when I read of the murder of Sir Magnus in *The Times* newspaper, I was aware that I was dealing with a strange coincidence. A housekeeper falls to her death in what appears to be a straightforward domestic accident and then, not two weeks later, the man who employed her also dies and this time it is unmistakably a murder of the most gruesome sort. I say that it is a coincidence but what I mean is in fact quite the opposite. There must be a reason why these two events have collided, so to speak, but what is it? Could there be a single motive for the death of both Sir Magnus Pye and his housekeeper? What end could be achieved if they were both put out of the way?' Briefly, Pünd's eyes burned into the two young people sitting in front of him. 'It did occur to me that the marriage of which you spoke and which you both desired so fervently might provide a motive. We know that, for reasons that may be distasteful, Mary Blakiston was opposed to the union. But I have dismissed this line of thought. First, she had no power to

prevent the marriage, at least so far as we know. So there was no reason to kill her. Also, there is no evidence to suggest that Sir Magnus was concerned one way or another. Indeed, he had always been amicably disposed towards Mary Blakiston's son and would surely wish to see it go ahead.'

'He knew about the marriage,' Robert said. 'He didn't have any objections at all. Why would he have? Joy is a wonderful girl and, you're right, he was always kind to me. He wanted me to be happy.'

'I agree. But if we cannot find a single reason for the two deaths, what are the alternatives? Could there have been two murderers in Saxby-on-Avon, acting independently of each other with two quite different sets of motivation? That sounds a little unlikely, to say the least. Or could it be that one death was in some way the cause of the other? We now know that Mary Blakiston collected many secrets about the lives of the villagers. Did she know something about somebody that put her in danger – and had she perhaps told Sir Magnus? Let us not forget that he was her closest confidante.

'And while I was turning these matters over in my mind, there was a third crime that presented itself to me. For on the evening of Mary Blakiston's funeral, somebody broke into Pye Hall. It seemed to be an ordinary burglary but in a month in which two people die, nothing is ordinary any more. This was soon proven to be the case, for although one silver buckle was sold in London, the rest of the proceeds were merely thrown in the lake. Why was that? Was the burglar disturbed or did he have some other aim? Could it be that he simply wished to remove the silver rather than to profit from it?'

'You mean it was some sort of provocation?' Chubb asked.

'Sir Magnus was proud of his Roman silver. It was part of his legacy. It could have been taken simply to spite him. That thought did occur to me, Detective Inspector.'

Pünd leant forward.

'There was one other aspect of the case that I found very difficult to understand,' he said. 'And that was the attitude of Mary Blakiston.'

'I never understood her either,' Robert muttered.

'Let us examine her relationship with you. She loses one son in a tragic accident and this makes her watchful, domineering, over-possessive. You know that I met with your father?'

Robert stared. 'When?'

'Yesterday. My colleague, Fraser, drove me to his home in Cardiff. And he told me a great deal that was of interest. After the death of your brother, Tom, your mother closed in on you. Even he was not to be allowed to come near you. She could not bear having you out of her sight and so, for example, she was angry when you chose to go to Bristol. It was the only time that she argued with Sir Magnus who had, all the time, concerned himself with your well-being. All of this makes sense. A woman who has lost one child will quite naturally become obsessive about the other. I can also understand how that relationship can become uncomfortable and even poisonous. The arguments between you were natural. It is very sad but inevitable.

'But this is what I do not understand. Why was she so opposed to the marriage? It makes no sense. Her son has found, if I may say so, a charming companion in Miss Sanderling. Here is a local girl from a good family. Her father is a fireman. She works in a doctor's surgery. She does not intend to take Robert away from the village. It is a perfect match and yet from the very start, Mary Blakiston responds only with hostility. Why?'

Joy blushed. 'I have no idea, Mr Pünd.'

'Well, we can help you there, Miss Sanderling,' Chubb cut in. 'You have a brother with Down's syndrome.'

'Paul? What's he got to do with it?'

'Mrs Blakiston set down her thoughts in a diary that we found. She had some idea that the condition would be passed on to any grandchildren you might have. That was her problem.'

Pünd shook his head. 'I'm sorry, Detective Inspector,' he said. 'But I do not agree.'

'She made it clear enough from where I'm standing, Mr Pünd. "...this awful

sickness infecting her family . . ." Horrible words. But that's exactly what she wrote.'

'They are words that you may have misinterpreted.' Pünd sighed. 'In order to understand Mary Blakiston, it is necessary to go back in time, to the defining moment in her life.' He glanced at Robert. 'I hope it will not distress you, Mr Blakiston. I am referring to the death of your brother.'

'I've lived with it most of my life,' Robert said. 'There's nothing you can say that will upset me now.'

'There are several aspects of the accident that I find puzzling. Let me begin, for a moment, with your mother's reaction to what happened. I cannot understand a woman who continues to live at the very scene where it took place, where she lost her child. Every day she walks past that lake and I have to ask myself: is she punishing herself for something she has done? Or for something that she knows? Could it be that she has been driven by a sense of guilt ever since that dreadful day?

'I visited the Lodge and tried to imagine what it might be like for her, and indeed for you, living together in that grim place, surrounded by trees, permanently in shadow. The house did not yield many secrets but there was one mystery, a room on the second floor that your mother kept locked. Why? What had been the purpose of that room and why did she never go in there? There was little that remained in the room: a bed and a table and inside the table, the collar of a dog that had also died.'

'That was Bella,' Robert said.

'Yes. Bella had been a gift from your father to your brother and Sir Magnus did not like having it on his land. When I spoke to your father yesterday, he suggested that Sir Magnus had killed the dog in the cruellest possible way. I could not be sure of the truth of that, but I will tell you what I thought. Your brother drowns. Your mother falls down the stairs. Sir Magnus is brutally killed. And now we have Bella, a cross-breed, whose throat was cut. It is another violent death to add to the veritable catalogue of violent deaths that we find at Pye Hall.

'Why was the collar of the dog kept here? There was something else about the room that I noticed immediately. It was the only one in the house that had a view of the lake. That, in itself, I thought most significant. Next, I asked myself, for what purpose was the room used when Mary Blakiston lived at the Lodge? I had assumed, incorrectly, that it was the bedroom used either by yourself or by your brother.'

'It was my mother's sewing room,' Robert said. 'I'd have told you that if you'd asked me.'

'I did not need to ask you. You mentioned to me that you and your brother had a game in which you knocked on the walls of your bedrooms, sending each other codes. You must therefore have had adjoining rooms and so it followed that the room across the corridor must have had another purpose. Your mother did a lot of sewing and it seemed very likely to me that this was where she liked to work.'

'That's all very well, Mr Pünd,' Chubb said. 'But I don't see where it gets us.'

'We are almost there, Detective Inspector. But first let me examine the accident as it happened for, as I have already stated, that too presents certain problems.

'According to the testimony of both Robert and his father, Tom was searching for a piece of gold which was in fact in the bulrushes beside the water because that is where Sir Magnus had hidden it. Now, let us remember, he was not a small child. He was twelve years old. He was intelligent. I have to ask you, would he have entered the cold and muddy water in the belief that the gold was there? From what I understand, the games that the two boys played were very formal. They were organised by Sir Magnus who concealed the treasure and provided specific clues. If Tom was beside the lake, he might well have worked out where the gold was to be found. But there was no need to walk right past it *into* the lake. That makes no sense at all.

'And there is another detail, also, that troubles me. Brent, the groundsman, discovered the body——'

'He was always skulking around,' Robert cut in. 'Tom and I were afraid of him.'

'I am willing to believe it. But there is now a question that I wish to put to you. Brent was very precise in his description. He pulled your brother out of the water and laid him on the ground. You arrived moments later – and what reason could there be for you to plunge into the water yourself?'

'I wanted to help.'

'Of course. But your brother was already out of the water. Your father said he was lying on dry land. Why would you want to make yourself cold and wet?'

Robert frowned. 'I don't know what you want me to say, Mr Pound. I was fourteen years old. I don't even remember what happened, really. I was only thinking about Tom, getting him out of the water. There was nothing else in my mind.'

'No, Robert. I think there was. I think you wanted to disguise the fact that you were already wet yourself.'

The entire room seemed to come to a halt, as if it were a piece of film caught in a projector. Even outside, in the street, nothing moved.

'Why would he want to do that?' Joy asked. There was a slight tremor in her voice.

'Because he had been fighting with his brother beside the lake a few moments before. He had killed his brother by drowning him.'

'That's not true!' Robert's eyes blazed. For a moment, Fraser thought he was going to leap out of his chair and he readied himself to go to Pünd's rescue if need be.

'So much of what I say is based upon conjecture,' Pünd said. 'And trust me when I say I do not hold you entirely responsible for a crime that you committed as a child. But let us look at the evidence. A dog is given to your brother, not to you. It dies in terrible circumstances. You and your brother search for a piece of gold. He finds it, not you. And this time it is he who is punished. Your father told me that you and Tom fought often. He worried about you because of your

moods, the way you would take yourself off for solitary walks, even at so young an age. He did not see what your mother had seen – that from the time of your birth – a difficult birth – there was something wrong with you, that you were prepared to kill.'

'No, Mr Pünd!' This time it was Joy who protested. 'You're not talking about Robert. Robert's nothing like that.'

'Robert is very much like that, Miss Sanderling. You yourself told me what a difficult time he had at school. He did not make friends easily. The other children mistrusted him. Perhaps they were aware that there was something not quite right. And on the one occasion when he had left home, when he was working in Bristol, he became involved in a violent altercation which led to his arrest and a night in jail.'

'He broke the other chap's jaw and three of his ribs,' Chubb added. He had evidently been checking the files.

'It is my belief that Mary Blakiston knew very well the nature of her older son,' Pünd went on. 'And the simple truth is that she was not protecting him from the outside world. She was protecting the world from him. She had known, or suspected, what had happened to the dog, Bella. Why else had she kept the collar? She had seen what had happened at the lake. Yes. Sitting at her table in the sewing room, she had watched as Robert killed Tom, angry that it was his little brother who had found the gold and not he. And from that day on she built a wall around him. Matthew Blakiston told us that she pulled up the drawbridge. She would not allow him to come close to Robert. But he did not understand why. She did not want him to learn the truth.

'And now we can understand, Miss Sanderling, the reason why she was so hostile to the idea of your marriage. Once again, it was not your suitability as a wife that concerned her. She knew her son for what he was and she was determined that he would not become a husband. As for your brother, who is afflicted with Down's syndrome, you completely misunderstood what she meant. She made a significant entry in her diary. *"All the time I was thinking about this awful*

sickness infecting her family." I fear both James Fraser and Detective Inspector Chubb misconstrued what she had written. The sickness that she referred to was the madness of her son. And she feared that it might one day in the future infect Miss Sanderling's family should the marriage be allowed to go ahead.'

'I'm leaving!' Robert Blakiston got to his feet. 'I don't have to listen to any more of this nonsense.'

'You're staying right where you are,' Chubb told him. 'There are two men on the other side of that door and you're not going anywhere until Mr Pünd has finished.'

Robert looked around him wildly. 'So what other theories do you have, Mr Pound? Are you going to say I killed my mother to stop her talking? Is that what you think?'

'No, Mr Blakiston. I know perfectly well that you did not kill your mother. If you will sit down, I will tell you exactly what occurred.'

Robert Blakiston hesitated, then retook his seat. Fraser couldn't help noticing that Joy Sanderling had twisted away from him. She looked utterly miserable and was avoiding his eye.

'Let us put ourselves inside the mind of your mother,' Pünd continued. 'Again, much of this must be conjecture but it is the only way that the events which have presented themselves to us will make any sense. She is living with a son whom she knows to be dangerously disturbed. In her own way, she is trying to protect him. She watches his every move. She never lets him out of her sight. But as their relationship becomes more fractious and unpleasant, as the scenes between them become more violent, she gets worried. What if, in his madness, her son turns on her?

'She has one confidante. She looks up to Sir Magnus Pye as a man of wealth and good breeding. He is far above her, an aristocrat no less. He has on many occasions helped with family matters. He has employed her. He has invented games for her children, keeping them amused while their father is away. He stood by her after the break-up of her marriage and later he has twice found

233

work for her surviving son. He has even used his influence to extricate Robert from jail.

'She cannot tell him about the murder. He would be horrified and might abandon them both. But she has an idea. She gives him a sealed envelope, which contains a letter setting out the truth: the murder of her younger son, the killing of the dog, perhaps other incidents about which we will never know. She describes Robert Blakiston as he really is – but here is the trick of it. The letter is to be opened only in the event of her death. And after it has been delivered, after it has been locked away, she tells Robert exactly what she has done. The letter will act as a safety net. Sir Magnus will be true to his word. He will not open it. He will merely keep it safely. But should anything ever happen to her, should she die in strange or suspicious circumstances, then he will read it and he will know who is responsible. It is a perfect arrangement. Robert dare not attack her. He can do her no harm. Thanks to the letter, he has been neutralised.'

'You don't know this,' Robert said. 'You *can't* know it.'

'I know everything!' Pünd paused. 'Let us now return to the death of Mary Blakiston and see how events unfold.'

'Who *did* kill her?' Chubb demanded.

'Nobody!' Pünd smiled. 'That is what is so extraordinary and unfortunate about this whole affair. She really did die as a result of an accident. Nothing more!'

'Wait a minute!' Fraser spoke from the corner of the room. 'You told me that Matthew Blakiston killed her.'

'He did. But not intentionally and he was not even aware that he was responsible. You will remember, James, that he had a strange premonition that his wife was in danger and telephoned her that morning. You will also recall that the telephones in the top part of the house were not working. Lady Pye told us as much when we were with her. So what happened was very simple. Mary Blakiston was cleaning with the Hoover at the top of the stairs. The telephone rang – and she had to run all the way downstairs to answer it. Her foot caught

in the wire and she fell, dragging the Hoover with her and wedging it into the top of the bannisters.

'It seemed obvious to me that an accident was the only sensible explanation. Mary Blakiston was alone in the house. Her keys were in the back door, which was locked, and Brent was working at the front. He would have seen anyone if they had come out. And to push somebody down the stairs . . . it is not a sensible way to attempt murder. How can you be sure that they will actually die? It may be that they cause themselves only a serious injury.

'The inhabitants of Saxby-on-Avon thought otherwise. They spoke only of murder. And to make matters worse, Mary Blakiston and her son had argued only a few days before. "I wish you'd drop dead. Give me a bit of peace." It may not have occurred to Robert immediately, but the exact conditions of his mother's letter, at least in so far as we can imagine it, had been met. She had died violently. He was the prime suspect.

'It was all brought home to him a week later at the funeral. The vicar has kindly lent me his sermon and I have read his exact words. "Although we are here today to mourn her departure, we should remember what she left behind." He told me that Robert was startled and covered his eyes when he heard that – and with good reason. It was not because he was upset. It was because he remembered what his mother *had* left behind.

'Fortunately, Sir Magnus and Lady Pye were not in the village. They were on holiday in the South of France. Robert had a little time and he acted immediately. That same night he broke into Pye Hall, using the same door that Brent had damaged when the body was found. His task was simple. He must find and destroy the letter before Sir Magnus returns.' Pünd looked again at Robert. 'You must have been furious at the unfairness of it all. You had done nothing! It was not your fault. But if the letter was read, the secrets of your childhood would be known and the marriage would be stopped.' Now he turned to Joy who had been listening to all this with a look of complete dismay. 'I know that this cannot be easy for you, Miss Sanderling. And it gives me no pleasure to destroy

your hopes. But if there is a consolation it is that the man sitting beside you does truly love you and did what he did in the hope that he could still be with you.'

Joy Sanderling said nothing. Pünd went on.

'Robert searched the house but he found nothing. Sir Magnus had placed the letter in a safe in his study, along with his other private papers. The safe was concealed behind a painting and required a lengthy combination – which Robert could not possibly know. He was forced to leave empty-handed.

'But now he had another problem: how to explain the break-in. If nothing had been taken, Sir Magnus – and the police – might suspect another motivation and, when the letter came to light, that might lead them to him. The solution was simple. He opened the display case and removed the Roman silver that had once been found in Dingle Dell. He also took some of Lady Pye's jewellery. It now looked like a straightforward burglary. Of course, he had no interest in any of these items. He would not take the risk of selling them. So what did he do? He threw them into the lake where they would have remained undiscovered but for one piece of bad luck. He dropped a silver belt buckle as he hurried across the lawn and the next day Brent found it and sold it to Johnny Whitehead. That led to the discovery, by police divers, of the rest of the hoard, and so to the true reason for the break-in.

'The letter remained in the safe. Sir Magnus returned from France. For the next few days he must have had other matters to occupy him and it cannot have been easy for you, Robert, waiting for the call that you knew must come. What would Sir Magnus do? Would he go straight to the police or would he give you a chance to explain yourself? In the end, on the Thursday when his wife went to London, he summoned you to Pye Hall. And so, at last, we arrive at the scene of the crime.

'Sir Magnus has read the letter. It is hard to be sure of his reaction. He is shocked, certainly. Does he suspect Robert Blakiston of his mother's murder? It is quite possible. But he is an intelligent – one might say a quite diffident – sort of man. He has known Robert well for many years and he has no fear of him. Has

he not always acted as Robert's mentor? However, just to be sure, he searches out his service revolver and places it in the drawer of his desk where Detective Inspector Chubb will find it later. It is an insurance policy, nothing more.

'At seven o'clock, the garage closes. Robert returns home to wash and to change into smarter clothes for a meeting at which he intends to plead his innocence and ask for Sir Magnus's understanding. Meanwhile, other forces are at play. Matthew Blakiston is on his way from Cardiff to interrogate Sir Magnus about the treatment of his wife. Brent, who has recently been fired, works late and then goes to the Ferryman. Robin Osborne has a crisis of conscience and goes to seek solace in the church. Henrietta Osborne becomes concerned and searches for her husband. Many of these paths will cross but in such a way that no true pattern will emerge.

'At about twenty past eight, Robert makes his way to the fateful meeting. He sees the vicar's bicycle outside the church and, on a whim, decides to borrow it. He can have no way of knowing that the vicar is in fact inside the church. He arrives, unseen at Pye Hall, parks the bicycle at the Lodge and walks up the drive. He is admitted by Sir Magnus, and what takes place, the actual murder itself, I will describe in a minute. But first let me complete the larger picture. Matthew Blakiston also arrives and parks his car beside the Lodge, at the same time noticing the bicycle. He walks up the driveway and is seen by Brent who is just finishing work. He knocks at the door, which is opened a few moments later by Sir Magnus. You will remember, Fraser, the exchange which took place and which was described to us, quite accurately, by Matthew Blakiston.

'"You!" Sir Magnus is surprised and with good reason. The father has arrived at the very moment when the son is inside and the two of them are engaged in a discussion of the greatest delicacy. Sir Magnus does not say his name out loud. He does not wish to alert Robert to the fact that his father is here, at the worst possible time. But before he dismisses him, he uses the opportunity to ask Matthew a question. "Do you really think I killed your dog?" Why would he ask such a thing

237

unless he was wishing to confirm something he had been discussing with Robert just moments before? At any event, Sir Magnus closes the door. Matthew leaves.

'The murder takes place. Robert Blakiston hurries from the house, using the bicycle that he has borrowed. It is dark. He does not expect to meet anyone. Inside the Ferryman, Brent hears the bicycle go past during a lull in the music and assumes it is the vicar. Robert replaces the bicycle at the church but there has been a great deal of blood and he has managed to transfer some of it to the handlebars. When the vicar comes out of the church and returns home on the bicycle, some of that blood will surely be found on his clothes. It is why, I believe, Mrs Osborne was so very nervous when she spoke to me. It may well be that she believed him to be guilty of the crime. Well, they will know the truth soon enough.

'There is one last act in the drama of the night. Matthew Blakiston has changed his mind and returns to have his confrontation with Sir Magnus. He misses his son by a matter of minutes but sees the dead body through the letter box and collapses into the flower bed, leaving a print of his hand in the soft earth. Afraid that he will be suspected, he leaves as quickly as he can but he is spotted by Lady Pye, who has just returned from London, and who will now enter the house and find her husband.

'That leaves only the murder itself, which I must now describe.

'Robert Blakiston and Sir Magnus Pye meet in the study. Sir Magnus has retrieved the letter that Mary Blakiston wrote all those years ago and you will recall that the picture, which covers the safe, is still ajar. The letter is on his desk and the two men discuss its contents. Robert urges Sir Magnus to believe that he has done nothing wrong, that he was not responsible for his mother's tragic death. As chance would have it, there is a second letter, also on the desk. Sir Magnus has received it that day. It concerns the demolition of Dingle Dell and contains some threatening, even some violent language. As we now know, it was written by a local woman, Diana Weaver, using the typewriter of Dr Redwing.

'Two letters. Two envelopes. Remember this.

'The conversation does not go well. It may be that Sir Magnus threatens to

expose his former protégé. Perhaps he says he will consider the matter before he goes to the police. I would imagine that Robert is at his most charming and persuasive as Sir Magnus shows him out. But when he reaches the main hall, he strikes. He has already noted the suit of armour and he draws the sword from its sheath. It comes out silently and easily because, as it happens, Sir Magnus has used it quite recently when he attacked the portrait of his wife. Robert is taking no chances. He will not be exposed. His marriage to Joy Sanderling will go ahead. From behind, he decapitates Sir Magnus, then returns to the study to get rid of the evidence.

'But this is where he makes his two critical mistakes. He crumples up his mother's letter and burns it in the fire. At the same time, he manages to get some of Sir Magnus's blood onto the paper and this is what we will later find. But much worse than that – he burns the wrong envelope! I knew at once that an error had been made and not only because Mrs Weaver's letter had been produced on a typewriter while the surviving envelope was handwritten. No. The envelope was addressed quite formally to Sir Magnus Pye and this was completely out of character with its contents. The correspondent had referred to him as "you bastard". She had threatened to kill him. Would she then have written *Sir* Magnus on the envelope? I did not think so, and intended to ask Mrs Weaver this, but unfortunately I was taken ill before I could put the question to her. It does not matter. We have the envelope and we have the diary written by Mary Blakiston. As I remarked to Fraser, the writing on both was the same.'

Pünd had drawn to a halt. There was to be no dramatic conclusion, no final declamation. That had never been his style.

Chubb shook his head. 'Robert Blakiston,' he intoned. 'I am arresting you for murder.' He continued with the formal warning, then added, 'Is there anything you want to say?'

For the last few minutes, Blakiston had been staring at a fixed point on the floor as if he could find his whole future there. But suddenly he looked up and there were tears streaming from his eyes. At that moment, Fraser could very

easily imagine him as the fourteen-year-old child who had killed his brother in a rage and who had been hiding from that crime ever since. He turned to Joy. He spoke only to her. 'I did it for you, my darling,' he said. 'Meeting you was the best thing that ever happened to me and I knew I could only be completely happy with you. I wasn't going to let anyone take that away from me and I'd do it again if I had to. I'd do it for you.'

4

From *The Times*, August 1955

The death of Atticus Pünd has been widely reported in the British press but I wonder if I might add a few words of my own as I knew him perhaps better than anyone, having worked for him for six years in the capacity of personal assistant. I first met Mr Pünd when I replied to an advertisement placed in the *Spectator* magazine. It stated that a businessman, recently arrived from Germany, required the services of a confidential secretary to assist him with typing, administration and associated duties. It is revealing that he did not refer to himself as an investigator or private detective even though he already had a formidable reputation, particularly following the recovery of the Ludendorff Diamond and the spectacular series of arrests that followed. Mr Pünd was always modest. Although he helped the police on numerous occasions, including the recent murder of a wealthy landowner in the Somerset village of Saxby-on-Avon, he preferred to remain in the shadows, seldom taking the credit for what he had achieved.

There has been some speculation about the manner of his death

and I wish to set the record straight. It is true that Mr Pünd had come into possession of a large dose of the poison physostigmine during his last investigation and that he should, of course, have returned it to the police. He did not because he had already decided to take his own life, as he made clear in a letter which he had left behind and which was forwarded to me after his cremation. Although I had not been aware of it, Mr Pünd had been diagnosed with a particularly malignant form of brain tumour which would have ended his life shortly anyway and he had chosen to prevent himself unnecessary suffering.

He was the kindest and the wisest man I ever knew. His experiences in Germany before and during the war had given him a perspective that must have aided him in his work. He had an innate understanding of evil and was able to root it out with unerring precision. Although we spent much time together, he had few friends and I cannot pretend that I completely understood the workings of his remarkable mind. He made it clear that he wanted no monument left behind but requested that his ashes should be scattered close to Saxby-on-Avon in Dingle Dell, the woodland that he in part helped to save.

That said, I am in possession of all the pages, notes and material relating to the treatise which occupied much of his later life, a major work entitled *The Landscape of Criminal Investigation*. It is a tragedy that it remains unfinished but I have forwarded everything that I have been able to find to Professor Crena Hutton at the Oxford Centre for Criminology and it is very much my hope that this landmark volume will be made available to the public soon.

James Fraser

AGIOS NIKOLAOS, CRETE

There's not much more to add.

Cloverleaf Books folded — which is about as apt a description as you can get for a publishing firm going out of business. It was all very messy, with Charles in jail and the insurers refusing to pay out for the building, which had been completely destroyed in the fire. Our successful authors jumped ship as fast as they could, which was a little disappointing but not entirely surprising. You don't want to be published by someone who might murder you.

I no longer had a job, of course. Sitting at home after I had got out of hospital, I was surprised to learn that I was getting some of the blame for what had happened. It's like I said in the beginning. Charles Clover was entrenched in the publishing industry and the general feeling was that I had betrayed him. After all, he had published Graham Greene, Anthony Burgess and Muriel Spark and he had only ever killed one writer — Alan Conway, a well-known pain in the neck. Had it really been necessary to make such a fuss about his death when he was going to die anyway? Nobody actually put this into so many words, but when I finally limped out to a few literary events — a conference, a book launch — that

was the feeling I got. The Women's Prize for Fiction decided not to have me as a judge after all. I wished they could have seen Charles as I had finally seen him, preparing to burn me alive and kicking me so hard that he broke my ribs. I wasn't going back to work any time soon. I no longer had a heart for it and anyway, my vision hadn't recovered. That remains the case. I'm not quite as blind as poor Mr Rochester in *Jane Eyre* but my eyes tire if I read too much and the words move around on the page. These days I prefer audiobooks. I've gone back to nineteenth-century literature. I avoid whodunnits.

I live in Agios Nikolaos, in Crete.

The decision was more or less made for me in the end. There was nothing to keep me in London. A lot of my friends had turned their backs on me and Andreas was leaving whatever happened. I would have been a fool not to go with him and my sister, Katie, spent at least a week telling me exactly that. At the end of the day, I was in love with him. I'd come to realise that when I was sitting on my own at Bradford-on-Avon station and it had certainly been confirmed when he had appeared as my knight in shining armour, battling his way through the blaze to rescue me. If anything, he should have been the one who had second thoughts. I didn't speak a word of Greek. I wasn't much of a cook. My vision was impaired. What possible use could I be?

I did say some of this to him and his response was to take me out to the Greek restaurant in Crouch End, to produce a diamond ring (which was much more than he could afford) and to go down on one knee in front of all the diners. I was horrified, and couldn't accept fast enough just to get him to behave properly, back on his feet. He didn't need a bank loan in the end. I sold my flat and, although he

wasn't entirely happy about it, I insisted on investing some of the money in Hotel Polydorus, making myself an equal partner. It was probably madness but after what I'd been through, I didn't really care. It wasn't just that I'd almost been killed. It was that everything I'd trusted and believed in had been taken away from me. I felt that my life had been unravelled as quickly and as absolutely as Atticus Pünd's name. Does that make sense? It was as if my new life was an anagram of my old one and I would only learn what shape it had taken when I began to live it.

Two years have passed since I left England.

Polydorus hasn't actually made a profit yet, but guests seem to like it and we've been full for most of this season so we must be doing something right. The hotel is on the edge of Agios Nikolaos, which is a bright, shabby, colourful town with too many shops selling trinkets and tourist tat, but it's authentic enough to make you feel it's somewhere you'd want to live. We're right on the seafront and I never tire of gazing at the water, which is a quite dazzling blue and makes the Mediterranean look like a puddle. The kitchen and reception area open onto a stone terrace where we have a dozen tables — we're open for breakfast, lunch and dinner — and we serve simple, fresh local food. Andreas works in the kitchen. His cousin Yannis does almost nothing but he's well connected (they call it 'visma') and comes into his own with local PR. And then there's Philippos, Alexandros, Giorgios, Nell and all the other family and friends who bundle in to help us during the day and who sit drinking raki with us until late into the night.

I could write about it, and maybe one day I will. A middle-aged woman takes the plunge and moves in with her Greek lover and his eccentric family, various cats, neighbours, suppliers and guests,

making a go of it in the Aegean sunshine. There used to be a market for that sort of thing, although of course I won't be able to write the full truth, not if I want it to sell. There's still a part of me that misses Crouch End and I miss publishing. Andreas and I are always worrying about money and that puts a strain on us. Life may imitate art – but it usually falls short of it.

The strange thing is that *Magpie Murders* did get published in the end. After the collapse of Cloverleaf, a few of our titles were picked up by other publishers, including the entire Atticus Pünd series, which, as it happened, went to my old firm, Orion Books. They reissued it with new covers and brought out *Magpie Murders* at the same time. By now the whole world knew the nasty truth behind the detective's name, but in the short term it didn't matter. All the publicity about the real-life murder and the trial made people more interested in the book and I wasn't surprised to see it in the bestseller lists. Robert Harris gave it a very good review in the *Sunday Times*.

I even saw a copy the other day, as I walked along the beach. A woman was sitting in a deckchair reading it, and there was Alan Conway staring out at me from the back cover. Seeing him I felt a spurt of real anger. I remembered what Charles had said about Alan, how he had selfishly, needlessly, spoiled the pleasure of millions of people who had enjoyed the Atticus Pünd novels. He was right. I had been one of them and just for a moment, I imagined that it was I, not Charles, who had been on the tower at Abbey Grange, shoving out with both hands, pushing Alan to his death. I could actually see myself doing it. It was exactly what he deserved.

I had been the detective and now I was the murderer.

And do you know? I think I liked it more.

ABOUT THE AUTHOR

ANTHONY HOROWITZ is the author of the *New York Times* bestseller *Moriarty* and the internationally bestselling *The House of Silk*, as well as the *New York Times* bestselling Alex Rider series for young adults. As a television screenwriter he created *Midsomer Murders* and the BAFTA—winning *Foyle's War*, both of which were featured on PBS's *Masterpiece Mystery!* He lives in London.

THE RADICAL ELEMENT

———

THE RADICAL ELEMENT

12 Stories of
Daredevils, Debutantes,
and Other Dauntless Girls

EDITED BY

Jessica Spotswood

CANDLEWICK PRESS

Compilation and introduction copyright © 2018 by Jessica Spotswood
"Daughter of the Book" copyright © 2018 by Dahlia Adler
"You're a Stranger Here" copyright © 2018 by Mackenzi Lee
"The Magician" copyright © 2018 by Erin Bowman
"Lady Firebrand" copyright © 2018 by Megan Shepherd
"Step Right Up" copyright © 2018 by Jessica Spotswood
"Glamour" copyright © 2018 by Anna-Marie McLemore
"Better for All the World" copyright © 2018 by Marieke Nijkamp
"When the Moonlight Isn't Enough" copyright © 2018 by Dhonielle Clayton
"The Belle of the Ball" copyright © 2018 by Sarvenaz Tash
"Land of the Sweet, Home of the Brave" copyright © 2018 by Stacey Lee
"The Birth of Susi Go-Go" copyright © 2018 by Meg Medina
"Take Me with U" copyright © 2018 by Sara Farizan

First edition 2018

Library of Congress Catalog Card Number pending
ISBN 978-0-7636-9425-8

18 19 20 21 22 BVG 10 9 8 7 6 5 4 3 2

Printed in Berryville, VA, U.S.A.

This book was typeset in Adobe Caslon Pro and Caslon 540.

Candlewick Press
99 Dover Street
Somerville, Massachusetts 02144

visit us at www.candlewick.com

For all the radical girls,
past and present,
who fight for change

CONTENTS

———

INTRODUCTION

——

I N 2015, when I finished editing *A Tyranny of Petticoats: 15 Stories of Belles, Bank Robbers & Other Badass Girls,* I knew I wanted to edit another feminist historical fiction anthology. *Tyranny* was — and continues to be — the best, most joyful, and most satisfying collaborative experience of my career. So I cast about, searching for a theme, and hit upon the idea of girls who were outsiders in their communities. Searching for a potential title, I found a quote by President Rutherford B. Hayes: "Universal suffrage is sound in principle. The radical element is right."

And so *The Radical Element* was born, shifting the focus slightly — and I think empoweringly — from girls who were *outsiders* to girls who were *radical* in their communities, whether by virtue of their race, religion, sexuality, disability, gender, or the profession they were pursuing.

Merriam-Webster's definitions of *radical* include "very different from the usual or traditional" and "excellent, cool." I like to think our heroines are both. Our radical girls are first- and second-generation immigrants. They are Mormon and Jewish, queer and questioning, wheelchair users and neurodivergent, Iranian-American and Latina and Black and biracial. They are funny and awkward and jealous and brave. They are spies and scholars and

sitcom writers, printers' apprentices and poker players, rockers and high-wire walkers. They are mundane and they are magical. They yearn for an education in Savannah in 1838, struggle with Hollywood racism in 1923, and immigrate to Boston in 1984.

There is power—a quiet badassery—in girls taking charge of their own destinies. Our heroines follow their dreams, whether those dreams are a safe place to practice their faith or an elusive pair of white leather go-go boots. These girls will not allow society to define them. Instead, they define themselves, claiming their identities even though it was often not historically safe—and, disappointingly, is not always *currently* safe—to do so. They learn to love themselves in all their perfectly imperfect beauty—which, as some of our heroines learn, might be the most radical act of all.

At the Texas Book Festival, a teenage girl in the audience of my panel said she was, with the encouragement of her teacher, trying to read about history from many points of view, not just that of the cisgendered heterosexual white men who have traditionally written it. We panelists applauded. We need empathy now more than ever. We need to read stories about, and especially by, voices that have been traditionally silenced and erased from history. We need curious, open-minded, open-hearted teenagers (and adults!) like you.

I hope you will see yourself reflected in at least one of these stories. I hope they will make you question what traditional history lessons miss and inspire you to seek out more radical girls. Most of all, I hope this collection will provide an impetus for you to *be* the radical element in your own community, dreaming big, loving yourself fiercely, and writing the next chapter of history.

Thank you for reading.

JESSICA SPOTSWOOD

DAUGHTER OF THE BOOK

DAHLIA ADLER

R ebekah threaded in.

Rebekah tugged the needle out.

Rebekah had never been so bored in her entire seventeen years. At least not since yesterday.

"Beautiful, Miriam." Mrs. Samuels flitted around the one-room schoolhouse like a butterfly. Or, in her muted tones, perhaps a moth was a more appropriate comparison. Like Rebekah, she wore a simple cotton gown she'd stitched herself that covered every inch of skin from collarbone to wrist to ankle, but as a married woman, she also wore a shawl that covered her hair. Rebekah wondered if the shawl somehow kept Mrs. Samuels cooler, because she didn't seem to be perspiring through every stitch the way Rebekah was beneath her long chestnut curls. It made her feel like a poor imitation of a Georgian that she could barely tolerate the Savannah sun in these brutal summer months. But then, she was Jewish first,

American second, as her mama and papa never tired of telling her. "Look at Miriam's stitchwork in those clouds. It's so nice against that beautiful blue. Like tekhelet."

Rebekah smiled to herself at the mention of the holy turquoise shade, sported in the fringes of her father's tzitzit. It *was* a beautiful color, but just a few weeks ago, Caleb had taught her that true tekhelet dye came from an honest-to-goodness snail. "It's called a chilazon," he'd told her in that tone he always took when he was educating—the one that let everyone know he would be a wonderful rabbi someday. Her father would never have shared such knowledge with her, but Caleb Laniado continued right on, imparting what he'd learned from studying the Talmud with some of the other men from Mickve Israel.

Rebekah knew this scholarship wasn't meant for her ears, that the Talmud was for men alone, and she wished more than anything that she found it dull. That she could echo Caleb's sister, Naomi, or her own best friend, Deborah, when they teased him for babbling on about the legendary arguments between the rabbis Hillel and Shammai or why they couldn't blend wool and linen to make their garments as the gentiles did.

But she wanted that knowledge, thirsted for it, drank it down like the last dregs of kiddush wine. She didn't know if Caleb noticed, and she'd be mortified if Deborah or Naomi did, but she loved when he shared his lessons—and not just because of the way passion lit up his brown eyes and sent his strong hands flying into gestures. There would be a time for truly noticing that someday, and someday soon, she knew. Someday the challah cover she was stitching would be on her own Shabbat table, and it would be her husband commenting on the needlework.

Someday, but not yet.

She had so much to learn first.

╳ ╳ ╳

The sun was high in the sky when Rebekah finally found a few moments to escape the kitchen that afternoon. She didn't even have to think about a destination; ever since she'd figured out that Mama was too distracted by baby Abigail to pay her much mind once the lunch dishes were rinsed, she'd let her feet drag her to the same place. She'd been barely six years old when a fire had burned down the old wooden synagogue, but people still loved to talk of the miracle of the Torahs and the Aron Kodesh that had somehow been spared. Her little brother, Jacob, had had his bris at the old synagogue, and they had thought they'd see him read from the Sefer Torah for his bar mitzvah there. But this new brick building they were erecting in its place would be the site of his coming-of-age ceremony instead.

Better than Caleb had. Jacob would have a proper ceremony, including a celebratory feast for the entire community, but Caleb's bar mitzvah had been in his home, which did not fit even the forty or so men of Mickve Israel, let alone the rest of the congregants.

"Miss Rebekah? Is that you?"

It was as if thinking about him had made his long, lean figure appear out of thin air. "Caleb Laniado. What have I told you about calling me 'Miss'?"

His slight grin and the crinkle of his long-lashed eyes made him look boyish despite the shadow of a dark beard that could never stay away for long. "My mama would have my hide if I didn't, and you know it."

She knew it was immodest, but it was impossible not to smile back. Besides, Caleb was as holy a boy as she knew. He wasn't being improper with her; he was absolutely serious that Mrs. Laniado would be mad as a cottonmouth if he were more familiar. "Amazing how the new building is coming along, isn't it?"

"It is. The committee's been working nonstop. Dr. Sheftall wants it complete by next year and says they have all the funds to do it without needing to ask for more from anybody."

That was good to hear. She knew that if money was scarce in her household, it would be her own meager education that would be the first to go. Mrs. Samuels's instructions came at a fee, and though she taught little more than basic sums and sewing, losing them would be cutting one more tie to the community. It was hard enough to see how many congregants were already breaking away—marrying outside the faith, abandoning their traditions, adopting gentile business practices, and even buying slaves in an effort to blend in with their neighbors. But Rebekah's family did not blend in more than absolutely necessary, and she knew the Laniados did not—would not—either. Besides, other than Mama's lessons on keeping a kosher kitchen and properly observing the Sabbath, Mrs. Samuels's classes were the only education she received. It wasn't much, but it was better than nothing at all.

"It'll be nice to have, when it's finished." She fanned her cheeks with her hand and cursed herself for leaving her parasol at home. "I'm sure you'll be happy to have a new place to study." Her words were simple enough, but they burned hot with jealousy. Caleb's cheder classes had ended at fourteen, but he and some of the other boys still received private personal instruction, and it did not involve needlepoint. "What did you learn today?"

"The Shulchan Aruch," he said, and it made her heart ache a little. The answers used to be things she knew from prayers and holiday services and Mrs. Samuels's rudimentary parsha classes— stories of the Patriarchs and Matriarchs and the twelve tribes of Israel. The Shulchan Aruch was a book she knew by name only, as something her father studied.

"Can you tell me the story of Ruth again?" It was her favorite,

after the story of Esther, which was too long for right now; Mama would no doubt be calling her any minute, if she wasn't already.

"We should get home." Caleb took one last look at the synagogue before turning back to the tree-lined cobblestone street. "Anyway, you've heard me tell it a hundred times."

"You could tell me for the hundred and first time on the way."

He sighed, and she knew he'd do it. He couldn't resist the opportunity to teach a willing student, and he was the only one she still trusted to ask. Unlike her father, he never rebuked her for doing so; his reserves of patience seemed truly endless.

"It was in the time of the Judges, when there was a man named Elimelech and a woman named Naomi, and—"

"Which judge?" Rebekah interrupted.

"Pardon me?"

Yes, he'd told her the story one hundred times, and she heard it read aloud in synagogue every spring during the Shavuot holiday, but new questions always seemed to spring up like dandelions. "You said the story's in the time of the Judges, right? So who was the judge during this time?"

A smile slipped over his face, quick as a shadow. "That's a good question, Miss Rebekah. I don't know the answer."

"But you have a thought, surely."

He gave a cautious nod, just a dip of his chin, the kind he gave when the answer lay beyond the Torah. She used to try her hardest to wheedle it out of him, but now she just waited patiently, fixing her attention on the way the light breeze swayed the Spanish moss dangling from the oak tree branches and swished her blue cotton skirt around her ankles.

"In the Talmud, it is stated that Ibzan was Boaz, and Rashi explains that this refers to the judge Ibzan. As such, many believe he was the judge at the time."

Ibzan. She tucked the name away in her treasury of those that appeared only once or twice and which no girl would likely ever hear. "Ah. All right, then. Go on."

"Elimelech and Naomi had two sons, named—"

"Makhlon and Kilion," Rebekah finished before she could stop herself.

Another shadow smile. "Right. And Makhlon and Kilion were married to . . ." This time he left a space for her to fill in Ruth's and Orpah's names, as if he were in fact a teacher and she a student. They continued like that until they arrived at her porch, where her little sister Sarah was standing with her fists on her hips and a suspicious glare.

"You're in trouble, Rebekah Judith!" she called. "Mama's fixin' to send you to bed without supper!"

Rebekah sighed. "Thank you for the lesson, Caleb. I had better get inside. But . . . perhaps I'll see you tomorrow?"

He tipped his hat. "Perhaps you will. Have a good evening, Miss Rebekah."

"Where on earth have you been?" Mama asked the moment Rebekah walked through the door into a warm kitchen smelling of peppery fish and buttery corn bread. "Have you forgotten your chores? Sarah had to shuck the corn for you. Say thank you to your sister."

"Thank you, Sarah," she mumbled.

"You promised you were only calling upon Deborah for an hour," Mama continued as she pointed toward the shelf of cornflower-blue dairy dinner dishes. Rebekah took five of the earthenware plates from the stack—baby Abigail was still just feeding off Mama—and spread them around the wooden table, knowing exactly what was coming next. "Your papa will be home

soon and what a fine thing for him to work a hard day and come back to an unprepared supper!"

"I'm sorry, Mama," she said, louder than a mumble because she knew she'd simply have to repeat it otherwise. But she wasn't really sorry; she wouldn't take back her lesson with Caleb for anything.

"You'll do all the washing tonight," Mama said in a voice that brooked no argument.

"Yes, Mama."

Rebekah had hoped to leave it at that and continue setting the table in peace, but of course Sarah had to pipe up. "She was with that strange Laniado boy," she crowed.

"Sarah! What a thing to say. Caleb is a nice young man." Mama turned to Rebekah. "Or perhaps not, if he's spending time alone with you, with no talk of marriage. You are not children any longer, Rebekah."

"It was a chance meeting, outside in full daylight." Rebekah laid out the dairy forks, sparing a glare for Sarah. "Don't spread lashon hara, Sarah. It's a sin, and it's unbecoming, besides."

Sarah stuck out her tongue.

"Don't do that, either," Mama said. "What have I told you about respecting your elders? Both of you?" she added pointedly.

"But I—"

"I don't want to hear it, Rebekah, and I do *not* want to hear tales of you being improper with a boy, either, do you hear me? Especially not with the Laniado boy."

Rebekah wondered what exactly Mama's objection was to "the Laniado boy"—that he'd be particularly repulsed by impropriety, given his piousness? Or did Mama fear him as a prospect, knowing he dreamed of being a rabbi and teacher someday and would never bring in the money that the men dealing in dry goods or trading cotton did? Or perhaps it was that he was Sephardic—the

Laniados had come from Portugal a generation ago—and Mama secretly hoped her eldest daughter would marry a boy with German blood like theirs and raise a family with their Ashkenazi customs.

In any case, Rebekah knew better than to ask. "Honor thy father and thy mother" may have been the fifth commandment in the Torah, but it was the first in the Wolf household. Anyway, Papa's large, lumbering frame walked through the door then, turning all talk to his day at work and his upcoming annual trip to New York. When he brought up the subject of the synagogue's progress, though, Rebekah couldn't help but ask another question.

"What of the school once the synagogue is built, Papa?" she asked, ladling out fish stew.

He regarded his eldest daughter over the rims of his spectacles. "Cheder will return to the synagogue building, of course. I'm sure your brother will be delighted to have his studies in a proper Beit Midrash."

Jacob nodded, but Rebekah knew he didn't give a fig where he had his studies—not his religious studies, anyway. All Jacob ever talked about was how he was going to be a merchant like Papa, dealing with visitors who traveled from all over Georgia and South Carolina to purchase his textiles and making the long trip up to New York once a year to replenish at good credit rates. Jacob cared for sums far more than he would ever care for David and Goliath or the Exodus. More than once, she'd lingered outside while he studied with Papa, watching him yawn or clean dirt from his fingernails while envy burned in her like the candlelight that flickered over their texts.

"But . . . do you think . . . might there be room for girls to study in a proper Beit Midrash, too? Separate from the boys, of course," she added hastily, as if such a thing even needed to be stated.

"For what purpose?" Creases formed between Papa's light-blue eyes. "Does Mrs. Samuels not teach you that which you need to know? Does your mama not show you how to keep a kosher home?"

Rebekah swallowed hard, suddenly not at all hungry, although she continued to dish out the stew. Mama taught her the most important things—the blessing over the candles to welcome Shabbat just before sunset every Friday, how to boil eggs for the Pesach Seder and braid golden challah bread for Shabbat and holidays, that dishes like roast ham and oysters were for their gentile neighbors, but no pig or shellfish would ever grace a kosher table.

But she didn't teach the story of Esther, or of Ruth, or of Deborah. Her mother didn't teach her how Rebekah—her biblical namesake—saw that Jacob was the son chosen by God, and not his twin, Esau, who was preferred by Isaac. Those bits and pieces had all been gleaned from nagging Caleb or eavesdropping on Jacob's lessons.

"Of course she does. I just meant . . . it would be nice to learn more Torah. I know Mama is very, very busy with Abigail, and—"

"Do you not learn Torah in your studies with Mrs. Samuels?" Papa's voice had risen just enough for Rebekah to know he did not like this conversation.

"Mrs. Samuels does teach us the parsha every week," she said carefully as she took a seat with her own dish. "I simply hoped to learn a little bit more—maybe the Prophets and the Megillot. Perhaps even Hebrew, so I might study them for myself."

"You do not need any such instruction, child," Papa said firmly. "Our Sages are very clear that it is most important for the women of Israel to focus on nurturing a family and maintaining a kosher home. How can you have time to learn everything you need to know in order to be a proper Jewish bride and mother if you're

filling your head with other things? If you marry a scholar, how will you support his Torah study if you do not learn the skills needed to maintain a boardinghouse or store?"

A hundred answers rose in Rebekah's throat, and she swallowed them all down. None were proper for a young southern lady *or* a daughter of Israel. "Yes, Papa," she said around the lump they formed.

"This is the nonsense the Yankees are spreading," he muttered. "That Gratz woman is shaking up Philadelphia with that new school of hers. Can't leave well enough alone."

"New school?" Rebekah had not heard any word of this, not even from her most gossipy classmate, Miriam. "What kind of new school?"

"It's foolishness," her father assured them all, buttering his corn bread with a firm hand. "A free Hebrew Sunday school for boys and girls. It seems Miss Gratz does not think our current educational system is sufficient."

What educational system? Rebekah wanted to ask, and she had to clamp her teeth down on her lips to keep from doing so. She knew she herself was lucky to have a mother who would teach her the ways of a kosher home, and Mrs. Samuels to teach her other matters; some did not have even this. It was no wonder so many of their Jewish neighbors were turning from Halakha and discarding the ways of their faith.

"And who is teaching in this school?" Mama asked. "Miss Gratz herself?"

"Among others." Her father stabbed his corn bread with such fierceness that Rebekah knew he was anxious to end the discussion, but she could not have been more enthralled. A school full of teachers? A school that would give equal education to boys and girls? To Rebekah, it sounded like paradise. "And the school trains

new teachers as well. As if more women need to be distracted from their homes and children with this pointless pursuit."

Rebekah's heart beat a frantic tattoo. *A school that trained new teachers.* What if she could not only receive a better Jewish education but impart one as well? Her father's annual trip to New York was coming soon, and her entire being burned with the desire to join him on the journey north and stop in Philadelphia along the way.

But of course she could not. She would never see the inside of Miss Gratz's school, never teach in one of her own. She would remain in Savannah forever, bearing children and running a boardinghouse so her husband could continue the studies she could not. There would be no time for the "pointless pursuit" of her own studies.

They made the blessings over their food, then ate the rest of their meal in silence.

For the next week, she did not talk to Caleb even once; instead, she watched with envy from her porch as he went to learn with the men. Nor did she ask to attend services with Papa on Friday night, as he occasionally permitted, instead staying home to set the table for Shabbat dinner and help Mama put Abigail to sleep. He had been unusually irritable ever since the conversation about Miss Gratz's school, and she feared if she did not behave as a model daughter of Israel now, the few-and-far-between favors he granted would vanish completely.

But when Papa left for three months in New York with several of the other merchants from the congregation, Rebekah felt impatient to expand her education again. She was not brazen enough to try to intercept Caleb on his way to class, but she did walk past the synagogue again in the hopes he would be there. He wasn't,

that first day. Nor the second. It wasn't until the third day that he appeared, his ill-fitting vest highlighting how rapidly he'd been growing this past year—too quickly for his mother's arthritic fingers to keep up. Rebekah wondered idly just how improper it would be to stitch him a new vest in between her work on table-cloths and aprons, and had to acknowledge that she already knew the answer.

But then, it wasn't any more improper than the favor she was about to ask.

"Caleb Laniado."

He seemed surprised to see her, but no less polite for it. "Miss Rebekah." He tipped his hat. "Rabbi Yehuda HaLevi's *The Kuzari*, before you ask. We talked about *The Kuzari* and other works of medieval Jewish philosophy in class today. It was fascinating."

A light flush filled her cheeks, and she prayed it was shadowed by her parasol. "I wasn't going to ask," she lied, or, well, it wasn't really a lie. She wasn't going to ask *that*.

She was going to ask something much bigger.

"Caleb, you are fond of teaching, are you not?"

"I am."

"And you're good at it."

Now he was the one to flush. "I just share that which God enables me to."

Modesty—the most notable of the great prophet Moses's vir-tues. Her father was fond of making sure she internalized *that* lesson. "Do you think God would enable you to share more? With me?" Her face promptly flamed at her inelegant phrasing. "Would you teach me?"

He furrowed his thick, dark eyebrows. "Teach you?"

"I know to teach me Talmud or Kabbalah would be forbidden," she said quickly, fiddling with the cuff at the elbow of her green

cotton dress. "But Hebrew. Torah. Prophets. I just want to know more about our people, our history, our language. And nobody wants to teach me that. Nobody thinks women deserve to know anything but how to make challah and bless the Shabbat candles."

"A woman's role in the home is very important, Rebekah," he said, his voice patient but firm. "Men would not be able to both learn and provide for our families if women didn't—"

"I know." She exhaled sharply. "I know. I hear so much about the woman's role in Klal Yisrael, and I know it is important. But Papa learns *and* works, and so do the other men of Mickve Israel. If you all have time to do both, why don't we?"

"Because caring for children—"

"I don't *have* any children, Caleb." She was supposed to be demure, to know her place, but she'd had it with everyone deciding her place but her. If her biblical namesake had stuck to her place, the warlike Esau might be their forefather instead of the peaceful, learned Jacob. If Esther had stuck to her place, the Jewish people might not exist at all. Jewish history was not made of women who remained willfully ignorant in order to sew tablecloths. "But when I do, God willing, I want them to be learned. I want my boys *and* my girls to know our traditions, our words. I want them to see why observing our laws and sharing our history matters. There is so much more women could be doing in our community, if only we were allowed."

There was a long silence as Caleb stroked his angular jaw while contemplating her words, and then, mercifully, gave one stiff nod. "All right, Rebekah. I will teach you. But—"

"I won't tell anyone," she promised.

"I am not sure that is for the best. The laws of yichud forbid an unwed man and woman from being alone."

She knew this, but she also knew that if anyone had an inkling

they were engaging in this private study, she'd never be permitted to leave home again—not for lessons or any services at which women's presence was merely optional, not even to call upon Deborah for social visits. And if word spread to the matchmaker that she was stubborn and immodest, not only would it be more difficult to find her a match, but possibly more difficult to find one for Sarah as well.

It was so much to risk, but it didn't feel like a choice; she needed this knowledge the way she needed air. Maybe she couldn't be trained in Miss Gratz's school, but this could be another path for her to learn everything she would need to teach others. "Surely there must be a way. Caleb, think what a difference it would make if the women in the community had someone to teach them to love our religion and laws instead of simply abiding by them. Think of all those we've lost from the congregation—what if this is the way to bring them back? To keep future members close?"

There was another long silence, but, finally, the spark of an idea flashed in his dark eyes. "We must find a place that is both public and private. As long as people are freely able to enter and see us, I think that would be halakhically permissible."

A place both public enough to keep with Jewish law and private enough that they would not be spotted . . . "Why, I reckon we could use the Gottliebs' carriage house, same as Mrs. Samuels teaches us in. They don't lock the doors after hours. We could leave them open; there'd be no reason for anyone to come looking."

Judging by Caleb's pinched expression, he still wasn't entirely convinced of the propriety and wisdom of Rebekah's plan, but he nodded. "We'll try it. Sunday evening."

"I'll bring a candle," she promised, praying to Hashem her mother did not keep careful count. "I'll see you Sunday evening, after supper."

He agreed, and she left before he could change his mind.

× × ×

"So Deborah was not the only female hero in Judges," Rebekah said with no small amount of satisfaction as they ended their session for the evening. They'd been studying together for weeks now, and as night began to fall earlier and earlier, they'd cut their lessons from two evenings a week down to just one, fearing her mother would notice if she snuck too many extra candles. "I cannot believe no one speaks of Yael."

"A woman who lulled a general to sleep and then stabbed him through the temple with a tent peg is not generally considered a topic for polite conversation."

Rebekah laughed at Caleb's dry wit, careful to keep her mirth quiet. She hadn't known Caleb *had* a strong sense of humor, but he routinely made her laugh, and she loved the way his dark eyes twinkled in the candlelight. He would make a wonderful teacher someday, and what's more, he inspired her to want to be the same.

It made her wonder how Miss Gratz taught in that school of hers up in Philadelphia.

It made her wonder about that a lot.

"Simply because she was whispering her prayers, Eli thought she was drunk?" Rebekah was flabbergasted. They were making steady progress in the Prophets portion of the Bible and were now studying the book of Samuel. "But we pray silently every day. I was punished with an entire week of extra chores for speaking aloud during the Amidah."

Caleb smiled, even as he gestured for her to keep her voice low. "Yes, we pray silently now, but our Sages point to this very source as evidence that we did not always. If silent prayer had been commonplace at that time, surely the High Priest would not have questioned Hannah. And so we must infer that it was not."

"So then Hannah is responsible for the way in which we now pray?"

His smile widened, just a little bit. "Arguably, yes, she is." He looked back down at the book in his lap. "I suspected you might like that."

She did not need to confirm for him how correct he was.

They continued through Kings and learned of Ahab and the queen Jezebel, who ordered the death of hundreds of prophets. Of Athaliah, a woman so violently stricken with ambition that after her son was killed, she murdered her entire family so she could reign. Of Jehosheba, the righteous princess who managed to rescue a single child of that family and protect him until he was old enough to reclaim the crown, therefore salvaging the Davidic line of monarchy.

They learned until Rebekah could slowly, slowly read the letters of the Aleph-Bet, until she could recognize the different forms of the name of God, until she could spot her own name in the book of Genesis, and Caleb's in the book of Numbers.

They learned until the night a shadow filled the door of the carriage house and covered the pages of Caleb's open Bible.

They never made it to the book of Ruth.

"What were you thinking?" her father raged. Her mother had been too preoccupied with baby Abigail and preparing the house for her husband's return to notice Rebekah's regular absence, but he noted it almost immediately. He'd only been back from New York for a week before he came looking in the carriage house. It felt like everything happened in seconds then: her and Caleb jumping apart as if struck by lightning. Her father's voice thundering in her ears. The candle flame being extinguished, although she had

no idea who actually plunged the carriage house into darkness. Her father's demand that she and Caleb march in front of him around the corner to the Laniados' house. And now they were in the Laniados' simply furnished parlor, her fingernails digging into the wood of her armchair as if it might anchor her when everything else was spinning and it took every ounce of her strength to meet Caleb's father's gaze.

Haim Laniado's quiet nature made him all the more imposing, and Rebekah knew her father was ashamed in front of him now—ashamed of *her*, his rebellious daughter.

Nothing made her father angrier than feeling ashamed.

"I just wanted to learn," Rebekah said quietly. "There was nothing improper between us."

"The entire arrangement was improper." Her father's normally pale complexion was ruddy with anger, his knobby hands slicing the air as he spoke. Only his determination not to be heard throughout Savannah kept his voice at a fierce whisper. "The two of you? Alone? You know this is forbidden. You *both* know this."

"We were not in violation of yichud," she said, stealing a glance at Caleb. He would not meet her eyes, would not look at anything but his hands folded over his dark breeches. "The door was always open. Always."

"How can we believe a word you say?" Mr. Laniado's voice was as soft as his demeanor. "My own son—my *only* son—hiding with a girl in secret." He took a deep breath. "You were taught better than this, Caleb."

"She's telling the truth, Abba. All we did was study, and the door was always open. She asked me to teach her Torah, and I did. But I am sorry I did it in secret."

"No one would have let us if we did *not* do it in secret," Rebekah pointed out, earning glares from all the men. She pressed

on anyway. "If you don't believe that we were studying, then test me. Ask me about the Judges or Kings. Ask me to read from a Torah scroll. Ask me about something I would never learn from Mrs. Samuels. Ask me and I will know."

"That is not the point, Rebekah. What did I say the last time we discussed this?"

"Did I not help Mama with chores these past few months? Did I not find time for both? I know my place in the Jewish home, Papa. But I think I have a place outside of it, too." She took a deep breath. "You and Mama have taught me so well to preserve our traditions, to put being Jewish first. You have warned me of all the dangers of turning from our path. But what of those who have not received such teachings? The nation around us holds such temptation to blend in. How can those resist it who feel they have nothing in our own beautiful Jewish nation to grasp? How can we continue as a community if we do not educate enough teachers within it?"

Papa snorted. "You view yourself as a teacher? Anavah, Rebekah. Midat Moshe Rabbeinu. Our greatest leader possessed modesty above all."

She winced; he could not have injured her more had he slapped her. But memories of the women who'd come before her, who'd believed they had more to give than men expected of them, drove her forward. "So I'm permitted to learn the virtues of Moses, but I'm not permitted to learn the story of him receiving the Torah at Mount Sinai? Doesn't that sound silly?"

Every man in the room sucked in a breath at her insolence, and she wondered if she had gone too far. But what did it matter now? Her father's respect for her was already gone, and surely Caleb would no longer speak to her after this. She would never be allowed to attend Mrs. Samuels's class or Friday-night services again.

What did she have left to lose?

"Tell me, Papa," she pleaded. "What do I have to do in order to learn? All I want is to be a learned daughter of Israel. I don't want to disobey you and Mama. I don't want to hide. I certainly don't want trouble for Caleb. But I want to learn. There must be a way. If he cannot teach me, will you?"

"I do not have time for this nonsense, Rebekah. I have a son who needs to learn Talmud, as does Mr. Laniado. The community has decided what you need to know, and you need to trust your community. Kol Yisrael arevim zeh lazeh—all of Israel is responsible for one another. You need to accept that your elders know what is best."

Caleb shook his head. "I do not think they do," he said, and Rebekah snapped to attention. "You are of course correct that Kol Yisrael arevim zeh lazeh, but does that not include being responsible for the women of the community, too? For their knowledge and education? Rebekah is very clever, sir. And she is interested— far more than most of the young men with whom I have studied. I do not believe it is in the interest of the Jewish community to deprive her of an equal education. I think she would have very much to offer Mickve Israel, especially since the new synagogue will be finished soon."

Rebekah was stunned to hear Caleb defend her, but he wasn't finished. He remained calm even though her father's jaw was clenched tight enough to crack a pecan. "I would like to keep teaching her. She is the most insightful study partner I have found in Savannah, and I think our learning has been beneficial not only for her education but for mine. I believe she could be a wonderful teacher someday."

The rest of the room fell silent as Haim Laniado stroked his long graying beard. Rebekah had never heard Caleb challenge an

elder. It warmed her from head to toe to have him stand up for her and for their partnership — to hear anyone stand up for her at all. For the first time since her father had marched them into the parlor, Rebekah relaxed her grip on the wooden armrests.

"You cannot be alone as an unwed man and woman," Mr. Laniado said.

"With your permission, we can study on the porch," Rebekah said quickly. "In full view of everyone who walks by."

Mr. Laniado shook his head. "That would certainly not look proper. As Yossi Ben Yochanan teaches us in Pirkei Avot, 'Al tarbe sicha im ha'isha' — one is not to engage in excessive conversation with a woman, for he will neglect his own study. This is said even for a married couple, but for an unwed pair . . . I cannot allow it."

"Nor can I." Her father tugged at the cuffs of his linen shirt, the way he always did before making a proclamation. There was no space for either her or Caleb to argue that this wasn't the sort of idle chatter in question, that it *was* study. There was barely any space to breathe at all. "I see how arrogant these studies have made you already, not to mention how little regard you have given to your sisters' futures and the reputation you will give our family. I cannot tell another man what to allow in his home, with his wife, but I will not have a daughter living under my roof behaving in this manner."

With his wife . . . She had known, deep down in her heart, that this suggestion would arise, but hearing the words spoken aloud made her wish she could shed her skin like the serpent of Eden. "Papa, I . . . I do not feel . . . I am not . . ."

"You want to someday wed, do you not? To fulfill the mitzvah of Pru U'Rvu and bring more children into the Jewish community?"

Rebekah nodded numbly. She did. But not *yet*.

It was not that she did not care for Caleb; she did. He was

kind to her, and he was intelligent, and she did not mind that he would not earn a merchant's salary. He was nice-looking, too, with his strong, dark features and lean build. In truth, she had long suspected he would be her future; while many of the Jews in the South were marrying gentiles and working their hardest to blend into Savannah, the Laniados were like the Wolfs in their commitment to marrying within and observing the faith.

But she was not ready for a home of her own yet, and what time would there be for her Torah study once she had one? Once she had children of her own who needed to be fed and clothed and watched every spare moment?

Marriage was simply a different way to keep her from her education.

"What about school?" she pleaded, taking one last chance. "You mentioned Miss Gratz's school in Philadelphia. . . ."

Her father laughed, and his mirth had never sounded so cruel. "You reckon your mama and I would send you away from your home and family to study under the tutelage of that woman? I think not. I am kind enough to give you a choice here, Rebekah. You will speak to the matchmaker tomorrow, or Mama will ask Mrs. Baron to take you as an apprentice at her boardinghouse; I am certain she could use plenty of assistance with her sweeping and washing, and you would learn some much-needed skills in return. It seems I made a poor choice in your education once, and I will not make that mistake again."

Perspiration snaked down Rebekah's spine as she waited for Caleb to speak up again.

He did not.

It was his father who broke the silence. "It has been a long night, Benjamin. Let us discuss this further tomorrow. It is best we all get some sleep."

Rebekah's body moved as if pulled by the strings of a marionette. If she did not make a choice soon, she would cease to be given one. But what choice could she live with?

"Are you certain this is what you want to do?" Caleb's voice was so scratchy, it hurt Rebekah's throat.

"I am as certain as I have ever been about anything." She smoothed down the full skirt of her coffee-brown cotton dress with trembling hands.

Again, that shadow smile. It made her heart ache to think how long it might be before she saw it again. "I believe in you and what you have to offer the Jewish people, Rebekah. I think you will help change our community's future."

"You don't know what that means to me." She wished she could embrace him, feel the sturdy support of the only person who believed in her. But propriety and modesty reigned, now as ever. Running away might be her biggest act of rebellion, but she was determined it would be her last. Well, aside from asking Caleb to assist her in hiring a stagecoach that would take her to Charleston for the first leg of her journey north to Philadelphia. "I'll be back, Caleb. God willing, I will. It's not just me I'm going for; I'm hoping that it's for the future of Mickve Israel, too."

"What do I say to your family?" he asked, glancing over his shoulder as if they were lying in wait. Or maybe he was avoiding her gaze, the same way she'd found herself doing many times that day. She'd known leaving her family would be difficult, and she'd cried when she'd left the good-bye letter to her best friend, Deborah, but she had not expected that leaving him would be as hard.

I will return, she reminded herself as his gaze returned to hers. *I will return, and I will return to you, if you'll have me.* He hadn't said

a word about marrying her, but he had come today, and that felt like as much of a sign from Hashem as anything. "I told you, I left a note. They'll know where I am."

"But still, they will ask if I knew. What do I say when they want to know how you could leave them behind?"

She had thought about this many times since she'd made the decision to leave, as she'd sold all the jewelry she'd inherited from her grandmother in order to afford the trip. And every time, it came back to the one thing she knew her family might understand. "Tell them I'm Jewish first."

❈ AUTHOR'S NOTE ❈

I was privileged to have excellent Jewish education my entire childhood at schools that valued girls learning all the same things our male peers were, including Talmud. However, this isn't the case across the board at Orthodox schools even now, and it certainly wasn't in Rebekah's time, when education for girls was barely a consideration at all.

Accessibility of Jewish education to boys and girls, rich and poor alike, can be accredited to the work of Rebecca Gratz (1781–1869), who founded the first Hebrew Sunday school in Philadelphia in February 1838. She was a fierce advocate for Jewish women and economic equality, and her life and work are skillfully documented in *Rebecca Gratz: Women and Judaism in Antebellum America* by Dianne Ashton, which was of great use to me in my research.

I chose to set the story in Savannah partly to highlight one of America's great early Jewish communities with tremendous devotion to preservation of their early history (as I warmly recall

from a visit to Mickve Israel nearly a decade ago), and partly to send Rebekah on a physical journey to obtain the education she sought. Of course, she had no way of knowing how soon Savannah (and a number of other cities, including New York and Charleston) would follow suit in picking up Gratz's school model, and that by the time her baby sister was old enough for religious studies, she would have no need to travel at all.

YOU'RE A STRANGER HERE

MACKENZI LEE

They shot the prophet!"

I hear Minnie Gadd shouting before I see her. When I look up from the row of type I'm laying out, she's flying past the print-shop windows and down the high street, her hair coming undone from its plaits and flapping behind her like a pennant from the rigging of the ships back home in Liverpool. Her face shines when the sun strikes it, like it's brushed in gold leaf, and it takes until she's nearly to the Taylors' house before I realize it's 'cause she's crying. Big, broad, unmovable Minnie—who had the boy who slapped my rump on the way out of the social hall swallowing his teeth for a week—has got tears running all the way down her neck and into the gingham collar of her school dress.

"They shot them!" Min screams, her feet slapping the dry road, sending tulips of dust blooming around her ankles. "They shot Joseph and Hyrum!"

At the press, Brother Coulter drops his mallet, and it strikes the floor so hard, it tips onto its side, leaving a half-moon of black ink stamped on the planks. My heartbeat starts to climb.

"They're dead!" Minnie stops running in front of the gunsmith's, but she goes on shouting, the horror hanging in the air like a heat haze and thickening with every word. "They're dead in Carthage!"

I'm at the door of the print shop now, almost before I know I've moved, the typeset pages of the Book of Commandments abandoned behind me on the desk.

Eliza, our schoolteacher for as long as I've been in Illinois, comes barreling out from the Lyon Drug Store across the road and seizes Minnie, one hand on her cheek, while the other strokes the wild frizz of Min's collapsing plait from her eyes. Minnie's shoulders shake as she tries to breathe—I can see it even across the road. "Say it slow, now, Minnie," Eliza says, and then Minnie's full-on sobbing, her chest heaving like her ribs are trying to claw their way out of her.

"Joseph's dead," she chokes out. "Hyrum too. They shot them in Carthage. Men with their faces painted black, they broke in and shot them dead on the jailhouse floor."

Behind me, Brother Coulter lets out a short soft cry.

Someone else is screaming from up the street. A man's voice. A woman's heaving sobs from the Scovils' bakery. People are starting to shout to one another over their garden fences. Doors slam. Nauvoo is rippling, the whole city torn up like roots, tumbling the soil as they scratch their way to the surface, with the news that Illinois has been watered with our prophet's blood.

Minnie still can't get her breath, and the words come out in great gulps. "I thought . . . we were . . . safe . . . here. Ain't . . . this . . . Zion?"

Eliza presses Minnie into her, like that'll smother the crying, but the sobs are multiplying up and down the street as the news spreads like fire through dry kindling. "Come with me," Eliza says, her voice a little frayed but strong. She looks up and sees me standing at the print-shop door, both hands pressed to my mouth. "Vilatte," she calls across the street. "Get your ma, then run up and get the ladies together in the Markham parlor." She starts to herd Minnie up the street toward the Markham house, where she rents an attic room, but turns back to me, like she knows I ent yet budged—cold fear is dripping through me like the icy dribble that would spill over the lips of the clams my sisters and I used to shuck back in Liverpool.

"Go, Vilatte," Eliza barks.

I go.

Down from the print shop, around the block, and down Wells Street. I can hear the hammers from the temple grounds, and when I look up to the spire, still wrapped in scaffolding, it sparkles where the sun strikes it. I careen into the guesthouse where my mam and I have been renting a room from the Risers and pull her from the kitchen—she ent heard yet, and I got to be the one to say it.

"I don't know" is how I start. "I don't know if it's true."

When I say it aloud, it near collapses me. Mam's face goes out, as if a refiner's fire has purged her features of anything that ent grief, and what's left is hard and cold and spare. But then I say, "Eliza wants the women." And some of the life comes back to her. She takes my hand, and we stumble onto the street—at the corner, we split, Mam one way down Main and I toward Partridge Street. I fetch Sister Ruby, who comes to Eliza's with a baby hanging from each of her feet. Sister Kimball and Ethel Tremont and the twins from Manchester who I ent yet learned to tell apart. Mary Ives climbs down from the ladder leaned against her house—she's

been the deputy husband of her family since Brother Ives lost his leg at Crooked River in Missouri. They all follow me. That's what Eliza Snow's name does — it makes the women come.

By the time I get myself into the front room of the Markham house, they're all crowded inside. The women I sit with at church and in the social hall. The women who smashed their china to mix into the plaster for the temple walls so they would sparkle. Who stand at the dock to wave in the *Maid of Iowa* whenever she chugs up the Mississippi, bringing new saints to our City on a Hill. The women who beckoned me and my mam off that steamship when we arrived, our whole world at our backs, two of my sisters wrapped in sails and buried in the sea between Liverpool and America and my aunt behind us in New Orleans with only a lecture to remember her by.

"You want Vilatte married off when she's ne'er ten?" she had demanded — she'd been baptized alongside us in Liverpool by the American missionaries, but the crossing had sobered her. "The fifth bride to some leery Mormon cove?"

I had only been eight then. I were small, with no mind of my own about God, so when me mam said come, I came. When she said America, I held her skirts and went. And if Mam had married me off to some leery Mormon with a harem of wives, I would have had ne'er a say in that, neither.

"You're a foolish lass to follow the Mormons, Rose," my aunt had told Mam, then looked right at me at her side when she said, "They ent a church made to last."

I weren't old enough to know properly what we were doing then — was still clutching me mam's hems and suckling off her faith — but my auntie's words burrowed in my mind and chewed away like aphids on a rosebush as we made the last limb of our journey up the Mississippi River. I were too small to think we

might be a wee bit foolish, to come so far from home for a church. To believe a man had seen God and God had told him to make a church in America. It had seemed like a fairy story the first time I heard it, though my mam always believed it with the sort of conviction saved for things you'd seen with your own two eyes. Even then, at eight years old, it ne'er felt like more than a tale.

But then, from the *Maid of Iowa* steaming up the Mississippi, we saw them waving at us from the pier, the Nauvoo Mormons, total strangers greeting us like friends with their handkerchiefs fluttering as they thrust them high, and I remember thinking if all these people were here because of Joseph, it must be a true church. So many people couldn't uproot their lives for something false.

If only faith were always so easy as white pocket squares in the wind.

I'm fourteen now and a Mormon. Still a maid—no leery husband for me.

Illinois wears its summer differently from Liverpool—all swamp and mosquitoes and air so thick that breathing feels like chewing. It's even hotter in the Markhams' front room than out on the street, and I feel fit to expire as I squeeze my way through the forest of petticoats and hoopskirts to where Mam is sitting on the stairs with Minnie's head in her lap like a child and not a girl of fourteen. I want to put my head there, too, don't want to be fourteen, neither. I want to sit with my mam and cry about our prophet. When we were driven out of Missouri and Ohio and New York, Brother Joseph said, "Courage," and he was the only one who could make us believe it. "God is good, and God will take care of us. God will protect us in our truth," he said, the adage that had carried Mam and me halfway 'round the world, and it had seemed true until this moment, because God did nay protect him.

Everyone is talking. "Gossiping," Mam says under her breath.

Sister Shepherd is telling the red-haired Swedish girl who only arrived last week that they whipped Brother Joseph raw before they shot him. Sister Townsend shrieks that they killed Emma, too, and I start to shudder, thinking of Sister Emma at the head of Benevolent Society meetings, her dark hair pulled back so handsome, the way I want mine to look when I'm older and Mam don't insist on schoolgirl braids and a checked bonnet each day. Minnie starts to wail again. Sister Kimball is wailing, too, sprawled on the floor with her face in her elbows. We've all become islands to ourselves, marooned in our grief.

Molly Kingston is flapping her tongue the loudest, like she always does, as if being nineteen and engaged to Emma's cousin gives her an ear the rest of us don't have. She's got tears down her cheeks, but her face is set and she's going on about when the world is gonna let us be. Where we'll go that we won't be treated like less than humans 'cause we're Mormons and follow the prophet Joseph Smith. We all might be thinking it, but she's the only one saying it.

It was Molly who once said to me at church that I could nay claim myself to know the hardships of being a follower of Joseph Smith because I hadn't been there in Kirtland, when he and Sidney Rigdon got beat bloody in the street, their skin smeared with tar before they were pelted with feathers. Mam and I weren't there in Missouri, when Governor Boggs signed the extermination order, granting the militia leave to drive out the Mormons or shoot them on sight. We weren't there for the massacres, to see our men come home bleeding or not come home at all, our families gunned down by state troops, our shop windows broken and our houses looted and burned, all because we followed Brother Joseph.

I wanted to tell Molly that maybe I hadn't been there—maybe my mam and I hadn't joined up with the Mormons in Fort Des Moines because we'd been too busy surviving the crossing from

Liverpool, too busy spending the year before that trying to convince my da to let us learn from the Latter-Day Saint missionaries, then getting turned out of the house by him when he found out Mam and my auntie had taken my two sisters and me to the river Ribble and let Heber Kimball baptize us. Maybe we hadn't been shot at by militiamen in the streets, but I'd seen my sisters breathe their last, red-faced and burning with scarlet fever, before they were wrapped like caterpillars in silk cocoons and thrown over the side of a ship. I'd watched them sink and we'd sailed on.

We had all suffered for following Joseph Smith, and now him and Hyrum both shot in Carthage. Eliza confirms it — she went to see Brother Brigham and raised a fuss until he gave her an answer.

It's like it ent real until we hear it from Eliza, ent happened when it were just Minnie shouting it on the street. But Eliza's no gossip nor a tale-teller, neither, and hearing it from her mouth feels like putting Joseph in the ground in earnest. I sit down hard on the ground. Mam starts to cry, very quietly.

Everyone wants to cry, but Eliza says we should pray instead. We all fall to our knees together, skirts blooming like daffodil cones around our waists before they settle against the boards. Mam's on one side of me; Minnie sidles up to the other side and puts her head on my shoulder. Eliza, straight across the circle from me, folds her arms and bows her head, same as Heber Kimball taught Mam and I long ago, but she keeps her eyes open when she prays.

She prays for Emma, left behind without her husband, and her babies, especially the baby she's not yet born. She prays for Joseph and Hyrum, that they're now at peace, that they didn't suffer much, that they weren't too afraid. She prays for us in Nauvoo, for the people who will be rearranging the pieces of our church now that our prophet is dead. It's a prayer for survival.

I keep my eyes open, too, staring down at the printer's ink that

lines my fingernails and trying to say a prayer of my own, though the only word that seems to come to me is *why.*

Dear God, if this church is true, why don't everyone believe us and let us be? Dear God, why don't I feel you here with us now?

Dear God, why'd you let our prophet die?

I never did know Brother Joseph. Mam and I saw him ride on his big black horse in the parade with the Nauvoo legion, looking smart in his lieutenant general uniform, and sometimes I'd spot him from afar, when he preached sermons in church or pulled sticks with the men on the lawn of the Seventies Hall. The closest I got was when we saw him walking the grounds of the temple site when I were there with Mam delivering water and grits to the workers. The men liked her soda bread, and her easy smile and her freckles, but Mam were the same as Emma—she would nay take a man who had other wives.

But the plural marriage did nay matter enough to stop her believing in the rest of it, Mam said. She believed in what Brother Joseph taught—about God and Jesus and priesthood and eternity. And when we left Liverpool, I had believed she believed it, and believed that someday I might could, too, when I were grown enough, but now, kneeling on the hard floors of the boardinghouse with Eliza praying for all of us, I can't feel it. I feel propped up— on Mam's faith, on Eliza's, on all the women in this room. But all I feel is hollowed out and empty, like someone's scraped their fingernails along the inside of my heart.

And afraid, too—nary a day since we was baptized I ent been afraid. Afraid of the way the woolyback girls in America would sneer at my Scouse accent. Afraid of the stories that Mormons were dying for their faith in Missouri. Afraid I'd wish I'd stayed behind in Liverpool as soon as we reached the American coast. Afraid that we had given up kin and country for a church that

might all fall apart now that our prophet was dead. As Eliza prayed, I keep waiting for the spirit of God to punch holes through that fear and let the light in, but I feel dark.

Maybe now that Joseph were ashes, he'd blow away on the wind and the Mormons would go with him.

Maybe by spring, we'd be a ghost town.

The wolf hunts began in October.

Men in Carthage met with shovels and rifles and sawed-off shotguns, and when the town constables asked what they were doing, said they was organizing a hunt for the wolves.

But it weren't wolves they hunted. It were Mormons.

It began with small things—shop windows got broken, phantom gunshots in the night, tar smeared on our windows and front doors while we slept. Men from Warsaw would ride through Nauvoo in tight packs with pistols strapped on and glinting like mirrors when the sunlight struck them.

They were trying to scare us, Eliza tells Mam and me. The night before, we'd gotten a stone thrown through our window while we slept—we'd woken to the crash, both of us in such a dead fright that Mam had herded me under the bed, and we'd lain there all night in our thin cotton nightgowns, shaking and sick and watching the torchlight pass on the street, dead certain the black-faced men would be coming for us next.

"It was just the same in Missouri," Eliza says as the three of us collect glass fragments from our bedroom floor. Me mam and Eliza pick up the big pieces, chunks worth saving, while I trail them with the straw broom, scraping up the sand into a pile along the boards. None of us has touched the rock that broke it.

Eliza steps on a shard, and it snaps under her boot heel like a

breaking bone. She shies, then picks up the slivers with the tips of her fingers and lays them upon her palm. "Fear's a potent poison," she says. "And these men know it."

They would use it like a winch to try to worm us out of Illinois, same as they had in New York and Kirtland and Missouri, before Mam and I crossed the ocean. That's what Eliza says. Men were the same everywhere, she tells us. They always start by sowing fear, wanting obedience to spring up like cornstalks in long, neat rows.

I let the sparkling remnants of our window settle around my boots, and don't say that Ohio drove us out, and Missouri ended in a massacre. I don't say that we got nowhere to go from here. We were near off the edge of the map now. If we leave Illinois, there ent a corner of this country left for us to go. Nothing but wilderness ahead, and I weren't sure I had enough faith in me for that. I had already crossed an ocean for a boy prophet that were now dead. How much farther could the coattails of my mother's faith carry me?

Eliza says it's best to go on like nothing spooked us. Like the cracks aren't starting to show, like there aren't Mormon men fighting in the chapel each week about who should step up to fill Brother Joseph's stead. Mam feels the same way—so we go on like nothing were different. We go to church on Sundays. Build our temple on the hill. Tow our weeds and go to the Red Brick store, though I don't see much of Emma Smith there. Her baby were ready to pop out and Brother Brigham were giving her grief, shutting down her Benevolent Society because she says she don't want a husband that takes other wives, and he says that were what God is calling for from us.

We read our Scriptures. We pray. We ignore the torchlight on our windows and the bricks thrown at our houses and go about our

lives like we're unshakable, not a temple with the foundation swept out from under us.

Brother Coulter keeps his press churning, and I go three days of the week. My da were a printer back in Liverpool, turning out books that usually weren't suitable for the eyes of his three little girls, but sometimes he'd let me help with the typeset, when it weren't too much of an education for me to be seeing. I'd set the letters in the rack, sentences spelled out backward from the hand-written drafts his authors turned in to him. "Mind those *p*'s and *q*'s, Vi," Da would say, because I mixed them up more than the *b*'s and the *d*'s. I weren't a good reader in school, because I'd been raised on letters back to front. It were Eliza who noticed this in the class-room, and it were Eliza who took me to Brother Coulter and said he might have proper work for me. Then she'd sit with me in the back of the schoolhouse when I needed it, going over letters on the slate and helping me make sense of sentences the right way 'round.

Brother Coulter were happy to have me. He hadn't had an apprentice since they left Missouri, and he didn't care I was a girl because I could spell and knew how to look at letters backward, which is more than most of the boys could do. He also said it were nice I didn't mind getting ink on my hands, so long as my mam didn't come after him for spoiling my skin. But my mam was used to it—she said it reminded her of Da.

At first my job had been to lay out the names of the dead who succumbed to malaria, and sometimes the headlines, while Brother Coulter ran the press, the ink plate clunking up and down as he shucked each sheet and replaced it with a fresh one. Then he were called by the Brethren to be printing the Book of Commandments, Joseph's last revelations, but course we hadn't known it would be the last when we started laying out the type. Now people are clamoring for it like it's a message he's sent us from beyond the

grave, instructions on how to keep the church from fracturing like a beam of light through a rippled glass windowpane. Me and Brother Coulter both been laying out the type, long rows of letters the size of my pinkie nail.

It had been chapter 121 I had been spelling out when Min came flying down the street with the news he were shot. Brother Joseph had wrote it when he were in Liberty Jail back in Missouri. Where the Lord told him his suffering would be naught but a small moment if he endured it all. That his friends stood by him — though in the end, not all of them did. Sidney Rigdon and the Prophet hadn't spoken in ages when he died. James Strang were making claims about Joseph that would have felt daft but for the fact that now he weren't here for us to see his face and see the kind truth in him. Who knew what Brigham were about to do, and say it were what the Lord wanted for us. Without Joseph, who knew what God wanted anymore?

It had all seemed black-and-white as typeset back in Liverpool. Mam had been certain we'd found the truth when Heber Kimball read us from the Book of Mormon and told us about priesthood and covenants and the truth of Jesus Christ restored. It were all the things Mam said she'd never heard in the cold halls of the Church of England. And Mam had been lit up over it like the bonfires when they burn the brush fields, and standing in the heat of it had left me tanned and shiny, too, even though I was but a wee thing. You can't stand that close to an oven without coming back polished. But it weren't new now — the shine had begun to rust.

Because if it were true — all of it — why would there be fighting about who would step up now with Joseph dead? Pieces were starting to fall out of alignment, like Joseph had been a finger in a dike and now the water was starting to spill over and flood us.

Perhaps the cracks had been there before he died. Maybe now they're just splintering aloud.

The men of Illinois are hunting us from the outside.

But we are wolves, too. We are tearing up our own pack.

I'm in the print shop, picking letters out of drawers for the one hundred and thirty-second chapter, when I start to smell the smoke.

Not the normal cooking smell, or the way we catch wafts of the forge when the wind changes just right. It were proper fire, like something big and bright burning too hot. Brother Coulter's brow furrows, and he sets down the newly inked sheets he's laying out to dry. "Stay here, Vilatte," he calls to me, and I press myself against the drawers of typeset, my heart thumping even as I'm thinking it must be nothing, and how unfair it is that we're so tormented that everything gets us startled lately. Yesterday Brother Talbot's rifle backfired when he was cleaning it, and Mam pulled me into the house so quick, I nearly left my boots behind.

Brother Coulter crosses the shop and sticks his head out the window, looking up and down the street. I can hear glass shatter down the way. Men shout. Horses scream.

Someone slaps the window at my shoulder, a big, open-fisted hand on glass, and I near jump out of my skin. The letters in my hand fall to the ground with a sound like a sudden gust of rain striking a windowpane.

"Vilatte," Brother Coulter starts, but he's cut off by a scream out on the street, then Heber Kingston goes running by, the hob-nails on his boots chattering against the road. "They're coming for you, Ben!" he shouts at Brother Coulter. "They're coming for the Book of Commandments!"

Right on his heels is a group of men with charcoaled faces and kerchiefs pulled up over their mouths, same as the ones who murdered the prophet. One of them pulls his foaming-mouthed horse up next to Heber and clocks him on the shoulder with his rifle. Heber drops like a stone, a long string of saliva from the horse's mouth striping his back.

Brother Coulter whips around, and we both stare at the stack of manuscript pages on the table where I'd been sitting all morning, copying out their lines. We only have some of it printed. Most is still just the handwritten pages, shifting between Emma and Hyrum and sometimes Sidney and the other scribes as they took it down from Joseph's dictation.

The last book of our prophet. The only thing left of him now.

The men charge in—there's only six, but suddenly the shop seems full of them. The tallest ones start grabbing the newly printed pages, still spicy with the smell of ink, drying on lines above their heads, and crumple them up. They overturn the press, sending paper fanning like a spreading swan's wing. The letters scatter, Brother Joseph's words jumbled into nothing. One of the men smashes his boot into them, cracking the chapter heading under his heel. Another slaps Brother Coulter across the face with the butt of his rifle. Blood sprays against the Scripture pages still hanging up to dry.

I'm not certain they've seen me yet, all pressed between the bureaus full of type. They ent seen the Book of Commandments manuscript, neither—they're fixated on the printed pages and the drama of ripping them down.

I wonder for half a moment if they'll shoot me. If saving the book would be worth it. All things die in their time and maybe there's no saving our church.

But I remember the cold shock of the water up to my waist

when I followed Heber Kimball into the river Ribble to be baptized.

I dart out from between the racks and throw myself at the desk, grabbing the muslin the pages are stacked upon and bundling them against my chest. The men are crowded around the front door, so I spring for the back, throwing my shoulder into the door to the back room with a strength that feels like it might tear it from its hinges. It opens with a crack, and I go tumbling forward, nearly tripping over my own boot laces.

"Hey!" one of the men shouts, and I feel a whistle against the back of my neck as he grabs for me, but he misses. I slam the office door behind me, though it'll hardly slow them down.

I'm out the back door, my skirts caving around my legs, and I start to tear through the scrub behind the print shop and toward the road. I hear the door slap the side of the shop as the men race after me.

Main Street is a chaos of horses and more black-faced men. They've dragged women into the road by their petticoats so their houses can be burned and tossed men into the gutters so they can step on their noses and break their fingers. The streets are muddy, though it ent water that's tamped down the dust. The city is thick with noise and soot and smoke, and I feel like I'm choking on every gasping, burning breath I take.

I hope I might lose the men in all the mess, but they're shouting after me, telling their fellows to stop the girl with the muslin-wrapped pages. One of them snatches at me from the top of his horse, but Sister Kimball steps into his path and he grabs her instead. When he tries to shake her off, she clings to his arm, trying to drag him from his horse though he must be twice her size, and stays strapped to him like a millstone. "Run, Vilatte!" she shouts, and I go whipping down Main Street, my lungs screaming.

I sprint until the road runs out beneath my feet and I'm clawing my way through the ditches that run between the cooperative fields. Dry cornstalks taller than me surround me on all sides, stripped of their ears but not yet torn up for the winter. The autumn wind, peppered with the spray from the choppy banks of the Mississippi River and kicking up mud from the marshes, spits at my face.

The stalks rip at me as I tear through them, so loud it feels like they're shouting about where I am. The men must still be chasing me, ready to kill a girl of fourteen for the words of a prophet who was her same age when he first saw God. Shoving through the corn feels like shoving through a crowd of thick-armed men, and it's slow and I'm getting tired and I can smell Nauvoo burning behind me. I can hear the broken glass, the mob sounds, the ruckus of a people driven from their home again, again, *again.*

I roll my ankle on a lump in the soil and crash to the ground, the pages bundled against me breaking my fall, though I still land hard enough that an *oof* escapes my lips. As soon as I'm still, I can hear the stalks behind me crashing as the men give chase. They're raising birds from the corn, crows cawing angrily as they tear into the sky.

I shove the pages under me and lay on my back, shivering with fear. Above me, the corn silk whispers in the wind.

I ent good at praying. Sometimes I don't listen when we say the benediction in our sacrament meetings, and I keep my eyes open and can't make myself believe the words are going all the way up to God himself, or that he's listening, or even caring. But in that moment, it feels like all I have—I can either be alone with a mob on my heels, or I can be alone with God.

Please, God, protect me, I pray—but he didn't protect Joseph Smith in Carthage. He didn't save the prophet, so why should he

care for a girl in a cornfield, alone? It's a sour thought—it cankers inside me, wraps around my prayer like climbing ivy and chokes it.

I pray anyway.

After a time, I can't hear the men anymore, but that don't mean they aren't waiting. Feels like I been lying on my back for hours, breathing like drowning. The sky turns gunmetal gray with thick smoke. When he baptized us, Brother Kimball never said we'd be hated and cursed at and spit at and driven out of everywhere we lived. Though I think Mam would have gone with him anyway. Not sure if I would have.

I hear the corn start to crack again as someone tramps toward me. I scramble up, sitting on the pages, knees pulled up to my chest. *Just a small moment*, I think, and I try to be brave. I try to convince myself my faith is worth dying for, but I just ent sure it is.

Then I hear someone calling my name.

"Vilatte! VILATTE!"

"I'm here!" I scream back, because I know that voice, and a few minutes later, Eliza comes trudging through the cornstalks, parting them like a curtain on a stage. She has corn silk in her hair, scratches on her face from the dry leaves, dirt on the elbows and knees of her cotton dress, as if she fell and picked herself back up. She stops and she looks at me—sitting on the Book of Commandments.

"I'm here," I say quietly.

Eliza doesn't say anything right away. She comes and sits beside me in the dirt, and I worm the manuscript out from under me and hold it out to her. She don't take it.

"I don't know if this is true," I say.

She looks up at me. "What's true?"

"This church." It's the first time I've said it aloud to anyone.

"What makes you think it isn't true?"

"Because Joseph's dead. And everyone's fighting and men are trying to kill us and if it were right—if it were really right—wouldn't everyone else want the truth, too? Maybe we really are outlaws."

I think Eliza will give a good answer, the way she did at school when the boys would try to be cheeky and she'd shut them up with a few words in her quiet, intense teacher voice. But instead all she says is, "I don't know, Vilatte."

"Maybe none of it's true," I say. I'm crying without even realizing it, and I take a swipe at my cheek with the back of my hand. "Maybe none of it."

Eliza rips a fistful of corn silk off a stalk. "Maybe not."

"Maybe we're running and dying and suffering for things that ent true."

"Maybe."

"You're saying all the wrong things!"

She looks up at me. "What do you want me to say, Vilatte?"

"You're my teacher! Be a teacher! Tell me the right answer. Tell me I need to believe and be strong and it's real and doubt is of the devil and tell me to believe. Tell me my sisters didn't die for nothing and we didn't leave Da and Liverpool for nothing and tell me this is worth it."

"Will it help if I say all that?"

I snuffle, then rub a train of snot off with my sleeve. "Maybe. I don't know."

Eliza presses one hand flat against her lips. Her nails are worn down and dull, cracked from rubbing up against slate and permanently dry with the chalk from the schoolhouse. "You want me to tell you what I think, Vilatte?" she asks, and I nod. "I think I believe in God, and I believe God is good, and I believe Joseph was a prophet, but I believe he was a human, too. We're all of us

human. You and me and Joseph and the men who are burning our city and the men who are trying to lead it. And at the end of life, I don't know what's going to turn out to be the true thing, or which church will be the right one. But I don't think it really matters."

"Then what does?" I ask.

"Finding things that give you hope, and make you want to do good things for others. And if Joseph's words do that"—she pats the Book of Commandments manuscript—"then that seems fine to me. Seems like a thing that people could need."

"What about those mobs? Why can't they just let us be?"

"I got no answer for you, Vilatte. I really don't. Don't know why some men make it their business to police what others believe."

"We should fight them."

"Didn't get us anywhere in Missouri. Just got more of our men dead."

I hang my head. Eliza sidles up to me and wraps an arm around my shoulder, and I let myself fall into her, my head against her chest so that I can hear her heartbeat through the thin cotton of her school dress. Above us, the sky burns, speckled tufts of smoke still drifting from Nauvoo.

"There are far, far better things ahead, Vilatte," she says, "than any that are behind us."

We abandon Nauvoo in February.

Everything Mam and I own is wrapped and stowed and hauled into the ferries that harbor us across the river. It all fits in two trunks. They put the oxen on the rafts with us as we ride the frigid current like corks, chunks of ice speckled with starlight floating around us so they look shot with gold like we're Argonauts afloat. The punters have to break the ice in some places, their long poles as graceful and steady as pistons.

I stand with Mam at the ferry's lip, and we watch the temple get smaller and smaller, the white walls flecked and shining with our shards of smashed china, brighter than the moon. It somehow stays a shining white, even when the fire starts to close its fist around the spire, punching through the windows and tumbling the roof.

"Go west," Brother Brigham said, so we're going west.

Emma isn't coming. Nor Sidney Rigdon, nor the Templetons or the Coulters. Some of the Kimballs are going back to Missouri. The Kingstons to New York. The last thing I heard Mol say was how much she wishes she'd never left home. Never taken up with the Mormons. We're all splitting up, drifting like chunks of ice on the Mississippi's current.

At our backs, the temple burns. At our head, the West waits. Open, wide prairie. Who knows what else.

We'll all be strangers there.

❈ AUTHOR'S NOTE ❈

Mormons trace their origins to a vision by their prophet Joseph Smith, in which an angel directed him to a buried book containing the religious history of an ancient people. Smith published a translation of this book as the Book of Mormon. As his followers grew, the Mormons looked for a place to set up a community of their own. They moved to and were then forcibly and often violently driven out of Kirtland, Ohio, and Jackson County, Missouri (where the governor passed an extermination order against the Mormons). Desperate for somewhere to live and worship without the fear of mob violence, the Mormons settled in Nauvoo, Illinois, in 1839.

On June 27, 1844, Joseph Smith and his brother Hyrum were murdered in prison in Carthage, Illinois. Their deaths caused a succession crisis within the Mormon Church, as well as much internal strife and division, and the weakness was taken advantage of by many anti-Mormon aggravators in the area. The Mormons were yet again driven from their city by violence, and they left Nauvoo to make the perilous trek west for the largely uninhabited Utah Territory.

Today, outside of the Mormon Church, the persecution suffered by the early members is largely unknown. Though the events in this story are fictional, the circumstances and historical context are not, and many of the characters, including Eliza Snow, were real people.

THE MAGICIAN

ERIN BOWMAN

"Hey, Rat, you got a player!" Joe called.

Ray looked up from her meal to see a mousy-haired Yankee standing beside Joe, thumbs hooked in his pockets. Moored just behind them, the *General Jesup* swayed as muddy water lapped against her hull.

Ray was not a man, nor was she a rat, but she'd arrived in Yuma Crossing around the age of eight, scavenging the shores with a mop of matted hair slung over her bony shoulders, and the name had stuck. So had the assumption that she was a boy. She'd been scrawny as a fence post then, and twice as dirty. It was easy to overlook the truth.

Now that she was fifteen or thereabouts, Ray's body was betraying her. She kept her hair short and her clothing baggy, but she'd begun wrapping her chest. The smooth state of her jaw would

grow suspicious soon, too, but Ray would keep up the act as long as possible. She'd seen how women stuck out in these parts. They were full of curves and garnered attention, and they certainly didn't work as stevedores, loading and unloading steamboats' freight.

Ray set aside her can of sardines, brushed some corn bread crumbs from her lap, and signaled the Yankee. "Five hands. That's all I got time for."

Joe shouted for his buddies, and Carlos and the Bartlett twins came running to watch. Joe was the leader of the bunch, and everything Ray wanted to be as a stevedore—bigger, stronger, faster. He was charming and well-liked, too. A natural leader. He threw a friendly punch into Carlos's arm—as brown as her own—and began to debate the margin of Ray's inevitable win.

Her reputation as an unbeatable poker player had spread along the shores of the Colorado the past year, and while most of her fellow stevedores now hesitated to play her, they took pleasure in watching her whip others. Ray made it worth their while, shuffling with flair, cutting the deck one-handed, and dealing with such precision that the cards looked like blades slicing through the air. Watching Ray play was like listening to a concerto, a continued swelling of flourishes and concentration, until her opponent's mouth fell open in shocked loss come the finale.

Ray blocked out the boys' rowdy predictions and sized up the Yankee. Average build, forgettable face. His clothing wasn't threadbare enough for a copper miner, so she figured he was the owner of one of the woodyards that supplied steamers with fuel along the river. His business in Yuma Crossing didn't concern her nearly as much as his willingness to lose coins.

The man sat on the opposite side of the crate that would serve as their playing table, and Ray drew the deck she always carried from her back pocket. Pinching the stack of cards, she let them

spring into her other hand, facedown. They made a satisfying, muted *thwiiiiick* as they flew through the air.

"I heard you're good," the Yankee said, watching the cards dance. "*Too* good."

If she was too good, perhaps men should stop challenging her, but it was as if the more a loss might damage their egos, the more intensely they were drawn to her table. Like moths to a flame.

"I'm all right," Ray said with a shrug.

"Then you won't mind if we use a fresh deck, I reckon?" He set a pack on the crate.

"Not at all." Ray pocketed her deck, then slit the tape on the new one. She let the cards fall into her palm and sent them springing from hand to hand, just as gracefully as with her own set.

Behind her, the boys cackled.

Ray made a few artful shuffles. Then she let the Yankee cut the deck for good measure and began the game before he could get cold feet.

Ray took the first hand easily, then let the Yankee win the next three. This was the key: to lose a small sum before winning big; to fan a man's confidence so he believed himself unbeatable.

Ray dealt the final hand. Bets were made and raised, cards traded.

"Check," she said, tapping the crate with her knuckle.

The Yankee squinted at his cards, then pushed a dollar forward. A week's pay in one bet. Combined with the rest of the pot, Ray would win back all she'd lost and then some. Her heart beat with excitement, but she made sure to keep her face as plain and emotionless as the *General Jesup*'s faded freeboard.

"What the heck," she said, feigning rashness. "I'll see ya." She counted out the coins.

"Sorry, kid." The Yankee threw down his cards, and Ray savored it a moment—his glibness and pride. Then she spread out her winning hand. Joe whistled, and Carlos slapped a knee. The Yankee swore flagrantly.

"Double or nothing," he said.

But someone was shouting from the shore. "Rat! Johnson wants a word."

Ray leaped to her feet and scooped up her winnings. When the owner of the George A. Johnson & Company requested your presence, you obliged. Besides, men could be dangerous when they'd been beaten, and Ray wasn't particularly keen on lingering around the Yankee longer than necessary.

"But I had a full house!" he went on grousing. "How'd ya beat me?"

"Just lucky, I guess."

The truth was that Ray had stacked the deck in her favor. She'd known the face value of the next dozen cards to be dealt, plus each one that had been in her opponent's hand, to boot. Some would call it cheating, but Ray figured it was only cheating if you got yourself caught. Until then, it was merely skill and sleight of hand, theatrics and misdirection.

Ray wasn't a cheat. She was a magician.

Mr. Johnson's office was little more than a hole in the wall—a tiny shanty along the edge of the river, where a string of similar shacks had been erected by the Company for storage and other business affairs. He'd done his best to make it presentable, but the once-vibrant rug on the floor was now caked with mud, and the whole place smelled musty. All the furniture was stained with water lines from a spring when the river rose beyond its banks.

"Ah, Ray," Mr. Johnson said, spotting her in the doorway. "Come in, come in."

She lowered herself into the chair opposite his desk.

"I'm assembling men for an expedition," he said, getting right to the point. "Escalating tensions with the Mormons have forced the War Department's hand, and they need to know if bringing troops into Utah by way of the Colorado is possible. Fort Yuma has ordered a detachment to accompany me for a speedy assessment of the upper river. We'll take the *General Jesup* and have twenty-five days' rations, plus a howitzer. I'm working to secure additional men now. If you're in agreement, we leave tomorrow at dawn."

Ray worked to keep the surprise from her face. Embarking on the eve of the New Year was downright foolish. The river would be low, starved from the summer heat. Sandbars would choke the passage. Ray did not take Johnson for an idiot, but Utah was more than five hundred winding miles of river north, and little more than three weeks' provisions did not seem sufficient, even for a steamer as impressive as the *General Jesup*. Besides, Ray had heard of a similar expedition, also departing on New Year's Eve.

Joe had mentioned it one mild November morning as they moved freight. "Expedition was Johnson's idea—he pushed the legislature and everything—but the Secretary of War appointed his in-law for the job."

"Lieutenant Ives," Carlos had chimed in. "His steamer is only fifty-four feet long. They tested her on the Delaware and are reassembling her out here, thinking she'll be strong enough for the Colorado."

"I heard she draws three feet of water," Joe scoffed, "leaving barely six inches of freeboard when she's loaded. Yeah, you heard me right—just *six inches* between the waterline and the deck. It's absurd!"

"Sounds like a damn wheelbarrow." Ray had laughed. "Thing's gonna sputter and struggle up every inch of the river."

Now, sitting in Johnson's office, she wondered if her boss was just as miffed that Ives's ridiculous-sounding expedition had garnered the full support of the War Department, and if his own quest to navigate the Colorado was little more than a schoolboy's battle of who could accomplish the feat first. But this was an expedition, not some steamboat race on the Mississippi. If it wasn't approached seriously, Ray wanted nothing to do with it. Hell, she didn't have the time to be involved, period. Every day she spent on that steamer was a day she wouldn't be earning coin in Yuma Crossing. And that was all that mattered these days: coin from work, and coin from cards. A ticket to San Francisco wasn't going to buy itself.

"I'll pay, of course," Mr. Johnson continued. "Fifty dollars, supplied in full as soon as we return to Fort Yuma, whether the river proves navigable or not."

Ray nearly fell from her seat. With an additional fifty dollars, she could finally leave Yuma Crossing. No more saving dime by dime. No more handing a small portion of her meager earnings to Mr. Lowry every week.

But what Mr. Johnson proposed would be no easy mission. For years, Johnson had been yammering about opening trade with the Mormons, but Ray had figured all his talk to be hot air. Above the fort, rapids made it impossible for pole skiffs to battle the currents, and sand beds and shoals on a constantly shifting riverbed had kept men like Johnson from attempting a journey even by powerful steamboat. Until now.

"Why me?" Ray asked, suddenly suspicious. "We ain't moving freight, and that's all I do for you here."

"You've worked hard for the Company, proven yourself reliable.

Without woodyards to the north, I need men to gather fuel twice daily. The boiler will need to be cleaned, provisions loaded and moved. You'll keep busy."

Ray considered Mr. Johnson. He was a serious man with a serious mustache, and he had a monopoly of business along the river. It was his steamers that brought goods from the estuary to every river settlement, and his steamers that carried ore from the mining establishments back down to Robinson's Landing to be smelted. He was a proven businessman, and if he was financing this exploration out of his own pocket, he must know what he was doing.

It wasn't a riskless wager. Steamers could run aground and sink. Boilers could explode, burning and killing crew. But the money was too good to walk away.

Ray reached out and shook Mr. Johnson's hand.

"Are you mad?" Mrs. Lowry erupted. "Three weeks on the cramped deck of a steamboat, pretending to be a boy? You'll be found out, Ray."

"You worry too much."

"And you worry too little. I'm amazed you've kept up the ruse this long."

"You're the one who encouraged it!"

Mrs. Lowry let her hands fall from her knitting. "I was trying to help you, Ray. Same as I am now. The expedition ain't worth the risk."

Ray had foreseen this argument. While walking home after work, she'd considered keeping news of the trip to herself. But then she'd pushed open the door, looked Mrs. Lowry in the eye, and the truth had come tumbling out.

Mrs. Lowry was a mess cook at Fort Yuma. Seven years earlier, she'd found Ray picking through garbage outside the kitchen,

with nothing but the rags on her back and a newspaper clipping clutched in her fist. The woman had ushered Ray inside and given her a bath, surprised to find a girl beneath all the grime. "You go on letting them think you're a boy," she'd said. "Those girl bits will be our secret. Think you can pretend all right?"

Ray had not been pretending—she'd merely been trying to survive—but if being a boy could make life easier . . . Well, that sounded like magic. Ray had smiled and told Mrs. Lowry she could pretend just fine.

She swept floors and washed dishes in the fort kitchen until Mrs. Lowry's husband said Ray's help wasn't enough to offset the inconvenience of housing a child who was not theirs. Then Ray began her work as a stevedore, handing over a portion of her earnings to Mr. Lowry to cover that "inconvenience." Mrs. Lowry had since left her husband, taking Ray with her, but Mr. Lowry still knew Ray's secrets, and she still paid him a cut of her wages to guarantee his silence. If he spoke to the wrong person, Ray could lose her job or, at best, see a drastic change in her wages. Women in Yuma Crossing made less than the men, and there weren't many jobs available to begin with. Mrs. Lowry already had one of the better ones, working at the fort, and unless they were someone's wife or a painted dove at the brothels, most women in Yuma Crossing were only passing through.

"This is about San Francisco again. Isn't it?" Mrs. Lowry prodded.

Truth be told, it was always about San Francisco.

It all came back to that newspaper clipping Ray had been clutching when Mrs. Lowry found her. "Inexhaustible Gold Mines in California," the headline announced, followed by claims of an abundance of gold dust, lumps, and nuggets in the area. A brief handwritten note was scrawled in the margins:

Ray, remember when we saw that magician performing in New York and every card he pulled from the deck was an ace? This will be like that, only we'll be pulling nugget after gold nugget from our pans. Meet us in San Francisco. —LBM

Ray hadn't been able to read or write when Mrs. Lowry took her in, so the woman had read the message to her. Despite the fact that Ray couldn't remember any family, she was immediately convinced the note was from her parents. As far back as she had memories, she'd been scavenging along the shores of the Colorado, but perhaps before that, they'd been separated while seeking out gold, Ray left behind in a tragic accident.

"I don't think it's addressed to you," Mrs. Lowry was always reminding her. "I call you Ray 'cause you treasured that clipping, that's all. It don't mean nothing."

But to Ray it meant everything. She had to believe that there was more out there for her, that she had family waiting. That if she went to San Francisco, she would find them. But Mrs. Lowry maintained that Ray had been roaming the river long before the Yankee argonauts descended on the southern trail like locusts, and that it was far more likely Ray was a Sonoran—a Mexican, orphaned by the war with the Americans—and that she was looking for family in places she would never find it.

Ray could see the logic in Mrs. Lowry's theory, and yet she was unable to fully accept it. If her newspaper clipping was only a piece of paper—something she'd happened upon as a child and picked up by chance—what future did she have? Yuma Crossing wasn't her home. It was a festering hellhole of insufferable heat, no better than living on the devil's doorstep. It was just a place she was stuck.

"I'm begging you to reconsider," Mrs. Lowry said, regarding Ray sadly. "Passing as a boy for the whole expedition will be

impossible, and you make fair money working for Johnson right here. Do not gamble it away."

"I ain't gambling and I'm not gonna lose," Ray snapped. Mrs. Lowry gave her an all-knowing look, and Ray's patience sizzled. "Mark my words, I'm gonna disappear one of these days. I'm gonna vanish like magic!"

"Wouldn't that be nice," Mrs. Lowry deadpanned, "to not have to live by the rules of reality." Her tone was cheerful, but her expression sour. Ray couldn't figure if Mrs. Lowry was sad that Ray believed in such wishful thinking or disappointed that she, herself, could not.

Magic *was* real, Ray had learned. It could inspire. It could trick. It could save. It provided an escape from the dark, grueling, unfair nature of the world.

The catch was that magic demanded respect. Without believing in it, magic would get you nowhere.

So Ray had practiced and perfected and practiced more, until she trusted her fingers and felt magic flowing in her veins. *That* was when she started conning at cards. And now she'd pull one last con aboard the *General Jesup,* and then she'd disappear forever.

Ray and Mrs. Lowry ate stewed oysters, the cracking shells filling the silence between them.

"It ain't you," Ray said finally, unable to stand the quiet a moment longer. "This is just something I gotta do for myself. I gotta try to find my family, or I'll be spending my whole life wondering if maybe they're waiting for me, too. You get that, don't you, Mrs. Lowry?"

The woman patted her mouth with a napkin. "Of course, dear. And you can call me 'Ma,' you know."

It was not the first time Mrs. Lowry had suggested this. Ray

was grateful for all the woman had done, and sometimes she truly did think of her as a mother, but Ray couldn't bring herself to say the word. How cruel would it be to Mrs. Lowry when Ray only planned to disappear? Still, there was a part of Ray that also worried it was cruel to withhold it.

It had been an insufferable July afternoon when Mrs. Lowry chose Ray over her husband. Ray had been in the kitchen, scrubbing burnt beans from the bottom of a cast-iron pot.

"'Course you don't care about giving me a son!" Mr. Lowry had yelled from the mess. "You got that pet rat to fawn over."

Ray froze, standing still as a statue. The couple argued so often over children that Ray was starting to suspect Mrs. Lowry was barren.

"Don't talk about Ray that way," Mrs. Lowry had countered.

"She ain't our kid. She's a bit of filth using us. Turn her out."

"No."

"Turn her out or so help me—"

"So help you what? You'll leave? Abandon us? Frankly, that might be a blessing!"

Skin struck skin, and Ray's eyes went wide. She was used to their arguments. They happened nearly every time Mr. Lowry lingered in the mess after a meal to discuss something with his wife. But he had never struck her.

"Get out," Mrs. Lowry said, so low Ray had to strain to hear.

"If I go, I ain't coming back," he threatened.

"Good! We don't need you. Go!"

A door slammed so hard, a stack of dirty dishes rattled. For a moment, the mess was eerily quiet. Then came Mrs. Lowry's crying.

That was the day they'd left to create their own home on the opposite side of the river. It was also the first day Mrs. Lowry

had asked Ray to call her "Ma." Every day since, she'd failed to. Every week since, she'd given that horrible man a half-dollar for his silence and cooperation.

Now Ray dunked her sourdough bread in her tea and pulled her gaze up to meet Mrs. Lowry's. She was opposite Ray in almost every way: fair hair to dark, pale skin to brown, curves and plumpness to wiry muscle.

"It's just that I don't belong here," Ray said. "I ain't like the Yankees, but I ain't like the Sonorans, neither. I don't fit with the boys at the Company, not truly, but I also don't fit with girls. I don't fit in nowhere, and I gotta go somewhere I might."

"You fit here with me," the woman said softly.

Ray fit with Mrs. Lowry fine in this house, where there were no secrets and Ray could be herself without fear of consequence. But not in public, not if she wanted a life beyond these walls, and passing as a boy wouldn't be possible forever. What would she do when the ruse was up? What future did she have? The beds of civilization shifted in favor of men. Ray could be swept in the direction of their choosing or try to carve her own course. And by God, Ray was going to try.

Come dawn, Ray stood before the banks of the Colorado, a small bag of supplies slung over her shoulder.

The *General Jesup* was a beauty of a steamboat, capable of carrying fifty tons of freight on just thirty inches of water and making the trip from estuary to fort in a lightning-quick five days. Granted, she was nothing like the grandiose steamers that navigated the Mississippi back east. The *General Jesup* had only one deck. She was greatly exposed to the elements, little more glamorous than a flatboat. But even still, Ray felt pride looking at the side-wheeled steamer. It was no easy feat to navigate the

Colorado, and the *General Jesup* had proved her mettle countless times over. Now it was a question of if she could prove it heading north.

"You too, Rat?" a voice said.

She turned to see Joe approaching, a Colt holstered on his hip. Carlos and the Bartlett twins hurried after him, each sporting their own pieces. Mr. Johnson had said to come armed, and Ray suddenly felt foolish for the lone knife in her boot. She should have asked Joe for advice. From the day she started working for the Company, he'd always been willing to give it.

"Me too," she said.

"I didn't think rats liked water," Carlos teased.

"You forget I ain't actually a rat."

"That ain't been proven," he said, and scurried aboard the steamer, the Bartlett twins sniggering at his heels.

"Just get up there quick," Joe said, pointing at the deck, "and make 'em eat their words." Then he winked at her before following the others.

He'd been winking like that since the day they met.

She'd been eleven. Her previous employer had left the river, and Mr. Johnson had agreed to take Ray on despite the fact that much of the freight was still beyond her strength.

"You gotta lift with your legs," Joe had called to her as she struggled with a crate. He looked about fourteen or fifteen and was lean like Ray, but clearly stronger. He squatted to retrieve his own crate and stood with such seemingly little effort, Ray wondered if the case was full of feathers, not flour.

"Thanks," she'd muttered, too shy to admit she'd been given this advice ages ago and always tried to apply it.

He winked reassuringly. "No problem, Rat."

"It's Ray," she'd corrected.

His brows pitched up. Probably he'd already heard another stevedore use the nickname. "Well, just holler if you need help."

"Who do I holler for?"

"You call for me. I'm saying I'll lend you a hand."

"Yeah, I got that. I meant, what's your name?"

"Joe," he'd said, smiling brashly. "I'm Joe Henry."

How nice, she'd thought, to have two first names when she barely had the one.

Later he'd shown her a variety of tricks for surviving as a stevedore, plus introduced her to Carlos, who had skin as brown as Ray's. By the end of the day, she felt like one of the boys.

They went on calling her Rat, but Ray had decided years ago that it was a small price to pay to feel like she belonged. Besides, Joe made it all bearable. He would never imply that she actually *was* a rat, like the other stevedores sometimes did. To him, it was just a name, and that wink had become a silent encouragement, a secret handshake. *I got your back,* it said. She was lucky to have a friend like Joe Henry.

Ray squared her shoulders to the *General Jesup* and hurried aboard.

Fifteen soldiers from Fort Yuma and nearly as many civilians crowded the deck. Mr. Johnson shouted orders, anxious to set out. The boiler was loaded. Pistons fired and smoke belched from the stack. As paddles turned, muddying the Colorado, the *General Jesup* departed—not to the south, as she typically did, but to the north.

Next time Ray set foot on a boat, it would be bound for San Francisco.

She stood at the stern and watched Fort Yuma grow smaller.

✕ ✕ ✕

Besides the narrow canyon that the *General Jesup* passed through a few days after departing, the river above the fort was not all that different from the river below. It roamed and meandered through lengthy valleys, flanked by shores of mesquite and cottonwoods. Rancherías were visible on occasion; corn, bean, and melon patches peppering the banks. The rapids Mr. Johnson initially feared seemed all but nonexistent to Ray. Droves of sandbars proved just as dangerous, making navigation slow and tedious.

Besides a few of her fellow stevedores, Ray didn't know most of the men who'd signed on for the expedition, but she quickly decided the soldiers were as good as useless. They spent their days lounging on the deck, believing their responsibilities limited to security and defense only, and so Ray often found herself at the bow with Joe and Carlos, shouting out warnings of shoals as they appeared upriver. An old civilian named Paulino Weaver joined them on occasion. He knew the river from his days as a trapper, and only a Yuma chief the Yankees called Pascual seemed to know the land better. Paulino had a broad smile and spoke to Ray like she was an adult, not a child of fifteen, and she was quick to decide that she liked him quite much.

Still, Ray found herself longing for home. Even smack in the middle of a noisy stretch of establishments, neighbored by a saloon on one side and a butcher on the other, Mrs. Lowry's place had offered privacy. It had been Ray's escape from reality, the only place where she didn't have to pretend, and she hated to admit that Mrs. Lowry had been right. It was damn near impossible to keep up her con aboard the *General Jesup*.

Ray's only reprieve came twice a day—around noon and then again in the evening—when Mr. Johnson ordered the steamer moored so the crew could gather fuel. It was brutal, backbreaking work, and Ray was grateful for her thick work gloves, which

protected her hands from vicious mesquite thorns and prickers. But she could relieve herself without fear, and she could think clearly in those quiet moments of solitude.

Each evening, after wood had been gathered and dinner eaten, Ray felt sharp and springy, reenergized. As bedrolls were rolled out, she'd draw her cards and put on a show of dramatic shuffles and passes. Drawn by her flair, the soldiers would wander into a game, and tempted by the pot, they'd stay. Some nights, even Joe and the stevedores would join in, perhaps out of boredom. The expedition was getting rather tedious, and the money they were slated to earn from it made a game or two against Ray worth the risk.

Regardless of her opponents, Ray always made sure to lose occasionally, but for the most part, her pockets grew heavy with winnings.

About two weeks into their journey, the *General Jesup* entered its second canyon and spent the evening moored in shadowy waters. Men stretched out in bedrolls took up most of the deck, so poker was played on land. Joe, Carlos, the Bartlett twins, Weaver, and Ray were deep in a game on the rocky shoreline, and Ray was consistently losing hands she expected to win. Joe was on such a hot streak that by the time Weaver and the twins retired for bed, Ray was nearly broke.

"You been doing awfully good tonight," she said.

"Luck," Joe replied. "Same as you on your winning streaks, I reckon."

He winked, but Ray wasn't buying it. Joe was never *this* lucky. He tried to throw players off with his theatrical expressions but always overcompensated. Any smile meant his hand was worthless. A deep frown meant his cards were solid, if not great. He was easy to read, and Ray had never lost to him unintentionally. At least not before tonight.

Carlos folded and Ray regarded her hand.

"I'm telling ya, you should fold," Joe warned. A rolled cigarette bobbed between his teeth as he gave her a dimpled smile.

It was his deal and the lantern did little to brighten their playing area, let alone make it easy for Ray to count cards. She had only the slightest guess at where the face cards sat within the deck, but her hand was too good to quit. With another king or jack, she'd have a full house. Without it, she still had a two-pair—two jacks and two kings. She met Joe's wager.

He replaced the single card she slid forward for a trade, then traded two of his own. As he dealt out their replacements, Ray caught it—how Joe drew the first card from the top of the deck but skimmed a second off the bottom. It was not a smooth sleight, nothing like how Ray could pad and stack the deck without a fumble. But in the dim lighting, with the canyon walls towering around them and Ray shrugging low inside her jacket to ward off the cold, her guard had been down.

Her hand flew out, closing over Joe's wrist. "What the hell are you doing?"

The cigarette sagged as his gaze dipped to where her dark fingers had closed over his flannel.

"I told you, Joe," Carlos muttered. "I told you you were gonna get caught. Rat's too good not to spot somebody chiseling."

"He's too good, period," Joe shot back, his eyes never leaving Ray's.

He suspected her of cheating, too. Her pulse beat wildly between her ribs. Joe held his chin high, but he always oozed confidence. The truth was in his eyes, crinkled at the corners, tense with fear. He didn't want to be revealed as a cheat any more than she did. Bad things happened to cheats—things involving fists and bullets. And they didn't know half the expedition crew. There was no way of guessing how they might react.

"How about you just surrender the pot, and we'll call it a night," she said slowly. "I won't tell the crew you been cheating, and you'll still be able to play the rest of the journey, maybe win back what I'm taking here."

"Sounds like a fair deal, Rat." He pried her fingers from his wrist. Then he leaned across the cards and coins, so close that his nose nearly touched hers. "You keep my secret," he whispered, "and I'll keep yours."

He stalked toward the steamer with Carlos, and Ray shook out her hand, flexing her fingers. She sat there on the cold rocks, shuffling the deck until her breathing steadied.

The deck of the *General Jesup* had never seemed so crowded. Joe now constantly sought Ray out to discuss the art of padding a deck or counting cards or manipulating a shuffle, and the steamer seemed to grow smaller each day.

To avoid having to relieve herself often, she drank and ate little while on the river. The weak winter sun and mild temperatures were a blessing, yet she still battled dizziness from dehydration. When the captain called for fuel, Ray went farther to gather it, relieving herself only when she felt she was truly alone. On the rare occasion that she needed to see to her business aboard the *General Jesup,* she'd take the chamber pot and disappear behind the howitzer and freight, going as fast as possible and then dumping the contents into the river just as quick, lest Joe show up in time to question why she refused to piss while standing on the lip of the steamer like a normal fellow.

On the evenings that the crew had time for cards, she refrained from dramatic shuffles or sleight of hand. Part of her wished to quit playing altogether, but that would only look more suspicious, so she settled for taking in smaller pots. All the while, Joe watched

her fingers dealing and shuffling and cutting the deck. He was only looking for proof that she cheated, too, to improve his own lackluster skills, but Ray began to worry. What if he uncovered her other secret? How would the crew feel to have been cheated by a girl? How would Mr. Johnson react to learning he'd been deceived all those years?

Ray could be tossed aside, left on the banks to starve, or worse.

She shook the thought aside. Those fears might be justified if any other member of the crew discovered her secret—Carlos or the twins or one of the soldiers—but she could trust Joe. He didn't make jokes about her nickname, after all, or treat her like a rat. And for her first two years with the Company, Joe had made sure to handle her heaviest freight so she didn't appear to be falling behind.

Her thoughts drifted back to the first day they met. Ray had skipped home from the river to tell Mrs. Lowry all about her new friends, but instead of being pleased for her, the woman had put down her knitting to give Ray a stern glance.

"Joe Henry pesters the Richardson girls to no end," she'd warned. "Be wary of him, Ray, you hear me? He don't take no one's feelings to heart but his own."

At the time, Ray had dismissed this comment. She didn't expect Mrs. Lowry to understand what it was like to move freight, or to spend your whole life, day in and day out, pretending to be someone you weren't. She didn't understand the importance of Ray having a friend at work.

Now Ray wasn't so sure.

For as good a friend as Joe was, he never told the other stevedores to stop comparing her to a rat. He knew she hated it—she'd complained about it to him more than once. The boys listened to

Joe, but instead of wielding that power, he just threw around winks. Empty winks and dimpled smiles and encouragements that Ray should prove the boys wrong.

He don't take no one's feelings to heart but his own.

Maybe Joe wasn't the friend Ray thought he was.

The Mohave Canyon greeted the crew with some of the worst rapids yet, and cries to adjust the steam power were constant while the *General Jesup* battled its way up the rocky-bottomed river. When they eventually moored for the evening, rock towered around them, dwarfing the steamer.

The grueling conquest left Mr. Johnson fretful, and by the time adequate wood had been gathered for the following day and the engineer had realigned components and checked for leaking joints and cracked steam pipes, it was too late for poker. In a way, Ray was grateful.

The following days were just as exhausting, and some seventy winding miles above Mohave Canyon, the expedition found itself navigating another ravine with additional rapids waiting beyond. They were passable—no worse than what they'd crossed thus far—but Mr. Johnson and Lieutenant White had begun to argue about their thinning provisions. It was a sight to be seen, spit flying and mustaches flapping, perhaps the best bit of entertainment Ray had witnessed in weeks. In the end, they struck a compromise, agreeing that they would take a skiff through the rapids and determine their location once they had an unobstructed view of the river ahead. If the *General Jesup* was as far north as the captain suspected, the mission might be deemed a success.

After the skiff departed, Joe fanned a deck of cards in Ray's direction. "Wanna play, Rat?" He smiled, showing her those

familiar dimples, but Ray shook her head. She wanted nothing less than to risk slipping up so near the end. With the help of the current, the trip home would be swift, nothing like the ascent upriver, and she couldn't wait to get out of these suffocating canyons.

Johnson returned the following day at twilight, grinning fiercely as he told them he could see a good forty miles to the north after crossing the rapids. "We are undoubtedly within seventy-five miles of the mouth of the Virgin River," he declared, "which means Utah is reachable! We've beaten the other expedition—shown that the Colorado is clearly navigable by steamer, and the Mormon settlements within reach. I say we return to Fort Yuma, triumphant!"

The claim was far from sound—Johnson hadn't actually taken the steamer all the way to the Mormons—but Ray bit her tongue, and when the *General Jesup* turned to the south, she cheered as loudly as the others.

Feigning a sickness on the return trip, Ray had an excuse to linger near the chamber pot in isolation. But fifty miles from Fort Yuma—when no one else had caught Ray's ailment—Joe seemed to figure she posed him no true risk and approached her at the bow. He leaned into Ray's shoulder, the February sun beating down on their necks, and said, for perhaps the hundredth time, "You gotta show me how you do it."

She cocked an eyebrow at him, attempting to appear cool when every muscle in her body was taut.

"Cheat all the time without getting caught," he pressed.

"I ain't a cheat," Ray said. *I'm a magician.*

"'Course you're a cheat. You've prolly been cheating as long as I've known you."

Ray's insides curled. Did he know? Had he seen or found her out somehow?

"No one wins as often as you if they ain't," he continued. "I been suspecting it for ages, and I kept quiet all this time."

His insistence had nothing to do with her being a girl, Ray realized. In his drive to learn her skills, he'd been blind to the even larger con. Ray breathed a sigh of relief.

"I reckon I should get something for that," he continued, voice light and jovial. "Like your expedition earnings. Consider it a repayment for all my losses over the years."

"Good one," Ray said, laughing.

She looked at him only to realize he wasn't joking. His brows were drawn down, and his mouth was twisted into a smirk. Only one dimple appeared.

"You can't be serious," she said.

"Oh, I'm serious as can be," Joe said coldly.

He was no longer lean like her. Over the years he'd filled out, put on muscle like extra layers of clothing. He could lift freight with ease, limbs never seeming to tire even as they bulged beneath the weight of goods. What she'd come to envy now made Ray feel small—her just fifteen and wiry, him broad-shouldered and nearing twenty. She'd be no match for Joe if he decided he truly wanted her fifty dollars. The blade in her boot felt no better than a butter knife.

"Well?" he prompted, still smirking.

Ray's gaze flicked away, settling on the muddy waters so stagnant and low that—

"Rock!" she shouted. "Rocky bottom straight ahead!"

Johnson screamed orders, and the engineer worked frantically at the valves, but the *General Jesup* was positioned midriver and running under too much steam to adequately slow or alter course.

They ran aground hard.

Propelled by the impact, Ray flew off the bow and into the shallows. Her right wrist broke her fall, and she gasped in pain, cold water filling her nose.

Coughing and sputtering, Ray rolled onto her back only to see the *General Jesup* still crawling forward, her hull tearing open with an ungodly sound. An arm came over Ray's shoulder, locked firm across the front of her chest, and yanked her away from the vessel. The steamer lurched to a stop, caught on the rocky bottom.

In three feet of water, the *General Jesup* met its match.

And so did Ray.

Because it was Joe who had pulled her to safety. Joe who still had a hand on her chest. Joe who was spinning her to face him, eyes ablaze with fury as his palms flew over her form, patting and prodding, confirming the truth.

"Joe, don't say anything," she begged. "*Please* don't tell anyone."

She'd lose her job, the expedition earnings, everything. She'd never be able to work for the Company again. And if the pain in her wrist told her anything, it would be a while before she could shuffle a deck smoothly, either.

Crew members splashed into the water, inspecting the steamer and shouting about damage.

"All this time?" Joe glowered. "For years I been helping you, and giving advice, saving your hide from underperformance, and you ain't had the decency to be honest?"

"Joe, please."

He considered it a moment, mouth in a hard, flat line. After a moment, he said, "You know what, *Rat*? It'll cost you fifty damn dollars."

The way he said the nickname made Ray's stomach shrivel with dread. She'd been wrong about everything. He might not have made jokes about her being a rat, but his silence was only

complacency. He agreed, deep down, and now he'd decided their friendship meant nothing, that *she* was nothing.

The con had come crumbling down.

She had no cards up her sleeve, no way of saving the act.

It was over.

"Hey, you two all right?" someone called from the steamer.

"Well, Rat?" Joe asked, dimples flashing. "What's it gonna be?"

She still had her earnings from poker, plus everything else she'd saved up at home. If fifty dollars bought Joe's silence, well, she could make that money back. It would take ages but it was better than losing her job.

Not knowing what else to do, Ray said, "Fine. Fifty dollars."

The bastard gave the crewman a thumbs-up and left Ray standing alone in the shallows.

Mr. Johnson took a skiff to Fort Yuma and returned with a stern-wheeled steamer called the *Colorado*. Before they continued home, he had the crew build a bulkhead around his flooded *General Jesup*, which he swore he would raise and repair. Joe watched Ray like a hawk through it all, and by the time the crew moored the *Colorado* in Fort Yuma, she felt naked despite her sweat-stained clothes.

Lieutenant White marched off proudly with his soldiers, ready to send word to the War Department of their success. The rest of the crew marched into Johnson's office one by one and left with their pay.

The banknote was crisp, and Ray thumbed its edge like a card, knowing its time with her would be fleeting. She made it all the way to the alley behind Mrs. Lowry's before her shadow caught up with her. She let him brush by, his shoulder knocking into hers. Then his hands were on her arms. He shoved her against the building, pinning her there.

"Gimme my money, Rat."

She relinquished the banknote, and Joe winked. God, did she hate that wink. She hated everything about him now.

He flapped the two notes in her face, taunting her. "Watch me add to this pot."

"This ain't a game of poker, Joe."

"Oh, I think it is. See, I bet that Tom Polluck would want another whore for his establishment 'cause they don't got many youngins over there. And my wager were right. He's meeting me any minute. I'll get good money for you."

She wrestled against him. "I'm a person, not a thing you can sell."

"You're a *rat*." His fingers pinched her arms harder. "You been stealing our money, stealing an honest man's job. You're a fraud and a liar, and you're getting what you deserve. You're getting the roof you always should've been under."

He kept smiling, those dimples jeering at Ray. She didn't know how she'd ever admired Joe Henry. *He* was the rat, the louse, the swine. She squirmed against him, but her right arm was still pinned to the wall, and she needed it free. She needed to vanish.

It was time for the final act.

"Hey, Joe," Ray said coolly. "Where's your Colt?"

Finally—*finally*—he let go, dropping his head to see what his fingers could not believe. An empty holster. His gaze snapped back up, locking on the pistol in Ray's hand, now aimed at his chest. She'd lifted it off him when he'd first brushed by.

"Cheat," he snarled.

"Magician," she replied.

Using the Colt, she struck him as hard as she could. Joe Henry crumpled to the dirt. Ray gathered the hundred dollars in banknotes—his pay, along with her own—and left him in the alley, unconscious.

× × ×

Mrs. Lowry was sleeping deeply.

Ray watched the rise and fall of her chest in the feeble candle-light. She longed to say good-bye, but this was easiest. "I don't know where Ray is," the woman would be able to say tomorrow. "I weren't even aware the expedition had returned, and I haven't the slightest how Joe Henry got himself robbed."

Besides, Ray wouldn't be able to stand the begging. Mrs. Lowry would implore Ray to stay, and she couldn't, not with Joe knowing her secret. The gig was up, the show over. It was time for the curtain to fall. For so long, Ray had dreamed of leaving, and now that the moment was here, she was startled by how much it hurt.

Ray knew she might never find her family. Quite likely, the only family she had was right here in Yuma Crossing. But she was tired of pretending, and here along the river, she was a mystery even to herself. She was a boy and she was a girl. She was mother-less and she was someone's child. She was a soul wanting to belong and a soul desperate to escape. If she left, she could become more than these labels. In San Francisco, she could find who she was.

By the light of the flickering candle, Ray unfolded the news-paper clipping, crossed out words, and wrote new ones until the note read:

> ~~Ray~~ Ma, remember when ~~we saw that magician performing~~ ~~in New York and every card he pulled from the deck was an~~ ~~ace~~ I said I was going to disappear? This will be like that, only ~~we'll be pulling nugget after gold nugget from our pans~~ I'll probably miss you. Meet ~~us~~ me in San Francisco (if you want). —~~LBM~~ Ray

She placed the clipping on Mrs. Lowry's nightstand, along

with one of the fifty-dollar notes. Then she gathered her few possessions, packed a small rucksack, and crept for the Colorado.

The river was inky black. The current tugged south.

She stepped onto a skiff and, with the moon as her only audience, the magician disappeared.

⊠ AUTHOR'S NOTE ⊠

I have written two novels set in the Southwest during the second half of the nineteenth century, and both focus on revenge and justice—quintessential themes of the Western genre. With "The Magician," I wanted to tell a different type of Western story, one about identity, family, and uncertainty; about finding your way in a world that is rapidly changing.

While Ray and her fellow stevedores are fictional, the expedition they participate in is not. The George A. Johnson & Company was an influential steamer business in New Mexico Territory's history, and many of the details of Ray's trip—from embarking on New Year's Eve and trying to beat the War Department's official survey of the river, to running aground and sinking just fifty miles shy of their return home— are true. In researching Ray's story, I pored over literature on steamboats and scoured maps of the Colorado River, one of which was created from Lieutenant Ives's survey. It noted where his expedition made camp and illustrated quite clearly how grueling—and slow—an ascent of the river was in 1858. But as a result of the initial expeditions, the Colorado soon became a major shipping line for goods, bringing modern conveniences to mining towns along the river and to inland settlements much faster than by wagon alone. In the following years and decades,

the area in which Ray's story is set was redrawn as Arizona
Territory, and the arrival of trains made shipments even speedier.
If anything was constant during this time in history, it was
that *nothing* was constant. Which is perhaps why Ray relied so
heavily on magic. Cards, she could control.

LADY FIREBRAND

MEGAN SHEPHERD

The dining room of Drexel Hall was everything one would expect in a grand plantation home: miles of floral wallpaper, a cherry dining table set for twelve, a chandelier threatening to buckle under its own opulence. Rose Blake, exiled to the farthest end of the table—suitable only for visiting relatives—eyed the chandelier, secretly willing it to fall. Anything to end Aunt Edith's latest tirade.

"It's positively *uncivilized*," Edith drawled from the better-lit end of the table. The primary victim of her attention was an officer who'd been recently stationed at Fort Sumter. A handsome young officer, Rose couldn't help but note, tall and graceful as a mountain lion, with blue eyes and chestnut hair pushing the limit of regulation length.

"I haven't had fabric from France in two years because of that dreadful Union blockade," her aunt continued. "Tell me, Captain

Austin, what material am I to use when Stella outgrows her dresses? The curtains?"

She motioned to Rose's eleven-year-old cousin, Stella, who was wearing a worn yellow frock and staring at the handsome officer with big moony eyes. Stella was so tiny that there was no danger of her outgrowing anything anytime soon, especially not with the war reducing Drexel's usual feasts to meager rations and wormy cabbage and granting all their ribs new prominence.

Captain Austin didn't answer immediately, which secretly pleased Rose. There was nothing worse than a man who spoke the first thought in his head. He dabbed his mouth with his napkin, which had once been expensive but was now unraveling, fading into disrepair like everything else at the planation. No wonder Aunt Edith kept the lanterns set low.

"We must all make sacrifices in a time of war," he said at last.

"But surely not for dresses," Edith huffed, patting her rouged cheeks, more like a spoiled girl than a woman of thirty-six.

Rose held her tongue against the ugly words that flooded her mouth. People were dying, and all her aunt thought of was next month's ball with the soldiers at Fort Sumter. Rose stabbed the sharp tines of her fork into a pea.

A young male slave dressed in ill-fitting livery waited by the servants' entrance to clear the second course. His reddish-brown jaw was clenched, his folded hands tensing every time Aunt Edith complained about a triviality. Rose glanced over her shoulder to catch Pauline's eye, wondering what her friend thought of it all. Pauline was seated far out of sight in the corner by the buffet table, her mahogany hair tidily braided and her homespun lavender dress freshly pressed. As far as Rose's aunt and uncle knew, Pauline was her free colored maid, whom Rose insisted always be close by in case she needed her. Pauline met Rose's gaze, her pretty

honey-brown face wearing a carefully blank expression. *An excellent actress,* Rose thought. Acting skills would be required of both of them if they were to accomplish what they'd come to Charleston to do.

Rose's uncle, Cornelius, leaned forward to speak with Mr. Fillion, the owner of the neighboring Mayfair Plantation. Rose strained to catch what they might be conspiring about. *Union frigate just off the coast . . . Crates with blue crests . . .*

Edith signaled for the slave in livery to refill her wine. "Captain Austin, you must tell your commander that we are suffering more than our fair share. That Union blockade is strangling us. We can't get our cotton to buyers in London. Which means we can't get the supplies we need from their agents in Nassau. And now even the blockade runners are too frightened to attempt a voyage because of that masked renegade."

Captain Austin sat straighter. "What masked renegade?"

Edith clapped her hands together. "Ah, you haven't heard! Why, Charleston has its own vigilante. A Northern sympathizer. He goes by the name of—"

"Lord Firebrand!" Stella cried in delight.

Edith *tsk*ed. "Yes. A provocative alias, isn't it? He's made it his mission to destroy the last three cotton shipments from Drexel and Mayfair. They say he makes explosives from black powder. He always strikes just after sundown." Edith dropped her voice. "Rumors are he's an Englishman who's come to America and taken up the Northern cause."

"He dresses all in black and wears gloves and a mask to disguise his face," Stella added, "because he's a real, famous lord, and he doesn't want to be recognized!"

"If he is indeed a rogue Englishman," Edith continued, "then he's terribly misinformed. The British, like the Northerners, don't

understand the realities of plantation life. They only read sensationalist slander in the newspapers. It's a regrettable truth that some mistreat their slaves, but *we* don't. Why, our slaves are like family to us."

The young slave in livery shifted uncomfortably while pouring her wine, his jaw clenching tighter. Rose curled her fingers around the hilt of her butter knife, wishing she could stab it into something—or someone. Across from her, Captain Austin's gaze shifted to the young man, and for a moment, her hopes lifted. His sinewy hands were squeezed around his butter knife, too. Just because he was a Confederate soldier didn't mean *he* personally condoned slavery. Any reasonable person wouldn't. . . .

He gave a tight smile. "Family. Exactly."

Edith beamed, and Rose stabbed her dinner roll. She glanced toward Pauline, whose blank expression had slipped, showing weary eyes and a hard set to her mouth. Pauline nodded toward the window. Nearly sundown.

They needed to get out of there.

"What do you think, Miss Rose?" Captain Austin said. "You must have a strong opinion on the relationship between slave and master."

Rose nearly dropped her knife. *"Me?"*

"Your uncle told me your father is a clergyman," he explained. "In my experience, the clergy always has a strong opinion, regardless of the subject at hand. And I believe Scripture can be particularly difficult to interpret when it comes to matters of slavery."

She eyed him closely, trying to see past his devilishly calm smile. What else had her uncle told him? It was Cornelius's secret shame that his brother, Rose's father, had been linked to abolitionists decades ago. And living in Boston, a sinful Northern city where free people of color mixed with whites, made Rose and her

father pariahs as far as their Charleston family was concerned. But as she watched, Captain Austin's expression remained open and the slightest bit bored. He was just making conversation.

John 3:18, she wanted to tell him. *Let us love not in word or talk but in deed and in truth.*

Captain Austin was still looking at her expectantly, so Rose forced a giggle. "I only know what dear Uncle Cornelius tells me about such matters. I find the war so unsettling to discuss. Though"—she leaned forward and gave an impish grin—"if I'm honest, I've always fancied dashing rebels. In literature, that is. The only character more romantic is a young man in uniform." She waved her butter knife suggestively in the direction of his epaulettes, and he went very red for a man who must be used to female attention.

Aunt Edith tittered. "Forgive her, Captain. She's young, and men are so scarce these days. All the Fillion boys are serving in the military, isn't that so? It's practically a nunnery around here. Except for you, dear."

Uncle Cornelius grunted as he wiped a napkin over his red nose.

"And you can hardly blame the poor girl," Edith continued. "Living in Boston, surrounded by all those hotheaded abolitionist fools. When she wrote asking to stay with us for the summer, we felt it was our duty to bring her to the South, where life is still civilized." She took a long drink from her chipped wineglass. "Of course, the neighbors were shocked we'd let a Northerner in our home, even our own niece. But how could we have said no? After *all she's been through,* the poor thing."

She looked pointedly at Rose's lap.

Rose felt her stomach twist. The last thing she wanted was their pity—though it had its uses. But this time her aunt had gone too far.

"If you'll excuse me," she said tightly, "I've lost my appetite."

She gripped the round wooden rims of her wheelchair, rolling herself away from the table.

Captain Austin stared at her.

She felt her face warm. Well, let him stare. Charleston was full of wounded soldiers—surely he'd seen a wheelchair before. If he hadn't noticed that her seat wasn't the same as the others at the dining table, then that was his own lapse in observation.

Pauline was behind her in an instant, the soft smell of her lavender soap comforting to Rose as she took the wheelchair's handles and helped guide Rose out of the dining room and into the hall. When Rose had first shown up at Drexel Hall with Pauline, Aunt Edith and Uncle Cornelius had refused to have Pauline under their roof. They worried that a free colored woman's presence might incite their slaves to revolt. But Rose had mustered tears and pointed to her legs and insisted that she needed Pauline, who had been specially trained to help those in wheelchairs. They'd given in eventually. Tears always did the job.

The *tick-tick-tick* of the mantel clock followed them down the long hallways, past her uncle's locked library, to the first-floor parlor that Aunt Edith had made up as a bedroom for her.

Pauline closed the door, pressed her ear to the crack, then turned and let out a frustrated sigh. "Lord Jesus, slaves are like kin? I could have strangled them." She paced around the room. "You did a good job throwing off that captain's questions. His face was red as a beet."

Rose fanned her own still-warm face. "It was a rather nice face to look at, wasn't it?"

Pauline tossed a pillow at her. "Rose, he's a Confederate!"

Rose ducked the pillow. "I didn't say I approved of his politics. I don't like cigars, either, but that doesn't mean they can't come in a pretty package."

"Oh, never mind him." Pauline knelt to drag the carpetbag out from under Rose's bed. "He won't be a problem as long as we run this mission while they're still at supper. We have enough black powder, don't we?"

"Half a pound, in the last stall in the stables." The military had conscripted all but one of her relatives' horses, making the nearly empty stables the perfect place to hide their supplies. Rose wheeled herself to her dressing table, trying to put the attractive enemy officer out of her mind. She opened the drawer and sorted through the glass bottles for a small vial that she'd hidden among her beauty tonics. She held it up to the light. Nitroglycerin—exceedingly hard to come by. They'd stolen it from the assistant to an Italian chemist who'd been invited by the Boston Society of Natural History to give a public lecture. One flirtatious wink from Rose and the apprentice had bounded after her into the coatroom, while Pauline rifled through the collection of rare chemicals he was supposed to be guarding.

Pauline opened the carpetbag and took out a man's shirt and pair of breeches that they had stolen from neighbors' clotheslines. She started to unbutton her dress. "Did you hear what your aunt said about Lord Firebrand being a real English lord? Did you start those rumors?"

Rose picked innocently at her fingernails. "I might have sent an anonymous note to the newspaper. We had to have *some* reason for why he covers his entire face and body." She wrapped the vial of nitroglycerin in a handkerchief, thinking back over Uncle Cornelius and Mr. Fillion's dinner conversation. "Mayfair Plantation is disguising its cotton shipment as war rations bound for the hospital. The boxes are marked with a blue crest. Try to blow them up with black powder first. Use the nitroglycerin only if you must—we're running low."

Pauline pulled the man's shirt over her head, then tucked it into the black breeches and pulled on gloves. She reached for the vial.

Rose handed it to her, then grasped Pauline's other hand and squeezed tightly. "Be careful, Pauline."

Since coming to Drexel Hall, Pauline had risked her life four times to commit acts of sabotage, sneaking out under the cover of night, finding the cotton shipments, and laying the explosives that Rose had prepared. Each time, Rose had stayed home with her dreaded family, praying for Pauline's safety. That Pauline wouldn't be harmed by the explosions. That she wouldn't be attacked by a stranger or raped on the five-mile walk to Charleston. And of course, Rose's greatest fear, for which she prayed especially hard: that Pauline wouldn't be caught by soldiers. A free colored woman in possession of dangerous chemicals, committing criminal acts . . . It made Rose sick to think of what could happen. They wouldn't just arrest Pauline. She could be sold into slavery. There could even be a noose. And Rose wouldn't be able to help her.

She squeezed her useless knees. "You shouldn't have to do this on your own."

Pauline gave Rose a hug. "I know the risk," she whispered, though her voice was shaking. "Don't worry. Lord Firebrand will never be caught."

The first time Rose met Pauline had been in a graveyard when they were seven years old. Rose's father had told her that they were going to a church outside Boston for a secret meeting with colored pastors, and it had sounded like an adventure. But the men's droning talk of abolition wasn't nearly as interesting as the butterflies outside. She wandered through the cemetery, chasing them, vaguely aware of the honey-brown girl her same age on the other side of the cemetery, the daughter of one of the colored preachers,

Reverend Jacobs, a man born free and educated by Quakers. The other girl's long braids swung as she also chased the butterflies. But Rose was white and Pauline was colored, and they were too shy to speak to each other until a trio of rowdy farm boys scared a rabbit into the cemetery, beating it with sticks. Rose had gasped. Pauline had jumped up. Their eyes had met and the two of them had rushed at the boys, screaming and wailing like ghosts, startling them so that the rabbit got away. Rose and Pauline had been friends ever since.

Now, two weeks after the interminable dinner with Captain Austin, Rose sat on Drexel Hall's wide back porch, her wheelchair settled amid the row of empty white rocking chairs, watching a rabbit munch on Aunt Edith's rosebushes. Tall white columns extended the length of the porch, creating a haven away from the bustle of the slave quarters on the other side of the house. From here she couldn't see the cotton fields, half of which had been torn up and replanted with potatoes and peas, being worked by most of the plantation's forty slaves. But she could *hear* them. Sharp, distant yells from the white overseer, cracks of his whip, a child crying until the whip snapped again. She'd peeked out her window night after night to see the slaves trudging back to their cabins clutching sore backs, clad in sweat-soaked dresses and pants, some still bleeding from the lashes. That was plantation life: tradition masking something uglier. If Rose had her way, it would have ended long ago.

Before she came to Drexel Hall, she had only met her aunt and uncle once. They'd come to visit her father's church in Boston when she was just a little girl. Her uncle's whiskers had been black then, but his voice had been just as booming. He'd made Drexel Hall sound like something out of a fairy tale: cotton like small wisps of clouds, the salty breeze from the coast, monstrous

alligators stalking the swamps. Rose had dreamed of coming to Drexel. But now that she was here, it turned her stomach. It was beautiful, yes, but no fairy tale.

Pauline came onto the porch with a picnic basket. "Your family went to Mayfair Plantation for the afternoon; your aunt told May in the kitchen that you'd rather stay here and that she should make you lunch. I, ah, slipped something in there for you." She opened the basket to show that beneath the sandwiches were crisp bundles of money. Rose glanced around the porch. Even with her family gone, there were still the slaves and the overseers, but fortunately she and Pauline were alone.

"Goodness! All this from your mission last night?" Rose whispered. The previous evening, Pauline, dressed as Lord Firebrand, had held up a stagecoach carrying Confederate funds.

Pauline nodded. "Enough, don't you think?"

"I'll say." For the past two months, Rose had been anonymously paying off the occasional guard or soldier to look the other way, and the Charleston newspapers to spread the rumor about the masked vigilante. "With this much money, Lord Firebrand could even —"

The rosebushes suddenly rustled and a round face popped out of the leaves with even rounder eyes. Rose's red-cheeked little cousin, Stella. "Did you say Lord Firebrand?"

"Stella!" Rose gasped, slamming the basket closed. "Shouldn't . . . shouldn't you be at Mayfair?"

"Lord Jesus!" Pauline grabbed the basket, breathing hard.

Stella scrambled up onto the porch and pointed to the basket. "Where'd your colored girl get all that money, Rose? Did she steal it?"

"Hush!" Rose cried. Heat was spreading up her neck. What had Stella heard? Who would she tell? *Blast!* She glanced at Pauline,

who met her gaze and then quickly disappeared into the house. Stella tried to follow her inside, but Rose grabbed the girl. "Stella, wait. Let's play a game!"

"But she's a thief!"

The screen door slammed. Pauline was probably hiding the money, and, Rose hoped, hiding herself, too. Rose's hands were shaking. She had to think fast. Pauline was in enough danger already; Rose *had* to keep her cousin quiet. She heard the rattle of wheels and, with an increasing sense of dread, looked up to see a Confederate army carriage bouncing along the oak-lined path beyond the gardens.

"She didn't steal it," Rose said in a rush. "It's . . . mine. Brought with me from Boston."

Stella scrunched up her face. "Do you really know Lord Firebrand?" Her eyes suddenly went wide. "Are you secretly in love with him? Is the money so you can run away together?"

The carriage stopped on the far side of the house. A man's deep voice spoke with the house slaves. Her pulse thundered. A Confederate soldier here, *now,* and her cousin blabbing enough to cause them all sorts of trouble!

"It's true," Rose said quickly. "I am passionately in love with the dashing Lord Firebrand. We are going to elope. But it's a secret. You mustn't tell anyone."

Footsteps sounded on the porch.

Rose shook Stella, whispering low. "Our secret, right?"

Captain Austin appeared at the far end of the porch, smiling. "Good day, Miss Rose. Miss Stella." He paused. "Am I interrupting something?"

Rose's fingers dug into Stella's arms. She gave Stella a long look, and Stella nodded.

"We were just playing a game!" Stella said, a little too loud. Then she giggled and scampered off.

Rose slumped back into her chair in relief.

Captain Austin, oblivious, motioned to the empty rocking chair beside her. "May I join you, Miss Rose?"

She nodded, barely hearing him, blood still throbbing in her ears.

"What . . . what brings you back to Drexel, Captain?" she asked, trying to keep the shaking from her voice.

He held up a book. "Returning a volume your uncle lent me when I was here for dinner." Something on the ground caught his eye, and he reached down and removed a piece of straw from the spokes of her wheelchair. "You've been in the stables?"

"Yes. I, ah, I like to visit my uncle's horse. I used to be fond of riding." She squeezed her knees hard, but as always, felt nothing. She swallowed a bitter pang, thinking of the accident: her mare Hurricane spooked by a snake, the fall that broke her spine. She drew a deep breath. "You can leave the book with me. I'm afraid the family's gone to Mayfair."

For a few moments, he said nothing, only rocked slowly. And then he cleared his throat. "In fact, it was you I wished to speak to, Miss Rose."

Her pulse still hadn't slowed from nearly getting caught; now it thumped even harder. Had he heard Stella yelling about Lord Firebrand? Or was this some sort of declaration of affection? Goodness, he was nice to look at, but the last thing on her mind now was romance.

"At our dinner," he continued in a quiet voice, "you mentioned you attended Prestley School for Girls in Boston. Later that night, I remembered that I had a friend who went there. Belle Stafford.

She's in Wilmington now. I wrote her and got her response this morning. She said she knew you. That you were brilliant at chemistry. You even blew up a tree stump one summer." He paused, and Rose squeezed her armrests. Why was this captain so interested in her schooling? And in *explosions*? "And then I ran into an officer who had spent some years in Boston and asked about your family. He said your father was rumored to be involved with abolitionists in the eighteen thirties. That he might even have been responsible for an explosion last year in Virginia that took out an important tactical bridge for the Confederacy."

Alarm shot through Rose. But she'd gotten Stella under control and she could manage this captain, too. "That's . . . that's ridiculous!" She tried for a laugh. "He's a man of God, not of explosives."

"Is he?" *He* wasn't laughing.

Rose's face drained of blood. "What exactly are you saying, Captain?"

Captain Austin took a piece of paper out of his pocket. "I found this in the stables. It's the label for a container of black powder. Someone had hidden it in the straw." He toyed with the piece of straw that had been caught in her wheels.

Rose gripped the chair's armrests, feeling dizzy. How could she warn Pauline? What could they do if the captain arrested them? Bash him over the head and flee? They wouldn't get far, not in her chair. Perhaps she could force some tears and beg his mercy. It had worked before, with a Confederate spy in Boston who had caught her riffling through his letters. She'd sobbed and claimed she fancied him and she'd only been reading the letters to see if he had a sweetheart, and he'd let her go.

She leaned in, trying to hide how her heart was walloping. "It almost sounds like you're trying to suggest that *I* am that masked rebel, which is ridiculous. Lord Firebrand *walks*."

His gaze fell to her knees. "You must have a partner. If I had to guess, I'd say your maid is the one in the black costume, and you're the one preparing the explosives and sending anonymous letters to the newspapers. Together, the two of you are Lord Firebrand."

She sucked in a quick breath, masking panic with indignation. "Have you gone mad?"

He rubbed his chin. "Deny it all you like, Miss Blake, but I know it's true. And I know how dangerous it is for you, and especially for your associate. She'd be in far more trouble than you if you two were caught. A well-heeled, pretty white victim of a tragic accident might escape the hangman's noose. But not a colored girl."

Rose was quiet. She didn't quite know what to make of Captain Austin. Once she and Pauline had grown up and become more interested in abolition than butterflies, they had joined their fathers' clandestine organization. They had helped to arrange hiding places for escaped slaves from the South and seduced secrets out of suspected Confederate spies. But then Hurricane had stumbled. There had been weeks in the hospital, months of recovery, the crushing disappointment of never being able to walk again. Or spy.

It's over, she had said to her father. *I'm useless to our cause now.*

Her father had shaken his head. *You don't need to walk to make a difference for the Union.*

At Pauline's urging, Rose had agreed to start up their work again. She'd missed it—using her talents for something she believed in. It had taken a while to figure out how they could continue their work with Rose in a wheelchair, but then she'd gotten a condolence letter from Aunt Edith and Uncle Cornelius, who were rumored to have ties to the blockade runners. Pauline had suggested she write her aunt to ask for a convalescence at their plantation, and thus Lord Firebrand was born.

Now Rose drew herself up to her full height in the chair. "Good

luck convincing anyone of your theory. You'll look mad, arresting a girl in a wheelchair."

"I haven't come to arrest you, Miss Blake." Captain Austin dropped his voice. "Don't you understand? I've come to hire you."

She blinked. "What did you say?"

He scanned the porch, the garden, the rosebushes. "I work for General McClellan. My brother enlisted for the Union, and I wanted to enlist, too, but General McClellan said my services would be more valuable as a secret operative. I made a show of breaking with my family so I could enlist for the Confederacy. I've been trying to uncover the identity of Lord Firebrand for some time now. That's why I pulled strings to have myself sent to Fort Sumter."

"You're a Union spy?" she asked, suspicious it might be a trap.

"And *you* are Lord Firebrand." A smile stretched across his face. "Or perhaps I should say Lady Firebrand."

"Show me proof, then," she demanded.

"What more proof do you need other than the fact that I haven't arrested you?" His eyes danced. "I'm very impressed, you know. You and Pauline must have suspected that everyone would underestimate you."

She settled back in her chair, eyeing him with cautious curiosity. "But not you."

"No, Miss Blake. Not me. And not General McClellan, either. If you and your associate would be willing to help us, we have a mission for Lord Firebrand. It could change the course of the war. We just lost the Battle of Winchester—that's thousands of Union men captured or killed. General Lee is getting more aggressive. We need you now more than ever."

She paused. What would Pauline make of this? If the Confederacy won, Pauline would likely be enslaved—or worse.

Rose flinched, thinking of the plantation slaves with their crusty, oozing cuts from the overseer's whip, and of Mr. Fillion's leer as he ogled the brown women who worked in the house.

Pauline had every reason to want to see the South defeated. She would think it worth the risk.

Rose leaned close to the captain. "Tell me what you want us to do."

Captain Austin—Henry—came to Drexel Hall often over the next few weeks under a variety of pretenses: a forgotten cap, a book to lend Uncle Cornelius, updates on the war. At every visit, he and Rose snuck away to meet in the stables while Pauline kept watch—keeping a particularly close eye on Stella.

It was maps that General McClellan was after. Specifically, maps of the sea routes that blockade runners were using to sneak between the Union frigates stationed around the port of Charleston. Through his spy network, the general had learned that Uncle Cornelius, a former sea captain, was the one charting the routes—and that blockade runners were planning a massive smuggling operation: ten thousand Enfield rifles, a million cartridges, and four hundred barrels of gunpowder. All to be delivered on the first of August. Rose and Pauline's mission was simple: locate the maps, copy them, and turn them over to Henry so that Union forces could confiscate the weaponry for themselves.

There was just one problem: they couldn't find the maps.

Rose spent days pretending to read a book while she listened in on her uncle's conversations. Pauline spoke to the carriage driver to learn where Cornelius went and who he met with. At night they ransacked the guest bedrooms, the bookcases, even the pantry.

Nothing.

"The maps *must* be in the library," Pauline concluded. "It's the

only place we haven't been able to search. He disappears in there for hours on end, and Mr. Fillion's usually with him." She tapped on Rose's dresser and raised an eyebrow. "Nitroglycerin would break the lock."

"Yes, and also make enough noise to rouse the dead. We used the last of it, anyway. But maybe there's something else . . ." Rose rifled through the vials in her drawer. "Ah!" She held up a bottle of aqua fortis. "Henry gave me this in case Lord Firebrand needed it for one of his missions; Fort Sumter has quite a chemical arsenal. In the right conditions, it will silently eat away at a brass lock."

"And in the wrong conditions?"

Rose scrutinized the bottle, thinking back on the public science lectures she'd attended in Boston, throwing her friends off by claiming she only went because she fancied the museum's handsome young ticket-taker. "It's dangerous if mixed with organic compounds, like turpentine." She mimicked an explosion with her hands. "But I don't think they used turpentine on the door. It isn't varnished."

"What about the lock, though? Your uncle will see that it's been broken."

"There's nothing to be done for it," Rose said. "We'll just have to hope he assumes it was a common thief or an army deserter, after hidden valuables."

"I hope you're right," Pauline said. "The first of August is in two days. If we don't have the maps when Henry comes tomorrow, the Confederates will get all those weapons."

Rose nodded. "Tonight, then."

Since Aunt Edith had given Rose a ground-floor bedroom on account of the wheelchair, it was much easier to sneak around without worrying about squeaky stairs or having to enlist someone to carry Rose from upper floors. Once they were certain the household was asleep, Pauline pushed Rose quietly down the hallway.

Pauline held a candle while Rose measured five milligrams of aqua fortis into a glass eyedropper and applied it to the lock. An acrid smell filled the hall, along with a faint fizzing sound. Rose waved her hand in front of the door, trying to dispel the fumes. Worries cycled through her mind as she counted to one hundred, giving the metal time to cool. She kept glancing at the stairs, making sure Stella wasn't eavesdropping again. But even so, she felt good. It was thrilling, directly helping the Union cause again.

"Hold the candle a little closer." She leaned as far forward as she could in her chair, peering into the lock. The exterior portion was completely melted, and most of the tumblers, too. She twisted the handle cautiously open. "It worked!"

"Bravo!" Pauline squeezed Rose's shoulder and pushed her inside. They searched the library quickly, Pauline checking the upper shelves while Rose took care of the lower ones. Opening books, shaking pages, pulling open drawers, sorting through cabinets.

"Nothing!" Pauline whispered.

Outside, the first light of dawn broke on the horizon.

Frustrated, Rose gripped her chair's wheels and rolled backward, but misjudged the slope of the floor and rolled right into the umbrella stand. She cringed, expecting a crash that would wake her relatives, but it landed on the rug with only a soft thud. She let out a breath.

Pauline knelt to straighten it. "Rose, look!"

Amid the canes and umbrellas were a handful of long paper rolls. Pauline untied one and they gasped at the same time.

Maps.

"Quick!" Rose whispered, wheeling herself to the desk. "Get some paper. We'll make copies."

They worked under the light of the single candle, Rose tracing

the nautical lines, Pauline filling in the place-names in her small, precise handwriting. Dawn continued to rise outside. Something *thunk*ed in the kitchen.

Pauline straightened. "That must be May, making breakfast. I think we can trust her—I've overheard her and the scullery maid talking about sneaking food to a man who runs a safe house at the docks. But the family will be up soon."

"Almost done . . ." Rose said, tracing the last route. "There. Finished!"

Pauline rolled up the maps and shoved them back in the umbrella stand. Rose shuffled the papers on her uncle's desk and pocketed his silver paperweight, hoping that would convince him that the broken lock was caused by a thief.

Footsteps sounded over their head. Someone upstairs was awake. Pauline pushed Rose down the hall to her bedroom and closed the door just as someone came stomping down the stairs. Breathless, they looked at each other in satisfaction.

"Lord Firebrand strikes again." Rose grinned.

Pauline grabbed a handful of hairpins from Rose's vanity table and crouched at the foot of the wheelchair. "I'll pin the maps to your petticoats, like we used to do in Boston."

Because of the wheelchair, Rose couldn't wear the same bell-shaped hoopskirts as most Southern belles; she wore a modified corset and thick padded underskirts. Pauline lifted Rose's dress—a soft pink cotton that, like everything else at Drexel, had been fine once but was now worn around the edges—and experimented with securing the maps to the copious folds of Rose's petticoats.

"There," she said, smoothing Rose's skirts over the maps. "You can't tell. Though you won't be able reach them yourself, which means Henry's going to have to root around beneath your skirts to free them."

Rose patted the ruffles of her skirt. "Goodness. Well. We must all suffer in times of war, right? I suppose if an attractive young captain must root around in my skirts for the sake of a Northern victory, then I simply must allow it."

Pauline gave her a pinch on the arm. "You always were a shameless flirt. Some things never change."

All that morning, Rose waited anxiously on the front porch for a glimpse of Henry's carriage. Pauline did the wash and the mending, a chore she loathed. Rose wished she could spare her that much, but she had no choice if they wanted to avoid suspicion that Pauline was anything but Rose's maid. Rose wore a blanket over her lap despite the early-summer heat, to further disguise the rustle of papers hidden in her petticoats. Her cheeks warmed at the thought of Henry crouched in front of her, lifting her cotton dress, fingers sliding among the silk petticoats. For the past few weeks, she'd come to enjoy his visits more and more. The last time she'd seen him, he had let his fingers rest too long on her wrist, his lips close to hers as they had whispered plans. Would he ever kiss her?

Her thoughts darkened as she realized that, while unpinning the maps, he would see how thin her legs had become from lack of use. Would he be repulsed? No. He was the kind of man who would find every part of her beautiful. She started to imagine writing a letter to her father. *Papa, I've met the most wonderful man. . . .*

Noon came, and Henry still hadn't arrived.

Rose pretended to read her Bible, her gaze darting anxiously to the road every few moments, but the only person who came was the post boy. Shortly after the clock chimed one, Stella came charging out the door like some wild creature, tears streaming down her face.

"Stella!" Rose called, alarmed.

But the girl ran through the live oaks, wailing.

The front door opened again and Aunt Edith rushed out. "Child, come back here!"

"What happened?" Rose asked.

Edith shook her head. "You know how she's always hiding? Well, a moment ago a letter arrived from Fort Sumter, saying Captain Austin was arrested as a Union spy. Stella overheard your uncle and me discussing it." She patted her rouged cheeks offhandedly. "Hard to believe. Such a polite young man. *Most* impressive jawline."

Blood roared in Rose's ears, and her heart started to pound. Surely she hadn't heard right. "Captain . . . Captain Austin?" Her voice sounded strangely distant.

Aunt Edith gave her a sideways look. "Don't tell me you fancied him, too. Oh, of course you did—what girl wouldn't? Well, he's being held in the Old City Jail until his trial. Cornelius was suspicious of him; he was a bit too rehearsed. Too careful in his words. And Stella had seen him acting oddly."

Rose listened in a stunned silence, terror snaking up her back. She closed her eyes. *Stella couldn't have told about the money, about Pauline's mission. She couldn't . . .*

"Stella told us she'd seen Captain Austin sneaking around the house, testing out a door on the first floor. It must have been the library, because this morning Cornelius discovered the lock had been broken and a valuable paperweight was missing. It must have been Captain Austin. Cornelius wrote to the general immediately." Her voice dropped, heavy with lurid excitement. "*He's* Lord Firebrand, don't you see? He was likely trying to rob us to gain money for the Union."

Rose felt the air catch in her throat. She couldn't breathe.

She had stolen that paperweight, not Henry. And the room

Stella had seen Henry trying to enter secretly—had it been her own bedroom, perhaps, instead of the library? Had he been intending to find her, to talk in private? About the mission—or to finally share that kiss?

Aunt Edith turned and called back into the house. "May, we'll have two fewer places for lunch. Stella's run away, and Captain Austin certainly won't be joining us!"

Rose rolled up and down the hallways, calling Pauline's name. She found her in the wash yard, hanging up dripping sheets in the sun. As she managed to choke out the story, Pauline's eyes went wide and she reached down to clutch Rose's hands.

"Shhh." Pauline nodded toward the four slaves at the well, only ten yards away. They were older women, their sleeves pushed back over brown skin further darkened by sun, their faces shining with sweat as they struggled to haul up buckets of water by hand, since the military had taken the pump handle for its metal.

"Not here." Pauline pushed Rose's chair through the gardens to the empty stables.

"It's because of me," Rose gasped. "Pauline, I can't abide it! Henry isn't Lord Firebrand—*we* are!"

"The last thing he'd want is for us to give up. He was going to take the maps to a contact in Milford, right? At the inn by the river bend? We'll go there ourselves."

"How?" Rose whispered. "I'm in a wheelchair, and you can't walk to Milford alone in broad daylight. We can't trust that your papers will keep you safe." She glanced at the sun, still high. "If we could wait until night, you could go under cover of darkness in the Lord Firebrand costume."

"It would be too late." Pauline paced the length of the barn, looking at the big old draft horse in the next stall, the only one that

hadn't been conscripted. "We have to go now. Do this together, like we used to."

"That's impossible." Rose followed Pauline's gaze to the horse. "We can't steal a carriage. We'd be found out immediately."

"Not a carriage. Just the horse. We'll be back in half an hour. Your family's napping; we won't be missed."

"But you don't know how to ride a horse, and I . . ." She clutched her knees. Bitterness rose again in her throat.

"Do you remember the military parade in Boston last January?" Excitement brimmed in Pauline's voice. "There was a soldier whose legs had been amputated; he rode in a special saddle that kept him upright. He must have figured out how to modify it."

"But we don't have a saddle like that. Nor anyone who could make one."

"We don't need it. Not if we both ride. I'll sit in back and hold us on, and you take the reins and command the horse, and tell me how to signal him with my heels. You won't need use of your legs."

Rose's lips parted, ready to insist it was madness, but she paused.

Ride a horse again, after the accident?

Could it be possible?

She pressed her hands against her legs, kneading them beneath her skirt. Pauline's plan sounded dangerous—Pauline could fall, or Rose could fall again. Would she hurt herself even more?

She swallowed down her fear and thought of praying with her father by the light of a candle. *And he made from one man every nation of mankind to live on all the face of the earth.* It was Acts 17:26, the verse that always reminded her that all people were created in God's image and all deserved justice.

She took a deep breath. "I suppose it could work if I tell you how to signal him with your legs. He's an old horse—that's why

the army left him. There's no danger of him bolting and throwing us off."

Pauline squeezed her shoulder. "We need May's help. Hold on." Pauline disappeared to the house and soon returned with the cook. At six feet tall, May stood even-eyed with most of the men of Drexel Hall. When they explained to her what they intended to do, May shook her head.

"Miss Rose riding a horse, when she can't walk? Are you girls crazy?"

"It's for a good reason, though we can't tell you why." Rose added slyly, "If it works, it will hurt my aunt and uncle's pride."

May clapped her hands together. "Up you go, then."

Rose gripped the base of the horse's mane in one hand and the back of the saddle in the other, and with Pauline and May lifting her, she was able to pull herself up so that her stomach rested on the saddle. Then Pauline helped her move one leg around the horse's back, so that she was straddling it and could sit upright. Pauline arranged her legs in place, setting her boots into the stirrups. As soon as May had returned to the kitchen and they were alone again, Pauline lifted Rose's skirt and refastened some of the maps that had come loose from the petticoat ruffles.

As Pauline worked, Rose knit her fingers between strands of the draft horse's mane, feeling as though she were moving in a dream. She'd forgotten the earthy smell of a horse and the feel of its hair beneath her palms, like coarse velvet. Something tugged in her chest. Whenever she had ridden Hurricane, she'd felt like the wind itself, free and unyielding.

Pauline stepped on a wooden crate and climbed up behind her, sliding her hands firmly around Rose's middle, squeezing her legs around the horse to keep them steady.

"You're sure about this?" Rose asked.

Pauline nodded. "Are you?"

Rose took a deep breath. Right after the accident, her mind had gone to a dark place, defeated and frustrated. It had been her father's belief in her that had pulled her out of it, and the lessons she found in the Bible, reminding her that she couldn't sit by and benefit from an unjust system. She'd tried so hard not to let Pauline down after the accident. To prove that she was still useful, that she recognized the risks Pauline was taking, and that she would always help where she could. Now, Pauline's presence gave her all the strength she needed. Ever since that first day in the graveyard, saving the rabbit by chasing off those boys, they'd taken courage from each other.

"I'm ready." She picked up the reins. "Squeeze your heels into his side."

She felt a jolt as Pauline signaled the horse, and, with a snort, it took a step forward.

Rose grinned. She and Pauline were a team again. She'd been so afraid after the accident that her missions were over, and that if anything went wrong for Pauline, she wouldn't be able to protect her. But now she started to see a future where the two of them could work side by side to help the Union. Tears started running down her face.

"Pauline—" she started, but couldn't finish. She wanted to tell Pauline how much this meant to her. The horse, their mission, and most of all, Pauline herself. Pauline and she, they were more than coconspirators. They were more than Lord Firebrand. They'd be there for each other in hard times and in good times, no matter the danger, always trusting in each other's strong heart.

By the time they reached Milford, Rose's spirits were soaring. The horse had obeyed their every command, almost as though he had

sensed the importance of their mission. They spotted the inn as soon as they crossed the bridge, and guided the horse into a copse of maple trees tucked by the riverbank.

"Give them this note and the silver paperweight," Rose said, "or they might not believe you."

Rose handed Pauline the silver paperweight from her uncle's library and a note she'd written while Pauline had fetched May. Pauline slid off the back of the horse and, after making certain no one was watching, ran around back. It was only a few moments before she came out with an elderly couple with pale but kind faces, the husband leaning on a cane, the wife with thinning white hair twisted in a knot.

The woman's forehead knit together as she looked between the note in her hand and Rose atop the horse, half hidden in the maple branches. She glanced at the road in the distance. "Your maid says Lord Firebrand sent you?" she asked in a low voice.

Rose nodded.

The elderly couple exchanged a cryptic look, and the man cleared his throat. "You've wasted your time. We've no association with such a criminal."

"Of course not," Rose said. "But if you *did,* or if you knew someone who did, we have a message on his behalf. A certain military captain has been arrested, but we've brought the package he was supposed to deliver."

The old man looked keenly around the trees, as though expecting the Confederate army to burst out from behind the bushes. "This isn't some game you girls are playing?"

"It's no game," Rose promised. Her heart was pounding; she was risking just as much as the innkeepers. Pauline was risking far more.

Pauline lifted the top layer of Rose's skirt, revealing the maps

hidden in Rose's petticoats. The innkeeper's eyes went wide as he unfastened one of the maps and unrolled it, eyes tracing the nautical courses. "Nancy, look!"

The wife rested a hand on his shoulder, beaming. Quickly, she and Pauline unfastened the rest of the maps. Then the woman ran into the stable to fetch an old feed bag, which they stuffed the maps into. From high on the horse, Rose kept an eye on the nearby road.

"You'll get them to General McClellan?" Rose asked.

"We will," the man said. "By tomorrow, that Confederate shipment will be captured. Do me a favor and thank Lord Firebrand for his work. A wonder, that man is." He lowered his voice. "Is he truly a British lord?"

Rose and Pauline exchanged a look.

"Ah . . . he certainly is," said Pauline.

The man chuckled to himself and carried the maps into the inn, but his wife lingered. She stroked the horse's flank. "I have a feeling that the true thanks might be due elsewhere. After all, it isn't an English lord I see before me now, nor a Union spy. It's two girls." She smiled kindly. "Whoever Lord Firebrand is, he's fortunate to have you on his team. I daresay if I was in trouble, I'd turn to the two of you before any English rogues."

She winked, glanced at the road, and hurried back inside.

They rode back to Drexel Hall in triumph and slipped into the stables. May helped Rose ease carefully off of the horse and into the wicker-lined seat of her chair.

"So what do we do now?" Pauline asked as soon as May was gone.

Rose leaned forward to stroke the horse. She couldn't stop thinking about the young man who had trusted the two of them, the young man with such delectable eyes and an even more attractive spirit. Was he worth one more risk?

She gave Pauline a sly smile. "How do you think Lord Firebrand would feel about a prison break?"

Pauline cocked her head. "I thought we were out of nitro-glycerin."

"I'm still in correspondence with that Italian chemist's apprentice. He's coming back to America next month for another round of lectures...."

Pauline's eyes lit up. "In that case, I pity the prison guards holding Henry. I think Lord Firebrand just found his new mission."

❈ AUTHOR'S NOTE ❈

Though the masked rebel known as Lord Firebrand is fictional, female spies during the Civil War were a matter of fact. Most notable was the Union spy and founder of the Underground Railroad, Harriet Tubman, as well as Union spy Elizabeth Van Lew and Confederate spies Antonia Ford and Belle Boyd. These women—especially if they were young, attractive, or of high society—used their position to gain valuable information from male officers, which they then might pass along to their connections by hiding notes in their elaborate hairstyles or hoopskirts.

I love writing about brave girls who are often underestimated, like Rose and Pauline. I hope you like reading about them, too. And I hope you feel inspired by these women who fought for what they believed in, not on the battlefield but in the daily choices they made to risk their lives to build a better world.

Special thanks to Dhonielle Clayton, Anna Henshaw, Daniel Pierce, Beth Revis, and Ryan Graudin for their thoughtful notes and expertise.

STEP RIGHT UP

JESSICA SPOTSWOOD

I step onto the ridge of the roof of the First Presbyterian and open my parasol.

Well, it isn't exactly *my* parasol; I thieved it from my sister, Pearl. She carries a painted blue silk parasol all summer long so the sun won't darken her skin—which is dumb as bricks, if you ask me, 'cause Tulsa is Indian Territory, half Creek and half Cherokee. Most of our neighbors got Indian blood and brown skin; it's nothing to be ashamed of. But Pearl's a priss. Always worried people might talk. That's only one of the ways we're different, Pearl and me.

I just about live for making people talk.

Right now, down there on the southeast corner of Fourth and Boston, there's a whole crowd hollering up at me. They started gathering when I pushed open the shutters on the bell tower, and the crowd kept on growing as I stepped onto the ledge, flung myself onto the sharply pitched roof, and climbed up to the ridge.

"What the heck are you doing, Ruby?" Fred yells.

Fred's got no imagination at all. What does he *think* I'm doing? I'm certainly not about to jump to my death. I swear, I don't know what Louise sees in him.

I can hear her down there, too. Louise Whitehill and I have been best friends since we were little, and I can just picture her, her dark eyes squinched up, hiding her face against Fred's chest, scared to watch for fear I'm going to fall and break my fool neck.

I take a tentative step forward. The church isn't *that* tall. Not compared to the fancy Opera House or that new high school they're building. But it's tall enough that walking it makes my heart race and my head spin a little. It's taller than our porch roof and a sight taller than the rail fence behind the schoolhouse. It will be the tallest thing I've ever walked.

I take a deep breath. Miss Etta wouldn't be scared. She'd be flashing that pretty red-lipped smile of hers. Last summer when Archer Brothers was in town, she crossed the high wire and didn't wobble once. Did a perfect pirouette in the middle. I remember how the whole crowd watched, hushed, and held their breath, and then exploded in furious applause when she finished.

If she can do that, surely I can do *this*.

I take another step. Then another. Below me, my crowd hushes. By now somebody's probably run to get Momma. And Uncle Jack. My skin shivers at that thought, but I daren't look down. I've got to keep my eyes locked on the other end of the ridge. Above it, the sky is a stormy blue-gray just the color of Miss Etta's eyes. To the east, storm clouds are gathering.

A breeze flutters the hem of my second-best blue dress and tugs at the parasol. It's probably making my hair go all askew, even after I sat so patient and let Pearl do those pretty braids around the crown of my head. She smiled all secretive and proud while she did

it, and I know she thought I was finally taking an interest in some boy. But no boy can make me feel like this.

I take another step. I hear the rattle of wagon wheels, the *clip-clop* of hooves, the thud of my own heartbeat. The crowd's quiet, but I can feel their eyes on me. All those eyes. It feels *magnificent*.

Up here, I am strong and brave and beautiful. Up here, no one can touch me.

I am almost there. Just a few more steps. I imagine the applause when I reach the end. I imagine how tomorrow morning I'll go down and meet the circus train at the depot and tell Miss Etta. She'll be so proud. Proud enough to agree to my proposition, maybe.

The wind blows a little harder. Too hard. It catches the parasol and lifts it, and, distracted, I hold on when I should let go. I lean too far and lose my balance. My right foot slips off the ridge, and I fall.

I let go of the parasol and grab for the ridge with both hands, but I miss and start sliding down the roof, feetfirst, on my belly. Flailing, my fingernails clawing against the shingles, boots scrambling for purchase, I bump and skid down toward the drainpipe.

The crowd is shouting, panicked. Louise screams. The sliding seems to last forever, scraping up my palms and snagging my skirt. Finally, toward the bottom of the roof, I catch myself. I hang there, my breath coming fast. My shoulder throbs.

After a minute, I scuttle sideways like a crab, inching back toward the bell tower. When I get there, I rise to my feet, unsteady, both arms out for balance. I climb back to the window ledge and crawl inside, bloody and defeated. Not so untouchable after all, I guess.

In the privacy of the bell tower, I take a slow inventory. My shoulder hurts like heck from how I caught myself, and my palms

are all scratched up and bleeding. My skirt's got two big jagged tears, and there's another one in my right sleeve. My straight-as-a-pin hair has fallen out of Pearl's pretty braids and hangs in clumps around my face. I'm pretty sure there's a bruise already rising on my hip and a brush burn on my forearm. At least my petticoats stayed down; I don't think I could bear the indignity of having shown everybody my knickers, too.

Still, no point hiding in here. Louise is sure to come find me sooner or later. And accidents are part of the business, Miss Etta says. Long as you get back up, there's no shame in it.

There's a smattering of applause when I walk out. Not nearly so much as there would've been if I hadn't fallen, but enough that I smile and drop a curtsy for the crowd.

Louise rushes up and hugs me fierce. She's wearing her new pink hat with the flowers on it, but beneath it her brown cheeks are wet with tears and her full pink lips are trembling. Lord, she's pretty. The prettiest girl in town if you ask me, with her glossy black hair and high cheekbones and big brown eyes.

"You could have *died*!" she shrieks.

"Well, I didn't. I'm right here," I say, a little bit thrilled at the reminder she still cares. She's been awful preoccupied with Fred ever since he gave her that ring.

"That was pretty brave," Fred says. "For a girl."

"I'd like to see *you* try it," I retort.

Louise clings to him. "Don't you dare."

I turn away. Louise used to cling to me almost like that. She'd look up at me with a smile like I hung the stars in the sky, and I'd daydream about leaning down and kissing her. Then she took up with Fred, and I realized she only wanted to kiss boys.

While they canoodle, my eyes dart nervously through the crowd. There he is. Uncle Jack, storming toward me just like a

big angry bull. Momma trails behind him, her shoulders hunched, making herself as small as possible.

Louise extracts herself from Fred and grabs my hand. "You all right?" she asks. "That looked like it hurt."

I raise my chin. "Nothing but my pride."

She shakes her head, the flowers in her ridiculous hat bobbing, as she examines me with gentle fingers. "You're a mess. Lord, look at your palms. You're bleeding!"

I barely get a chance to enjoy the attention before Uncle Jack is on me.

"What were you thinking, making a spectacle of yourself like that?" He grabs my arm roughly, and I try to pull away but can't. "Ruby Porter, are you wearing rouge? What do you think you are, an actress? A prostitute?"

"A *performer*," I correct him. Maybe the rouge was too much. I ordered it from a catalog because I couldn't exactly buy some from Uncle Jack's store. But I know Miss Etta wears it when she performs. Lipstick, too. It makes her lips look as red as fall apples.

"You see all these people gawping at you? At your momma and me?" Uncle Jack roars, and Louise and Fred beat a hasty retreat. Louise has bandaged me up often enough to know what his temper's like.

"You're lucky you didn't kill yourself, Ruby! You could have broken your neck." Momma jumps between us, patting my arms, her brown eyes full of worry. Like she hasn't seen me broken before. Like most of my bruises haven't come from the man at her side. Like all her tears and *sorry*s are worth a damn.

Pearl sashays up behind them, torn blue silk and splintered steel ribs in her hands. "You stole my parasol! Ruby, someone could have thought that was *me* up there!"

I look at her—not a molasses-colored curl out of place, not a speck of dust on her—and let out an unladylike snort. "Not likely."

"Oh, you think this is *funny?*" Uncle Jack's big hands fist at his sides, and Pearl shrinks back. "What about you, Pearl? *You* think this is funny? We got us a pair of comedians here?"

Pearl fidgets with her skirt, avoiding my eyes. "I think it's scandalous, is what it is," she says primly.

My shoulders slump. Fact is, nobody in this town is going to stick up for me anymore. It was one thing when I was five, or eight, or eleven, or maybe even thirteen. But I'm seventeen now, and even Louise thinks it's time for me to find a nice boy and settle down.

That's why I've got to get away. Soon, before I stop wanting things altogether. If I ever get that hangdog, faded look Momma's got, like every bit of spark in her has gone out—well, then Uncle Jack will have won, and I just cannot bear that.

Back home, he backhands me so hard, it sends me tumbling clear across my bedroom. My head knocks into the armoire, hard, and I see stars. Blood trickles down my forehead, warm and wet, but I wipe it away and scramble up. *Long as you get back up, there's no shame in it.* Miss Etta was talking about falling, not being knocked down, but it's sort of become my personal motto.

Uncle Jack doesn't like it. He'd rather I cower on the floor and cry.

He hits me again, with a closed fist this time, right in the stomach. It knocks me breathless, and I fall to my knees.

Stupid, I think, wiping away the tears pooling in my eyes, determined that he won't see them. It is stupid, not brave, to keep getting up. To keep defying him. I should be an obedient, butter-wouldn't-melt-in-her-mouth little priss like Pearl—or I should at

least do a better job of *pretending.* I think of Momma's words on the walk home. *You're seventeen now, Ruby, and you need to consider your reputation. What will people think?*

Folks thought I was marvelous, up there on the church roof. I know they did. For a minute, they forgot I was scrappy little Ruby Porter, and I was a star.

Do you see Louise acting like that? Men don't want a girl who sasses them and tries to walk fences. They want a girl who's pretty and sweet and doesn't make any trouble. They want a girl who acts like a girl.

But Momma's never seen Miss Etta. She's more than just *pretty.* She's the most beautiful woman in the world, *and* the bravest. She doesn't bow down to anybody.

Uncle Jack stands in the doorway, his breath coming fast, his face flushed beneath his reddish-brown whiskers. "You have a roof over your head and food to eat because of *me,* Ruby Porter. Because of my charity. I could've tossed you and your momma and your sister out on your ears when Ma died, but I didn't. And this is how you repay me? Embarrassing me like that in front of the whole town?" Spittle flies from his mouth. "You might not care about our good name, but the rest of us do. If you can't act respectable, then you won't leave this house."

"What are you going to do, lock me up?" I heave myself onto the bed and brace myself for another hit.

He doesn't hit me. He just smiles, real slow, and it is downright creepy how pleased he looks with himself. "That's exactly what I'm going to do. You won't leave this house. You won't leave this *room.* Long as I see fit. Long as it takes for you to get it through your thick skull how to behave like a lady."

He slams the door shut. A key turns in the lock.

I sit there, blood dripping down my cheek, my head and arm throbbing. He locked me in. He's never locked me in before.

"But—but Archer Brothers comes tomorrow," I say softly, sure he can't hear.

He knows. He knows it's the day of the year I love more than anything—more than Christmas or my birthday. That's why he's doing this.

The Archer Brothers Circus has been coming to Tulsa every July since I was five and Pearl was three. That first time, Daddy took Pearl and me to town to see them. We drank lemonade and ate roasted peanuts and laughed at the clowns and watched, wide-eyed at the elephants and the lions and the human pretzel and the albino girl and the armless lady and the snake charmer and the acrobats and the bareback riders and the jugglers and most especially the wire-walker. Pearl loved the bareback riders best, but for me, it's always been the wire-walkers. That afternoon, Daddy taught me how to walk our rail fence out at the ranch.

The next day, Daddy and the circus were both gone.

That's when Momma sold all our cattle to the Gillespies and moved us into town. A woman with two little girls can't manage a ranch by herself—or at least Momma can't. And all her folks were back east in Baltimore. That's how we came to live in town with Uncle Jack, Daddy's half-brother. It wasn't so bad before Granny died, but after that—it's like I turned into a lightning rod, and Uncle Jack's the lightning. I used to think, least he's hitting me and not Pearl. But lately—well. Lately, I want to hit back, only I'm a good foot shorter and about a hundred pounds lighter, and I don't think that'd go so well for me.

Granny said our daddy was a dreamer, that he had a restless

spirit and a wandering heart. Uncle Jack says any man who runs off and leaves his family like that ain't worth remembering. But lately, I've been worrying maybe I have my daddy's heart, 'cause all I can think about is running away.

Next morning, just as I'm getting so antsy I can't stand it, there's a soft knock at my door. "Ruby?"

It's Pearl.

"He and Momma went to the store. Took the key with him. I'm sorry." Uncle Jack runs Porter's Grocery, and today it'll be hopping. Town'll be swarmed with oilmen and cattlemen and their families come in to see the circus. The store will close for the parade, but before and after, Momma and Uncle Jack will be there.

It hits me like a punch: I'm going to miss the parade. I never miss the parade. Most years I'm down at the depot to watch the circus train arrive, too. They'll be wondering where I was. What good is Pearl's "sorry" now?

"Four elephants, same as last year. Talked to Harvey and Miss Jo. They send their regards. Said they'll keep an eye out for you at the parade."

I crawl off the bed and gawp at the closed door. Pearl went down to the depot? Prissy Pearl? Usually I've got to drag her with me to the matinee.

"Saw Miss Lula, too. She asked after her little chickadee. I reckon that's you."

Miss Lula is the snake charmer, really Mrs. Lula Antonelli. Her husband, Alberto, is one of the Flying Antonellis.

"How's Stella May?" I ask.

"She's gone," Pearl says, and my heart drops. Stella May is — was, I guess — Archer Brothers' albino girl. At first I was real shy of her and the other sideshow freaks. I'm ashamed to say it, but

the first time we met, I was afraid of her pale skin and white hair and nearsighted pink eyes. But I was only six, that first year I went without Daddy. After the matinee crowd cleared out, I snuck into the backyard, where the circus performers played cards and sewed up rips in their costumes and practiced their acts. They weren't supposed to talk to towners—it "ruins the mystique," Miss Jo says, and it's dangerous for kids to be running around back there besides—but they couldn't resist little me: blond-braided, fierce-eyed, looking for my daddy. I'd convinced myself he'd run off with the circus and was there somewhere, as a roustabout, maybe, or behind a clown's greasepaint.

Daddy wasn't there, but they let Pearl and me stay anyhow. And we've gone back every year since.

Pearl hears me sniffle. "Wait—no! She's not dead! She got picked up by Cole Brothers."

"Oh." I'm glad Stella May is still alive and well, but . . . "I can't believe she left. She's been there forever." A dozen years at least.

That's one of the things I love about the circus. It welcomes all kinds. It doesn't matter whether you're rich or poor, young or old, fat or thin, black or white or Indian, long as you have a talent of some sort. Long as you can make people stare and clap, you're family. I guess they have their squabbles and spats, but mostly they stick up for one another.

Maybe joining them would give me a do-over where family's concerned.

"Did you—did you see Miss Etta?" I practically hold my breath while I wait for Pearl's answer. The Bible says we mustn't worship false idols, but Miss Etta makes that real hard. I want to be just like her someday: brave and magnificent and kind, too. Last year she let me walk the low wire she claimed she strung up for

practice—but she doesn't need practice on a low wire; I know it was just for me—and she taught me how to do a pirouette.

"Yep. She says hello and she'll see you after the matinee. I didn't say anything about you being locked up. Didn't think you'd want her to know," Pearl whispers. "I told them you were feeling poorly. Had a headache."

I groan. Like a headache would keep me away! They'll know better. Know something's wrong.

Won't they? Or will they think I'm growing up and turning respectable on them?

Still, it took guts for Pearl to go down to the depot by herself. "Thank you," I say through the door.

Pearl clears her throat and then slides something beneath the door. It's a small, brightly colored rectangle of paper.

My ticket. The advance team came through town a few weeks ago with dozens of posters, and I asked for a particular one for Porter's Grocery: a big colored illustration of Miss Etta up on the high wire with her parasol. Giant letters advertise her "death-defying feat of balance." We got two free tickets for displaying it in the front window.

"How am I supposed to use this?" I ask. "I can't break the door down."

"Well, it's a good thing you ain't scared of heights, then." I can hear a smile in Pearl's voice. "Go look out the window."

I scowl. "I ain't scared of heights, but I can't fly, Pearl." Uncle Jack's a bully, but he isn't stupid. There's no trellis, no drainpipes, no tree near enough my bedroom window. The porch roof is clear on the opposite side of the house. I can't see any way out, not unless I want to jump down two stories onto the hard, sunbaked summer ground. It never did rain last night, despite those storm clouds.

"Just go look."

I walk to the window and look out and, somehow, there's a ladder. A real tall wooden one, like somebody would use to paint houses or do work on a roof. In fact, this ladder looks sort of familiar. Like maybe—like maybe it's one from the construction site over at the new high school. How on earth did it get through town and beneath my bedroom window?

"Pearl!" I press myself back against the door. "Did you *steal* that ladder?"

"I certainly did not." But she laughs.

"How did it get here, then?" I ask. "'Cause it ain't Christmas and it sure wasn't Santa."

"Well . . . I maybe encouraged Frankie Kneeland, and Louise maybe encouraged Fred to borrow it. There's no construction going on today anyhow on account of everybody going to the circus. That's a waste of a good ladder, if you ask me."

Oh, my Lord. My little sister encouraged her new beau to steal a ladder for me!

"Thank you." My voice is fervent as a prayer. I could hug her right now.

"Just—be careful, all right? The boys are downstairs. I'll send them out to hold it in a minute. And, Ruby?"

I'm already whirling around the room, hastily rebraiding my hair so it doesn't show the cut on my forehead, fastening the buttons on my boots, shoving Momma's pearl ear bobs through my ears. "Yes?"

"Uncle Jack'll be watching the parade in front of the store. Steer clear of him, all right? Try not to draw attention to yourself for once. He hears you're out and he'll come looking for you and . . ." Her voice wavers. We both know what'll happen if he catches me. He'll beat me within an inch of my life.

"I'm not scared of him."

"Maybe you should be," she suggests. "Please be careful, Roo. Just this once. For me."

She hasn't called me Roo for years. Not since we were little.

"All right," I say, and she promises to send the boys out to hold the ladder.

I finish braiding my hair and buttoning my boots, and I put the ticket in my pocket. I add the old photograph of Daddy and Momma and Pearl and me from the summer he left. I stole it from Momma years ago, and she's never asked for it back.

I gaze at myself in the looking glass over our armoire. I've got Momma's dark-blond hair, but Daddy's dark eyes and high cheekbones and lean figure. Momma says I take after him in other ways, too. *You can be real charming when you want, Ruby Leigh. Just like your daddy.* I'm not exactly pretty, but I don't need pretty where I'm going. I just need brave. I just need to get back up when I fall.

I watch the parade from down in front of Farmer's National Bank with Louise and Fred. It's down the block from Porter's Grocery, so if I lean around Fred and stand on my tiptoes, I can keep an eye on Uncle Jack. He and Momma and Pearl—and Frankie Kneeland— got a prime spot right out in front of the store. They're playing like they're a happy little family. Must be easier without me, since I don't give a lick what the neighbors think. But Uncle Jack has aspirations. Wants to be more than a shopkeeper someday, he says.

I watch their act from afar: Momma in her high-necked navy day dress and Uncle Jack in his second-best suit, smirking and glad-handing anybody who gets close enough. Pearl wears a pink pin-striped dress, her hair in two dark braids, squealing in pretend fright as the dancing bears pass by. Her playing scared gives Frankie an excuse to squeeze her, even in front of Momma.

To the other folks lining the street, the parade's a spectacle.

Miss Jo taught me that spectacle's real important in the circus. The whole point is to put on a good show, after all, and give the towners a holiday. We're supposed to watch the parade of beautiful girls and human miracles and terrifying animals and be amazed, so we'll spend our hard-earned money on tickets—and then we'll spend a little extra to get into the sideshow, or get some treats from the candy butchers, or buy a souvenir picture of one of the freaks. We're supposed to see them as wondrous figures, larger than life.

To me, it feels like a reunion with old friends. And a reminder of what can be, if I've got the grit to make it happen.

Uncle Jack and Momma, Pearl, the girls at school and at church—they've called me a lot of things, but a coward ain't one.

The beautiful painted wagons are passing by. Some of them are cages with menagerie animals inside. Pearl throws herself at Frankie when the lions go by, and I roll my eyes. We both know that the zebras and camels are meaner.

Miss Jo's girls come next, riding high-stepping, shining white horses. For all that Uncle Jack goes on about the immorality of the circus, I bet he's eyeing the girls' legs, exposed to the knees in their short flared skirts.

I spot Harvey in his white greasepaint and high-collared costume. He spots me, too, and does a pratfall, landing right on his rump, to the laughter of the crowd. He sits there for a minute, pouting, till another clown pretends to kick him. Then he jumps up and does a somersault. When he lands, he grins and salutes me. I wave at him till people start to look in my direction, and then I duck back down into the crowd. I promised Pearl that I wouldn't draw attention, but it's harder than I thought.

So I don't wave when I see Miss Lula in her wagon, holding her big boa constrictor up for the crowd to see. Louise clings to Fred, and I crane around them and see Pearl clinging to Frankie.

Truth be told, I don't love Edgar, either. He winds around Miss Lula's waist, his yellow a stark contrast against her ruffled, low-cut violet dress. Miss Lula has the kind of curves I'll never have, the kind men will pay a pretty penny to see. I joked once with Fred that I'd have to rely on my legs, seeing as how I don't have a nice bosom like Louise, and he blushed bright red all the way to his ears and Louise had to remind me I shouldn't talk about bosoms with him.

Miss Lula spots me even though I'm not waving and winks at me, her dark eyes winged with kohl. Circus performers are meant to look exotic, like they're braver and more mysterious than regular folks. That's part of the illusion.

The Antonellis come next, turning cartwheels and somersaults and climbing on one another's shoulders till they've built a human pyramid. The children around us *ooh* and *aah*. Some of the boys jump into the street and turn cartwheels of their own, ignoring the dust and dirt that cake their hands and faces, and I wish for a second I were a boy. I can turn a better cartwheel than any of them.

But wishing I were a boy doesn't last long because here come the elephants, and riding them are the biggest stars of the Archer Brothers Circus. Miss Jo waves like a queen from the howdah on Junior's back. And after her comes Miss Etta, pretty as can be in her ruffled pink dress and brown curls. She's carrying her pink parasol like a fine lady, like Pearl afraid of damaging her skin in the hot Tulsa sun. But it's the same parasol she uses as she dances and pirouettes across the high wire.

I want to be like her. I want it so badly, it's become a permanent dull ache, somewhere behind my ribs, gnawing at me night and day.

I look back at my family, and for a minute I think Momma

sees me. Will she tell Uncle Jack? I crouch down behind Fred and Louise, my heart hammering, and I know I can't keep on like this.

One way or another, my life changes today.

Between the parade and the matinee, I go with Louise to her house. She's got seven little brothers and sisters, and with all the kids running around and hollering, her momma hardly takes any notice of us. There's leftover roast pork and fresh-baked bread with thick slabs of butter and icy glasses of milk. Mrs. Whitehill jokes about needing to fatten me up 'cause I'm so skinny and boys like girls with some meat on them. I laugh and then almost cry, thinking of how many times I've eaten here to escape Uncle Jack's temper and Momma's thin-lipped disapproval and Pearl's silence.

"You're leaving, aren't you," Louise says later, the two of us alone in the room she shares with her sisters.

"If they'll have me. If I stay, I think he'll kill me." I push my braid out of the way to show her the cut on my head.

Louise grabs my chin with pinching fingers and stares at me, her dark eyes real solemn. I remember how she was the first one to clap the first time I walked the rail fence behind the school. We shared a desk every day after that. She always stuck up for me when the other girls were mean.

"I'll miss you, Ruby," she says, tears in her eyes.

I'll miss her, too. More than she knows. But it's a big world and there are other girls out there, and maybe I'll find one who might want to kiss me back.

"Be happy," I say. "Fred ain't so bad."

She blushes and grins at me. "He's all right."

After lunch I head down to the big field where the circus is set up. I get there before the menagerie tent is even open, so I wait for Pearl outside the big top. There are a couple hundred people milling around already, everybody in their finery, exchanging news. The Atlantic and Pacific Railroad ran an excursion train from nearby towns this morning, and today's *Indian Republic* newspaper blared headlines about the circus coming. It's better than a church picnic for gossip about who's courting and who's feuding and whose farm is losing money.

Part of me is scared Uncle Jack will show up instead of Pearl. He could have gone home for lunch and found my room empty. Momma could have told him she saw me at the parade. If I wasn't where he left me, it wouldn't take him two seconds to figure out where I'd be.

I breathe a sigh of relief when I see Pearl. She wouldn't have come unless she thought it was safe, unless Uncle Jack was still at the store. Pearl puts herself first, always. I figure it's time for me to do the same.

I pull her into the long shadow of the big top. "I need to tell you something."

This is the hardest part. I'll miss Louise, but I know she'll be all right, and I'm tired of pining while she's happy with Fred. Pearl—well. What if Uncle Jack turns his fists on her once I'm gone? She stood up for me today. She schemed and stole for me, and if Uncle Jack had caught her—well, it means something that she risked that for me. How do I tell her that I'm running off, just like our daddy did?

"You're not coming back home." Pearl smiles her big, buck-toothed smile. "I knew before I went and stole that ladder. Once you got free, you couldn't go back."

"I'm sorry," I say. I remember how Bobby Billington made fun

of her teeth and called her a rabbit, and how I punched him and got sent home from school for it. How many times I've sassed Uncle Jack when he was in a mood to make sure he'd hit me and not Pearl. How can I leave my little sister behind?

She shrugs. "You looked after me the whole time we were growing up. It's time for me to look after myself now. Least till Frankie and I can get married."

"Get married!" I echo, surprised that she's thinking of that already, and she giggles.

"We all got our own plans, Roo. Marrying Frankie might not be as grand as running off to join the circus, but he makes me laugh. Once he finishes school, he'll have a job working in his daddy's drugstore. He'll take good care of me. And he's a real good kisser."

I blush and Pearl giggles again. Maybe she ain't such a priss after all.

We dart inside the sideshow tent the moment it opens and hurry to Miss Lula's stage. She winks and holds Edgar up in my direction. "You want to hold him, missy? Don't be scared—step right up!"

Much as I want to prove her wrong, I shudder back like she knew I would, and she wheezes with laughter. If there's anything at the circus I'm still afraid of, it's Edgar. I know he's already well fed and sleepy, so he won't actually squeeze her to death, but I never have liked snakes.

Next we pop into the menagerie tent, where Pearl wrinkles her nose at the rank smell of manure. We steer well clear of the black-and-white-striped zebras, swishing their tails lazily to keep the flies off. Harvey told us that they bite, and the tawny camels from the Arabian Desert will spit at people if they get mad. The bears

and lions are all off getting ready for the show, but people crowd around the elephants' pen to watch them shuffle and stomp, clouds of dust rising with every step. They are real majestic, but their eyes always look sort of sad.

Then the ringmaster, Cal, in his black suit and black top hat, starts calling people in with his big deep voice. "Step right up!" he hollers from the entrance of the big top, and people throng toward the opening. "Step right up!"

There's nothing else on earth like it.

I watch, rapt, clapping till my hands hurt. Part of me is sad, knowing this might be the last time I ever watch the circus with Pearl. After today—if it all goes well—I'll never be a spectator again. But for today, part of me still feels like that little wide-eyed five-year-old girl, bouncing in her seat, hooting with laughter as the clowns perform between acts, chewing salty roasted peanuts and washing them down with sweet, tart pink lemonade from the candy butchers, surrounded by the smells of grass and sawdust and sweat.

The audience giggles at the dogs that leap through rings and do other funny tricks, then roars with laughter at the bears that walk on two legs and play catch. We all gasp as Evangeline stands in a cage surrounded by sleek powerful lions, a whip in her hand. It's not as dangerous as people think—I happen to know that whip's just for effect—but it's not easy, either. Beneath her lacy yellow dress, her arms and legs are covered with thick white scars.

After the animal acts comes the aerial ballet. The Antonellis fly from one trapeze to another, leaping through the air so graceful, I half believe they'd keep soaring even without the bars.

Pearl leans forward when the equestrians ride in on their high-stepping white horses. They're still her favorite after all these years.

When Miss Jo stands on her horse's back, then does a somersault, I can't help but grip my skirt nervously in my fist. She looks as dainty as Pearl. One time her horse shied and threw her, and she got trampled by its hooves and broke her ribs. Another time she busted her arm. But she always gets back up.

We watch the jugglers and the acrobats on their rings, but I'm eager for the lights to dim on the two side rings and Miss Etta to take the center stage. Even the parade of elephants, walking on their hind legs, can't hold a candle to Miss Etta.

She's last, like the star she is. I hold my breath while she climbs up to the high wire. She looks impossibly tiny up there. If she falls—

Well, that doesn't bear thinking about. The circus is dangerous. The artists are always trying to better their acts, do something more impossible and wondrous, something to make our jaws drop and our hands sore from clapping.

The crowd hushes as Miss Etta begins a pirouette, then releases a noisy breath when she's facing front again. She keeps moving, always, and when she's only got a third of the way to go, she does a few dance steps, as though she's waltzing with an imaginary partner. The crowd roars and I flush, their approval and excitement coursing through me like it was me up there.

After—after Miss Etta has climbed back down to earth, after the Roman chariot races on the hippodrome track—we wait for the crowd to disperse some.

"The bareback riders are still my favorites," Pearl admits, as if I don't know.

"They were good this year." There was a new rider—a tall, graceful girl with dark curls and long, shapely legs beneath her short red skirt. She didn't look much older than me.

"What're you thinking about?" Pearl elbows me. "You're blushing!"

"Nothing!" I say quickly. "Come on, let's go."

Pearl and I climb over the ropes and get waved past the NO ADMITTANCE signs into the yard.

"Ruby, honey!" Miss Jo cries, catching me by the shoulders and hugging me tight. She smells faintly of lavender water. "There you are. We missed you this morning. Pearl here said you weren't feeling well?"

"You were amazing," I say, evading the question as she hugs Pearl. Miss Jo just laughs and pulls off the long black Cleopatra wig she wore for the chariot races.

"Isn't she, though?" Harvey already scrubbed off his greasepaint and took off his high-collared, ruffled clown costume. Now he's just a bald man in his shirtsleeves and suspenders and trousers.

"That our Ruby?" Miss Lula smothers me in another hug. "You look so pretty, sugar. How come you ain't married yet?"

"What's that I hear? My protégée's not getting married?" Miss Etta strolls out of the dressing tent. She's shed her ruffled pink gown for a simple ivory dress, but she's still wearing her red lipstick.

"Never," I say stoutly, my heart singing. She called me her protégée!

"Oh, sugar, don't say never. You never know when you might meet an Italian acrobat who'll sweep you right off your feet," Miss Lula says, and sure enough, Alberto scoops her up into his arms. She's taller and broader than him, but he dances a few light steps before he puts her down, leaves a loud kiss on her cheek, and wanders off.

"I'll leave the marrying to Pearl," I say, and they cluck over her like a bunch of mother hens, asking about her beau while she giggles and tosses her hair.

I don't get stage fright, never have, but I'm nervous now. I've never been good at asking permission for things, but I need their help. If I go to the manager with the support of the circus's best performers behind me, he might just take a chance on me.

"What's wrong, sugar? You look like you're about to faint, and you're not the fainting type," Miss Lula says finally, squinting at me.

"Tonight—" The words strangle in my throat, and I cough. "Tonight, when the circus train leaves, I want to be on it. I want to join Archer Brothers."

I don't know what kind of reaction I expected, but it's not this—a terrible silence, and then an explosion of questions.

"You want to run away from home?" Harvey asks, thumbs hooked under his suspenders. There's a stray swipe of white greasepaint by one of his ears. "What about your family?"

Miss Etta gives a tiny shake of her head, chestnut curls bobbing. "You're not ready for the high wire yet."

"I can learn." My voice comes out high, desperate. It doesn't sound like me. "I just need a chance."

"What about your family?" Harvey asks again. "What about your sister, here?"

"She's got to go." Pearl's voice is firm. "Uncle Jack—he and Ruby are like oil and water. They don't mix. He hits her."

"Just her? What about you?" Harvey asks.

Pearl shrugs. "I got my own plans. And I can bide my time."

They're silent again. They've never seen the bruises. Those usually come *after* the circus leaves town.

"No." My voice is stronger now, even as I'm searching for the right words. I need to say this right. "I'm not just running away from Uncle Jack. It never has been about running away. It's about running *toward*. This—" I throw my arms wide,

encompassing the backyard and the big top and the menagerie tent and the sideshow tent. "It's some kind of magic. That feeling, when they all watch and hold their breath and then clap"—I turn to Harvey—"or laugh—or, Miss Lula, when you and Edgar make 'em squirm—there's nothing else like it. And I just feel like—like my whole life here would be wasted. If I got married and had babies and never walked the church roof again, maybe I could go on living, but it'd be some pale ghost version of me."

I feel the sudden, horrible urge to cry. My throat knots and my eyes fill with tears. Pearl takes my hand. For a moment, there's just silence.

"You walked the church roof?" Miss Etta asks. "Which one?"

"First Presbyterian. But the wind caught my parasol and I fell. I was almost across, though."

She laughs and it sounds like church bells ringing. Like hope.

"I'd better keep teaching you," she says. "Or you're going to get yourself killed."

"*Really?*" I launch myself at her, hugging her so tight she makes a little choking noise.

"We'll have to find something else for you to do in the meantime. A low-wire act, maybe. You ever ride a bicycle?" Miss Jo asks, and I nod.

"I can teach her how to do some tricks," Harvey says. I've seen him ride a bicycle in his act, swerving all over the place, being chased by a yappy little terrier.

"You'll have to work hard. Alberto and his brothers, they've been training since they were children," Miss Lula says.

"I'm not afraid of hard work," I promise.

Miss Lula smirks and pets Edgar, who's lying like a mink stole around her shoulders. "Only snakes, huh?"

There is a commotion back by the ropes and the NO ADMIT-TANCE sign. Some drunk trying to get in and look at the elephants, maybe. We all turn to look.

It's not a drunk; it's Uncle Jack shoving his way past two clowns. The town sheriff is following him.

My stomach sinks. Am I being arrested for running away?

I can't be. *This* is my family. This strange group of people of all shapes and sizes and abilities, *this* is the family I chose for myself when I was just a little girl.

I glance toward Pearl, but she's done some magic of her own and melted into the crowd. Out of the corner of my eye, I catch the flap of the mess tent swinging shut.

"Ruby Leigh Porter, what in blazes are you doing here?" Uncle Jack lunges for me, but Harvey steps between us. "Get out of my way. That girl is a thief and a runaway. I've brought the sheriff here to arrest her."

"A thief?" Harvey looks at me.

"She stole those pearl earrings she's got on," Sheriff Moore says. "They belong to her momma."

I pull them out of my ears and hand them to the sheriff. "Here. Take them."

"Well, there. That's settled now. You her father?" Harvey asks Uncle Jack. He knows better; he's making a point. "This your father, Ruby?"

I raise my chin. "No."

"I'm her uncle. My brother—half-brother—ran off. Always had his head in the clouds, that one, always thought he was better'n everybody else, and she takes after him. I been raising this girl since she was five years old, so I think I got as much authority as any father. I'm taking her home. Come with me now, Ruby. Don't make a fuss."

"I *will* make a fuss," I say. "I will make the biggest fuss you ever saw. You'll have to drag me back through town, kicking and screaming. You know I'll do it."

"She's my niece. My *property*," Uncle Jack says, turning to the sheriff. "Arrest her!"

"For what?" Sheriff Moore says. "She ain't broken any laws. She gave the earrings back, and Marianne didn't want her arrested for that in the first place. This seems like a family matter, not a law matter."

"Maybe you should let us take her off your hands," Harvey says. "Seeing as how she's so much trouble for you."

"I will be," I vow. "I'll be so much trouble, you'll never get to be mayor."

I can tell that hits him hard. His chances are far better without me around. "You'll regret this, Ruby. Leaving your family? What kind of girl does a thing like that?"

"*Our* girl," Miss Etta says, flashing him a smile. Alberto saunters over, flanked by his brothers. They're short but stocky, and real strong. "And we take care of our own here, so don't you even think about coming back tonight to bother her."

Like most bullies, Uncle Jack backs down when confronted by somebody his own size.

"Yeah. Leave, and don't come back!" I add.

Miss Jo wraps an arm around me. "You won this round, honey," she whispers. "Best be quiet now."

"Let's go, Jack," Sheriff Moore says, and they walk back toward the big top, the Flying Antonellis shadowing them as far as the rope.

"I'm staying," I say dumbly. "I'm really staying?"

"You really are." Miss Etta grins, and Miss Lula cackles.

"Step right up! Step right up! See the amazing Ruby Leigh

Porter, modern woman, riding a bicycle!" Harvey calls, grinning. "We'll have to get you some of them bloomers."

"Harvey! Don't talk to the girl about her undergarments on her first day," Miss Jo says.

"I ain't easily shocked," I promise them.

"'Course you're not. You're one of us now, sugar," Miss Lula says.

I laugh. *Bloomers.* Next year when Pearl comes to see me, she'll have a conniption.

I can hardly wait.

❊ AUTHOR'S NOTE ❊

I have always been fascinated by families—both those we are born into and those we create. As a teen, I found a second family in theater, which—like the circus—tends to accept those who are outsiders and outcasts in need of refuge.

The circus is problematic. It has been exploitative to some of its performers, particularly those in the sideshows, and its animal practices have not been without cruelty. But as I read about the golden age of the American circus, particularly the women who became famous worldwide for their feats of daring, I was fascinated by the microcosm of circus life, so separate from the traditional mores of the day. And I was curious about exactly what kind of girl might run away to join the circus.

For further reading, I recommend *Wild, Weird, and Wonderful: The American Circus 1901–1927: As Seen by F. W. Glasier, Photographer*, by Mark Sloan, and *The Circus, 1870s–1950s*, edited by Noel Daniel.

Special thanks to Gwenda Bond for her notes on the circus, and to Lindsay Smith for her notes on early Tulsa.

GLAMOUR

ANNA-MARIE MCLEMORE

The first time Grace saw the cover of *Photoplay,* she knew. It had been Clara Kimball Young on the front, pink roses and sage-green leaves crowning her braided hair. Her eyes looked out, glinting but bored, like she knew everyone in the world loved her, but she barely cared.

Every issue Grace could save the twenty-five cents for, every cover girl staring out from the front, just made her more certain. Lila Lee carrying a basket of lilacs, the wind swirling her hair and the blue ribbons on her cream dress. Constance Talmadge holding a strand of peach pearls, two parakeets fluttering above her. Katherine MacDonald gazing off the page, her painted blue eyes catching the candlelight.

What Grace wanted was to be one of those girls, pin-curled and dripping with ribbons. What she wanted was to be a star.

That was before she'd gotten cast as one. Star No. 7—she didn't get a name in this picture—out of twenty stars in all, in *A Night in the Heavens*. The director wasn't even trying to pretend it wasn't a flat-out copy of *Le Voyage dans la Lune*. He had such ideas about being the new Georges Méliès, he even thought he could get the studio to pay for coloring the film, thousands of frames painted by hand.

Grace and the other star girls were little more than living, sparkling set decoration, a backdrop for the lead actress. Costumers pinned and basting-stitched them into dresses that shimmered with copper beads, glittering and heavy as new pennies.

Grace's Hollywood wasn't quite the chandelier-lit parties of the magazine pages. Not yet. Hers was more cold-water flat and five-cent Hershey bar dinners. She was a long way off from the starlets who sprinkled themselves with Guerlain perfume every morning. Grace had saved for months for two tiny bottles of l'Heure Bleue, one for her and one for her mother. She'd tried it out at Macy's, and that scent, the swirl of jasmine and heavy vanilla, was the smell of Hollywood.

Even this early in the morning, Grace's breasts ached. When she got her first part, the other girls had shown her how to flatten them down so the strands of beads on her costume would drop straight. That was one of Grace's first lessons about Hollywood. Lines ruled over curves, so she'd have to straighten hers out.

A scene painter walked by, carrying a white moon. The crisp, sharp smell of the paint reminded Grace of her father and brother coating the almond trees.

Up close like this, the moon looked no more real than a child's crayon drawing. But by now Grace knew that so much of what was dazzling on film looked a little bit off in real life, the way things looked in dreams. The chandeliers were made of cut paper.

Blossoms on trees were the same kind of tissue that came in dress boxes. Mansions and pillars that seemed like honest-to-God brick and marble were plywood painted *trompe l'oeil,* which as far as Grace knew was French for fake.

Before that moon got its second coat of paint, Grace and Star No. 12 had tried, laughing, to lift it. Drunk on a flask Star No. 12 kept tucked into her garter, they'd been aiming to get it up to the overhead grid. It'd be a riot, everyone coming in the next day and seeing that crescent over their heads, stuck in the grid above the pulleys and cables. Thank goodness the same flask that gave them the bright idea left them too sloppy to carry it out. They both would've been replaced faster than the click of a clapperboard.

The quicker that scene painter went, the more Grace noticed his gait, like the off-kilter rhythm of rain dripping off a roof. He had a limp. The middle of the inner crescent sat against the boy's shoulder, his fingers splayed over the outer edge. Grace couldn't see his face or hair. But the shape of him clawed at her. His hands, his walk. He was short, the same height as a boy she'd kissed a few months ago. In trousers, suspenders, and cuffed-up sleeves, he seemed fourteen or fifteen instead of the eighteen or nineteen he probably was.

He set down the moon. Its shadow slid off him, giving her a clear view of his face.

The face of the boy she knew.

No. The word rang in Grace so loud, she kept her lips together to be sure she didn't say it.

No. Sawyer could not be here.

Grace had gone out for this part to avoid him. She'd heard he'd been hired onto some picture about Cleopatra.

His back was to Grace, so Grace turned her back to him,

hoping he wouldn't see her. Maybe she could hide out in the dressing room. Maybe she could avoid him for the whole picture.

Or maybe she was being ridiculous, and he wouldn't even remember her.

That last thought left a bitter taste on her tongue, like the bite of orange pith.

The crew hurried all twenty star girls into their flying harnesses. They clipped them in, checking the lobster clasps as Evelyn Farwell swept onto the set. Her curls haloed her like whirls of lemon meringue, and she'd painted her lips the deep red of Valentine's Day roses. She had the straight lines of a magazine girl. No curves that needed flattening.

"Evelyn Farwell," the head costumer snapped.

The woman's voice came so shrill the gaffer almost dropped a Fresnel lantern. The metal barn doors flanking the light rattled.

"You take that color off this instant," the costumer said.

"It keeps my lips from disappearing," Evelyn said.

"I don't care," the costumer called across the set. "Wash it off. You look like a Mexican."

The words cut into Grace like the leather straps of the harness.

She gritted her teeth into a smile as flying cables hoisted each star girl up. She fanned out her arms, shifting her weight so the strands of copper beads would glimmer on film.

Evelyn Farwell, her cupid's bow now brightened with a Bourjois pink, her straight hips in her velvet-covered harness, rode the crescent moon into the air. Her dress flowed out behind her, smooth as a Brandy Alexander. So many glass beads had been sewn in that Grace could see Evelyn tensing to keep the train from pulling her backward.

Grace was a single star in a constellation of silver and copper dresses.

Less than that. She was something so terrible Evelyn Farwell couldn't even wear a lip color that suggested it.

Grace blotted off her camera makeup. The blue greasepaint rimming her eyes. The sweeps of lavender powder contouring her cheeks and brow bone. The yellow lipstick that made her look sick but came out soft on black-and-white film; everyone but the lead girl had to wear it.

By now, the other girls had skittered off for the holiday. The nice ones asked was she going home; the chatty ones wanted to know where home was. Grace always said Bakersfield. Her hometown, a few miles outside, was small enough that she never named it. There were only so many families in Almendro, and they all knew one another.

Grace sat alone in the dressing room, lights clicking off outside.

Those *Photoplay* covers had promised the things Hollywood held, waiting in the shadows of the blue hills. The sureness that she could become a girl with a smile as light as a spritz of perfume. A girl with laughter ready on her lips. And the ease of knowing she was wanted, and that being wanted let her belong not just somewhere but anywhere.

It promised more than that Grace could become someone beautiful.

It promised that she could become someone who could take a full breath in this world.

She slumped forward, elbows on the dressing table. Her forehead settled on the backs of her wrists.

You look like a Mexican.

She should have understood that the girl she'd been born was worth no more in this town than the tin canister holding a

film reel. The words shouldn't have landed this hard. By now, she should have been used to them.

The snickers from the cameramen. *You ever go down to Tijuana? Those girls down there*—then, always, a whistle of wonder—*they're ready whenever you are.*

The chatter in the dressing room. *Did I get too much sun over the weekend? I'm starting to look like a wetback.*

An investor bringing his fur-coated wife to the set on their way to Café Montmartre. A lament from her. *I want plums—don't you all keep any fruit around this godforsaken place?* His laugh before he said, *Darling, if it's plums you want, I'll hire a dozen Mexicans to go out right now and pick you some.*

To them, Grace and her family would have been nothing but these words, these names. The cameramen did not have to fear being beaten and arrested if they lost their way at night and wandered too close to strangers' farms. The talcum-pale girls in the dressing room mirrors had never been barred from town shops or turned away from doctors. The producers' sons had never endured what her brother had, strangers assuming he was not a soldier but a criminal, that he had lost half his leg not in the war but by robbing a bank or stealing a horse.

Grace sobbed onto the backs of her hands, the hard, gasping breaths alternating between sounding soaked and parched. Her fist hit the dressing table. She didn't realize she was doing it until the pain rattled her wrist.

Every day, it was harder to stay Grace Moran. Every evening, she collapsed into bed, wrung out with the effort of draining the color from herself. When she let herself give into what she was, it rushed back into her so fast it felt liquid. It was a pond flooding her bed, and she had to tip her head back to keep enough of her face above water.

The color glamour was borrowed magic, an heirloom her great-grandmother had handed down like a wedding quilt. But Bisabuela had warned her that the longer she kept it up, the more it would exhaust her. It would be worse than wearing shoes that pinched or a necklace with a clasp that bit the back of her neck.

She'd almost let the glamour slip that night with Sawyer. Both of them had gotten drunk on brick wine the crew had smuggled from Amador County. Without even changing out of her costume corset and petticoat, Grace had taken hold of Sawyer's suspenders and tugged him into the lead actress's green room. The woman was literal about it: green damask settee, green brocade fainting couch, green drapes framing the mirror. Bits of her producer boyfriend's tobacco were ground into the green tufted rugs, filling the air with a smell like liquor and vanilla.

By then the lead actress was off to her wrap parties, so Grace pulled Sawyer down onto that fainting couch, his fingers following the laces of her corset.

When Sawyer had set his mouth against her neck, she'd felt the glamour giving. Her focus, her will, flinched enough to weaken that inherited magic.

Grace had shoved Sawyer off her and run out of the green room. She hadn't even glanced back, not wanting to see whatever pained look, whatever wondering, showed on his face.

She'd never let him close enough to smell her perfume again. She couldn't afford to. One kiss, one blush or grazing of fingers that caught her off-guard, and Grace Moran might vanish like a curl of smoke off a cigarette.

The glamour was hollowing her out. Her one hope was the cascarones, and the rumor about wishes made on an Easter full moon. If the cascarones granted her this wish, she could become

a girl who belonged in *Photoplay*, laughing and lovely. The knowledge that the world would make room for her would feel so thick and soft she could revel in it as though it were a fine coat.

"Are you okay?" Sawyer's voice broke through the quiet in the dressing room.

Grace startled, sitting up.

Before she could look for Sawyer, the mirror in front of her caught her, stilled her. It showed a girl Grace knew but had never seen in this glass, in this dressing room.

In place of Grace Moran's fair pin curls, a color between dark blond and very light brown, there were Graciela Morena's brown-black waves, full and unbrushed. Instead of Grace's cream complexion, her skin was tan as the shells of the almonds her family grew. Where a minute ago there had been eyes blue as the ocean off the pier, a pair as brown as magnolia bark blinked back.

Grace touched her face. Graciela mimicked the gesture.

Out of the corner of her eye, farther down the mirror, she found Sawyer's reflection. And he was staring.

Everything she'd been afraid he'd see when she was kissing him. Everything she worried would show when his breath fell against her neck. This mirror showed it all, how badly she'd let the color glamour slip.

She met his eyes in the glass. "Get out."

His reflection stayed, blinking at her, as if this mirrored boy did not know how to make the real Sawyer do anything.

"Get out," she said, yelling now.

This time he flinched. He left the dressing room fast enough that even as she watched Graciela Morena in the mirror, she caught his limp.

Grace slowed and steadied her breathing until the color

glamour settled back over her. It bleached her hair. It lightened her skin. It spun the brown of her eyes back to the shimmering blue of the whole Pacific Ocean.

She drove Graciela Morena and all her shades of brown out of her.

Grace caught up with Sawyer halfway across the studio lot. She had to play nice now. She could not be wild-eyed and worried.

"Look," she said, but any next words turned to a breath.

He gave a slow nod. "Sawyer."

His smile, both sad and resigned, prickled. He really thought she hadn't remembered his name?

"I know it doesn't roll off the tongue quite like 'the kid with the gimp leg,'" he said, "but at least it's shorter."

She felt the flush rise to her cheeks, a flush that would show more in the cream of Grace's skin than the brown of Graciela's. She'd never called him that, but it wasn't as though she'd never heard it around the lot. That first picture they were on together, rumor was he'd managed to get himself hired by a director whose brother had lost his left arm in the war. But that didn't stop the director from looking the other way when the grips mimicked Sawyer's walk.

"For what it's worth"—Sawyer slid his hands into his pockets—"I think you're better the way you were."

She wanted to tell him no one but the painted moon and back-drops cared what he thought, that he didn't know from nothing.

Sawyer shrugged his good-bye and kept on across the set.

She wished her next impulse had to do with being kind. She wished it had to do with anything except getting on the good side of a boy who had seen Graciela Morena.

A boy she'd already been cruel to three pictures and all those months ago.

"Sawyer," she said.

He turned around.

"You have somewhere to go this weekend?" she asked.

"Pobrecito." Her mother took Sawyer's face in her hands.

Sawyer hadn't even put down his bag, or Grace's, which he'd insisted on carrying. He looked a little worried. Grace wished she could tell him the pity in her mother's face had nothing to do with his limp. To her mother, Sawyer's presence here meant he either had no family or that he couldn't see them for Easter, and this, not his walk, was worth her sympathy.

Grace took the suitcases while her mother was talking at him. He was too distracted to notice.

Graciela. She was with her family, and she was Graciela now. She had let the color glamour fall. For this weekend, she was cotton dresses and almond blossoms, not beaded gowns and pressed powder. She could let her breasts loose instead of flattening them.

Being Graciela Morena took so much less work than making herself look like Grace Moran. Without the effort weighing her down, the suitcases felt light as baby chicks.

Her mother swept Sawyer outside into the almond orchard, saying they would go find Graciela's father.

Graciela left her suitcase in her old bedroom, the bed covered with Bisabuela's rose-embroidered wedding quilt, and Sawyer's in the room at the end of the hall. She hadn't bothered packing clothes. Graciela Morena's soft cotton skirts were all waiting for her, in the room she'd told her parents they could clear and rent out. But they hadn't.

Instead she'd stuffed her suitcase full of candy bars that were easy to find in Los Angeles but that her family had to go to Bakersfield to get. Mounds for her mother, Heath bars for her

father. And in the inner pockets, money they would never accept. She would have to slip it into the coffee can when they weren't looking.

One day Graciela wanted to be a big enough star to buy her mother a pair of the two-tone Chanel heels all the girls on set went mad over. She wanted to buy her family one of the new refrigerators, so her father didn't have to worry about whether the iceman would come out this far.

She wanted to get Miguel to doctors who could help him stop having dreams that he had all the parts of himself he'd had before the war.

A life as Grace Moran promised more than a little place carved out in this world that loved fair-haired, sea-eyed girls. It promised the things she could give her family that they could not give themselves.

"Hermana," her brother's voice called from a half-open door.

She dashed into the room so fast, she almost slipped on the tile. She threw her arms around her brother. "You're here!"

"Where'd you think I'd be?" he asked, ruffling her hair.

"Married with a hundred babies." She pulled back to look at him. "That girl is in love with you."

"Well." Miguel gestured at his face and body. "Can you blame her?"

Graciela punched his shoulder and went back across the hall.

"If you keep her waiting"—Graciela called from the open door, digging through her suitcase—"I'll strangle you with your Easter Sunday necktie."

Miguel's shadow crossed the sun cast through the linen curtains. "You'd attack a man who doesn't have two legs to run away?"

The fact that Miguel could joke meant he was healing in places she could not see. He had fewer nightmares, Mamá had written

her. He went out walking with the crutch instead of shutting himself up in his room, no sky but his ceiling.

"I'd smother a man in his sleep with his own pillow if he broke that girl's heart," Graciela said.

When Miguel had come off the bus with his trouser pant pinned under where his leg now ended, Dolores hadn't flinched. She'd thrown herself onto him like he was strong enough for all of her, her wide hips and eager hands and her mouth that had no shame kissing him in full daylight. That was good for both Dolores and Graciela, because if she'd left him, Graciela would've gone after her with her father's Winchester.

Graciela handed Miguel a Butterfinger bar and threw a dozen more onto his bed.

He ripped open the orange-and-blue package. "I had to save up for a good ring for her." He bit into the bar. "Viejo Garcia'll be done sizing it tomorrow, and if you don't think it's perfect, I'll eat this wrapper."

Miguel sat on his bed, holding the candy bar in one hand and parting the curtains with the other. "You taking in strays now?"

"He couldn't go home for Easter," Graciela said. "So I invited him here."

"Why?"

"Because I'm a kind and generous person."

Miguel started laughing.

Graciela nodded at the candy bars on his bed. "Keep laughing, and I'll crush those to dust."

"Then I'll eat them over toast." Miguel's hand dropped the curtain, and the panel fell back into place. "If he's here, he must already know about you, right?"

Graciela gave a slow, wincing nod.

"Did you tell him?" Miguel asked.

Graciela studied a band of light on the floor. "He saw me."

Miguel whistled softly. "What are you gonna do?"

"Get him drunk and see if Bruja Licha can make him forget," Graciela said, wanting to hear her brother laugh again. "Wanna help?"

"For you, you know I would." Miguel clucked his tongue. "But it's Easter. The Lord frowns on drunkenness during la Semana Santa."

La Semana Santa. For a minute, she'd forgotten it was Holy Week. In two days, she would fold all her hopes into the glitter of a cascarón.

"Easter's a full moon." She leaned against the door frame. "I'm gonna make my wish."

Miguel's smile fell away. "Graciela," he said, with the sad look he had when he'd told her that la llorona was not some fairy whistling on the wind but the spirit of a grieving mother. "It's just a story."

Graciela pushed herself off the door frame. "Not to me."

She kicked out of her shoes and walked barefoot, the sound of her mother's laughter pulling her down the hall.

She stopped in the doorway to the kitchen.

Sawyer stood at the sink, washing his hands. The afternoon sun came in from the orchard, filling the sink, and water left the fine hairs on the back of his wrists glistening.

"And we'll teach you all about the cascarones," her mother told him. "It's a full moon, and Easter, so if you're lucky, they can grant you wishes."

A ribbon of worry snaked down the back of Graciela's neck.

She loved her family's generous laughter, how they invited strangers to their table for tamales at Christmas and chiles en

nogada in the fall. The warmth of masa and the dark sugar of pomegranates was the smell of their kindness.

But the cascarones, the story about making a wish when the full moon fell on Easter, this was her family's magic. And her mother was telling their secrets to a boy who knew Graciela's. She was giving this boy more power over Graciela, when he already had too much.

For a minute, Graciela wondered if this was a good thing, him warming to her family. One more reason for him not to turn on her. But watching him here, this boy from the world of *trompe l'oeil* sets, reminded her of all she'd bartered off. She'd kissed him once and then shoved him away, holding her own glamour closer than she held him or even her own family.

Sawyer stood as a reminder of all the cruelty she had to fold into herself to keep Grace Moran.

When she helped her mother with the cooking, Graciela was so distracted, she nicked her thumb slicing potatoes. Throughout dinner, she watched this boy, her mother's mole rojo bitter on her tongue. She gave thanks that her father and Miguel were so loud and laughing, with their stories about winning fine watches off rich men playing cards, that Sawyer didn't notice.

After they had cleaned up from dinner, after her father had shown Sawyer the new chickens Miguel had bought, ones who made blue and green eggs, that anger and fear still wove through her.

She had invited Sawyer here because she thought if she was nice to him, he wouldn't squeal on her, tell the director she was really some wetback in a witch's costume.

She hadn't realized how odd it would feel to see this boy among everything she'd tried to hide. This world of her mother's mole and

so many white-blossoming trees only her father could count them all. As far from the blond and blue shape of Grace Moran as the stars were from the earth.

After everyone else had gone to bed, she waited outside his door. She waited until she heard the sounds of him changing. The soft, blunt landing of his shoes on the floorboards. The click of buttons as he threw a shirt over the back of the wooden chair.

She wanted him to know, just for a second, what she had felt. To feel that seen, laid bare.

This was who she was. Not Grace Moran, poised and polite. She was Graciela Morena, dark-haired and brown-skinned like her family, but as vindictive as her family was generous.

Before her mother's voice could wedge its way in, urging her to show kindness to boys who could not go home to their families on Easter weekend, Graciela opened the door.

Sawyer froze, the glow from a lamp lighting half of him. It warmed the shade of his dark hair. It flashed off his eyes so they looked like the sun through a marble.

He was not naked. She was a little disappointed. Not because she had wanted to startle him, she realized. Because she wanted to know what he was like under his clothes, what she had missed the chance to learn when she threw him off her in the green room.

But as the room's wood smell rushed at her, relief filled her. She did not want to be the girl she was in this moment. A girl who forced her way into this boy's room just to catch him off-guard. The fact that she knew what it was like, that feeling of being seen when she didn't want to, gave her less of a right to do this, not more.

Sawyer had his shoes off, but pants and socks on. He'd cast aside his collared shirt for a loose sweater, one so pilled and worn

soft, he'd probably relegated it to an extra layer on cool nights. At the cuffs and collar, the cotton of a long-sleeve undershirt showed.

On the chair, next to his collared shirt, Sawyer had thrown a few wide ribbons of cloth and a thick swathe of all-cotton elastic.

She thought of his leg. He walked in a way that made him seem so used to himself that she'd always thought whatever happened had been a long time ago. Now she wondered if he'd been injured in a way he had to keep wrapping and tending to.

"Are you hurt?" she asked.

"No," he said. A resigned laugh opened inside the word.

"If you are, we can get you help," she said. She could put on Grace Moran's colors, her best dress, and a coat of lipstick, and charm some doctor into seeing this boy.

"I'm not hurt," he said. "But you're afraid."

Graciela tried to keep herself straight and tall, a star girl in a flying harness. "No, I'm not."

"If you weren't, you wouldn't have invited me here," he said.

"That's not true," she said, the lie dull on her tongue.

He held up a hand, a gesture that said he wouldn't believe any arguments, but that it was okay, he didn't blame her. "You're afraid I'll tell everyone something you don't want them to know."

He came forward, edging farther into the lamp's light. At first it felt like a threat, a way of commanding the space between them. But his stance was more assurance than threat. He was neither scared nor trying to scare her.

She wouldn't have caught it if he hadn't let her, if he hadn't moved this slowly and stood where she could see him. But when he stepped into the light, the lamp showed the shape and shadows of him. What was under the sweater and shirt he would sleep in.

"I'm not gonna tell your secrets, Graciela," he said.

Her name, her real name, in his voice, brushed the back of her neck like feathers.

"I know what it means to have things you want to make sure stay yours," he said. "I would never tell what wasn't mine to tell. I need you to know that."

In that moment, Graciela was one of her family's almond trees, and understanding landed on her like finches.

If Grace had reached for Sawyer's belt when she was kissing him on that brocade fainting couch, he would have stopped her. He would not have let her unbuckle his belt and get her hand inside his trousers. He would not have let her find the shape of him with her fingers, no more than she would have chosen to let him see her with her glamour fallen away.

"I'm sorry," Graciela said, the words as deep and true as confessing a sin. She was sorry for walking in on him. For pushing him away months ago. For thinking he was a boy who could never understand the fear and the loneliness of having truths no one else could know.

Her favorite tree was waiting for her, the stars above sharp as the glitter in a cascarón. The magnolia's thick boughs formed a bowl she and Miguel had crouched in on summer nights, and now she sat with her back against the cool bark.

"Grace," Sawyer called to her across the rows of flowering almonds. The fluffy branches shifted in the night breeze.

She slid down from the tree.

How awful she'd been to wait outside that door. How thoughtless to see him bear the taunts of the other men on set and still assume he did not know what it was to be out of place.

How petty to want vengeance against this boy for doing nothing but seeing her as she was.

He stopped at the tree's base, again wearing his collared shirt. She'd thought walking out of the room was the polite thing. Now she cringed with how he'd had to get dressed again to come outside and find her. His shirt had been buttoned one off. His suspenders hung down against his thighs.

"So that's it?" he asked. "Stalemate?" No worry in his voice. Just a question.

Graciela put a little of her weight down on the soft dirt, and then all of it. She brushed the magnolia bark dust off her hands, feeling the shame of how she'd acted. She'd walked in on him, and in the face of her doing this, he'd offered her even more of himself than he had months ago. Then she'd walked out on him.

A question swirled around her feet like dust.

"Is that what happened to your leg?" she asked.

She'd always thought it was polio. If he hadn't been so young, she would've thought he'd been in the war like her brother.

"What are you talking about?" Sawyer asked.

"Did you make a bad bargain with some bruja?" She'd heard of that, women who pretended to be curanderas but who instead dealt in the trade of souls and hearts. She might have promised she could help him live as a man and not told him her price, that it would cost him the easy use of his leg.

Sawyer's laugh was small and sad. "You want to know what happened to my leg?"

"Was it because someone found out?" she asked, her shoulders tight against the thought of it.

"No." Again came that pained laugh. "I lived like this"— Sawyer looked down at his shirt and suspenders—"like I am, even before I came out to California. My mother"—now his smile was soft—"she's never fought me on it." Sawyer lowered his eyes. "She's always been good to everybody. She even took in a boarder

no one else would rent to. He'd served for most of the war and he wasn't right, not after the things he'd seen. But he was nice to me. Called me 'son' and always wanted to give me advice about women."

Beneath the nectar of almond blossoms and magnolia, the wind brought the bitter scent of almond bark.

"But on one of his bad days, he didn't recognize me," Sawyer said. "He thought I was someone else. Later he said I looked just like some kid in his division. He thought of me dying like that, I guess, and he wanted to save me. He wanted to make sure they could never call me up. So he did. He made sure of it."

A well of protectiveness rose up in Graciela. Not because Sawyer belonged to her; he didn't. But because there was already so little sense in how Miguel had lost his leg, and there was even less in this, how the war had done this to Sawyer even after it was over.

"He did that to you?" she asked.

Sawyer shifted his weight, heels scuffing the dirt. "He'd, uh, he'd helped out the medics over there, during the war." He swallowed, hard. "So he knew which muscles to get at."

Graciela tasted iron on the wind, Sawyer's memory so strong it chilled the air.

"My mother got him to some people who could maybe help him," Sawyer said.

"Help him?" Graciela asked. "She forgave him?"

"What good would it do to be mad at him?" Sawyer shook his head. "The whole history of the world, it's kings and generals deciding where everybody goes. Not guys like him."

Sawyer looked down at his thighs, noticing the suspenders.

"The whole town was talking about it." He pulled the straps onto his shoulders. "I couldn't get away from it. So my mother let me go out to California."

Graciela pressed her palm against her stomach. She tried to stop imagining it. The hands of a man who considered wrecking a boy's leg a kind of mercy, a way to save him from the things he'd seen. A town's gossip driving the boy from his own home.

Sawyer looked down at his shirt, like that suggestion of what was underneath might be visible now. It wasn't. He'd layered it over, bound it down as well as when he came to set.

"That day in the dressing room," she said.

The back of her throat felt tight, knowing that if she said it, he would understand. Of course he would. This boy given a girl's name when he was born. This boy hurt in a way meant to ensure he would never go to war. This boy whose walk made the grips on set laugh at him even when—especially when—he could hear them.

But the explanations turned to ashes on her tongue.

"I just want to be a star," she said. "It's all I've wanted since I was a little girl."

"And you want to do it by pretending you don't have this family, and you're not from this place." He looked down the rows of almond trees, bowing their petaled branches. "I get it."

"If everyone knows what I am, do you know what kind of roles I'll get?" Graciela asked. "With what I look like? Maybe none. If I'm lucky, a girl in some whorehouse scene, or if I'm really lucky, a dancing girl in a Western saloon. Over and over until I'm too old and they throw me away."

"Why do you want to work for people who would ever think about throwing you away?" Sawyer asked.

Graciela took in the magnolia's perfume. It wasn't the powder and violets of l'Heure Bleue, but it gave the air the smell of lemon cream.

She had never said the truth out loud. Not to her mother,

who would've told that costumer to drop dead. Not to Miguel, who always said the girls in *Photoplay* looked like they'd been left out too long and bleached in the sun. Not to her father, who had blessed her leaving Almendro, but whose heart would crack like ceramic if he knew why.

She had told no one why she wanted to become Grace Moran: because the world left so little room for Graciela Morena.

"You heard my mother talking," she said. "The full moon's on Easter this year. I know my wish. You can make one too. Your leg, maybe." Graciela had already tried talking Miguel into the same thing, but she doubted he believed enough to try. "Maybe it could be fixed."

Sawyer shook his head. "I'm not broken. This is who I am. Everything that's happened to me, it's who I am."

"So there's nothing you want?" she asked.

He came toward her, so slowly he did not limp. "I didn't say that."

He slid his hand onto the back of her neck and kissed her. He tasted like the honey and first-harvest apricots they'd eaten after dinner. Amber sugar. Fireweed. It made her bite his lower lip just hard enough that the sound he made could have been either pain or him asking her to do it again.

For a second, that taste faded away, leaving behind the bitter tang of brick wine. For a second they were back on that brocade fainting couch, and she was flinching under the feeling that one more kiss would break down the girl she'd given everything to be.

But this was not some borrowed green room. This was the night air threading through her family's almond trees. She was not laced into some costume corset, a petticoat rough against her legs. She wore a dress made by her mother, the skirt smooth as poured cream.

This was not some set where she had to stuff herself into a girl called Grace Moran.

There was as much room for Sawyer and Graciela as the whole shimmering sky.

She wanted to be both here and in that green room, so she could do something other than what she'd done. Pull him against her instead of shoving him off. Letting him tangle his hands in her hair instead of wishing her hair was cream-rinse blond and fine as a doll's bangs.

Graciela knew more of Sawyer than she had in that green room. Now she wanted to touch him between his legs like she'd touched herself between her legs. She wanted his hands over her like his fingers had splayed over that white moon. She wanted to lick the little flecks of paint off his neck.

But they were not alone. Grace was there, hovering among the stars, reminding her that this was a boy who knew the distance between Grace Moran and Graciela Morena.

Graciela pulled away.

Sawyer stilled, lips parted. Then he pressed them together, nodding like he understood.

He took his hands off her.

She hadn't meant it like that. It had nothing to do with his limp, or what was under his clothes. It was that he knew she was two different girls, one blue and blond and another in shades of brown.

"Sawyer," she said.

But he was already walking away.

She stayed. Running after him seemed like rubbing in the fact that she had two good legs to catch him.

✕ ✕ ✕

At breakfast, they did not speak. And later that day, there was no chance to.

Her father and Miguel were painting the almond tree trunks. All the farmers were saying this summer would be the hottest in years; the white paint would seal the wood from the scorch of the sun. When Sawyer offered his help, they handed him an extra brush.

Graciela spent the day at the kitchen table with her mother and aunts, hollowing out eggs. Washing and drying the fragile shells. Filling them with glass glitter and sealing them up. The eggs they'd poured out would go into empanadas and capirotada, the bread pudding they ate during Lent but that her mother made with chocolate for Easter Sunday.

She tried to laugh when they laughed, to shriek at their gossip, to tease Dolores about how many babies she and Miguel would have. But Graciela was choking on the hard knot of everything she wanted.

To become the girl on the moon.

To kiss the boy who had painted it.

To disappear into the pale colors of Grace Moran and every promise she held.

To keep her family and never miss a Pascua with them.

All of it wrung her out so much that after dinner she was a starling scared out of a tree. She was running through her father's fields, her skirt filling with night air. The almond rows opened up in front of her, branches so thick with blossoms, they looked like a hundred thousand sticks of rock candy.

She wanted to run fast enough down these rows that she would break from the earth. She wanted to spin out into the sky and turn to constellations. She wanted to become a shimmering thing children would make wishes on, instead of a girl whose own unmade wish blazed inside her.

It was Holy Saturday, the moment of la Semana Santa she hated most. It was not Good Friday, the day of grief they all knew so well. It was not the Sunday of glorious resurrection. This was el Sábado Santo, the in-between day, and it stretched in front of her, a Holy Saturday as long as her whole life.

Miguel had warned her that if she made her wish at the Easter full moon, it might not work. But it might. She might become Grace Moran, and she would never again look like a Morena. She would not have her mother's hair and her father's eyes.

But if she didn't make that wish, she would never be the girl in the moon.

The price of getting everything she wanted would be everything she was.

She slowed, breathing hard. Almond blossoms clung to her hair and stuck to her damp forehead. Their perfume mixed with the sharp smell of drying paint.

The color glamour was wearing her out. It had never been meant to be used this way, to become someone else. It had always been so a Morena daughter could go places too dangerous for a brown-skinned girl. It had been to buy medicine or seeds, candles or wedding rings, things that some doctors and merchants would not sell to families who looked like the Morenas.

But she had used it to pretend this was not her family. She had traded being her mother and father's one daughter to be one of twenty identical stars.

A hand rested on her back.

"Hey," Sawyer said.

Graciela turned.

The wind was sticking petals to him too. They caught in his hair, and Graciela couldn't tell which flicks of white were blossoms and which were paint.

"Come with me, okay?" he asked.

He led her down the rows, and they came out from under the flowering branches.

Graciela stopped, a breath rising out of her, spinning into a gasp.

Sawyer hadn't just painted the almond trees.

He'd painted the dark trunk of her magnolia.

But not all of it.

"I wanted to paint enough of it so it'd be okay out here, when it gets hot," Sawyer said. "But not so much that it didn't look like your tree anymore."

On the widest stretches of bark, and up into the boughs, he'd painted patches of white, just where the sun would hit hardest. Where the heat might weaken or split the bark. If she took a few steps one way, the white broke into ribbons. A few steps the other way, and the patches almost vanished, like a trick of the light, the moon's glow on the boughs.

"I know sometimes you've gotta wear colors that aren't yours," Sawyer said. "But if you wear too much of somebody else's colors, there's none of you left."

Graciela looked at him. The way he licked his lower lip seemed more like a nervous gesture than a sign he wanted to kiss her. But she wanted to know in what measures he was recklessness and fear, hesitation and certainty, and where he'd gotten his faith that he was worth more than what other people decided. She wanted to know what all those things tasted like on his tongue.

"Wait here," she said.

Graciela snuck back inside, stealing cascarones from the dark kitchen. She and her mother and aunts had made so many, no one would miss a few.

She brought them outside and asked Sawyer to help her get them up into the magnolia tree. She did not ask if his leg would

stop him, and when she did not ask this, his face lit up like stars. It made her wonder about all the things he had been denied because someone else assumed he could not do them.

They climbed the boughs, handing the delicate eggs back and forth.

Tomorrow, at the moment of the Easter full moon, her family would be out here. Laughing. Celebrating the ring Miguel had slid onto Dolores's fourth finger. Breaking cascarones over one another's heads until they were all covered in glitter.

There were so many things to wish for.

Children for her brother and Dolores, and the health to run after them even if Miguel needed a crutch to do it.

Years for their mother and father to watch over the orchard they'd built, and to see their children make their own homes.

Safe nights for sons and daughters whose lives were shades of brown more beautiful than they knew.

Full breaths for boys who walked with crutches, or limps, or with the fear of anyone else deciding who they were.

For this boy climbing the magnolia with her to know his eyes were the brown-gold of the water in her father's irrigation ditches, and that to her this was a color more beautiful than any blue.

There were so many wishes she wanted more than to erase the girl her mother and father had made her.

Graciela and Sawyer settled in the magnolia's boughs, the almost-full moon above them. They broke cascarones over each other, the grain of glitter on their skin and between their lips.

They gave themselves to el Sábado Santo, this in-between night, letting the wind carry the glass glitter to anyone who needed the shimmer and hope of wishes yet to be made.

⚅ AUTHOR'S NOTE ⚅

In the imagination of many Americans, Golden Age Hollywood was a time of elegant gowns, cigar-smoking tuxedoed men, and starlets posing in soft focus. But Hollywood was a place of as much racism, homophobia, transphobia, and ableism as the real world in which the studio lots existed.

Though not all Latinas of the silver screen guarded their identities as closely as Graciela, some of the most successful Latina actors of the Golden Age gave themselves stage names rather than using the birth names that signaled their heritage.

When it came to representation of LGBTQ identity, portrayals were overwhelmingly reduced to stereotype and sensationalism, played for laughs or shock value. Like depictions of characters of color, depictions of queer and transgender characters mark some of the most offensive and damaging moments in Hollywood history.

Sawyer could expect his disability to be the subject of jokes that would go unchecked on a Hollywood lot, if he was hired at all. Ableism was no less rampant in the 1920s, even after hundreds of thousands of men had returned from World War I with physical injuries or psychological damage that resulted in long-term disabilities. Veterans like Miguel faced a society that ridiculed them and turned them away from jobs, even as Hollywood profited off portraying their experiences.

This story is my wish to give Graciela, a daughter of Mexican-American farmers, and Sawyer, a transgender boy living with a disability, the space that history would have tried to deny them. And it's a wish to give them room for their own magic, from the sparkle of a Hollywood set to the glitter inside a cascarón.

Many thank-yous to Kayla Whaley, Tehlor Kay Mejia, Mackenzi Lee, and the transgender boy I'm lucky to call my husband, for their notes that enriched and deepened this story.

I chose to write magical realism not only because it's where my stories most often live, but because it's an important part of the history and heritage I come from as a Latina woman. In the midst of oppression, seeing the magical even through the tragic, the unjust, the heartbreaking, is a way of survival, for people, for communities, for cultures. Our spirits depend on not overlooking that which might be dismissed or ignored. I write magical realism not only because I'm a queer Latina woman, but because the world is more brutal than so many are willing to see, and more beautiful than they imagine.

{ *1927: Washington, D.C.* }

BETTER FOR ALL THE WORLD

MARIEKE NIJKAMP

We have the same first name. We are almost of an age. We hail from the same county. We have a lot in common, Carrie Buck and I. More than anyone might think.

It isn't obvious at first. She doesn't look a bit like me. She carries herself with purpose and dignity. Her black hair is cropped short, while my brown hair falls over my shoulders. Her dress is plain and worn, while mine is soft and new. She is called feeble-minded, while I'm considered difficult. But we are alike.

And no one can know.

"The sole effect of the operation is to prevent procreation by rendering the patient sterile. In short, it is a eugenical measure and nothing more." The attorney's voice fills the chamber, and I gently rock back and forth to the cadence of his words.

It's relatively empty up in the visitors' gallery. Perhaps because of the weather: after a hot spell, the April weather has turned and the afternoon is looking dreadful. Perhaps because this case is too sensitive for most. After all, sterilization procedures are hardly subjects for proper conversation. Mother would have apoplexy if she saw me here. The only talk we've had of reproduction was when she told me she expected me to find a husband back home and start a family.

"It would be better for all, Carrie," she told me on that occasion and countless others, "if you would keep your head down. This is what the world expects of us, not your grandiose ideas of education and a career. Stick to a boy who will tolerate you and the pretense of a normal life."

But I don't want the pretense of a normal life. I want an education. I want a career. And she can't stop me. For all that she tried and tried, she can't stop me.

I'm here.

When I arrived in Washington, Aunt Elizabeth asked me why I wanted to pursue a career in law when only a handful of law schools even accept women. There are a thousand reasons, and I can name them all. The world's expectations were not made to fit me. The laws and structure calm me. In the practice of law, no one minds an inquisitive and obsessive mind. But as I listen to Carrie Buck's attorney argue against a doctor who called his client *a genetic threat to society*, I cling to the most important reason of all: it matters. What these attorneys and judges do, the cases they argue and decide, the cause they serve, it *matters*.

And I want to be a part of it.

"Excuse me?"

The young man sitting in front of me turns, and it's only then that I realize I've spoken out loud.

"I'm sorry. I didn't mean . . ." My cheeks grow warm. Someone shushes us, and I wish I could melt into these seats, but they're stiff and unyielding.

The boy in front of me smiles. "It's your first time?"

Two rows ahead, an elderly man turns to both of us with a scowl so ferocious, even Mother would be impressed.

I nod, quite unwilling to say anything more.

The boy's smile widens to a grin, and I'm terrified he'll continue speaking, but he merely winks at me and returns his focus to the court proceedings down below. The elderly man continues to stare. I shift and try to avoid his glance. I bounce my foot against the seat in front of me, but it does nothing to distract me.

My heartbeat picks up and my skin crawls. I'm used to stares and scrutiny—I got enough of that back home—but if he stares long enough, he'll see I'm different. Different, different, cold, uncaring.

I *can't*—

I rock back and forth until I settle into the familiar sense of repetition, and I remember how to breathe again. In front of the court, the plaintiff's attorney continues to talk. His voice drones on, warm and assured, pleasant even. It reminds me of Grandfather, who believed in Aunt Elizabeth's dreams and who believed in mine. That helps, too.

I focus on the attorney's arguments. The Fourteenth Amendment and bodily integrity, and the state's intention "to rid itself of those citizens deemed undesirable according to its standards."

We have a lot in common, Carrie Buck and I.

The oral arguments take hours, and I drink in every single moment. The elderly man up and left after Attorney Whitehead's statements, but the young man in front of me is still there. When

the Court rises, we do, too, and he turns to me. He holds a legal pad scribbled full of notes. Is he a law student? He appears to be a year or two older than I am, which makes it both possible and enviable, and I cannot deny a stab of impatience.

He catches me staring and moves forward. Before I can stop myself, I take a step back, bumping into the seat behind me. He doesn't move forward again, but he doesn't turn away either.

"I wish to apologize for imposing upon you earlier. It was horribly impolite, and I promise you my manners are usually better than this . . . although my father might disagree." He scratches his temple. In demeanor, he is all too like my younger brother, caught in a wrongdoing. But in appearance, he is nothing at all like our family. His suit is tailored and speaks of society.

He bows slightly. His dark hair flops around his eyes. "Alexander Holmes, at your service, Miss . . ."

A flutter of panic teases me.

"Allen. Carrie Allen." I wonder if I should curtsy or reach out my hand to him. Aunt Elizabeth has been educating me on the rules of etiquette, but I'm not yet comfortable enough with them to know how to respond to this — to a boy who talks to a girl without an introduction. I don't know how to deal with it when someone doesn't follow the rules.

And Alexander Holmes doesn't. His bright smile is back, uncharacteristically bold for these dark and dignified surroundings. He smiles freely. "Delighted to know you, Miss Allen."

He walks around the row of seats and waits for me at the end of my row. "May I walk you out? It's not often I have the pleasure of meeting other legalese enthusiasts." He colors slightly. "And certainly no one like you."

I've never heard anyone say that like it's a good thing. "You are quite unlike anyone I've met in Washington so far," I tell him.

He offers me his arm, but I keep my hands close to my sides and squeeze past him into the aisle. I am uncomfortable being touched. He seems unfazed.

"You're from out of town?" He does not wait for my answer but instead falls into step with me. "Then what brings you to these arguments? Or, more specifically, to this hearing?"

I reach for the closest truth. "Fortunate timing."

"For both of us, then." He holds the door open for me, and we walk out of the hallway, into the rotunda, where we pass underneath the magnificent dome. Aides and lawyers are walking around and talking, and it's as if we're leaving behind the sanctity of a church for the overwhelming chaos of politics. Voices everywhere, and I cannot drown them out.

I shrug into my coat and curl my fingers around the small, round pebble in my pocket. It's cool and comforting, but the energy I took from the quiet courtroom is already draining from me and I shrink toward the walls.

Alexander Holmes glances at me, and his brown eyes crinkle. "Come, I'll show you a quieter route. It's overwhelming, isn't it? Don't worry—you'll fit in soon enough."

I want to believe him. At home, I could not walk around town without eyes on me, without stares and whispers. *Cold, uncaring Carrie. She thinks she's better than us. Her poor mother, she's at wit's end. Best to send the girl away.*

I hoped I would be able to breathe here. To get lost amid history. To become who I want to be.

I just don't know if I will be enough.

After dreaming of it for so long, observing this Court case both fills me up and wears me down. I'm bone tired and my mind won't

stop going over every single detail of the case and of the entire past week—not just what I saw, but how I acted. Did I say the right thing? Did I say it at the right time? Did I act normal enough? Were people staring? Did I draw attention to myself? I may be able to shrug into a guise, but I've never learned to fit in; it's always been pretense.

I'm curled up in a large leather chair in Aunt Elizabeth's office reading about the history of law when the door opens and closes.

"Come with me to tea this afternoon," Aunt Elizabeth says. She stops in front of my chair. She wears a deep-green day dress and holds her coat in one hand. She looks resplendent, and I am momentarily disoriented. Today is Saturday. We didn't make any plans for today. Today is *Saturday*. We didn't make *any* plans for today.

She continues, "It'll be a chance to meet an old friend of mine, with whom, I believe, you may have a lot in common."

I close my book with more force than I usually would, to try to snap myself out of the repetition. But my hands tremble.

"Today is— We didn't make any plans—" I breathe in sharply. I don't want to betray the panic building inside me, but my voice quivers. I escaped small-town expectations when Aunt Elizabeth invited me here, and she accepts my oddities with more grace than most everyone back home. She supports my right to choose my own path. She allows me to carve out my own space. But I know it is sufferance. Mother made that very clear. We live in a world that measures people according to standards of desirability and undesirability. And I am undesirable.

"Carrie, I know you have your heart set on a legal career, and in this day and age, it's not just about knowing the law; it's about knowing the right people. Grace Hays Riley is the dean of the

Washington College of Law. An introduction to her will be an asset to you once you apply there for your baccalaureate."

"Yes, Aunt Elizabeth," I say. "Except . . ." Today is Saturday. We didn't make any plans for today. I wring my hands so tightly, my knuckles crack, but it doesn't help.

"Carrie?"

I can't find the right words. The chair becomes uncomfortable and Aunt Elizabeth is too close and my head hurts and *we didn't make any plans for today.*

"Carrie, look at me." Aunt Elizabeth crouches down in front of me. Mother would have forced me to meet her eye, but to my shock, Aunt Elizabeth places her hand on the chair's armrest, careful not to touch me, and she allows me to stare at the fabric of her dress instead.

"We didn't make any plans for today, did we?"

I shake my head, the words threatening to stumble out of my mouth again.

Aunt Elizabeth shifts. "Are you tired?"

"Yes."

"Would you rather stay in?"

I nod.

After a moment, she nods, too, and her dress billows around her. "On the condition that we do go out next weekend. You can't only divide your time between the Court and our house. People will . . ." She sighs.

"People will talk," I finish for her. "They always do."

Mother would tell me to mind them.

"They ought to know better," Aunt Elizabeth murmurs, and I feel a rush of gratitude toward her, not just for accepting my no, but for directing her anger at *other people* instead.

"Do we have an agreement, Carrie?"

I sit back in the chair. My shoulders ache. I don't want it to be this hard. "Yes, ma'am."

She pulls up another chair and folds her coat over the backrest. She sits down next to me, and I glance up just in time to see her smooth a frown. "Will you tell me about the arguments? I do not know a great deal about this particular Supreme Court case, but I trust you can fill me in on the right details."

I don't tell her about Alexander. I call him Alexander in my mind. I don't tell her, because I don't know what he means yet. He was kind to me, but it may just be good manners. Etiquette.

Still.

It's not etiquette when Alexander appears on Sunday after church and *asks me out for a walk.* Aunt Elizabeth frowns at me, a deeper frown than yesterday, tinged not with the disapproval I expect but with questions she doesn't ask.

Alexander and I walk in silence at first. He leads me toward the National Mall, where my eyes stray toward the Washington Monument and then toward the Capitol. I cannot look away. The buildings—their meanings—they transcend us.

"Have you been here before?" Alexander asks.

Aunt Elizabeth showed me around extensively when I first got here, but back then, the sound of construction on the Arlington Memorial Bridge drove out all sense of peace. Today the Potomac is quiet; the ships and dredging work have ground to a halt.

"How did you find me?" I counter instead. It's not an answer, but I want to know.

Alexander leads me past the newly dedicated Lincoln Memorial. Its gleaming white columns remind me of the Capitol Building. It makes me wonder if this memorial will still stand fierce and tall in a century and a half and beyond.

"I try to keep abreast of everything that happens in this city's society," he says. And again he reminds me of my brother, who also makes up the most outrageous lies, and who has more charm than sense.

It's so familiar, I know exactly how to deal with it: I snort.

"It's true," he protests. "Or rather, I'd like it to be. In effect, it only holds true for those members of society who attend Father's socials. It just so happens that one of them heard that Miss Elizabeth Allen, infamous bachelorette and erstwhile writer for *The Suffragist,* took in a stray."

I smile. It's been so long that I didn't think I would remember how. "Mr. Holmes, did you find me by heeding gossip?"

"That sounds far more ugly than being 'well informed,' don't you think?" Alexander puts his hands in his pockets. He walks me to West Potomac Park, where the paths are covered in faded and trampled pink flowers. It's a little too late for cherry blossoms.

There are more trees than people. And he may not know it, but I appreciate that.

"The thing is, Miss Allen, I'm usually the youngest in the visitors' gallery by a mile, and I'm usually the only legalese enthusiast. You intrigued me."

"Are you a law student?"

"I start Georgetown in the fall. One might say it's a family trait. I would disappoint Father if I didn't make judge somewhere, although I'd much rather argue cases."

"I'd much rather argue cases, too," I say, softly. Too softly, perhaps. I curl my fingers around the pebble in my pocket and clear my throat. "I hope to enroll at Washington College of Law in a year."

Alexander cleans a bench for me to sit. "Madame Justice Allen." He inclines his head.

"Clerical support somewhere, more likely," I say.

"Don't sell yourself short, Miss Allen."

I'm not. It's a step up from not-believing, and I know how to be realistic. Most law firms don't take well to female lawyers, and even a single case exhausts me. Besides, Aunt Elizabeth was right about my lack of connections. I do not have the family name to make a place for myself in society, and I would likely flounder even if I did. I will have to stand on merit alone, and I merit little.

Alexander produces a paper bag filled with taffy and offers me one. I want to decline, because I hate the texture, but I don't want to be impolite. I pick out the smallest piece and unwrap it as slowly as I can.

"So if you're not a student yet, why do you go to the arguments?" I ask.

Alexander picks a larger piece of taffy, as if he doesn't notice the sticky sweet chewiness and the way the taffy wraps around your gums. I can't ignore it for even a moment, but he seems to appreciate the candy.

"To learn from the best, of course," he says. "And it interests me to see which cases are brought to the Court. What did you think of Friday's arguments? Why would anyone wish to take a case like that to a court—and to the Supreme Court, no less?"

"Doctors trying to sterilize a young girl for no apparent reason? Why *wouldn't* anyone take that case to the Supreme Court?"

"Because it might be seen as inappropriate?"

"To discuss a matter of law?"

He cocks his head. "Miss Buck is feebleminded. Her doctor prescribed sterilization to avoid further . . . What did they call it? Socially inadequate offspring. It wouldn't have any effects on her general health. It's not a question for the law; it's a matter of medical integrity."

"No." I grow cold all over. "It's not just medical integrity, Mr. Holmes. It's bodily autonomy. She is a person. She has a *right* to decide for herself whether or not she wants to have children, like all of us. That's personal choice, and by denying her that, her doctors made it a matter of law." I tap my foot, and I can't stop. I don't know if any of this is appropriate, but I cannot stop. These are the questions I wanted to hear at the court case, and I need to share them with him. "She has a right to due process like all of us, does she not?"

He stares at me for a moment. He opens his mouth and closes it. Something shifts behind his eyes, but I don't know what it means.

Then he ups and walks away, and I'm left sitting there, on a bench in the park. Alone. And the convincing words I pride myself on, all the points I want to argue, flee me, too.

I do not return to Aunt Elizabeth's home until hours later, chilled to the bone. She keeps me with an elderly tutor for the next couple of days. According to her, there's more in this world than the law, and she wants me to study literature and mathematics in the comfort of her house. I quote Hobbes at her—that without laws to govern us, there would be "no knowledge of the face of the earth; no account of time; no arts; no letters; no society." It does not convince her, but the relative quiet and safety calms me.

It's Wednesday before I find my way back to the Capitol, ready to hear more arguments. From up close, the grandeur of the building still overwhelms me. This Capitol was built to weather ages, and it's a stone-carved reminder that anything is possible.

Atop the steps, I'm greeted by a surprising presence: Alexander.

He stands—or rather, paces. He wears a long coat and leather gloves, yet he still looks cold. It's almost May, but it feels like

winter. When he sees me, he smiles. His whole face lights up. "Miss Allen."

I hesitate. "Mr. Holmes. Were you waiting for me?"

"I hoped I'd find you here."

"That seems like a gamble." He's only seen me here once; he can hardly draw conclusions from that. For all he knows, I only meant to observe those arguments and nothing more.

"Were you here the last two days, too?" I ask.

He looks down a little. "I wished to explain my sudden departure on Sunday."

"It was rather unexpected."

"It was, and I apologize."

I reach for the pebble in my pocket and roll it between my fingers. Back and forth. Back and forth.

Alexander clears his throat. "When I told you law was a family trait, I wasn't joking. My grandfather sits on the bench."

Oh. "Oliver Wendell Holmes Jr.," I say. I wonder why that didn't come to me sooner.

"Associate Justice of the Supreme Court of the United States."

"That must be . . ."

"Intimidating? I've never known any different, though you can imagine the family gathering, I'm sure. We all want to live up to his legacy."

Not knowing what else to do, I wrap my arms around my waist and walk into the Capitol, and he falls into step with me. I don't quite see (or want to see) how his grandfather could have caused Alexander's sudden departure on Sunday. When I say as much, he takes my hand and draws me to a quiet corner. I pull back my hand.

"I don't just go to the arguments to hear the attorneys. I go to see if I can anticipate the Court's rulings or explain them afterward, especially in those cases where Grandfather wrote the

opinions. That's what I meant when I said I wanted to learn from the best. *He* is the best."

I cannot meet his eyes, but I wait to see what comes next.

"And you . . . you challenged that. You challenge everything he taught me. You probably don't even do it on purpose, but you come to me with arguments that I haven't considered—that I *should* have considered. You see connections as easily as he does, and you make me want to listen to your side of the story." He flushes. "I want to. I *can't.*"

I hesitate. "Thank you?"

"You're different, Miss Allen. And you leave me uncertain."

I flinch.

Alexander winces. "I'm sorry, Miss Allen."

"So am I." Though I do not know if I can honestly blame him. I *am* different. I know the weight of expectations and of family.

And it's not just that. I know the weight of society. Carrie Buck's case is clear-cut to many. It is to Dr. Priddy, who first suggested sterilizing Carrie Buck. To Dr. Bell, who took up the case. *A genetic threat to society.* Alexander may not have come right out and said it, but why should it not be clear-cut to him?

The thought nags, but at the same time, I don't want to walk into this building alone. Alexander made me smile. We share the same dream. He did what no one has ever done before: he waited for me.

"I know the answer now. I believe in public welfare," he starts, apparently ready to revisit our argument.

I raise my hand to cut him off, and I swallow hard. I am used to pushing away my discomfort. "What's on the roster for you today, Mr. Holmes? Will you join me in hearing arguments on why gains from illicit traffic in liquor are subject to the income tax?"

✕ ✕ ✕

That afternoon, it's illicit traffic in liquor. The next day, we listen to arguments about forest fires. As the attorney drones on and on, Alexander slumps in his seat and mutters, "Just get to the burning point." It surprises a laugh out of me, and I have to start coughing to mask it. I can't remember the last time I laughed out loud. But once Alexander realizes wordplay amuses me endlessly, he makes it his mission to come up with the most hopeless of puns.

Even with a mind for structure, it is far more natural than I anticipated to fall into a rhythm with Alexander. We meet each other at the Capitol's steps every morning and sit in on the day's arguments. It becomes easier—though not easy—to walk through the crowded hallways. We discuss the cases we hear, we compare notes, and we battle our respective positions. More often than not, we disagree, although rarely as radically as in the case of Carrie Buck. He brings it up again. He's convinced he's right. He tries to convince me. "Society should be warded against lesser—" "She isn't as human—" "You don't understand—"

It becomes harder—though not impossible—to cut him off instead of arguing. It's simpler that way.

Because he makes me laugh out loud. And this may be friendship. Masked and cordoned off by the knowledge of who we truly are, but friendship nonetheless.

I don't usually forget, but it's only when the weekend arrives that I suddenly remember the promise I made to Aunt Elizabeth. A social function. Meeting with the dean of the Washington College of Law.

I can't do it. I'm raw and exhausted from too many days of trying to become who I want to be and being who I'm not. And I've only been at court three days this week, to observe, nothing more. I can't do it. I can't do it.

"Why are you so hesitant, Carrie?" Aunt Elizabeth tentatively places her hand on mine. I know she expects me to either pull away or smile at her. I do neither of those things, but it takes all my focus to keep my hand on the desk in front of me.

I would never answer this question if Mother asked it, but if home is a place to let one's guard down, Aunt Elizabeth is working hard to build me a home here.

I tap my foot against the leg of my chair. I owe her an answer, even if I don't quite know what it is. "People look at me and think I'm different. Maybe not at first—just like no one thinks Carrie Buck is different just from meeting her. But we cannot hide forever. I understand the rule of law. I do not understand the rules of society. I do not understand how to fit in, even when I'm trying my hardest to learn."

I expect Aunt Elizabeth to agree, but instead she counters, "You are new to the city, Carrie. When I first arrived here, I didn't feel like I belonged, either. It's magnificent, but it's overwhelming. You have to give yourself time; you've come so far already."

That isn't it, though. I should fit in. I should keep my head down. But I can't do it. "I have so far still to go. And I can only pretend to be someone else for so long."

"You shouldn't have to pretend," she says. "You have a mind for arguments. It may not work the same way as mine, but why shouldn't that be an asset? You could be a magnificent legal strategist."

I sway back and forth. My foot stills. I could belong here. "It frightens me."

Aunt Elizabeth sits back. "Are you afraid they won't accept you? I can't imagine they won't. You have so much potential."

That's hardly a good counterargument. We are in Aunt Elizabeth's office, surrounded by books and copies of *The Suffragist*.

Surrounded by the thoughts and opinions of a great number of people who all had great minds and great potential—but they were all able to find their place in the world. A great mind and potential is not enough.

"Or"—she breathes in deeply—"are you afraid that they will accept you and you'll not be enough?"

I still, my eyes fixed on the wooden paneling on the walls.

No. Yes. I don't know how to admit to that.

"Do you think I'll send you back home?"

I don't know how to admit to that, either.

"I would never," she says softly.

I stay silent, because I don't want to argue it.

Worry edges around her voice. "This had better not be about that Holmes boy. Is it? What did he say to you?"

"Nothing, he—he could be a friend," I say, and I wait for her to tell me his company is too good for me—or mine not good enough for him.

She doesn't. Instead she keeps her voice neutral. "What makes you say that?"

"He listens to me." I never had a friend before. "He respects my opinions." At least the ones we talk about.

"And it feels good to be heard?"

"Yes, ma'am."

"You deserve to be heard," Aunt Elizabeth says. "You deserve to be seen. You deserve to be respected." She said these same words to me when she collected me off the train. "Does he respect you?"

"He respects who he thinks I am."

She doesn't respond to that for the longest time, and an uncomfortable silence settles around us. Then she squeezes my hand and lets go.

"I still want you to meet with Dean Grace Hays Riley. We'll have tea together. But we'll set the appointment when you ask for it. Agreed?"

"Yes, ma'am." I get to my feet, grab a book from her shelves, and curl up around it, while Aunt Elizabeth sits down at her desk.

"Respect yourself, Carrie," she says. "Respect, and perhaps, one day, even love yourself. It's the most radical decision you can make."

Ten days after those first arguments, ten days after meeting Alexander Holmes, he stands outside the Capitol again. Waiting for me. He rocks back and forth on the balls of his feet, but in his case, I think it's excitement rather than a way to soothe an overly active mind.

"Good morning, Mr. Holmes."

He nearly pounces on me when I walk up the steps. "Miss Allen. I've seen the slip decision. I want you to read it."

The world stops turning, for just a moment. There's no question which case he's referring to, and there's no question he's excited. It makes me ill at ease. The words are on the tip of my tongue: *Alexan— Mr. Holmes, you can't convince me, please do not try. I don't want you to convince me.*

But I want the ruling. I've wanted this ruling for weeks. Months. Years. Even if he's happy. Even if this is the worst-case scenario. I want to know.

So I let him drag me to his grandfather's office while I push my pebble deep into the palm of my hand. The pain doesn't calm me the way repetition does, but it centers me. As a result, when Alexander pulls me into the empty office and shows me the writ, the words make sense.

I wish they didn't.

I read aloud:

> "In view of the general declarations of the legislature and
> the specific findings of the Court, obviously we cannot
> say as matter of law that the grounds do not exist, and, if
> they exist, they justify the result. We have seen more than
> once that the public welfare may call upon the best citi-
> zens for their lives. It would be strange if it could not call
> upon those who already sap the strength of the State for
> these lesser sacrifices, often not felt to be such by those
> concerned, in order to prevent our being swamped with
> incompetence. It is better for all the world if, instead of
> waiting to execute degenerate offspring for crime or to let
> them starve for their imbecility, society can prevent those
> who are manifestly unfit from continuing their kind."

I try to catch my breath, but I still feel like I'm choking. My
eyes glance over a sentence in the next paragraph: "Three generations of imbeciles are enough."

I can't read on. I can hardly think. I can only stare at the writ
in my hands, the cruel words.

"I know we stood on opposite sides, but I wanted you to know
Grandfather cared about public welfare when he wrote this."

I stare at the words before me, and I can't find my voice.

"It's the same principle that sustains compulsory vaccination.
This is a matter of public health, too. Do we not, as a society, want
to banish undesirable elements? It's not that Grandfather—and
I—don't think she should have rights. But there's the greater good
to consider, too."

The words sound familiar. It takes me a moment to realize
they're akin to what I heard during oral arguments. *This is the state's*

intention to rid itself of those citizens deemed undesirable according to its standards. Only, it hadn't been the doctor's side. "That's what Whitehead said. *In defense* of Carrie Buck."

Alexander shakes his head. "Even Carrie Buck's lawyer knew that this was an impossible case. He knew we must weigh the autonomy of the few against the protection of the many."

I place the writ on the table in front of me. I keep trying to breathe, but I feel light-headed. I need something to calm me. I need something to calm my mind. Then Alexander steps forward to support me. It's only a split second—his hand underneath my elbow—but I jump back. *"Don't* touch me."

Instead of moving back, he takes another step forward. "Miss Allen—*Carrie,* I didn't mean to upset you. I wanted you to know the utmost care went into this decision, and eight judges agreed."

I turn away. It's the smallest mercy that one of them dissented. Eight judges agreed Carrie Buck's rights didn't matter. Eight judges agreed that she wasn't enough.

"Come, let me take you to lunch. It's the end of the term. We heard the arguments. We'll read more decisions and opinions. We live to study the law another day."

Except, out of all the arguments we heard and all the cases we argued, there wasn't another one like this for me. It was never just about one girl's right to reproduce. I told Aunt Elizabeth I loved that Alexander made me feel like he valued my opinions. But this. This matters to me. And he doesn't see it.

"Remember when you asked me why I came to this particular case?" I say softly, and Alexander stops shuffling papers at the desk.

"Fortunate timing, you said. I happened to agree with that. It was most fortunate, in that it allowed us to meet."

He smiles. He hasn't a care in the world. And right there and then I hate him for it. "Truth is, Mr. Holmes, I lied."

He stills. The room grows dead silent.

"Carrie Buck's case . . . I've followed it since it was in the Circuit Court at Amherst County. My county, as a matter of fact. We've never met. She's from Charlottesville and my family lives in Schuyler. We've never even crossed paths. But we have a lot in common, Carrie Buck and I. And I wanted to believe she had a chance."

"It's better for all—"

It's better if you keep your head down. It's better if you leave to stay at your aunt's. It's better if you hold your tongue. It's better if you forget your dreams.

"If what? If we start deciding who's good enough? Who matters enough to deserve rights and sovereignty?"

"She is feebleminded."

"She is human," I say flatly. "Eugenics has nothing to do with the public welfare."

Alexander sits down in one of the high-back leather chairs. He rakes his fingers through his hair. "You said you and Carrie Buck have a lot in common."

We do. I want to tell him that I know too well what it feels like to be lesser, to be constantly judged and found wanting. That after seventeen years, it still seems to me as if the rest of the world knows rules that I was never taught. That sometimes my mind snags on words, phrases, repetitions. That I can pretend, but it's all I can do.

But maybe that's not entirely true. This city overwhelms me with its busyness and noise, but for the first time, I want to shout back.

I breathe in sharply. "We have more in common than you may think. Feebleminded? By whose standards?" I take a step forward, and all the words that have floated just out of reach snap into place,

fueled by rage and despair and everything I've ever wanted to do and be and reach for. "Carrie Buck is a girl like me. Despite everyone telling her that she didn't matter, she came here to fight for her choices. She has the *inalienable* right to do so. But instead of recognizing that, we assign value to her, to each other, to ourselves. We tell her she isn't competent enough. She isn't fit enough. She isn't *equal* enough. Do you know what would be better for all the world? If instead of fighting to limit her rights—our constitutional rights, our fundamentally *human* rights—we fought to embrace them and strengthen them. If we limit equality, we can never be truly equal."

I am trembling all over, and I am *relieved.*

Alexander has paled. He trembles, too.

"You really should be a lawyer, Miss Allen." He extends his hand, but he doesn't acknowledge my words. "Come, let me apologize and take you to lunch. I know a quaint little place close by that I'm sure you would appreciate. The weather's turned again. We could walk the Mall and talk, perhaps."

I regard his outstretched hand. His words are stuck in my head. *You really should be a lawyer, Miss Allen.*

I really should be a lawyer.

When I said I wanted to believe Carrie Buck had a chance, I wanted to believe *I* had a chance.

I keep my hands to my side. "It was a pleasure to meet you, Mr. Holmes, and a greater pleasure still to spar with you. And I *will* be a lawyer one day."

Before he can respond, I turn away. I walk out of the room, and through the hallway, underneath the proud dome, where the sandstone walls rise high and golden light filters through. I hold my head high.

When it's better for all the world that we are not to be given chances, the only option we have left—the only option *I* have

left—is to grab them instead. To fight for them, even if it means courting probable failure.

I hope Aunt Elizabeth will be at her office. I want to reschedule that tea. Perhaps she can introduce me to the dean after all—though I will do this on my own merits. I want to do this on my own merits, no matter how much time it takes. I curl my fingers around the pebble in my pocket. I'll carve out my own space.

I believe I may be starting to understand what Aunt Elizabeth meant. Given time, I could grow to love myself. And in a world where we are considered undesirable elements, Carrie and I, perhaps that is the most radical act of all.

⊠ AUTHOR'S NOTE ⊠

In the first half of the twentieth century, most states adopted sterilization laws. Based on Laughlin's Model Eugenical Sterilization Law, these laws focused on intellectually and developmentally disabled people and mentally ill people but also included physically disabled people, d/Deaf and blind people, and people considered "dependent (orphans, ne'er-do-wells, the homeless)."

Carrie Buck was one of the first recommended for sterilization under the Virginia Sterilization Act of 1924. Her case became a trial case to test its constitutionality.

When Carrie Buck became pregnant from rape, her foster family petitioned to have her committed to the Virginia State Colony for Epileptics and Feeble-Minded for showing hereditary traits of social inadequacy. After losing the case, in part due to her attorney's not putting up a defense, Carrie Buck was sterilized. Under the guise of a routine surgery, her

half-sister was also sterilized; she only found out many years later.

Diagnoses were commonly wielded as weapons. This was true for Carrie Buck, who was not "feeble-minded," but was deemed undesirable/inconvenient.

In the name of eugenics, over sixty thousand people were forcibly sterilized. Among and alongside disabled people, women of color were disproportionately targeted. *Buck v. Bell* has never been explicitly overturned.

Further reading on this subject: Paul Lombardo's *Three Generations, No Imbeciles* (about Carrie Buck's case) and Angela Davis's *Women, Race and Class* (specifically: "Racism, Birth Control and Reproductive Rights").

WHEN THE MOONLIGHT ISN'T ENOUGH

DHONIELLE CLAYTON

Before the war, moonlight used to taste like sugar and butter and fresh cream. Mama would fold in the ingredients until it fluffed up like meringue. She'd even sprinkle it with cinnamon. But now she's only got sprigs of mint, a few basil leaves, or a stem or two of rosemary from her kitchen garden, and sometimes the soil won't even give her that. Still, she's always made sure I've never tasted it raw. Pure. Straight from the sky. It's too bitter and sharp.

The water around my ankles is still cold for late spring. Oak Bluffs hasn't warmed yet. It always feels like Massachusetts—especially Martha's Vineyard—is the last place on Earth to grab heat and let it press down into the water and into the land. We've been here five years, and it feels like it's colder and colder every year.

Standing in the small lake behind our house, I grip the two canning jars and wait. It seems like I'm always waiting these days.

For Molly to come over.

For the moon.

For another spring cotillion.

For something, anything, to happen.

The feeling rises up like a tide ready to flood my insides, drown my heart, choke my voice, and swallow me whole.

I watch the sky. It looks different now. Maybe gunpowder gets trapped in clouds and these have drifted across the Atlantic from the battlefields. Maybe it's just me—and my eyes have changed and I can't see the same things anymore.

The clouds break to let out the moon. It's fat and slightly blushing with a halo. Mama will be happy. This is one of her favorite types of full moons.

The rays hit the water's surface. They climb over the cool ripples step-by-step as if called to my legs.

I let the beams kiss my skin, make the light brown glow like fireflies, before I dip the jar into the water. The liquid does not enter. Instead, the moonlight itself folds into the glass receptacle, attracted to the blood coating its inner walls. Mama's blood tonight. Mine tomorrow. Daddy's the next night. We take turns with the bleeding.

The light thickens like sweet pudding.

I fill both jars, then stand there as if the great glowing orb could tell me something. When will the war end? Will we have to move again? Will I ever get to see the world on my own? Is this how my life will always be?

I wait for the moon to leave words etched onto the water or spread letters through the clouds or send down messages in the beams.

But it gives me nothing but its light.

"Emma, get in here right now. Been out too long. It'll spoil

without a covering." Mama's voice carries from the back of the house to the lake. It can always find me, especially when I'm thinking of something she wouldn't approve of.

"Coming!" I holler back.

"You want to wake the whole world?" she snaps when I walk in the house. She stares down at me like I'm a little girl again and too loud during a church service.

"You yelled first," I mumble.

"What did you say?" she asks.

"Nothing, ma'am." My cheeks burn with heat, and a wish bubbles up inside my chest: a desire to be free of her and on my own for a little while.

She stands in the doorway, her hair spilling over with pin curls that poke out from under her scarf. Her freckles cover her light-brown cheeks like chips in a cookie. Not that there is much chocolate with the rations these days.

I hand her the glass jars. She lifts them up and sucks her teeth. "You could've caught more than two jars' worth. We've got to keep the stores full. Always."

"I will tomorrow. It was sluggish tonight," I lie.

"Seems more like you are." She eyes me. "You've been walking around here dragging your tail these past couple of weeks, and I'll have no more of it."

"I don't—" I start to speak, then swallow the words. I want to tell her that I'm tired of always doing things her way, that I haven't been a child for a very long time and I'm tired of being treated like one.

"Go to your room. I'll wake you when it's ready." She shoos me upstairs.

I slam my bedroom door and ignore Mama's shout of displeasure.

$\times$ $\times$ $\times$

Mama jostles me out of bed before dawn. The house smells like fresh biscuits and bacon and honey. The moon fades into a pale-blue sky as the sun starts to poke its head above the horizon.

Mama has the candles lit in the kitchen and at the table. She doesn't like to waste electricity when the sun's about to come up and do its duty. Daddy reads the paper, using a thick candle bearded with drippings as a paperweight. The headlines almost scream in thick black ink:

MacARTHUR IN AUSTRALIA AS ALLIED COMMANDER; MOVE HAILED AS FORESHADOWING TURN OF TIDE

THIRD NATIONAL ARMY DRAFT BEGINS IN CAPITAL

NAZIS CLOSE PORTS OF NORTH NORWAY

BILL FOR WOMEN'S AUXILIARY CORPS OF 150,000 PASSED BY THE HOUSE

I slide into the seat beside him. "'Morning, Daddy."

"'Morning, butterbean."

I stare at the pictures of General MacArthur's men and ships. I toy with a question. It rolls around on my tongue and teases my vocal chords. I've always been able to talk to him. Mama says he's got a listening spirit, and it was one of the reasons she married him.

Daddy looks up from the paper. A crease mars his forehead like the wrinkles in a raisin, and his left eyebrow hitches up. "What is it? I can see something knocking around in there."

"You think the Nazis will make it over here?" I ask.

"They could."

A deep shudder ripples through me. Every day the radio hosts warn listeners about the presence of German U-boats off the

eastern coast, and how if the Nazis came here, they'd tear America up just like they were doing in Europe.

"Then, why are we staying this time?"

Daddy scratches his beard. "I'm getting tired of moving, butterbean, and this has been my favorite place of all the ones we've lived." He pats my hand. "Also, I don't really think this war will reach us."

"But if it did, what would we do?"

"What we have always done."

"Leave," I say, and grit my teeth.

"Yes. Find a faraway corner to hide in."

"But what if the Nazis spread to all the states? What if they find out about us? What would happen?" My heart knocks against my rib cage, each thundering beat anticipating his answer.

"We'd make sure we weren't found. Cross the border into Canada again or go back down into Mexico. You know what's at stake if anyone figured out what we can do." He takes a deep breath. "They'd lock us up in their hospitals. They'd poke us with their needles and measure our skulls and take our blood. They'd study us like the animals they already think we are."

"Would you join if you could? To help keep us safe from the Nazis?" I ask in a whisper.

"Join what?"

I point at the picture on the front page. His lips purse, and he doesn't look up.

"You already know the answer to that question, and you know I don't like to talk just to hear myself. It wastes the good Lord's air."

"But this time we stayed!"

"We don't get involved. We're not patriots," he says. During the

Civil War, we left New Orleans for a small village in Mexico, and when America entered the first Great War, we headed north out of New York City to Canada. When the wars ended, we came back.

He continues to read the paper. The silence thickens between us as I try to gather the courage to ask him another question. The word *patriot* reverberates like a ghost floating through the room, setting my nerves on edge.

The ration coupons sit on the kitchen counter like paper-thin reminders that the world is starving. The radio reports the body count each day and reminds us how perilous life is for our soldiers in Europe and the Pacific. The two white boys who used to bring the papers into Oak Bluffs enlisted and died. Now the newspapers warn that Japan could invade from the west and Germans from the east if we don't fight back.

I've never seen any of this before. Mama and Daddy always took me far away, where all of these things were legend and myth. War never felt real before.

Now it's everywhere. On the tips of people's tongues. In every newspaper. On every radio program. Part of every passing conversation.

I've dreamed about it since the attack on Pearl Harbor, since President Roosevelt declared war. In my dreams, the war comes like a great storm, a blizzard of dust with angry spirals and sizzling lightning and thick gunpowder clouds that rage in the sky and cast a suffocating darkness over the world. It feels like the hand of the Devil sweeping over us with his fingers gathering into a fist, ready to squeeze us all. I wake up soaked from head to foot.

Daddy glances up. "What is it?"

"Don't you want to help? Use your medical—?"

"Help?" He thumps the newspaper.

I stuff my mouth with a piece of biscuit. Its folds are fluffy like

what I think a cloud might be like, if I could catch it like I catch moonlight.

"War is not a fairy tale, butterbean. Men die." His wire-rimmed glasses slide down the bridge of his thick nose. "I'm much too old to entertain heroics, especially for a country that doesn't care about people who look like you or me."

"I know. But——"

"But what?"

"We never do anything. We just move."

Mama overhears me and fumbles with a plate stacked high with biscuits. They tumble along the table, leaving tiny buttery fingerprints on the tablecloth. "Best be dropping the topic." Mama resets the pyramid of warm biscuits and hands out milky glasses of moonlight.

"But you're a nurse, Mama. And, Daddy, you're a doctor. Don't you feel like you should help this time?" After the first Great War ended, we moved to the capital, where Daddy and Mama studied at Howard University and worked in the colored hospital there. I thought it might be the place we finally stayed—Mama seemed happier and even let herself have friends—but people started asking questions after they both served ten years at the hospital without a single change in their outward appearance.

Mama's hazel eyes narrow. "I *was* a nurse, and your father didn't study medicine as some kind of duty to others. We did it so we could always take care of ourselves, so we'd never have to go and ask for medical attention. Now, let's move on. You're gonna make me fly off the handle, and the Lord doesn't like ugly, especially this close to Sunday."

"Let's remember we're blessed. We're alive. We will be here forever. We have the moonlight." Daddy lets his eyes linger on mine before turning to Mama.

The McGees mind their own business.

The McGees hold on to their own breaths, Mama says.

The McGees only worry about the moonlight.

I already know this. It's settled deep in my bones and tissues and soul. We lived through slavery, and we survived. We moved north after Emancipation, and we survived. We kept our heads down and mouths shut, and made our way out of no way.

The moonlight always provided.

Mama raises her glass. We all follow, just like we always do. I tip the rim to my lips and let the liquid tease my mouth. I wonder how quickly I'd age if I didn't drink it. Would my body shrivel within a month? Would my bones start counting the days and weeks and months and years like everyone else's? Would I feel even more empty than I already do?

It goes down like flames every time. A hot surge that travels through my throat like a snake and curls into my belly like a fire in the hearth. Daddy says it's worse than Scottish whiskey, but I've never had more than a sip of champagne. Mama says it burns because it's pushing into our bones, keeping us alive no matter what. She says it's a gift from the Lord. I've had it once a month since I turned sixteen on December 12, 1768, on Honey Alley Plantation outside of Jackson, Mississippi.

I'm 191 years old. But I have always been sixteen.

"This one is too puffy, I think." Molly prances through her bedroom, twirling in her cotillion dress. Her willowy arms are the color of the honey caramels Mama used to make and give as gifts when we lived in Philadelphia. The dress *is* too puffy; Molly looks like she belongs on top of a wedding cake.

I mostly look out of her little window. All the houses line up like gingerbread ones in a fairy tale with primrose-pink and

lemon-yellow and robin's-egg-blue piping, and flower boxes spilling over with spring blooms. Rocking chairs creak on tiny porches that reach like poked-out lips onto Clinton Street. Mrs. Brooke tends to her victory garden. Mr. Jordan hobbles along with the help of his granddaughter, Sadie. The church ladies pass by in their pillbox hats and white-gloved hands with big smiles swallowing their brown faces. The *click-clack* of their heeled shoes creates a melody. You can hear everything so clearly now. The gasoline ration means most people are walking these days.

Molly jostles my shoulder. "I said, what does your dress look like?"

I want to tell her I have a closet full of dresses. This is my twenty-seventh cotillion, though it's my first in Oak Bluffs. The cotillion dresses I've worn in the past zip through my head like the turning of a film reel. I loved the champagne empire-waist gown I wore after Daddy bought our freedom from Master McGee at Honey Alley in 1809 and we joined the free colored society of New Orleans. Also, the blush-pink bustle one I wore in 1880 while in Atlanta. And the cream chiffon one with the trumpet-shaped bottom in 1902, when we lived in Chicago. Or the flapper-style one I swapped for the one Mama picked when we were in Harlem in 1922.

But I can't tell Molly any of that. We've known each other for three years now, and I know everything about her, and she barely knows anything about me. I should feel lucky Mama let me have a friend this time around. I haven't had one since 1938 — right before we moved here — when it didn't go so well in Boston. Mama let her guard down a little with the Brooks family, and little Lilly May found the moonlight. We had to spin so many lies to explain that Mama made us leave immediately.

"Do you ever wonder about what's going on over there?" I ask.

Molly frowns. "Over where?"

"In Europe. You've seen the papers, right? Heard the radio?"

"I'd much rather talk about your cotillion dress. Did you get it yet? July's coming quick." She rubs her hands over the bodice. Tiny pearls catch the light.

"It's only the end of May," I remind her, then take out the newspaper I borrowed from Daddy's desk and spread it over her floor. The headlines talk of war, increased rations, an East Coast blackout, men dying, U-boats spotted in the Atlantic, and the Nazis.

Molly smooths a loose curl from my bun. "You think George will be a good dancer? Caroline says his feet don't work and his hands get all wet when he's nervous, and I should've picked Brandon. We haven't even practiced. I don't want to look like a fool." She prattles on and on. "Will you go with Raymond Finley?"

I scoff. "He hasn't asked."

"Well, George says it's 'cause he can't figure out if you actually like him."

I'm not supposed to like anyone. I'm not supposed to let anyone close.

I shrug. "Maybe I won't go."

"Won't go?" Her nose crinkles with disgust.

"It's not like it's my own wedding."

"It's the first big thing that ever happens to a girl. Your wedding will be second," she says.

I won't ever get married. I'll always be with Mama and Daddy. The thought hits me in the chest. I'd always just accepted that. But now, the desire to do something, anything else burns inside me like a hot coal.

"I heard Miss Claudine say we might not have any dessert to serve at the ball this year. Can you believe it? There's not enough butter or chocolate to make a big enough cake to feed fifty people."

"Is that so?" My mind drifts off.

"Also, my mother thinks I should wear my hair out. I don't think we'll have enough bobby pins for a full updo. She's not willing to buy me some under the counter. She thinks they're cracking down and that colored folks who get caught will be treated harsher."

"We'll have to deal with worse if the war comes here."

"To Oak Bluffs?" She laughs. "Never. Nothing ever comes here except people on vacation." She turns back to the mirror. "Why are you so worried?"

I can't find an answer. It all feels wispy and out of touch and half formed. I close my eyes and see the storm from my dream — a roaring black mass of death. The headlines, the radio news reports, the rations, the looks on people's faces swirl inside the chaos. Maybe this is why Mama and Daddy usually leave. So we won't have to *see* it, anticipate it, worry about it. So that we could always just come back after things were okay again.

"I just am" is all I can muster.

"Well, my mama says there's no use in worrying yourself sick about things you can't change. I'm going to busy myself with the cotillion and George. Mama thinks he might ask me to marry him after we graduate." Molly tries on another dress while prattling on about getting married. "This one's my sister's old cotillion gown from five years ago. You think it's out of fashion?" She sighs with disappointment. "I hope no one remembers it. The rations have made it impossible for me to get another one made. You know I like more than one option. I'm not keen on either of these." A deep flush blooms beneath her pale cheeks. Even in selfish anger, she's one of the most beautiful girls I've ever seen. Mama calls her "Red Molly" and says her bones must be red on the inside 'cause her skin's so light and pale and yellowy instead of deep brown.

"Emma." She squints. "What do you think?"

The tulle blooms around her waist like a lovely upside-down church bell, and the sweetheart neckline shows off her perfect collarbone. The lace is like intricate frosting.

"That one is delicate. Very pretty."

She beams, flashing a perfect set of white teeth. "Maybe I should go with this one, then. Even though my sister wore it." She dances around the room, lifting her legs and swishing around while pretending to do the jitterbug. "Dance with me."

"No," I grumble.

"Yes." She reaches out her hands.

I groan but let her drag me up off the floor. She turns me in circles, then pulls me in for a slow dance. Her skin smells of lavender. She hums a popular song from the radio. We bob left and right, then left again.

"What do you think will happen?" I whisper into her shoulder.

"We'll dance and sneak champa—"

"No, in the war."

"I don't know." She pivots me around, then catches me again. "Don't you think about it? Pearl Harbor?"

"No."

"Why not?" I pull back and stare into her hazel eyes. We could be sisters in the winter, when the sun doesn't color my skin so deeply and Mama pulls the frizz out of my hair with her pomades.

"I have other things on my mind, as should you." Molly places a hand to my forehead. "Are you ill? What's wrong with you?"

I break out of her grip and walk to the door. She calls after me, but I don't stop.

I let Raymond Finley put his tongue in my mouth even though I shouldn't. I let him unpin my hair so it falls down my back in frizzy waves. I let him whisper in my ear about his plans to give

me his grandmother's ring when I turn eighteen like him. He was the first boy I met when we moved to Oak Bluffs. He tried to kiss me on the old fishing pier, but I didn't let him until a month ago.

I sink into this fantasy and pretend until my lips are swollen and I'm out of breath from kissing him. I've only kissed five boys in over a hundred years, and it always feels like the very first time every time.

We're in the large oak behind his house. Our legs dangle from its sturdy boughs, and its thick green leaves hide us from any prying eyes.

"I'm going away," he says, leaning back to stare into my eyes. He's the color of a smudge of peanut butter and has the smallest gap between his front teeth that makes him look clever.

I'd always thought I'd be the one leaving him.

"I mean, I'm planning to," he says. "So I will miss being your cotillion date."

"You haven't asked me," I say. "Where are you going?"

His eyes dart all around. "You can't tell anyone what I'm about to tell you." He takes my hand, and I nod. "I'm enlisting."

His words are a firework exploding between us.

"I filled out the paperwork and I'll ship out soon."

"They're going to let you fight?" My hands go all fluttery, and he grabs them to hold them still. My stomach pinches and I think about what it might be like to go to Europe or the Pacific or wherever they're planning to ship him out to. I wonder what he'll see.

"In one of the colored units." He kisses me again with a smile. "Will you write to me?"

A searing hot wave of jealousy shoots through me.

"Will you?" he presses.

"Of course."

"I want to fly a plane." His smile grows so big it almost

swallows his face. It makes me think of what he must've looked like as a little boy.

"What if I told you I wanted to go, too?"

A small chuckle escapes his mouth. I clench my teeth and slide away from him. "War is no place for girls or women." He reaches for me to bring me closer again.

"Why is that?" I snap.

He twirls my hair around his fingers. "It's a place where men fight and win, or fight and die." He sounds like Daddy.

"And you want to go there?"

"I want to do something to help us, to help our people."

His words pluck the same feeling straight out of me.

"But why?" I ask, and sound like Mama. I wonder why Raymond and I both want to go and fight but neither Mama nor Daddy wants to.

He takes a piece of paper from his pocket and unfolds it to show me a torn-out article from the *Pittsburgh Courier,* a black newspaper Daddy often reads. He points at the headline:

DEMOCRACY: VICTORY AT HOME, VICTORY ABROAD

"We can change things here if we fight overseas. We can also fight for our rights."

"I want to be part of something, too," I say, not sure exactly what that might be. Maybe helping other colored people or maybe the war effort. Maybe both. The confusion tangles into a knot in my stomach.

He traces his finger along my nose and mouth. "I'm making a memory of you."

"You'll come back," I say, knowing that I most likely won't be here when he does because Mama and Daddy might pack us up again.

"Will you wait for me?"

I kiss him long and hard, knowing this is our last kiss. I try to take in every scent of him, every flavor of his mouth, every part of his touch.

I want to be him. I want to be able to enlist. I want to see the world. I want to do something that matters instead of always hiding.

Martha's Vineyard is shaped like a very old turtle and her babies. That's how Mama described it to me when we first moved. With Oak Bluffs at the peak of the shell, and Aquinnah and Chilmark at the tail, and Edgartown at the head. The turtle's babies float above her—the Elizabeth Islands across the sound.

Mama and Daddy love it here. The colored community is quiet and small, mostly tending to their own affairs. No one has noticed that the McGee family hasn't aged. The white folks aren't the mean kind who spit or call you names or give you dirty looks. They're the "all right" kind, Mama says. The kind we can live beside without any trouble.

Out of all the places we've lived, the Vineyard is the most beautiful—and the most boring.

"I don't think I've ever been anyplace I wanted to stay until we got here, butterbean," Daddy says as we drive to the post office in Vineyard Haven. The one in Oaks Bluff closed last year. He parks the car across from the filling station, where a little white boy throws a rubber ball into a wire-fenced crate for the metal-scrap drive.

"Come, let's be quick, Emma. Before Mama finds out we took the car." Daddy leads me forward. "She'll give me an earful about wasting the gas."

The bell chimes when we walk into the post office. Some white people let their eyes linger on us for a few seconds too long before

setting brown paper–wrapped parcels on counters or joining us in the line to buy twenty-five-cent war stamps. We're the only black people in here.

Daddy's tall frame curves like a question mark over the postal counter. A man behind us reads the newspaper. I crane to see the headlines:

AMERICAN CASUALTIES CONTINUE TO GROW IN THE PACIFIC

ALLIES SMASH BACK AT JAPAN

SIX AMERICANS KILLED ON BRITISH SHIP

Worries seep out of everybody but Daddy. It's in the way they purse their lips and knit their hands or fuss with their briefcases or purses. We're all holding our breath and waiting for the world to fall out from under us.

Cheers draw everyone to the post-office windows. Youngish white boys dressed in army uniforms jump into cars. The small crowd claps. The boys' cheeks flush pink as they flash us their perfect teeth. I think of Raymond. How the olive green of his uniform will make his skin glow. How he'll earn medals of honor to decorate the lapel with because he's smart.

A little girl sets her elbows on the window ledge. "I wanna be like them, Mommy. I wanna wear a hat like that."

The mother draws the little girl's attention to a wall poster. "This lady has a hat on, too, Wendy."

It's a pretty white lady in a green army hat. Buttons shine on her lapels like fallen stars. The caption reads:

You Are Needed Now. Join the Army Nurse Corps.
Apply at Your Red Cross Recruiting Center.

I take a step closer. My heart thuds in my chest as if it's grown fingers of blood and tissue, ready to latch on, grip something other than all it's ever known.

"I heard them saying in Edgartown that there're still men trapped in the ships at Pearl," our neighbor Montgomery says to Daddy. They're playing bid whist and sipping amber liquid from two glittering tumblers. Mama's packing up a meal for Montgomery. She feeds him on occasion since his wife died last year. Daddy says Montgomery's not a man who pays attention to details, so he's easy enough to have around without our secret slipping out.

I linger near the parlor door. The radio crackles in the background, reporting the latest news.

"Let us not worry ourselves with such sad talk," Mama says.

"Them Nazis might show up here. I went and got me some blackout curtains, and I'm going to set up my own bunker." Montgomery rubs the salt-and-pepper whiskers across his cheeks and chin before setting down a card on the table. "Then what we gonna do?"

"No use in—" Mama calls from the kitchen.

"There's black soldiers headed there, too," Montgomery adds.

Mama joins them in the parlor with a skillet of golden corn bread and a jar of fresh honey.

"They're not going to let us fight. Really fight," Daddy says, flicking a card from his hand. "Even if more of us wanted to. They'll make us stay in the kitchen or mop up the blood of white folks."

"You'd think they'd want to send us over there to die, and be rid of us." Montgomery reaches for a slice of the warm corn bread. "The colored newspapers been telling our boys to sign up. That we can fight for our rights abroad and at home."

My heart squeezes. My hands flutter, and I clutch them tight.

"The Finley boy enlisted," Montgomery reports.

Mama starts a worried hum and rocks back and forth on her heels. I hold my breath.

Daddy drops his head. "Now, why would they let him go on and do that?"

"He didn't give them a choice," Montgomery says.

"He up and left?" Mama asks, horrified.

"Sure did."

My heart beats so loud, I'm certain they can hear it.

"His mama cried and cried. He said he wanted to fight for his country."

"His country? *This* country?" Daddy slams his cards down on the table. "Who sold him that lie? That this has ever been or ever will be *his* country is the greatest lie ever told. When has this country cared about colored folks? Maybe when they were selling them on the auction block and needed them to pick cotton? But we're nothing but flies in the milk here. That's the way it's always been and how it's always going to be. Finley's a damn fool. His father is probably grumbling around in his grave."

"We shouldn't get mixed up in this. White folks' wars always get the rest of us in trouble," Mama says with fear crackling in her voice. She told me that before she met Daddy, she'd been taken by a British soldier, and that she had to resort to means she wouldn't tell me to get away. Daddy told me the sight of soldiers kick up bad memories for her.

I want to feel like Mama and Daddy. I want to *not* want to do something. I want to be like an untethered balloon, floating. I want to fight the urge swirling in the pit of my belly. I want to do things like we always have.

But I understand Raymond Finley.

His kiss still warms my mouth.

I remember the people clapping and the pride of the soldiers Daddy and I saw at the post office. I remember the way the little girl looked at them. I remember the poster.

I understand wanting to belong somewhere, wanting to be part of something, wanting to do something—anything—to make things a little better for all of us.

I lean farther into the parlor as Montgomery starts to whisper.

Mama's eyes find me in the doorway. She strides over.

I should step back.

I should scamper up to my room.

I should apologize.

Her teeth are clenched. "This is grown folks' business." Mama closes the door right in my face.

I put a hand on the door. My palm burns with the desire to shove it back open. I've been alive longer than Montgomery. I've earned the right to have an opinion.

But I can't muster the courage to push.

The next afternoon I tell Mama I'm heading to Molly's but ride my bike to Vineyard Haven and find the Junior Red Cross in the Brickman Building. I pace up and down the street. A few white onlookers stare, and a blush settles into my cheeks. There aren't as many people who look like me outside of Oak Bluffs. My stomach flutters.

I should go back home.

I should go to Molly's.

I should remember the years and years when I was content with just doing what Mama and Daddy asked me to do.

I take a deep breath, walk up the long staircase, and ease open the door. The bright-red cross blazes on it, almost alive with warning.

All the white women freeze over their worktables. Bundles of white gauze sit like small pillows in front of them.

"Can I help you with something, miss? Are you lost?" one of them says. She hitches a blond eyebrow up at me.

"I—I wanted . . . Are you taking more volunteers?" I squeak out.

An older woman wearing a nun's habit approaches. "Yes, of course. Many hands make the Lord's work lighter."

The room's so quiet, you could hear a mouse tiptoe. She leads me to a corner table, and we settle across from one another.

"I'm Mother Powell."

"Emma," I whisper. "Emma McGee."

"And where are you from?"

"Oak Bluffs."

"Of course. How did you hear we were in need of help?"

"I saw a poster about the Red Cross."

She nods. "Very well, then. Wash your hands in that bowl." She points to a water basin. "Must keep them clean. Then use this here." She places a square template in front of me. "Fold in on all four sides."

"What are these?" I whisper.

"Medical bandages for the soldiers."

The conversation in the room picks up as I fade into the background like a vase on a stand. The other girls discuss boys they fancy and the music on the radio and what might happen to the world if Hitler succeeds.

Hours pass. Girls and young women drift in and out. I fall into a rhythm. The simple folding action fills a hole I didn't know existed. The ache of needing to do something, anything of

meaning besides collecting moonlight. The bundle of bandages becomes a mountain.

"We're closing for the day, dearie," the nun says.

I gaze up and realize I'm the only one left.

"Thank you for volunteering." She transfers the bundles to boxes. "You are most industrious. You have a good touch."

I walk toward the door. Her desk has a pile of Army Nurse Corps forms. My fingers float over the pages, feeling buzzy and light.

"Will you come back? We could use more hands. Always," Mother Powell says.

I reach for the doorknob and fight the smile tickling my lips.

"Yes," I reply.

I swipe an application before slipping out. I press it to my heart.

"Maybe we should leave again." Mama's voice carries up the stairwell, where I'm hiding and listening.

I should still be asleep. I should be waiting for her to wake me for our early-morning breakfast and moonlight. She caught the rays tonight as I watched her from my bedroom window.

"I like this place," Daddy replies.

"This war could be worse than the others. What happened at Pearl Harbor was bad. And even though it feels far away, maybe it isn't. Maybe it's coming and will show up on our doorstep before we've even gotten the chance to plan. I won't live with soldiers around ever again."

The scent of bacon finds me. My stomach gurgles. I hold it so it won't give my hiding spot away.

"Where would we go, Matilda? We've found a good place here. It's a sleepy community. One that avoids suspicion. We know how to get through the worst of it."

"Maybe Toronto? Or Montreal?" Mama frets. "Or back to Mexico, even."

"I'm tired of running. Packing and moving. Then unpacking and trying to settle back in somewhere new." Daddy's paper crackles. The candle burns out. "Light me another, please."

"Malcolm, maybe—" Mama says.

The hiss of the match echoes.

"I'll think about it. If the Nazis or the Japanese make it to our shores, then we must go. I won't allow what happened to you before to happen again. I promised you that many years ago." He reaches for Mama's hand. "I do what I say I'm going to do."

"I know," she replies.

"We're safe when we're together. We're better when we've thought things through together." He kisses her hand. "Go on and finish breakfast. The bacon's burning."

Mama's cast-iron skillet makes a bang. "Emma's walking around fussin' about the war. You seen her?"

"She'll be all right."

"You always say that," she says. "It doesn't feel like it this time. She's changing."

I hold my breath.

"She's been our little girl for almost two hundred years. Surely she'll remain that way for two hundred more," Daddy says.

"I don't want to be your little girl anymore," I whisper under my breath, then clasp my hand over my mouth.

"She's got an itch that I'm not sure I can scratch out of her."

"Well, we're going to have to," he says. "We have to just focus on the moonlight."

It takes me an entire month to gather all the documents needed to join the Army Nurse Corps and sign up for training. I steal

Mama's nursing license and graduation certificate from her nursing school out of a tin she keeps in the bottom of her desk. We have the same name—Matilda Emma McGee—even though everyone calls me Emma. I change the dates to last year—no one will believe I was old enough to graduate nursing school almost twenty years ago. Then I forge Daddy's handwriting to write a note about my good health, and write a letter from Molly testifying to my moral and professional excellence.

I try to quiet all the troublesome worries in my head: *Emma, you don't know anything about medicine. Emma, you aren't a nurse. Emma, you could hurt someone. Emma, Mama would be so upset and say this is unethical.*

"I will pay attention to every bit of training. I will not take any risks with anyone's life. I will ask to be assigned simple tasks," I tell myself.

I use my best pen to fill out one of the numerous birth certificate forms Daddy has stockpiled in his office. I will my hands to stop shaking. I write in a new birthday—December 12, 1921. I'll be twenty-two years old. That seems like a good age. One that implies trust and responsibility. One that fits within the requirements: twenty-one to forty years old. One that I can pass for.

I pack a small satchel with just the necessities—clean underwear, a few dresses, toiletries, the only two stockings I have left after a year of rations. I leave room for the moonlight jars.

Mama peeks her head into my room. "Come help me pluck the string beans for supper."

I pull one of my pillows over all the forms. "I promised Molly I'd help her pick out a dress for the cotillion."

"And when might you be picking your own?"

"I don't think I want to do it this year."

"You don't think?" Her mouth purses.

"Yes, ma'am. I thought maybe I could not have a debut."

"Everyone has one. You know this."

"I've had so many. Maybe we can do something diff—"

"Different?" she says.

I nod.

"What's all this different talk?" She steps farther into the room.

I shrug. I want to tell her I'm tired of being sixteen. I'm tired of going through the same rituals and milestones every year. I want something new. But she lifts her eyebrows and purses her lips. "It's nothing. I'll pick my cotillion dress tomorrow, Mama. I promise."

She eyes me, then smiles. "Whichever one you choose will be beautiful. You always look lovely in them." A sadness creeps into me, and I wish I could tell her the truth and make her understand.

I take out the cotillion dress I wore in 1934. We'd returned to New Orleans, and I loved being back in the city, especially to ride their new trolleys. I'd been escorted by Christophe Laurent, and he'd left tiny grease stains all over the waist of the dress from all the food he ate that night. Mama liked him. If I were a girl who could get married, she'd have picked him for me.

I leave the dress on the bed with a note for Mama that I think I want to alter this one since the war rations will make it near impossible to buy another of equal value and beauty. I bet she can do something about the grease stains and alter it so it doesn't look nearly a decade out of fashion. But I don't plan to be around for the cotillion.

I ride my bike into Vineyard Haven with all the documents tucked into the front wicker basket. A new summer breeze pulls some of my hair from its bun. The stickiness of late June has now settled over the island. The sound of bleating frogs and chirping

crickets mixes with the few cars still moving across the Vineyard roads and risking their gasoline ration.

The Junior Red Cross has fewer volunteers today. Fewer people to stare at me and wonder what a colored girl is doing outside of Oak Bluffs.

Mother Powell nods at me and motions to a table with a bowl of water. I wash my hands and start to work on bundling the bandages. She smiles at me. The monotony of the work usually makes me forget how many hours have passed, but today I can't help stealing glances at the parcel of paperwork I've brought. It almost has its own heartbeat.

If I turn it in, the process starts. I will have to leave Mama and Daddy and take a ferry to mainland Massachusetts and then a bus to Fort Devens. I'll be trained to be a war nurse and then shipped off to Great Britain.

In 191 years, I've never been away from them. I don't know what it would be like not to see them every day, not to have Mama mix up the moonlight, not to hear Daddy's voice.

I close my eyes and imagine my future: me in a nurse's uniform, sitting on a ship headed across the sea, tending to men like Raymond. Then Daddy's warm smile and Mama's hurt eyes erase the picture.

My stomach knots.

A hand touches my shoulder and I jump. My eyes snap open.

"You all right, child?" Mother Powell gazes down at me.

"Yes." I hand her the parcel before I lose my courage. "I want to help in the war effort."

"Is that so?"

"Yes." I rest my hands on all the paperwork. "I want to join the Nurse Corps."

"You're a nurse?"

"I am," I lie, and tell her a few old nursing stories Mama used to tell me after coming home from the hospital when we lived in Washington, D.C.

"The Vineyard ferry's leaving tomorrow around sunrise. Some girls headed up to Fort Devens will be on it. If you want to go, show up there."

The moon is high by the time I get back home. I park my bike in the garage beside Daddy's car and try to slip through the door into the mess room.

The light flickers on. Mama stands in the doorway, arm jammed to her hip and a scowl across her face. "And just where have you been?" she barks.

"At Molly's."

"How about you try again with the truth?"

"I . . ." My stomach bubbles up like it might come out.

"Clare called me about whether you would want to have a lady do your makeup before the cotillion. She was going to set it up for you and Molly. She told me you hadn't been by today."

I nibble my bottom lip. A dozen more lies flicker through my mind. None settle. None feel good enough to withstand Mama's interrogation.

"We don't lie to each other." Tears brim in her eyes, and she's shaking mad with upset.

I sigh. "I went to volunteer."

"Where? And for what?"

"The war effort. Women are folding bandages and putting together care packages at the Junior Red Cross in Vineyard Haven."

Her fists ball. "You're to stay out of it, you hear me?"

The light bulb goes out, and we're bathed in darkness. Only the moonlight illuminates the cobblestone driveway.

"Did you hear me, Matilda Emma McGee?"

"Yes, ma'am." Guilt and anger tangle inside me. I've never defied her before.

I climb down into the cellar with an oil lamp. I hold my breath as my feet seem to hit every creak in the wooden ladder. It's as if my own feet want to give me away and wake up Mama or Daddy. A menagerie of moonlight illuminates the room like hundreds of fireflies sprinkled across a dark cornfield. The glow awakens inside the glass cages as it senses my presence. Shelves upon shelves of mason jars cover each wall, full of surging moonlight. At least three years' worth.

When I was little, Mama would only stockpile a month at a time to keep it fresh. There'd always be one or two jars in the pantry or the icebox if she wanted it cool. The moon would provide forever. Now she doesn't seem so sure.

I swipe four jars. Enough for one person for four months.

Outside, I gaze up at the house and the moon.

"I'm sorry, Mama and Daddy," I say below their bedroom window, hoping and wishing that the message will somehow find them in their dreams.

❉ AUTHOR'S NOTE ❉

I like history with a teaspoon of magic. I need it to counteract the pain and bitterness, making history more palatable for me as a black American. As a child learning about the horrible atrocities faced by my people, I realized quickly that this country—and history itself—was not kind to us.

I was inspired by one of my favorite books as a child:

Virginia Hamilton's *The People Could Fly*. It is a collection
of black American folktales full of wonder wrapped into
our historical experience. As a young reader, I loved falling
into those stories about strong people who could perform
otherworldly feats in the face of chattel slavery, the system of
white supremacy, and institutional racism.

"When the Moonlight Isn't Enough" seeks to grapple
with something that bothers me: How can one be a patriot
of a country that hates you? How can one participate in the
protection of a place that doesn't seek to protect you? How
can one love and hate a country simultaneously? I set the
story in Martha's Vineyard because I'm fascinated with black
communities that—against all odds and in the face of white
terrorism—succeeded and built their own prosperous havens.
My wonderful friend Allie Jane Bruce took me to Martha's
Vineyard last summer, and I fell in love with the island and its
interesting black history. I knew that I wanted to explore this
subculture of black folks who have lived, worked, and vacationed
there for decades.

I was drawn to 1940s America partly due to music, mostly
due to the fashion from the era, but also because it is one of the
time periods (along with the 1950s) that many white Americans
are most nostalgic about as a golden age of America, a time
when America was "great." My grandparents were nine and ten
years old during World War II America; their childhood was
marked by the war and its aftermath. There are very few stories
about what nonwhite people endured at this time, and I wanted
to explore that.

Last, I'm obsessed with the moon and its light. I hope
readers can catch some of their own.

THE BELLE OF THE BALL

SARVENAZ TASH

M r. Pendergrass didn't stand a chance.

As soon as we walked in and Sandra glimpsed the substitute teacher's precisely trimmed mustache, she turned to me with a mischievous grin. She'd had it in for him ever since two weeks ago, when it had become abundantly clear that he wasn't going to call on a girl for an answer, even if that girl was confidently punching the air, indicating that she knew every single one.

I snuck a second glance at the teacher's rigid back as he wrote his name in neat block letters on the chalkboard. Judging by the handful of times he'd subbed for our class, he wasn't the type to take a joke.

But I could see Sandra was ready and waiting for her lines.

He was doing the roll call now, looking stern any time he said one of the boys' names, like he maybe expected *them* to try something. He seemed to have no such expectation for any of the girls.

All we got was a smile dripping with condescension and, occasionally, a "Nice to see you again, dear."

That sealed the deal for me.

What could I say? I got an inexplicable thrill from defying expectations. I actually, physically felt it on the back of my neck, a tingle that bubbled its way to the tips of my fingers and toes, like soda pop fizzing over.

If my mother knew about it, she would call it "unbecoming."

But I lived for it.

I scribbled out the scene on a piece of paper and casually dropped it on the floor next to me. I heard the scrape of Sandra's chair right as Mr. Pendergrass got to my name.

"Rosemary Sweeney," the teacher droned.

"Present," I said in a calm, clear voice, belying my nervous anticipation for "Sandra Tanner" and "Bobby Weaver"—which would signal the end of roll call and the start of our scene.

Bobby had just announced he was present when I saw Sandra's hand waving in the air. I leaned back just a smidge, ready to enjoy the show.

At first, Mr. Pendergrass simply pretended he didn't see Sandra at all. "Mrs. Morris has written a note that you were to have started act 5 in *Macbeth* by today," he said. But my best friend would not be deterred by something as trivial as being blatantly ignored. She waved her hand, slowly at first, and then as emphatically as a Dodgers pennant on game day, until it was obvious that every single person in the class—except for Mr. Pendergrass—was staring at her. I could even see some of them smiling in anticipation of whatever antics "Sandra" had come up with this time.

Finally, in the middle of tonelessly recapping some of the statistics of Shakespeare's play (first performed in 1606, often called "the Scottish play"), Mr. Pendergrass addressed Sandra without

looking up from his book. "You, miss, can go to the powder room after class."

"And leave my nose unpowdered all that time? How barbaric," Sandra quipped. "But, no, that's not why I'm raising my hand, Mr. Pendergrass."

He looked up at her, irritated. "Well, what it is, then? The lecture hasn't started yet, so I can't imagine you have some pressing academic question."

"Oh, but I do. It has to do with Lady Macbeth," Sandra said with a polite smile.

"Lady Macbeth?" Mr. Pendergrass asked, clearly still suspicious.

"Yes. Act 5, scene 1 is her big scene, isn't it? Some would say her most famous scene."

Mr. Pendergrass frowned but looked down at his book, skimming over the pages in front of him.

"Yes, I suppose that is likely true." He said it like it was costing him something to admit she was right.

"'Yet here's a spot.'" I recognized Sandra's Ethel Barrymore voice immediately as she quoted the text.

"Ye-e-e-s," Mr. Pendergrass said slowly. "Now, class, let's talk about . . ."

But Sandra was now out of her seat, staring off at a space in the distance and moving slowly toward the front of the class like a guilt-ridden sleepwalker. "'Out, damned spot! Out, I say!'" she whispered furiously.

Mr. Pendergrass practically jumped back in alarm. "Excuse me, Miss . . ." He looked frantically down at his roll call, clearly trying to remember Sandra's name.

"'One: two; why, then, 'tis time to do it.'" Sandra continued to walk slowly and regally to the front of the class. I saw more than one classmate fighting back a smile, including Tomás Chavez,

whose reactions I noticed more than most. "'Hell is murky!'" Sandra suddenly screamed as she turned around and stared at a point above everyone's heads, before making her voice soft once more. "'Yet who would have thought the old man to have had so much blood in him?'" At this point, she turned her head slowly and gave what could only be described as a chilling stare at Mr. Pendergrass.

"That's why I always rely on the cleaning power of Tide!" With a snap of her head, she was facing the class again and had suddenly adopted a cheerful midwestern drawl along with a Pepsodent smile. "Tide gets clothes cleaner than any soap! And we are so lucky to have this wonderful product as sponsors of the Macbeth family. It's on your shelves at the grocer's. And if it's not there, ask him to put it there!" She placed her hand on the hip of her belted skirt and froze in place.

Most of my classmates had already burst out laughing, instantly recognizing the riff on the laundry detergent commercials that Red Skelton did almost every week as part of his shows. I laughed along with everyone else and allowed myself another covert glance at Tomás, whose lips were parted in a grin that made me feel things.

Like, for one of the first times that I could remember, disappointment that nobody besides Sandra knew I had anything to do with the class disruption.

I watched Mr. Pendergrass's mustache wiggle up and down in anger, looking incongruously like Groucho Marx's eyebrows, as he told Sandra to immediately pack up her things and take herself to the principal's office. I didn't want to get in trouble, wasn't brave enough like she was, and yet . . .

And yet, maybe I wanted the credit for coming up with the bit in the first place. Maybe I wanted one of those laughs to be directed at me. Maybe, most of all, I wanted to finally have the

discussion with my mother. The "Why, Rosemary?" and the "How ill-mannered, Rosemary!" and, most hopeful of all, the "You are clearly not cut out to be presented as a deb, Rosemary, and will obviously be an embarrassment to me and our family, so we can just forget that whole thing."

But a much more realistic part of me knew that, barring some sort of tragic bus accident, my mother would not let me out of this stupid debutante ball even if she had to drag me there in chains. It was too important to her. In fact, I'm sure she'd pictured my coming-out party as soon as the doctor had informed her that she'd just had a baby girl.

After school, as I waited for the light at the crosswalk to change, I eyed the bus driving past me. Then I remembered that it was Monday. *I Love Lucy* was on. Maiming myself could wait.

Mrs. Lucy Ricardo's impending shenanigans were the only thing that propelled me to our block of crowded brownstones, through our front gate, up our stoop, and through our apartment's door.

Because Mondays also meant something else.

"Hurry up now, Rosemary," Mother said as she came out of our parlor to greet me, nearly bumping into the seventeenth-century baroque side table that was one of the only pieces of her inheritance that she'd managed to salvage. It was huge and ungainly, especially for the small sitting room, and I'd never quite figured out why she had chosen to keep that piece out of all of them. But maybe nobody had wanted to buy it. "Didn't Mrs. Fenton insist she would drop you from the class if you were late one more time?"

If only that were more than an empty threat, I'd figure out a way to inspire a massive subway strike.

I hated cotillion classes with Mrs. Fenton, a woman who glided like a swan, chirped like a sparrow, and seemed determined to live

her life like she was some sort of a decorative bird instead of a grown person. Worst of all, my mother paid her to try to teach me to do the same. I wasn't sure what would happen if I didn't tap into my inner hummingbird during the waltz or peck elegantly at my salad with the correct fork, but judging by the severity of Mrs. Fenton's reaction, I'd guess something on the scale of Pompeii.

"Would that be such a bad—" I started.

"Not today, Rosemary. You've made your views on this dance quite clear, and so have I. Let's spare both of us the irritation, and, please, just get to your class. We both know you are going to anyway." Mother pointed a finger out the door.

Frankly, she was right. I *did* always do what she asked eventually, no matter how I felt about it. The sense of familial duty that was hammered into me from an early age, coupled with my mother's formidable personality, were too intimidating to overcome—especially in combination.

I turned around and marched back out onto the street, taking my frustration out on a stray baseball that one of the Powell boys next door must've forgotten. I kicked it all the way to the entrance of the subway that would lead me from Brooklyn into Manhattan, where all the other debutantes naturally lived and, so, where Mrs. Fenton could make a living waxing poetic about cutlery.

The cotillion classes took place in the basement of a church downtown. There were eight of us "lucky" eighteen-year-olds, forced to partner up to learn the waltz and fox-trot and some other dance, which, honestly, felt exactly the same as the other ones. Either way, I danced it just as clumsily, as pointed out to me frequently by Mrs. Fenton in a "ladylike" voice, which apparently meant speaking in whispering singsong. After all, far be it for a *lady* to speak in any tone in which she might actually be heard.

As always, I left the church in a foul mood, my breath visibly indignant in the brisk early-March air. I made the trek back home, reclaimed the baseball that was still by the subway station, and kicked it right back to the Powells' front yard. As I was depositing it back under their azalea bush, I heard Mr. Powell's voice wafting from his kitchen window.

"Women just aren't funny." The words rammed into me like a freight train. "Bob Hope is funny. Jerry Lewis is funny. Laurel and Hardy, Charlie Chaplin, the Marx Brothers. You know why there isn't a Marx sister? No one wants to see a woman make a fool of herself like that."

He said it like he was announcing the weather or reading a newspaper headline—like it was a foregone conclusion, a boring but irrefutable fact.

It was his matter-of-fact tone, more than anything, that made me stop in my tracks. Because Mr. Powell was a professional and had actually written for some of the very people he'd just mentioned. Sure, it was hard to reconcile some of those famous, raucous bits with the serious man next door, but they had indeed bloomed from his mind.

So how could he say that? How could he *believe* it? Women weren't funny? Of course they were. What about Rosalind Russell? *What about Lucy?* I wanted to yell right through the window.

"Lucy who?"

I blinked. Had I said that out loud?

I turned around slowly, and there was Tomás, looking at me from the stoop. The Powells lived below his family. Lucky them. My family lived underneath the Midnight Bowling and Shotput League of America, Brooklyn Chapter.

Ever since Tomás had moved here back in October, I'd been

trying to get this kid with his beautiful, lilting accent to speak to me, and this was how he finally did it: calling me out for talking to myself in the middle of his front yard.

"Ball," I responded. "Lucille Ball." Well, I was going with it. I'd waited all this time to have a conversation with him, and I wasn't about to miss the opportunity.

"Oh," he said. Then, after an interminable pause: "Like on television?"

I broke out into a big grin. For a second, I thought he might not have known who Lucy was and that definitely would have tarnished his appeal. But now, standing in front of me with his slightly too-long dark hair and that tiny smile that was more in his eyes than his lips, he remained a perfectly suitable leading man. "She's sort of my hero."

"You want to be Lucille Ball?" he asked.

"No," I responded. "I want to be Madelyn Pugh."

Tomás looked at me blankly. Obviously, he wouldn't know who that was. *Come on, Rosemary. The boy is dreamy, but he isn't perfect!*

"She's one of the writers for *I Love Lucy*," I explained.

Pugh's name had gleamed out at me from the very first time I saw the show's credits roll, like an oracle predicting my future. If someone named Madelyn could write for the funniest show to ever exist, then why couldn't someone named Rosemary?

A full smile spread across Tomás's face. "Like how you write for Sandra?"

My mouth gaped. "You know about that?" Sandra had long worn the crown for class clown, but all this time, I'd thought my role in it had been the best-kept secret at school.

"I've been watching you," Tomás responded with a sheepish grin. "I saw what you wrote. And then a few minutes later, Sandra said it . . ." He tapered off. "Why aren't you the one to say it?"

It was my turn to shrug. "I'm more of a behind-the-scenes kind of girl. I love Lucy but . . ."

"You want to be a Madelyn?"

I gave a small laugh. "Exactly. So do you watch the show?"

He started to play with one of the early-blooming azaleas on Mrs. Powell's bush, looking a little embarrassed. "I've seen an episode at a friend's house. But we don't have a television."

"We only got ours last year," I said quickly, hoping he wouldn't feel ashamed. Honestly, most people on our block had only gotten a set recently. "Did you like it? The episode you saw?"

"I did. It was very funny." He paused. "You don't usually see a guy who looks like me on television."

It took me a moment to realize he meant Desi Arnaz. And another to realize that he was completely right. I couldn't think of another Latin man on TV.

"I like Desi, too. He's a great straight man to Lucy."

"She is very funny," he agreed. "So is the woman who writes her lines."

"*I* think so." I lowered my voice. "Apparently, *he* doesn't." I gestured toward the ground floor of his building.

"Mr. Powell?"

I nodded as his voice came through the window again. "I'll just have to convince George that the show doesn't need 'a female touch,'" he said. His son Gary had been boasting all over school about the great gig Mr. Powell had finally landed—a new NBC television show. Rumor had it that the Powells had fallen on some hard times due to the Hollywood blacklist—hence their move to our working-class neighborhood.

"It can get on just fine with me, Eli, and Peter. Fifteen years of being a powerhouse team . . . all our credits . . ." Mr. Powell grumbled. "Auditioning female writers. Ridiculous!"

I rolled my eyes at Tomás, who seemed frustrated on my behalf. "He's the one being ridiculous," Tomás exclaimed. "He should read some of your bits from school!"

I snorted. "If only."

Tomás let go of the flower he was pinching, and the delicate stem snapped right off the bush. We both watched it flutter and land amid the frost-covered grass. Then he looked up at me again, brushing his dark hair off his forehead, before shoving his hands deep in his pockets. "I'm sorry, but I have to go. I'm supposed to watch my brothers for Mama."

"Okay," I said.

"Okay." It looked like he might say something more, but then he turned around and walked into the house.

Drat. If I could've scripted that, maybe it wouldn't have been so anticlimactic. Or maybe, at least, I could have said something funnier for him to remember me by. Like something about how Mr. Powell tuning out women's voices was self-preservation after having to hear his wife sing "I've Got a Lovely Bunch of Coconuts" every time she did the washing up. Assuming the Powells' ceiling was just as thin as the walls between our two buildings, surely Tomás would've gotten the reference. I could've gotten a laugh.

Instead, I absentmindedly picked up the purple flower from the otherwise spotless lawn and took it with me inside my own building.

All night, Tomás's words stuck with me. What if Mr. Powell could read my work? He had said something about auditioning female writers, hadn't he? How did that work?

I mulled it over during my walk to school, which was prime daydreaming time anyway: thinking up jokes or stunts to file away

for possible future use. I wasn't used to being interrupted, so it took a while for me to realize someone was calling my name.

When I finally turned around, Tomás quickened his pace to catch up to me. "Mind if I walk with you to school?"

"Of course not." For a moment, I wasn't sure if I was still in daydream mode after all.

He fell into step beside me. "So what did you think, then? Of last night's episode?"

I glanced curiously at him. "Of Lucy?"

He nodded.

I grinned. "It was spectacular, of course," I gushed. Strangely enough, on last night's episode of *I Love Lucy*, Lucy had accidentally eavesdropped on her neighbors' conversation, too, only in her case she thought she heard them plotting her own murder. "There was a scene with Lucy on the phone to a police officer . . ."

"Where she said she pretended to be a chair?" he finished.

"Yes!" I replied. "Hey! I thought you didn't have a television."

"I don't. I asked Gary if I could watch theirs last night." Tomás grinned, and I could tell whatever he was about to say was why he had flagged me down this morning. "You will be happy to know I caught Mr. Powell laughing at least twice."

My heart soared. Good ol' Lucy. Still . . . "Only twice?"

"I know. For a man who writes comedies, his sense of humor seems . . ." He gestured with his hands, obviously looking for the right word.

"Nonexistent?" I attempted. "Six feet under? The size of a pea-pod . . . from a dollhouse kitchen set?"

Tomás laughed. "Yes. Definitely one of those."

"So tragically true," I said as I hoisted my bag higher on my shoulder. Tomás made like he was about to offer to carry my books, but I immediately thought of something much more important.

"Did he say anything more about auditioning female writers for his show?"

Tomás shook his head, moving his hand away from my bag. "I could maybe find out? Are you thinking you might audition?"

It would sound silly to say yes. After all, I didn't know how to write a real script. Or how to get Mr. Powell to read one from an eighteen-year-old girl he knew best from snooping in his front yard and, one time, accidentally crashing a tricycle into his wife's prized azaleas. (All right, so maybe it wasn't quite an accident. Maybe it was an attempt—a successful attempt, I might add—to get my younger brother Jacob to laugh at the sight of me on his bike after some older boys had chased him away from their base-ball game.)

But I smiled. And said yes anyway. I'd already told Tomás more about who I really was and what I really wanted than practically anybody, except Sandra. Why stop now?

"Let me see what I can find out," he promised as we neared the school. And I suddenly felt much lighter than if he really had carried my books.

LUCY'S LIVING ROOM

LUCY is vacuuming. ETHEL walks in.

ETHEL
Lucy, did you hear about

Did you hear about . . . what? A carnival? A circus? A discount at the beauty parlor?

I had been agonizing about that line for an hour. It was also the only line I had written.

Tomás had come back with the intelligence that the scripts—
the ones by other female writers—were being sent through the
mail for Mr. Powell to evaluate. I'd seized my opportunity and
borrowed one of the many manila envelopes I'd seen the postman drop off at Mr. Powell's mailbox. It was the only way I could
think of to see an example of a real, live script. After I hastily
copied it out and returned the original, I pored over it. It was *fascinating*. I watched and listened to all of the comedy that I could,
but I'd never seen the jokes laid out like this before. This one
was a sample sketch for *The Red Skelton Show*, which made me
think I should write a sample episode of the show that *I* knew and
loved best.

But I needed further research. So on Monday, when *Lucy* came
on, I decided I'd try my hand at being a scribe.

When the show first started airing last year, it was only Jacob
and me who really watched, with Father reading his newspaper
and Mother flitting in and out as she cleaned up. But as the season
progressed, I noticed that the living-room mantel seemed to suddenly need extra dustings on Monday and that, more often than
not, my father would only think to turn the page of his newspaper
during a commercial. Though I was elated by this revelation, I
knew better than to bring attention to it. It wouldn't take much
for Mother to denounce the show as vulgar or low class, especially
if she knew that I saw it as more than a weekly diversion and more
like a potential career path.

But I certainly wasn't able to go unnoticed that night when
the four of us were gathered around our television set. Mother,
Father, and Jacob all watched me agape as I wore out two and a
half pencils trying to transcribe Lucy's and Ethel's every word.

"Rosemary, may I ask what on earth you think you're doing?"
Mother finally asked as a piece of paper flew from under my

graphite-covered hands and nearly hit the ceiling before fluttering slowly and dramatically to the ground.

I didn't want to answer her, afraid that I would miss the next line if I did.

"Rose . . ."

But better a few lines than the whole thing, so I thought quickly. "Oh, it's an assignment. A transcription assignment. For my journalism class."

"I see," Mother said after a pause. "I didn't know you were taking a journalism class."

But then, thankfully, she left well enough alone. By the end of the episode, my fingers had the posture of Quasimodo and the living room looked like it had been feted by a ticker-tape parade, but I thought I might have a good idea of how the show was constructed.

Although now, staring at the blank page in front of me, it dawned on me that it was quite hard to come up with a whole new scenario and then . . . make it funny.

I stared up at the piece of paper I had pinned above my small desk.

> *"Women aren't funny."*
> —James Powell

That lit the appropriate fire.

I placed my pencil emphatically back to the end of Ethel's line, closed my eyes, and plucked the first word that came to my mind.

Carousel. "Did you hear about the new carousel in the park?"

I wrote it out slowly, realization dawning that a walk in the park might help me air out my ideas. Or, better yet, maybe I could go over to Sandra's. I'd already told her all about my harebrained scheme to submit a script to Mr. Powell, and she'd loved the idea. She'd always been my collaborator anyway, bringing my work

and ideas to life with her perfect delivery. Maybe that was what I needed: a sounding board.

I got up from my desk like a woman possessed, marched out of my room, and went to grab my coat from the hall closet.

"Rosemary," my mother called from the dining room. I quickly pulled on my coat and had my hand on the doorknob when she appeared, the click of her heels alerting me too late to her presence.

"I need to get back to the tailor about your fitting."

Drat. Sometimes, I could swear that woman was a hawk in a previous life: swift, silent, attuned to when its prey, aka her daughter, was at her most vulnerable. Though to be fair, my head was in the clouds often enough that I usually wasn't in any position to fend her off.

"We should go tomorrow . . . Rosemary, what on earth?" she exclaimed as she looked me over, her beautiful face pursing into that look I knew all too well and her hand now on the hip of her immaculate yellow-and-white-striped dress. "What is this about now? *Please* don't tell me you're thinking of setting up another . . . play." She said the word *play* the way she would say the word *rodent*. I already knew how she felt about my attempt at staging an impromptu show with Sandra in Prospect Park last summer. Though, honestly, that lake was just begging for an Ophelia by way of Mae West routine.

But I had no idea what she was so upset about now. There was really nothing wrong with my shoes, or skirt, or . . . oh.

Apparently, in my haste, I'd grabbed the first bit of greenish fabric that I saw in the hall closet. Which was not my woolen peacoat, but my father's jacket. My father's army jacket, with gold, red, and blue emblems on the pocket, brass buttons on the lapels, and sleeves that came down about a foot past my fingertips.

Well, now, that was . . . funny, actually. I wondered how Sandra

would have reacted if she saw me in it—it might have led to a good bit. Perhaps some other time, I thought, as I took the coat off and hung it back in the closet before turning to face Mother.

"I made the dinner reservation at the St. Regis. Would you ring up Julian to let him know?" she asked.

I sighed. Of course she would want to talk about the ball, something I hadn't given a thought to in hours because I'd been preoccupied with more pressing matters, like what sort of trouble a redheaded housewife could get up to.

"Yes, but . . . what if we skip dinner?" It wasn't just that I didn't want to spend extra hours with Mother and Father and Julian, my escort and the dull son of one of my mother's childhood friends, whom I'd only met a handful of times and spoken even fewer words to. The restaurant at the St. Regis Hotel was also far too pricey. I took a closer look at my mom's dress and realized the white was slightly dingy from too many washings. The last thing we needed was to spend more money we didn't have. Especially on something as trivial as a pre-dance dinner.

"Rosemary!" Mother exclaimed. "Dinner before a cotillion is tradition."

"But what if . . . I don't know. We could have dinner at home. Two of the girls from cotillion class are doing that."

It was true. Annie's and Josie's families were each throwing a small dinner party in their honor at their respective homes. But I saw my mother looking uncomfortably at our narrow entryway and that lone fancy end table, and I knew she wouldn't want anyone coming here.

"We could just pretend we did," I said quickly, putting my hand on her arm and looking her in the eye. "No one would have to know we didn't have a real dinner party."

For a moment, when she looked back, I knew we understood

each other perfectly, the unspoken dialogue between us a current that was pinging back messages in the same language. But then she looked away, and the cable line snapped.

"Don't be silly, Rosemary. It'll be a lovely dinner. Mrs. Chambers has simply raved about the salmon, and your father has been looking forward to it for weeks. Would you please just ring up Julian to let him know?" The bright smile was back on her face, now that she was assured of my compliance.

I nodded, watching her swish back into our tiny parlor. I didn't know how accurate Mrs. Chambers's feelings about the fish were, but I knew for a fact that my father hadn't looked forward to much since he had worn that army jacket himself.

For all her poise, sometimes my mother seemed to me a woman huddled over the tatters of things that had long disappeared: a stately childhood home; a maiden name that vaguely stirred up ideas of grandeur for people of a certain age; a boy she loved who, for all intents and purposes, never came back from the war at all.

It was like she couldn't bring herself to accept that she lived in this apartment building in Brooklyn with the Powells, and the Chavezes, and everyone else on this block—not the slightest bit of difference between us.

But me, I had always lived here. And I'd never once wanted the Park Avenue address.

At least not by marrying into it.

It was one tedious phone conversation and half an hour later that I made it out of the house. By then, any flits of writing inspiration seemed to have left me completely. I was going to go over to Sandra's anyway; I needed a pep talk.

As soon as I walked down my stoop, I was met by a wave and a big smile from someone else—someone who had apparently been

waiting for me to appear. Tomás jogged up to me. I could feel my cheeks lifting to match his.

"How has it been going? The writing?" he asked, and my face fell. "Oh. Not good?"

I shook my head. "I seem to be stuck. I just can't think of a good setup. I had Ethel ask Lucy if she's heard about the new carousel in the park and then . . . I have no idea what happens next."

"Oh," Tomás said, his eyebrows furrowed.

"Can you think of anything?" I asked hopefully. Sometimes Sandra would throw out random ideas, and one of them would catch, blooming joyously into something unexpected as it filtered its way through my mind.

"Umm," Tomás stammered. "So they go to the carousel. And they ride it. And they get dizzy . . . and maybe one of them gets sick?"

Clearly this was not one of those times. I smiled politely. "Maybe."

"Oooh, or how about they go to the carousel. And then they argue because they both want to ride the same animal. Maybe the . . . giraffe!" he exclaimed, laughing, as if that were clearly a punch line.

I had to laugh, too, at his enthusiasm. "A giraffe, huh?"

He nodded.

"It's an idea," I said noncommittally, not wanting to hurt his feelings.

He looked at me shrewdly. "I'm not helping, am I?"

"Not really, but you're making me smile. And that's more than has happened all day."

"I will take that." His dark-brown eyes looked into mine and, in the quiet that ensued, I knew what was supposed to happen next.

Every movie I'd ever seen and daydream I'd ever had about this very moment told me.

But he hesitated; I could tell he was wondering if he should.

I thought of my mother, who was inside the house, only a few feet away. She might look out the parlor window. What she would think if she saw me kissing the boy next door—who didn't have a name or a fortune? Who didn't even have the right color skin?

And then I thought about what *I* wanted.

I closed the gap between us and let my lips meet his.

My mother didn't see us. I could tell because she didn't come running out in a fit and proclaim her plan to ship me off to a Swiss finishing school.

Sandra seemed a little disappointed that the Alps weren't in my immediate future. "Just how great would it have been if she *had* seen you, Rosemary? It could've been your chance. Your big moment to give her a piece of your mind." Sandra had just put the needle on the Doris Day record when I'd told her what happened. She hadn't harped on the fact that I'd kissed an extremely handsome boy, but, rather, that I had done it where Mother might have seen.

Sandra had wanted me to stand up to Mother for years. She'd even offered to act as my stand-in. Playing the role of Rosemary and reciting the lines I'd write, she would tell Mother to "put a sock in it," as she so gleefully put it. I admit, I was twistedly curious to see what Mother's reaction to that might be . . . though in a fly-on-the-wall, purely scientific sense. The actual thought of being on the receiving end of Mother's reaction made me repeatedly swallow like a nervous contestant in an amateur fire-eating contest.

"I just need to get through this dance," I told Sandra. "And then, maybe, Mother . . ."

Sandra raised her eyebrows at me.

"Okay. Definitely. I will tell her."

My plan after high school was not to marry some Rockefeller and settle down on the Upper East Side like Mother wanted. It was to move to Los Angeles with Sandra and try to make it as a writer in Hollywood while she got her acting career going. I'd even looked up some screen-writing programs there, particularly at the University of Southern California.

"And besides," I continued, "today wasn't about defying Mother. I just . . . wanted to kiss him."

Sandra smiled at that. "Well, all right, then. Good for you. And how was the kiss? Did it live up to expectations?" She came over and flopped down on her bed next to me.

I grinned. "I wouldn't mind going back for seconds."

Objectively speaking, the girl in the mirror looked pretty good. It was the dress, mainly. The silvery white taffeta did something to my pale skin, made it glow and even look a bit tanned as opposed to the tinge of gray that tended to settle in after a long New York winter. The appliqué beaded flowers on the full skirt, in a smoky shade of blue, caught the light and glinted at unexpected moments. And the corset kept everything in its proper place as long as I was supposed to resemble a certain antiquated timepiece made of glass and sand (which Mrs. Fenton had assured me I was). But I couldn't breathe, the scratchy fabric made my skin feel like it was being stung by a thousand tiny bees, and keeping my balance in the strappy silver high heels meant scrunching my toes in a way that made them turn purple.

Mother did not care one jot about any of these complaints. "You look lovely, Rosie," she whispered when she saw me. "You know, the night I came back from my deb ball, I didn't sleep a

wink." Her voice was far away. "I couldn't stop thinking about dancing with your father. I was doing all the steps in my bed the whole night."

The night hadn't even happened yet, but I knew I wouldn't feel any of those things. I couldn't dance very well as it was, never mind in those shoes. I was going to spend the whole time trying to keep the curtsies and salad forks straight in my head. And the only boy I'd want to dance with certainly wouldn't be there.

I felt a pang when Mother grazed my shoulder and breathed out the word "lovely" one more time. It was easy to feel frustrated with her, angry at her, for not understanding me at all. For not looking at *me,* the person I was instead of who she wanted me to be. But at the same time, I was the one who kept my true self hidden, who followed her every instruction with meek protests, who let Sandra say the lines I wrote, who kissed the boy I wanted to kiss but hoped Mother hadn't seen.

In that moment, looking at her face in the mirror, the glass was showing me a side of us I wouldn't have been able to reach on my own. Maybe she really thought becoming a society wife was what would make me happy because I had let this fantasy of the girl in the mirror go on for too long. Maybe if I was the one writing the lines, it was time for me to speak them, too.

The girl in the mirror placed her hand over her mother's and made a silent vow to herself.

I would go to this ball for her. I would do my best to be the polite well-bred girl she had taught me to be. But then I would leave that girl at the dance, shedding the snakeskin that had never fit my coils. And I would breathe . . . in every sense of the word, I thought, as I envisioned breaking the boning in my corset with Jacob's baseball bat first thing tomorrow.

× × ×

My mother had the cab drop us off in front of Tiffany's. Ostensibly, it was because she wanted to start off the evening by gazing at the famed window displays. She'd always said they put her in the right frame of mind: peaceful, elegant, and just a little bit detached from the vulgarities of real life. But I knew that she didn't want anyone to see us pulling up in a regular old yellow taxicab instead of an elegant town car. And even that taxi had required careful saving up.

Mother sighed in contentment as soon as we glimpsed Julian Dupont waiting for us in front of the St. Regis. A bland smile was already punctuating his classically handsome face. His sandy-blond hair was parted neatly, with just the right amount of pomade to keep it in place. His tails grazed below the knees just as they were supposed to, and his white bow tie was perfectly centered. It was hard to imagine that anyone in Julian's carefully curated life had ever looked at him and felt the inexplicable revulsion that was ooz- ing out of my pores. But I was surprised it didn't stain my dress.

He said and did nothing that veered one iota from that rehearsed exterior. He was a perfect gentleman at dinner, steer- ing the conversation from the weather to the meal and back to the weather again. He made two feeble jokes, which received raucous laughter from Mother, polite chortles from Father, and very strained smiles from me, after Mother kicked me under the table. It was undoubtedly the most painful when he was trying to be funny.

For just a moment, the conversation steered toward baseball, and I thought I saw a hint of something that might resemble passion, or a personality, or simply a sign that he wasn't a Macy's mannequin brought to life. But a minute later, we were back to what a chilly March it had been, and I was left wondering whether I had willed that spark out of sheer boredom.

I winced when the bill came and I glimpsed the

twenty-five-dollar tab. It seemed a ridiculous price to pay just to be seen.

After we left, Mother and Father let us walk ahead of them over to the Park Lane Hotel, obviously hoping for some sparkling conversation to take place between Julian and me. A couple I had seen at dinner was walking ahead of us, clearly headed to the cotillion, too. She was radiant in white, a matching fur shrug contrasting with her sleek black hair. He was tall and wearing a tuxedo, and they were walking arm in arm. Together, they looked like they might have stepped out of a black-and-white Ginger Rogers and Fred Astaire movie.

"So what do you think?" I turned to Julian conspiratorially as the pair floated down Fifth Avenue. "Are they Russian spies? Or automatons?" I nodded toward the couple, whom I had decided to christen Natasha and Bot Wonder.

"Sorry?" Julian looked at me blankly.

I pointed to them. "They're too perfect, right? So either they were sent here by the Ruskies," I said in a bad Eastern European accent, "to infiltrate New York City as American teenagers, but their only frame of reference was the movies, so they look like they just stepped out of one. Or they are, in fact, robots and we have a lot more to worry about than a silly little war with Russia."

Julian's expression did not change, except for maybe a slight tinge of confusion that snuck onto his perfect mask of a face. I waited a beat before I felt I had to explain. "It's just a game, a joke," I said, which of course ruined the very nature of either.

"Oh," Julian replied, and, after a moment, bestowed a small smile upon me.

The rest of the night was almost too boring to mention. We arrived at the ball; I was announced; I curtsied; I danced (poorly). Then we were entertained by a pair of professional dancers who

glided across the floor, further driving home just how badly I had failed in my attempt to do the same.

But just then, the most glorious, wonderful thing happened.

The girl dancer wore a dainty little mask over her face, pale pink rhinestones framing her large blue eyes. I suppose in the story of their dance, they were supposed to be at a masquerade ball. And that's when I was struck with an idea. A *funny* idea. An idea I thought I could easily turn into an *I Love Lucy* episode.

What if Lucy went to a masquerade ball because she heard there was going to be a television talent scout there, and she wanted to get Ricky booked on a TV show? Only, of course, there would be a case of mistaken identity, and the person Lucy was trying to woo would actually be a masked thief, there to steal from all the finely bejeweled ladies at the ball. Lucy would inadvertently spend the entire ball thwarting him. She would be a masked hero! I could almost imagine the orchestra playing a version of *The Lone Ranger* theme song, a wink to the audience.

My mind churned. I wished I had a pen and paper. I looked ruefully at all the tiny and dainty purses my fellow debs had brought and knew I'd be hard-pressed to find one here. I took to staring off into space instead, trying to commit to memory all the one-liners and sight gags that were suddenly whizzing around in my brain. Julian had to ask me to dance three times before I heard him. I only said yes because saying no would've required extra conversation that my brain simply had no room for, and also because I caught my mother's frown and remembered my unspoken promise to her. I owed her one last glimpse at the daughter she wished she had.

Finally, finally, the clock was ticking midnight and the cotillion was over. I felt like a reverse Cinderella, itching to get back

to my own clothes and—most important—my own desk, where beautiful white sheets of paper and a glorious ballpoint pen were awaiting me.

Mother and Father had left a little earlier, Mother no doubt hoping for a spontaneous—though, of course, appropriate—romantic moment to erupt between Julian and me if only we were left alone for a bit.

But I hardly remembered how I said a final good-bye to him—certain and entirely unconcerned that I would never see him again—or how he hailed me a cab. All I knew was that, finally, I was sitting in the back of a warm taxi and furiously thinking by the lights of the Manhattan skyline.

I was dropped off at the end of my block, where I promptly took off my shoes; even though I only had a few yards left to walk, I wasn't going to spend one more minute in them. Then I started to actually skip toward my brownstone.

"You look happy," a soft voice said.

I smiled before I even saw him. "I am, Tomás."

He stood up from his stoop, where he was rolling around an old baseball. Now I knew the reason for all those stray ones under Mrs. Powell's shrubbery.

"Have a good time at the dance?" he asked.

"Yes, actually," I said, pausing for dramatic effect. "Because I figured out what I'm going to write for Mr. Powell."

He smiled and walked down his steps toward me. "That's wonderful. Can I read it?"

"When it's finished," I agreed.

"Thank you. You look . . . beautiful," he added after a small hesitation.

I looked up at him, my eyes questioning.

"It's just . . ." He paused again. "I just like the way you normally look even better." He looked away, clearly uncertain whether he had said the right thing.

I smiled. "Me too."

There was probably more to be said on a beautiful moonlit spring night, standing in front of a boy I liked in a ball gown and bare feet. But there was something more important that I simply had to do right then, before the jumbled words in my head had a chance to escape into the abyss.

"I have to go. To write," I told Tomás.

He nodded and stepped out of my way, and that one gesture was probably the most romantic thing he could've done. I let my arm graze his as I walked past.

I was in luck. Though my mother had obviously intended to wait up for me, she had succumbed to sleep on the couch. I tiptoed past and went to my room. Without even taking off the gown or the corset, I sat down and I wrote.

The next afternoon, I sat on our sofa in the parlor, a manila envelope in my lap, my legs crossed at the knees, waiting quietly.

"What on earth are you doing sitting around in the dark, Rosemary?" Mother asked as she walked in and drew up the blinds. She was humming a little, obviously in a good mood.

It was too bad I was about to spoil that.

"Waiting for you." I stood up and faced her. We were squared off, our wide skirts touching.

"Oh?" She looked surprised but kind of pleased. I again felt a pang—regret mixed with a dollop of fear—at having to yank her out of this haze of security. It wouldn't be easy to disappoint her, even if I knew that it was my fundamental self that she wished she could change, the part of me that was set in stone. But after

eighteen years, it was time for me to tell her the truth. It was past time.

"I want you to read something." I stuck out the envelope so that it was only inches from her face.

She looked down at it, puzzled. "Mail for Mr. Powell?" she asked, reading the address I had carefully written on the envelope.

"It was intended to be," I said. "But now it's for you. Or, at least, I want you to read it first. Before I give it to Mr. Powell."

She looked up at me, and I could see the crease already starting to form between her brows. "Rosemary, what . . . ?"

"It's a script." I interrupted her in a calm, measured voice, just the way I had rehearsed it. "I wrote it. Mr. Powell is auditioning female writers for his show, and I wrote a sample script of *I Love Lucy*."

Mother stared at me doubtfully and then broke into a small laugh. "You're pretending to be a writer now? That's a pretty silly trick to play on our neighbor."

"I'm not pretending. I *am* a writer. Look." I shook the envelope in front of her again. "I wrote *this*."

She laughed again but made no move to take the envelope. "Rosemary, I appreciate that you're a bit of a daydreamer, but Mr. Powell is a professional and I'm sure he doesn't have time for—"

"It doesn't matter," I said, interrupting her again. "He'll read it. And maybe he'll think it's funny. Maybe he won't. But the thing is, I *know* I'm funny. And I know I'm a writer. I know it because I've been doing it for years in school and in my head." Just a hint of emotion got into my voice, but I stifled it. My mother respected poise over all, and she was going to get it this time, when what I had to say mattered most. "I may be a daydreamer. But if I am, it's in the best way. It's in the way that lets me imagine better things than what's placed in front of me. It's in the way that

makes me go after those things, no matter what or who stands in my way."

We were the same height now, my mother and I, and I looked evenly into her pale-blue eyes. It was like she was frozen in place. Even the breeze from the window didn't deign to ruffle her skirt.

I knew my cue to exit. I'd always had excellent dramatic timing.

"I would appreciate it if you read this," I said to her, then, quieter: "I think it's good. I'm going to drop it off at Mr. Powell's tomorrow."

I placed the envelope on her oversized side table, and then I turned on my heels and walked out.

In my mind's eye, my mother was picking up the envelope and looking at it. Maybe in a few minutes, she would open it and start poring through the pages inside.

But I didn't look back to check.

Instead, I thought about how it was perhaps a little too chilly to be outside without a coat, but I didn't care. The brisk air felt good against that spot on the back of my neck that had just started to tingle.

❈ AUTHOR'S NOTE ❈

Rosemary and I are alike in a lot of ways.

I, too, love Lucy. It's hard not to admire a woman who was one of the funniest, most indelible comedians to have ever lived and whose antics can make us laugh more than sixty years later. But besides that, Lucille Ball was a trailblazing businesswoman. She was the first woman to head up a major production company, where she was responsible for shepherding multiple groundbreaking shows, including *Mission: Impossible* and *Star*

Trek. She fought to have Desi Arnaz as her on-screen husband in *I Love Lucy* when the network was skeptical of it because he wasn't white. Best of all, she was a woman who didn't care how foolish she looked if it served her comedy.

Also like Rosemary, I've always watched the credits roll on movies and TV shows, and I've always looked out for the female names. Even from an early age, I think I was hoping I could see myself reflected in those credits—though it took a while for me to realize I wanted my own name up there.

And although I had a great, life-altering, and positive experience when I attended film school, my time there was also permeated with lines like "Women just aren't funny." In all honesty, it's not really an opinion that belongs firmly to the past, though I wish it did. For every Tina Fey and Amy Schumer and Mindy Kaling, there are just so many more male comedians and writers being given opportunities.

But the way I'm most like Rosemary is that I, too, get an inexplicable thrill from defying expectations. Don't you?

LAND OF THE SWEET, HOME OF THE BRAVE

STACEY LEE

I *should be Miss Sugar Maiden because sugar is in my blood.*

Pops borrowed his boss's 1944 Chevy pickup to drive me to the audition. It's a real skuzzbucket, with a grill that looks like someone busted out of jail. I wish we had taken the bus. Every few moments, we jerk back and forth like an old couple constantly on the verge of nodding off.

Pops glances at me. His gray eyes dance like silver fish in a dark pond. "That's a good hairdo on you," he grunts. "You look like Elizabeth Taylor."

I sigh with mock irritation, nervously pulling at the curls Mom ironed in place. "Well, that is a bummer, because I was going for Marilyn Monroe."

He winces. "You're going to send your old man to an early grave. Haven't I been good to you, Lana?"

"I still haven't received my pony."

"It's in the mail. Express." Pops's cheeks bunch, though we've rolled out that Pony Express routine at least a hundred times.

The car hits a pothole and we bounce. My ukulele squeaks inside its scuffed case, and I transfer it to my lap. It's my most important treasure, an heirloom from my maternal grandmother, Oba, who passed it on to me in her final moments.

Pops jerks his head to the instrument. "You ready?"

"As spaghetti," I say firmly, though a minnow jumps in my belly.

What was I thinking, signing up for this audition? I remember the day only one month ago when Mom stuck the flyer my face. "Read."

Seeking girls (age 14–19) to be our 1955 Miss Sugar Maiden! Cash award, $500, plus trip to New York City! Be prepared to state why you should be on the box of Sugar Maiden, America's favorite sugar brand. Must possess grace, talent, and a good face.

Mom knocked my arm with her swollen knuckles before I could even snort my derision. "You should do it," she said. "You got one out of three!"

As much as I wondered if she was serious, I also couldn't help wondering which of the three targets she thought I had hit. Mom often complains that I walk with the gait of someone with a grudge against the earth, so it couldn't be grace. As far as talents, I can play the ukulele, as long as you like the key of C major. But probably it was my face, the quality I have the least control over. I'm the spitting image of Oba with the exception of our skin. The cane fields of Maui had browned hers like a potato.

"You could go to Berkeley," Mom said brightly. UC Berkeley

had accepted my cousin, but she had declined after adding up the high cost of books, room, and board.

"Sugar doesn't come in yellow." I folded the paper into fourths. If I did by some miracle win, the first thing I would do is take Mom on vacation. She needs one, especially her eyes. Turns out bone charcoal—the ground-up skeletons of cows used to bleach sugar—irritates the eyes with repeated exposure. After several years of complaints, Sugar Maiden had finally switched Mom from Processing to Quality Control, which stopped the constant itching, but she still iced her swollen eyes every night.

It would be bittersweet, using Sugar Maiden's money to give Mom the break she deserved.

Anyway, maybe it was time for a nonwhite on the box. Sugar Maiden's product comes direct from Hawaii, born of the sweat of thousands of islanders—Japanese, Chinese, Portuguese, Korean, and Filipinos—yet the girls on the boxes have always been as snowy as its contents.

"Look! A moose!" Pops elbows me back to the bumpy reality of the Eastshore Highway, using one of his favorite tricks. There has never been a moose sighting in the history of Oakland, California.

I sigh. "I was just wishing Mom could take today off." She works six days a week and jokes that she's seen so many sugar cubes, you could roll her eyes as dice.

"Count your blessings. If she were here, she might wolf whistle."

I crack a tiny smile. Oba taught Mom that useful skill before she could read. It's easy to get lost among the sugarcane stalks.

The July day is liquefying the Max Factor Crème Puff in Twilight Blush I swept over my face. Mom spent a whole $1.25 on it after I announced that I would try to win the contest. The packaging promised that the powder would give me a sheer, smooth

radiance, but it feels like I've rubbed on Crisco. I roll open the window, and the breeze off the San Francisco Bay blows the last of my curls away.

We don't often make the trek into Oakland from our strip of land in Crockett. When we do, my neck goes stiff from gawking at the windows of Capwell's Department Store, or scouting out a sky-blue Austin-Healey—the best color. But today worries clutch at me, and the city sweeps by in a blur. This is a very bad idea. Yellow sugar never makes it past inspection; it routinely gets tossed down the sewer even though it tastes the same as white. Public humiliation is not worth five hundred dollars.

The Paramount Theatre perches like an exotic bird on a wire of everyday pigeons. Its vertical sign bisects twin mosaics of a man and a woman that soar at least a hundred feet. My heart quickens when I read the marquee: WELCOME MISS SUGAR MAIDEN CONTESTANTS!

Cars line up in front of the theater, pausing while a man in a red waistcoat helps the occupants out of their vehicles. Girls float from their carriages like springtime lilies, most sporting Christian Dior's "New Look," with ballerina hems, cinched waistlines, jeweled collars, and fitted cardigans.

My own garb suddenly strikes me as garish and silly. When Mom offered to make me a dress using the bark cloth Oba had brought with her from Hawaii, I thought it was a boss of an idea. Though the thick cotton with its bold patterns is traditionally used in home decoration—this piece was supposed to be our curtains— the fabric might help me stand out. Why didn't I realize I needed as much help standing out as a jelly roll on an anthill? I wipe my sweaty palms on the ridiculous fabric.

Pops throws the gears into park, and our princely vehicle gasps, probably uttering its last breath. Pops takes in my death grip on

the ukulele and my tight smile. "I hear there's a place around the corner that sells pineapple sundaes," he tosses out. "We could . . ."

He's giving me an exit? Any reservations I felt fly out the window. *I should be the next Miss Sugar Maiden because my family deserves this. Because only the truly brave can work a curtain with hibiscuses on it.* "Pineapple gives me pimples."

The valet squints through my half-opened window but makes no move to unlatch the door. I heave it open myself, almost swiping him in the soft parts. He glares at me.

I crane my head back through the window, noticing for the first time how skinny Pops's legs look on the pedals, like a kid trying to play an organ. His socks are two different colors, but at least his shoes are shiny. A cobbler's shoes should always be shiny.

I groan. "Fine. We can get a malted milk afterward, but *you're* paying."

Pops winks. "I'll be there as soon as I can find a parking space." The truck pitches forward.

I enter the theater cradling my ukulele case the way a diver clutches his last tank of air. Lana Lau, there's no going back now.

The lobby looks even grander than I imagined, with scarlet carpets and marble columns threaded with silver. A line of topless maidens whose skirts look surprisingly Polynesian spans the walls. If Sugar Maiden doesn't want me here, maybe *they'll* have me.

Dozens of people cluster around the entrance, staring at a glowing pile of gold crystals backlit by a wall of jade light. It looks like something from outer space. I imagine it as a lonely meteorite, hurling through the cosmos with the rest of the unidentified flying objects until landing in this precise spot. Now it has found its life's purpose casting its weird green light into its viewers' darkest thoughts.

Is it possible to know one's life's purpose at sixteen? When Oba was sixteen, she was already pregnant with Mom. Keeping Mom alive must have been her life's purpose. One thing's for sure—Lana Lau has greater aspirations than to be Miss Sugar Maiden. Maybe I'll be a lawyer, stopping big companies from bulldozing the little people, or maybe I'll start my own company of little people.

"Are you Lana Luau?" trills a woman clutching a clipboard. A tag with the name "Billie Lovejoy" is pinned over her heart. I marvel at the way her peach suit perfectly matches her pin-curled hair and sets off her ivory skin. Now, this is a woman who knows how to apply her Max Factor Crème Puff.

"Y-yes, I mean, it's actually 'Lau.'" I hand her the confirmation slip I kept in my pocket.

"You're just as cute as a button. Look at those round cheeks, and those Cupid's bow lips." She cups one of my cheeks with her perfumed hand. "Just like a doll's."

I produce a queasy smile. Mom would've growled at the comparison to such a passive object. Oba's smile had never wavered even after years in the hot fields, not even after her Portuguese husband left her, pregnant, to fend for herself. My smile—Oba's smile—is hardly a Cupid's bow. More like a scythe, curved, and glinting with iron.

"I'm Miss Lovejoy, your two o'clock monitor. They audition ten girls an hour, which means you'll have six minutes to introduce yourself and show us your talent." She bats her mascaraed lashes at my uke case. "How darling. What is it?"

"It's a ukulele."

She scratches her pen on her clipboard. "Oo-koo-lay-lee. Well, we are just dee-lye-ted to have an ethnic element this year. I love oriental anything."

I shift around in my flats, the soles of which my sweat has glued to my feet.

"No costume changes needed, right?"

"Right."

"You're our last performer, number ten. Please follow the signs to the ladies' lounge. I will get you when we're ready."

"Thank you."

She beams again, then marches toward a cluster of girls. I pad through the carpet to a gilded staircase, conscious of eyes following me.

"Orientals," as whites love to call us, are not a rarity here in California, but people prefer to see us in our own neighborhoods, as if we were all buttons that should be boxed by color. That means Chinese—and Filipinos—in Chinatown. Japanese—well, people prefer not to see us at all. If we'd lived here on the Pacific coast instead of in Hawaii during the Second World War, we'd have been caged up—Mom for the crime of being "half-Jap," and my Chinese pops for the more foolish crime of marrying her.

I pass under a heavy velvet curtain into the ladies' lounge, where it is clear that a thousand roses died in vain, their fragrance overwhelmed by the stench of body odor and Chesterfield cigarettes. The room features dove-gray walls and a domed ceiling from which a giant orchid of a chandelier blooms. Girls lounge about in various stages of repose. Some look fresh and prim, as if they've just been planted, while others stretch out on upholstered sofas like wilted blades of grass.

When the girls notice me, it's as if some invisible conductor has lifted his wand, cutting off the symphony. After everyone has gotten a good look—even the wooden puppet on the arm of a milky-faced girl—the voices resume, whispers punctuated by snickers.

A tall brunette cranes her long neck in my direction, frowning.

She is exactly what Audrey Hepburn might've looked like after an accident with a wall—doe-ish brown eyes cresting a squashed-in nose and chin. Beside her, a petite blonde trims her nails with manicure scissors. The blonde resembles Doris Day, with freckles and white-blond locks cut above her ears. I would bet a half-dollar that she'll be singing "Secret Love" for her talent.

Doris Day levels her cornflower-blue eyes with mine, sizing me up, cutting me down. Just like her beanstalk of a buddy, a disagreeable expression sours her good looks.

Doris drops the scissors into a smart-looking clutch with gold tassels. Fluffing up her hair, she sashays over, lemon skirts swishing. Audrey slouches after her. Bad posture for Audrey and high heels on Doris put them about the same height as me—five foot three. Height seems to be one of the few ways in which being average gives you an edge. The short will ruin their feet for it, just as the too-tall will offer up their spines.

When Doris reaches me, she jams a fist into her hip and her eyes drift like blue-jay feathers down to my sling-back flats, which I considered a practical, if not boring, choice. "Looks like someone got lost on her way to the tiki bar." Her bottom lip sticks out more than the top so that in profile, her mouth resembles a miniature boxing glove.

Audrey sniggers, fingers twisting at a ring. "Trader Vic's is just down the street. I hear they'll take anyone."

I clap a hand to my cheek. "I must have taken a wrong turn at Stabby City. But it looks like I found a couple of piña co-bimbos right here." The best defense is to hop on the fence and throw tomatoes, Pops always said. When you're a duck in a chicken world, you learn to peck with a little in-your-face humor, which tells people not to mess with you. Of course, it doesn't always work.

From behind my two new friends, the girl with the puppet

laughs. At least her puppet laughs, a replica of its animator with the same nutmeg hair parted down the middle. They're even wearing the same white dress with blue flowers.

A flush stains Doris's neck. "They'll never choose you to be Miss Sugar Maiden, and you know why?"

"Something tells me I'm about to find out," I say cheerfully.

"Because no one will buy sugar if your face is on the box. They want to see something sweet, not"—she hitches her shoulders—"jungle."

Audrey adds in a nasally voice, "It's like how Ivory Snow detergent has a baby on the box. Babies are sweet and pure, just like the soap."

I clasp my hands together and rock forward. "Oh, I think I understand. It's like how your face would go well on a bottle of cod liver oil."

Audrey's trap falls open, flattening her nostrils.

"And how yours would go well on a box of rat poison," I tell Doris so she doesn't feel excluded.

Doris's cheek twitches, and I'm reminded of the tiny crack in Oba's old teapot. No one thought much about that crack, until one day the pot just shattered. Glass remembers past wrongs, said Oba, and maybe it's the same way with people. But then again, teapots don't go around insulting people for sport. In my mouth's history of wisecracking, I've only been called to the mat once, in fifth grade when a kid called me a chinkie-winkie, and I told him it must be exhausting to fit his entire vocabulary into one sentence. He clocked me with his three-ring binder even though the principal was standing right there, which goes to show how stupid he was.

To my surprise, Doris polishes up a smile, one that shows a smear of red on her teeth. It's either her lipstick or she bit the

head off a mouse. Audrey notices and, with a meaningful glance, discreetly gestures to her own teeth. The buddy system works its magic. Doris takes out a compact, into which she bares her teeth, then erases the wayward stain in one quick motion. "I'm sorry. We seem to have gotten off on the wrong foot. This is Penny Pimsley, and I'm Martha Roth." Martha's eyes cut to mine. "You are?"

I grudgingly hand it over, wondering at the abrupt shift in temperature. "Lana."

"As in Turner." She snaps shut her compact. "How scandalous."

The sexy starlet Lana Turner has been called the baddest beauty to ever grace the screen—she's on husband number four—but for me, Lana is short for Lanakila, meaning victorious. Mom named me that after I put her through eighteen hours of labor.

Martha turns her mischievous eyes to my ukulele. "You playing that little thing for your talent?"

"Yes," I say guardedly, preferring outward hostility to this faux friendliness.

"I'm singing." She pats her friend's arm. "And Penny's dancing. Well, if you consider 'tap' dancing."

Penny's cheeks pinken, and she lowers her eyes to her patent-leather tap shoes. I'm about to ask what the chickens else you would consider it, but then I wonder why I'm even in this conversation.

Before I can leave to find better company—myself—Miss Lovejoy's peach-hued figure sweeps through the curtained entrance. "Ladies, ladies! Remember to place the items you will require on the cart." She lifts a hand toward a two-tiered rolling tray on which several objects have already been placed. I spot an accordion, a top hat and cane, a pennywhistle, and a bongo drum. "An attendant will bring your item to you when it is your turn to deliver your act. I'll fetch you in fifteen—please be in ready form."

"I need to powder my nose. Good luck, *Lana.*" The way Martha drops my name triggers a warning, the same feeling you get when you step on something that you know is a wad of gum. You keep walking, hoping you were wrong but, inevitably, you're not.

Martha and Penny disappear through another set of curtains that I presume leads to the sinks and toilets. Slowly, I exhale, only now realizing how tightly I've been holding myself. Oba always said to take it as a compliment when someone treats you like dung, because it means you're destined to make the world grow into a beautiful place.

I remove Oba's ukulele from the case and store the case by a rack sagging under the weight of too many purses and coats. All the chairs are full, so I huddle by the least occupied wall and tune my instrument.

Oba gave her uke to me the day she died. "You should have this, since your mudda has a wooden ear," she said in her soft Japanese accent. Then she went into her bedroom and closed the door the way she did before she took a nap. When I went to wake her, her skin was clammy.

As instructed, I carefully set Oba's uke on the pushcart, suddenly reluctant to part with it—the only friendly face in this room. But feeling the eyes of the other girls searing into my back, I release the wood. Then I feign interest in a glass etching of a nude sitting backward on a prancing goat.

"That could not have been comfortable," squeaks a voice like a rusted hinge. It's the girl with the puppet—though again, it's the puppet speaking.

"For the girl or the goat?" I ask.

The puppet laughs, but the girl's mouth barely budges. How does she do that?

"I meant those girls, Martha and Penny. Word is, Sugar

Maiden's looking for someone 'different' this year. They can't stand it, well, mostly Martha. She goes to my school, and she's stuck-up."

"I'm Lana."

"I'm Maude." The puppet points to the girl. "And she's Judy. Who taught you to be so funny?"

I've never been asked that before. "My pops. He was an embalmer." It's what brought him to Hawaii from his native California. There was a shortage of embalmers in the navy. After returning to the mainland after the war, someone offered him a job as a shoe cobbler, which he took because, unlike bodies, shoes still had their soles. "If you couldn't find your funny bone, you didn't stand a chance. He liked to say embalmers were more than a couple of working stiffs."

The puppet laughs, and for the first time, I catch movement from Judy's shell-pink lips.

"Do you always talk for Judy?" I ask Maude.

The puppet takes a good look at Judy's round face, pushes her wooden hands into Judy's pert nose, then pulls at the girl's ears. "If I don't, she stammers. She's been this way since she was seven."

"I see," I say, even though I'm not sure I do.

Judy closes her fist and the puppet crosses her arms in front of her chest. "I hope that's not a problem for you" comes Maude's voice, even squeakier than before.

"Of course not." We all need people to lean on, even if they are made from wood and cloth.

Both Maude and Judy tilt their faces to one side. "Are you Japanese or Chinese?"

I brace myself. "A little of both. I hope that's not a problem for *you*."

"Of course not."

All three of us smile, though now I'm not sure who I should

be looking at. I marvel at how sometimes it only takes one kind person (or puppet) to run the squeegee across one's sullied outlook. "What I really want to know is, who gets to be on the sugar box if you win?"

The puppet turns her painted-on brown eyes to Judy. "People say she has the better bones. It's not a fair comparison, since I don't actually have bones."

A flash of peach sends a nervous thrill to my heart. "Ladies, it's time," Miss Lovejoy announces in her chirpy voice.

We are marched up a ramp in a rustle of silk and satin and the catch and release of held breaths. Penny, as the first contestant, trails just behind Miss Lovejoy. Separated now from Martha (number nine), Penny isn't slouching anymore. With her shoulders back and her slender neck held aloft, it's clear she's here to win—a fact that improves my opinion of her. Martha strides before me, placing each foot down with the confidence of a man laying down aces.

Once backstage, we park ourselves on a line of wooden chairs, with Penny closest to the wings and me closest to a costume of a rhinoceros in a tutu. Maybe I should put that on and break up some of the tension here. Anticipation hangs in the air like the knotted and frayed ends of the stage ropes. The scent of turpentine and musty curtains tickles my nose, goading me to sneeze.

Then Miss Lovejoy, the only one allowed in the wings, sweeps her arms at Penny, meaning, *Go!* The girl's dance shoes *pa-tat! pa-tat!*, and she disappears from view.

PENNY: *My name is Penny Pimsley, and I'm eighteen. I should be Miss Sugar Maiden because I'm sweet as vanilla Coke.*

MAN: *Where are you from, Miss Pimsley?*

PENNY: *San Francisco. It may be foggy, but I am told that I bring sunshine wherever I go.*

Appreciative chuckles from the audience.

WOMAN: *Where do you see yourself in ten years?*

PENNY: *I've always wanted to travel to Spain. I'd love to travel anywhere, actually.*

MAN: *Thank you, Miss Pimsley. Please proceed.*

There's the sound of men's shoes walking onstage from the other direction, probably bringing Penny her cane and hat. Then a piano starts playing "You Are My Sunshine," and Penny begins tapping.

All seems to be proceeding as expected, until the sound of a cane clattering to the ground interrupts the flow of the taps. The audience gasps, but the piano keeps up the melody.

Beside me, a smirk lights Martha's face. Some friend. The mistake might've cost Penny the crown, a thought that should cheer me but doesn't.

Martha catches me watching her, and her eyes sharpen. Penny picks up her routine, and Martha withdraws her daggers, more concerned now with flicking lint off her skirt. There's a deliberateness to her movements, as if milking each moment for maximum value.

The other acts follow. I suddenly hate the number ten, which forces me to endure a barrage of unnatural peppiness, bootlicking, and admittedly good talent. The bongo drummer makes even me tap my toes.

When number eight, Maude/Judy, sallies forth into the spotlight, my fingers tingle with nervousness for her.

MAUDE: *Judy should be Miss Sugar Maiden because like sugar, she is wholesome and children love her. Also, she sits nicely at a table.*

An amused chuckle follows.

MAN: *What is your favorite dessert?*

MAUDE: *Marshmallows.*

MAN: *All right, Judy, er, Maude. What will you be doing for us today?*

MAUDE: *I will be reciting a poem called "The Climb."*

She clears her throat.

"A man filled his wheelbarrow
With his every worldly thing.
'I'm off to climb the mountain
And live there like a king.'

The way was always up,
No downs did he encounter,
But on and on he toiled,
For soon he hoped he'd mount her.

His favorite book bounced out
And tumbled down the slope,
But he wouldn't stop to catch it —
At least it wasn't his soap.

A flash of gray came at him,
A wolf with eyes of yellow.
It bit his leg and ripped it off;
Still onward marched our fellow.

His burden eased as more fell off,
His fedora and his rope.
A grizzly took his arm for lunch;
A blackbird pinched his soap.

At last he hopped the final step,
Half the man as when he started,
But seeing just how far he'd climbed
Made our chap lighthearted.

'All those things I carried up,
I didn't need them after all.
They even took my arm and leg,
But I'm still standing tall.
Yes, I'm still standing tall.'"

A robust applause fills the theater.

I can't help wondering why Judy chose that poem. What was her treasure, and how hard was her climb? And what about Martha, beside me, with her streak of ruthlessness and her boxer's glove of a mouth?

I glance at the row of now-empty chairs. Ten girls an hour for eight hours makes eighty in total. Eighty wheelbarrows being pushed up our own personal mountains.

Finally, it's Martha's turn. She gives me a glittery smile before gliding away.

MARTHA: *I'm Martha Roth, I'm seventeen, and I should be Miss Sugar Maiden because it is simply my destiny.*

Laughter, followed by applause.

MAN: *I like your confidence. Tell us about your favorite hobbies.*

MARTHA: *I love gardening. My apricot tulips took first place at the county fair last July. Also, I play a mean game of tennis. I bet I could beat you.*

MAN (teasing): *I would love to see you try.*

She certainly has *his* vote. The piano starts up, and Martha

begins "Secret Love," which surprises no one. Regrettably, despite my fervent prayers, her singing voice doesn't sound like a bullfrog dying of dysentery.

I twist wrinkles into my dress, then press them back out with my sweaty fingers. Martha's voice, a lighter version of Doris Day's, grates my nerves. I tune her out and imagine Oba playing the song I will play, her face lost in a memory as she strums the chords. She used to sing it to the baby daughter strapped to her back—my mother—as she hacked at the cane.

> *My love is like the cane fields,*
> *Every day, there to meet me,*
> *Hips a-swaying,*
> *Chatting gaily in my ear.*
> *Sugar on her breath.*

When the audience claps and cheers, I pretend it's for me. Miss Lovejoy gives me the signal. I fix Oba's iron smile on my face and step into the light.

There's a wide expanse of black where the audience should be, a darkness thick with whispers that sound more surprised than welcoming. I shrink inside my curtain dress, wondering if my talent could be to disappear inside it. Did they whisper for the others? I didn't notice.

"My name is Lana Lau, and I'm sixteen." I cringe at how shaky my voice sounds.

"Yeah!" cries a man, along with the squeak of a chair. "Yeah! That's my girl!" Pops.

I give a small wave in his direction, imploring him to sit down. Then I inhale deeply, scattering the moths that flutter in the pit of my stomach. "I should be Miss Sugar Maiden because"—why? I

can't remember. Something about being sweet? No, that's someone else. People like me can't afford to be sweet.

Though I can't see Pops, I know his heart reaches for me.

I can do this for him. For Mom. For Oba. "I should be Miss Sugar Maiden because Oba, my Japanese grandmother"—I can almost hear all the eyebrows raising—"she worked in the sugar fields for most of her life. Even as a woman, she cut and stripped the cane and burned the stalks when the harvest was done." The more I project, the more the stage amplifies my voice, giving it a heft and ring. "Each crystal bears her fingerprint."

No one moves, and I wonder if I should somehow signal that I have finished speaking. "And that is why I would make a great Miss Sugar Maiden."

"Miss Lau, you're pretty enough, but it wasn't so long ago that we were fighting a war against your country. You think an American serviceman or his wife will buy sugar with a Jap face on it?"

A fire roars to life in my belly. I can't see the speaker, but I imagine he is slovenly, with a face full of grape-size moles. Where are the easy questions the other girls had, about my hobbies and such? But I keep my smile tightly screwed on. "My father would buy it. He served in the navy for six years. And if you did not think my Japanese mother was American enough, you wouldn't have hired her to make sure your sugar meets industry standards. Mom wanted to be here today, but she decided that her job should take priority."

More murmurs travel through the audience, but I continue, keeping my tone light, though my knees tremble. "If you're looking for an American face, a face with a family history of loyalty to your brand, you need look no further." I spread my arms like a grand dame of the American theater.

The theater goes quiet, and suddenly the darkness feels brittle, as if the whole thing could shatter apart with the flick of a finger. But then someone begins to clap—Pops—and a polite applause rises to meet his. It sounds like summer rain.

A woman says, "Let's move on to your talent. Robert, bring out the girl's instrument."

A young man in a red attendant's uniform hurries to meet me, my ukulele in his hands. He shakes his head, hazel eyes wide with confusion. "I'm sorry, miss," he whispers, handing me the wood, "that's how I found it."

All four strings hang limply, severed in the middle. How?

I can hardly breathe. The strings can be replaced later, but the prank feels like an injury against Oba herself. Tears begin to collect in my eyes, but I refuse to release them. Who could've done this?

The manicure scissors. Martha and her spiteful, flicking fingers, telling me that I am lint she can neatly flick away. If ever I thought the devil had two horns and a pitchfork, I was wrong. The devil has flaxen hair and high heels, and she wields her wheelbarrow like a steamroller in her quest to conquer the mountain.

The woman announcer clears her throat. "Er, is everything okay, Miss Lau?"

"Yes." *Keep swimming, keep moving, and you can be the king of the ocean just like the sharks,* Oba says in my ear. I affix her unwavering smile on my lips and hold out my instrument by the neck. "I *knew* I shouldn't have washed my guitar in hot water."

A few people laugh. I hand my damaged ukulele back to the attendant, who ferries it away.

Now what?

"More jokes!" yells Pops.

I cough, highly doubtful that Sugar Maiden is looking for a comedian to represent America's sugar. Then again, telling a few

jokes surely beats my current impersonation of a curtain. I'd rather be pelted by tomatoes than go down without a fight. Martha is probably in the audience, counting down to victory.

I say a prayer, then raise my chin. "Did you hear about the peanuts walking late at night?"

"No," a man throws back.

"One was a-salted."

No one reacts for a moment. But then someone giggles, someone with a voice like a rusted hinge. It's Maude, maybe even Judy. My cheeks flush in pleasure that she stayed. Her laugh oils the way for others.

"But that's nothing compared to the fight at the aquarium," I continue, my voice coming stronger. I shake my head in mock sadness. "Two fish got battered."

More laughter rolls out, and a few jokes later, I'm rewarded by cheers and shouts for more.

I bask in the glow of the audience's approval, approval lit by a father's love. Fifty miles away, Mother is wolf whistling. On a cloud even farther, Oba blows me a kiss. Suddenly I don't care so much about winning this particular contest. Battle has been waged in this theater, and Lana Lau is still standing tall.

⊗ AUTHOR'S NOTE ⊗

The first time I went to Hawaii, I was struck by how strange it felt to be among so many Asian Americans. It was the closest I'd ever come to feeling like part of the "majority." It may come as a surprise to some that the sugar industry was responsible for the Pan-Asian traditions of our fiftieth state. As California's Gold Rush expanded settlement of the West Coast, demand

for agriculture from Hawaii surged. Miners found that it was cheaper to import things from Hawaii than across the American interior. Faced with a limited workforce, the sugar plantations, tightly controlled by missionary families, began importing Chinese, Korean, Japanese, and Filipino laborers to meet this increased demand. These plantation owners played a large role in the U.S.-backed overthrow of the Hawaiian monarchy, for which President Bill Clinton issued a formal apology in 1993.

During World War II, when President Franklin D. Roosevelt issued Executive Order 9066, authorizing the removal of "enemy aliens" from the West, those Japanese in Hawaii got off relatively "easy" compared to their mainland counterparts. Of the 157,000 Japanese living in Hawaii—one-third of Hawaii's population—less than 2,000 were put in camps, compared to 100,000 of the 126,000 interned on the mainland. Why? Economics. Interning one-third of Hawaii's population would have been disastrous for the economy.

As President Clinton stated in his apology letter sent to Japanese Americans interned during World War II, "In retrospect, we understand that the nation's actions were rooted deeply in racial prejudice, wartime hysteria, and a lack of political leadership. We must learn from the past and dedicate ourselves as a nation to renewing the spirit of equality and our love of freedom. Together, we can guarantee a future with liberty and justice for all."

THE BIRTH OF SUSI GO-GO

MEG MEDINA

I.

Susana and Martha stopped at the corner on their way home.

"Your turn," Martha said. She untucked her blouse and handed over a tattered copy of *Rosemary's Baby*, the cover sweaty from being stashed in her waistband since lunch. "You've got a week. Then it goes to Mina."

Susana slid the book deep inside her bag. The girls in their civics class had been sharing it, though it gave them nightmares. The Sisters at Christ the King School had banned it, which was all the more reason to read it.

They started along again, arms linked, even though it made them look like old ladies instead of sophomores. Susana didn't mind. At least Martha never teased about Susana's faint accent. (*Shicken*, some girls mimicked.) She never asked unanswerable questions, either, like *How do you say shithead in Spanish?*

They had gone halfway up the block when Martha slowed and squinted at a point in the distance. "Is that his car?" she asked. She was so stubborn about wearing glasses. Susana always had to tell her what was written on the blackboard.

"Yes," Susana said. "It's Tommy."

"He's early." Martha's new boyfriend sat at the wheel of his yellow Mustang, the engine idling. The girls could hear the rumble from here.

"We're going to Flushing Meadow to skate," Martha said. "You could come along."

Susana unlinked her arm and adjusted her book bag. "Not today," she said, and smiled as best she could manage. "Too much biology homework."

But they both knew it wouldn't be today or any day in the near future. Susana's parents had strict ideas about things, especially American boys.

When they reached the car, Martha hopped in and offered Tommy a peck on the cheek. Then she took Susana's hand and squeezed it. "Call me tonight when you get to the good part."

Susana waved as the engine roared and they pulled away.

Skating? she thought. Knowing Martha, definitely not.

II.

She sat reading on the closed toilet lid that night, while her parents entertained guests in their living room. The bathroom was the only place no one would come looking for her, asking her to join them.

This time it was a man named Gustavo, who had dark circles under his eyes. He'd come this morning to rent the studio apartment next door, only to be told that it had already been taken. Now, at ten o'clock at night, he'd come back to see her father for advice.

New arrivals from Cuba like Gustavo always made Susana nervous. They usually came to ask her father about jobs at the office building where he cleaned, but their mouths overflowed with stories of wives stranded on the island or in Spain, with tales of having been cheated by bosses, with despair. Their problems seemed too big and tangled for anyone to fix.

She got to the end of her chapter and put her ear to the door before opening it a crack. The smell of Gustavo's cigarette smoke was overpowering.

"I'm not particular, you understand," he was saying as he rose from his folding chair. "Un trabajo cualquiera, hermano, so long as it pays. I have my girls to think about."

"Of course," her father said, letting him out. "I'll do what I can."

Susana slipped quietly into her room to get ready for bed, listening as he chained the front door.

A book can bring bad dreams, but memories are more efficient enemies. Soldiers know this. Children of war. And Susana.

> *Mami has cooked with the shutters closed all day.*
> *Her hair smells of orange and garlic,*
> *and sweat fills the creases behind her knees.*
> "This is a secret, just for our family.
> Don't tell anyone.
> Promise me, angelito.
> Do you understand?"
> *Mami has asked her many times.*
> *Then a knock at the door turns her family into statues.*
> *Papi is the first to break the stone and get to his feet.*
> *Someone hurries her toward her room at the back of*
>   *the house.*

Through the cracked door, she watches Mami slide their oily
 pork secret
into their laundry hamper, burying the contraband with dirty
 clothes.
Then Papi unlatches the wrought-iron gate with a loud
 squeak
and Fela's voice floats back.
She is the lady next door who used to give us cookies,
the one Mami calls the Spy.

III.

"Remember Lázaro, who sold ice cream back in Sagua?" her mother asked.

Susana shifted a bit in the kitchen chair. Outside, a looping jingle was blaring from the speakers of the ice-cream truck that was still making its rounds, though it was already autumn. It made it hard to concentrate on her homework. Math had never been her favorite.

"The tall one?" Susana was always carefully vague in answering questions like this. Otherwise she could get stuck in one of her mother's long stories of the past. They hadn't lived in Cuba since Susana was four, but Iris still talked about neighbors and specific streets as if it had all been yesterday instead of twelve years ago.

"Sí, claro." Iris turned from the stove where she was frying bananas. "He sold coconut ice cream. You were crazy for it and always begged Abuelo to buy you some. Lázaro had a lazy eye. Remember?"

"That's right," Susana mumbled.

Iris smiled, satisfied. She lowered the flame and speared the sliced plátanos with her cooking fork. "Si Dios quiere, when your

grandparents finally get here, we'll buy them all the ice cream they want."

"Yes." Susana closed her book a little harder than she intended, thinking of Carmen at school, who now shared a twin bed with her aunt, who had arrived that July.

She went to the window and watched the kids outside clamoring for Bomb Pops. The truth was that when her grandparents finally arrived, Susana's life would be upended, much like Carmen's. Iris had it all planned, in fact. Susana would sleep near the stove in the kitchen's eat-in alcove, a curtain strung up for privacy. Susana wouldn't be able to sneeze without someone knowing.

Unless.

Rumors were circulating that President Nixon might soon suspend the Vuelos de la Libertad, which had been ferrying refugees to the States for seven years. Her mother had cried bitterly a week earlier when she'd heard about the precariousness of the Freedom Flights. "Then what happens?" she'd wailed. "Our family will never see each other again!"

It was a terrible thing to want. Heartless and selfish. Susana knew this. And yet, it was her only hope.

Susana didn't like to remember Cuba, not Lázaro or ice cream or her grandparents or anything else that her mother mourned. What was the point? They were living here now. The break from their country had already knit together inside her, misshapen like unset bone, but done.

IV.

The newly elected leadership of el Club Cubano of Queens was waiting to enjoy finger sandwiches in the Riveros' living room when the intercom buzzed. Martha was downstairs.

"We're going to Rockaway to swim," she said when Susana pressed Talk. "The water's still warm. Come on!" It was September, but summer hadn't released its heavy grip. Even with the fans blasting, Susana's blouse was sticking to her skin. In this heat, she wanted to be anywhere but inside the plaster walls of their apartment in Corona. She decided to take a chance.

She released the button and found her mother in the kitchen.

"Can I go to the beach with Martha, Mamá? It's just for a little while. And it's so hot."

Iris clicked her tongue. "Niña! And what am I going to do with all these ladies by myself?" She had just been installed as the president of the club, and this was her first official meeting. There were events to plan, finances to go over, and the Woolworth's reimbursements to finalize.

"*Please,*" Susana said.

Iris gave her an exasperated look and tossed down her dishrag. Then she peered out the window at the street below where Tommy was parked behind a rented moving van. Susana's stomach squeezed as she stood behind her mother. Iris had a long list of qualities for young people that she had dragged with her across the ocean. Decent girls, for example, should wear polished shoes and avoid torn jeans, which made them look like hippies. Susana had tried to explain that patches (KEEP ON TRUCKIN' or even a peace sign) were just a fashion here, not character flaws. Even the nicest girls at school had jean jackets covered with patches that they melted on with irons. But Iris was firm.

Glancing down at Tommy, Susana knew it was hopeless. He wore mirrored sunglasses and smoked as he waited. A disaster.

"With *that* sinvergüenza? De eso nada," Iris said. "Your father would kill me. Now, help me with these trays."

Susana walked back to the intercom, hating herself almost as

much as her mother. "Can't today. See you Monday." She didn't wait for a reply. A moment later, the roar of the car came from below.

With a cold look over her shoulder, her mother uncovered the perfect tower of deviled ham sandwiches and headed out to the living room.

"¿Un bocadito?" Susana held out the tray for the club officers as her mother looked on in sickening approval. *They're too salty,* Susana thought with satisfaction. Not that anyone would complain about her mother's recipe. After all, everyone knew they were lucky not to be like their relatives back home, where there wasn't a ham sandwich to be had, with or without a ration card.

The ladies were gathered on the plastic-covered sofa, thick legs crossed at the ankles. In no time they were chatting about towns Susana didn't know and families she'd never met who had scattered as far as Canada, those poor frozen souls. The women smelled of Aqua Net as Susana leaned in to offer seconds, their hair sprayed expertly into more or less the same bouffant as her mother's, acquired at Julia's House of Beauty for three dollars on Fridays.

"Susana, you have gotten so beautiful," Blanca said. "Just like your mother." The new treasurer was a round-faced woman with large brown eyes. "My Enrique tells me you are the number one student in science class this year. Is that true?" She plucked a particularly fluffy triangle from the tray and sank her dentures into the bread.

Susana's cheeks flushed. The smell of ham and the heat were making her dizzy, so she glued her eyes to the colonial scene on the platter's edges. The blue-and-white images were like something from her fourth-grade American history textbooks. (*North American history,* her father liked to correct.) Ladies in big hoopskirts, holding parasols.

"Mi amor, habla," her mother coaxed. "She's so shy, Blanca. I'm sorry." She gave Susana a pained look and motioned her toward the other ladies, still waiting.

"I just like biology, I guess," Susana replied glumly. (A lie.) "It's not very hard."

"Maybe you'll be a nurse, then," Frida said, surveying the tray Susana offered. She had worked in a pediatric ward in Havana, but English had been her undoing and kept her from passing her exams here. At her age, Frida claimed, a new language was practically insurmountable. For now she worked at Flushing Hospital in the cafeteria, telling the Dominican cooks racy jokes. She served as secretary for the club, too, and her typed directory almost never had errors.

"Or even a doctor," Iris added. "Hoy día . . ." She twirled her wrist as if flicking off a concern and then lowered her voice, a habit from when her husband was home. "No one has to wear an apron anymore, you know."

The ladies nodded and laughed.

A doctor? Susana bit her tongue as she kept circulating. God forbid! She did have good grades, but she had absolutely no interest in medicine. She found the smell of alcohol unnerving, and even paper cuts made her queasy.

"Médico, enfermera . . . it doesn't matter. She'll be something wonderful, and she'll make enough money to take care of you when you're old," Blanca said brightly.

Susana glanced at the clock. Was it stuck?

"You know," Blanca continued, "I have a handsome nephew who is thinking of studying law one day." She arched her brow coyly at Susana. "Te lo voy a presentar . . ."

Susana's tray lurched to the right, and a few sandwiches tumbled into Frida's lap.

"Careful!" said Iris, steadying it.

"Sorry," Susana mumbled. Her mother's friends had begun making alarming personal offers like this lately, hoping for una muchacha fina! Someone they could talk to without a Spanish-English dictionary in their pocket. Their clean-cut sons came to the club dances twice a year to sit with their families, sweating in their polyester blend shirts. But they seemed as dull to Susana as the sandwiches on the platter—and left her just as thirsty, too.

Susana had dark longings for another kind of boyfriend altogether, someone American and a little indecent, if possible. Maybe she'd take up with a boy who had thick sideburns or even long hair. (How her mother gossiped about boys with melenas!) She wanted someone like one of stars of *The Mod Squad*, a show her mother had despised after she'd learned the backstory of the young detectives on the show: A drug addict. A criminal. A runaway. "¡Qué barbaridad!" she'd said. "Delinquents! Even worse than the Beatles!"

It boiled down to this: Susana didn't want to be the good Cuban girl the ladies imagined for their sons. She had been raised right here in Corona. She'd grown up on *Romper Room*, not *Olga y Tony*.

Iris dabbed her upper lip with a napkin and took the tray from Susana's sweaty hands to keep it safe. It was her nicest one, bought after months of saving green stamps at the A&P.

"You're flushed, Susana. Let's open more windows, mi vida," she said. "Lift the ones in your bedroom to get a cross breeze." She turned to the ladies. "Remember those delicious breezes back home?"

Relief washed over Susana as she left them behind and retreated to the back room. She threw open one of the windows and sat at the edge of her carefully made bed. For now, this space

was still hers, right down to the Twiggy poster her mother didn't like ("¡Ay qué flaca! Es puro hueso!"), and the transistor radio that her father had won in the holiday grab bag last year at work.

She lay back and stared at the cracks in the ceiling as the ladies' voices lifted and fell in the other room. The quilted satin spread that her mother had given her for her fifteenth birthday felt luxurious beneath her, but the plastic doll that sat wide-eyed against her pillows had to go. Iris had brought it home from work last week.

"Remember the doll collection Abuela had for you in Cuba?" she had asked, fluffing the toy's skirt as she placed it on the bed. "The pretty ones with the porcelain faces?" Then, quietly: "Who knows where they ended up?"

Maybe with a little girl who actually likes dolls, Susana had wanted to say. But she knew it wasn't the dolls Iris was really wondering about. It was all their belongings. The milicianos had taken meticulous inventory of their home's contents when they had applied for exit visas. Nothing was theirs after that. Dolls, curtains, beds, rocking chairs, spoons. It was all to become property of la revolución.

Susana kicked the doll to the floor and closed her heavy eyes in the heat. It wasn't long before she was dreaming.

v.

Papi's friend Luis, who has hairy knuckles,
zigzags through traffic.
The capital is hours away, so they have had to leave quickly,
her favorite playerita still drying on the line.
Rushed good-byes, tears, and now
a hard suitcase bangs against Susana's knees in the backseat.
Later she thinks about her dress, stiff and bleached in the sun,
as she lies wedged between Mami and Papi in a stranger's bed.

Luis sleeps outside in the car.
"What if someone shoots him out there?" Mami whispers to
    Papi.
But he doesn't reply.

Susana woke with a start in the quiet apartment. The bed-spread beneath her was damp with sweat, and the sky outside was darkening. Had she slept all afternoon?

She crossed the room to open the second window. They almost never opened this one due to the building rules, which Iris fol-lowed to the letter. (You never knew who was watching you.) Nothing was permitted on the fire escape. No plants or grocery carts or drying laundry, even if your apartment had small closets.

Certainly no people.

But that was precisely what Susana found when she finally cracked the dried paint and opened the sash with a shotgun bang.

A blond woman not much older than Susana stood on the other end of the escape way, right outside the window of the apart-ment next door. She turned at the sound and smiled.

"Hello."

A shocked giggle rose to Susana's lips as it always did when she was nervous—a habit she had tried for years to break, especially at funerals. Her eyes flitted below, in case the super was lurking.

The girl's paisley minidress ballooned in the breeze, but if she was concerned about the old men in the courtyard looking up her dress (as they certainly were), she didn't show it.

Then Susana's eyes fell on the girl's white patent-leather boots. They reached all the way up over her knees and seemed to glitter in the waning sunlight.

"This heat's a bitch, but I love them," said the girl, as if reading Susana's mind.

Susana couldn't speak. Her mind raced for something to say, but her natural shyness thickened her tongue.

"Are you the new neighbor?" she finally managed to ask.

"Just got here today." She tucked a long strand of hair behind her ear and grinned.

"Susana!" Iris's voice startled her from the other side of her bedroom door. "Are you feeling better? What was that noise?"

"I take it that's you? Susana?" said the girl.

Iris knocked louder and opened the door. "You were feverish, so I let you sleep."

Susana dropped her curtains over the window just in time as her mother stepped into the room. She climbed back into bed, her heart racing, as Iris handed her two aspirins and poured the chamomile tea. She drank down the lukewarm brew, annoyed; she hadn't had a chance to even ask the girl's name.

VI.

All that week, Susana found herself checking the windows as she did her homework, but she didn't see the girl in the boots again. Finally, on Friday, as she was waiting on the stoop for the postman, she realized he might be able to help satisfy her curiosity.

"It's a real roaster out here," he said as he pushed his cart inside the vestibule. He wore shorts, dark knee socks, and a pith helmet to guard against the sun. His face was shiny with perspiration. "Hope it breaks soon."

Susana followed him inside. "Anything for us today?" She stood as close to his pushcart as she dared so that she could get a good look at the letters. It wasn't that unusual for Susana—or any of the Riveros—to be eager to see what had arrived. Over the years, the mail carriers had seen her mother rip open onionskin envelopes right there in the lobby.

"I don't see any airmail today, Miss Rivero," the mailman said gently. "Sorry." He turned his master key and pulled open the brass plate covering all the mail slots.

Susana shrugged. "Next time, then."

But she watched carefully as he sorted the letters into the right spaces. Was she becoming a North American version of Fela the Spy? It was a troubling thought, but at least she wasn't searching for contraband food or taking bribes to keep quiet about it.

Just then came a stroke of good luck: the mailman finally deposited a letter for the tenant next door. It was addressed to Linda Turner.

Aware that she was reading over his shoulder, he held out a stack of the Riveros' bills and frowned. "*These* are for you," he said pointedly.

Susana blushed as she accepted them. "Thanks."

She climbed up the stairs, satisfied. Now at least she had a name for her next-door neighbor.

Linda. She rolled the name on her tongue in Spanish, dragging out the *e* to say the word. Leen-dah. How wonderful, she thought, to have a name like Pretty.

A week later, even better information came her way. Susana was home for Columbus Day while her parents worked. She was on the way to the cellar, a basket of her father's undershirts perched on her hip, when she heard footsteps from below. Linda Turner was climbing up the steps with a bearded guy in tow. Susana nearly swooned when they came into full view. The visitor was shaggy and handsome, and he held Linda's hand. Susana pressed herself against the wall as they edged past.

"Hey, kid," Linda said, pausing. "Susi, right?"

"Hello," Susana replied softly, not correcting her. She coughed

to mask her nervous giggle as the couple climbed past her. She didn't move until she heard Linda's door click shut behind them.

Susana loaded the dirty shirts into the machine, her imagination filling with ideas about the couple's risqué romance somewhere above.

She pushed the button marked Hot. Some girls, she decided, had all the luck.

VII.

"Where are her parents, even an aunt or a cousin?" Iris asked. Susana and her parents were standing at the cash register at Wilkins. They were opening a layaway account for a vibrating recliner Iris had seen in the display window.

Word about Linda Turner had spread through the building in the usual way: at the bus stop, on the stoop, in the laundry room. Iris wasn't too pleased about this type of girl-next-door. She didn't call her Linda. She called her esa — that one. Esa was a rule-breaker in every way. She was inconsiderate for leaving her things in the dryer after her time was up. Their shared fire escape was now cluttered with plants. What if there was a fire? They'd all burn to death thanks to that selfish girl! And more ominously, the smell of incense wafted in the hall outside her door. It was a known fact, Iris said, that drug addicts tried to mask the smell of marijuana with incense.

Susana felt annoyed on Linda's behalf. "She's just a college student, Mamá. She carries books all the time. Haven't you noticed?" It was true. Susana had spied Linda waiting for the bus at the corner stop, a book bag slung over her shoulder.

"College students," her father muttered darkly as he signed the layaway form.

Susana fell silent as the old grievance filled the space. The

university where her father had once been a beloved professor had been shuttered to stop student activists, among them Iris's younger brother, Eduardo.

But when the campus reopened under Fidel a few years later, the purge of antirevolutionaries was under way and her father found himself out of favor.

"What kind of worm turns his back on his country?" Eduardo demanded when he found out that Iris and her husband had applied for exit visas.

It wasn't long after that the once "esteemed Dr. Rivero" was relieved of his post.

Whenever Susana's father told the story, he called the incident an ax that had cleaved their family in half.

"She's harmless," Susana insisted.

But Iris was still spitting tacks. "But indecent! Living alone and inviting men to see you at all hours? And those boots . . . ¿Viste? She looks like a . . ."

Susana's cheeks blazed as her mother's voice trailed off into unspoken accusation. She adored Linda's boots, their shine, the color, the way they made the girl look so carefree. Susana had even window-shopped downtown, hoping to find a pair exactly like them in one of the shoe stores. There was something almost magical about those boots that her mother would never under-stand. Maybe they were enchanted, Susana thought, although she was sure Iris would say *cursed*, like the tannis root from *Rosemary's Baby.*

And yet.

Susana locked her bathroom door the next day and stood before the full-length mirror. Still in her school uniform, she rolled down the waistband of her plaid skirt. With two fistfuls of her father's minty shaving cream, she covered her legs, just over her knees. If

she squinted, they looked like boots. She stood on her toes, pursed her lips, and jutted out her hip like . . . a go-go dancer. If only her hair were blond, she could look like Linda or even better: like Goldie Hawn from that show *Laugh-In* on TV.

It was thrilling to look so untethered from her parents' judgments and fears, so scandalous and, well, American. So far from revolutions, and family axes, la lucha y el desespero.

"I'm out of shaving cream again," her father complained at dinner. Now he would have to use the Ivory soap, which gave him neck rashes. "I think they're cheating and not filling the cans up at the factory."

Susana pushed her rice and beans around the plate to cover the ladies in their hoopskirts. *Susi,* she thought, her calves still tingling. *Susi Go-Go.*

VIII.

The big news didn't come in a letter. Instead, a pimply courier delivered it by telegram on a quiet Wednesday afternoon.

Susana was busy doing her homework in the living room while her mother plodded through her English lessons aloud. She had been reading the practice dialogue from the book.

How do you do? It is a pleasure to meet you, Sylvia.

The pleasure is all mine.

Susana's father answered the door and rushed in a few seconds later, waving the note from Western Union. "Iris! They were assigned a flight! They'll arrive at JFK on Friday!"

"Who?" Susana asked.

"¡Tus abuelos!"

"¿Qué dices?" Iris shot out of her seat and ran to him. "*This* Friday? How can that be?"

"That's what it says. Look!"

Iris pored over the telegram and then pressed it to her chest, thanking Dios y la Virgen for the news.

Susana tried to will herself to be happy. Her own flesh-and-blood grandparents would finally be able to reunite with them after all this time. They'd be a family, and the holidays would include grandparents at the head of the table, the way they should.

But the walls of the kitchen still felt as if they were closing around her, and weariness and shame crept up her spine. There would be more late-night pencil-and-paper budgets worked out at the kitchen table. Their only television would be tuned to el canal en español instead of her favorite shows in English. She'd be called on to translate at social services, at the doctor's office, at the check-out line of the supermarket. And, of course, these strangers would expect the little girl she had been, the one who loved coconut ice cream and dolls.

"Pobrecita," her mother said when she saw the lost look on Susana's face. "You've been overwhelmed with emotion." She gave her daughter a squeeze and then ran off to the phone to see about buying Frida's old twin bed for the kitchen.

IX.

Shoes that click and pinch her toes
as she is hurried through the crowded airport.
Mami's hand sweats in hers as the man in the hat rechecks
    their papers.
He motions and then
picks through Mami's teased hair, feels along the hem of
    Susana's dress
until she shrinks behind her father in shame.

Later, she peers out the tiny window, listening to the noisy
propellers as
cotton clouds swallow their plane.

Susana tossed and twisted in her sheets for hours that night before she finally sat up in bed.

Down the hall, her father was snoring, as he always did after he drank. Her parents had toasted the good news of their family's impending arrival with friends from el Club Cubano. They'd come home laughing, any worries numbed by rum and their eyes glassy with hope.

Susana slipped out of bed and went to the window to see if the night air might clear away the dream. Why wouldn't dreams leave her in peace? Why did they chase her into the past, alone and defenseless against memory? She pulled up the sash and leaned out the window to take a deep breath. The temperature had finally started to drop, and a chilly gust of air moved the curtains like spirits all around her.

That's when she saw them.

Linda's white go-go boots were on the other side of the fire escape, near the potted plants, drooping lifelessly to one side.

Susana had no right to them. They weren't hers. But she suddenly craved those boots more than anything she had ever wanted in her life. Before she could stop herself, she stepped onto the fire escape. Shaking, she forced herself not to look down at the street, four dizzying stories below. She crawled slowly across the metal expanse. *What am I doing?* she wondered. She despised heights. In all the years her family had lived here, she had never dared to venture out her window.

When she reached Linda's window, she peered inside like a burglar to make sure she wouldn't be seen. There was no sign of

her neighbor, and the bathroom door was closed. Susana lingered, taking in the studio. A television was tuned to a late show. A small dining table sat in one corner, and a large unmade bed was pushed up against the wall. Clothes were piled on the floor, some still in boxes.

Susana pressed herself down until she was almost on her belly and crawled the rest of the way to the boots. When she reached them, she pulled them close, sniffing at the scent of leather and something like alcohol. Against her cheek, they were as soft as she had imagined. She slipped them over her bare feet carefully, pulling them on like a pair of silk stockings that hugged her calves. When she was done, she stretched out her legs to admire them, wiggling her toes against the unfamiliar ruts of a stranger's feet. She stood up slowly and looked down at herself. There, in the middle of the night, hair loose and wearing only her baby-doll pajamas, she felt dangerous and strong, like someone else entirely.

"You look like Wonder Woman," a voice said from behind her.

Susana whipped around, startled, and nearly lost her balance. To her horror, Linda stood at her window, smoking and regarding her in amusement.

Susana's tongue became a brick; her face burned. She grabbed the edge of the fire escape to steady herself.

"I'm sorry. I was just—"

"Stealing my boots." Linda gripped her cigarette between her teeth and swung her legs—pale, unshaved—over the ledge to reach the fire escape.

Would a girl like Linda get angry? Susana wondered. *Shove me to the pavement below?* She laced her fingers tightly around the metal banister just in case.

She must have looked horrified, because Linda suddenly rolled her eyes. "Be cool," she said. Then she took a deep breath of the

night air and leaned against the building. "I broke a heel and glued it back, just so you know. They're out here to dry."

Susana glanced down at her feet. The left boot had a light yellow line of goop at the seam. The funny smell, she realized, was like Duco cement from a model building kit.

Linda took a long drag and flicked the ashes down below. "So what brings you to my patio in the middle of the night?"

Susana struggled to loosen her tongue. "I couldn't sleep."

"Oh. An insomniac." Linda squinted one eye as she took another drag. "Maybe you're feeling guilty. Are you a night thief or something?"

Susana's heart raced. She felt so foolish. "No. I've never stolen anything."

Linda arched her brow, waiting. "Really?"

Susana sat back down and stared at the incriminating evidence on her feet. What had she been thinking?

"I'm sorry. I'm not myself," she began. But the words dried up on her lips. The truth was that she had no idea what being herself actually meant. "It's that . . . my relatives are coming," she finally whispered.

Linda frowned. "That won't hold up in court, miss," she said. "A family visit doesn't make it cool to take a five-finger discount on my boots, if you know what I mean."

"I wasn't stealing them," Susana mumbled. "I was trying them on—that's all. And it's *not* just a family visit. They're coming from Cuba. To live."

Linda's eyebrows shot up. "Cuba?" she said brightly. "It must be beautiful there."

Susana fell silent; in truth, she didn't know. All she had were Iris's stories and those awful scraps of memories.

"And El Che was *gorgeous,*" Linda added. "So sad about him.

Damn CIA murderers. They're killing all the heroes." She shook her head and took another deep drag.

Susana flinched at the mention of the guerrillero's name. It wasn't allowed to be spoken in their apartment. He'd been executed in Bolivia a few years earlier; that much she knew. But these days, his face was on posters in even the most unlikely places. Iris had been recently stopped cold in front of a record shop window on Main Street, staring at a velvet interpretation of El Che in horror. He'd been Fidel's handsome number-one man, the soldier who had led the firing squads of Batista's old sympathizers. That's all Susana knew. But what if her parents weren't telling her everything? Was he a hero or a villain? Who got to decide the truth?

Disoriented, she began again. "They're finally getting out. They weren't allowed to leave. But now we'll all live together."

Linda shrugged. "I take it you don't dig them?"

Susana's thoughts jumbled into a thicker knot. Did you get to dislike your family—even if you didn't remember them? Even if they had been trying to reach you for years? "I'm not sure," she confessed. "It's been twelve years since I've seen them."

"Twelve?" Linda repeated. Then she smiled. "I've got a few relatives I wouldn't mind losing for twelve years."

Susana regarded her quietly. Linda Turner, the American girl. Linda, whose name meant pretty. Linda of the peace-sign earrings. Linda, who went to college in stylish boots and had good-looking boyfriends following her every move. Everything was easy and happy for Linda. She was older by at least three years, but suddenly it was Susana who felt as if she had lived an entire lifetime more than her neighbor. How was that possible?

"Twelve years," Susana said again. "They'll need my room now, and we'll take care of them. Everything will be different."

An ambulance raced down the street, flashing lights but no

siren, like a silent scream. Linda finished her smoke quietly. "Well, I've got an early class tomorrow," she said, her blue eyes resting on the boots.

Susana started to pull them off, but Linda held up her hand. "Keep them," she said, shrugging. "The glue won't hold for long, anyway." She held up two fingers. "Peace."

Then, nimble as a cat, she slipped back inside.

Susana stayed on the fire escape for a long while after the light in Linda's apartment went out. She watched the night world go by beneath her as she sat thinking. One thing was clear: these boots were fashion to Linda, nothing more. A girl like Linda could give them away without a look back. Nothing would change for her if she discarded them.

But what if you were a different sort of girl? Susana wondered. What if you wanted all that breezy happiness but already knew the sting of having the most important things taken?

x.

That Friday, Susana waited in the kitchen for her grandparents' arrival from the airport. She had barely slept the night before, so her mother had allowed her to stay home from school. She had, however, left clear instructions.

Susana had made ham sandwiches and wrapped them as her mother had asked. She had dusted the apartment, put clean sheets on her grandparents' bed and on the cot that was now pushed up near the kitchen window. There was fresh fruit on the kitchen table to welcome them. The coffee pot was loaded with Café Bustelo.

The last thing her mother had asked was that she look nice. "Ponte linda," she'd said. Get pretty.

When the cab pulled up to the curb, Susana was ready.

She watched as her father paid the cabbie and then pulled the single suitcase from the trunk. The elderly couple that stepped out from the backseat wore gray coats that looked too heavy. But at the sight of them, Susana's heart squeezed into a fist. She could hear her patent-leather shoes clicking against the shiny airport floor. She could feel the heat of someone whispering in her ear: *Quiet, now, mi amor, until Fela leaves.* She could smell lilac water caught in the fabric of her drying sundress.

The intercom buzzed a few seconds later. Susana's hands trembled as she pressed the button that let her family into the lobby. Then she checked herself in the full-length mirror one last time. First impressions, as her mother always said, were the most important.

She opened the apartment door and paused at the top of the landing, listening. There was no sign of Linda next door, just the faint scent of incense.

The sound of footsteps grew louder until her relatives rounded the corner of the staircase and came into view one floor below. Her grandparents looked around the gloomy hallway in uncertainty.

"We're one more flight up," Iris said, out of breath, pointing up the stairs. "This way."

That's when her eyes fell on Susana. She frowned, and her mouth dropped open.

But before Iris could scold her, Susana swallowed hard and climbed down the steps. She was dressed in a miniskirt and V-neck sweater, both borrowed from Martha. And on her feet were the recently shined white patent-leather boots, glue and all.

"Susana," her mother began in a sharp tone. "What's this?"

She glanced down at her boots and smiled. "You said ponte linda, and I did."

With that, she walked directly to her grandparents. "Soy Susi," she began. But then, all she could do was search their faces.

Her grandfather bit his lip as he regarded her with watery eyes. When he pulled her close, she was surprised by the earthy scent that was at once familiar, like palms and tobacco, like an old wooden swing that she suddenly recalled without the slightest prompt from her mother.

Then her abuela nestled in for her turn. The embrace was long and sweet, and Susana felt something open gently inside herself, a small crack that seeped drops of all that had been missed and erased. They stood together for a long while.

If her grandmother was surprised by what Susi was wearing, she didn't say so. Instead, when she finally pulled away, she took Susi's face in her freckled hands and gazed at her. They were Iris's eyes and Susana's, too.

"I would have recognized you anywhere, mi vida," Abuela whispered. "How I've waited to see you again, Susi."

And with that, Susi took their hands and led them on the steep and uncertain climb for home.

⊗ AUTHOR'S NOTE ⊗

Fidel Castro (1926–2016) was the leader of Cuba from 1959 until 2008. He took power with widespread support of Cuban citizens in response to a coup by his predecessor, President Fulgencio Batista. Fairly quickly, however, he allied himself with the Soviet Union and communist doctrine. Over the course of his almost fifty years in power, he remained a defiant neighbor of the United States and a critic of what he felt were its imperialist

policies. Worldwide, he is both revered as a revolutionary hero and reviled as a ruthless dictator.

Over the course of Fidel Castro's leadership, more than 1.5 million Cuban citizens would eventually leave the island nation. Whether via the early Freedom Flights initiated by President Lyndon Johnson or by taking to the ocean in handmade rafts, many sought to flee from the difficult economic conditions that unfolded and from the strict political and social controls imposed.

"The Birth of Susi Go-Go" looks at the realities of Cuba's exile community as its children began to merge into American culture in the late 1960s and early 1970s. For Americans, those years are remembered for social change, free love, and the important fight for civil rights. But how did those social movements look to refugees who had only recently fled a communist ideology?

Susana's struggle to embrace her life as a "normal" American teen while coming to terms with personal loss is an experience that I think the newly arrived will recognize. How do we reconcile competing accounts of history when we're caught in between? How do we respect our parents and still find our own way among new friends who neither know nor understand what we have experienced to get here?

TAKE ME WITH U

SARA FARIZAN

I used to have a life, until a war ripped me away from it.

My little cousin Amir and I sat on the steps of our apartment building as we ate ice-cream cones and watched people walk their dogs. I still found that strange. We had stray dogs in Tehran, but hardly anyone ever claimed ownership and no one picked up their feces.

I was not used to the humid August heat, either. Tehran could get blistering hot, but it was never *wet* the way Boston was. I had only been here a month, and I missed walking to school with my girlfriends. I missed the fruit trees at my grandfather's house. I missed Friday nights when the family would get together and go to a restaurant for dinner.

I had just started to get used to the new rules in Iran — not that I was enthusiastic about them — but in America, all those rules

went out the window. Things I was trying to get used to now: not having to wear a head scarf when I left the house, my aunt and uncle fighting about money, and the homesickness that I couldn't escape, even in my dreams.

Amir and I watched the cars drive by, blasting music from their radios. I recognized a song from one of my favorite shows, *Solid Gold.* Most of my days in America had consisted of watching copious amounts of television and trying to expand my English vocabulary while looking after Amir. I loved *Solid Gold.* The men and women dancing to the sounds of the latest hits felt so . . . outlandish. I mean, who wore leotards like that in real life? Back home, pop music was a very private experience. After the Islamic Revolution, I was only able to get bootleg recordings, and it was even more difficult to find new music from the West. If you wanted to dance to a new record, you had to stay inside and hope the police would not break up a private party. I wore out my contraband ABBA tape back in Iran.

Now I couldn't listen to "Waterloo" without feeling a pang of homesickness. I told myself that was okay, because ABBA was passé and for children anyway. The singers featured on *Solid Gold,* like Irene Cara, were the sound of now. ABBA was no Irene Cara. Irene Cara could *sing*!

As the car drove away, I began to sing, continuing even after it was out of earshot. I didn't know all the words to "Time After Time," but I remembered the chorus and made up some noises to fill in for the words I didn't know.

"Hey!" A young Asian woman with short hair stuck her head out of her apartment window. "You've got a decent set of pipes!" I didn't understand what she meant, exactly, but she was smiling, so I took that as a sign that I wasn't disturbing her.

"She doesn't speak English so good," Amir shouted back, and

I flushed. "And we're not supposed to talk to strangers! Are you a stranger?"

The young woman shouted again, and then disappeared from the window.

"What did she say?" I asked Amir in Farsi. His face was splashed with chocolate from his cone, and he was looking more and more like a Monchhichi doll the longer his hair grew out.

"She told us to hang tight. That means she wants us to wait here." His Farsi was tinged with a slightly American accent.

"Why?" I asked him. He shrugged. He was more concerned with licking dribbling chocolate from the side of his hand. How stupid was I to have to rely on a He-Man enthusiast to be my translator?

The woman met us on the steps wearing neon-yellow shorts, a blue tank top with a picture of a blond woman singing on it, and a guitar strapped to her back. Her cropped black hair had a purple streak in it, and the toenails on her bare feet were painted black. I thought I was looking at someone from outer space.

She blinked at me a few times and said something in English. I looked at Amir desperately to help translate.

"She says you look like Apple Own Ya," Amir said, wiping his hands on his shorts. I was going to have to wash those, the little devil. But he was my little devil and I loved him. How humiliating was it that my only friend in the United States was my six-year-old cousin?

The way the young woman looked at me, I wondered if I had some ice cream on my face too. What was an "Apple Own Ya"?

"Sorry! Where are my manners? I shouldn't stare at you like that. My name's Mai! I live upstairs on the fourth floor." The young woman stuck out her hand in that very confident American way I'd seen on TV.

"I am Soheila. Hello. It is very to be nice meeting you," I said, self-conscious of my accent. Amir laughed at me a little. But Mai beamed, so I guess I introduced myself well enough.

"Do you go to college around here?"

"No . . . I am not a student." I didn't know how to explain my situation.

"She's here because of the war," Amir interjected. That I understood well enough. "War's bad. Except in the movies. Then it's fun."

"Oh. Where's um . . . sorry . . . where's the war?" Mai asked.

My uncle had warned me not to advertise where I was from. Back when he was a college student during the U.S. embassy hostage crisis in the late '70s, he was beat up by some American students.

But I wasn't ever going to be ashamed of where I came from, no matter who was in charge of the government. "I'm from Iran," I said with pride.

"Oh, bitchin'! Right on. You must have seen some crazy shit, huh?" Mai asked.

"'Shit'? What is 'shit'?" I asked in English, which made both Amir and Mai laugh.

"It's a bad word that means poop! *Poop!*" Amir shouted joyously in Farsi. Now I knew a new word in English. This was progress.

"Listen, do you guys live here? Do you want to come visit my apartment? I'm not a weirdo or anything—I promise." Mai crossed her heart with her index finger. I didn't know what that gesture meant—or what "weirdo" meant.

"Do you have ice cream?" Amir asked.

"Lots of ice cream. Brigham's ice cream, too. The best kind," Mai said.

"You play the guitar?" I asked.

"Oh! Yeah. I go to Berklee College of Music." Mai swung the guitar around to her front and began to play a familiar tune.

Since I had come to Boston, I had been having the same nightmare: my mother and father were alone in their basement, hiding from Saddam's missile strikes. My mother yelled for me. I tried to run to her, but I couldn't move. Then I woke up sweating, my heart thumping so loudly, I hoped it wouldn't wake Amir in the bed next to mine.

The only thing that calmed me down was the acoustic guitar music coming from the apartment above my uncle's. I didn't know who played such gorgeous music, but I had vowed that if I ever met him, I would thank him. Now I had met the mysterious musician — Mai! I felt stupid for assuming the guitar player was a man. I just didn't know many women guitar players. There had been women pop singers before the Revolution, but I hadn't seen a woman play the guitar before in person.

I absolutely loved it.

Amir always jumped up whenever he heard his father sing from down the hallway, alerting us (and perhaps the whole building) that he had returned from his garage space. Mostly Uncle Khosro would sing a lot of off-key disco like the Bee Gees. He forgot many of the words and made up his own lyrics depending on his mood.

He was still singing loudly as I opened the apartment door for him. He held our dinner in his greasy hands: a bucket of Kentucky Fried Chicken and a two-liter bottle of Pepsi.

"Hello, my beautiful family! Tonight we feast because of a great military man named Colonel Sanders," Uncle Khosro exclaimed in Farsi. I took the soda and chicken from him so he could scoop up Amir and hang him upside down.

"Khosro, don't do that! All the blood will rush to his head!" Aunt Fariba hissed. She never greeted her husband with the enthusiasm Amir did. I got the impression that when Aunt Fariba came here in 1975, she thought she was marrying a man who would give her a fancy American lifestyle: expensive cars, large homes—the way the people on *Dallas* lived. Khosro was a good man, but he was not Bobby Ewing (portrayed by the incredibly handsome Patrick Duffy). To be fair, Fariba was no Pamela Ewing. I think it had dawned on her that she never would be.

My family back home came from means, but my uncle had a much different life than he would have had if he had stayed in Tehran. He hadn't exactly been truthful about the life he was living when he spoke to my mother on the phone. Uncle Khosro had told my mother that he lived in a "luxurious condo" and had "an incredible job." The condo was actually an apartment on Gainsborough Street in a run-down building full of low-income tenants, including many college students. His incredible job was as a mechanic at a BMW car dealership instead of working for my grandfather in the import-export business. But I didn't tell my mom the reality of my uncle's situation during our weekly phone conversations. I felt it wasn't my truth to tell.

"But he's enjoying it so much!" Uncle Khosro was hanging Amir upside down, swinging him from side to side. The little Monchhichi screamed with glee. I had a pang of longing for my own father. The way Uncle Khosro looked at his son reminded me of how my father and I used to play when I was little.

God, I missed him.

"Keep it down or you'll disturb her," Aunt Fariba warned in Farsi.

Like clockwork, Mrs. Abney, the across-the-hall neighbor, opened her door to see what all the fuss was about. Whenever she

decided to make eye contact, she looked at us as though we were insects who had infested her home.

"Hello, Mrs. Abney! It is so nice to see you!" Uncle Khosro called through the open door to the stone-faced widow. She was wearing her house shoes and an oversize floral print dress, and I thought she looked very much like the woman in the Wendy's commercials who complained that there was not enough meat in the hamburger. Uncle Khosro was too nice to her. I was all for respecting one's elders, but not when they were prejudiced assholes.

Mrs. Abney had pinned a yellow ribbon on her apartment door. My uncle told me it had been a symbol of hopeful return for the American hostages during the Iranian hostage crisis in 1979. The hostages had been returned in 1981, but Mrs. Abney's yellow ribbon went up in 1982 when Uncle Khosro and his family moved in. The gesture was not lost on him, but he still felt that with kindness, he could win over Mrs. Abney. I was pretty sure he could reach Mister Rogers's level of kindness and still not make much progress with her.

"You're too loud," Mrs. Abney said. "Some people are trying to live in peace. You people might not know anything about that, but Sunday is the Lord's day. It's a time of respite and prayer."

I didn't know what "respite" meant, but I knew she wanted us to shut up.

"You are so right, Mrs. Abney! Would you like to have dinner with us? We can enjoy this nice day together?" Uncle Khosro said, one hand clutching Amir's legs and the other hand over his heart, bowing slightly to the elderly woman. "We are having the Original Recipe! They do chicken right! Please, you would make us so happy if you joined us."

"I've got my own food. Just keep it down," Mrs. Abney said before she slammed the door.

Uncle Khosro flipped Amir in his arms so he could kiss his cheeks. "Always remember to be nice to lonely people, okay?" Khosro told his son as he carried him into the kitchen.

I had noticed that Mrs. Abney never had any visitors, too. Was there no one to check on her, no one who cared for her? Didn't everyone have someone to care about them, even if it was strictly out of guilt and obligation? That was the Persian way. Guilt always made the heart grow fonder.

We sat down at the table to eat our fried feast, but I didn't have much appetite. Colonel Sanders's cheerful face was a poor substitute for my mother's cooking. I missed her loobiya polo, long-grain basmati rice with tomato, lamb, and string beans that smelled of turmeric and cinnamon. She always told me I should learn how to cook my favorite dishes, but I never took her up on it. Now I wished I had paid attention.

The TV was on during dinner. There was a commercial for Ronald Reagan's reelection. It seemed like everything could be sold over the television here, even politicians.

"How was everyone's day?" Uncle Khosro asked us cheerfully.

"Soheila and I made a friend today," Amir said.

"Oh?" Aunt Fariba said in a disapproving tone.

"Yeah! She had purple hair!" Amir bit into a chicken leg while Fariba shot her husband an alarmed look.

"Um, how did you meet this person?" Uncle Khosro asked me diplomatically. I explained that Mai lived upstairs and was very nice. My aunt and uncle looked at each other for a moment before Uncle Khosro addressed me again. "Soheila, while you are here, your aunt and I are responsible for you, and while we are sure your friend is nice . . ."

"American girls are trouble," Aunt Fariba said. "They're into sex and drugs. We want you to be careful." I wondered how she

knew, since I didn't see her with any Americans. Most of her friends were Iranian immigrants like her.

"I . . . She seemed very kind. And she can play the guitar so beautifully!" I tried to defend my potential friend. I was desperate to talk about something other than Orko and She-Ra. Amir and I had exhausted the topic of Orko, the hooded wizard with the tinny voice, and how he was the absolute worst.

"Maybe you could have her meet us?" Uncle Khosro asked. He was asking his wife more than he was asking me. From her sour expression, Aunt Fariba wasn't sold on the idea.

So, on the days when Aunt Fariba went to work, Amir and I snuck upstairs to Mai's apartment and listened to music. All the music I didn't know I had been missing. Mai had magazines filled with photographs of musicians, young and old. There used to be magazines like this in Iran when I was younger, but that had all changed after the Revolution — and then before we had time to adjust to all the changes, the war began.

I spent *hours* poring over all the cover art on Mai's albums. The three of us danced to beats so good, they couldn't have been created by humans. It was a huge change of pace from studying all the time for my college entrance exams. I was worried that I would be behind when I went back to Tehran, but for the time being it was nice to take a break.

My bedroom back home was tidy, pristine. Mai's was messy: sheet music was strewn on the floor, her bed was never made, and her closet was full of raggedy shirts that she had cut up. Her walls were plastered with posters of rock stars that I didn't recognize. I learned their names like they were holy leaders: Pat Benatar, Men at Work, the Clash, Talking Heads, and someone with huge eyes who I only knew was a man from his mustache.

"It's so funny you keep looking at that photo of Prince." Mai was lying on her bed while Amir and I sat on the floor. "Since you look just like Apollonia, and she falls in love with him in the movie and all."

"What?" I understood what Mai had said. I just didn't know what the hell she was talking about.

"You know, in *Purple Rain*," Mai said.

"What is 'Purple Rain'?"

"WHAT?" Mai screamed. Amir jumped up and began crying. "Shhh. I'm sorry, little man. I didn't mean to scare you. You want a Jell-O pudding pop?"

Amir wiped his eyes and nodded, and Mai went to the kitchen. She had stocked her freezer with all of Amir's favorites. She seemed to be able to buy anything she wanted, and she had a big television and a state-of-the-art record player, so I assumed she came from a wealthy family. She lived alone, which I couldn't understand. I wondered if she ever got lonely. I would probably live with my parents until I married.

I thought it would be gauche to tell Mai that I came from money, too, which is how I was able to come to the U.S. My mom had offered to send money to my aunt and uncle for taking me in, but Uncle Khosro wouldn't hear of it. That was another point of contention between him and his wife. I knew Aunt Fariba didn't want me there. She never said it outright, but I was a burden to them. She was polite to me, but I felt like she assessed every piece of food I put on my plate and how much time I spent in the shower. I was draining their resources—or at least that's how she made me feel.

"Here you go, He-Man." Mai passed Amir the pudding pop before turning to me and pulling an album from her record collection. "We're going to listen to this all afternoon, and then I'm

taking you to the movies. As soon as possible." Mai carefully slid the vinyl album out of its shiny cardboard sheath. She gently handed the album cover to me and then flitted to the record player.

Every song was a masterpiece, a story, and a world unto its own. I didn't even understand all the lyrics and I still felt that way! The energy of "When Doves Cry" floored me. The drama of "Let's Go Crazy" made my whole body tingle. My favorite song, "The Beautiful Ones," made me ache for someone I hadn't met yet. I didn't know exactly what Prince was saying in that song, but I felt the pain and anguish just the same. It was an album chock-full of the emotion and expression that I needed. This man from a place called Minnesota, his music made me feel *alive* instead of just existing.

I was nervous that my aunt and uncle wouldn't let me go see *Purple Rain* with Mai. I *had* to see this movie after listening to the album all week. But Aunt Fariba, as hip as she thought she was, wouldn't be pleased with Mai's look. My aunt and uncle weren't a religious or conservative household—my parents were far more traditional—but Fariba was very quick to make snap judgments based on people's appearance. When she came home from the hair salon, she would tell story after story about all the women who came in and what they looked like before and after. "She came in looking like a walking dead person and left the salon looking like a walking dead person," or "She looked like she was on drugs. You know, one of those party girls," or "I'm sure she was a prostitute. I mean, the way she moved and her skirt was so short," and so on.

Initially, it made me self-conscious about my own appearance, until I thought about Fariba's own look. She wore far too much makeup. Her hair was crispy from Aqua Net hairspray. Her bangs were teased to the point where it looked like a giant claw was

protruding from her forehead, doing its best to clutch you, welcoming you into her realm of misery.

I checked myself in my room's mirror while Amir watched me. I wore a simple black shirt, nothing too revealing, and blue jeans with black ballet flats. My hair was up in a high ponytail. I had a little pink blush on my cheeks, but not enough to give Fariba or Khosro the idea that I was up to something. Fariba wore lots of makeup, but she was married, so that made it okay for some reason, which I thought was ridiculous. I never understood why adults always thought girls with too much makeup on were up to something. No one ever asked boys with too much bulge in their jeans if they were up to something. Double standards for men and women seemed to be international.

"How do I look?" I asked Amir in Farsi. "Am I bitchin'?" I asked in English. I was picking up words like "bitchin'" very quickly from spending so much time with Mai.

"Bitchin'!" Amir said, sticking his thumb up.

I heard a knock on the apartment door and gasped. Amir and I rushed out of our room to see Aunt Fariba open the door for a totally transformed Mai.

"Hello! I'm Mai Asano. You must be Soheila's aunt! I've heard such wonderful things," Mai lied. But she did it oh so well!

"Hello," Fariba said, taking in Mai's long yellow summer dress and the black cardigan that I knew was covering the tattoos on her shoulder. Mai's hair was under a fashionable summer hat that hid her purple streak. There wasn't a hint of makeup on her gorgeous face.

"Please, come in!" Uncle Khosro said as he stood up from the couch. "It is so nice to meet one of Soheila's friends!" He was being kind. Everyone knew Mai was currently my only friend. "Please, please, come in and have something to eat!"

"No, we'll be late for the movie!" I told my uncle. Why couldn't they just let me leave?

"What is this movie our little Soheila is so excited about?" my uncle asked Mai with genuine interest. It was the first time since my arrival that I had been excited about anything.

"We're going to see *The Muppets Take Manhattan*. You know, Kermit the Frog, Miss Piggy," Mai said cheerily. I bit back a laugh. I was sure I would enjoy watching the Muppets (I liked *Sesame Street*, which I watched with Amir), but I appreciated Mai's lie.

"We don't want to be late," I pleaded with my uncle.

"Okay, but be home before ten. Call us if you need anything." My uncle may have said more than that, but I wouldn't know because we ran out after the first word.

"How did I do?" Mai asked me when we were outside.

"You were good," I replied.

"Yeah. I've got grandparents from Japan. I get it. Kind of."

Mai led us to a blue AMC Gremlin parked down the street. A young white woman sat in the driver's seat, her window down to release the smoke from her cigarette. Her hair was dyed black and white. She reminded me of the skunk from Looney Tunes if that skunk from Looney Tunes never smiled.

"What the hell happened to you?" the skunk lady asked Mai.

"I'm trying out a new look. For one night only, thanks," Mai said, leaning in to kiss the skunk lady on the mouth. I tensed. I wasn't used to public displays of affection between boys and girls, never mind between girls and girls.

"I like the new look! All you're missing is a Members Only jacket!" A young white girl with a red bandanna across her forehead waved at me from the backseat.

"Wow! You weren't kidding, Mai! Your friend looks exactly like her," a black girl in preppy clothes added.

"Girls, this is Soheila. Soheila, that's Cecilia," Mai said, pointing to the youngest member of the group. "Janine." The blonde with the red bandanna saluted. "And my girlfriend, Genevieve."

"Gen," the skunk lady with the salty expression said. "Let's hit the road before we miss the show."

As soon as I saw Prince's silhouette bathed in purple light, holding a guitar onstage, I felt a rush of adrenaline that didn't leave me until the end of the film. When Apollonia appeared in the backseat of the taxi, worried about paying her cab fare, Mai and her friends all yelled and clapped and pointed to me, letting the rest of the packed movie theater know that they were sitting with the star of the movie.

I didn't see it. Apollonia was glamorous. She was sexy. She was a risk taker. I wasn't any of those things. And I definitely wasn't ever going to get naked and jump in a lake for a man. Even if that man was Prince.

I laughed during the scene when Apollonia got on Prince's motorcycle as one of my favorite songs, "Take Me with U," played. I didn't laugh because it was a funny scene but because I realized I hadn't thought of anyone back home since the movie started. Then I began to cry. I didn't care if any of my companions noticed.

After the movie, as we all piled into the car, Mai asked me if I wanted to audition for their band. "It'd be awesome! We do a little bit of everything. Funk, R&B, punk. Right now we do mostly covers and put a feminist spin on them," she said.

"Though I do hope we start doing more original songs," Cecilia hinted.

"Are you kidding? With Apollonia's doppelgänger, we'd get booked at parties and events so fast." Janine snapped her fingers.

"Let's see if she can sing first," Genevieve warned as she looked at me in her rearview mirror.

"What do you think? Would you like to try out?" Mai asked.

I didn't think about whether or not it was a good idea, if it was even possible for me to join a band since I didn't know when I would be going home, or whether I might be bad at singing their songs even though Mai said I had a good voice. I just thought of how music made me feel better. So I agreed.

"Soheila! Your mother is on the telephone!" Aunt Fariba shouted from the kitchen a few weeks later. She dangled the phone cord in her hand as though she couldn't be bothered to hold the actual receiver. I gently took the phone from her and nodded in appreciation, which I resented. Aunt Fariba's initial polite smiles had morphed into grimaces as the weeks wore on. I hated having to feel apologetic for taking up space. I hated having to make up excuses for coming home late with Amir when I took him to band practices. (I was now a full-fledged member of the Ovarian Cysters. I had asked Amir to translate what our band's name meant, but he had no idea.)

"Hi, Mom," I said quietly into the phone.

"Hello, my love."

I always took a deep breath after hearing my mother's voice. Everything would be okay as long as I could hear my mother breathing. "Your father says hello." We both knew that if my dad got on the phone, he would just weep with abandon and the phone call would last longer than it needed to. We were always mindful of my uncle's phone bill. International phone calls between the U.S. and Iran could get pricey.

"How are you?" she asked.

I wanted to tell her I had gone to see *Purple Rain* six times. I

wanted to tell her that I was homesick but I had made some new friends who called me Apollonia and they were making things better. I wanted to tell her that I was in a band, but I knew she wouldn't approve. Good girls weren't performers. Only compromised women got onstage to dance for people, unless they became famous and rich; then it was okay. My mother might not feel that way herself, but her friends back home did, and she wouldn't want them to gossip or think badly of me when I returned.

"I'm fine." It seemed like the responsible and grown-up answer. "How are you? How is everyone?"

I heard her sigh.

"We are okay, but I have some bad news." I braced myself for something awful. Did someone die? "Kayvon," she began. Our housekeeper, Akram, had helped raise me, and her son, Kayvon, was like a younger brother to me. "He . . . he enlisted."

I gasped and sat down on the kitchen floor. I felt my eyes brimming with tears.

"But he's . . . he's only fourteen," I said, though my mother and I both knew boys as young as twelve were sacrificing themselves for the country. "Poor Akram." I began to cry.

"Don't start that! You have to be strong!" She wasn't going to tolerate any tears from me. I had to be a grown-up. I controlled my breathing and composed myself. "We tried to persuade him not to go, but there is all this pressure. We're losing so many young men . . . He didn't even tell his mother. He left a note."

"Give Akram my love." I didn't know what else I could say that would be of any comfort. "Mom? When am I coming home?"

"Can you tell your uncle to call me later tonight? Tell him he can call anytime—we will be awake."

She hadn't answered my question.

"I will tell Uncle Khosro to call you, but—"

"Don't forget. It's important. We have to say good-bye now."

"Okay. I love you. Tell everyone I am thinking of them."

"We know you are. But try not to think about us so much. Focus on your life over there."

She was commanding me to focus on my life here. I didn't know what that meant. I could feel Aunt Fariba's gaze on me when I hung up the phone. I turned around and offered a small smile, as though she were a prison warden that I needed to maintain a decent relationship with. I wanted her to ask me how everyone was back home. I wanted her to offer me some sort of affection. But she didn't smile back. She just nodded and asked me to help her with the laundry. There were chores that needed to be done here. I guess she thought there was no reason to worry about a place a world away.

"Okay, He-Man, can you hit the cowbell like this?" Mai asked, crouching down to Amir's eye level in the college practice room. She hit the bell with a drumstick in a quick one-two beat, and Amir copied the rhythm, excited to be able to bang something to his heart's delight. "Bitchin'! Watch me for when I want you to do that, okay?"

Gen, our bassist, had arranged for us to perform at an all-ages club in South Boston that night. I was nervous to sing in front of people, but Mai said we had to let the city know how good we were. I was planning to tell my uncle that there was a double feature of *Ghostbusters* and *Gremlins,* but first we had to practice our set. And as usual, I'd brought Amir with me.

"You better watch out, Janine. He-Man is going to replace you on percussion in no time," Gen threatened.

"Yeah, yeah, drummers aren't real musicians. Ha-ha already, Gen. He is missing something, though." Janine took off her

red bandanna and tossed it to Mai, who tied it around Amir's head.

"Now, that's better! You're the coolest guy in the band. Don't grow up to be a misogynist and you'll be all right, kiddo," Janine said, twirling a drumstick in her right hand. I didn't know what a misogynist was, but I would remember to ask her after rehearsal.

Mai pointed her finger at Gen to start our cover of ESG's "My Love for You" with a kicking bass line.

"Now, He-Man!" Mai commanded.

Amir banged the bell in time, head-banging along. Next to me, Mai began to sing and I joined her, both of us dancing to the sick beat. Cecilia, who played the keyboard, had been helping me learn the lyrics.

When the song ended, I was out of breath.

"Awesome!" Mai said as we high-fived.

Amir kept hitting the bell, roaring intermittently at each of the girls.

"How much sugar has he had today?" Cecilia asked in genuine concern from behind the keyboard.

"Okay, let's take it from the top," Mai said. Gen started the bass line again.

"What do you think you're doing?" I looked up to see Fariba rush into the music room. She had asked me the question in Farsi. I froze, horrified. The band was the only thing that kept me going. She was going to ruin everything.

"Uh, can we help you?" Cecilia asked, not knowing who Fariba was.

My aunt must have followed Amir and me instead of going to work. How else would she know we were here?

"You can help me by telling me what my son is doing here," Fariba said in English, glaring at me.

"We're taking names and kicking ass!" Amir responded. He had heard Janine say it a number of times during our rehearsals.

Aunt Fariba's clawlike bangs couldn't hide how red her face was. "Amir! Soheila! Let's go! Now!"

Amir complied and walked to his mother. She ripped the bandanna off of his head and dropped it to the floor.

I hated that she felt it was okay to embarrass me.

I hated that she looked at my friends in the same way Mrs. Abney looked at us.

I hated that she didn't give me any of the affection my mother did but still expected me to treat her with the same respect I would give my mother.

"I'm not going," I said, gripping the microphone stand.

It became eerily quiet in a room that was always full of sound.

"What did you say?" Fariba asked in Farsi, slowly marching toward me. "Who do you think you are? You are a refugee. We have given you a life here, and you disrespect me by hanging out with these loose girls? You disrespect your uncle, who sweats and struggles to house you and feed you?"

She grabbed me by my hair. I screamed out in pain. Amir began to cry, and the rest of the girls yelled for Fariba to stop.

My aunt let go of me, her face crumbling. She looked like she didn't know where she was or how she got there. Her hands trembled and she looked at me in remorse. "I . . . I'm sorry," she said, turning around to pick up Amir. Her cheeks were red as she left.

The room became quiet again.

"Are you okay?" Mai asked me.

I wiped away my tears and took a deep breath.

"Let's take it from the top," I said.

✕ ✕ ✕

"It's a chick band? No way. I bet they can't play for shit," a young man with a Kajagoogoo haircut said a little too loudly backstage. Gen had failed to mention the show tonight was a contest. The winner of the battle of the bands would take home the grand prize of five hundred dollars. None of the other bands had women in them.

"A little warning would have been nice, Gen!" Cecilia said, peering out at the crowd of two hundred and fifty people.

"What? I didn't want you to feel pressured! Besides, we're going to go out there and show them we can play. Right, Apollonia?" Gen asked me. My hair was teased out and curly just like Apollonia's, and I was wearing heavy purple eye shadow. I wasn't going out there in lingerie though. I wasn't insane! I was wearing a black tank top and jeans with holes in them. Mai told me the holes had been deliberate, which I didn't understand. Why would someone put holes in a pair of perfectly good pants?

"Please put your hands together for the . . . You're joking with this band name, right?" the host onstage asked us.

"Just read the damn card," Janine yelled.

"Okay. The Ovarian Cysters, ladies and germs!" the host said to lukewarm applause. As soon as we took the stage, we were cat-called and whistled at.

"You ready?" Mai said, putting her guitar strap on her shoulder.

I was ready to kick ass and take names. I had a lot of shit I needed to let out.

Mai started to play the beginning of Siouxsie and the Banshees' "Happy House." The audience began to bob their heads, though some of the whistles persisted. Then I grabbed the mic and wailed.

I jumped up and down in between verses. My hair whipped side to side, and the more I poured all my rage, all my hurt, all my heartsick, into the void, the more the audience responded. The

roar of the audience quieted the footage of the tanks, silenced my aunt's words, and briefly killed my worry about my parents and friends back home.

During that set, I was free to be whoever I wanted to be. Not Apollonia, not Amir's babysitter, not a self-conscious girl.

I was bitchin' and so was my band.

✖ AUTHOR'S NOTE ✖

When I was asked to write a piece for this anthology, I knew I would write a story set in the 1980s, which is to me one of the most fascinating decades of the twentieth century. While many may think of the '80s as a time of ostentatious superficiality or self-interest, I think of it as the decade that helped shape today, for better or for worse.

It was a decade that brought us the cell phone, the personal computer, video game consoles, MTV, credit card debt, primetime soaps that made audiences aspire to exorbitant wealth, Wall Street greed, the AIDS virus, global conflicts that are still being felt today, and global resolutions like the end of the Cold War.

There are some conflicts, however, that did not garner as much attention in the Western world as the Cold War. The Iran-Iraq War lasted from 1980 to 1988. Many lives were lost on both sides, and I often wonder if there was no oil in that area, how many lives would have been spared? How many families would be intact?

My grandparents lived with us for a year of that conflict in 1987, and while I don't remember much, as I was only three, I do remember the music of the '80s, particularly R&B and soul

music. My parents had come to the States in the '70s, but a great deal of their American musical knowledge was based on pop radio, and while I didn't grow up listening to any of their old LPs, we listened to Rufus and Chaka Khan's "Ain't Nobody" and Michael Jackson's "Smooth Criminal." My mother tells me that when she was eight months pregnant with me, she went to see *Purple Rain* with my father. Apparently, I kicked hard throughout the movie. Not surprising, then, that Prince's music became a huge part of my life as well as the lives of so many others. I bet I kicked when Apollonia came on the screen, when Prince sang "Let's Go Crazy," and when Morris Day danced to "Jungle Love."

Soheila's story is a brief one, but it is a love letter to a time of sorrow and joy. A time of being in a new country and figuring out whether you can make that place home. The music helps her find her place as I think the music of the '80s helped us find ours without our really knowing it.

ABOUT THE CONTRIBUTORS

———

DAHLIA ADLER is an associate editor of mathematics by day, a blogger for *B&N Teens* by night, and a writer of kissing books at every spare moment in between. She's the author of *Behind the Scenes, Under the Lights, Just Visiting,* and the Radleigh University series, and a contributor to the historical young adult anthology *All Out.* She lives and works in New York City.

ERIN BOWMAN is the author of two Western novels for teens, *Vengeance Road* and *Retribution Rails.* When not writing about girls defying gender norms in the late nineteenth century, she jumps to science fiction, where she continues to feature female characters railing against the constraints of their societies. The Taken trilogy is available now, and *Contagion* is the start of a new duology. She lives in New Hampshire with her family.

DHONIELLE CLAYTON is the coauthor of the Tiny Pretty Things series and the author of *The Belles.* Dhonielle is chief operating officer of the nonprofit We Need Diverse Books and cofounder of the literary incubator CAKE Literary. She lives in New York City, where she is always on the hunt for the best slice of pizza.

SARA FARIZAN is the author of the Lambda Award-winning *If You Could Be Mine* and the non-award-winning but super-fun *Tell Me Again How a Crush Should Feel*. She lives in Massachusetts, misses Prince and George Michael, and thanks you for reading her work.

MACKENZI LEE holds a BA in history and an MFA in writing for children and young adults from Simmons College. She is the author of three young adult historical novels: *This Monstrous Thing*, *The Gentleman's Guide to Vice and Virtue*, and *Semper Augustus*, as well as *Bygone Badass Broads*, a collection of short essays about incredible women from history. She loves Star Wars, sweater weather, and Diet Coke. On a perfect day, she can be found enjoying all three. She lives in Boston, where she works as a bookseller.

STACEY LEE is the author of *Under a Painted Sky*, *Outrun the Moon*, and *The Secret of a Heart Note*. She is a fourth-generation Chinese American whose people came to California during the heydays of the cowboys. She believes she still has a bit of cowboy dust in her soul. A native of southern California, she graduated from UCLA, then got her law degree at UC Davis King Hall. After practicing law in the Silicon Valley for several years, she finally took up the pen because she wanted the perk of being able to nap during the day and it was easier than moving to Spain. She plays classical piano, raises children, and writes YA fiction.

ANNA-MARIE McLEMORE is the author of *The Weight of Feathers*, a finalist for the 2016 William C. Morris Debut Award, and of *When the Moon Was Ours*, a 2017 Stonewall Honor Book

that was long-listed for the National Book Award. Her latest novels are *Wild Beauty* and *Blanca & Roja*. "Glamour" was written from her passion for magical realism and her daydreams about a queer Latina girl like her trying to find a place in the shimmer of Golden Age Hollywood.

MEG MEDINA writes fiction for children of all ages. Her work examines how cultures intersect as seen through the eyes of young people. She is the winner of an Ezra Jack Keats New Writer Award for her picture book *Tía Isa Wants a Car* and of a Pura Belpré Author Award for her young adult novel *Yaqui Delgado Wants to Kick Your Ass*. Her newest novel, *Burn Baby Burn*, was named the 2016 Young Adult Book of the Year by the New Atlantic Independent Booksellers Association (NAIBA). It was also long-listed for the National Book Award and named a Kirkus Prize Finalist. In 2014, she was named one of the CNN 10: Visionary Women in America for her work to support girls, Latino youth, and diversity in children's literature.

MARIEKE NIJKAMP is the #1 *New York Times* best-selling author of *This Is Where It Ends* and *Before I Let Go*. "Better for All the World" introduces her first #ownvoices autistic character.

MEGAN SHEPHERD is the *New York Times* best-selling author of The Madman's Daughter series, the Cage series, *The Secret Horses of Briar Hill*, and *Grim Lovelies*. She lives on a historic farm in North Carolina and has been coerced into many Civil War history tours of Charleston and Savannah by her husband. She personally prefers haunted tours, pirate tours, or, even better, haunted pirate tours.

JESSICA SPOTSWOOD is the author of the historical fantasy trilogy the Cahill Witch Chronicles and the contemporary novel *Wild Swans*. She is the editor of *A Tyranny of Petticoats: 15 Stories of Belles, Bank Robbers & Other Badass Girls* and *Toil & Trouble*. She lives in Washington, D.C., where she works as a children's library associate for the D.C. Public Library.

SARVENAZ TASH is the author of *The Geek's Guide to Unrequited Love*, an Amazon Best Book of the Year and *Publishers Weekly* Best Summer Book, and the Woodstock Festival romance *Three Day Summer*. She received her BFA in film and television from NYU's Tisch School of the Arts, which meant she got to spend most of college running around making movies (it was a lot of fun). She has dabbled in all sorts of writing, including screen writing, Emmy Award–winning copy writing, and professional tweeting for the likes of Bravo and MTV. Sarvenaz lives in Brooklyn with her family.

ACKNOWLEDGMENTS

———

Books are collaborations, and anthologies are even more so. Many people put their hard work and love into this project. I am tremendously thankful to the following:

Hilary Van Dusen, editor extraordinaire, and endlessly supportive. I have learned so much from working with you. Miriam Newman, associate editor, an incisive line-editing goddess, whose notes on my own story were immensely helpful. Copyeditors Hannah Mahoney and Erin DeWitt, for making sure the manuscript is consistent and anachronism-free. Nathan Pyritz, for the lovely interior design; Matt Roeser, for the beautiful cover design; and James Weinberg, for the stunning cover art. Jamie Tan, publicist extraordinaire, for helping to connect *Tyranny* and *The Radical Element* with readers and booksellers and social media influencers. Anne Irza-Leggat, for a wonderful Q&A guide, an amazing time promoting *Tyranny* at NCTE, and all the ways you help educators, librarians, and readers find this book. Candlewick has been the absolute perfect home for these anthologies, and I am so grateful to the entire team there.

Jim McCarthy, for championing this project and helping me find the perfect contributors. The North Texas Teen Book Fest, Texas Book Fest, McNally Jackson and NYC Teen Author Fest,

Curious Iguana Books, and especially my local independent bookstore, One More Page, for your support in highlighting women's historical fiction. Tiffany, Lauren, Lindsay, Robin, Miranda, Jenn, Jill, and Liz for always cheering me on and listening when I feel overwhelmed. One of the reasons I'm passionate about writing complex, fascinating, clever girls throughout history is that I'm surrounded by complex, fascinating, clever women I adore. My brilliant husband, Steve, for always reassuring me that I can in fact do all the things—just not all at once. And my family—especially my dad, who loves history as much as I do; my uncle Mike, who has painstakingly compiled amazing family histories; my Memaw, who first took me to tour historical sites and was an avid researcher of our family genealogy; and my Papaw, who loved to tell stories of World War II. They all woke in me a great curiosity for the stories history tells—and even more curiosity for the stories it can erase.

Dahlia, Mackenzi, Erin, Megan, Anna-Marie, Marieke, Dhonielle, Sarvenaz, Stacey, Meg, and Sara—thank you for sharing your beautiful voices and for trusting me with your stories. I am so glad to have worked with each of you, and so proud of what we've created.

And most of all, our readers. Thank you for reading. To those of you who feel like outsiders in your communities right now, we see you. We value you. Your voices are so important. We can't wait to hear and read *your* stories.

Esta obra se terminó de imprimir en mayo de 2011
en los talleres de Litográfica Ingramex, S.A. de C.V.
Centeno 162-1, Col. Granjas Esmeralda,
C.P. 09810, México, D.F.